17세기 바로코 회화의 거장인 피터 폴 루벤스가 그린 안토니오 꼬레아의 초상화 〈한복 입은 남자〉

안토니오
꼬레아

안토니오 꼬레아

2014년 3월 31일 1판 1쇄 발행 / 2014년 9월 19일 1판 2쇄 발행

지은이 정준 / 펴낸이 임은주
펴낸곳 도서출판 청동거울 / 출판등록 1998년 5월 14일 제406-2011-000051호
주소 (413-756) 경기도 파주시 파주출판도시 회동길 77-4 301호
전화 031) 955-1816(관리부) 031) 955-1817(편집부) / 팩스 031) 955-1819
전자우편 cheong1998@hanmail.net / 네이버블로그 청동거울출판사

ISBN 978-89-5749-163-8   (03810)

이 도서의 국립중앙도서관 출판시도서목록(CIP)은 서지정보유통지원시스템 홈페이지
(http://seoji.nl.go.kr)와 국가자료공동목록시스템(http://www.nl.go.kr/kolisnet)에서
이용하실 수 있습니다. (CIP제어번호: CIP2014008902)

안토니오 꼬레아

정준 역사소설

청동거울

차 례

프롤로그

지금으로부터 400백여 년 전.

극동의 조그만 섬나라 일본을 통일한 도요토미 히데요시는 전 아시아 대륙을 직접 다스리겠다는 야욕을 품고 있었다. 그는 이웃나라에서 전혀 눈치채지 못할 정도로 빈틈없고 치밀하게 전쟁 준비를 해나갔다.

그 야욕의 첫 번째 희생물이 바로 이웃나라인 조선이었다. 그는 1592년 4월 13일 새벽에 30만 대군을 동원하여 제1차 침략전쟁인 임진왜란을 일으켰다.

그러나 조선 8도에서 벌떼처럼 일어난 의병부대와 위대한 수군제독 이순신 장군이 이끄는 거북선 부대의 신출귀몰한 작전 때문에 5만여 명의 일본 병사들이 목숨을 잃었고, 나머지 병력도 조선의 남부지방 해안가로 퇴각해야만 했다.

더 이상 승산이 없게 되자 급히 강화를 요청한 도요토미 히데요시는 겉으로는 조선과의 휴전회담을 수년째 질질 끌면서 뒤로는 일본의 각 섬에 긴급명령을 내려 수십만의 병력을 재집결시켰다. 이렇게 해서 제2차 침략(정유재란) 준비를 끝낸 도요토미 히데요시는 마침내 1597년 여름에 15만 대군을 동원하여 조선의 곡창지대인 남부지방을 무차별 공격하였다.

지금부터 시작되는 이야기는 일본의 두 차례에 걸친 침략기간(1592년~1598년) 중에 아름답고 서정적인 조선의 남부 농촌에서 실제로 있었던 어느 조선 젊은이의 슬프고도 불꽃 같았던 삶에 대한 파란만장한 기록이다.

혼례식장에 찾아온 섬나라 불청객

조선의 남부지방엔 바야흐로 눈부신 여름이 한창이었다.

3천여 개의 기기묘묘한 섬들이 쪽빛 바다 위에 찬란하게 흩어져 있는 아름다운 남해에서 시작된 조선의 여름은, 어느새 남부지방의 모든 산과 들과 언덕 위에 짙은 초록색 치마를 넓게 드리운 채 싱그러운 원색의 화려한 축제를 연일 벌이고 있었다.

뜨거운 생명력이 힘차게 솟구막질하는 적갈색 대지 위엔 구렁이처럼 길고 꾸불꾸불 이어진 굵은 뿌리를 다기지게 뻗어 내린 소담스런 소나무들이 검푸른 솔가지를 척척 휘늘어뜨린 채 창공을 향해 힘찬 기지개를 펴고 있고, 그 옆에는 올봄에 내린 비로 한 길이나 훌쩍 자라버린 훤칠한 대나무들이 어린 아이의 조막손처럼 앙증스러운 초록 잎사귀들을 훈풍에 살랑살랑 흔들고 있었다. 연분홍 진달래와 샛노란 개나리가 거대한 메뚜기 떼처럼 한바탕 휩쓸고 지나간 숲 속 곳곳엔 하얀 민들레와 진노란 원추리 꽃이 흐드러지게 피어났고, 싱그러운 꽃향기가 물안개처럼 질펀하게 깔린 덤불 사이엔 갓 부화한 어린 새끼들을 일렬종대로 거느린 까투리가 종종걸음으로 즐거운 산책을 하고 있었다.

숨 가쁘게 바빴던 농번기가 지나간 넓은 들판엔 어느새 이삭이 패기 시작한 벼들이 연초록 머리를 파도처럼 출렁거리고 있었다. 등거리와 베잠방이를 단출하게 걸친 농부들은 논둑 사이를 배부른 곰처럼 한가하게 어슬렁거리다 이따금 허리를 숙여 피와 잡초를 뽑거나, 물이 부족한 논배미에 물을 대기 위해 봇도랑에서 물꼬를 트고 있었다. 초록색 카펫을 깐 것처럼 판판한 넓은 들판의 고래실은 물론이고 산골짝의 다락 논에 이르기까지 조선의 농부들은 마음을 재촉하는 급한 일이 아무것도 없었다. 봄철에 어린모만 잘 심어 놓으면 지나친 한발과 엄청난 홍수가 밀려오는 끔찍한 사건만 일어나지 않는 한 한여름의 뜨거운 태양과 허공을 스쳐 가는 시원한 샛바람이 벼를 키우고 이삭을 살포시 패게 해주고 밤톨처럼 튼실한 알곡을 꼭꼭 여물게 만들어 주기 때문이다. 마침 며칠 전에는 큰 비까지 흡족하게 내려 장기판처럼 네모반듯한 넓은 논에는 맑은 물이 남실남실 거리고, 이랑 긴 붉은 밭에는 봄에 심은 콩, 깨, 호박, 고구마 등이 모유를 풍족하게 먹은 어린 아기처럼 투실투실 잘 자라고 있었다.

날씨가 점점 더워지자, 시뜻하고 무료해진 노인들은 경관 좋은 곳에 세워진 고풍스런 정자나 매미소리 요란한 당산 나무 아래에 넓은 돗자리를 깔고 앉아 느긋하게 장기나 바둑을 즐기고, 웃통을 훌렁 벗어버린 젊은 장정들은 동네 아이들을 데리고 시원한 강 속으로 뛰어 들어가 풍덩풍덩 헤엄을 치거나 커다란 그물을 던졌다. 삼베적삼을 몸에 걸친 아낙들은 마을 우물가나 맑은 물이 졸졸졸 흐르는 시냇가에 삼삼오오 모여 앉아 쌀을 씻거나, 나물을 다듬거나, 눈부시게 하얀 빨래를 바위 위에 척척 널면서 이런저런 이야기에 흠뻑 빠져 있었다. 어젯밤 늦게 물레방아 뒤에서 들려오던 이상한 소리의 주인이 누군지에 대해 귓속말로 소곤거리다 서로 얼굴을 붉히며 깔깔깔 박장대소하기도 했다.

바쁘디 바쁜 봄날엔 하루해가 야속하리만치 짧기만 하더니, 지금은 시간이 엿가락처럼 길게 늘어졌는지 한낮이 하염없이 느리고 권태로울 정도로 한가했다. 이맘때면 울창한 숲 속에서 언제나 들려오는 뻐꾸기의 구성진 노래와 논에서 와글와글 들려오는 개구리들의 합창, 그리고 한없이 늘어진 들판의 녹지근한 공기를 출렁 흔드는 황소의 우렁우렁한 울음소리는 농촌의 여름을 더욱 한갓지게 만들었다.

이렇게 평화롭고 여유로운 여름날, 뜨거운 뙤약볕이 폭포처럼 쏟아지는 남녘의 들판 위를 열고나게 달려가는 수천 명의 사내들이 있었다. 그들은 모두 안장이 높은 군마를 타고 있었다. 소머리처럼 커다란 투구와 은빛갑옷. 매섭게 날이 선 장검과 큰 활. 총렬이 유달리 긴 화승총. 그들은 바로 일본 사무라이들이었다.

옆으로 길게 찢어진 작고 표독스런 눈동자는 컴컴한 덤불 뒤에 숨어서 먹이를 무섭게 쏘아보는 야수의 눈길처럼 붉게 충혈되었고, 어금니를 굳게 앙다문 긴장된 입가엔 비릿한 피 냄새가 짙게 풍겨 나오는 듯했다. 세찬 바람에 어지럽게 휘날리는 흑갈색 말갈기 사이로 단단한 어깨가 단옷날의 널뛰기처럼 아래위로 심하게 요동쳤고, 통나무 빗장처럼 안장에 굳게 걸친 두 발은 창자가 목으로 솟구쳐 오를 정도로 숨 가쁘게 달려가는 말 옆구리를 연신 세차게 걷어찼다.

"이럇! 이럇!"

기름진 먹이와 충분한 휴식으로 잘 훈련된 군마들은 푸른 잎이 울창한 넓은 들판을 거침없이 질주했고, 말들이 네 발을 힘차게 내달릴 때마다 땅 꺼풀이 풀썩풀썩 일어나면서 깔깔한 황토먼지가 연기처럼 마구 솟구쳤다. 지축을 쿵쿵 울리는 엄청난 굉음이 요란하게 터져 나오는 거친 말발굽 아래에는 들판을 아름답게 수놓은 원색의 꽃들이 마구 이지러지고, 험하게 찢겨 나가고, 걸레처럼 너덜거렸다.

이들은 그날(1597년 8월 3일) 새벽, 조선의 전 남해안에 걸쳐 기습상륙을 개시한 15만 왜군의 일부로 영일만 앞바다를 지나 형산강 하구를 따라 경주로 올라가는 길이었다. 달빛이 어스레해지는 꼭두새벽에 해미가 자욱하게 깔린 형산강 하구의 평화로운 어촌들을 기습 공격한 그들은, 그곳의 순박한 어부들을 대상으로 끔찍한 살육극을 한바탕 크게 벌였다. 날이 밝자, 날 생선과 피조개로 시장기 어린 배를 가득 채우고는 아비규환으로 변해버린 불타는 어촌을 뒤로 한 채 서쪽으로 급히 말고삐를 돌린 것이다.

수천 명의 기마병으로 구성된 이 부대의 지휘관은 이토였다.

흙먼지를 자욱하게 일으키며 급하게 말을 달리는 이토의 가슴속엔 새로운 결의가 넘쳐흐르고 있었다.

"그래! 이번만은 실패하지 않겠다. 이놈의 조선 땅을 기필코 점령해서 바닥에 떨어진 나의 명예를 반드시 되찾고야 말겠어!"

이토는 그해 4월 오사카 성 천수각에서 도요토미 히데요시 앞으로 불려나가 치욕을 겪었다. 하마터면 그날 자신의 주군인 고니시 유키나가와 함께 셉보꾸(할복자살)를 당할 뻔했다. 그는 그 치욕스런 일을 머릿속에 떠올리며 이빨을 벼름벼름 깨물었다

4월의 오사카 성은 참으로 아름다웠다. 지난 이틀 동안 흡족하게 내린 봄비로 인해 수량이 더욱 많아진 요도가와 강은 거대한 성 안팎을 이중으로 휘감으며 유유히 흐르고, 정원을 가득 메운 눈부신 벚꽃은 사람들의 가슴속을 짙은 분홍빛 향기로 온통 물들였다.

주위 둘레가 30여 리나 되는 커다란 성내에서 가장 높고 화려한 건물인 천수각 안에는 도요토미 히데요시가 애장하던 황금병풍이 휘황찬란한 모습을 자랑하고 있었다. 그리고 북쪽의 높은 단 위에는 황금투구와 황금갑옷을 눈부시게 차려 입은 그가 엄청나게 넓은 붉은 비단 방석을 깔고는 위엄 있게 앉아 있었다. 도요토미의 좌우에는 형형색색의 기모노를 화려하게 차려 입은 12~13세의 귀엽고 아리따운 소녀들이 장식용 긴 칼을 한 손에 든 채 마치 일본 인형처럼 앙증맞은 모습으로 서 있었다.

그러나 봄빛이 무르녹는 주위의 아름다운 풍광과는 달리, 천수각 안에 초대된 다이묘(영주)들은 오히려 가슴이 오그라들고 어깨가 축 처진 무거운 분위기였다.

"도대체 어느 놈들이었지? 한 달이면 조선을 함락시키고, 1년이면 중국을 정복할 수 있다고 호언장담하던 놈들이…… 천황을 되놈들의 수도인 북경으로 모시고, 나를 동중국해의 파도가 넘실거리는 영파 항에서 편히 모시겠다며 시시덕거리던 놈들이 다 어디로 가버렸나? 가토 기요마사! 고니시 유키나가! 구로다 나가마사! 네놈들은 다 죽어버렸나? 나의 오른팔과 왼팔임을 자처하던 네놈들은, 밤늦은 시간에 내 침소에까지 들어와 매춘부처럼 만면에 미소를 지으며 커다란 엉덩이를 신나게 뒤흔들던 네놈들은, 바람처럼 사라져 버렸나? 응? 왜 말들을 못 하는 거야? 말을 해봐! 5년 전에는 입술에 참기름을 바른 것처럼 잘도 씨부렁거리더니, 지금은 왜 이처럼 꿀 먹은 벙어리가 되어버린 거냐? 이 병신 천치들아!"

분노가 극에 달한 도요토미 히데요시는 시퍼런 핏줄을 이마 위로 불 툭불툭 솟구치며 독설을 마구 퍼부어댔다. 그러나 맞은편에 부복한 조 선침략 총사령관이었던 우키다 히데이에를 비롯해서 1군 총대장 가토 기요마사, 2군 총대장 고니시 유키나가, 수군 대장인 토도 등은 고개만 힘없이 아래로 떨군 채 묵묵부답이었다. 그리고 그들 뒤쪽엔 이토를 포 함한 소국의 다이묘들이 공포에 잔뜩 질려 납덩이처럼 하얀 얼굴을 하 고 있었다.

도요토미의 분노는 계속 이어졌다.

"후꾸자와! 네놈부터 먼저 대답을 해봐! 너의 부하들이 지난 10년 동 안 조선 8도를 정탐하느라 쓴 돈이 도대체 얼마나 되는지 아느냐? 자 그마치 은 3만 냥이다. 그토록 어마어마한 돈을 쓰면서 만들어낸 보고 서가 그따위 엉터리냐? 이 호랑말코 같은 놈! 조선의 관리들은 틀어박 혀 글공부나 하고 시 나부랭이나 짓는 딸깍발이 선비들이기 때문에 검 술에 능한 사무라이들 앞에서는 도살장의 돼지들처럼 꼬리를 내린 채 줄행랑을 칠 거라고? 조선의 농민들은 왕실에 불만이 많기 때문에 우 리들이 전쟁을 일으키면 적극적으로 호응을 해줄 거라고도 했지? 도대 체 그게 무슨 얼토당토 않은 보고였단 말이냐!"

후꾸자와는 도요토미의 죽마지우로 일본 최대 닌자 조직인 흑룡회의 우두머리였다. 도요토미의 도움으로 일본 열도 전역에 조직망을 확충

한 그는 일본의 조선 침략을 위한 사전 정탐 임무를 오랫동안 수행해왔다. 수백 명의 부하들을 장사꾼, 어부, 승려, 기술자 등으로 변장시켜 조선 8도를 고샅고샅 뒤지며 성의 위치, 수비 상황, 병기의 종류, 군사들의 숫자 등을 오랫동안 조사했다. 심지어는 일본의 고아들을 조선에 양자로 보내고, 게이샤(기생)들을 조선의 색주가에 보내면서까지 조선의 역사, 문화, 풍습, 기질 등을 꼼꼼히 연구했다. 그렇게 얻어낸 정보를 두꺼운 보고서로 만들어 도요토미에게 제출했던 것이다.

"죄, 죄송합니다, 도요토미님! 서, 설마 조선의 선비들 중에 그토록 무술을 잘하고, 병법에도 뛰어난 놈들이 있으리라곤 미처 상상도 못 했습니다. 그, 그리고 조선의 농민들이 선비들의 말을 그처럼 잘 따를 것이라는 사실도, 정말 예측하기 어려웠습니다. 정, 정말 죄송합니다."

그 당시 후꾸자와가 작성한 보고서에 의하면, 조선은 국방에 관한 한 아무런 대책이 없는 너무나 형편없는 나라였다. 일본은 사무라이들이 칼로 다스리는 무인국가였던 데 반해, 조선은 선비들이 붓으로 다스리는 문인국가였다. 일본 열도에는 무려 40만 명이 넘는 병사들이 매일같이 창과 칼을 날카롭게 연마하고 있었지만, 조선 반도에는 겨우 5만여 명의 군사들만이 있을 뿐이었다. 게다가 일본에는 남만인(유럽인)들이 전해준 화승총이 수십만 정이나 생산되어 총을 이용한 새로운 전술들이 개발되어 있었는데, 놀랍게도 조선인들은 단 한 자루의 화승총도 갖고 있지 않았다.

그리고 일본의 농민들은 전통적으로 집집마다 많은 무기들을 소유하고 있었다. 그러나 조선의 농민들은 선비들이 다스리는 문인국가의 백성답게, 병기 대신에 농기구만 가득했다. 이러한 보고서를 면밀하게 살펴본 도요토미로서는 조선 점령을 마치 뒷간에서 오줌 누는 것처럼 아주 손쉬운 일이라고 생각할 수밖에 없었던 것이다.

"'한번 실패는 병가의 상사'라고 했습니다. 비록 5년 전에는 조선 정벌이 실패로 돌아가고 말았지만, 이번에는 저희들이 신명을 다 바쳐 도요토미님의 명령을 꼭 지키겠습니다. 사실 그때에도 평양성과 행주산성에서만 조선 군사들을 잘 물리쳤다면, 그처럼 허무하게 후퇴하지는 않았을 텐데……."

사이고 옆에 무릎을 꿇은 가토 기요마사는 말끝을 흐리면서 자신의 좌측에 앉아 있는 고니시 유키나가를 천천히 노려보았다.

가토 기요마사의 말에 도요토미는 예전 일이 불쑥 떠오른 듯 고니시를 향해 버럭 소리를 질렀다.

"고니시, 네 이 고얀 놈!"

당시 가토 기요마사와 고니시 유키나가는 제1차 조선침략전쟁에서 최선봉에 섰던 장수였다. 그러나 두 장수는 견원지간이나 다름없는 대단한 앙숙이었다. 대대로 불교 신자였던 가토는 영세를 받은 가톨릭 신자가 되어 유럽인들과 가깝게 지내는 고니시가 여간 마뜩치 않았다. 게다가 칼과 창이 번뜩이고 날카로운 화살이 빗발치듯 쏟아지는 숱한 전쟁터에서 정통 사무라이로 성장한 자기와는 달리, 고니시는 상인 출신이었다. 고니시의 부친은 사카이 지방에서 오랫동안 무역업에 종사하던 장사꾼이었다. 그런데 그가 도요토미의 비서로 들어가면서 자신의 아들인 고니시를 슬그머니 군수 장교로 발탁했던 것이다.

게다가 전쟁이 일어나기 전에 큐슈 북부해안에 거대한 나고야 성을 쌓을 때도, 가토는 축성 책임자가 되어 1년 내내 흙먼지와 돌가루를 마시며 땀으로 뒤범벅된 고된 생활을 해야만 했다. 그러나 군수 장교였던 고니시는 항구의 호화로운 막사 안에서 주판이나 튕기며 마치 휴양지의 다이묘처럼 편안한 생활을 했다. 마치 물과 기름처럼 모든 면에서 서로 다른 생활을 하고 있는 두 사람이 결정적으로 갈라서게 된 것은 지난 전쟁 기간 동안이었다.

도요토미의 오른팔임을 자처하던 가토는 1차 조선 침략 때에 조선의 수도인 한양을 제일 먼저 점령하는 전공을 세울 꿈에 크게 부풀어 있었다. 그래서 부산포에 상륙한 가토의 부대는 가운데 노선(부산포→대구→조령→충주→용인→한양)으로 진격해 올라가는 고니시 부대보다 한시라도 빨리 한양에 도착하기 위해 최선을 다했다. 우키다 히데이에로부터 동쪽 노선(부산포→경주→죽령→원주→여주→한양)으로 올라가라는 명령을 받은 그는, 한양에 도착하는 시간을 조금이라도 단축하기 위해 경주 이북부터는 지름길인 가운데 노선으로 들어가는 편법까지 감행했다. 그러나 그러한 집념과 노력에도 불구하고, 과천에서 한강을 도하해 남대문으로 들어간 가토보다 동대문으로 들어간 고니시가 한 발 먼저 경복궁을 점령한 것이다(1592년 5월 3일).

한양에서 전열을 재정비한 후 5월 10일부터 다시 북진을 시작했을 때, 고니시는 고구려의 옛 수도였던 평양으로 향했고 가토는 함경도로 향했다. 결국 6월 15일에 고니시가 평양성도 손쉽게 함락시켰다는 분통 터지는 소식을 들은 가토는, 온갖 노력 끝에 선조의 왕세자인 임해군과 여섯 번째 왕자인 순화군을 생포하는 개가를 올렸다(1592년 7월 23일).

그래서 조선 8도를 각각 나누어 가진 여덟 명의 다이묘들은 사무라이들을 조선인 마을로 파견하여 대규모 살륙, 방화, 탈취 등을 감행하였다. 또한 그들은 조선인들을 창검으로 무단통치하면서 향후에 중국을 공격할 교두보로 조선을 적극 활용하겠다는 전략을 세웠다. 그런데 그들의 이러한 계획이 무참하게 깨어진 사건이 바로 '평양성 퇴각' 사건이었다.

당시 승전의 기쁨에 취해 있던 고니시는 더 이상 북진을 하지 않고 평양성에 머물면서 편안한 휴식을 취하고 있었다. 그는 거의 매일 대동강변의 모란봉에 올라가 능라도의 수려한 풍경을 바라보며 조선의 산해진미를 마음껏 즐기기도 하고, 조선에서도 자색이 뛰어나기로 명성이 자자한 평양 여자들을 밤마다 품에 안으며 꿈같은 나날을 보내고 있었다. 그런데 임진년(1592)이 지나고 계사년(1593)으로 접어들면서부터 갑자기 상황이 돌변하기 시작했다. 그것은 중국의 명나라 장수인 이여송이 조상의 나라를 돕겠다며 원군을 이끌고 조선으로 들어온 것이다.

이렇게 해서 새로 결성된 조명연합군은 설날이 지난 1주일 뒤(1월 7일)에 평양성을 대대적으로 공격해 왔다. 강력한 화포의 집중 공격으로 외성의 보통문이 뚫리고 중성까지 진격해 들어오자 내성의 을밀대 쪽으로 몰린 고니시는, '결빙한 대동강을 건너 남쪽으로 후퇴할 테니 목숨만은 살려 달라.'는 서신을 이여송에게 전달했다. 이것이 그 유명한 고니시의 '평양성 퇴각' 사건이다.

이렇게 되자 함경도로 올라간 가토의 부대도 크게 타격을 입어 1월 말까지 한양성으로 퇴각할 수밖에 없었다. 결국 한양성에 재집결한 그들은 자신들의 안전에 위협을 느낀 나머지, 한강 하류에 있는 행주산성을 공격할 계획을 세우게 된다. 행주산성의 공격 병력은 총 3만여 명이고, 최선봉엔 고니시가 섰다.

고니시 부대는 2월 12일 묘시(오전 6시)부터 유시(오후 6시)까지 무려 아홉 차례나 끈질긴 공격을 퍼부었다. 그러나 불과 2천 3백 명이 지키는 행주산성을 함락시키지 못한 채 고전만 거듭했다. 권율 장군의 일사불란한 지휘 아래 조선 군사들은 물론이고 행주치마를 두른 조선 여인들까지 합세한 다기찬 저항에 그만 기가 꺾이고 말았다. 결국 천여 점의 병장기와 수많은 전사자만 남긴 채 그들은 선불 맞은 멧돼지처럼 야반도주를 해야만 했다. 그렇게 그들은 부산포까지 밀려 내려갔다. 그러나 고니시는 일본에 머물던 다이꼬에게 '2만여 명의 조선군이 방어하는 행주산성을 점령했다.'는 허위보고까지 하였다.

평소부터 고니시에 대해 감정이 좋지 않았던 가토는 오사까 성의 천수각 안에서 진노하고 있는 도요토미에게 4년 전의 그 일들을 다시 한번 상기시켜 준 셈이다.

"고니시 유키나가! 네 이놈! 내가 네놈과 네 애비를 얼마나 신임했는데 감히 나를 능멸했더냐? 칼로 배때기를 쑤셔 창자를 씹어 먹어도 시원치 않을 것 같구나. 이, 더러운 놈!"

도요토미가 가시눈을 부릅뜨며 고니시를 매섭게 쏘아보았다. 그 순간 고니시의 얼굴색이 백짓장처럼 새하얗게 변해 버렸다. 머리카락이 일제히 곤두서고 등골이 오싹해지며 오금이 저려왔다. 도요토미는 썹보꾸를 당해 목이 날아가고 창자가 튀어나오는 부하들의 시신 앞에서도 태연히 식사를 할 정도로 잔혹한 성격의 소유자였다. 그러한 도요토미가 자리에서 벌떡 일어서서 악다구니를 쓰는 모습이 흡사 사찰의 금강문에 세워져 있는 검푸른 색의 금강역사처럼 무서워 보였던 것이다.

이때 도요토미의 명령을 받은 소녀가 칼 한 자루를 고니시 앞에 천천히 내려놓았다.

"아, 아니…… 이, 이건……."

겉은 황금과 옥으로 화려하게 장식되어 있었으나, 칼집 안에는 날이 시퍼렇게 선 장검이 들어 있었다.

"이 버러지 같은 놈! 너와 네놈의 부하들이 나를 깜쪽같이 속였던 걸 생각하면, 자다가도 치가 떨린다. 어서 칼을 들어, 셉보꾸를 실시해라! 나를 속였던 네놈의 시커먼 뱃속을 한 번 들여다봐야겠다."

언성을 높이던 도요토미는 갑자기 고니시의 뒤쪽에서 머리를 숙이고 엎드려 있던 이토를 지목했다.

"야, 이토!"

"예, 도, 도요토미님!"

이토는 갑자기 숨이 턱 막히는 것 같았다.

"네놈에게 주군의 목을 칠 수 있는 영광을 먼저 주겠다. 저 멍텅구리 같은 놈 뒤에 서라. 그리고 네놈의 목은 안양사의 주지인 게이넨이 칠 수 있도록 배려해 주겠다. 게이넨은 염불을 외우며 네놈의 극락왕생을 빌어줄 것이다."

"도, 도요토미님!"

이토도 갑자기 받은 큰 충격 때문에 무릎이 부들부들 떨렸다.

'고니시는 머리털이 허옇게 센 늙은이지만…… 나는 다르지 않은가? 아직 힘이 펄펄 솟는 30대인데, 고니시 때문에 개죽음을 당하란 말인가?'

이토는 낭패감에 온몸의 힘이 쑥 빠지며 얼굴이 흙빛으로 변해 버렸다. 그는 비록 고니시의 부하 장수였지만 가토와 같은 불교신자였다. 게다가 그의 집안은 대대로 남큐슈의 사쓰마 지방에서 유명한 정통 사무라이였다.

한때 그의 아버지는 남큐슈 최대의 다이묘였던 시마즈의 부하이면서 사쓰마의 작은 다이묘였다. 그런데 1587년 봄에 남큐슈를 평정하기 위해 군대를 동원한 도요토미 히데요시와 싸우던 중 자신의 주군인 시마즈 요시히사가 그만 머리를 깎고 패배를 인정하는 바람에, 그의 부친은 원통하게 셉보꾸를 당해야만 했다. 그래서 내심 도요토미에 대해 사무치는 원한을 갖고 있었다. 그런 그가 부친의 원한을 갚지도 못한 채 막상 고니시와 함께 셉보꾸를 당할 운명에 처하게 되었으니 크게 낙심할 수밖에 없었다.

"도대체, 무슨 일로 이렇게 화가 나셨어요?"

그때 젊은 여인의 낭랑한 음성이 넓은 천수각 안에 갑자기 울려 퍼졌다. 그러자 모든 사람의 시선이 일시에 그쪽으로 쏠렸다. 주홍색의 벚꽃 무늬가 만발한 호화로운 기모노를 입고 검은 머리에는 형형색색의 산호와 옥으로 치장한 화려한 모습으로 조그만 꼬마의 손을 잡은 채 천천히 걸어오는 그녀는, 바로 요도기미였다.

요도기미는 도요토미가 가장 애지중지하는 애첩이었다. 도요토미에겐 한 명의 처와 수십 명의 첩, 그리고 수백 명의 시녀들이 있었다. 그러나 애석하게도 어느 여자도 그의 자손을 생산하지 못했다. 그런데 오직 한 여자, 요도기미만이 지난해에 도요토미의 아들을 낳았다.

요도기미는 원래 후쿠오카에서 멀지 않은 하카다 지방에 살던 가난한 어부의 딸이었다. 조선은 남남북녀이지만, 일본은 동남서녀였다. 특히 고대부터 조선인들의 후손이 많이 살던 북큐슈의 하카다 지방은 조선의 평양처럼 얼굴이 갸름하고 피부가 백옥 같은 미인들이 많은 고장이었다. 이처럼 유명한 미인의 고장에서 주위 사람들로부터 출중한 미모를 인정받은 그녀였지만, 빈궁한 집안 사정 때문에 어린 나이에 술집 하녀로 팔려가야만 했다. 젖가슴이 봉긋 솟아오르기 시작하는 꿈 많은 사춘기를 술집에서 보낸 그녀는 남들보다 일찍 성에 눈뜨기 시작했다. 결국 남다른 색기를 갖고 있던 그녀는 몇 년 지나지 않아 큐슈 제일의 게이샤가 되었다.

얼마 뒤 혼슈우 섬으로 건너간 그녀는 오사카 남쪽의 윤락가에 정착하였고, 곧 그곳에서 요염한 밤의 여왕으로 두각을 나타내기 시작했다. 그 무렵 도요토미 히데요시가 오사카 성을 건설하기 위해 그곳으로 이주해 왔고, 그녀는 순식간에 그를 사로잡아 버렸다. 일본의 최고 권력자인 도요토미를 하룻밤 만에 사랑의 포로로 만들어 버린 그녀는 그때부터 그의 총애를 한 몸에 받는 애첩이 된 것이다.

요도기미가 황금빛 비단 옷으로 화려하게 치장한 네 살 된 아들 히데요리와 함께 천수각 안으로 들어서자, 칼을 들고 씩씩거리던 도요토미도 반색을 하며 두 사람을 반갑게 맞았다.

"아, 어서 오너라. 내 아들 히데요리!"

히데요리는 엄마의 손을 놓고 잰걸음으로 도요토미에게 쪼르르 달려갔다. 도요토미는 얼굴 가득 함박웃음을 지으며 자신의 품으로 뛰어드는 아이를 번쩍 안아 들었다.

"이야 이놈 봐라! 며칠 전보다 훨씬 무거워졌는걸! 그래, 어서어서 자라거라. 그래서 나로 하여금 이 무거운 짐에서 하루라도 빨리 벗어나게 해다오. 으하하하!"

50대 중반까지도 후사가 없어서 고민하다가 말년에 겨우 금지옥엽을 얻게 된 60살의 도요토미는 자신의 품에 안긴 히데요리의 귀여운 얼굴에 마구 뽀뽀를 하며 좋아서 어쩔 줄을 몰라 했다.

"조선으로 다시 출병하게 된 이 좋은 날에 빨리 잔치를 시작하지 않고, 도대체 뭘 하고 있는 거예요? 게다가 올해는 당신이 환갑을 맞는 뜻깊은 해가 아니에요? 당신의 부하들이 조선으로 다시 건너가 수많은 보물들을 가져다 줄 텐데, 술과 노래로 따뜻하게 격려를 해주어야지요. 그래야 여기에 모인 이분들도 더욱 큰 힘을 얻어 열심히 싸울 수 있을 것 아니에요. 나는 경주의 옛무덤 속에서 꺼내온 화려한 금관과 황금 귀걸이가 정말 마음에 들었어요."

만발한 진분홍 벚꽃처럼 요염한 그녀는 매력적인 미소를 한껏 뿜어내며 그의 곁으로 다가왔다. 그녀 몸에서는 짙은 사향 냄새가 풍겨 나왔다. 요도기미는 매혹적인 교태와 능숙한 말솜씨로 도요토미의 마음을 순식간에 봄눈처럼 녹여 버렸다.

잠시 후, 널찍한 천수각 안에는 커다란 잔치가 시작되었다. 조금 전까지만 해도 한겨울의 홋카이도처럼 찬바람이 쌩쌩불던 그곳에는 산해진미와 향취 좋은 술이 가득 차려진 요리상이 연이어 들어오고, 중앙에는 화려한 전통의상을 입은 무희들이 샤미셍(일본 고유의 음악에 사용하는, 세 개의 줄로 소리를 내는 현악기) 연주에 맞춰 춤을 추기 시작했다.

황금병풍 앞의 높은 단 위에 비스듬히 드러누운 도요토미는 시녀들이 부어주는 향긋한 술을 기분 좋게 마시며 히데요리의 재롱을 구경했다. 단 아래에 'ㄷ'자로 배열된 수십 개의 요리상 앞에는 일본 전국에서 올라온 160명의 다이묘와 무장들이 앉아 술과 음식을 즐겼다. 그리고 그들 사이에는 요도기미가 오사카 성 남쪽의 윤락가에서 불러 모은 2백여 명의 게이샤들이 술시중을 들고 있었다.

여기저기서 술잔이 부딪히는 소리, 애교 섞인 웃음소리, 농탕거리는 소리들이 한꺼번에 터져 나왔다. 긴장이 풀어진 다이묘들은 독한 술을 순식간에 들이켰고, 모두들 얼굴이 시뻘겋게 달아올랐다. 요도기미 때문에 목숨을 구한 고니시도 놀란 가슴을 진정시키려는 듯 독한 술을 마구 들이부었고, 고니시를 가시눈으로 노려보던 가토도 다음 기회를 기약하며 게이샤의 부드러운 젖가슴에 살며시 손을 갖다댔다. 그러나 이토는 옆에 앉은 게이샤 따위는 안중에도 없었다. 그는 오직 요도기미만을 뜨거운 눈길로 바라보며 천천히 술을 들이켰다.

이토가 요도기미와 최초로 만난 것은 나고야 성을 축성하던 1591년 한여름이었다. 그 당시 전국에서 모인 다이묘들은 조선 출병 기지인 나고야 성 건설에 전념하고 있었다. 그런데 그해 여름에 도요토미가 요도기미와 함께 건설 현장을 방문했다. 도요토미는 그곳에 한 달 정도 머물며 다이묘들을 독려하였고, 요도기미는 목욕, 천렵, 매사냥 등을 즐기면서 나고야 부근을 관광했다. 이때 요도기미의 나고야 관광에 경호 책임자로 임명된 사람이 바로 이토였다.

당시 도요토미의 나이는 쉰네 살이었고 요도기미는 서른을 갓 넘긴 젊은 나이였다. 비록 일본 최고의 통치자이고 유달리 여자를 밝히던 도요토미였지만 결코 나이는 속일 수 없었다. 부녀지간 뻘이나 되는 많은 나이 차이를 극복하기엔 이미 신체적으로 많은 한계를 갖고 있었다. 게

다가 요도기미는 이미 십대부터 수많은 남자들과 몸을 섞은 희대의 요부가 아니던가?

요도기미는 마치 한겨울의 고목 등걸처럼 메말라가는 노인과 함께 지내다 보니, 자신의 젊은 몸속에 있는 생기가 어느새 다 빠져 나가버린 듯한 느낌마저 들었다. 이러다간 자신도 '곧 머리가 허옇게 센 할머니처럼 늙어 버리는 게 아닌가' 하는 불안감에 기분도 우울하고 몸도 여기저기 아파오기 일쑤였다. 그러던 참에 그녀는 이토를 만났던 것이다. 이토는 도요토미와는 비교가 안 될 정도로 남자답고 늠름한 젊은 사내였다.

도요토미는 원래 남큐슈의 사쓰마 지방에서 태어난 천민의 아들이었다. 어머니가 재혼하는 바람에 한동안 의붓아버지 밑에서 자라던 그는 오다 노부나가 장군의 말먹이꾼으로 들어갔다. 그곳에서 도요토미 특유의 처세술과 약삭빠름과 잔인함으로 오다 장군의 눈에 들게 되었다. 그때부터 그는 순풍에 돛단 듯이 출세가도를 달리기 시작했다. 그러나 그는 턱이 좁은 역삼각형 얼굴에 눈이 단춧구멍만 하고 체격마저 왜소하기 짝이 없어서 자신의 외모에 대해 지독한 열등감을 갖고 있었다.

이에 반해 이토는 훌륭한 가문 출신의 정통 사무라이였을 뿐 아니라, 온갖 무술로 단련된 몸은 온통 억센 근육으로 뒤덮여 여간 당당하고 늠름해 보이지 않았다. 게다가 이토는 나이도 요도기미와 동갑이어서 대화도 쉽게 통했다. 그녀는 그와 함께 있으면 기분이 좋아지고 온몸에 새로운 힘이 샘솟는 것 같았다. 마치 사춘기 소녀 시절로 되돌아간 것처럼 가슴이 두근거리고 얼굴엔 홍조까지 떠올랐다. 돈과 권력이 온몸을 비계처럼 둘러싸고 있는 노회한 도요토미에게서는 전혀 느낄 수 없었던 애틋한 감정까지 갖게 된 그녀는 첫사랑에 빠진 소녀처럼 이토와 만나는 순간이 무척이나 기다려지고 그리워지기까지 했다.

두 사람이 결정적으로 가까워지게 된 것은 그해 여름밤에 나고야의 계곡에서 있었던 천렵 행사 때였다. 그날 천렵 행사에 동원된 나고야의 농민들은 수백 명이 훨씬 넘었다. 긴 수건으로 이마를 질끈 동여매고 팔다리를 동동 걷어 올린 그들은 모두 다 횃불과 작대기를 들고는 골짝으로 걸어 들어갔다. 환하게 불 밝힌 횃불과 긴 작대기는 계곡의 수풀 사이에 숨어 있는 크고 작은 물고기들을 그물 쪽으로 몰아넣기 위한 필수도구였다. 그리고 그 뒤쪽에는 커다란 그물을 어깨 위에 둘러맨 어부들이 따라 걷고 있었다. 맨 뒤에는 요도기미가 호화로운 말안장 위에 앉아 있었고, 그 옆에는 말을 탄 이토가 다른 경호 사무라이들과 함께 천천히 골짝으로 들어가고 있었다.

장마 뒤끝이라 아직 날씨는 무덥고 공기는 눅눅했지만 이따금 산 위에서 불어 오는 바람은 무척 시원했다. 요도기미는 마치 소풍을 나온 어린 소녀처럼 즐거워했고 이토도 가슴이 한껏 부풀어 있었다.

한 달 전에 요도기미의 경호 책임자로 임명될 때 까지만 해도 그녀에 대한 이토의 시각은 그리 곱지 않았다. 도요토미의 사랑을 독차지하고 있는 여자라면 당연히 엉덩이에 꼬리가 아홉 개나 달렸다는 구미호처럼 표독스럽고 음탕한 요부일 것이라고 생각했다. 그러나 막상 가까이에서 지켜보니 그녀는 소문과는 너무나 딴판이었다. 오히려 그가 당혹스러울 정도로 순수하고 남자의 진정한 사랑을 그리워하는 애틋하고 귀여운 여인이었다.

함께 매사냥을 하다가 말에서 잘못 내려 발목이 접질리자 아파서 죽

겠다며 이토의 어깨에 얼굴을 파묻고는 펑펑 울던 모습, 자신을 따라다
니며 경호 하느라 수고한다며 아침에 나올 때마다 포르투칼 상인들이
만들어 바친 맛있는 카스테라를 남몰래 손에 쥐어 주던 애교 섞인 모
습, 사냥감을 찾아 들판을 함께 헤매다가 오줌이 마렵다며 말에서 내리
자마자 아무 곳에서나 치마를 들어 올리고 소변을 보던 모습은 오히려
천진난만한 아기를 연상시켰다.

물론 그녀는 외모도 무척 아름다웠다. 사냥을 하다가 덥다면서 개울
로 내려가 세수할 때에 걷어 올린 기모노 사이로 살짝살짝 드러나는 새
하얀 팔과 사슴처럼 긴 목은 너무나 매혹적이었다. 그리고 막사 안에서
따뜻하게 데워진 물로 목욕을 할 때도, 경호 책임자인 이토는 잘 빚어
놓은 조선 백자처럼 고혹적인 그녀의 알몸을 안개처럼 피워 오르는 수
증기 사이로 바라볼 수 있었다. 그녀의 모습을 묵묵히 지켜보면서 이토
는 때론 가슴이 뜨거워지고, 때론 깊은 한숨이 쏟아져 나오기도 했다.

"이토님!"

천렵 행사를 지켜보던 요도기미가 이토를 바라보며 입을 열었다.

"예, 요도기미님."

"밤에 이렇게 밖으로 나오니 정말 상쾌하군요. 나뭇잎 냄새도 좋고,
바람도 시원하게 불어오고……."

그녀의 눈동자는 그윽했고 음성은 꿈꾸는 것처럼 달콤했다.

"아 예, 정말 좋군요. 하늘엔 아직 먹구름이 조금 남아 있지만, 그래
도 이따금 별들도 볼 수 있구요."

이토의 굵은 음성도 조금 떨리고 있었다.

"저렇게 수많은 횃불을 밝히고 계곡 양쪽을 걸어가는 모습을 보니, 4

월 초파일에 커다란 연등을 들고 절로 향하던 광경이 생각나네요."

"야간천렵도 연등행렬에 못지않는 거대한 의식이랍니다. 조선에서 불교가 들어오기 전에는 산이 곧 거룩한 사찰이었고, 산에 오르는 것은 사찰에 가는 것과 같았으니까요."

"아! 너무나 신비로운 것 같아요. 밤하늘을 빠르게 지나가는 구름들, 꽃향기가 진동하는 울창한 숲, 독경처럼 묘한 감동을 일으키는 계곡의 물소리, 이따금 들려오는 이름 모를 산새 소리……. 마치 꿈을 꾸는 것 같아요. 영원히 깨고 싶지 않는 아름다운 꿈을."

요도기미는 '내 곁을 늠름하게 지켜주는 사랑스런 당신!'이라는 말도 하고 싶었으나, 그 말은 마음속으로 급히 삼켜 버렸다.

산딸기를 연상시키는 요도기미의 붉고 조그만 입에서 낭랑하게 흘러나오는 그녀의 음성은 마치 샤미셍 가락처럼 매혹적이었다. 주위를 두리번거리며 탄성을 내지르는 그녀의 모습을 바라보는 이토의 마음도 몹시 두근거렸다.

'이렇게 아름다운 곳에서 세상만사를 다 잊어버리고 요도기미와 단둘이 살 수만 있다면 얼마나 좋을까? 그러나 이틀 후면 이 여자는 혼슈우 섬의 오사카 성으로 되돌아가야 하고, 나는 내년 봄이면 조선으로 건너가야 한다. 조선을 점령하면, 그 다음에는 중국으로……. 중국을 정복하면 또 인도로……. 도요토미는 동중국해에 있는 오끼나와와 스페인의 식민지인 필리핀까지 함락시켜야 한다고 호언장담했었지. 아! 도요토미의 탐욕은 끝이 없구나!'

이토는 도요토미의 야욕에 따라 끊임없이 전쟁터를 전전해야 하는 자신의 신세가 못내 억울하고 안타까웠다.

'이렇게 귀엽고 순진무구한 여자가 늙고 추악한 도요토미의 품에서 살아야 하다니! 도요토미는 매일 밤 잠자리에서 열두 살 된 소녀들만 품는다고 하지 않던가? 천하의 흡혈귀 같은 놈! 요도기미도 결국은 그 늙은이가 묶어 놓은 올가미 안에서 서서히 피를 빨리다가 시들어 가겠지……. 그래! 요도기미가 그놈을 절대로 사랑할 리가 없어! 엄청난 부와 권력을 가진 그 늙은 놈이 아기처럼 순진한 요도기미를 마음껏 농락하고 있는 거야. 이 여자는 새장 속에 갇혀 있는 한 마리 작은 새야! 자신의 힘으로는 창공을 마음껏 날 수 없는 불쌍한 작은 새…….'

삼십대 초반의 한창 혈기 왕성한 이토는 그녀와 자신의 슬픈 운명을 생각하니 눈물이 왈칵 솟구칠 것 같았다.

'그러나 나는 사무라이 신세가 아닌가? 나의 운명을 내 의지로는 아무것도 개척할 수 없는 사무라이. 주군이 불속으로 뛰어들라면 지체 없이 명령을 수행하고, 주군이 날더러 썹뽀꾸를 하라면 잘 벼린 장검으로 배를 쑤시며 죽어가야 하는, 꼭두각시 같은 사무라이……. 그래, 나에게 과거란 무의미하다. 어차피 한 번 지나간 시간들은 되돌릴 수 없는 것이니까. 그리고 미래도 생각할 필요가 없다. 사무라이의 미래란 얼마나 불안하고, 불확실하고, 까마득한 것인가. 오직 나에겐 지금 이 순간, 현재만이 존재할 뿐이다. 그래! 지금 이 순간을 마음껏 즐기자. 전쟁터에서는 적을 베는 짜릿한 그 순간을. 술을 마실 때는 독한 알콜이 혈관 속을 순환하는 황홀한 그 순간을. 여자랑 누웠을 때는 여자의 속살이 전해주는 부드럽고 달콤하고 용암처럼 뜨거운 기운을 솟구치게 만드는 그 순간을. 꽃이 피는 그 순간을, 노래를 부르는 그 순간을, 말을 달리는 찰나의 그 순간을…….'

이때 갑자기 비가 후두둑 떨어지기 시작했다.

"비다, 비! 비가 온다!"

어느새 하늘을 온통 뒤덮은 먹장구름이 소낙비를 마구 뿌리기 시작했다. 빗줄기는 장대처럼 굵었고 내리는 속도도 아주 격렬했다. 소나기가 아무런 예고도 없이 쏟아지기 시작하자 사람들이 아우성을 치는 바람에 골짝을 올라가던 대열이 갑자기 흐트러지기 시작했다. 게다가 손에 들고 있던 횃불마저 하나 둘 꺼지면서 칠흑 같은 어둠에 휩싸이게 되자, 비를 피하려고 나무 밑이나 큰 바위 옆으로 급히 뛰어들던 농민들이 여기저기서 미끄러지고 넘어지는 소리가 요란하게 들려왔다.

이때 갑자기 커다란 바위산이 갈라지는 듯한 커다란 굉음이 높은 하늘에서 들려오더니, 요도기미가 타고 있는 말 부근에 있는 나무에 강렬한 번개가 세차게 내려 꽂혔다. 그 바람에 말이 깜짝 놀라 앞발을 높이 쳐들더니 앞으로 마구 달려가는 게 아닌가?

"이, 이토님!"

"요도기미! 요도기미님!"

번개 때문에 놀란 말은 어두운 숲 속으로 미친 듯이 달려가고 그 위에 올라탄 요도기미는 다급한 비명을 내질렀다. 이토는 요도기미가 탄 말을 잡기 위해 어두운 숲속으로 재빨리 달려갔다.

"이토님! 살려 주세요!"

이토는 요도기미의 비명이 들리는 쪽으로 급히 말을 몰았으나, 억수같이 내리는 비에 횃불마저 꺼져 버린 칠흑 같은 어둠 속이라 방향을 잡기가 여간 어려운 게 아니었다. 먹장구름 속에서 들려오는 커다란 천둥소리와 엄청나게 불어난 계곡물이 돌멩이와 자갈을 안고 시끄럽게 흘러가는 소리, 굵은 소낙비가 울창한 나뭇잎 위로 마구 떨어지는 소리 때문에 요도기미의 목소리는 이내 묻혀 버리고 말았다. 이토는 가슴이 철렁 내려앉았다.

'이러다간 요도기미를 영영 못 찾는 게 아닌가?'

"요도기미! 요도기미!"

이토는 목이 터질 듯이 요도기미를 큰 소리로 부르며 말을 급히 달렸다.

얼마나 시간이 흘렀을까? 미친 듯이 요도기미를 부르며 허겁지겁 숲속을 헤매는데, 어디선가 말 울음소리가 들렸다.

"요도기미! 요도기미! 어디에 있어요?"

이토는 요도기미를 애타게 불렀다. 그러자 잔뜩 겁에 질린 여인의 음성이 가냘프게 들려왔다.

"아, 이토님! 저, 여기에 있어요……."

이토는 소리가 들려온 곳을 향해 수풀을 헤치며 조심스럽게 들어갔다. 그곳엔 커다란 삼나무가 있고 그 옆에 말이 서 있었다. 칡넝쿨에 다리가 휘감긴 말은 소리를 크게 내며 괴로워하고 있었고, 그 위엔 겁에 잔뜩 질린 그녀가 간신히 매달려 있었다.

"워! 워!"

말 옆으로 급히 다가간 이토는 말을 안심시키면서 장검으로 칡넝쿨을 재빨리 잘라냈다.

잠시 후 말에서 내린 그녀는 이토의 품에 안겨 뜨거운 눈물을 콸콸 흘렸다. 무섭고 외로운 숲 속에서 홀로 떨던 그녀는 마치 구세주라도 만난 것처럼 반갑고 기뻤다. 또한 시녀들과 경호 사무라이들로부터 받던 감시의 눈길에서 완전히 벗어난 호젓한 숲속에서 사랑하는 사람과 단 둘이 있다는 사실이 감격스럽기까지 했다.

"요도기미! 울지 마시오. 옆에 내가 있지 않소. 내가 당신을 지켜 줄 테니, 아무 걱정 하지 마시오."

어느새 한여름의 소나기는 멈추었고, 빠르게 지나가는 먹구름 사이로 총총한 별들이 해맑은 얼굴을 내밀었다. 소나기 때문에 재빨리 몸을 피했던 숲 속의 작은 곤충들도 다시 모습을 드러내고는 기쁨의 노래를 재잘거렸다. 요도기미의 가는 허리를 힘껏 부둥켜안은 이토는 마치 황홀한 꿈을 꾸는 것 같았다. 코끝으로 들어오는 강렬한 사향 내음, 송이물보다 더 달콤한 그녀의 작고 탄력 있는 입술, 잘못 만지면 녹아 버릴 것처럼 달보드레한 그녀의 허벅지, 자신의 영혼까지도 다 빨려 들어가고 싶은 깊고 그윽한 그녀의 검은 눈동자.

"아, 너무 행복하오!"

이토의 입에서 생전 처음으로 행복하다는 말이 나왔다.

"저도요, 이토님…… 사랑해요!"

나뭇잎 사이로 어른거리는 고운 달빛을 받으며, 풀벌레들이 합창하는 사랑의 세레나데를 들으며, 이따금 불어오는 시원한 산바람을 맞으며, 두 사람은 하나가 되는 가슴 벅찬 기쁨을 함께 나누었다.

천수각의 연회는 한창 무르익고 있었다.

술이 몹시 취해 곤드레만드레가 된 도요토미는 소녀들의 무릎을 베고 벌렁 드러누워 버렸고, 불빛이 한결 어두워진 실내에는 야한 차림의 두 남녀가 나와서 '사랑의 2인무'를 추고 있었다. 요리상 앞에 허리끈을 풀고 앉은 다이묘와 무장들도 술에 거나하게 취한 모습으로 곁에 바투 앉은 게이샤들의 젖가슴과 허벅지를 주무르며 음탕한 눈길을 주고받고 있었다.

그 무렵 커다란 조선 호피 위에 비스듬히 누워서 이토와 뜨거운 눈길을 교환하던 요도기미가 살그머니 일어서더니 밖으로 나갔다.

잠시 후, 천수각 5층의 복도 끝에 있는 빈방은 이토와 요도기미의 격렬한 재회로 후끈 달아올랐다.

"아, 이토님!"

"요, 요도기미……."

누가 먼저랄 것도 없이 뜨겁게 부둥켜안은 두 사람은 감격의 탄성을 내질렀다.

"이번 여름에 떠나신다고요?"

"그렇소. 삼복더위가 시작될 무렵이면 나는 동해 바다 건너 조선 땅에 들어가 있을 것이오."

"이토님! 당신이 얼마나 보고 싶었는데, 이렇게 또다시 이별을 해야 한다니……."

"요도기미! 나도 당신과 똑같은 마음이오. 그러나 어떡하겠소. 이것이 사무라이의 운명인걸."

"아, 이토님! 당신이 그리우면…… 저는 어떻게 해야 하나요?"

요도기미는 수심 어린 표정으로 한숨을 몰아쉬었다.

"걱정 마시오, 요도기미! 이번에는 조선 반도를 다 정복하는 것이 아니라, 한양 남쪽의 4도만 공격하는 것이오. 그러니 아무리 길어도 1년을 넘기진 않을 것이오."

"1년이라고요? 아아! 당신이 떠나고 나면 하루가 10년 같을 걸요. 아마 1년 후에 당신이 저를 찾아오실 때엔, 저 늙은 원숭이한테 기를 다 빼앗겨 저는 폭삭 늙은 할머니가 되어 있을 거예요."

"아니, 그렇지 않소! 당신은 여전히 젊고 아름답소. 조선에서 돌아올 때는 당신을 위해 불로초를 구해 오겠소."

"불로초라고요?"

"조선에서 나는 산삼은 다 죽어가는 사람도 벌떡 일으킨다는 천하의 명약이오. 그대를 위해서 불로초를 반드시 구해 올 테니 나의 무운장구만을 빌어 주시오."

"아니에요! 그런 것들은 다 부질 없어요. 중국의 진시황도 불로초를 구하라며 수많은 신하들을 남쪽으로 보냈지만, 결국 못 구하고 말았잖아요. 이토님! 나에겐 오직 당신만 있으면 돼요. 당신이 나의 불로초예요."

"오, 요도기미!"

이토는 요도기미의 가는 허리를 더욱 세차게 껴안으며 불처럼 뜨거운 입김을 세차게 내뿜었다.

"저는 당신이 보고 싶을 때면 히데요리를 바라본답니다. 오늘도 보셨지요? 히데요리는 점점 자랄수록 당신을 얼마나 꼭 닮아 가는지, 정말 신기할 정도예요. 성격도 당신을 닮아, 비록 어린 나이지만 얼마나 사내다운지 몰라요. 마치 당신을 빼다 박은 것 같아요."

이토의 가슴속엔 뜨거운 부성애가 용솟음쳤다.

"히데요리를 잘 키워 주시오. 저 아이는 우리 사랑의 결실이오. 당신과 나의 뜨거운 사랑의 증거란 말이오."

"그래요. 히데요리는 우리의 아이예요. 아무 걱정 마세요. 제가 이 세상 누구도 남부럽지 않게 잘 키울게요. 저 늙은이가 죽고 나면 일본 땅을 호령할 아이는 바로 히데요리예요. 우리의 아이 히데요리가, 바로 이 성의 주인이 되는 거예요."

이토를 올려다보는 요도기미의 커다란 눈망울엔 투명한 이슬이 그렁그렁 맺혔다.

그날 밤 천수각의 빈방에서 은밀하게 만난 두 사람은 서로를 가슴에 안은 채 쏜살같이 흘러가는 시간을 한없이 원망했다. 결국 연회장을 너무 오래 비워 놓으면 행여 의심이라도 받을까 봐, 그들은 6년 만의 감격 어린 재회를 눈물로 마감할 수밖에 없었다.

그로부터 3개월 후. 일본군 총사령부가 있던 부산진 성에 다시 모인 다이묘들은 며칠 후에 시작될 2차 공격을 차질 없이 진행하기 위한 작전회의에 돌입했다. 먼저 입을 연 사람은 총대장인 고바야가와였다.

"우리가 지난 전쟁 때 조선을 거의 함락시키고도 제대로 지키지 못했던 이유는 남부지방 때문이었다. 남부지방에는 넓고 기름진 평야가 많은 조선의 곡창지대이다. 그런데 그 풍족한 곡창지대를 우리들이 점령하지 못했으니, 조선의 관군들과 의병들은 충분한 식량을 확보하면서 끈질긴 저항을 계속할 수 있었던 것이다. 심지어 남부지방에서 생산된 쌀은 원군으로 들어온 명나라 되놈들에게까지 군량미로 제공되었다. 그래서 이번에 도요토미님이 특별히 작전을 하달하셨는데, 그것은 바로 조선의 남부지방을 철저히 공략하라는 것이다! 그래서 한강 이북의 4도는 명나라에게 가져가라고 주고, 그 대신 한강 이남의 4도는 우리 일본이 확실하게 챙겨야 한다! 알겠나?"

"예, 잘 알겠습니다!"

모두들 고개를 조아리며 큰 목소리로 응답했다.

"특히 남부지방에는 값비싼 조선 도자기들이 수도 없이 널려 있다. 그러니 닥치는 대로 거둬들여라. 그러나 도자기가 깨지지 않고 본국으로 잘 운반되도록 특별히 유념해야 한다. 도공들도 함부로 죽이지 말고 가능한 한 생포해서 큐슈로 데려가도록 해라. 또한 경주에는 신라시대의 화려한 금관과 두 눈이 부실 정도로 아름다운 황금 귀거리와 황금 목걸이들이 아직도 많이 남아 있다. 귀족들의 집과 고분을 샅샅이 뒤져서라도 모두 가져와야 한다. 지난번 공격 때는 고니시와 가토와 구로다가 각각 세 갈래로 나눠 진격했지만, 이번에는 편성을 새롭게 하겠다. 전체 병력 15만 명을 좌군과 우군으로 나누는데, 좌군을 우키다가 지휘해라. 그리고 우군은 모리가 맡도록 해라. 그러면 각 군에서 누구를 선봉장으로 하면 좋겠는지를 결정하자."

먼저 모리가 입을 열었다.

"우리 우군에서는 용맹스러운 1군의 장수인 가토를 선봉장으로 하겠습니다. 그래서 함안, 의령, 합천에 이르는 낙동강 서쪽지역으로 공격하겠습니다."

그러자 우키다도 이에 질세라 선봉장을 급히 결정했다.

"좌군에서는 경험이 많고 지혜로운 2군의 장수인 고니시를 선봉장으로 해서 밀양, 창녕, 달성을 지나 낙동강 동쪽지역으로 진격해 들어가겠습니다."

그러자 총대장인 고바야가와는 커다란 호피 뒷면에 상세하게 그려져

40

있는 조선 8도 지도를 보면서 공격 대상을 구체적으로 지목했다.

"공격 개시일은 8월 3일 새벽으로 정한다! 그리고 좌군과 우군은 최종 집결지를 대구로 결정해라. 그곳에서 다시 전열을 정비해서 충청도와 경기도를 공략하자. 이번에는 한강 북쪽 4도는 명나라 되놈들이 지배하게 하고, 우리들은 한강 남쪽의 4도만 점령하면 된다. 그러니 모두들 신명을 바쳐 이번 작전을 수행하도록 하자."

이때 우키다가 볼멘소리로 이의를 제기했다.

"저, 고바야가와님! 모리가 이끄는 우군은 병력이 무려 6만 5천 명에 육박하는데, 제가 지휘하는 좌군은 5만 명도 채 되지 않습니다. 게다가 대구읍성은 성곽도 튼튼하고 수비하는 군사들도 상당히 많이 있답니다. 그러니 이번 작전을 제대로 수행하기 위해서는 병력을 조금 더 보충해 주셔야 할 것 같습니다……."

"지금 남해안의 진해성과 동해안의 울산성에는 이미 6백여 척의 선단이 입항해 있다. 그곳에는 토도와 와키사카가 지휘하는 정예 수군들이 1만 명이나 주둔하고 있다. 남해안 수군들은 김해에서 낙동강을 따라 삼랑진으로 들어가고, 또 동해안 수군들은 영일만 북쪽의 형산강 하구에서 신라의 수도였던 경주로 곧장 진격해 들어가면서 우군과 합동작전을 펼칠 테니, 자네는 전혀 걱정하지 않아도 된다. 알겠나?"

"예, 감사합니다!"

임진왜란 때에 총대장으로 조선 땅을 밟았다가 엄청난 고생 끝에 부산으로 퇴각해야 했던 우키다 히데이에는 전의를 다시 불태우며 조선지도를 힘차게 노려봤다.

드디어 8월 3일 이른 아침.

형산강 하구로 기습 침입한 일본 병사들은 강변의 언덕길을 따라 진격하기 시작했다.

이른 아침부터 수십 척의 일본 수군 선단이 붉은 깃발과 날카로운 창검을 번뜩이며 형산강의 수로를 거슬러 올라가고, 강변 언덕길 위로 수천 명의 기마부대가 붉은 황토먼지를 포연처럼 자욱하게 일으키며 진군해 갔다. 생업을 위해 강가로 나왔던 조선 농부들은 이 모습을 보고 그만 두 눈이 휘둥그레지며 무릎에서 힘이 쑥 빠져 버렸다.

거룻배를 강 한가운데 띄우고 수박 향기 그윽한 버들잎 모양의 은어를 열심히 낚던 어부들도, 강바닥에 주저앉아 흑갈색의 조개를 대바구니에 한줌씩 옮겨 담던 마을 아낙들도, 장에 내다팔 노화비를 만들기 위해 강변의 갈대밭을 이리저리 오가며 잘 자란 갈대 잎을 우지직 우지직 꺾던 남정네들도, 한 번 섬벅 베어 물면 달보드레한 과육이 입안에서 살살 녹아내리는 탐스러운 배를 돌보기 위해 넓은 배 밭을 어슬렁어슬렁 거닐던 농부들도, 모두 다 혼비백산해서 숨기에 바빴다.

"왜구다! 왜구들이다!"

"섬나라 야만인들이, 또 쳐들어 왔다!"

이렇게 고니시 유키나가의 최선봉 부대가 수천 명의 기마병과 백여 척의 선단을 이끌고 여름빛이 완연한 형산강변의 넓은 들판을 온통 검붉은 핏빛으로 물들이고 있는 바로 그 순간.

경주 서쪽에 위치한 형산강의 지류인 서천변에 자리잡은 고색창연한 삼랑사에선 한 쌍의 선남선녀가 성대한 혼례식을 올리고 있었다.

혼례식이 거행되는 삼랑사 대웅전 앞마당엔 하얀 차일이 날아갈 듯

42

쳐졌고, 그 아래엔 파르스름한 돗자리가 널따랗게 깔렸다. 돗자리 위엔 둥근 달떡, 밤, 대추, 형형색색의 과자들로 예쁘게 치장된 커다란 나무 상이 놓여 있고, 그 뒤엔 무병장수를 염원하는 십장생을 수놓은 열두 폭 비단 병풍이 호사스럽게 펼쳐 있었다. 그리고 병풍 좌우엔 화사한 색동옷을 예쁘게 차려입은 어린 화동들 십여 명이, 보석처럼 눈부신 화관을 곱게 땋은 머리 위에 닭벼슬처럼 앙증맞게 매달고는 양 볼을 방실거리며 서 있었다.

잠시 후 붉은 빛 바탕에 황금색 학 모습이 화려하게 수놓인 흉배를 붙인 청색 비단관복 차림의 새신랑이 검정색 관모를 의젓하게 쓰고는 차일 안으로 천천히 들어섰다. 넓은 마당에는 순식간에 함박웃음이 퍼졌다.

"야, 새신랑이 훤칠하게도 생겼구나!"

"그러게 말이야! 어려서부터 이목구비가 뚜렷하더니 늠름하게도 성장했구면."

"저렇게 잘생긴 옥골선풍이 장가를 가니, 오늘밤에는 경주 규수들이 눈물 꽤나 흘리겠는걸."

대웅전 앞마당을 가득 메운 하객들은 모처럼만에 거행되는 성대한 혼례잔치를 구경하느라 모두들 즐겁고 기쁜 표정이었다.

곧이어, '신부! 출!' 하는 힘찬 호령과 함께 원삼 족두리를 머리 위에 곱게 얹은 새색시가 돗자리 위로 사뿐사뿐 걸어 나왔다. 그러자 마당 안에는 박수와 탄성이 축포처럼 잇달아 터져 나왔다. 신부인 숙향 낭자는 방년 18세로, 경주에서 선비로 유명한 최씨 가문의 아리따운 규수였다.

"어머! 저 각시 좀 봐! 마치 달 속에 사는 항아가 땅으로 내려온 것 같아."

"어쩌면 저렇게 고울 수가! 절세미인 양귀비도 그만 울고 가게 생겼는걸!"

"새색시가 경주 최 대감댁 셋째 따님이라며?"

"그래! 최 대감님의 셋째 따님인 숙향 낭자는 머리가 총명하고 손재주도 뛰어나 어려서부터 침선과 요리도 잘할 뿐 아니라 글공부도 열심히 했었다네. 그래서 시, 서예, 그림을 잘 그리고 가야금도 무척 잘 탄다는구만. 그야말로 재색을 겸비한 현모양처가 아니고 무엇이겠나!"

"부부는 서로 닮는다고 하더니, 과연 으뜸 신랑에 으뜸 색시가 만났구먼! 이게 바로 천생연분 아니겠나?"

신부는 참으로 아름다웠다. 아주까리기름을 곱게 발라 윤기가 자르르르 흐르는 검은 머리 위에는 예쁜 족두리가 왕관처럼 얹혀 있고, 단정하게 쪽을 진 머리 뒤쪽에는 칠보 비녀가 영롱한 빛을 발하고 있었다. 분홍색 명주를 잘 마름질해서 만든 치마저고리 위에는 초록색 원삼을 우아하게 걸쳤고, 그 위에는 일곱 가지 색실로 예쁘게 매듭을 엮은 옥나비 한 쌍이 앙증맞게 달려 있었다. 그리고 귀 옆으로는 붉은 산호로 화사하게 치장한 드림댕기가 양 허리까지 길게 늘어져 있었다. 신부는 마치 화창한 봄날에 탐스럽게 피어난 한 떨기 모란처럼 눈부셨다.

마침내 신랑이 정절과 부부해로를 상징하는 한 쌍의 나무기러기를 장모에게 드리는 걸로 혼례식은 시작되었다. 곧이어 커다란 나무상을 사이에 두고 마주 선 두 사람은 옆 사람의 부축을 받으며 큰 절을 올렸다. 먼저 수줍은 신부가 다소곳한 태도로 세 번 절을 했고, 그 다음에는 의젓한 신랑이 두 번 반 절을 했다. 서로 마주보며 나부죽하게 절을 끝낸 두 사람은, 청실과 홍실로 아름답게 장식된 호리병으로 정성껏 따라 주는 한 잔의 술을 천천히 나눠 마셨다.

까다로운 격식과 엄격한 법도에 따라 혼례식이 정중하게 진행되는 동안 십여 명의 악사들은 3현 6각으로 음악을 잔잔히 연주했고, 하객들은 호기심 어린 표정과 흥분된 심정으로 신랑신부의 일거수일투족을 유심히 지켜보고 있었다. 또한 대웅전 바로 앞의 높은 섬돌 아래엔 양가부모와 가까운 친척들이 함께 모여 앉아, 흐뭇한 표정으로 두 사람의 혼인을 바라보고 있었다. 그들 중에는 신랑의 부친인 대석 선비, 또 부친과 어려서부터 동문수학한 오랜 벗이자 이 절의 주지인 탄선 스님이 계셨고, 또한 신랑의 여동생인 선희 낭자, 신랑의 사촌형인 대웅 선비와 그의 처인 유씨 부인도 함께 있었다.

신랑인 현민은 약관 20세의 젊은이로, 옛 신라 왕족의 후예였다.

현민의 부친인 대석 선비는 몰락한 신라 왕족의 후손이었으나 경주에서도 아주 명망이 높은 선비였다. 그는 연산군을 폐위시키고 중종 반정으로 나라를 다시 세운 뒤 혁신정치를 펼치던 조광조의 문하에 있었다. 당시 대석 선비는 한동안 한양에 머물면서 많은 일을 했다. 그러나 중종이 훈구대신들의 부추김과 꼬드김에 넘어가 조광조에게 사약을 내리고 그와 함께 일하던 많은 선비들을 잡아들이는 큰 변고가 일어났다. 그러자 대석 선비는 아내와 세 살배기 아들 현민을 삼랑사의 주지인 탄선 스님에게 맡기고 지리산 깊은 골짝으로 급히 몸을 피해야 했다.

그후 20년에 가까운 세월이 흐른 뒤 세상이 다시 조용해지고 임금이 바뀌면서 조광조와 그를 뒤따르던 선비들이 억울한 누명을 썼다는 사실이 모두 밝혀졌다. 그제야 대석은 다시 경주로 돌아올 수 있었고, 아들의 혼례식에도 참석할 수 있게 된 것이다.

그 당시 대석 선비의 아내인 이씨 부인은 삼랑사의 주방에서 밥을 하고 반찬을 만드는 힘든 찬모생활을 하면서도 어린 현민을 열심히 가르쳤다. 학식 높은 선비였던 아버지를 닮아 어려서부터 영민하고 총명했던 현민은 4서 3경을 비롯한 유학의 경서는 물론이고 불경까지도 공부했고, 또 무술에 뛰어난 탄선 스님으로부터 조선의 전통무술인 태견과 신라의 본국검법과 선비들의 춤인 학춤까지 모두 배웠다. 이렇게 해서 헌헌장부로 성장한 현민은 18세에 경주 최 대감댁 호위무사로 들어가게 되었다.

현민은 그곳에서 최 대감의 셋째 따님인 숙향 낭자를 만났고, 지난 2년 동안 남모르는 사랑을 키워 왔었다. 숙향 낭자는 최 대감의 셋째 따님이기는 하지만, 정실부인의 소생은 아니었다. 한양에서 경상도 동해안으로 귀양살이를 온 몰락한 양반의 후손인 탓에 노비로 전락한 여성과 최 대감 사이에서 태어난 딸이었다. 그래서 숙향 낭자는 정실부인이 낳은 두 딸로부터 많은 구박과 설움을 받으면서 힘든 어린 시절을 보내야 했다. 그러나 천성이 밝고 심성이 고왔던 숙향 낭자는 그러한 일들을 모두 꿋꿋이 이겨내고 어여쁜 규수로 성장했고, 부모님의 삼랑사 방문 때에 아버지의 호위무사인 현민과 깊은 사랑을 나누는 사이가 되었다. 그리고 드디어 두 사람이 혼인을 올리게 된 것이다.

이윽고 혼례식이 끝나자 대웅전 앞마당에서는 혼례 잔치가 성대하게 벌어졌다. 넓은 마당에 풀잎처럼 가득 깔린 돗자리 위에는 수십 개의 잔칫상이 촘촘히 놓이고, 그 위에는 정성껏 준비한 잔치음식이 푸짐하게 차려졌다. 김이 모락모락 피어오르는 하얀 쌀밥 옆에는 경주 남산의 깊은 골짝에서 따온 향긋한 나물들이 입맛을 돋우었고, 얄쯕하게 저민 더덕을 하얀 찹쌀가루로 덮씌워 펄펄 끓는 기름에 자글자글 지져낸 먹음직스런 부각 옆에는 새로 담은 맛깔스런 봄김치가 군침을 자르르 돌게 했다. 게다가 경주 남산 깊은 계곡 속에서 흘러내리는 맑은 물로 담근 식혜까지 하얀 사기잔 위에 동동 부어지자, 잔칫상은 그야말로 임금님 수라상이 부럽지 않을 정도였다.

이미 하지가 지났고 소서도 며칠 남지 않아 여름햇살은 그 어느 때보다 뜨거웠고, 훈풍에 묻어오는 사찰 주변의 꽃향기는 이날의 잔치를 더욱 축하해 주는 듯했다. 그리고 저 멀리 내려다보이는 형산강 위엔 은어를 잡기 위해 낚싯줄을 길게 드리운 고깃배들이 그림처럼 떠 있고, 푸른 송림이 산드러지게 휘늘어진 강변의 은빛 모래톱 위엔 제비 떼가 힘차게 날아오르고 있었다. 이처럼 아름답고 평화로운 여름날에 부처님이 굽어보시는 고색창연한 사찰에서 두 청춘남녀를 축복하는 혼례잔치를 성대하게 벌이게 된 하객들은 모두 한마음이 되어 기쁨을 만끽하고 있었다. 실로 오랜만에 찾아온 커다란 경사에 그들 모두는 너무나 행복했다. 바로 그 순간만큼은 이 세상의 그 누구도 부럽지 않은 최상의 시간이었다.

"하하, 좋구나, 좋아!"

"그럼, 오늘처럼 경사스런 일만 매일 있었으면 정말 좋겠네!"

"이제 섬나라 왜인들도 물러갔으니, 세상이 예전처럼 조용해지겠지. 정말, 그동안 고생들 많았네!"

"그러게 말이야! 이젠 두 번 다시 그런 악몽 같은 전쟁이 없어야지."

잔칫상 앞에 마주 앉은 하객들은 서로 덕담을 나누자 함박웃음이 연이어 터져 나오고, 즐거운 노래도 여기저기서 흘러나왔다.

오랜만에 한자리에 모인 일가친척과 축하객들이 귀한 잔치음식을 함께 즐기며 푸른 하늘을 둥실 떠가는 구름처럼 기분이 한없이 고조되고 있는 바로 그 시각. 형산강 변을 따라 백여 리 길을 숨 가쁘게 달려온 이토의 기마부대는 왼쪽으로 방향을 바꾸어 서천변으로 막 접어들고 있었다.

동해의 형산강 하구에서 삼랑사가 있는 서촌으로 이어지는 백여 리의 골짝은 여름이 한창 무르녹고 있었다. 울창한 원시림이 삼단 같은 머리를 나부룩하게 풀어헤친 깊은 계곡엔 옥처럼 맑은 시냇물이 우르릉 쾅쾅 쏟아져 내리고, 집채만한 바위덩이가 어웅한 숲속에 공룡처럼 웅크리고 앉은 골짝 곳곳엔 청록색 잎사귀를 잔뜩 보듬고 서있는 야생 차나무들이 다봇다봇 군락을 이루고 있었다. 하얀 용의 기다란 몸통처럼 굽이굽이 휘어지고 이리저리 곱도는 계곡 위엔 안개처럼 둥둥 떠다니는 은빛 물보라가 오색영롱한 무지개를 매달아 놓았고, 청정한 수림 사이로 불어오는 미풍엔 향긋한 차내음이 살며시 번져왔다. 하얀 수염을 길게 드리운 신선이 전설의 청학을 타고 금방이라도 나타날 것처럼 아름다운 강변길을 핏물이 뚝뚝 흐르는 날카로운 장검을 빼어 든 성난 사무라이들이 발길을 연신 재촉하고 있었다.

이런 줄도 모르고 혼례 잔치가 한창 벌어지고 있는 삼랑사 앞 마당에는 흥겨운 춤판이 한창 펼쳐지고 있었다. 기쁨을 함께 나누며 기분이 고조된 하객들은 모두 다 자리에서 일어나 신명난 풍악에 맞춰 덩실덩실 춤을 추었다. 사람들의 어깨가 으쓱으쓱 거리고 한복의 넓은 옷자락이 바람을 일으키며 너울너울 거렸다. 모두들 싱글벙글 거리며 행복한 표정을 지었고 대석 선비와 탄선 스님도 호탕한 웃음을 지으며 즐거워했다.

혼례 잔치가 한창 무르익어 가는 바로 그때였다. 티 한 점 없이 벽옥처럼 푸른 삼랑사의 넓은 하늘 위로 시커먼 갈가마귀들이 요란한 소리를 내며 떼를 지어 날아오르는 게 아닌가? 한창 신이 오른 대웅전 앞마당 위로 검은 그림자가 갑자기 덮씌워지며 백여 마리의 갈가마귀들이 일제히 날아오르자 사람들의 눈이 갑자기 휘둥그레졌다.

"아, 아니! 이게 뭐야?"

"재수없게 웬 까마귀들이야?"

그런데, 그 순간. 삼랑사의 커다란 나무대문이 버럭 열리면서 말을 탄 사무라이들이 날랜 표범처럼 왈칵 뛰어드는 것이었다.

"으악! 저, 저게 뭐야?"

한창 홍에 겨워 신바람 나게 춤을 추던 하객들은 화들짝 놀라며 갑자기 놀란 토끼눈이 되어버렸다. 그와 동시에 대웅전 앞마당으로 시퍼런 칼을 뽑아든 사무라이들이 재빠르게 뛰어 들어왔다.

"왜구다, 왜구들이다!"

조금 전까지 홍겹기만 하던 잔치마당은 순식간에 아수라장이 되어버렸다. 가야금의 탕개줄이 자지러지는 비명을 지르며 일시에 끊어지고, 커다란 음식상이 왈칵 뒤집어지고, 사기 그릇들이 쨍그랑 깨어지고, 정갈한 돗자리 위엔 붉은 피가 분수처럼 뿌려지고, 술 취한 하객들은 가을 들판의 허수아비처럼 맥없이 쓰러지기 시작했다.

사무라이들의 무자비한 기습공격에 새신랑인 현민은 너무나 당황해서 어찌할 바를 몰랐다. 두 눈을 크게 부릅뜬 그는 나이 어린 신부와 여동생, 그리고 연세 많으신 부모님을 보호하기 위해 사모관대를 벗어 던지며 자리를 박차고 뛰어 올랐다.

"이얏!"

"으랏차!"

사무라이 한 명이 현민의 목을 치기 위해 칼을 높이 쳐들었다. 그 순간 현민은 왼쪽으로 몸을 급히 피하며 오른발을 번쩍 들어 올렸다.

"으악!"

오른쪽 발등으로 뒷목을 세차게 내려치자 사무라이는 비명을 냅다 지르며 앞으로 고꾸라졌다. 목뼈가 부러진 것이다.

"이얏!"

미처 숨돌릴 틈도 없이 또 다른 사무라이 하나가 현민의 가슴을 향해 칼을 똑바로 찔러왔다. 현민은 오른쪽으로 급히 몸을 회전시키며 상대방의 공격을 재빨리 피했다. 그리고는 몸의 회전력을 이용해서 그 자리에서 위로 뛰어 오르며 상대방의 뒤통수를 세차게 찼다.

"이크!"

머리 뒷부분을 정통으로 맞은 사무라이는 눈알이 앞으로 빠지는 듯한 충격에, 그만 칼을 놓치며 그 자리에 털썩 주저앉아 버렸다. 이번에는 세 명의 사무라이가 일제히 현민을 향해서 뛰어 들었다. 다급해진 현민은 먼저 오른쪽으로 공격해 오는 사무라이의 허벅지를 세차게 밟아 눌렀다. 곧이어 몸을 위로 솟구치며 왼쪽으로 공격해 오는 사무라이의 가슴팍을 강하게 밀어 찼다. 그와 동시에 앞으로 높이 뛰어 오르며 정면으로 달려오는 사무라이의 턱을 세차게 차올렸다.

"윽!"

고통스런 비명을 지르며 그 자리에 쓰러진 그들은 각각 다리가 부러지고, 갈비뼈가 끊어졌다. 마지막에 쓰러진 사무라이는 턱이 부서진 채로 절명해 버렸다. 현민이 사무라이들을 상대로 펼친 맨손 무예는 조선의 전통무예인 택견이었다.

한반도 북쪽의 강력한 고대국가였던 고구려 시대부터 전해 내려온 택견은 북방민족의 후예답게 다리의 움직임을 아주 중요시하는 특이한 무술이었다. 드넓은 만주들판을 힘차게 달리는 요란한 말발굽 소리를 연상시키는 독특한 리듬에 맞춰 두 다리로 삼각형 스텝을 밟아 나가는 택견은 일명 '비각술'이라고 불리기도 했다. 이렇게 여러 명의 사무라이들을 단숨에 제압하고 그들의 칼을 빼앗은 현민은 신비로운 고대 신라의 본국검법으로 마구 달려드는 사무라이들을 순식간에 쓰러뜨렸다.

대웅전 앞마당의 현민이 미처 숨 돌릴 틈도 없이 침입자들과 치열한 혈투를 벌이고 있을 때, 신선각 아래로 급히 내려간 사촌형 대웅도 공포에 떨고 있는 부모님을 보호하기 위해 진땀을 뻘뻘 흘리며 악전고투하고 있었다. 키가 6척(180㎝)이 넘고 몸무게가 30관(112㎏)이 넘어 '불곰'이란 별명을 갖고 있는 대웅은 넓은 차일을 받치고 있던 커다란 지주대를 급히 빼어들고는 사무라이들을 향해 마구 휘둘렀다. 사람 키의 세 배나 되는 거대한 지주대를 마치 풍차처럼 크게 휘두르자, 기세등등하게 공격해 들어오던 사무라이들이 마치 총에 맞은 원숭이들처럼 뒤로 쿵! 쿵! 나자빠졌다.

"으악! 윽!"

사무라이들은 마치 거대한 함마에 맞은 것처럼 머리가 터지고, 다리가 부러지고, 어깨가 부숴져 나갔다. 그들은 기골이 장대한 대웅이 불곰처럼 거친 숨을 씩씩거리면서 엄청난 힘을 과시하자 어안이 벙벙한 표정이었다. 기다란 지주대가 우지끈 하는 소리를 내며 부러져 나가자, 대웅전 섬돌 위로 급히 뛰어 올라간 대웅은 무거운 돌절구를 번쩍 들어서 아래로 던지고는 그 안에 들어 있는 쇠로 만든 공이를 휙휙 휘두르기 시작했다.

"이얏!"

"으윽!"

그런데 바로 그때였다. 칼을 뽑아들며 섬돌 위로 뛰어 올라온 사무라이의 어깨를 쇠공으로 거세게 내리친 대웅이 몸을 왼쪽으로 막 돌리는데, 말 위에서 이토가 겨냥한 총탄이 대웅의 옆구리에 정확히 날아와 박히는 게 아닌가?

"윽!"

전광석화 같은 총탄이 불을 토하며 자신의 옆구리에 세차게 박히자 대웅의 입에선 고통스런 신음이 순간적으로 터져 나왔다. 그와 동시에 이토의 부관인 이께다가 말을 앞으로 내달리며 그물을 재빨리 던졌다.

"으윽!"

옆구리를 찌르는 격심한 통증으로 몸을 옆으로 비틀던 대웅은 갑자기 허공에 시커먼 그림자가 드리워지며 커다란 그물이 자신을 향해 내려오자 더욱 당혹스러웠다. 쇠공이를 힘없이 떨어뜨리며 그물에 파묻힌 그는 그만 발을 헛디뎌 그만 섬돌 아래로 데굴데굴 굴러 떨어지고 말았다.

"저놈을 산 채로 잡아라!"

칼자국이 선명한 오른 뺨을 실룩거리면서 이토가 냅다 고함을 질렀다. 그는 커다란 몸집과 괴력을 보유한 대웅을 그냥 죽이기가 아깝다고 생각한 것이다.

그물에 휘감긴 대웅이 벌떼처럼 달려드는 사무라이들에 의해 체포당하고 있는 바로 그 순간, 현민도 위험한 고비를 맞이하고 있었다.

"탕!"

대웅전 앞의 3층탑 위로 뛰어 올라온 사무라이가 현민을 향해 총을 쏜 것이다. 화승총에서 발사된 총알은 정확히 현민의 우측 어깨에 맞았다. 얼굴색이 흙빛으로 변한 현민은 다리를 휘청거리며 앞으로 고꾸라졌다. 그와 동시에 사모가 벗겨지면서 상투를 고정하고 있던 긴동곳도 그만 빠져 버렸다. 머리를 산발한 채 땅바닥에 엎어진 현민은 가물거리는 의식을 되찾으려고 안간힘을 썼으나 역부족이었다. 어깨는 불이 붙은 것처럼 뜨겁게 달아올랐고, 무릎엔 점점 힘이 빠져나갔다.

"으악! 현민아!"

공포에 질려 떨고 있던 현민의 부모님들도 사무라이들이 휘두르는 칼날에 맥없이 쓰러지고 말았다. 이 모습을 지켜본 선희 낭자와 새색시는 긴 머리카락이 쭈뼛 설 정도로 극도의 공포심에 사로잡혀 서로 부둥켜안은 채 울음을 터뜨렸다.

이때 이토의 시야 속에, 두려움과 경악으로 새파랗게 질려 안절부절못하는 새색시의 모습이 선명하게 들어와 박혔다. 호화로운 혼례복을 입은 채 마당 한구석에서 덜덜 떨고 있는 그녀의 모습이 마치 한 마리의 원앙새처럼 너무나 인상적이었던 것이다. 말에서 급히 뛰어내린 이토는 우악스런 손으로 그녀의 어깨를 사정없이 잡아챘다.

"서방님! 서방님!"

화들짝 놀란 새색시는 급히 현민을 불렀다. 그러나 어깨에 총알을 맞고 흙바닥에 나부라진 현민은 정신만 가물거릴 뿐 아무런 힘을 쓸 수 없었다.

길 잃은 새끼사슴처럼 애동대동한 새색시를 잡아끌고 대웅전 안으로 급히 들어간 이토는 그녀를 나무 바닥 위에 세차게 내동댕이쳤다.

"어머나!"

외마디 비명을 지르며 바닥에 엎어진 그녀는 낭떠러지 위에서 사나운 야수와 맞닥뜨린 것처럼 눈앞이 캄캄했다. 그녀가 강제로 끌려 들어온 대웅전은 삼랑사에서 가장 중요한 건물이었다. 커다란 석가모니 부처가 불단 한가운데에 앉아 있고 좌우측엔 각각 아미타불과 약사여래불이 모셔져 있는 곳이다. 천정의 단청은 황금으로 치장되어 있고 그 아래에는 거대한 용의 몸통과 연꽃무늬가 화려하게 조각되어 있었다.

불교 신자인 이토는 인자한 모습으로 정중앙에 좌정해 있는 석가모니 부처를 한 번 힐끔 올려다보며 득의에 찬 표정으로 곤댓질을 한번 하더니 갑자기 옷을 벗기 시작했다. 무거운 투구와 갑옷을 훌렁훌렁 벗어 던진 이토는 기저귀처럼 생긴 훈도시만 아랫도리에 달랑 두른 채 그녀를 향해 천천히 다가갔다.

그녀는 아연실색했다. 알몸의 일본 남자가 자신을 향해 저벅저벅 걸어오자 정신이 아득해지며 두 다리가 휘청거렸다.

'도대체, 이 일을! 이 일을, 어쩐단 말인가.'

당시 조선은 엄격한 유교 국가였다. 양반집 규수들은 '남녀 7세 부동석'이라 하여 일곱 살만 되어도 남녀는 한자리에 함께 앉을 수 없을 뿐 아니라, 여자는 '안채'라고 부르는 여자들만의 공간 속에서 폐쇄생활을 해야만 했다. 또한 바깥 외출을 할 때면 사면이 다 가려진 가마를 타거나, 차도르를 쓴 이슬람 여인들처럼 온몸을 가리는 긴 장옷을 입고 여자 몸종이 반드시 동행해야만 했었다. 그런데 알몸으로 다가오는 낯선 남자라니! 그녀는 가슴이 철렁 내려앉는 것만 같았다. 어찌할 바를 모르며 안절부절 못하던 그녀는 순간 머릿속에 번뜩 떠오르는 것이 있었다.

바로 은장도였다. 시집 오던 날 아침에 그녀는 어머니로부터 여성의 정절을 상징하는 은장도를 하나 받았다. 그녀는 은장도를 자신의 허리춤 속에 은밀하게 매달아 두었다. 그녀는 재빨리 초록색 비단 원삼 안으로 손을 넣어 조그만 은장도를 얼른 뽑아 들었다.

"아니, 이년이!"

이토는 가시눈을 부릅뜨며 고함을 질렀다. 그러나 온갖 싸움터에서 잔뼈가 굵은 사무라이가 쥐새끼 한 마리도 제대로 죽일 수 없을 것처럼 작디작은 은장도를 무서워할 리 없었다. 험악한 표정으로 그녀를 잔뜩 노려보던 이토는 시커먼 손을 위로 치켜들고는 앞으로 냅다 뛰어들었다.

"이얏!"

이토의 손이 휙 하고 내려오는가 싶더니 순식간에 그녀의 가냘픈 손목을 세차게 내리쳤다.

"으악!"

그녀의 팔이 맥없이 내팽개쳐지면서 그녀는 고통스런 비명을 내지르고 말았다. 은장도는 손에서 멀찌감치 떨어져 나갔다. 이토는 곰발바닥처럼 투박한 손바닥을 위로 쳐들더니 새색시의 여린 얼굴을 거세게 후려쳤다.

꽃잎처럼 부드러운 그녀의 입술이 순식간에 찢어지고, 복숭아 과육처럼 탐스런 양 볼이 날아온 차돌에 맞은 것처럼 시뻘겋게 터져 버렸다. 선혈이 낭자한 얼굴로 마룻바닥에 엎어진 그녀를 음흉한 눈으로 내려다보던 이토는 자신의 오른쪽 다리를 천천히 들어 올렸다. 그리고는 통나무처럼 억센 오른발로 그녀의 가는 허리를 우지끈 하고 밟아 버렸다.

"으악!"

허리가 끊어지는 듯한 격한 통증에 그녀는 소스라치는 비명을 지르며 그만 기절하고 말았다. 마룻바닥에 힘없이 쓰러진 그녀 옆에 주저앉은 이토는 음산한 미소를 입가에 흘리면서 그녀의 옷을 마구 벗기기 시작했다. 억센 손으로 초록색 원삼을 단숨에 벗겨내고는 분홍 저고리를 급히 잡아 당겼다.

"어, 뭐가 이래?"

윗저고리를 완전히 벗겼는데도 여자의 젖가슴이 보이지 않자, 이토는 잠시 황망한 표정을 지었다. 너무나 흥분한 나머지 조선 여인들은 유방을 저고리 안에 두는 것이 아니라 치마 아래에 숨겨 놓는다는 사실을 깜박 잊은 것이다.

어리둥절한 표정을 지으며 잠시 머뭇거리던 이토는 그녀의 오른쪽 옆구리에 매여 있는 치마말기를 부리나케 풀어 젖히기 시작했다. 치마말기의 긴 끈을 옆으로 잡아당긴 뒤 분홍색 치마를 벗기자, 그 속에서 새하얀 통치마가 드러났다. 성질 급한 이토가 거친 숨을 씩씩거리며 통치마를 재빨리 벗겨 내리자, 이번에는 풍성한 반바지가 모습을 나타냈다.

"이런, 빌어먹을! 뭘 이렇게 많이 껴입은 거야!"

이토가 큰소리로 투덜거리며 반바지를 벗기자, 그 안에는 좀더 짧은 가래바지가 또 하나 있었다. 신경질이 난 이토는 가래바지를 거칠게 잡아당겼다. 가래바지를 벗겨내자 이번에는 짧은 단속곳이 모습을 드러냈고, 단속곳을 재빨리 벗기자 그 속에는 속속곳이 또 나왔다.

"이런, 우라질!"

이토는 환장할 지경이었다. 아랫도리는 이미 탱탱하게 달아올라 금방이라도 터질 것만 같은데, 젊은 여인의 깊은 계곡은 꼭꼭 숨어서 모습조차 보이지 않으니. 약이 오를 대로 올라 다급해진 이토는 쌍소리를 마구 지껄여댔다. 금방이라도 굵은 소나기가 쏟아질 것처럼 험상궂은 표정으로 숨을 헐떡거리며 그녀의 새하얀 속속곳을 난폭하게 잡아 당겼다.

이토의 두 눈이 갑자기 휘둥그레지며 찌푸린 얼굴이 쾌청한 가을하늘처럼 활짝 펴졌다. 아침 햇살보다 더 눈부신 그녀의 속살이 그 순백의 아름다움을 드디어 드러낸 것이다.

'양파처럼 겹겹이 싼 치마 속에 이토록 황홀한 것이 숨어 있었다니! 그래, 이 정도로 아름다운 보석이면, 그토록 소중하게 꼭꼭 숨겨 두어야지.'

황홀경에 빠진 이토는 목화솜처럼 새하얀 새색시의 젖가슴에 자신의 시커먼 얼굴을 파묻었다. 그러자 향긋한 젖 냄새가 코끝에 물씬 풍겨왔다. 살며시 입을 벌린 이토는 분홍빛 젖꼭지를 자근자근 깨물기 시작했다. 그리고 시뻘건 혓바닥으로 봉긋한 젖가슴을 천천히 핥아 나갔다. 수염이 덥수룩한 깔깔한 얼굴을 젖가슴에 마구 비벼대며 강아지처럼 코를 킁킁거리던 이토는 아랫도리에 붙어 있던 얇은 훈도시를 미련 없이 벗어 던졌다. 시커먼 두 손으로 비단처럼 나긋나긋한 그녀의 허리를 사정없이 부여잡고는 시뻘겋게 달아오른 자신의 하체를 앞으로 전진시켰다. 그러자 간간히 신음소리를 토하며 마룻바닥에 기절해 있던 그녀는 깜짝 놀라며 온몸을 부르르 떨었다.

그리고는 두 눈을 번쩍 떴다. 깜짝 놀라며 정신을 차린 그녀는 자신의 온몸을 덮쳐누르는 이토의 알몸을 발견하고는 그만 기겁을 하며 고함을 크게 내질렀다.

"으악!"

그녀는 뱀처럼 징그러운 이토의 품에서 벗어나기 위해 모질음을 심하게 쳤다. 머리를 세차게 흔들고, 허리를 좌우로 크게 비틀고, 양손을 앞으로 뻗어 이토의 가슴팍을 마구 밀었다. 그러나 모두가 다 속절없는 짓이었다. 방년 18세의 나이 어린 새색시가 평생 동안 싸움으로 단련된 사무라이를 완력으로 이길 수는 없는 노릇이었다. 사력을 다한 그녀의 저항은 오히려 이토의 포악무도한 성질을 자극할 뿐이었다. 부아가 울컥 치민 이토는 욕을 심하게 퍼부으며 그녀의 얼굴을 무차별적으로 가격하기 시작했다.

"이 미친년이! 어딜 감히, 반항을 하는 거야!"

돌덩이 같은 주먹으로 안면을 정통으로 강타하자, 꽃잎처럼 보드라운 그녀의 얼굴은 무참하게 짓이겨지기 시작했다.

"이 개 같은 년! 죽어라, 죽어!"

고운 얼굴이 종잇장처럼 찢어지고, 붉은 살점이 마구 터져 나갔다. 그녀의 코와 입에서는 시뻘건 피가 줄줄 흘러 내렸다. 결국 그녀는 또 다시 실신하고 말았다. 그녀의 고개가 옆으로 떨구어지며 온몸이 힘없이 나부라졌다. 그러자 이토는 아래로 축 까라진 알몸을 내려다보며 회심의 미소를 짓더니, 다시 그녀의 허리를 뜨겁게 안기 시작했다.

잠시 후, 마당으로 내려온 이토는 이께다로부터 상황 종료를 보고 받았다.

"조선놈 사망자 250명, 생포자 89명. 아군 사망자 5명, 부상자 17명!"

사망한 조선인들의 코는 이미 예리한 칼로 도려내 생석회를 뿌린 큰 항아리 속에 담아 두었고, 사찰의 법당과 요사채 안을 샅샅이 뒤져 찾아낸 도자기, 서화, 비단, 불상, 귀금속 등은 나무궤짝 속에 차곡차곡 쌓여 있었다. 득의양양한 이토는 살아남은 부상자들을 모두 결박하여 군선들이 정박해 있는 나루터로 끌고 가고, 삼랑사에는 불을 지르라고 명령했다.

삼랑사는 신라 성덕왕 23년에 건립한 유서 깊은 사찰이었다. 그래서 이곳에는 대웅전, 화엄전, 명부전, 적묵당, 설선당, 팔영루, 금강문 등의 웅장한 건물들이 많이 있었고 거대한 당간지주가 하늘 높이 세워져 있었다.

그러나 그 아름답던 봄날에 삼랑사는 그렇게 쑥대밭이 되었다. 많은 경주 사람들이 함께 모여 기쁨을 나누던 혼례식장이 섬나라 야만인의 느닷없는 침입으로 인해 그만 지옥을 방불케하는 죽음의 장례식장으로 변해 버린 것이다. 신혼의 단꿈에 젖어 있던 18세의 새색시는 활활 불타오르는 대웅전 속에서 새까만 숯덩이가 되어야 했고, 큰 부상을 입은 현민과 대웅은 겨우 목숨을 부지한 선희와 함께 두 발을 질질 끌며 힘없이 끌려가야만 했다.

그들이 삼랑사를 떠나 신라의 옛왕성인 반월성으로 내려갈 즈음에, 어느새 사찰을 모두 태운 시뻘건 불길은 건조한 봄바람을 타고 아름드리 수림들이 울창하게 들어선 서천 건너편에 있는 산능선 위로 활활 번지고 있었다.

나고야의 봄 축제와 심야의 음모

화려한 야간축제가 연일 계속되는 큐슈 섬 최고의 무역항구인 나고 야는 마치 눈부신 조명 아래에서 화려한 의상을 온몸에 휘감은 채 멋진 춤을 추는 매혹적인 게이샤 같았다. 물안개가 자욱한 북쪽 부두는 형형 색색의 등으로 휘황찬란하게 장식한 수천 척의 선박들로 불야성을 이 루었고, 어두운 밤하늘엔 수천 발의 대형 폭죽들이 불꽃을 힘차게 뿜어 올리며 커다란 굉음을 연신 터뜨리고 있었다. 거대한 불꽃비가 폭포수 처럼 쏟아져 내리는 화려한 시내 거리엔 반라의 일본인들 수만 명이 한 꺼번에 몰려나와 일시에 함성을 내지르며 열광했다. 그리고 시내 중심 가에는 거대한 가마를 앞세우고 일본 전통의상을 요란하게 차려 입은 축제 행렬이 막 지나가고 있었다.

맨 앞엔 은빛 갑옷에 붉은 망토를 길게 늘어뜨린 기마병들이 하늘 높 이 뽑아든 칼을 희번덕거리며 천천히 행군하고 있었고, 그 뒤엔 황금과 오색단청으로 호사스럽게 치장한 초대형 가마가 거들먹거리고 있었다.

그 가마 뒤엔 울긋불긋한 갖가지 문양이 선명하게 그려진 높은 깃발들
이 덤부렁듬쑥한 숲을 이루고 있었고, 행진하는 깃발 뒤에는 축제에 참
석한 수천 명의 일본인들이 춤을 추고 노래를 부르며 환호하고 있었다.

화려한 축제 행렬이 시내 중심가로 서서히 들어서자, 대로변을 가득
메운 구경꾼들은 온 시가지가 떠나갈 정도로 커다란 함성을 마구 터뜨
렸다. 특히, 화려한 대형 가마 위에 당당하게 자리잡은 그들의 수호신
이 밝은 불빛 아래 웅장한 위용을 환하게 드러낼 때마다 군중들의 환호
는 더욱 높아졌다.

"와! 와아! 와!"

밤하늘 아래 우뚝 솟아올라 군중들의 열띤 환호를 한 몸에 받고 있는
야간 축제의 주인공은, 바로 가마 위에 우뚝 서 있는 초대형 남근상이
었다. 아름드리 소나무를 통째로 깎아 만든 거대한 남근은 표면에 검붉
은 옻칠이 화려하게 칠해져 있었고, 둥글넓적한 귀두 부분은 눈부신 황
금빛으로 장식되어 있었다. 그리고 어두운 밤하늘을 향해 고개를 힘차
게 들어 올린 굵은 몸체 좌우에는 화려한 오색비단이 길게 드리워져 있
었다. 이 축제의 주인공인 우람한 남근상은 새봄의 활력과 풍요를 상징
하는 이곳의 수호신이다. 한 해의 풍년을 기원하는 일본인들의 '춘분
축제'가 한창이었던 것이다.

폭죽의 화려한 섬광이 펑펑 터질 때마다 검붉은 몸체를 번들거리며
적나라한 모습을 드러내는 수호신 아래에는 수많은 일본인들이 새까맣
게 달라붙어 목울대를 시뻘겋게 세우며 바락바락 악을 써댔다. 붉은 끈
으로 좁은 이마를 질끈 동여매고 손바닥만한 훈도시로 하체만 살짝 가
린 그들은 육중한 가마를 옮기기 위해 가쁜 숨을 연신 몰아쉬었다. 그

리고 거대한 가마 좌우에는 커다란 북을 앞으로 맨 백여 명의 남자들이 우렁찬 구령에 맞춰 동시에 북을 둥둥 하고 두드렸다.

거대한 숲을 이룬 높은 깃발부대 뒤에는 열광하는 긴 행렬이 끝없이 이어졌는데, 그들의 옷차림은 너무도 자유분방했다. 남자들은 거의 다 엉덩이를 훤히 드러낸 채 훈도시만 달랑 차고 있었고, 여자들은 목욕 후에 알몸을 감싸는 얇은 유카다 차림이었다. 반라의 남녀들이 복잡하게 뒤섞인 긴 행렬이 밤하늘에 울려 퍼지는 요란한 북소리에 맞춰 열심히 춤을 추어대자, 굵은 땀방울이 전신을 타고 흘러내리면서 선정적인 장면이 적나라하게 연출되기 시작했다.

반투명 종이처럼 얇은 유카다가 땀으로 뒤범벅된 알몸 위에 찰싹 달라붙는 바람에 여인들의 젖가슴과 가는 허리가 선명하게 드러났다. 또 어떤 남자들은 도발적인 춤을 너무 심하게 추다가 훈도시가 다리 아래로 흘러내리는 민망한 모습을 연출하기도 했다.

열광하는 사람들은 그들만이 아니었다. 나고야 시내를 활보하는 야간 축제 행렬을 구경하기 위해 대로변으로 쏟아져 나온 수만 명의 시민들도 어둠속에서 함성을 지르며 광란의 물결을 이루고 있었다. 그들 중에는 갖가지 동물 모습의 탈을 쓴 사람들도 있고, 마치 인디언처럼 온몸에 현란한 색칠을 한 사람들도 있고, 갖가지 무늬의 문신을 선명하게 새긴 사람들도 있었다.

대형 폭죽이 요란한 굉음과 함께 어두운 밤하늘을 환하게 밝히고, 가마 위의 우람한 수호신이 허공을 향해 힘차게 용두질을 치자 나고야 시민들은 더욱 흥분하기 시작했다. 거리 곳곳에서 긴 행렬과 구경꾼들이 함께 뒤엉켜 열정적으로 춤을 추는 바람에, 커다란 뱀의 몸통처럼 꾸불

꾸불 이어진 축제행렬이 여기저기 끊어지게 되었다. 열광하는 인파 때문에 복잡한 밤거리에서 뒤죽박죽 섞여버린 그들은 그 자리에서 북소리에 맞춰 요란한 괴성을 마구 지르며 길길이 날뛰었다.

"야호! 야호!"

"와! 와아!"

밤이 점점 깊어지면서 도시 전체는 광기 어린 춤의 물결로 후끈 달아올랐고, 사람들은 몸에 걸치고 있는 옷을 하나둘씩 벗어 던지기 시작했다.

"정말 대단하군! 마치 베네치아의 화려한 카니발을 보는 느낌이야!"

"난 아마존 숲 속에서 한꺼번에 쏟아져 나온 원숭이들이 축제를 보는 것 같은걸. 그런데 이 일본인들은 모두 어디에서 쏟아져 나온 거야? 정말 놀랍군."

"섬나라를 방문하는 첫날부터 이처럼 진귀한 구경을 하게 되다니. 이건 성모 마리아님의 축복이야, 축복!"

격렬한 광란이 휘몰아치는 나고야의 밤거리를 바라보며 탄성을 내지르는 이들은 무역선을 타고 머나먼 동방항로를 오랫동안 항해해온 스페인의 해군 장교들이었다. 그들은 대규모 무역선단을 이끌고 1년 전에 이탈리아의 베네치아 항을 출발해 오랜 항해를 마치고 어제 저녁에 나고야 항에 입항했다.

나고야는 10년 전만 해도 아주 한적한 바닷가였다. 온종일 파도소리만 들려오고 고깃배만 이따금 오가던 이곳이 지금 같은 대규모 무역 항구로 발전하게 된 것은 조선과의 전쟁 때문이었다. 30만 명이 넘는 대군을 조선으로 출병시키기 위해서 일본군 수뇌부는 남해를 사이에 두고 조선과 마주보고 있는 북큐슈의 해안지대에 대규모 군사항구를 건설할 필요가 있었다.

도요토미 히데요시는 자신의 오른팔인 가토 기요마사에게 이 한적한 해변에 거대한 군사항구를 건설하는 중책을 맡겼다. 가토 기요마사가 공사를 처음으로 시작한 것은 임진왜란을 불과 6개월 여 앞둔 1591년 10월 10일이었다. 거대한 본성을 중심으로 사방 3㎞ 안에 160개의 부속성을 세운 대공사는 이듬해인 1592년 2월 말에 끝났는데, 총인원 30여만 명이 동원된 초스피드 공사였다.

나고야에 거대한 군사도시를 건설한 이유는 한반도와 가깝다는 지리적 이점과 수많은 군선들을 한꺼번에 정박시키기 용이한 리아스식 해안이 그림처럼 펼쳐진 지형적 요건 때문이었다.

그 당시 고니시 유키나가 군의 종군신부로서 교황이 계시는 바티칸에 조선과 일본에 관해 많은 분량의 보고서를 제출했던 포르투갈 선교사 루이스 프로이스가 저술한 『일본사』에는 다음과 같은 기록이 남아 있다.

나고야 성은 무수한 거석을 쌓은 성이다. 이 도시는 매우 짧은 기간 안에 완성되었고, 130리(52㎞)나 되는 해안에는 1천여 척의 선박들이 안전하게 드나들 수 있다. 또 이곳에서 조선으로 항해하기도 무척 용이하다.

오사카성에 이어 규모로는 일본 제2의 성이었던 나고야에는 도요토미 히데요시가 전쟁이 일어난 후 1년 정도 후궁들과 함께 머물렀다. 도요토미 히데요시는 이곳에 머물던 1년 동안 극도로 사치스럽고 방탕한 생활을 한 것으로 보이는데, 화가인 이다쿠라가 그린 병풍 속의 나고야 성에는 그러한 모습이 잘 묘사되어 있다. 또한 오사카의 거상이 남긴 「종심 일기」란 기록에는 "히데요시가 황금으로 만든 다실을 이곳으로 옮겨 놓고 화려한 다회를 연일 열었다"고 되어 있다.

임진왜란이 일어난 후 일본 열도 전체에서 급히 소집된 병력과 물자가 이곳으로 한꺼번에 모여들고, 조선에서 강탈한 값비싼 전리품들이 바리바리 실려 오자, 나고야는 갑자기 거대한 국제 무역항으로 변모하기 시작했다. 이곳을 최초로 방문한 유럽인들은 카톨릭의 예수회 선교사와 포르투갈 상인들이었다. 그러나 이베리아 반도를 통일한 스페인이 얼마 후 포르투갈을 합병하고 강성한 해양국가로 발돋움하게 되자, 수많은 스페인 상인들도 나고야를 방문하기 시작했다.

최근에는 프로테스탄트 국가인 네덜란드와 영국 상인들도 이곳을 부지런히 찾아와 나고야는 동방무역의 중심지로 급부상하고 있었다. 엊저녁에 나고야에 입항한 무역선단은 당시 스페인의 식민지였던 이탈리아 피렌체의 부호인 메디치 가문의 자금으로 조성된 선박이었고, 선원들은 모두 다 포르투갈 사람들이었다. 자금을 지원한 메디치 가문에서는 40대 초반의 프란체스코 까를레티 공작을 경리 책임자로 승선시켰고, 스페인 정부에서는 이번 동방항해의 총책임자로 믿음직한 돈호세 제독을 임명했다.

돈호세 제독은 지난 1년여 동안의 기나긴 항해 기간 동안 끔찍한 폭풍을 만나 3백 톤이 넘는 수척의 호위함을 모두 수장시켜야 했다. 풍랑과 해적의 위협을 이기고 어렵사리 이곳에 도착한 돈호세 제독은 날이 밝기가 무섭게 20여 명의 장교들을 데리고 급히 하선해 버렸다. 오랜 항해로 그만 넌덜머리가 난 돈호세는 한시바삐 흙냄새를 맡고 싶었던 것이다. 그러나 경리 책임자인 까를레티 공작은 포르투갈 선원들과 함께 배에 남아서 배 수리, 청소, 생필품 보충 등의 일을 지휘해야 했다. 낮 동안에 나고야의 선술집에 머물며 늘어지게 낮잠을 즐긴 돈호세 일행은 저녁 무렵 나고야 관광길에 나서게 된 것이다. 그들의 관광을 위해서 프란시스코회 소속의 '루이스 프로이스' 신부가 잠시 동행을 했고, 나고야 관광 안내는 프로이스 신부가 데리고 나온 일본인 통역사 도야마가 맡기로 되어 있었다.

"어이, 도야마!"

"예, 제독님!"

돈호세의 커다란 고함에 길 안내를 하고 있던 도야마는 깜짝 놀라 황급히 발걸음을 멈췄다.

"도야마! 우리들을 언제까지 번잡스런 이곳에 세워 둘 거냐? 편안하게 휴식을 취할 수 있는 곳으로 빨리 안내해야 될 거 아냐!"

"죄, 죄송합니다! 제가 그만, 축제 구경에 정신이 팔려서."

키가 작고 옥니박이에 안짱다리인 도야마는 돈호세의 두툼한 비곗덩어리로 가득 찬 아랫배에 조막만한 머리를 깊숙이 조아렸다.

"오랜 항해에 지친 우리들을 한시바삐 쉴 수 있게 해 줘야지. 도대체 위대한 스페인 제국의 장교들을 어떻게 알고 이처럼 푸대접이냔 말야?"

"제, 제독님! 정, 정말 죄송합니다! 편안한 장소로 금방 모실 테니, 조금만 참아 주십시오. 제, 제발 부처님처럼 넓은 마음을."

"이 난쟁이 새끼! 말라비틀어진 부처 나부랭이가 아냐! 거룩하신 성모 마리아님이라고 해야지!"

"아, 예! 예, 성모 마리아님처럼! 깊, 깊은 사랑을."

도갓집 강아지처럼 눈치가 빠른 도야마는 재빨리 오른손으로 성호를 긋고는 합장했다.

그 당시 스페인 제국의 권위는 대단했다. 그러나 이슬람교를 숭상하는 아랍인들이 수백 년 동안 강력한 지배권을 행사하던 이베리아 반도의 북부 산악지대에서 건국한 스페인은 13세기경까지만 해도 아라곤과 바르셀로나의 연합왕국이었다. 그때까지만 해도 막대한 부를 안겨주는 동방무역의 거대한 이권을 이탈리아의 각 도시국가들(피사, 제노바, 베네치아)이 독점하고 있었기 때문에, 지중해의 서쪽 변두리에 위치한 아라곤·바르셀로나 연합왕국은 해상무역에서 거의 소외되어 있었다.

그런데 13세기 말엽에 아라곤·바르셀로나 연합함대가 몰타해역에서 앙주가의 프랑스 해군을 격파하여 지중해의 보석인 시칠리아 섬과 남부 이탈리아를 한 손에 거머쥐는 개가를 올렸다. 게다가 얼마 후엔 이탈리아에서 두 번째로 큰 섬인 샤르데냐까지 점령하여 동방무역에 진출할 수 있는 확실한 교두보를 구축하게 되었다.

이때부터 스페인의 바르셀로나 항을 출항한 대규모 무역선단이 멀리 동지중해에 있는 콘스탄티노플과 알렉산드리아 항을 오가면서 실크로드를 통해 아시아에서 건너온 금은, 비단, 후추와 아프리카에서 사 온 흑인 노예 등을 이탈리아의 각 항구에 풀어놓기 시작했다. 유럽 각국을 대상으로 이처럼 활발한 해상무역을 벌이게 되자 막대한 부가 이베리아 반도로 물밀듯이 밀려왔고, 그 결과 바르셀로나를 비롯한 여러 항구는 유럽에서도 손꼽히는 대도시로 비약적인 발전을 계속했다.

드디어 1479년에는 아라곤 왕국의 페르난도 국왕과 카스띠야 왕국의 이사벨 여왕이 성대한 결혼식을 올려 강력한 통일 스페인 왕국을 새롭게 탄생시켰다. 그리고 1492년에는 통일 스페인 왕국에 대단한 경사가 두 개나 겹쳤다. 하나는 이베리아 반도의 마지막 이슬람 왕국이었던 그라나다 왕국을 10년 전쟁 끝에 멸망시킨 것이고, 또 하나는 이사벨 여왕의 명령으로 팔로스 항구를 출발했던 콜럼버스라는 이탈리아인이 '신대륙 발견'이라는 희대의 선물을 안고 돌아온 것이다. 게다가 신대륙의 페루지방에서 대규모 은광까지 발견해 유럽 최대의 은 공급국으로 부상한 스페인은 1581년에는 포르투갈까지 합병하면서 유럽 최대의 패권국가로 발돋움하게 되었다.

이로써 지중해 무역 시대가 끝나고 대서양 무역 시대가 본격적으로 개막된 것이다. 스페인의 각 항구는 신대륙과 실크로드를 통해 동양에서 밀려드는 엄청난 황금과 진귀한 물건으로 홍수를 이루었다. 결국 스페인은 유럽, 아시아, 아프리카 신대륙에 이르는 지구상 모든 곳에 거대한 식민지를 보유한 '영원히 해가 지지 않는' 대제국으로 발전하게 된 것이다.

마치 지구가 좁다는 듯 대서양과 인도양을 종횡무진 누비며 거침없이 항해하던 스페인 제국의 군인들은 대단한 자부심으로 가득 차 있었다. 특히 섬나라 일본을 처음으로 방문한 돈호세 제독 일행은 키가 자신들보다 훨씬 작은 일본인들을 섬나라 야만인으로 생각했다. 그들은 한시라도 빨리 시끄럽고 번잡하기 이를 데 없는 나고야 밤거리를 빠져나가 피곤한 몸과 마음을 편히 쉬게 하고 싶었다. 그러나 몸집이 유달리 큰 스페인 장교 10여 명이 광란에 빠진 군중들 사이를 헤집고 나가는 일이 그렇게 수월하지만은 않았다. 더군다나 3월 '춘분축제'의 하이라이트인 남근상의 화려한 행렬이 나고야 중심가를 행진하고 있지 않은가?

크레타 신전의 미로처럼 복잡하게 구부러진 나고야 뒷골목은 축제행렬과 구경꾼들이 한데 뒤섞여 마치 한여름 밤의 논바닥에 납작 엎드린 왕머구리들이 욱시글거리듯 요란하고 시끄러웠다. 비좁고 꾸불꾸불한 뒷골목에서 실타래처럼 복잡하게 뒤엉킨 군중들은 서로 어깨를 밀치고, 팔을 잡아당기고, 발등을 밟으며 북새통을 이루고 있었다. 여자들의 앙칼진 비명이 연신 날아들고, 남자들의 뚝배기처럼 거친 고함이 마구 터져 나오고, 아이들의 자지러지는 울음소리도 여기저기서 어지럽게 들려왔다. 어두운 길바닥에 아무렇게나 벗겨진 신발들이 제멋대로 나뒹굴고, 찢겨진 여자의 치마와 벗겨진 훈도시도 사람들 사이를 둥둥 떠다녔다.

"이거, 정말 대단하군. 몸을 꼼짝달싹할 수조차 없어."

"야, 이게 무슨 난리냐! 아프리카 정글 속을 지날 때도 이런 일은 없었는데."

스페인 장교들은 축제에 열광하는 일본인들을 바라보며 어이가 없다는 듯 헛웃음만 실실 흘렸다. 그들은 육중한 체격으로 광란에 빠진 군중들을 옆으로 밀치며 번잡스러운 뒷골목을 간신히 빠져나왔다. 그러나 그 순간 선정적인 복장을 한 야릇한 여자들의 느닷없는 기습을 또다시 받아야 했다.

"나으리! 저희 집에서 쉬다 가세요!!"

짙은 화장에 야한 옷차림을 한 일본 여자들 수십 명이 불나비처럼 날아든 것이다.

"나으리! 저랑 놀다 가세요! 제가 황홀한 구름 위로 올려드릴게요!"

스페인 장교들을 껴안고 육탄공세를 벌이는 이 여자들은 뱃사람과 장사꾼들을 상대로 몸을 파는 부두의 윤락녀들이었다. 그녀들은 춘분 축제가 절정에 오른 오늘밤에 최고의 수입을 올리기 위해 초저녁부터 거리로 뛰쳐나와 온갖 애교로 남자들을 유혹하고 있었다. 자신들의 잠자리로 남자들을 끌어들이기 위한 그들의 방법은 무척이나 집요하고 도발적이었다. 불빛이 환하게 비치는 담 옆에 춘화 속의 여주인공처럼 고혹적인 표정으로 기대서서 얇은 웃옷 사이로 자신의 뽀얀 젖가슴을 통째로 내보이기도 하고, 또 어떤 여자는 아예 남자의 품으로 암토끼처럼 뛰어들어 수염이 덥수룩한 남자의 뺨에 촉촉한 입술을 마구 비벼대며, 두 손으로 남자의 근육질 가슴을 주무르기도 했다.

돈호세 일행은 숲 속의 거머리처럼 집요하게 달라붙는 알몸의 암토끼들을 가까스로 뿌리치며 부두 뒷골목을 힘들게 빠져 나왔다.

"휴우! 이제 숨 좀 제대로 쉬어 보자."

"이게 무슨 난장판이야? 구경은커녕, 술집 여자들한테 파묻혀 질식할 뻔했으니!"

부두 뒷골목을 필사적으로 빠져나온 그들은 사우나탕에서 금방 나온 사람들처럼 온몸이 땀으로 뒤범벅되어 있고 옷은 구기박지른 목욕 수건처럼 후줄근했다.

"야, 조금 전에 그 여자 젖가슴이 마치 잘 익은 메론 같더군."

"하하, 빅토르! 한입 베어 먹고 싶었냐?"

"두말하면 잔소리지! 그걸 말이라고 하는 거냐?"

스페인 무적함대에서 초급장교로 근무할 때부터 희대의 바람둥이로 명성을 날리던 빅토르 소령이 걸쭉한 입담을 늘어놓기 시작했다. 잘 깎아 놓은 이태리 조각품처럼 멋진 체격에 곱상한 얼굴을 한 빅토르 소령은 총각 시절부터 귀부인과의 염문이 하루도 끊이지 않던 연애박사였다. 그런 빅토르가 지난 1년 동안의 항해기간 내내 지루한 금욕생활을 용케도 참아내더니, 이젠 몸이 근질근질해서 더 이상 못 견디겠는 모양이었다.

"도밍고, 네 놈도 여자 속살 냄새를 오랜만에 맡으니 입 안에 군침이 슬슬 도는가 보군."

"물론이지. 군침만 도는 게 아니라, 이 넓은 사나이 가슴속에 시뻘겋게 불이 붙을 지경이다."

"자네는 이 섬나라에 머무는 동안, 아예 거세하는 게 어때? 저 난장이들 중에서 자네의 엄청난 정열을 받아줄 여자가 있기나 하겠어? 자네는 아마 중세의 귀부인들처럼 단단한 정조대를 채우는 게 더 어울릴걸."

숫사자처럼 커다란 얼굴에 적포도주 빛깔을 닮은 붉은 구레나룻이 무성해서 '붉은 사자'라는 별명을 갖고 있는 도밍고 소령은 남달리 큰 몸집 때문에 종종 빅토르의 놀림감이 되었다. 우락부락한 외모와는 반대로 남부 이탈리아의 수더분한 시골농부처럼 잔부끄러움이 많은 도밍고는 빅토르의 짓궂은 놀림에 금세 얼굴이 붉어졌다.

"이 바람둥이야! 자고로 여자들은 저런 이국적인 여자가 매력 있는 거야. 스페인에 있는 여자들에 비하면 얼마나 아담하고 좋으냐?"

"하지만 네놈은 몸집이 스페인 무적함대의 함포만큼 크니, 도대체 어느 여자가 자네와 사랑을 나눌 수 있겠나? 그저 속만 태우지 말고, 아예 거세를 하도록 해!"

빅토르의 빈정거림에 화가 잔뜩 난 도밍고는 숨을 씩씩거렸다.

"더러운 개자식! 네놈이나 조심해! 스페인에서처럼 아무 여자나 함부로 좋아하다가 더러운 프랑스병에나 걸리지 말고! 이 저주받을 오입쟁이야!"

그 당시 세계 각처에 파견된 스페인 군인들의 가장 큰 골칫덩이 중 하나는 일명 '프랑스병'이라고 불리는 매독이었다. 성기가 푹푹 썩어 들어가고 코뼈가 시나브로 문드러지는 이 치욕스러운 성병은 16세기에 나폴리를 침공한 프랑스 왕 샤를르 8세의 군대에서 최초로 발견되었다. 그런데 지금은 유럽과 아프리카는 말할 것도 없고 신대륙과 아시아에까지 맹위를 떨치고 있었다. 그래서 뱃사람, 여행객, 장사꾼, 사무라이들이 일본 전역에서 모여들어 외국인과의 교류가 대단히 빈번한 나고야에서는 이 추악한 병을 '제2의 페스트'라 부르며 대단히 무서워했다. 그러나 이처럼 위력적인 성병조차도 스페인 병사들의 종잡을 수 없는 바람기를 잠재우기엔 역부족이었다. 그들은 허릿매가 그들의 팔뚝 굵기처럼 가는 일본 기생들을 대상으로 아라비아산 종마처럼 절륜한 자신의 정력을 자랑할 꿈에 잔뜩 부풀어 있었다.

잠시 후, 혼란스런 시내를 간신히 빠져나온 돈호세 일행은 밤바다가 발아래 내려다보이는 해안 언덕길을 오르기 시작했다. 봄을 맞은 밝은 달빛은 잔잔한 수면 위를 은구슬처럼 굴러다녔고, 그 위로 습기를 듬뿍 머금은 큐슈 특유의 습기 찬 봄바람이 산들거렸다. 키 큰 벚꽃나무가 해변을 따라 길게 늘어선 바닷가엔 짙은 벚꽃 향기가 안개처럼 번져 나오고 있었다. 민틋한 언덕길을 천천히 걸어 오르는 돈호세 제독 일행은 너무나 아름답고 평화로운 밤바다 풍경에 그만 콧노래라도 부르고 싶은 충동이 들었다.

"밤바다가 무척 아름답군요."

프로이스 신부가 묵주를 매만지며 나지막한 음성으로 독백하듯 입을 열었다.

"그렇군요, 신부님!"

돈호세 제독이 프로이스 신부를 흘낏 바라보며 동감을 표시했다. 시원하게 벗겨진 대머리에 검은 구레나룻이 무성한 40대 후반의 프로이스 신부는 일본에 온 지 20년이 넘는 선교사였다. 주먹만한 코에 왕방울만한 눈이 중국의 달마대사를 닮았다고 해서 '달마 신부'라는 별명을 갖고 있었다. 그는 호걸풍의 너털웃음과 쩌렁쩌렁한 목소리로 주위 사람들을 순식간에 압도하곤 했다.

"신부님, 이 섬나라를 처음 발견한 게 언제였습니까? 왜 그때 제국의 무적함대를 동원해서 이곳의 원숭이들을 모두 잡아들이지 않았는지 궁금하군요."

전 세계에 걸쳐 식민지를 소유하고 있는 스페인 제국이 왜 조그만 섬나라를 미처 정복하지 못했는지, 돈호세는 무척 아쉬운 표정이었다.

"제독님, 애석하게도 이 섬을 먼저 발견한 나라는 스페인이 아니고, 포르투갈이었답니다."

"망할 놈의 포르투갈 해적놈들이라고요?"

프로이스 신부의 고향이 포르투갈의 리스본인 것을 알지 못하는 돈 호세는 포르투갈이라는 소리에 버럭 고함을 내질렀다.

"그렇습니다. 지금부터 50여 년 전인 1543년에 일단의 포르투갈 선박이 최초의 극동항해를 시작했답니다."

"그놈들이 이곳으로 항해해 온 이유는 무엇입니까?"

"미지의 바다였던 극동으로 항해를 한 이유는 고대 아랍의 지리책에 나오는 신비의 황금왕국인 신라를 찾기 위해서였습니다. 9세기의 뛰어난 아라비아 지리학자인 '이븐 쿠르다지바'의 저서에 의하면, 극동의 제일 끝에 황금과 옥이 풍부하고 인삼과 사향이 많이 생산되는 왕국이 있는데 그 왕국의 이름이 '신라'라고 기록되어 있답니다."

"전설의 왕국이 아니라 실제 존재하는 왕국이었습니까?"

"신라는 지금의 조선 땅에 무려 천년 동안이나 존재했던 황금의 왕국이지요. 일찍이 울산이란 무역항을 통해 고대 로마와도 많은 교류를 했답니다."

"로마와 무역을 했다고요?"

돈 호세는 아득한 옛날부터 고대 조선과 로마가 실크로드를 통해 교역을 했다는 사실에 깜짝 놀랐다.

"당시 신라는 비단과 황금과 도자기를 로마로 보냈고, 로마에서는 많은 유리제품을 신라의 수도인 경주로 보냈습니다. 그런데 이 동서무역의 중개역을 맡았던 자들이 바로 사라센인들이었습니다. 그래서 고대 아랍의 지리책에 신라 왕국에 대한 기록이 남아 있게 된 것입니다."

"아, 그렇군요."

"그 지리책을 통해 신비의 신라 왕국을 찾기로 결심한 포르투갈인들이 극동의 바다로 항해를 시작했으나, 아직 항로도 없는 미지의 바다를 헤매던 그들은 얼마 지나지 않아 큰 폭풍우를 만나게 되었습니다. 결국 돛대가 다 부러지고 닻마저 잃어버린 을씨년스런 모습으로 표류를 계속하다가 일본 열도의 남쪽을 지나게 되었고, 그 난파선은 다네가 섬(종자도)이란 조그만 섬에 닿았습니다."

"그래서, 어떻게 되었습니까?"

"정신없이 다네가 섬에 상륙한 그들은 바로 그 섬이 자기들이 그토록 애타게 찾아 헤매던 황금의 왕국 '신라'인 줄로만 알았답니다. 그리고 그 섬에서 만난 일본인들을 고대 신라인의 후손으로 착각했었죠."

"하하, 웃기는 일이었군요. 마치 콜럼버스가 산살바도르 섬을 인도로 생각하고, 그 섬의 원주민들을 인도인으로 오인했던 것과 같군요."

"그렇습니다. 일본인을 신라인으로 착각한 포르투갈 선원들은 생전 처음 만난 극동의 이방인들에게 환심을 사기 위해 커다란 호의를 보였답니다. 그들은 창이나 칼만 사용할 줄 아는 그들에게 유럽에서 가져온 화승총을 덜컥 내주었습니다."

"저런 멍청한 놈들!"

"포르투갈 선원들이 일본인들에게 화승총을 선물하는 바람에 극동의 평화는 서서히 깨어지게 되었고, 일본 열도는 스페인 무적함대조차도 함부로 공격하기 힘든 거대한 군사강국으로 변해 버렸답니다."

"아니, 총을 굉장히 많이 만들었나 보군요?"

"유럽의 신무기를 입수한 일본인들은 모든 수단을 총동원해서 화승총을 열심히 복제하기 시작했는데, 그로부터 1년 뒤엔 6백여 자루를 생산했고, 10년 후엔 무려 30만 자루가 넘는 총을 보유하게 되었습니다."

이런 이유로 화승총을 일본인들은 일명 '다네가 총'이라고 불렀다.

"30만 자루나?"

돈호세 제독은 두 눈을 크게 뜨며 얼떨떨한 표정을 지었다.

"30만 자루라면 그 당시 전 유럽이 보유하고 있던 총들을 모두 합한 정도의 엄청난 숫자이죠. 게다가 총이 만들어지면서, 그 총을 이용해 새로운 작전을 구사하는 총포부대가 조직되었답니다. 그 당시 일본은 60여 개의 소국으로 난립되어 분쟁이 끊이지 않던 전국시대였습니다. 그런데 '오다 노부나가'라는 무장이 새로 조직된 총포부대의 강력한 무력으로 열도내의 소국들을 점령하는 일을 적극적으로 추진했습니다. 그 결과 오다 노부나가는 일본 최대의 세력가로 급부상하게 되었죠. 그리고 그가 죽은 뒤에는, 그의 부하였던 '도요토미 히데요시'가 총포부대를 인수해서 일본 열도를 완전히 자신의 수중에 넣게 된 것입니다."

"결국 포르투갈 뱃놈들이 전해준 화승총 한 자루가 미개한 야만인들을 거만한 살육자로 만들어 버리고 말았군요."

"일본인들에게 이러한 신무기가 생기는 바람에 그들은 조선 침략을 꿈꾸게 되었답니다."

"프로이스 신부님! 당시 다네가 섬에 표류해 온 포르투갈 선원들은 결국 신라 왕국의 수도인 경주를 발견하지 못했나요?"

옆에서 따라 걷던 빅토르가 불쑥 끼어들었다.

"포르투갈인들은 일본인들의 거짓말과 방해 때문에 조선으로 항해를 계속할 수가 없었습니다. 왜냐하면 포르투갈인들이 갖고 온 화승총은 그들을 경악시킬 정도로 충격적인 살상무기였기 때문입니다. 그들은 만약 서양인과 조선인들이 서로 만나게 되어 이 엄청난 무기가 조선에서도 생산된다면, 일본은 군사적으로 대단히 위태로운 지경에 처할 것으로 생각하고 두려움에 떨었습니다. 그래서 그들은 조선의 존재와 조선으로 가는 항로를 영구히 비밀에 부치기로 결정하고, 그 대신 서양의 선진 군사기술과 고급문물을 받아들이기 위해 큐슈의 나가사키 항을 통해 교역을 시작했답니다.

그리고 포르투갈은 섬나라 야만인들과 교역을 해주는 조건으로 카톨릭 포교를 허용하라고 했죠. 그 결과 1550년에 건너온 예수회 창립 멤버인 '사비에르' 신부님을 필두로 해서, '스파르 빌레라' 신부님이 1559년에, '알렉산드로 파리니 야니' 신부님이 1581년에 일본으로 건너와 카톨릭이 이곳에도 전해지게 된 겁니다."

돈호세 제독은 프로이스 신부의 얘기를 잠자코 들으며 팔짱을 낀 채로 걸음을 옮겼다. 그는 무엇인가를 골똘히 생각하는 표정이었다.

"그런데 일본 열도를 통일한 도요토미 히데요시는 그것에 만족하지 않고 또 다른 야욕을 키우기 시작했답니다."

"어떤 야욕인가요?"

"아시아 대륙을 통째로 자신의 손아귀에 쥐는 것입니다. 그는 뛰어난 계략가예요. 바로 이웃나라인 조선에서부터 중국을 거쳐 인도에 이르는 광활한 땅을 모두 점령하여, 자신이 제2의 징기스칸이 되겠다는 허황된 꿈을 꾸기 시작했습니다."

"하하, 섬나라 원숭이들이 총을 쥐게 되더니 제정신이 아닌 모양이군요. 대 스페인 제국의 군인들도 생각하지 않는 야망을 꿈꾸다니."

"벌써 7년째 계속되고 있는 조선과의 전쟁도 도요토미 히데요시가 구상한, 일본이 주도하는 대제국건설을 실현하기 위한 첫 번째 전략의 일환이랍니다. 섬나라인 일본은 반도국가인 조선을 교두보로 삼아 대륙에 있는 중국을 공격하겠다는 의도입니다. 얼마 전까지도 도요토미 히데요시는 중국과 인도뿐 아니라, 우리 스페인의 영토인 필리핀까지도 점령하는 대제국을 건설하겠다고 호언장담 했었답니다."

"저런, 쳐 죽여도 시원찮을 원숭이 놈!"

돈호세 제독은 혀를 끌끌 차며 분개했다.

"지금 이 나라에는 카톨릭이 금지되어 있다면서요?"

돈호세가 다시 질문을 던졌다.

"오다 노부나가 장군이 살아 있을 때는 여러 명의 선교사들이 일본으로 건너와 자유롭게 포교도 하고 교회도 세울 수 있었죠. 그런데 도요토미 히데요시가 1587년 6월에 갑자기 '카톨릭 금지령'을 내렸답니다."

"그 이유가 무엇인가요?"

"일본은 전통적으로 불교가 강했고 승려들이 숫자도 많을 뿐 아니라 꽤나 실세를 누리던 나라였습니다. 왜냐하면 일본 불교는 바다 건너 백제 성왕에서 일본 왕실로 직접 전해 주었고, 백제의 많은 왕족들이 일본의 천황가와 혼인을 하였기 때문입니다. 그래서 오다 노부나가 장군이 활동하던 20여 년 전만 해도 열도 곳곳에는 사찰들이 많이 세워져 있었고, 사찰의 주지는 웬만한 다이묘들도 감히 함부로 할 수 없을 정도로 막강한 권력을 갖고 있었답니다. 교토의 히에이 산에 있는 엔라쿠 사는 120개의 암자를 거느린 천태종의 본산으로 무기를 든 많은 승병들이 상주해 있을 정도였죠. 그러니 당시 일본의 권력을 한손에 쥐려는 야심으로 불타고 있던 오다 노부나가에게는 사찰의 주지들이 마치 눈

위에 가시 같은 존재였답니다. 특히 그를 괴롭히던 승병들은 교토의 엔라쿠사를 비롯해서, 오사카 근처의 혼간사, 오사카 동쪽의 이세와의 나가시아에 있던 일향종의 신도들이었습니다. 그래서 오다 노부나가는 이처럼 골칫거리인 불교도들의 세력을 약화시킬 목적으로 가톨릭을 끌고 들어온 겁니다. 더군다나 가톨릭 포교를 승인하는 조건으로 유럽의 화승총과 선진 군사 기술들까지 수입하게 되었습니다. 또한 유럽의 선교사들이 수많은 일본인 불교도들을 가톨릭으로 개종시켜 불교의 세력을 약화시키기를 기대했었죠. 그 속셈대로 일본 내 곳곳에서 가톨릭으로 개종한 다이묘들이 사무라이들을 동원해서 사찰을 불 지르고 승려와 신도들을 살육한 뒤 가톨릭교회를 건립하는 일들이 많이 일어났습니다. 그러나 약삭빠른 도요토미 히데요시는 오다 노부나가와 생각이 달랐습니다. 최후까지 반항하던 큐슈까지 함락시키고 일본을 완전히 장악하게 되자, 이용가치가 없어진 가톨릭을 더 이상 방치해서는 안 되겠다고 결심한 것입니다."

"그 늙은 원숭이가 자신들의 야욕을 위해 성스러운 가톨릭을 이용해 먹은 것이군요?"

"그런 셈이지요. '카톨릭 금지령'이 내려진 지난 10년 동안 우리 선교사들과 신앙심 깊은 수많은 신도들은 엄청난 시련을 겪어야 했답니다. 수많은 일본인 농민들이 단지 가톨릭을 믿는다는 이유 하나만으로 인간 백정인 사무라이들에 의해 비참하게 살해되었고 재산은 모조리 몰수당했습니다. 그동안 전국 각지에서 50여 개의 교회가 약탈, 파괴, 방화되었고 선교사들마저 체포될 정도였습니다. 특히, 나가사키 서쪽의 시마바라 반도의 운젠화산으로 끌려간 수많은 신도들은 펄펄 끓는 유황탕 속으로 산채로 던져져 엄청난 고통 속에서 죽어야 했습니다. 생지옥이 따로 없을 지경이었지요"

"아니, 그런데도 바티칸에서는 무엇을 하고 있답니까? 십자군이라도 일으켜서 이교도들을 처단하지 않고."

"견디다 못한 저희들은 문제의 심각성을 예수회와 바티칸에 알렸습니다. 그래서 교황 성하의 부탁을 받은 펠리페 2세께서는 스페인 제국의 군대를 동원할 준비를 시작했지요. 인도의 고아, 필리핀의 마닐라, 중국의 마카오에 근무하는 스페인 총독들도 비밀리에 회합해서 병력 충원 계획에 대해 의논을 하였답니다. 그런데 뜻밖에도 스페인의 무적함대가 도버해협에서 영국 해군에게 패배한 데다, 아르곤 지방에서 스페인 왕실에 대한 반란이 일어나고, 페스트까지 스페인 각지에서 창궐하는 바람에 일본 공격 계획이 그만 중단되고 말았답니다."

"저런, 그랬군요!"

무적함대의 부사령관으로 도버 해전에 직접 참여했던 돈호세 제독은 탄식을 하며 우울한 표정을 지었다.

해변 길을 굽이돌며 이런저런 이야기를 나누던 돈호세 제독 일행이 잠시 후에 당도한 곳은 언덕 높은 곳에 덩실하게 자리 잡은 대저택이었다.

"제독님, 바로 이 집입니다."

도야마가 환한 웃음을 지으며 가리키는 그곳엔 화강암으로 만든 높은 돌담이 성벽처럼 길게 둘러 쳐져 있었다. 길쭉한 고깔모자처럼 생긴 회청색 기와지붕 아래에는 우람한 나무대문이 반쯤 닫혀 있고, 대문에는 요염한 자세를 취하고 있는 일본기생의 모습이 붉은 색으로 크게 그려져 있었다. 그리고 대문 옆에는 '아방궁'이란 옥호가 새겨진 청색 나무현판이 기다랗게 걸려 있었다.

"이 집이 어떤 집입니까?"

고개를 두리번거리며 집 주위를 천천히 둘러보던 돈호세가 프로이스 신부에게 질문을 던졌다.

"이 집은 술과 음식과 여자가 있는 요릿집입니다. 이 집에 있는 일본 여자들을 게이샤라고 부르는데, 남자들의 피로를 푸는데 탁월한 재주가 있는 여자들이죠."

"게이샤라면?"

"게이샤의 본뜻은 '예술로 생활하는 여자'인데, 여기에는 예술뿐 아니라 남자를 즐겁게 해주는 모든 것이 포함되어 있답니다. 한마디로 말씀 드리면 오늘 저녁에 곁에 앉아 노래도 부르고, 춤도 추고, 술시중도 들고, 맛있는 차도 끓여 주고, 목욕과 안마도 해준다고 합니다."

"아, 그래요? 게이샤들이 어떤 여자들인지 빨리 만나보고 싶군요."

"자, 그럼 편히 쉬도록 하십시오. 저는 여기서 그만 헤어져야 할 것 같습니다."

프로이스 신부가 돈호세 제독에게 머리를 숙이며 작별 인사를 했다. 그러자 돈호세는 함께 식사라도 하자며 신부를 잡아끌었다. 그러나 프로이스 신부는 극구 사양을 하고 서둘러 발길을 돌렸다. 돈호세는 좀더 이야기를 나누고 싶은데 아쉽다는 듯한 표정이었다. 멀어져 가는 신부를 멀거니 바라보았다.

이때 도야마가 그들을 재촉했다.

"자, 어서어서 들어가시죠."

도야마의 안내로 대문을 삐거덕 밀고 안으로 들어선 그들은 호기심 어린 눈길로 주위를 두리번거렸다. 대문 안은 수천 평이 넘는 널따란 대지였는데, 아름다운 정원으로 잘 가꾸어져 있었다. 발 아래에는 봄기운을 잔뜩 머금은 파릇파릇한 잔디들이 녹색 융단처럼 푹신거렸고, 부드럽게 구겨놓은 녹색 리본처럼 구불구불한 오솔길 양 옆에는 벚꽃나무들이 빽빽한 숲을 이루고 있었다. 정원을 가득 메운 수백 그루가 넘는 나무들 위에 흐드러지게 피어난 분홍색 꽃잎들이 명주실처럼 보드라운 봄바람에 살랑거리는 모습은, 마치 작은 날개를 나풀거리며 하늘로 날아오르는 분홍 나비 떼처럼 아름다웠다. 그리고 함치르르한 꽃잎 사이로 정신을 아득하게 할 정도로 고혹적인 꽃향기가 폴폴 날리고 있었다. 정원 한가운데에는 커다란 표주박 모양처럼 생긴 연못하나가 조성되어 있었다. 아름다운 기암괴석과 울창한 관목으로 화려하게 꾸며진 대형 연못 위에는 돌로 만든 홍예다리가 마치 밤하늘의 미리내처럼 날렵하게 놓여 있었다. 아치형의 돌다리 위를 천천히 올라가 보니 수정처럼 맑은 물이 신비로운 달빛을 한껏 머금은 채 조금씩 일렁거리고 있고, 그 속에는 오색 찬연한 대형 잉어들이 꼬리를 힘차게 움직이며 멋진 윤무를 추고 있었다.

은빛가루가 포슬포슬 떨어지는 아름다운 정원. 그 아래서 미소 짓는 기화요초들. 사향내음보다 더 매혹적인 벚꽃 향기. 간간이 들려오는 청아한 새 울음소리. 수면 위로 첨벙거리는 비단잉어의 힘찬 도약. 담장 하나를 사이에 두고 어쩌면 이다지도 다른 세상이 펼쳐질 수 있단 말인가? 그들은 모두 넋이 나가고 얼이 빠진 표정이었다.

"와우, 정말!"

"어쩌면, 이럴 수가!"

그들의 입에선 탄성이 절로 터져 나왔다.

"이건 마치 화려한 마술을 보는 느낌이야. 밤하늘에서는 황금빛 옷을 눈부시게 걸친 요정들이 춤을 추며 금방이라도 뛰어 나올 것 같군."

빅토르는 마치 시인이라도 된 듯한 그윽한 눈빛으로 입을 열었다.

"오늘밤엔 달의 여신 '다이아나'의 고운 숨소리가 마치 귓전에서 들려오는 것 같구먼. 이처럼 매력적인 장소에서는 어떤 여자를 만나더라도, 마치 큐피드가 쏜 에로스의 화살을 심장에 맞은 것처럼 순식간에 사랑에 빠지겠는걸."

도밍고가 사뭇 떨리는 음성으로 맞장구를 쳤다. 그들은 모두 하마처럼 크게 벌어진 입을 미처 다물지 못하고 감탄사만 연발했다.

바로 그때였다.

"곤방와(안녕하십니까)!"

갑자기 나무그늘 속에서 옥구슬처럼 낭랑한 여자의 음성이 들려오는 게 아닌가? 깜짝 놀라며 고개를 옆으로 돌려 보니, 그곳에는 분홍색 기모노를 곱게 받쳐 입은 일본 여자 두 명이 허리를 공손히 숙이고 있었다. 위로 치켜 올린 검은 머리를 노란 꽃과 붉은 보석으로 화려하게 치장한 두 여자는 고개를 살며시 들어올리더니 생긋 하고 미소를 지었다. 그리고는 다시 허리를 숙이며 자신들을 따라오라는 손짓을 했다. 깜찍한 요정처럼 나무 뒤에서 걸어 나온 여자들은 이 술집에서 간단한 잔심부름과 손님 안내를 맡은 카부로들이었다.

"저 여자들이 게이샤들인가?"

돈호세가 나지막한 음성으로 도야마에게 물었다.

"아닙니다. 저 여자들은 견습기생인 '카부로'들입니다. 게이샤 내에서도 엄격한 계급이 있는데, 나이가 많고 오래된 게이샤를 '오카미산'이라고 부릅니다. 그리고 그 아래에는 게이샤가 있고, 게이샤가 되기 전에는 카부로가 되어서 피나는 수업을 받아야 합니다. 보통 카부로들이 받는 수업에는 꽃꽂이, 다도, 춤, 노래, 악기 연주 등의 예술적인 기능뿐 아니라 안마, 지압, 침술, 그리고 남자의 혼을 송두리째 빼 놓을 정도로 세련되고 매력적인 방중술도 익혀야 하죠. 그래서 카부로들은 이불 속의 남성에게 색다른 기쁨을 주기 위해 보름달이 뜨는 음기가 가장 강한 밤에 신체의 가장 은밀한 부분을 단련한답니다."

"보통 몇 살부터 카부로가 되는 건가?"

"카부로보다 더 어린 소녀들을 '타마코'라고 부르는데, 갓 6살이 넘은 아이들도 있고 10여 세가 된 아이들도 있죠. 사춘기 소녀 시절부터 10여 년 동안은 카부로 생활을 하고 20대 중반부터 게이샤가 되는데, 인물이 남보다 출중하고 기예가 뛰어난 여자들은 20대 초반에 게이샤가 되기도 한답니다."

방년 18세의 두 카부로가 일본 여자 특유의 종종걸음을 치며 그들 앞을 앞장서 가자, 기모노에 찰싹 달라붙은 푸짐한 엉덩이가 육감적으로 출렁거렸다.

"저 엉덩이 좀 봐. 정말, 매력적이구나."

빅토르가 카부로의 율동적인 걸음걸이를 흉내내며 입맛을 다셨다.

"저 엉덩이짝은 한 손아귀에 다 들어오겠는걸."

도밍고가 빅토르의 어깨를 툭 치며 좋아 죽겠다는 표정을 지었다.

"도야마!"

"예, 제독님!"

도야마가 토끼처럼 두 귀를 쫑긋 세우며 돈호세 제독 옆으로 바투 붙어 섰다.

"저 계집년들, 허리 뒤에 매단 게 도대체 무어냐?"

"저, 네모난 모양으로 생긴 오비(허리띠)말씀입니까?"

"무슨 허리띠가 방석처럼 생겼냐?"

"헤헤헤, 그게 다 용도가 있습니다."

"용도라니? 무슨 용도?"

"일본 여자들의 기모노에 붙어 있는 저 오비는 일명 '사랑의 방석'이라고 부른답니다. 일본 여자들은 사랑을 나눌 때 허리를 받쳐주는 저 방석 덕분에 야외 어느 곳에서라도 쉽게 사랑을 나눌 수가 있으니까요."

"너희 섬나라 여자들은 정말 자유분방하구나."

도야마의 설명을 들은 돈호세는 재미있다는 듯 커다란 너털웃음을 터뜨렸다.

"아마 오늘밤엔 저 사랑의 방석이 다 타버리고 성한 게 하나도 안 남을 겁니다."

도야마가 묘한 표정을 지으며 한마디 건넸다.

"그건 또 무슨 뜻이냐?"

"지금 일본은 조선과 벌써 7년째 치열한 전쟁을 벌이고 있는 중입니다. 그래서 일본 열도 곳곳에는 남편을 전쟁터에서 잃은 과부들과 혼기를 놓친 노처녀들이 수없이 많답니다. 그러니 '춘분축제'가 벌어지는 오늘 같은 밤에 그 여자들이 가만히 있을 리가 없죠. 오늘밤엔 축제에 참석한 여자들 때문에 나고야시 전체가 떠들썩할 겁니다."

"조금 전에 이곳으로 올 때 보니까, 도시 전체가 무척 혼란스럽더군. 부두 뒷골목은 말할 것도 없고 주택가 골목에서도 술에 취한 일본인들이 서로 껴안고 난리던데."

"헤헤, 그런 광경은 이곳에선 다반사랍니다. 이 섬에서 몇 달만 생활하시면 그런 일엔 곧 익숙해지실 겁니다. 게다가 나고야는 지난 7년 동안 30만이 넘는 병사들을 조선의 각 지방으로 실어 나른 거대한 군사 항구가 아닙니까? 그래서 이곳엔 평소에도 전국 각처에서 모인 장사꾼, 유랑무사, 건달, 광대, 사기꾼, 창녀들로 북새통을 이룬답니다. 이 같은 곳에서 새봄을 맞는 거대한 야간 축제가 열리고 있으니, 그 혼란스러움은 이루 다 말로 표현할 수 없을 정도입니다. 아마 오늘밤엔 사랑의 홍수가 나서 이 도시 전체가 저 바다로 떠내려가지 않을까 걱정입니다."

도야마는 이렇게 말하면서 실실 웃음을 흘렸다. 그러자 다른 스페인 장교들도 큰 소리로 따라 웃었다.

아방궁은 무척 크고 화려했다.

정원이 끝나는 곳에 커다란 본관 건물 한 채와 별관 건물 두 채가 나란히 자리 잡고 있었다. 본관 1층에는 3백 명이 넘는 게이샤와 악사들의 대기실이 있었고, 2층과 3층엔 1백여 개의 방들이 있어서 술과 음식을 마음껏 즐기도록 되어 있었다. 그리고 본관 좌우에 있는 별관에는 목욕탕이 붙은 방들이 70여 개나 있어 숙박 손님들을 편안하게 재울 수 있었다. 거드름을 잔뜩 피우며 본관으로 휘적휘적 들어선 돈호세 일행은 카부로의 안내를 받으며 3층에 있는 넓은 방으로 들어갔다.

복도 끝에 있는 그 방은 길쭉한 사각형이었고, 방바닥에는 연두색 다다미가 정갈하게 깔려 있었다. 양쪽 벽에는 호사스런 대형 부채가 날개를 활짝 편 독수리처럼 커다랗게 걸려 있고, 그 옆에는 10여 개의 춘화도가 나란히 붙어 있었다. 춘화도 속의 일본 여자들은 한결같이 벌거벗은 모습으로 요염한 자태를 취하고 있었다. 푸른 달빛이 교교히 흘러드는 둥근 창문 아래에는 고급흑단 문갑이 길게 놓여 있고, 그 위에는 소나무·향나무·느티나무로 만든 고급 분재들이 운치 있게 놓여 있었다.

그리고 방 한가운데에는 커다란 자개상 10여 개가 2열 종대로 나란히 놓여 있었는데, 붉은 옻칠이 화려하게 칠해진 자개상 위에는 향긋한 술과 안주가 진수성찬으로 차려져 그들을 반갑게 맞아 주었다. 환한 웃음을 띠며 방안으로 들어선 스페인 병사들이 산해진미가 푸짐하게 차려진 자개상 옆에 앉자마자, 방문이 스르르르 열리면서 기생들이 줄줄이 들어왔다.

형형색색의 기모노를 곱게 차려입은 20여 명의 기생들이 생글생글 웃으면서 방안으로 들어오자, 스페인 장교들의 입이 함지박만하게 커진다.

"하하! 이년들아, 냉큼 들어오너라! 네년들의 분내 풍기는 속살을 맛보려고 지구를 반 바퀴나 돌아 왔단다. 하하하하!"

돈호세가 너털웃음을 터뜨리며 큰 소리로 말을 꺼냈다.

"야아, 요년들! 마치 조그만 인형들 같구나. 혓바닥만 몇 번 움직이면 다 녹아 버리겠는걸."

빅토르가 입맛을 다시며 말했다.

"아무려면 어떠냐? 요 귀여운 것들! 어서 내 품에 안기려무나. 오늘밤엔 내 가슴의 뜨거운 불로 너희들을 지글지글 태워버릴 테다."

도밍고는 웃옷의 단추를 끌러 털이 북실북실한 자신의 가슴을 매만졌다.

"흠, 흠흠. 햐아, 쟈스민 향기가 진동을 하는구나. 그저 냄새만 맡아도 온몸이 흐물흐물 녹아 내릴 것 같군."

동작 빠른 빅토르가 지나가는 기생 한 명을 재빠르게 낚아 채 어느새 무릎 위에 앉혔다. 그리고는 능숙한 솜씨로 여자의 앞가슴을 마구 풀어 헤치기 시작했다.

"빅토르! 너도 이제 한물 간 모양이구나? 여자에게 예의를 갖추기도 전에 함부로 앞가슴을 만지다니."

도밍고가 시비를 걸어왔다.

"야, 붉은 사자! 내 걱정일랑 붙들어 매고, 네놈이나 잘해! 나는 오늘 밤 이 여자와 함께 에덴동산을 거닐 테니까!"

"자, 모두들 그런 농담은 나중에 하고, 먼저 건배부터 하자!"

상석에 앉은 돈호세 제독의 말 한 마디에, 옆에 앉은 기생들을 희롱하며 걸쭉한 농담을 늘어놓던 장교들이 일제히 자세를 똑바로 했다. 그리고 모두들 하얀 사기 술잔을 높이 들었다.

"지구상에서 영원히 해가 지지 않는 위대한 나라! 대 스페인 제국의 고귀한 왕이며, 우리들의 영원한 아버지이신, 펠리페 2세 폐하의 만수무강과 존경하는 왕비마마의 변함없는 아름다움을 위해!"

"건배! 건배!"

스페인 장교들의 우렁찬 건배소리와 더불어 조그만 술잔들이 쨍그랑 소리를 내며 서로 이마를 부딪쳤다. 그러자 창문 쪽 문갑 앞에 앉은 세 명의 악사들은 샤미생을 잔잔하게 연주하며 주흥을 돋우기 시작했고, 장교들 옆에 바짝 붙어 앉은 기생들은 교태스런 모습으로 안주를 입에 넣어 주었다. 1년 동안의 긴 항해를 끝내고 오랜만에 여자를 대하게 된 장교들은 커다란 코를 쿵쿵거리며 기생들의 옷 안으로 서슴없이 손을 집어넣었다.

"호호, 간지러워요."

"어머머, 나리. 손장난 그만하고 술이나 드세요."

기생들은 그런 남자들의 손길이 싫지 않다는 듯 몸을 비비꼬며 아양을 떨었다.

밤늦게까지 기생들의 교태 어린 아양을 받으며 술잔을 기울이던 그들은 자정이 다된 늦은 시각에서야 술자리를 파하게 되었다. 술에 취해 비틀거리며 자리에서 일어선 그들은 기생의 부축을 받으며 별관에 있는 침실로 향했다. 술이 거나하게 취한 돈호세를 별관 2층으로 안내한 여자는 하루코라는 기생이었다.

하루코는 돈호세를 복도 한쪽 끝에 마련되어 있는 아담한 욕실로 데리고 들어갔다. 빗살무늬가 정교하게 조각되어 있는 여닫이 나무문을 열고 안으로 들어서자, 따뜻하고 기분 좋은 수증기가 온몸을 감쌌다. 대나무 못이 촘촘히 박혀 있는 벽에는 하얀 수건과 얇은 유카다가 가지런히 걸려 있었다. 둥근 대나무 의자 위에 돈호세를 살며시 앉힌 하루코는 겉옷을 하나씩 벗기기 시작했다. 노란 금실로 화려하게 장식된 스페인 제독의 웃옷이 벗겨지고, 하얀 줄이 선명하게 테두리를 장식한 파란색 바지도 벗겨지고, 부드러운 피렌체 산 속옷도 벗겨졌다. 유달리 아랫배가 많이 나온 돈호세를 순식간에 알몸의 백곰으로 만든 하루코는 이제 자신의 기모노를 벗기 시작했다.

하루코는 기모노 속에 속옷을 입지 않기 때문에 금방 알몸이 될 수 있었다. 욕실 한 쪽에는 삼나무의 짙은 향이 물씬 풍기는 나무욕조가 놓여 있었고, 그 안에서는 뜨거운 김이 모락모락 피어오르고 있었다. 알몸이 된 두 사람은 서로 손을 잡으며 욕조 안으로 천천히 들어갔다. 고개를 뒤로 젖히며 나무욕조에 비스듬히 기대 누운 돈호세는, 따뜻한 물이 온몸을 포근히 감싸오자 그 동안의 여독이 스르르 풀리며 기분이 좋아졌다. 부드러운 물수건을 손에 집은 하루코는 돈호세의 알몸을 조심스럽게 씻겨 주기 시작했다. 하루코는 작은 손을 열심히 움직이며 돈호세의 두꺼운 뒷목과 넓은 등, 축 늘어진 앞가슴을 정성스럽게 문질러 주었다. 따끈하게 데워진 물 속에서 젊은 여인의 매끄러운 손이 자신의 온몸을 자늑자늑 주물러 주자, 돈호세의 입에서는 탄성이 절로 나왔다. 게다가 하루코의 새하얀 젖가슴이 자신의 앞가슴을 스치듯 지나가고 부드러운 섬섬옥수가 허벅지 안쪽을 천천히 매만지자, 돈호세는 술이 다 깨는 느낌이었다.

마치 갓난아기를 다루듯 돈호세의 온몸을 구석구석 깨끗이 목욕시킨 하루코는 그를 데리고 욕조 밖으로 나왔다. 뜨거운 물 속에서 막 빠져나온 두 사람의 몸은 마치 가을 홍시처럼 벌겋게 익어 있었다. 이마 위에는 굵은 땀방울이 송글송글 맺혀 있고, 온몸에서는 뜨거운 김이 쉴 새 없이 피어올랐다. 하루코는 벽에 걸린 수건을 재빨리 내려 물이 뚝뚝 떨어지는 돈호세의 몸을 꼼꼼히 닦아주었다. 술이 거의 다 깬 돈호세는 자신의 발 아래 두 무릎을 꿇고 발등과 다리의 물기를 꼼꼼히 닦아내는 도리암직한 하루코를 물끄러미 내려다보며 뜨거운 욕정을 느꼈다. 잠시 후 바닥에서 일어선 하루코는 돈호세의 어깨 위에 헐렁한 유카다를 걸쳐 주고는 가는 허리띠를 살며시 묶어 주었다.

욕실을 빠져 나온 두 사람이 들어선 곳은 조그만 다다미방이었다. 방으로 들어선 하루코는 돈호세의 겉옷을 얼른 벗기고 풀냄새가 풋풋한 분홍색 이불 속으로 돈호세를 천천히 뉘었다. 목화 솜을 두껍게 넣은 요는 구름처럼 푹신했고, 분홍색 명주 이불은 실안개처럼 부드럽게 돈호세의 알몸을 감싸주었다. 돈호세를 이불 속으로 살며시 밀어 넣은 하루코는 빨간 불꽃이 작은 혓바닥을 쉴 새 없이 날름거리는 촛불 곁에 섰다. 그리고 자신의 나신을 부드럽게 감싸고 있는 얇은 유카다를 천천히 벗어 내렸다. 그러자 흔들거리는 불빛 옆으로 허물을 벗은 봄나비처럼 눈부신 여체가 환한 모습을 드러냈다. 하루코는 실오라기 하나 걸치지 않은 모습으로 이불 속으로 살며시 들어가 돈호세의 허리를 자늑자늑 주무르기 시작했다.

돈호세 곁에 무릎을 꿇고 앉아 그의 허리를 안마하던 하루꼬는 가벼운 한숨을 입가에 흘렸다. 6살이 조금 지나서 타마코가 되어 10여 년의 혹독한 카부로 생활을 통해 스무 살도 되기 전에 게이샤가 된 그녀는 정기적으로 찾는 단골손님이 꽤나 많은 인기 좋은 게이샤였다.

아버지가 병으로 돌아가신 후 자식들을 버리고 다른 남자에게 개가한 어머니 때문에 어린 나이에 요릿집으로 팔려온 그녀는 부모님이나 자매간의 사랑을 못 받고 외롭게 자랐다. 그런 그녀가 오직 훌륭한 게이샤가 되기 위해 기예수업에만 열중하던 카부로 시절에 어느 사무라이를 알게 되었다. 큐슈 출신의 그는 하루꼬를 처음 만났을 때 아시가루이(견습 사무라이)였다. 그래서 그들은 다이묘와 게이샤들이 여흥을 즐기는 방에 들어가지는 못하고 복도에 무릎을 꿇은 채 눈빛으로만 서로의 마음을 전해야 했었다. 생전 처음 이성간의 사랑을 알게 해준 그가 정식 사무라이가 되는 기쁨을 함께 나눈 것도 잠시일 뿐, 그는 곧 조선으로 건너가 버렸다.

그리고 벌써 7년. 그동안 그가 일본을 다녀간 것은 겨우 두 번뿐이다. 너무 짧은 만남에 너무나 긴 이별이었다. 하루꼬는 매일 저녁마다 짙게 분칠한 새하얀 얼굴에 단골들 앞에서 아양을 떨지만, 마음속에는 언제나 그리움과 짙은 슬픔이 깊게 흐르고 있었다.

'그래! 게이샤와 사무라이는 한없이 슬픈 존재들이야! 절대로 자신의 속마음을 겉으로 드러낼 수 없는 우리들. 마음속의 진실한 모습들이 밖으로 나오지 못하도록 두껍고 튼튼한 벽을 쌓고, 또 쌓아야만 하는 우리의 처량한 신세. 내가 갖고 있는 좋은 기예들을 사랑하는 님에게 쏟지 못하고 스페인 돼지에게 사용해야 한단 말인가?'

허리 안마를 끝내고 등을 주무르기 시작하는 하루꼬는 마음속으로 노래를 불렀다.

'연초록 숲속에서 내 긴 머리를 풀어주던 당신의 손길, 당신은 벌써 잊으셨나요? 나는 이렇게 그리운데. 당신과 다시 만날 기쁨의 그 순간. 헤어짐은 잠시일 뿐 영영 이별은 아니잖아요. 어젯밤 꿈에 잠시 본 당신의 얼굴. 너무 창백하고 우울해 한없이 울었어요. 당신을 생각하며.'

배를 깔고 푹신한 요 위에 길게 엎드린 돈호세의 등과 다리의 안마를 모두 끝낸 하루코는 천천히 일어서서 허리 위에 올라섰다. 그리고는 요추와 선추 부위의 주요 급소를 작은 발로 자근자근 밟아 주었다. 잠시 후 다시 내려온 그녀는 돈호세를 똑바로 눕혔다. 이번에는 돈호세의 앞가슴과 복부에 있는 근육들을 주물러 주었다. 하루코의 여낙낙한 열 손가락이 마치 악기를 연주하듯 율동적으로 움직여 나가면서 각 근육과 관절 부위를 부드럽게 매만지자, 물먹은 솜처럼 힘없이 늘어져 있던 돈호세의 전신 근육이 야생마의 뒷다리처럼 탄탄해지며 힘이 솟구치기 시작했다. 게다가 파인애플처럼 탐스러운 그녀의 유방이 자신의 몸 위를 부드럽게 스치고, 하루코의 촉촉한 입술이 점점 아래로 내려오며 뜨거운 입김을 거세게 토해내자, 돈호세는 점점 기분이 좋아졌다. 능숙하면서도 감미로운 하루코의 애무가 돈호세의 긴장한 마음을 사르르르 녹이자, 지난 1년여의 기나긴 항해에서 쌓인 모든 피로가 순식간에 사라지는 듯했다.

이때 나고야의 북쪽 하늘에는 야간 축제를 마감하는 마지막 폭죽이 요란한 소리를 내며 일제히 터져 올랐다.

탕! 탕탕! 탕탕탕!

돈호세 일행이 아방궁의 별관에서 일본 게이샤들과 한창 회포를 풀고 있는 바로 그 시각. 시내에서 북쪽으로 5km 떨어진 나고야성에서는 또 다른 사건이 벌어지고 있었다.

불야성을 이루며 성대한 야간 축제가 벌어지고 있는 시내와는 달리, 나고야성은 으스스한 기분이 들 정도로 조용하고 썰렁했다. 수십 길이 넘는 높다란 구릉 위에 탑처럼 우뚝 솟아 있는 나고야 성은 초저녁부터 밀려온 자욱한 안개에 휩싸여 있었다. 게다가 둥근 보름달마저 짙은 먹장구름 속으로 숨어 들어가, 성 주변은 거의 눈앞이 잘 분간되지 않을 지경이었다. 특히, 이 성에서 가장 높고 화려한 건물인 천수각은 불까지 모두 꺼진 캄캄한 모습으로 밤안개 속에 우뚝 서 있어 공동묘지처럼 을씨년스럽고 음산하기까지 했다.

그런데 무덤 속에서 막 올라온 유령의 냉랭한 음성이 으스스하게 울려 퍼질 것 같은 캄캄한 어둠 속에서도 밤고양이처럼 은밀하게 움직이는 일단의 사람들이 있었다. 숲속의 풀벌레들조차 전혀 낌새를 눈치 채지 못할 정도로 날렵하고 민첩한 솜씨로 성벽 아래로 모여드는 십여 개의 그림자들. 칠흑처럼 어두운 숲 그늘 속에서 재빨리 달려 나온 그들은 몸을 바닥에 잔뜩 낮춘 채 주위를 잠시 두리번거리더니, 긴 밧줄을 타고 높다란 성벽 위로 순식간에 기어올랐다.

그들은 모두 흑두건을 머리에 쓰고 있었고, 발을 단단히 싸고 있는 버선과 짚신도 모두 검은색이었다. 전신을 검은색 천으로 빈틈없이 싸매고 있는 그들은 칼 한 자루씩을 등 뒤에 비껴 매고 있었고, 발목에는 날카로운 표창들이 촘촘히 꽂혀 있었다. 뛰어난 은신술과 탁월한 월장술을 자유자재로 구사하며 스페인의 사향고양이처럼 재빠르게 성 안으로 숨어든 그들은 안개 자욱한 천수각 건물을 향해 쏜살같이 몸을 날렸다.

정체불명의 사나이들 십여 명이 올빼미 같은 눈망울을 쉴 새 없이 번득이며 캄캄한 어둠 속으로 몸을 숨기는 바로 그 시각.

불 꺼진 천수각의 5층 구석에 깊숙이 자리 잡은 조그만 밀실 안에는 사무라이들이 은밀히 모여 있었다.

방 한쪽에는 외로운 촛불 하나가 가냘픈 불꽃을 가물거리고 있었고, 희뿌연 방구석에는 머리털이 희끗희끗한 노장군 한 명이 커다란 입을 한 일자로 굳게 다문 채 묵묵히 앉아 있다. 그 앞에는 젊은 사무라이 10

여 명이 무릎을 꿇고 있었고, 왼쪽의 창문에는 불빛 한줄기도 밖으로 새나가지 않도록 검은 천으로 단단히 막아 두었다. 방석 위에 가부좌를 틀고 앉아 눈을 반쯤 감은 채 깊은 생각에 잠겨 있는 노장군은 바로 도쿠가와 이에야쓰였다.

도쿠가와 이에야스!

그는 일본 다섯 대장군의 한 사람이자, 에도지방(지금의 도쿄) 제1의 영주였다. 또한 그는 도요토미 히데요시가 천황을 능가하는 무소불위의 권력을 마구 휘두르는 서슬 퍼런 전시체제 아래서도 유일하게 조선으로 출병하지 않고 일본의 자기 영지에 배짱 좋게 남아 있는 장군이었다. 탐욕스런 도요토미 히데요시가 혹시 자신을 공격할까 봐 한시도 에도지방을 떠나지 못하던 그가 머나먼 큐슈 섬의 북쪽에 있는 나고야 성에 돌연 모습을 드러낸 까닭이 무엇이란 말인가?

그 당시 일본 정세는 아주 복잡하게 얽혀 있었다.

지난 백여 년 동안 일본 열도는 60여 개의 소국으로 나뉘어 2백여 명의 다이묘(일본의 영주)들이 치열한 각축전을 벌이고 있었다. 이런 전국시대를 막 내리고 새로운 통일국가를 건설하기 위해 꾸준히 세력을 확장한 사람이 오다 노부나가 장군이었다. 그런데 일당백으로 잘 훈련된 총포부대를 앞세워 일본의 중부지방과 서부지방을 거의 평정해 들어가던 오다 노부나가에게 뜻밖의 사건이 일어났다. 그것은 오다 노부나가가 자신이 그토록 아끼던 심복인 미쓰히데의 배신으로 인해 교토의 본능사에서 그만 불타 죽은 것이다.

일본 최대의 권력가로 급성장하던 오다 장군의 갑작스런 죽음은 권력의 커다란 진공상태를 야기시켰다. 당시 일본인들에게는 '누가 이 거대한 권력의 공백을 메울 것인가?'가 초미의 관심사였고, 당연히 그들은 도쿠가와 이에야쓰를 떠올렸다. 왜냐하면 그는 일본에서 가장 넓은 영지인 관동 6주를 다스리는 다이묘였을 뿐 아니라, 오다 노부나가와는 사돈지간이었기 때문이다. 남몰래 자신의 가슴속에 야망을 불태워오던 도쿠가와 이에야쓰도, 이제는 자기의 때가 왔다고 기뻐하며 희망에 잔뜩 부풀어 있었다. 그런데 오다 노부나가의 뒤를 이어 일본 열도를 통일한 사람은 뜻밖에도 도요토미 히데요시였다.

그는 사가현 지방의 천민의 자식으로 태어나 오다 노부나가의 말먹이꾼 노릇을 하다 소국의 다이묘가 된 인물이었다. 오다 노부나가의 측근으로 일하던 도요토미 히데요시는 오다 장군이 살해되자마자 그의 일족을 모두 살해하고 스스로 권좌에 올라 버린 것이다. 도요토미 히데요시가 오다 장군의 자리를 재빨리 차지하는 바람에 졸지에 '닭 쫓던 개' 신세가 되버린 도쿠가와 이에야쓰는 내심 여간 분개하지 않았다. 그러나 오다 노부나가의 총포부대를 이용해서 일본 최고의 권력자인 간빠꾸(관백: 지금의 수상)의 자리에 오른 그를 대적하기엔 너무 역부족이었다. 당시 일본의 천황은 정치나 군사적인 일에는 아무런 영향력을 행사할 수 없는 명목상의 왕이었기 때문에, 오히려 간빠꾸가 실질적인 왕 노릇을 하고 있었던 것이다. 결국 도쿠가와 이에야쓰는 자신의 영지만이라도 제대로 보존하기 위해 울며 겨자 먹기로 도요토미 히데요시와 강화를 맺을 수밖에 없었다.

이 같은 원한 때문에 도요토미 히데요시가 조선 침략을 위해 전국의 영주들에게 병사들을 이끌고 바다를 건너가라는 명령을 내렸을 때도, 그는 자신의 부하들을 모두 다 예비대로 편입시켜 자기 영지를 지키고 있었다. 또한 다른 장수들이 모두 조선으로 건너가 치열한 전투를 치르던 지난 7년 동안에도, 도쿠가와 이에야쓰는 딱딱한 몸통 속에 긴 모가지를 숨기고 있는 거북처럼 에도에만 몸을 숨기고 꼼짝하지 않았다. 살이 디룩디룩 찐 모습으로 부하들과 함께 가끔 매사냥이나 다니는 그를 보고, 다른 장수들은 소심한 물장군이라고 비난했었다. 그러나 도꾸가와 이에야쓰는 대단히 신중한 인물이었다. 겉으로는 일본의 정치와 군사에 아무런 관심이 없는 척하면서 여러 경로를 통해서 조선의 전황과 오사카 성에 머물고 있는 도요토미 히데요시의 움직임에 대한 상세한 정보를 정탐해 오고 있었다. 그는 지난 7년간의 전쟁으로 점점 지쳐가고 있는 도요토미 히데요시를 몰아낼 절호의 기회를 포착하기 위해 오랫동안 참고 있었던 것이다. 그런데 이제 그 기회가 점점 가까워지고 있었다. 장기간 절치부심 하면서 남모르게 갈아왔던 자신의 날카로운 발톱을 뾰족하게 드러낼 시기가 된 것이다.

조선과의 두 차례 전쟁으로 인해 도요토미 히데요시의 전쟁 비용이 거의 떨어지고 부하 장수들 사이에 심각한 분열이 생기고 있었다. 게다가 태풍과 해일, 화산 폭발과 지진 같은 엄청난 자연재해가 빈번하게 일어나 지방 민심도 심각할 정도로 동요하고 있었다. 더욱 중요한 희소식은 도요토미 히데요시가 가족과 함께 교토의 삼보원에서 벚꽃놀이를 즐긴 후 덜컥 병이 들어 누운 것이다. 이렇게 되자 오랜 기간 동안 심사숙고를 거듭하던 도쿠가와 이에야스가 드디어 행동을 개시하기로 결심한 것이다.

댕! 댕! 댕!

자정을 알리는 망루의 종소리가 자욱한 안개 사이로 천천히 울려 퍼졌다. 상여꾼의 회심곡처럼 긴 여운을 끄는 마지막 종소리가 끝나자, 밀실의 미닫이문이 양 옆으로 스르르르 열렸다. 그리고 그 사이로 시커먼 옷차림을 한 10명의 남자들이 천천히 걸어 들어왔다. 그러자 방안에 무릎을 꿇고 있던 사무라이들이 얼른 몸을 옆으로 돌려 길을 내 주었다. 방안으로 들어온 남자들 중에서 아홉 명은 젊은 사무라이들 좌우에 함께 앉았고, 다른 한 명은 도쿠가와 이에야쓰와 마주 앉았다. 상석에 도쿠가와 이에야쓰와 함께 앉은 중년의 남자가 흑두건을 천천히 벗어서 무릎 옆에 놓자, 다른 남자들도 모두다 복면을 벗기 시작했다. 그러자 희뿌연 촛불 아래에 그들의 얼굴이 하나 둘 드러났다. 이토록 늦은 밤에 천수각의 5층 밀실에 모습을 드러낸 이들은 후꾸자와 그의 심복들이었다.

후꾸자와! 그는 납치, 암살, 인신매매로 악명 높은 닌자 조직인 흑룡회의 두목이었다. 또한 그는 도요토미 히데요시의 죽마고우이자 둘도 없는 심복으로 일본의 조선 침공에 지대한 공을 세운 인물이었다. 그런 그가 도요토미 히데요시의 정적인 도쿠가와 이에야쓰를 비밀리에 만나다니.

인사말을 먼저 꺼낸 사람은 후꾸자와였다.

"정말 오랜만입니다."

"그렇군요."

"에도에서 매사냥을 열심히 하신다는 소식은 진작 듣고 있었습니다. 무척 건강하게 보이시는군요."

"멀리 나다니지 않고 에도에만 머물다 보니 이처럼 살만 많이 쪘습니다. 하하하!"

얼굴엔 도톰하게 밤볼이 지고 살푸둥이가 푼푼하게 늘어난 그는 방 안이 쩌렁쩌렁 울릴 정도로 호탕한 웃음을 크게 터뜨렸다.

잠시 침묵이 흘렀다.

이번에는 도쿠가와 이에야쓰가 먼저 입을 열었다.

"지금 조선의 전황은 어떻습니까?"

"거의 절망적입니다."

"절망적이라고요?"

너구리처럼 의뭉스러운 도쿠가와 이에야스는 일부러 음성을 높이며 짐짓 놀라는 표정을 지어보였다.

"그렇습니다."

"얼마 전에 15만 명의 증원군이 조선으로 건너갔는데도 여전히 어렵 다는 말씀입니까?"

"7년 전에 우리가 30만 명이 넘는 대군으로 급습을 했을 때도 1년 만 에 패퇴하고 말았는데, 15만 명 가지고는 어림도 없습니다. 그 열 배인 150만 명이면 몰라도."

"조선 의병부대와 수군들의 저항이 여전히 강렬한가 보죠?"

"1차 침입 때만 하더라도 조선 군사들은 총이 단 한 자루도 없었지 않습니까?"

"그렇죠. 그때 조선 군사들의 무기라야 녹슨 칼과 창, 그리고 작은 활 밖에 없었죠."

"조선은 우리 일본과는 달리 선비들이 나라를 다스리는 유교 국가이 기 때문에 국방을 소홀히 했었죠. 그래서 성은 곳곳이 무너져 있었고, 물이 흘러야 할 해자도 흙이 쌓인 채 잡초투성이였습니다. 그리고 선조

임금도 한양성을 지킬 생각도 않고 왕궁인 경복궁을 버린 채 북쪽으로 도망가기만 바빴지 않습니까. 그런데 이번에는 아주 달라져 있었습니다. 한양성으로 복귀한 선조 임금이 왕명을 내려 우리들이 갖고 있던 것과 똑같은 화승총을 엄청나게 많이 만들어내게 했던 겁니다. 그리고 화약 전문가들을 모아 비격진천뢰란 소형 폭탄도 대량 제조하고, 각 성에는 대포도 많이 배치되어 있었습니다."

"그래도, 지난번에 공략 못했던 호남지방의 남원성과 영남지방의 진주성을 점령하지 않았습니까?"

"그것도 잠시뿐이었습니다. 지금은 오히려 그 성들을 다시 뺏기고 조선의 남해안으로 거의 철수한 상태입니다. 1차 침입 때 선봉장을 맡았던 고니시 유기나가 장군은 지금 호남지방을 빠져 나오지 못하고 남해의 순천 왜교성에 포위당해 있습니다. 게다가 간빠꾸의 오른팔인 가토 기요마사 역시 거북선을 타고 설쳐대는 조선 수군들 때문에 동해의 울산항에 숨어서 꼼짝도 않고 있답니다. 일본이 자랑하는 두 장수들이 이런 지경이니, 다른 장수들이야 두말할 것도 없지 않습니까?"

후꾸자와가 다시 입을 열었다.

"게다가 지금 조선 해안가에 숨어 있는 우리 병사들 사이에는 별의별 흉흉한 소문이 다 나돌고 있는 실정이랍니다!"

"흉흉한 소문이라면?"

"이번에 도요토미 히데요시가 전쟁을 일으킨 이유는 따로 있다는 겁니다."

"조선을 거쳐 중국 대륙으로 진출한다는 명분 외에, 또 무슨 이유가 있다는 겁니까?"

"7년 전에 우리들이 조선을 공격할 때 내세운 '정명가도'(명나라를 칠 테니 조선은 길을 빌려 달라)는 허울 좋은 명분에 불과하고, 진짜 이유는 '큐슈의 사무라이들을 모조리 제거하는 것'이라는 겁니다. 사실 큐슈인들에 대한 도요토미 히데요시의 감정은 별반 좋지가 않지 않습니까? 오다 노부나가 장군이 죽은 후 도요토미 히데요시가 천하통일을 획책할 때에 가장 강력하게 저항한 사람들이 바로, 시마즈가 이끄는 큐슈의 사무라이들이었죠. 또한 불교를 신봉하는 도요토미 히데요시와는 반대로, 고대 조선에서 건너온 수험도나 남만인들이 전해 준 가톨릭을 믿는 신자들이 가장 많은 곳도 바로 이곳 큐슈이죠. 그래서 도요토미 히데요시는 '큐슈인들 속에는 고대 조선인들의 피가 많이 흐르기 때문에 반골기질이 강하다.'며 큐슈인들을 대단히 경계했었죠. 그러다 보니 '천주교 금지령'을 내려 천주교 교도들을 탄압할 때나 '무기 몰수령'을 내려 농민들의 집에 숨겨 둔 칼을 대대적으로 사냥할 때 큐슈인들을 아주 혹독하게 다루었답니다. 게다가 일본 열도가 모두 평정되어 나라는 통일이 되었지만, 전국시대부터 엄청나게 불어났던 큐슈의 사무라이들이 강력한 무기를 소지한 채로 그대로 존재하고 있으니, 도요토미 히데요시는 내심 상당한 부담을 느끼고 있었던 것이죠. 그래서 그는 목안의 가시처럼 찜찜하기 짝이 없는 큐슈의 사무라이들을 깨끗이 청소할 목적으로 이번 조선과의 전쟁을 이용했다는 겁니다. 사실 전쟁을 일으키기 전에 나고야 성을 축성할 때도 큐슈인들을 많이 동원해서 노예처럼 부려 먹었고, 조선을 공격할 군선을 건조할 때도 큐슈 어민들은 허리가 휘어지고 등골이 쑤시도록 일해야 했죠. 이번에 조선으로 출병한 병사들도 대부분이 큐슈인들이었고, 또한 그들은 조선에서 가장 험하고 위험한 전투에만 집중적으로 배치되었답니다. 그러다 보니 지금 조선의 동남부 해안가로 퇴각해 온 우리 병사들 사이에는 도요토미 히데요시를 증오하는 소리가 점점 높아지고 있는 실정이죠."

자신의 상전인 오다 노부나가가 심복의 배신으로 불타 죽는 것을 목격한 도요토미 히데요시는, 자신도 그러한 일을 당하지 않을까 항상 불안해 했다. 그래서 자신의 죽마고우인 후꾸자와의 닌자조직원들을 각 부대에 파견하여 모든 장수들의 움직임을 면밀히 감시하도록 시켰다. 그래서 후꾸자와는 일본 진영에서 발생한 모든 사항들을 손바닥처럼 훤하게 파악하고 있었던 것이다.

"지금 도요토미의 병세는 어떻습니까?"

도쿠가와 이에야스가 슬쩍 말꼬리를 돌렸다.

"명의를 데려다가 좋다는 약을 다 쓰고 있지만, 아마 별 효과가 없을 겁니다. 병이 점점 더 위중해지고 있으니까요. 제 생각은 도요토미의 목숨이 올 여름을 넘기기가 어려울 것 같습니다."

이때 도쿠가와 이에야스의 부하인 고토 부장이 한마디 건넸다.

"도요토미는 교토에서 급히 불려간 중국인 한의사 덕택에 지금은 많이 회복되고 있다고 하던데요?"

그러자 후꾸자와가 고개를 급히 돌리며 단호한 음성으로 말했다.

"뭐, 회복되고 있다고? 홍, 어림도 없는 소리! 그건 새빨간 거짓말이야! 그놈은 두 번 다시 일어설 수 없어!"

"거, 거짓말이라고요?"

고토가 더듬거리며 되물었다. 그러자 후꾸자와의 부하인 사이고가 음산한 미소를 머금으며 입을 열었다.

"그 저주받을 늙은이는 지금 독약을 처먹고 사경을 헤매고 있어. 이 세상을 다 뒤져도 절대로 해독제를 구할 수 없는 특수비방으로 만든 독약을 먹고서 시름시름 죽어가고 있는 중이라고."

고토의 두 눈이 휘둥그레졌다. 사이고는 계속 말을 이어 나갔다.

"그놈에게 독약을 먹인 것은 바로 우리들이야. 우리 조직에서는 그놈을 암살하기 위해 호시탐탐 기회를 노렸지. 그러던 중 금년 3월에 그놈이 나이 어린 애첩들을 데리고 삼보원에서 꽃놀이를 즐길 것이라는 정보를 입수했어. 그래서 우리는 하녀로 변장시킨 여조직원 세 명을 삼보원에 침투시켜 그놈이 먹을 음식에 독약을 몰래 넣었지. 그러니 이 세상의 어떤 명의도 그놈의 목숨을 구할 수는 없을 거야."

그 순간 엷은 미소가 도쿠가와 이에야스의 입가를 스치며 지나갔다.

후꾸자와 도쿠가와 이에야스는 악어와 악어새처럼 서로가 절실히 필요한 존재였다. 일본 열도 내에는 후꾸자와의 흑룡회 외에도 경쟁관계에 있는 다른 닌자 조직들이 여러 개 있었다. 그런데 도요토미 히데요시의 사후에도 흑룡회가 지금처럼 건재하기 위해서는 도쿠가와 이에야쓰 같은 든든한 후원자가 필요했다. 또한 도쿠가와 이에야스 역시 다른 경쟁자들을 제치고 일본의 주인이 되기 위해서는, 거미줄 같은 첩보망을 전국에 샅샅이 깔아 놓은 후꾸자와가 필요했던 것이다. 이렇게 해서 의기투합한 두 사람이 오늘밤 이곳에서 비밀회합을 가지게 된 이유는 과연 무엇이란 말인가?

"앞으로 우리의 일을 도울 장수는 역시 고니시 유기나가가 적격이겠군요?"

도쿠가와 이에야스가 좀더 나지막한 음성으로 물었다.

"물론입니다. 고니시 유기나가는 다이꼬에 대한 불만이 높은 큐슈의 병사들을 직접 지휘하고 있는 데다, 그는 카톨릭 신자가 아닙니까. 그리고 지금 좌군에 소속되어 있는 7군의 지휘관인 시마즈도 예전의 패배 때문에 다이꼬에 대해 사무치는 원한을 갖고 있죠. 그러니 당연히 그도 우리편이 될 수 있습니다. 서쪽에서는 큐슈의 카톨릭 다이묘들이 군사를 일으키고 동쪽에서는 에도에 계시는 도쿠가와님의 부하들이 협공을 한다면, 중간에 끼어 있는 오사카 성은 순식간에 함락이 될 것입니다."

후꾸자와는 입가에 살며시 미소를 띠어 보였다.

"하지만 오사카 성은 도요토미가 심혈을 기울여 건설한 난공불락의 요새인데."

"도쿠가와님! 제 아무리 튼튼한 요새라도 훌륭한 장수가 지켜 주어야만 그 진가를 발휘할 수 있는 법이 아닙니까? 금년내로 그 늙은이가 숨지고 나면 그 요새를 방어할 장수가 누가 있습니까? 이제 겨우 여섯 살이 된 히데요리가 지킵니까, 아니면 그놈의 침실에서 애완동물처럼 살고 있는 요도기미년이 지키겠습니까? 물론 처음에는 우키다 히데이에나 가토 기요마사 같은 놈들이 히데요리가 성장할 때까지 충성을 지켜야 한다고 개수작을 부릴 겁니다마는, 그놈들 역시 제각기 욕심들이 있기 때문에 단합이 오래 가지는 못할 겁니다. '새끼줄에 맨 일곱 마리의 말과 사무라이의 약속은 믿을 게 못 된다'는 속담도 있지 않습니까?"

"허지만 사태가 그렇게 간단치는 않소. 처음에는 고니시나 사마즈 같은 큐슈의 다이묘들이 나에게 협력하겠지만, 더 큰 문제는 오히려 그놈들이란 말이오. 음흉한 그놈들이 예수회나 도미니크회 선교사들과 밀통해서 어떤 흉계를 꾸밀지 알 수 없단 말이오. 선교사들은 천주교 금지령이 내리기 전까지만 하더라도 일본의 정치에 얼마나 많은 간섭을 했었소? 게다가 몇 년 전에는 스페인 돼지들을 끌고 와서 일본을 공격하려는 시도까지 했으니. 좌우지간 오다 노부나가가 가톨릭을 받아들이는 바람에 일본 열도에 큰 재앙을 일으킨 것이오. 가톨릭 교도들이 얼마나 악마 같은 놈들인지 아시오? 1519년에 멕시코의 아즈텍을 침공한 스페인의 코르테스란 놈은 금과 은을 강탈하기 위해 그곳의 인디언들을 완전히 몰살시켰다오. 그리고 페루의 잉카 왕국을 침공한 스페인의 피사로도 황금을 얻기 위해 화승총으로 인디언들을 대대적으로 사냥하였소. 아메리카 대륙을 침략한 스페인 돼지들이 수많은 인디언들을 사탕수수 농장, 금광, 은광 등에서 노예로 학대하는 바람에 지난 수십 년 동안 무려 1천 2백만 명 이상이 목숨을 잃었다고 하더군요. 서인도제도의 아이티 섬에도 6만 명의 원주민이 있었는데 지금은 5백 명도 남지 않았고, 쿠바 섬과 자마이카 섬에는 인디언들이 단 한 명도 살아남지 못했다고 들었소. 이 얼마나 잔인한 악마들이란 말이오? 음흉한 그놈들은 일본 열도에서도 그런 대규모 살륙을 저지르기 위해 교회당 뒷방에 숨어서 언제나 음모를 꾸미고 있다오. 그래서 나는 가톨릭을 증오하오. 내가 일본의 패권을 장악하게 되면, 지체없이 가톨릭을 없애버릴 것이오. 내가 알고 있는 정보에 의하면 시마바라 반도에만 5만 명이나 되는 농민들이 가톨릭을 믿고 있다고 하는데, 만약 그놈들이 반란이라도 일으킨다면 어떻게 되겠소? 아마 전국에 있는 가톨릭 신자들이 모두 다 무기를 들고 나를 공격할 것이오."

"너무 크게 염려하실 것은 없습니다. 선교사들도 포르투칼의 예수회와 스페인의 도미니크회로 분열되어 서로 헐뜯고 싸우고 있습니다. 최근에는 프란시스코회 선교사들까지 여기에 가세해서 마치 말 뼈다귀 하나를 놓고 서로 물어뜯고 싸우는 개들 같아요. 게다가 네덜란드인들은 가톨릭과 적대관계에 있는 프로테스탄트들입니다. 그리고 그놈들도 캘빈파니, 루터파니, 말라비틀어진 무슨 파니 하면서 서로 으르렁거리고 있답니다."

"앞으로 가톨릭을 일본에서 쫓아내지 않는다면 두고두고 후회할 일들이 많이 생길 것이오. 전쟁터에서 우리 편이 성공하려면 사무라이들이 목숨을 걸고 싸워 주어야 하고, 또 명령을 듣지 않는 놈들은 마음대로 쎕보꾸 시킬 수 있어야 되는데, 가톨릭에서는 자살을 큰 죄악이라고 가르치지 않습니까? 게다가 일본인들은 삼라만상에 신이 다 깃들여 있다는 신도를 믿고 있고, 우리들은 죽은 후에는 모두 다 가미(신)가 될 수 있다고 믿고 있는데, 저놈들은 하늘에는 오직 유일신인 '여호와'만이 전지전능하다고 가르치고 있으니. 가톨릭 신자가 늘어나면 일본의 가정에도 아주 나쁜 일들이 일어날 겁니다. 집안이 잘 되려면 여자들이 가장의 명령에 복종해야 하는 것이 당연하지 않습니까? 그래서 사무라라면 자신의 아내는 물론이고 아이들도 마음대로 죽일 수 있는 권리가 있고, 또 여자가 마음에 들지 않으면 단지 석 줄만의 이유만으로도 쉽게 이혼하도록 되어 있는 것이죠. 그런데도 가톨릭에서는 결혼은 하느님이 맺어준 신성한 약속이라며 이혼을 절대 금하고 있으니, 이것은 우리의 질서를 파괴하는 이적 행위입니다. 좌우지간 나는 체질적으로 남만인들이 싫소. 그놈들을 보고 있으면 인간이 아니라 마치 말하는 개들을 보는 느낌이오. 몸에는 무슨 털이 그처럼 많은지, 게다가 개처럼 역겨운 냄새도 몸에서 진동을 하고 음식 앞에 코를 바짝 갖다 대고는 개처럼 코를 킁킁거리고, 아무데서나 혓바닥을 날름거리며 마구 핥아대지를 않나. 이거 원, 더러워서. 좌우간 내가 권좌에 오르면 우리 땅에 그 개 같은 놈들이 한발도 못 붙이게 철저한 쇄국정책을 펼 것이오."

잠시 말을 끊은 도꾸가와 이에야스는 오늘 야간 회합의 중요한 본론을 꺼내기 시작했다.

"일전에 제가 보낸 서신은 잘 받아 보셨습니까?"

"예, 잘 읽어보았습니다."

일본 열도의 동북지방인 에도에 은거하고 있던 도쿠가와 이에야스가 도요토미 히데요시의 사후를 대비하기 위해서는, 남서 지방인 큐슈섬 일대에 거점을 확보할 필요가 있었다. 그것은 앞으로 일본 열도에 휘몰아칠 또 한 번의 피비린내 나는 전쟁에서 사용할 충분한 자금을 조달하고, 유럽제 최신식 머스켓 총을 다량 수입하기 위해서라도 해외 무역항구가 절실히 필요했기 때문이다.

일본 병사들이 사용하고 있는 화승총은 단발인 데다, 긴 화승을 통해 용두 아래의 심지에 불을 붙여야 발사가 가능하기 때문에, 바람이 세차게 불거나 소나기라도 내릴 때는 불이 자주 꺼져 사격을 제대로 할 수가 없었다. 반면에 유럽에서 개발된 머스켓 총은 부싯돌이 내장되어 있어 우중에도 사용이 가능했고, 연발사격을 할 수 있어서 기존의 화승총에 비해 성능이 몇 배나 좋았다. 그래서 그는 이번 전쟁기간 동안 동중국해 일대에서 광범위한 밀무역으로 엄청난 돈을 벌고 있는 후꾸자에게 자신과 손을 잡고 해외 무역을 크게 확장할 것을 제의했던 것이다.

"도쿠가와님의 제의를 받고는 제가 직접 중국 마카오에 있는 포르투갈 상관을 방문해서 그곳 관리들과 몇 차례 비밀회합을 가졌습니다."

"그랬더니요?"

도쿠가와 이에야스가 귀를 쫑긋 세우며 상체를 앞으로 숙였다.

"마카오에 정박하는 남만인(유럽인)들의 무역선을 이 섬에 새로 개설되는 항구로 보내주기로 약속은 되었습니다. 그런데 어느 곳을 새로운 무역항으로 사용해야 할지, 그것이 좀 문제였습니다."

"나가사키 항을 사용하면 어떻겠습니까?"

"나가사키요?"

후꾸자와의 두 눈이 반짝거렸다.

"나가사키는 내 사돈이었던 오다 노부나가 장군께서 포르투갈인들에게 빌려주었던 항구인 데다 그곳의 영주인 하세가와도 십여 년 전에 내 밑에서 근무했던 부하장수였습니다."

"아, 그렇군요. 그곳엔 남만인들이 건립한 교회당, 수녀원, 급식소, 학교와 병원들이 지금도 사용되고 있다면서요?"

"물론이죠. 오다 노부나가 장군은 이용가치가 높은 남만인들을 큐슈지방에 붙잡아 두기 위해 포르투갈의 예수회 신부들이 그곳에다 많은 건물을 지을 수 있도록 적극 도와주었지요. 그러나 10년 전(1587년)에 도요토미 히데요시가 '천주교 금지령'을 내린 후에는 교세가 많이 위축되어 예전처럼 활발히 활동을 벌이지는 못합니다만, 아직도 명맥은 유지되고 있는 편이죠. 게다가 나가사키는 수심이 깊은 동중국해와 직접 연결되기 때문에, 아무리 큰 무역선이라도 쉽게 입출항할 수 있는 이점이 있답니다."

도쿠가와 이에야스의 설명에 후꾸자와는 아주 만족스런 표정을 지었
다.

"그렇다면 나가사키를 우리의 비밀교역 항구로 결정을 하시죠. 저도
마카오에 부하들을 보내어 나고야로 오는 무역선들을 나가사키로 빼돌
리도록 조치를 취하겠습니다."

"남만인과의 교역을 위해서는 무슨 상품을 준비하는 것이 가장 좋겠
습니까? 빠른 시일 내에 많은 이익을 낼 수 있는 상품이 좋지 않겠습니
까?"

"뭐니 뭐니 해도 가장 수지가 많은 장사는 노예장사죠. 지금 남만인
들은 노예를 많이 확보하기 위해 혈안이 되어 있으니까요."

"그처럼 노예가 많이 필요한 이유가 무엇입니까?"

"백여 년 전에 신대륙에 처음 상륙했던 스페인 놈들이 황금을 뺏기
위해 인디안 들을 닥치는 대로 학살해 버리는 바람에, 그곳의 원주민들
이 거의 멸종상태가 되었습니다. 그러니 지금은 그곳으로 몰려간 남만
인들이 대규모 농장을 개간하려고 해도 일손이 턱없이 부족해서 엄두
도 낼 수 없는 형편이랍니다. 그리고 신대륙에서 갖고 온 엄청난 황금
때문에 유럽 각국에도 지금 도시 개발이 한창이고 공장이 여기저기 지
어지고 있답니다. 그래서 그곳에도 노동력 많이 부족한 형편입니다. 지
금 리스본이나 베네치아에 있는 노예시장에서는 신체 건강하고 일 잘
하는 노예들이 여간 인기 높은 게 아니에요. 사정이 그렇다 보니 노예
값이 천정부지로 폭등해서 많은 무역 상인들이 대규모 노예선을 건조
해 아프리카와 아시아 각국을 다니면서 노예들을 사 모으느라고 정신

110

이 없을 지경이랍니다."

그 순간 도쿠가와 이에야스의 두 눈이 크게 반짝거렸다.

"그렇다면 온순하고 일 잘하고 덩치도 우리 일본인보다 훨씬 큰 조선 농민들을 노예로 팔면 엄청난 이득을 챙길 수 있겠군요."

"물론입니다. 노예 한 명을 사다가 팔면, 줄잡아도 천 배에서 이천 배 정도의 이득이 남는 엄청난 장사랍니다. 그러니 도쿠가와님께서도 이번에 저희들과 함께 노예무역에 동참하시면 엄청난 자금을 단기간 내에 모으실 수가 있는 겁니다."

"나더러 직접 무역선단을 만들어서 노예무역을 시작하라는 말씀입니까?"

"남만인들이 지금 노예를 사는 가격은 성인 남자일 경우에 쌀 1되 가격입니다. 그리고 여자나 아이들은 쌀 반되 가격이죠. 그러나 그 노예들을 우리가 직접 유럽의 노예시장에 내다 팔면 최소한 천 배 이상을 받을 수가 있습니다. 그러니 이런 사업은 당연히 우리가 직접 해야 하지 않겠습니까?"

"하지만 이런 일은 경험이 많이 필요할 텐데요?"

"노예무역이란, 강인한 모험심과 두둑한 배짱이 요구되는 큰 사업이죠. 그러나 그 이득은 확실하게 보장되는 화수분 같은 사업입니다. 진정한 사나이라면 과감히 부딪쳐 보고 싶은 매력적인 사업이 아닙니까? 게다가 그동안 도요토미 히데요시의 명령을 받고 노예무역에 종사한 상인들이 제 주변에 많이 있습니다. 그러니 처음에는 남만인과 노예무역을 하면서 경험을 쌓는 게 필요합니다. 그래서 그쪽의 정보를 충분히 파악한 후에는 남만인들을 제치고 우리가 직접 무역선단을 파견하는 겁니다."

후꾸자와는 갈증이 나는지 옆에 있는 물을 한 잔 따라 마셨다.

"우리가 도움을 얻을 만한 남만인이 쉽게 구해지겠습니까?"

"어젯밤에 나고야 항에 입항한 무역선이 한 척 있습니다. 1년 전에 베네치아 항을 출항할 때는 좌우에 호위선 두 척을 거느린 큰 무역선단이었는데, 인도양에서 그만 큰 폭풍우를 만나는 바람에 호위선들이 모두 바닷속에 가라앉아 버렸답니다. 그래서 금년 가을에 물건들을 가득 싣고 베네치아까지 되돌아가려면, 대서양의 네델란드 해적들로부터 배를 지켜 줄 경호병들이 많이 필요하답니다. 그래서 제가 프로이스 신부에게 그 배의 책임자인 돈호세 제독을 직접 만나게 해달라고 부탁을 해두었습니다."

"그 사람을 만나면 어떻게 할 계획입니까?"

"그 배가 나가사키 항에 들어와 조선인 노예들을 사기로 약속만 한다면, 무역선이 무사히 베네치아에 입항할 수 있도록 백여 명의 사무라이들을 승선시켜 줄 계획입니다. 그래서 이번 기회에 우리 일본인들이 유럽의 노예시장에 진출해서 그들과 직거래하는 방법을 모색하려고 합니다."

"그렇게 먼 항해를 하려면, 사무라이들을 통솔할 믿음직한 책임자가 있어야 하지 않겠습니까?"

"물론, 있어야죠. 제 생각에는 이토 장수가 좋을 것 같습니다."

"이토라고요?"

"예, 그렇습니다. 작년 가을까지는 고니시 유기나가 장군 휘하에 있었는데, 지금은 나가사키 북쪽의 오무라 만에 건설된 조선인 포로수용소의 소장으로 가 있습니다."

"그에게 이런 중요한 임무를 맡겨도 괜찮겠습니까? 앞으로 무역 업무에 종사하게 되면 큰돈도 많이 만지게 될 텐데요."

"염려 마십시오. 흑룡회에서 제가 가장 신임하는 사이고가 20여 명의 닌자들을 데리고 그 배에 함께 승선하기로 되어 있습니다. 그래서 이토가 허튼 짓을 하지 않도록 엄중하게 감시할 테니, 전혀 걱정하지 않아도 됩니다."

"아, 그렇군요."

도쿠가와 이에야스는 후꾸자와의 세심한 준비에 적이 안심이 되어 흐뭇한 미소를 입가에 띄웠다.

이때 도쿠가와가 자신의 품속에서 색깔이 누렇게 바랜 책 한 권을 천천히 꺼냈다. 그 책에는 검은 먹으로 '삼국사기'라는 글씨가 선명하게 적혀 있었다.

"아니, 이게 무슨 책입니까?"

"이건 아주 귀한 책입니다. 지금으로부터 5백여 년 전에 신라 귀족 가문의 후손인 김부식이라는 고려의 관리가 고구려, 신라, 백제의 역사를 적은 책입니다. 우리 일본 열도가 아직 일본이라는 이름을 갖지 않고 있던 혼란스럽던 고대시대에 고구려인, 신라인, 백제인들이 배를 타고 건너와 우리에게 대륙의 고급 문명을 많이 전해 주지 않았습니까? 물론 우리나라에도 오래된 역사서인 고지키와 니혼쇼키가 있습니다만, 상호 문화교류의 역사에 대해 좀더 많은 것을 알고 싶어서 얼마 전에 이 책을 구했습니다. 고대 큐슈지방에 많이 이주해 왔던 가야인들에 관한 이야기가 빠져서 조금 섭섭했습니다. 그러나 앞으로 나라를 다스릴 사람이라면 반드시 읽어야 하는 책임에는 틀림이 없습니다. 후꾸자와 님께서 이 책을 천황에게 필독서로 반드시 전해주시기 바랍니다."

"네, 잘 알겠습니다."

천수각의 밀실 안에서 비밀회합을 끝낸 두 사람은 나가사키에서 다시 만날 것을 기약하며 천천히 일어섰다.

불 꺼진 나고야 성은 여전히 바위처럼 침묵을 지키고 있었고, 성을 휘휘친친 휘감은 짙은 안개는 그곳을 급히 빠져나가는 사람들의 모습을 아무도 눈치 채지 못하게 칠흑 같은 암흑으로 감싸주었다.

오무라 만의 조선인 포로수용소

일본 열도의 막내인 큐슈 섬 서남쪽에 위치한 일본 제1의 미항, 나가사키. 북쪽으로는 호수보다 잔잔한 오무라 만이 초승달 모양을 이루고, 남쪽에는 동중국해를 숨 가쁘게 달려온 푸른 파도가 새하얀 포말을 폭죽처럼 터뜨리는 곳이다. 멀리 동쪽 하늘 아래엔 우람한 위용을 자랑하는 운젠화산이 짙은 구름 속에 가려 있고, 그 위로는 검붉은 용암과 시커먼 화산재가 간헐적으로 분출되고 있었다.

"야, 정말 아름답군. 여기가 바로 영락없는 극락이야!"

"그렇군요! 이제는 살벌한 전쟁터 구경을 안 해도 되니 정말 살맛이 납니다."

"하하, 그러게 말이야. 주군의 명령에 따라 전쟁터를 전전해야 하는 지겨운 전투 사무라이 생활을 청산하고 이곳에 와 살다 보니, 이제야 정말 사람 사는 기쁨을 느끼는 것 같애."

나가사키 항의 서쪽에 있는 이나사 산의 능선 길을 말을 탄 두 명의 사무라이가 느릿느릿 걷고 있었다. 젊은 여인의 젖가슴처럼 봉긋 솟아 오른 산마루에는 분홍색 벚꽃과 붉은 철쭉이 흐벅지게 피어 있고, 봄을 맞은 신록의 숲속에는 새들의 합창소리가 싱그럽게 울려 퍼졌다. 말안 장에 몸을 실은 채 천상의 화원처럼 황홀한 해안 언덕길을 느긋하게 오르는 두 사람은, 오무라 조선인 포로수용소 소장인 이토와 그의 부관인 이께다였다.

두 사람은 나가사키 영주인 하세가와의 부름을 받아 그의 저택으로 가는 중이었다. 숲 속 높은 곳에 자리 잡은 우람한 저택에는 칼 두 자루 씩을 허리에 찬 사무라이들 10여 명이 문 앞을 지키고 있었다. 말고삐 를 그들에게 맡긴 두 사람은 눈빛이 매처럼 날카로운 경호 사무라이들 의 뒤를 따라 대문 안으로 들어섰다. 대문 안에는 아름다운 정원이 조 성되어 있었는데, 언제 보아도 사람을 감동시켰다.

대문에서 본채로 곱돌아 들어가는 오솔길 위엔 거북등처럼 납작한 검은 돌들이 카펫처럼 길게 깔려 있고, 그 좌우에는 앙증맞게 잘 다듬 어진 관목과 푸른 이끼가 자연스럽게 낀 기암괴석들이 오목조목 섞여 있었다. 그리고 그 사이에는 무릎 높이만큼 자란 작은 꽃들이 울긋불긋 한 꽃망울을 활짝 터뜨린 채 정원 곳곳에 깔려 있어, 마치 오색 꽃구름 위를 걷는 것처럼 황홀했다. 정원이 끝나는 곳에는 넓은 잔디밭이 시원 스럽게 펼쳐 있고, 그 뒤에는 푸른 가지가 척척 늘어진 아름드리 해송 들이 촘촘히 서 있었다.

꽃사슴의 청아한 울음소리가 이따금 들려오는 솔밭 바로 앞에는 본 채 건물이 웅장한 모습으로 서 있었다. 그리고 본채 왼쪽에는 별채가 한 채 있었는데, 하세가와 영주를 만나는 모든 부하들은 그곳에서 무기를 맡기고 비무장 상태가 되어야 했다. 유난히 의심이 많고 사람을 결코 믿지 않는 하세가와는 무장한 부하들을 본채로 결코 들이지 않았다. 그들 역시 별채로 먼저 들어가 칼을 내려놓고 샅샅이 몸수색을 당해야 했다.

잠시 후 본채로 들어서자, 경호 사무라이 대신에 두 명의 카무로가 그들을 안내했다. 긴 복도를 따라 안으로 곧장 들어가니 막다른 곳에 부챗살 무늬가 촘촘히 새겨진 하얀 장지문이 나타났다. 벚꽃무늬가 화사한 진홍색 기모노를 곱게 차려입은 두 명의 카무로가 문 양쪽에 각각 서더니 그 자리에 나붓이 무릎을 꿇었다. 그리고는 하얀 손을 위로 살며시 들어 올려 장지문을 양 옆으로 천천히 열었다. 이토와 이께다는 아직 어린티를 벗지 못한 카무로의 유달리 흰 손을 실눈으로 흘낏 쳐다보며 호흡을 천천히 가다듬었다.

"이토, 어서 들어오너라!"

불빛이 환한 방 안에서 하세가와 영주의 탁한 음성이 큰 소리로 들려왔다. 옷자락을 천천히 끌며 방안으로 동동촉촉이 들어선 두 사람은 그 자리에 황급히 무릎을 꿇고는 큰절을 공손하게 올렸다.

"늦었구나!"

"죄, 죄송합니다! 이렇게 기다리게 해서……."

이토와 이께다는 심통 사납고 변덕이 심한 하세가와 영주의 비위를 맞추기 위해 바닥에 납작 엎드려 최대한 자신을 낮추었다.

"어서 상 앞으로 가까이 오너라. 귀하신 손님들이 너희들을 오랫동안 기다리고 계셨다."

그제야 고개를 겨우 든 두 사람은 무릎걸음으로 조금씩 앞으로 다가갔다.

연노란 다다미가 반듯하게 깔려 있는 방 한가운데에는 큰 주안상이 덩그러니 놓여 있었다. 상 우측에는 하세가와 영주가 만면에 웃음을 띠며 술잔을 기울이고 있고, 좌측에는 닌자 복장을 한 남자 두 명이 함께 앉아 있었다. 또 그들 사이에는 기생들이 바짝 붙어 앉아 술시중을 들고 있었다. 상 쪽으로 물레걸음으로 조심스럽게 다가앉은 두 사람은 자신들을 매섭게 바라보는 닌자들의 날카로운 눈길과 마주치고는 그만 자지러지게 놀라고 말았다.

"아, 아니!"

하세가와 영주와 마주앉아 술을 들이켜고 있는 그들은 바로 흑룡회의 두목인 후꾸자와 그의 부하 사이고였기 때문이다.

"이토!"

"예, 영주님."

"가까이 와서 술 한 잔 받아라."

"황, 황송합니다."

이토는 크게 머리를 조아렸다. 손수 술병을 들고 이토의 술잔을 가득 채워준 하세가와는 이께다에게도 술잔을 들게 했다.

"자, 이께다. 너도."

"예, 영주님."

하세가와가 직접 따라주는 술잔을 두 손으로 조심스럽게 받쳐 올린 두 사람은 상체를 옆으로 돌린 채 천천히 술을 마셨다.

"감, 감사합니다, 영주님!"

빈 술잔을 살그머니 상 위에 내려놓은 두 사람은 다시 상체를 앞으로

118

숙이며 감사를 표했다.

"이토!"

얼굴이 갸름하고 하관이 길게 빠져 신경질적으로 생긴 하세가와는 특유의 나지막한 목소리로 그를 불렀다.

"예, 영주님!"

이토는 온몸을 긴장하며 두 귀를 쫑긋 세웠다.

"자네는 조선과의 전쟁이 앞으로 어떻게 될 것 같은가?"

하세가와가 뜬금없이 조선에 대한 이야기를 꺼내자 이토는 잠시 당혹스러웠다.

"글, 글쎄요. 저는 지금 전황이 최악이라고 생각합니다. 바다에는 거북선을 앞세운 조선 수군들 때문에 해상 수송선이 꼼짝달싹도 못하고, 육상에서도 의병부대의 공격이 워낙 격렬해서 밤에는 잘 나다니지도 못하고, 게다가 이번 전쟁을 진두지휘해야 할 도요토미도 지금 병석에 누워 있으니……."

이토는 사뭇 걱정 어린 표정을 지으며 느릿느릿 대답했다.

"나는 이미 10년 전에 도요토미 히데요시가 큰소리를 펑펑 칠 때부터 그놈의 결말이 좋지 않으리라는 예감을 갖고 있었지. 비천한 천민의 아들로 태어나 오다 장군의 말먹이꾼으로 굴러먹던 쥐새끼 같은 놈이, 일본을 다스리는 간빠꾸(관백: 지금의 수상)가 되었다는 것이 도대체 가당키나 한 소리냐? 그놈은 과대망상 환자야, 환자! 흥! 동쪽의 조선에서부터 서쪽의 인도까지 모두 점령해서 제2의 칭기즈 칸이 되겠다고? 그게 무슨 잠꼬대란 말이냐?"

이때 후꾸자와가 술잔을 내려놓으며 말을 이었다.

"하하, 그때 도요토미의 허풍은 대단했었죠. 중국을 점령하면 일본의 수도를 북경으로 옮기고, 넓은 중국땅을 공평하게 잘라서 모든 영주들에게 다 나누어주고, 또 그곳에서 빼앗은 금은보화를 천황과 그 친족들에게 나누어주겠다며 기염을 토했죠. 그런데 전쟁이 일어난 지 벌써 7년이 다 되어가는데도 중국은커녕 조선도 점령을 못한 채 저렇게 빌빌거리고 있으니. 정말 한심하기 짝이 없습니다."

"그 사기꾼의 감언이설에 속아 넘어간 우리 다이묘들이 그저 답답할 뿐이죠. 지난 백여 년 동안 치른 피비린내 나는 전투와 내분 때문에 지칠 대로 지친 사무라이들을 억지로 죽음의 전쟁터로 내몰았으니……. 게다가 작년 봄에는 2차 출병을 하느라고 전국의 영주들에게서 은 6백만 냥을 싹싹 긁어 갔었죠. 그러고도 부족한 전비를 보충해야 한다며 병사들을 집집마다 보내어 식량을 빼앗고, 쇠붙이를 압수하고, 재산을 강탈해 가는 바람에 지금 농촌의 살림살이는 극도로 궁핍해져 있답니다. 피폐해질 대로 피폐해진 농촌엔 봄이 와도 파종할 씨앗도 제대로 없고, 설령 씨앗 몇 톨을 구한다 해도 농사지을 사람이 턱없이 부족하답니다. 집집마다 불알 찬 놈들은 모조리 전쟁터로 끌고 가는 바람에 마을마다 과부와 고아들이 속출하고, 미처 돌보지 못한 논밭은 잡초만이 무성하게 자라서 쓸모없는 황무지로 변하고 있습니다. 허기진 농민들은 깊은 산속을 헤매며 소나무 속껍질을 긁어 먹기도 하고, 논바닥에서 제멋대로 자라는 뚝새풀을 뜯어다가 희멀건 풀죽을 쑤어 먹기도 한답니다."

하세가와는 답답해서 못 견디겠다는 듯 큰 한숨을 연거푸 내쉬었다. 그러자 후꾸자와도 심각한 표정을 지으며 말을 받았다.

"요즘 같은 춘궁기의 농촌엔 아사자들이 늘어나서 지옥을 방불케 하고 있죠. 누렇게 부황이 들어 가랑잎처럼 오그라든 아이들은 병까지 들어서 속절없이 죽음만 기다리고 있고, 두 눈에 뼈만 앙상하게 남은 어른들은 풀뿌리라도 캐기 위해 온 산을 다 훑고 다니다가 산짐승의 먹이가 되는 일이 허다하답니다. 굶주린 창자를 움켜쥐며 메마른 산과 들을 들쥐 떼처럼 헤매는 농민들은 독버섯인지도 모르고 따먹었다가 목숨을 잃기도 하고, 다행히 목숨을 건져도 눈을 멀고 만다고 하더군요. 부하들의 보고에 의하면, 굶주림을 견디다 못한 농민들이 아이를 삶아 먹는 일까지 발생하고 있답니다."

"허허, 그럴 수가!"

잠시 말을 중단한 두 사람은 가슴이 아프다는 듯 상을 찌푸리며 술을 벌컥벌컥 들이마셨다.

"지금 상황이 가장 심각한 곳은 서큐슈의 시마바라 반도입니다. 그곳에서는 다이묘들이 농민들로부터 무려 8할에 가까운 엄청난 양을 세금으로 거둬들이고 있답니다. 게다가 세금을 제대로 내지 못하는 농민들은 사무라이들이 굶주린 들개처럼 돌아다니면서 수확물을 마구 약탈하고 딸들을 겁탈하고 어린 아이들을 노비로 팔아 버리고 있답니다. 그러니 그곳의 농민들은 집에 무기만 있다면 지금 당장이라도 큰 폭동이 일어날 것처럼 분위기가 살벌한 형편입니다."

"도요토미가 얼마나 약삭빠른 놈입니까? 그놈이 10년 전에 전국적으로 '무기 몰수령'을 내려 농민들을 비무장으로 만든 까닭이 바로 농민들의 반란이 걱정스러웠던 것이죠. 결국 우리 모두는 그동안 그 늙은 쥐새끼의 야욕에 꼭두각시처럼 이용만 당하고 말았던 겁니다."

잠시 후 얼굴이 시뻘겋게 달아오른 하세가와가 빈 술잔을 상 위에 요란스럽게 내려놓으며 이토를 바라보았다.

"이토!"

"예, 영주님!"

하세가와는 술에 취할수록 더욱 포학해진다는 사실을 익히 잘 알고 있는 이토는 하세가와의 부름에 가슴이 서늘해졌다.

"지금 오사카 성에서 시름시름 앓고 있는 도요토미 그놈은 아마 올여름을 넘기기가 어려울 거야. 그렇게 되면 지금 조선에 가 있는 다이묘들은 부하들을 이끌고 모두 철수해 오겠지. 그렇게 되면 일본 열도 전체는 또다시 엄청난 내전의 회오리바람 속에 휩쓸리게 될 거야. 그때 자네는 어떻게 할 건가? 언제 끝날지도 모르는 지긋지긋한 내전에 말려들어 황량한 들판이나 음침한 산골짝에서 악취를 풀풀 풍기며 썩어 들어가는 시체더미들을 바라보며 또다시 피를 흘릴 건가?"

이토는 잠시 머릿속이 복잡해졌다.

'도요토미가 죽고 나면, 일본은 어떻게 될 것인가? 또 사랑하는 요도기미와 내 아들 히데요리는? 아, 히데요리는 이제 겨우 여섯 살이다. 그까짓 어린 아이의 목숨은 바람 앞의 촛불에 불과할 것이다. 나는 또 어떤가? 일본 열도에 내전의 피바람이 휘몰아치면 나는 지금처럼 편안한 포로수용소 소장 노릇도 하지 못할 것이다. 그러면 나는 어떻게 해야 하는가? 칼로 사람을 죽이는 일이 내겐 천직이 아닌가? 나는 사무라이가 아닌가? 이것 외에 도대체 내가 잘할 수 있는 일이 무엇이 또 있단 말인가?'

하세가와는 복잡한 생각에 잠겨 있는 이토를 슬쩍 바라보더니, 옆에 앉은 기생의 가슴속으로 고즈넉이 손을 집어넣었다. 그러자 기생은 얼굴을 붉히며 하세가와의 가슴에 살며시 얼굴을 묻는다.

"이토!"

"예, 하세가와님."

"이제부터 나는 후꾸자와님이 이끄는 흑룡회와 손을 잡고 새로운 사업을 시작하기로 결정했다."

'새로운 사업이라고? 이악스런 흑룡회에서 지금껏 해온 매춘이나 인신매매에 동참한단 말인가? 아니면 조선에서 강탈한 진귀한 물건들을 중국인이나 남만인들에게 몰래 팔아넘기기라도 한단 말인가?'

이때 박속처럼 허연 젖가슴을 맡긴 채 하세가와에게 기대어 있던 기생이 몸을 외로 비틀면서 가볍게 탄성을 내질렀다. 하세가와는 반쯤 내리감은 눈썹을 가늘게 떨며 교태를 부리는 기생을 자신의 무릎 위에 눕히더니, 그녀의 치마 속으로 손을 쑥 밀어 넣었다.

"이토!"

"예, 하세가와님."

"자네도 이번 기회에 새로운 일을 배워 보는 게 좋을 거야."

"새로운 일이라면?"

"무역상인이 되는 거야, 무역상인!"

이토와 이께다는 하세가와의 느닷없는 제안에 깜짝 놀랐다.

"하, 하지만 저는 장사를 한 번도 해본 적이 없지 않습니까?"

"걱정할 것 하나도 없어. 여기 계신 후꾸자와님께서 흑룡회 조직을 이용해서 자네들을 도와 줄 것이고, 또 에도에 계시는 도쿠가와 장군님께서도 모든 면으로 부족함이 없도록 만반의 준비를 해주실 거야."

"도쿠가와 이에야쓰 장군님 말씀입니까?"

"하하, 그렇다네."

"도쿠가와 장군님께서는 앞으로 유럽의 최신 무기를 다량 수입하기 위해 대규모 무역선단을 만들기로 하셨어. 그리고 영광스럽게도 그 책임자로 자네를 특별히 선정하셨다네. 자네가 이번 임무를 성실히 완수한다면, 자네는 자손 대대로 부귀영화를 누릴 수 있는 엄청난 재산을 상으로 받게 될 거야."

"저, 저를요?"

"그렇다네. 이 얼마나 고마운 일인가?"

이토는 내심 깜짝 놀랐다. 그러나 감때사나운 하세가와 앞에서 함부로 속내를 드러내며 불쾌한 표정을 지을 수는 없는 노릇이었다. 이토는 짐짓 곰살궂게 구는 하세가와를 아무런 감정의 동요가 없는 것처럼 태연하게 바라보며 입을 열었다.

"그렇다면 제가 남만인들이 사는 유럽으로 건너가야 합니까?"

"하하, 그렇지! 자네가 책임자로 가는 것이지. 앞으로 우리는 남만인들이 갖고 있는 선진 군사기술을 많이 배워야 해. 그동안 우리들은 조선과 중국으로부터 많은 문화를 수입했지만, 이제는 아니야! 세상이 달라지고 있어! 남만인들은 거대한 범선을 타고 지구를 몇 바퀴나 돌며 새로운 식민지를 건설하고 있는데, 조선과 중국놈들은 자기들 것만이 최고라는 착각에 빠져 헛기침만 하고 있다고. 마치 우물안 개구리 같은 놈들이지. 남만인들은 유럽보다도 더 큰 대륙을 발견해서 그곳에 그들의 백성들을 이주시키고 새로운 나라를 건설하고 있다고. 이 얼마나 놀라운 일인가? 앞으로 이 세상은 남만인들이 총과 대포로 지배하게 될 거야. 그놈들은 장사 수완도 여간 좋은 놈들이 아니야. 우리들이 바다 건너 조선이나 중국과 무역을 못 하게 된 걸 알고는 재빨리 마카오와 나가사키를 연결하는 거대한 무역선을 보내지 않았나? 그놈들이 해상 무역으로 벌어들이는 돈은 실로 엄청나다구. 그런데 그놈들은 이곳에 서만 해상무역을 하는 게 아니야. 필리핀에서도, 인도에서도, 아프리카 에서도, 아메리카에서도, 전 세계 모든 항구에서 똑같은 무역을 하고 있어. 그러니 그놈들이 한 해에 벌어들이는 돈이 얼마나 많겠어? 우리 는 아예 상상도 할 수 없는 어마어마한 돈이라구."

하세가와의 말이 끝나자 후꾸자와가 한마디 더 거들었다.

"지금 남만인들은 해상무역을 조금이라도 더 많이 하기 위해 치열한 경쟁을 벌이고 있지. 한때는 활발한 해상무역을 했던 이탈리아와 포르 투칼이 스페인의 식민지가 된 것도 이 경쟁에서 졌기 때문이야. 섬나라 영국 여왕은 '드레이크'라는 해적을 수군제독으로 임명하면서까지 그 경쟁에 나서고 있어. 도버해전에서 스페인의 무적함대를 격파한 지휘 관이 바로 그 해적이지. 그리고 네덜란드 놈들은 스페인과의 무역 경쟁 에서 이기기 위해 동인도 회사를 만들었고, 영국 해적들도 동중국해로 진출하기 위해 비슷한 회사를 설립하고 있어. 남만인들은 이러한 해상 무역으로 벌어들이는 엄청난 돈으로 최신식 대포와 총을 생산하고 거 대한 범선도 건조하고 있어. 그러니 이러한 세계의 흐름에서 우리들이 뒤처지지 않으려면 한시바삐 그놈들의 선진문물을 배워야 하는 거야. 지금 일본에서 가장 중요한 일은 조선을 공격하는 것도, 중국을 공격하 는 것도 아니야. 하루라도 속히 아시아를 벗어나 남만을 배우는 거네. 우리나라가 남만처럼 부강해지면 저까짓 조선이나 중국은 우리가 얼마든지 점령할 수 있을 게 아닌가!"

"이제, 알겠나? 자네가 얼마나 중차대한 임무를 맡게 되었는지. 자네는 파리 목숨보다도 못한 전쟁터의 사무라이가 아니라, 해상무역의 선봉장이 되는 것이지. 일본의 부국강병을 위한 훌륭한 개척자가 되는 거란 말일세."

이토는 입안으로 마른 침을 꿀꺽 삼키며 천천히 입을 열었다.

"저…… 남만인들로부터 무기를 구입하기 위해서는 엄청난 돈이 필요하지 않겠습니까?"

"그건 걱정 안 해도 돼. 우리는 남만인들에게 팔 물건이 얼마든지 많이 있으니까."

"무, 무슨 물건을 취급하실 계획입니까?"

"무슨 물건이냐고? 으하하하하!"

하세가와는 이토의 물음에 대답은 않고 느닷없이 웃음을 터뜨렸다. 그러자 그 앞에 마주앉은 후꾸자와 사이고도 덩달아 웃었다.

이토와 이께다는 머쓱한 표정을 지으며 고개를 갸우뚱했다. 한참동안 깔깔거리던 하세가와가 웃음을 멈추더니 정색을 하며 말을 시작했다.

"우리가 취급하려고 하는 것은 물건이 아니야!"

"물건이 아니라면?"

"우리는 살아 있는 사람을 취급할 거야!"

"사, 사람이라고요?"

사람을 판다니 이게 무슨 '자다가 봉창 두드리는 소리'란 말인가? 이토는 잘 이해가 되지 않았다.

"여기에 있는 이년처럼 싱싱하게 살아 숨 쉬는 사람을 팔아먹을 거란 말일세."

하세가와는 자신의 무릎 위에 반쯤 누워 있는 기생의 긴 치마 속으로 손을 더욱 깊숙이 집어넣으며 또다시 큰 소리로 웃었다.

'살아 있는 사람을 팔아먹다니. 식인종을 상대로 장사를 한단 말인가?'

이토와 이께다는 잠시 어리둥절한 표정을 지으며 서로의 얼굴을 멍하니 바라보았다.

"이토! 지금 오무라 포로수용소에는 어떤 놈들이 갇혀 있지?"

"조선인들입니다."

"그래, 맞았어! 바로 그놈들을 남만인들에게 팔아 버리는 거야. 알겠어?"

"조, 조선인이라면. 그놈들은 포로가 아닙니까? 전쟁이 끝나고 나서 조선과 강화를 하기 위해 본국으로 되돌려 주어야 하지 않습니까?"

"어허, 이 녀석. 이렇게 답답해서야! 그놈들을 왜 돌려준다는 거냐? 그놈들은 우리 일본인들로부터 온갖 더러운 수모를 다 겪었는데, 조선으로 돌아가면 그냥 가만히 있을 것 같으냐? 이곳에서 당한 모든 사실들을 조정에 낱낱이 고해바치고, 민족의 원한을 갚자며 조선의 여론을 들끓게 만들 것이 불을 보듯 뻔한 일이다! 그런데 어떻게 그놈들을 조선으로 되돌려보낸단 말이냐? 차라리 이번 기회에 조선놈들을 쥐도 새도 모르게 남만인들에게 팔아버리는 거야! 두 번 다시는 살아서 고향 땅을 밟을 수 없는 아득히 먼 곳으로 쫓아버리는 거지. 그렇게 되면 조선놈들은 말도 안 통하는 낯선 나라에서 비참한 노예로 죽을 고생만 하다가 속절없이 뒈질 것이고, 우리는 큰돈을 만질 수 있게 되겠지. 그러니 이거야말로 꿩도 먹고 알도 먹을 수 있는 최선의 방법이 아니겠나?"

말을 마친 하세가와가 술 한 잔을 단숨에 들이키며 마른 목을 축였다. 그리고는 음흉한 미소를 입가에 흘리며 이토와 이께다를 천천히 바라보았다.

"앞으로 한 달 후면 남만선 한 척이 이곳 나가사키 항으로 들어올 것이다. 그러니 이토 자네는 그 배에 실어 보낼 조선놈들을 부두에 있는 임시수용소로 이송하도록 해라! 알겠나?"

"그럼, 몇 명이나 데리고 와야 합니까?"

"우선 1차로 남자 1500명과 여자 500명을 끌고 와라. 모두들 건강하고 튼튼한 놈들로 잘 선별해야 한다. 이번이 첫 거래이기 때문에 최고의 상품으로 보내야 해. 알겠나?"

"예, 잘 알겠습니다."

이토의 의사와는 아무런 관계없이 이미 모든 일들은 확정되어 있었던 것이다. 이제 이토에게는 하세가와의 명령을 사냥개처럼 충실히 수행하는 일만 남았을 뿐이다.

"그리고 금년 가을에 그 배가 이곳을 출항할 때에 유럽까지 동승할 호위병 백 명이 필요하다. 흑룡회에서 병력 20명을 보내 주기로 했으니, 자네는 80명만 준비하도록 하게."

"예, 알겠습니다."

그날 밤 늦게까지 하세가와의 이야기를 콩팔칠팔 들으며 술잔을 기울이던 이토와 이께다는 새벽녘이 되어서야 오무라 만에 있는 조선인 포로수용소로 되돌아 왔다.

그러나 그들의 이러한 모의가 있기에 앞서 이미 도요토미 히데요시는 노예무역에 손을 대고 있었다. 그는 큐슈 서북쪽에 있는 히라도 섬에 항구를 개방하여 유럽인들과 많은 무역 거래를 하면서 무역 결재의 수단으로 수많은 조선인 포로들을 은밀히 노예로 팔아넘기고 있었던 것이다.

본래 일본인들은 전국시대부터 적국의 농민들이나 포로들을 노예로 부리는 습성이 있었다. 이런데다가 포르투갈 인들이 일본을 드나들기 시작하면서 노예가 큰돈을 버는 상품이 될 수 있다는 사실을 알게 된 것이다. 그들은 전쟁에서 사로잡은 농부들을 포르투갈 노예 상인들에게 노예로 팔아 치웠다. 그래서 조선과의 전쟁이 벌어지자마자 아예 노예로 팔 목적으로 수만 명의 조선인들을 잡아들이기 시작했다. 특히 도요토미 히데요시는 "제주 있는 조선 여자들과 기술자들을 많이 생포해서 일본으로 데리고 오라"는 특명을 일본군 수뇌부에 내려 보내 조선인 체포를 더욱 독려했다. 이렇게 되자 '조선인 사냥'은 더욱 조직적이고 집요하게 진행되었으며, 수많은 일본인 중간상인들이 부산포까지 들어와 유럽에서 온 노예상인들에게 팔 인간 상품을 대대적으로 수집했다.

그 당시 일본 오이타현 우스키시의 안양사 주지이며 사무라이로서 전쟁에 참여했던 게이넨은 백여 쪽에 이르는 분량의 『조선인 일기』라는 책에서 다음과 같은 기록을 남겼다.

수만 명의 대군이 부산포에 상륙하자마자 계획적이고 철두철미한 작전이 시작되었는데, 그것은 약탈, 방화, 살인, 강제 납치로 나누어서 진행되었다. 부산포 거리는 일본 각지에서 건너온 노예상인들로 야단법석을 이루었고 놀란 조선 양민들은 갈피를 못 잡고 대혼란에 빠졌다. 부산포 거리를 거니는 일본 상인들은 조선인들의 목을 새끼줄로 묶고 몽둥이와 채찍으로 마구 때리며 배에 실었다.

또한 당시 조선에 들어온 최초의 일본군 종군신부였던, 스페인 라만차 지방 출신의 그레그리오 데 세스페데스 신부도 다음과 같은 기록을 바티칸에 보냈다.

부산포 성안에는 민가가 3백여 채 되었는데, 여자들은 가마솥 안의 시커먼 검댕이로 얼굴을 시커멓게 칠해서 왜병들의 강간으로부터 자신의 몸을 보호하려고 했다.
또한 철없는 어린아이들도 대청마루 아래에 숨거나 옷을 마구 풀어헤친 미친 사람 행세를 하며 왜병들에게 납치되지 않으려고 했다.

또한 조선에서 발간된 〈선조실록〉에는 "왜병들이 걸음을 옮길 수 있는 백성들은 모조리 잡아갔다"는 기록이 남아 있고, 〈광해군 실록〉에는 "왜국의 사쓰마(지금의 가고시마)지방에만 3만 7백 여 명의 조선인들이 포로로 잡혀 있었다."고 기록되어 있다. 또한 〈월봉 해상록〉에는 "큐슈에는 남자들만 헤아려도 3~4만 명이 갇혀 있고, 부녀자들까지 모두 합하면 그 숫자가 두 배 이상이나 된다."고 되어 있다.
그 당시 나가사끼 북쪽 오무라 만의 조선인 포로수용소가 있던 자리는 나중에 '호오꼬바라'라고 불리게 되었는데, 그 의미는 '조선 호랑이를 풀어 놓았던 곳'이다. 그런데 바로 그 조선인 포로수용소에 지금은 일본으로 밀입국한 한국인을 수용하는 '오무라 수용소'가 현대식 건물로 세워져 있어, 조선과의 끈질긴 악연을 지금도 이어가고 있다.

다음날 새벽에 술이 거나하게 취한 모습으로 숙소로 되돌아온 이토는 분통이 터져서 쉽게 잠을 이룰 수가 없었다.

"흥! 나더러 노예선을 타고 머나먼 유럽까지 다녀오라고? 허허! 웃기고 자빠졌네. 도대체 그곳이 하루저녁에 금방 다녀올 수 있는 이웃마을이라도 된다는 건가. 아무리 빨리 항해를 하더라도 가는데 6개월, 오는데 6개월, 아무리 못 잡아도 1, 2년이 걸리는 곳이 아니냐? 게다가 재수가 옴 붙어서 항해 도중에 큰 폭풍우라도 만나게 되면, 차가운 바닷속에서 물고기 밥이 되고 말 텐데. 그런 위험천만한 곳을 나더러 갔다 오라는 거냔 말이야. 이 미친 새끼들을 그냥 콱!"

이토의 입에서는 온갖 불평이 봇물 터지듯 쏟아져 나왔다.

"그러게 말입니다. 벌써 소장님 연세가 40대 중반에 접어들었지 않습니까? 불혹이 넘은 나이면, 가족과 함께 한곳에 정착해서 안정된 생활을 누리셔야죠. 어떻게 말도 제대로 통하지 않는 코쟁이 나라를 오가며 부평초처럼 떠돌아다닌단 말입니까. 그리고 우리는 평생 동안 칼 쓰는 재주만 연마해 온 사무라이들이 아닙니까? 그런 우리를 보고 장사를 배우라고 하다니. 호랑 말코 같은 새끼들! 기름에 튀겨 죽여도 분이 풀리지 않을 것 같습니다."

술 때문에 얼굴이 벌겋게 변한 이께다도 입에 게거품을 물며 씩씩거렸다. 그러나 두 사람은 속이 쓰릴 정도로 분통이 터지면서도 하세가와의 명령에 복종할 수밖에 없었다. 그것은 일본의 사무라이들은 영주들로부터 일정한 봉록을 받는 '종신 피고용자'였기 때문이다.

그들은 자신의 평생을 돌봐주는 영주에게 무조건적으로 복종을 해야 할 의무가 있었다. 만약, 영주를 배반할 경우에는 가혹한 죽음만이 그들을 기다리고 있었다. 게다가 하세가와 영주 뒤에는 일본 최대의 닌자 조직인 흑룡회가 든든하게 버티고 있으니, 그들로서는 아무리 싫어도 명령에 절대 복종하는 수밖에 없었다.

간밤에는 하세가와 영주 앞에서 시적시적 대답은 했으나, 속내는 여간 쓰라리고 아리지 않았다. 결국 울화가 잔뜩 치민 그는, 결국 이께다를 시켜 자신의 불편한 심기를 달래 줄 조선인 처녀 한 사람을 숙소로 데려 오도록 시켰다.

잠시 후, 겁에 잔뜩 질린 조선 처녀가 사무라이들에 의해 이토 숙소로 끌려들어 왔다. 곤히 자다가 억지로 끌려 나온 그녀는 겉옷도 미처 챙겨 입지 못한 동저고리 차림이었다. 나이는 열여섯쯤 되었을까? 복숭아꽃처럼 예쁜 분홍빛 얼굴엔 아직 솜털이 보송보송하고, 윗저고리의 터진 틈새로는 향긋한 젖 냄새가 뿌옇게 번져 나왔다. 술 냄새를 풀풀 풍기는 이토 앞에 마주 선 그녀는 마치 저승사자를 만난 것처럼 무척이나 겁에 질려 있었다. 작은 이마 위에는 굵은 땀방울이 송골송골 맺혔고, 놀란 가슴은 마치 풀무질하듯 쿵쾅거렸다. 이토가 누런 이빨 사이로 역겨운 술 냄새를 연신 토하며 자기에게 한발한발 다가오자, 그녀의 검은 눈동자가 커다랗게 부풀어 오르며 눈물이 그렁그렁 맺히기 시작했다. 이보다 더한 공포는 없을 것이다. 해 저무는 저녁에 설핏한 숲속 길에서 홀로 맞닥뜨린 맹수를 보는 것처럼 온몸이 부들부들 떨리고 숨이 콱 막혀 왔다.

"흐흐흐, 내가 귀여워해 줄 테니, 그저 얌전히 있기만 해라. 알겠냐?"

잔뜩 공포에 질린 어린 처녀가 작고 아담하게 생긴 어깨를 격하게 움직이며 뜨거운 눈물을 펑펑 쏟아내기 시작하자, 이토는 더욱 쾌감을 느꼈다.

'그래, 골치 아픈 일들일랑 더 이상 생각을 말자. 너구리 같은 하세가와 영주도, 박쥐 같은 후꾸자와도, 유럽에 사는 코쟁이 녀석들도. 모든 걸 다 잊어버리고 이 조선 계집과 마음껏 즐겨보자. 목화솜처럼 보들보들한 조선년의 젖가슴을 마음껏 주무르며 이 아름다운 봄밤을 원 없이 놀아보자.'

얼굴에 취기가 잔뜩 오른 이토는 갈지자로 비틀거리며 앞으로 다가갔다. 그리고는 두 팔을 들어올려 그녀의 가냘픈 어깨를 덥석 안으려 했다.

"에그머니!"

그녀는 마치 징그러운 벌레가 어깨에 닿은 것처럼 소스라치게 놀라며 몸을 곱송그렸다.

"흐흐흐, 그렇게 놀랄 것 없어, 이년아. 그냥 그대로 가만히 있기만 하면 되는 거야. 자, 옳지, 옳지!"

이토가 다시 두 팔을 크게 벌려 그녀를 거머안으려 했다. 그러자 더욱 놀란 그녀는 두 손으로 자신의 가슴을 싸안은 채 주춤주춤 뒷걸음을 쳤다. 아직 남자를 접해 본 일이 없는 16세 숫처녀는 반라의 일본 남자가 자신에게 무슨 일을 하려는지 짐작조차 할 수 없었다. 다만 극도의 공포심에 사로잡혀 본능적으로 자신을 방어하려는 몸짓만 할 뿐이었다. 슬금슬금 물레걸음을 치던 그녀가 그만 벽에 막혀서 더 이상 뒤로 가지 못하고 제자리에 서서 오들오들 떨기만 하자, 이토는 어린 양을 포획한 사냥꾼처럼 기고만장한 표정을 지었다.

"네까짓 년이 도망 가 봐야, 이 좁은 막사 안에서 갈 데가 어디 있단 말이냐? 그냥 그곳에 얌전히 있어. 내가 양파껍질 벗기듯 하나하나 벗겨주마! 으흐흐흐!"

이토는 상체를 잔뜩 웅크린 채 벽 쪽에 밀착되어 있는 그녀를 두 손으로 번쩍 안아 올렸다.

"엄마, 엄마!"

깜짝 놀란 그녀는 온몸을 뒤흔들며 다급한 목소리로 엄마를 불렀다.

"가만히 있어, 이년아! 내가 재미있게 해 준다는데 왜 지랄발광을 하는 거야?"

털복숭이 팔로 그녀를 달랑 들어 올린 이토는 침대 옆으로 성큼성큼 걸어갔다. 그리고 벚꽃 무늬가 화려하게 새겨진 비단 이불 위로 그녀를 세차게 내동댕이쳤다.

"으악, 엄마!"

쿵 하는 소리와 함께 허리를 방바닥에 세차게 부딪힌 그녀는 자지러지는 비명을 내질렀다. 그러자 이토는 그녀를 뒤로 엎은 뒤, 박달나무 등걸처럼 단단한 자신의 무릎으로 그녀의 가냘픈 어깨를 거세게 눌렀다. 그리고는 두 팔을 위로 잡아당겨 관절을 꺾어 버렸다. 밑에 깔린 그녀는 극심한 통증 때문에 두 발을 동동거리며 작은 몸을 바둥거렸다.

"으악! 으악!"

"이 개 같은 년! 얌전히, 얌전히 있어!"

그녀의 속치마를 위로 걷어 올린 이토는 시커먼 손으로 하얀 엉덩이를 가리고 있는 작은 속곳을 거칠게 찢어 버렸다. 두 눈이 시뻘겋게 충혈된 이토는 거친 숨을 씩씩 몰아쉬며 자신의 하체를 가리고 있는 훈도시를 훌러덩 벗어 던졌다. 그리고는 아무 저항할 힘도 없이 이불 위에 엎어져 있는 그녀의 몸을 능숙하게 요리하기 시작했다.

잠자리 날개보다 얇은 그녀의 순결은 맹수처럼 난폭한 이토에 의해 무참히 찢겨 나갔다. 곧이어 주름이 심하게 구겨진 비단 이불 위에는 붉은 선혈이 서서히 색채를 드러내기 시작했다. 숫처녀의 증표를 확인한 이토는 그 사이 기절해 버린 그녀의 우윳빛 알몸을 숨 가쁘게 끌어안으며 부르르르 경련을 일으켰다. 그리고는 곧 달콤한 잠에 빠져들었다. 저항할 힘조차 없는 열여섯 살 조선 처녀를 마구 짓밟으며 자신의 야욕을 다 채우고 나서야 야수처럼 잠이 든 것이다.

다음날, 아침 해가 거의 중천에 다다른 느지막한 시각에, 붉은 깃발이 꽂혀 있는 막사의 장막을 옆으로 젖히면서 이토가 천천히 걸어 나왔다. 아직 잠이 덜 깬 듯 약간 짜증스런 표정을 지으며 밖으로 나온 그는, 언덕 아래를 향해 휘적휘적 걸어 내려갔다. 서로 길이가 다른 두 자루의 칼을 허리에 비껴 차고 무거운 발걸음을 천천히 옮기면서 그는 오른손을 이마 위로 들어 올려 눈부시게 밝은 햇살을 살짝 가렸다. 언덕 아래엔 큰 벚꽃나무 한 그루가 긴 가지들을 부채처럼 넓게 드리우고 있었고, 나무 그늘 아래엔 조선 호피가 근사하게 깔린 큰 의자가 놓여 있었다. 의자 위에 털썩 주저앉은 그는 어젯밤 술이 너무 과했는지 뒷목도 당기고 입안도 깔깔했다. 이때 그 모습을 지켜보고 있던 이께다가 잰걸음으로 달려왔다.

"이토 소장님, 시원한 물을 한잔 드시겠습니까?"

이토는 만사가 귀찮아 손가락 하나도 꼼지락거리기 싫다는 듯, 호피가 깔린 나무의자에 상체를 털썩 기대며 천천히 두 눈을 감았다. 그리고 눈길도 주지 않은 채 거친 음성으로 입을 열었다.

"이께다! 주방에 가서 인삼차에 꿀을 타서 가져와."

"예, 알겠습니다. 소장님!"

즉시 머리를 조아린 이께다는 막사 뒤쪽의 주방을 향해 재빨리 걸어갔다.

나무의자에 비스듬히 기대앉은 이토는 발아래 펼쳐지는 오무라 만을 가만히 내려다보았다. 물빛 고운 오무라 만에서는 부드러운 봄바람이 살랑살랑 불어오고, 아열대의 뜨거운 태양은 짱짱한 정오의 햇살을 폭포수처럼 쏟아 붓고 있었다. 이토는 오늘 새벽에 자기 막사로 끌려왔던 조선 처녀의 부드러운 속살을 다시 한 번 머릿속에 떠올리며 만족한 미소를 입가에 지었다. 온몸이 나른해지며 생생한 희열이 가슴속에 황홀하게 피어올랐다.

'역시 여기가 천국이야. 이렇게 편한 곳을 떠나라고? 흥! 말도 안 되는 소리! 무역상인이 되면 큰돈도 벌고 진귀한 구경도 많이 하게 되니 일거양득이 아니냐고? 그렇게 좋으면 네놈들이나 가지, 이렇게 편안하게 살고 있는 나를 왜 보내려고 하는 거야. 아무리 명령에 죽고 명령에 살아야 하는 사무라이 신세라지만, 이건 너무 불공평하군. 배를 갈라 창자를 씹어 먹어도 시원치 않을 놈!'

하세가와 영주를 생각하자, 이토는 다시 기분이 나빠지기 시작했다.

조선의 겨울처럼 춥지도 않고, 살벌한 전투도 없는, 1년 내내 봄처럼 따뜻하기 만한 이곳 오무라 만에서 포로수용소 소장이란 자리는 느긋하기 그지없는 편안한 직책이었다. 아침에 실컷 늦잠을 자도 누구하나 참견하는 사람 없고, 먹고 싶은 게 있으면 솜씨 좋은 조선인 요리사들이 온갖 감칠맛 나는 조선 요리를 만들어 바쳤고, 저녁이면 나이 어린 조선 처녀들을 불러다가 마음껏 농락할 수 있는, 실로 제왕이 부럽지 않는 생활이었다. 자기는 손가락 하나 까딱하지 않아도 5백여 명의 사무라이들이 만여 명에 이르는 조선인 포로들을 잘 감독해 주니, 그는 그저 이곳의 모든 것들을 즐기기만 하면 되는 것이었다.

"여기 조선 인삼차 가져 왔습니다."

이께다가 꿀을 탄 인삼차를 찻잔에 담아 왔다. 따뜻한 찻잔을 입술에 대자, 쌉쌀한 인삼 향기가 입안에 번지며 달콤한 액체가 목안을 부드럽게 적신다. 이토는 조선 인삼차의 짙은 향내를 천천히 음미하며 언덕 아래 넓게 펼쳐진 오무라 만을 가만히 내려다보았다.

큰 활처럼 부드럽게 휘어진 오무라 만의 해변엔 봄빛이 완연했다. 쪽빛 바다는 호수보다 잔잔했고, 동서로 길게 뻗은 하얀 모래사장은 풀솜처럼 푹신해 보였다. 야트막한 해안 언덕을 따라 길게 형성된 아열대의 수림 속에는 원색의 꽃들이 앞 다투어 피어나, 오색 무지개처럼 아름다운 띠를 형성하고 있었다. 싱그러운 미풍이 곰살갑게 애무하는 울창한 나무 위엔 화려한 깃털을 자랑하는 아름다운 새들이 힘차게 날아올랐고, 구름 한 점 없이 청명한 하늘엔 황금빛 햇살이 분수처럼 뿌려지고 있었다. 봄을 맞은 오무라 만의 드넓은 해안은 마치 꽃과 보석을 곰비임비 뿌려놓은 천상의 화원처럼 화려해 보였다.

그런데 백사장에서 위로 이어지는 완만한 경사지엔 지옥처럼 참혹한 조선인 포로수용소가 거대한 모습을 드러내고 있었다. 백사장과 경사지가 맞닿는 곳엔 조선인들의 탈출을 방지하기 위해 높은 목책이 빙 둘러 쳐져 있었고, 목책 중간 중간엔 기린처럼 목을 길게 뺀 높은 망루가 넓은 수용소 안을 매서운 눈초리로 항상 감시하고 있었다. 수용소 안에는 완만한 구릉지가 넓게 펼쳐져 있는데, 만여 명의 조선인들이 곳곳에 흩어져 힘겨운 노동을 하고 있었다.

여기저기서 바위를 깨고, 돌을 나르고, 기와를 굽고, 항아리를 만드느라 뿌우연 황토먼지가 안개처럼 피어올랐다. 그리고 수용소 좌우측 목책 밖엔 호랑이 우리가 붙어 있었는데, 그 안에는 조선에서 잡아온 수백 마리의 호랑이들이 으르렁거리며 돌아다니고 있었다. 이 호랑이 우리는 포로들의 탈출을 예방하는 훌륭한 장애물인 동시에, 하루에도 십여 명씩 죽어 나가는 조선인의 시신을 깨끗이 처리하는 납골당이기도 했다.

그런데 이토가 자신의 발아래 펼쳐진 포로수용소와 저 멀리 보이는 오무라 만을 물끄러미 바라보며 느긋한 휴식을 즐기고 있는 바로 그때였다. 이토의 막사 안에서 웬 남자의 비명소리가 갑자기 들려오는 것이었다.

"으악!"

난데없이 요란한 비명이 터져 나오자, 주변에 서 있던 사무라이들 십여 명이 긴 칼을 뽑아들며 막사로 뛰어 올랐다. 이토도 의자에서 벌떡 일어서며 급히 뒤를 돌아보았다. 붉은 장막을 밀치며 밖으로 뛰쳐나온 사람은 조선인 포로인 박영감이었다. 제주도 출신인 박영감은 일본말에 꽤 능통해서 일본군 막사 안에서 간단한 청소와 잔심부름을 맡아 하고 있었다.

"무슨 일이야?"

후다닥 뛰어간 이께다가 소리를 버럭 질렀다.

"사, 사, 사람이!"

"뭐라고, 사람이?"

이께다는 얼굴이 새파랗게 질린 채 다음 말을 미처 잇지 못하는 박영 감을 옆으로 거칠게 밀치고는 장막 안으로 재빨리 뛰어 들었다. 그 뒤를 이어 장막 안으로 급히 들어간 다른 사무라이들은 황당한 표정을 지으며 그 자리에 우뚝 서 버렸다. 그것은 허리까지 내려오는 긴 머리를 곱게 땋은 조선 처녀가 긴 줄에 목을 맨 채 천정에 대롱대롱 매달려 있는 게 아닌가?

"이, 이런 찢어죽일 년이! 감히 내 잠자리를 더럽혀?"

어느새 자신의 막사 안으로 허겁지겁 뛰어 들어온 이토가 혀를 차며 분통을 터뜨렸다.

1592년과 1597년 두 번에 걸쳐 조선팔도에서 일어났던 일본군의 조선침략전쟁 기간 동안 가장 큰 피해를 입었던 사람들은 저항할 아무런 능력이 없는 아녀자들이었다. 특히 결혼을 앞둔 젊은 처녀들의 피해는 처참할 정도로 극심했다.

엄격한 유교 국가였던 조선과는 달리 불교 국가였던 일본은 성문화에서는 극과 극을 달릴 정도로 판이하게 다른 풍습 속에서 살고 있었다. 일본인들은 어려서부터 남녀혼욕, 근친간의 결혼, 미혼남녀의 자유분방한 성 교제, 유부녀들이 마음 놓고 밀회를 즐길 수 있는 '처 방문혼'이란 독특한 결혼 풍속에서 파생된 혼탁한 성의식을 갖고 있었기 때문에, 그들은 조선의 여인들을 겁탈하는 것에 대해 아무런 죄의식도 느끼지 않았다. 그래서 그들은 마을을 점령한 뒤엔 나이 어린 계집아이부터 나이든 유부녀에 이르기까지 전혀 가리지 않고 무차별 겁탈, 폭행, 윤간을 하였다. 심지어는 아기를 가진 임산부나 부처님을 모시는 여승들에게까지도 서로 경쟁을 벌이듯 무차별 성폭행을 했다.

그러나 일본인들의 그러한 만행은 조선 여인들에게 영원히 씻을 수 없는 모멸감과 죄의식을 각인시켜 주었다. 조선은 고대 중국인들이 '동방예의지국'이라고 추앙할 정도로 예의범절과 여인의 정조를 커다란 덕목으로 여기던 나라였다. 그래서 처녀들은 외간 남자에게 손목만 잡혀도 정조를 빼앗긴 것으로 여기고 그 남자에게 시집을 가거나, 아니면 죽음을 생각할 정도였다. 이처럼 성리학의 엄격한 도덕률 속에서 성장해 온 조선 처녀들이 훈도시만 달랑 두른 사무라이들의 습격을 받아 온갖 능욕을 당했으니, 처녀들은 커다란 수치심을 느끼며 죽음을 선택하는 수밖에 없었던 것이다. 고대 로마에서는 '섹스투스로'부터 겁탈을 당한 '루크레티아'가 자신의 목숨을 끊음으로써 순결의 소중함을 만천하에 알렸다. 그러나 조선에서는 모든 여인들이 다 '루크레티아'였다.

굵은 밧줄에 목을 매단 조선 처녀의 싸늘한 시신을 올려다보고 있던 이토의 얼굴이 점점 일그러지고 있었다. 그는 벌건 대낮에 부하들 앞에서 자신의 모든 치부가 드러난 것 같은 수치심에 얼굴이 화끈거렸다. 게다가 백짓장처럼 하얀 얼굴에 두 눈을 부릅뜬 채 동아줄에 매달려 있는 시신의 모습이, 마치 자신을 비웃는 것 같아 도저히 견딜 수가 없었다. 머리끝까지 부아가 치밀어 오른 이토는 허리에 차고 있던 날카로운 장검을 재빨리 뽑아 들었다.

"이얏!"

이토는 커다란 기합 소리를 내며 처녀의 목을 옭매고 있는 동아줄을 단칼에 잘라 버렸다. 그러자 쿵 하는 소리와 함께 처녀의 시신이 바닥으로 힘없이 떨어졌고, 입과 코에서는 검붉은 핏물이 흥건히 흘러 나왔다.

"이 새끼들! 뭘 멍하니 서 있는 거야? 어서 끌어다가 호랑이 우리에 갖다버려!"

이토의 발악적인 고함에 깜짝 놀란 부하들은 그녀의 시신을 급히 메고 밖으로 도망치듯 나갔다.

"에이, 쌍!"

붉은 장막을 난폭하게 젖히며 밖으로 나온 이토는 속에서 부글부글 끓어오르는 분노 때문에 머리털이 빳빳하게 설 지경이었다.

"머리에 피도 안 마른 년이 이토록 나를 망신시켜?"

막사 앞에 우뚝 선 그는 '선불 맞은 멧돼지'처럼 거친 숨을 씩씩 몰아쉬며 주위를 두리번거렸다. 이때 그의 시야에 조선 여인 한 사람이 선명히 들어와 박혔다.

그 여인은 만삭의 몸이었다. 누런 흙이 가득 담긴 무거운 대광주리를 머리에 간신히 인 그녀는, 한낮의 땡볕 아래에서 비지땀을 뻘뻘 흘리며 가파른 언덕길을 힘겹게 걸어 오르고 있었다. 그녀의 발걸음은 금방이라도 쓰러질 것처럼 위태로워 보였다. 오른손으로는 흙가루가 풀썩 풀썩 떨어지는 대광주리의 가장자리를 가까스로 붙잡고, 왼손으로는 비틀거리는 허리를 간신히 받힌 채 힘겹게 뒤뚱거리고 있었다.

"이께다!"

"넵!"

"저년을 끌고 와!"

"누, 누구 말씀입니까?"

이토의 느닷없는 명령에 이께다는 잠시 어리둥절한 표정을 지었다.

"저기, 저년 말이야! 조선 항아리처럼 아랫배가 툭 튀어 나온 년!"

"아, 예, 알겠습니다!"

이토의 명령을 받은 이께다는 부하 두 명을 데리고 임산부 쪽으로 급히 다가갔다.

"이년을 소장님께 끌고 가!"

이께다의 명령이 떨어지자 두 사무라이가 임산부의 어깨를 난폭하게 움켜잡았다.

"아, 아니. 왜, 왜 이러세요?"

건장한 사무라이 두 명이 자신의 좌우에 서서 시커먼 두 손으로 다짜고짜 어깨를 움켜쥐자, 그녀는 그만 경악하고 말았다. 머리 위의 대광주리가 크게 흔들리더니 누런 흙과 함께 옆으로 세차게 떨어져 내렸다. 그들은 누런 흙먼지를 뽀얗게 뒤집어 쓴 그녀를 강제로 잡아끌었다. 가없은 조선 여인은 끌려가지 않으려고 있는 힘을 다 썼으나, 무술로 단련된 사무라이들의 완력을 당해낼 수는 없었다. 그들의 억센 손아귀에 두 팔이 뒤로 꺾인 채 개처럼 질질 끌려가던 그녀는 이토의 발아래에 내동댕이쳐졌다.

"어머나!"

외마디 비명을 지르며 땅바닥에 쓰러진 임산부는 두 손을 재빨리 앞으로 뻗어 자신의 불룩한 배를 감싸 안았다. 지금 그녀에게 가장 중요한 일은 뱃속의 아이를 안전하게 보호하는 일이었다.

"무릎 꿇어!"

이토는 황토 먼지로 누렇게 칠갑을 한 그녀의 어깨를 거칠게 잡아채며 핏발 선 두 눈을 크게 부라렸다.

"예?"

"더러운 조선년! 어서 무릎을 꿇으라니까!"

일본말을 전혀 알아듣지 못하는 이 여인은 그저 어리둥절하기만 했다. 자신이 도대체 무슨 잘못을 저질렀는지, 그리고 이 남자가 지금 자신에게 요구하는 것이 도대체 무엇인지 도무지 알 수 없었다. 조선 소녀의 죽음 때문에 속이 부글부글 끓어 오른 이토가 악명 높은 '이지매'의 대상으로 자신을 지목한 걸 알 길 없는 그녀는 황망한 표정으로 주위를 두리번거렸다.

"이년 뱃속에 들어 있는 아기가 아들인지 딸인지, 누가 알아맞힐 수 있나?"

고개를 쳐든 이토는 주위를 둘러보며 큰 소리로 질문을 던졌다. 이토의 엉뚱한 질문에, 주변에 서 있던 사무라이들이 호기심 어린 표정으로 우루루 모여들었다.

"아니, 산모 뱃속에 들어앉은 태아를 무슨 수로 사내인지 계집인지 알아낸단 말인가?"

"그러게 말이야! 귀신이 아닌 다음에야 그런 걸 어떻게 안단 말이야?"

주위에 빙 둘러선 사무라이들이 웅성거리자, 이토가 다시 말을 시작했다.

"지금부터 내가 재미있는 문제를 하나 낼 테니, 잘 맞추도록 해라! 정답을 맞추는 놈들에게는 오늘밤 술과 계집을 마음껏 즐기도록 해주겠다."

"무슨 문제입니까?"

이께다가 흥미를 보였다.

"그것은 바로, 저년 뱃속에 있는 아기의 성별을 맞추는 거다! 아들이라 생각되는 놈은 좌측에 서고, 딸이라 생각되면 우측에 서도록 해라! 알겠나?"

이토의 말이 떨어지자 수십 명의 사무라이들이 일제히 임산부 곁으로 앞 다투어 몰려들었다. 그들은 금방이라도 터질 것처럼 한껏 부풀어 오른 그녀의 배를 시커먼 손가락으로 쿡쿡 쑤셔 보기도 하고, 자신의 귀를 배에다 대보기도 했다. 어떤 사무라이는 잘 익은 수박을 고르듯 임산부의 배를 주먹으로 툭툭 쳤다.

"아무래도 모르겠어. 배꼽을 한번 봐야겠는데."

한 사무라이가 그녀의 배꼽을 보려고 치마를 위로 홀러덩 치켜들었다. 수십 명의 사무라이들이 갑자기 자신을 둘러싸고는 온갖 희롱을 해오자, 조선인 임산부는 극도의 공포심에 어찌할 바를 몰랐다.

'아무리 무지한 섬나라 왜놈들이지만, 어떻게 이럴 수가 있단 말인가? 임산부인 나를 이렇게 희롱하다니! 살아서 이런 욕을 당하느니, 차라리 혀를 깨물고 자결을……'

그러나 며칠 후면 이 세상에 태어날 아기를 생각하니 그럴 수도 없는 노릇이었다. 뱃속의 아기 때문에 이럴 수도 저럴 수도 없는 답답한 지경에 빠진 그녀는 자신의 부푼 배를 부여안은 채 하염없이 눈물만 흘리고 있을 뿐이었다.

"소장님, 어서 판가름을 해주십시오!"

어느새 이토의 좌우측으로 늘어선 사무라이들이 어서 결정을 내려달라며 재촉하기 시작했다. 그러자 이토는 자기 주위를 천천히 둘러보았다.

"도대체 산모 뱃속에 있는 아기를 소장님이 어떻게 알아맞힌다는 거야?"

"혹시 알아? 뱃속의 아기가 소장님의 씨인지?"

"멍청한 놈! 설령 자기 아이라고 해도 아직 낳지도 않았는데, 아들인지 딸인지 무슨 수로 알아맞힌단 말이냐?"

이토는 자신의 발아래 웅크리고 앉아 하염없이 눈물을 흘리고 있는 임산부를 내려다보며 음산한 미소를 입가에 떠올렸다. 그리고는 갑자기 벽력 같은 고함을 내질렀다.

"이년을 꽉 잡아!"

이토의 명령이 떨어지기가 무섭게, 아까 그녀를 끌고 온 사무라이 두 명이 앞으로 급히 달려 나왔다. 그리고는 쇠꼬챙이 같은 엄지손가락으로 그녀의 어깨 중앙에 있는 급소를 세차게 짓눌렀다. 그리고 또 다른 손으로는 그녀의 가녀린 팔을 뒤로 꺾어 위로 올렸다.

"으악!"

힘센 남자 두 명이 자신의 두 어깨와 팔을 거칠게 움켜쥐며 급소를 힘껏 눌러 버리자, 그녀는 극심한 고통으로 얼굴이 심하게 일그러지며 외마디 비명을 질렀다. 그 자리에 주저앉은 채 상체가 꼼짝달싹 못하게 완전히 제압당한 그녀는, 도살장에 끌려온 소처럼 거친 숨만 헉헉 토해내며 뜨거운 눈물을 줄줄 흘렸다.

'아무리 말 못하는 짐승이라 하더라도, 새끼 밴 어미는 보호받는 법인데.'

영문도 모르는 그녀는, 자신이 왜 이런 부당한 대우를 받아야 하는지 도무지 이해할 수 없었다. 그녀는 변태성욕자가 많은 사무라이들이 밝은 대낮에 자신을 집단 강간하기 위해 이처럼 무례한 일을 저지르는 걸로 짐작할 뿐이었다.

'아, 안 돼! 제발, 내 아기에게만은!'

그녀는 비록 자신이 사무라이들에게 강간을 당하더라도, 뱃속의 아기만은 꼭 지켜야 된다는 생각에 어금니를 잔뜩 깨물었다. 양쪽 팔에 시퍼런 피멍이 맺힌 채 진땀만 뿌질뿌질 흘리고 있는 그녀를 말없이 내려다보던 이토는 허리에 차고 있던 긴 칼을 천천히 뽑았다.

'아, 아니. 도대체 이놈이. 무, 무슨 일을 저지르려고.'

새파란 칼날이 자신의 머리 위에 긴 그림자를 드리우자, 그녀는 그만 정신이 아득해지면서 온몸에서 힘이 다 빠져나갔다. 이토는 두 손으로 칼을 단단히 부여잡으며 싸늘한 눈길로 임산부를 내려다봤다.

'오, 아가야!'

본능적으로 아기의 신변에 커다란 위험이 닥친 것을 감지한 그녀는, 그저 눈앞이 캄캄해지며 금방이라도 실신할 것 같았다. 그러나 그녀는 아기의 목숨을 지키기 위해 이토에게 애걸이라도 해야 했다. 뜨거운 눈물을 펑펑 쏟으며 자비의 손길을 기다리던 그녀는, 마지막으로 자신이 아는 일본말 한 마디라도 하면서 이토 소장에게 애원해야겠다고 생각

했다. 그녀가 아는 유일한 일본말은 '아리가도 고자이마스'(고맙습니다)
였다.

비록 뜻도 잘 모르는 일본말이지만, 무언가 좋은 의미로 쓰는 것으로
어렴풋이 이해하고 있었던 것이다. 세상의 밝은 빛도 보지 못한 태아의
목숨이 경각에 달려 있는 화급한 상황인데, 무슨 말인들 못하겠는가?
더욱이 이 나라는 '대자대비'와 '불살생'을 목 놓아 외치는 불교 국가가
아닌가? 그녀는 뜻도 모르는 일본말을 천천히 발음하며 이토를 향해
애절한 간청을 시작했다.

"아, 아리가도······."

"이얏!"

애면글면하는 그녀의 간절한 말이 미처 끝나기도 전에 이토의 입에선
세찬 기합이 터져 나왔다. 그와 동시에 새파란 칼끝이 독사처럼 섬뜩한
소리를 내며 한껏 부풀어 오른 배 상단을 정확히 쑤시고 들어갔다.

그 순간 그녀의 얼굴은 새하얗게 질려 버렸고, 입은 꽁꽁 얼어붙은
채 부들부들 떨리고 있었다. 그녀는 자신을 받치고 있는 단단한 대지가
팃검불처럼 하얗게 바스러지며 끝을 알 수 없는 깊은 낭떠러지로 자신
의 몸이 굴러 떨어지는 걸 느낄 수 있었다. 그러나 그녀는 결코 아기를
포기할 수 없었다. 그녀는 자신의 상체가 서서히 앞으로 넘어가는 그
순간에도 두 손으로 아랫배를 소중하게 부둥켜안았다.

그 순간엔 이 세상의 모든 것이 정지해 버리는 느낌이었다. 오무라
만의 푸른 파도 위를 스쳐오는 싱그러운 미풍도, 넓은 수용소를 쨍쨍하
게 비추는 한낮의 태양도······.

그녀의 얼굴엔 더 이상 생기가 없었다. 상체는 죽은 살코기처럼 축

늘어졌고, 칼끝이 곧장 쑤시고 들어간 배에서는 붉은 핏물이 줄줄 흘러 나오고 있었다. 그러자 이토의 칼이 수직선을 곧게 그으며 천천히 아래로 내려가기 시작했다. 칼날이 지나가는 자리에는 붉은 피가 분수처럼 솟구쳤다.

이미 절명해 버린 임산부의 몸에서 칼을 천천히 뽑아낸 이토는 그녀의 갈라진 배 사이로 왼손을 거침없이 집어넣었다. 그리고는 그 속에서 시뻘건 핏덩이 하나를 끄집어냈다.

그것은 아기였다.

이토는 양수와 붉은 핏물을 온몸에 뒤집어 쓴 채 꿈틀꿈틀거리는 태아를 허공으로 높이 쳐들었다. 그러자 이토 주위를 둘러싸고 있던 일본인들의 눈이 아기의 두 다리 사이로 일제히 집중되었다. 그곳에는 대추알만한 작은 돌출물이 하나 달려 있었다. 아들이었다.

"야, 만세! 만세!"

아기의 몸에 달려 있는 조그만 고추를 확인하자, 이토의 좌측에 서 있던 사무라이들이 함성을 크게 지르며 길길이 날뛰기 시작했다.

"야, 아들이다! 아들!"

자기 아내가 첫아들을 낳았을 때도 저렇게 기뻐 날뛰었을까? 그들은 이미, 인간이 아니었다. 그들은 인간의 탈을 쓴 악귀들이었다. 술과 여자를 상으로 받게 된 사무라이들은 괴성을 마구 지르며 함께 춤을 추었고, 이토도 흡족한 표정을 지으며 큰 소리로 웃음을 터뜨렸다.

탈출

하루 일과를 마친 조선인 포로수용소는 정적만이 감돌고 있었다. 그 고요한 시각에 설마 조선 도자기를 굽는 작업장에서 뭔가 심상치 않은 움직임이 있을 줄은 아무도 몰랐을 것이다.

낮은 구릉지 옆에 길게 이어진 작업장 안에는 흙으로 쌓아올린 거대한 가마가 설치되어 있고, 그 옆에는 도자기를 만들 때 사용하는 고운 흙이 무더기로 쌓여 있다. 일을 끝낸 조선 도공들이 일을 끝내고 빠져나간 그 자리에는 물레, 떡매, 가래 등의 도구들이 아무렇게나 널브러져 있었다. 밖은 이미 어둑어둑했고 수용소 내의 여러 작업장에서 일하던 조선인 포로들은 모두 막사 안으로 들어가고 아무도 없었다.

그런데 초벌구이 도자기들이 켜켜이 쌓여 있는 컴컴한 가마 안에는, 잔뜩 긴장한 조선 남자 세 명이 몸을 웅크린 채 숨어 있었다. 온종일 내리쬐는 따뜻한 햇살을 흠뻑 받은 가마 안은 뜨거운 열기와 도공들의 땀 냄새로 후덥지근했다.

얼마나 시간이 흘렀을까?

오래된 무덤 속처럼 축축하고 어두운 구석에 쪼그리고 앉아 초조한 표정으로 진땀만 뻘뻘 흘리던 그들이 서서히 몸을 움직이기 시작했다. 캄캄한 가마 속에서 두 발을 제겨디디며 도둑고양이처럼 살며시 빠져나온 그들은 흙무더기 뒤에 몸을 숨긴 채 작업장 밖을 조심스럽게 살폈다.

밖은 이미 캄캄했다. 목책 위에는 군데군데 횃불이 꽂혀 있고 높은 망루 위에는 보초들이 서너 명씩 서 있었다. 넓은 수용소는 바닷속처럼 깊은 어둠 속에 잠겨 있고, 밤하늘엔 희뿌연 별빛만이 아롱거리고 있었다.

작업장 주위에 아무도 없는 걸 확인한 그들은 재빨리 웃옷을 벗기 시작했다. 그리고 바닥에 있는 시커먼 잿물과 끈적끈적한 진흙을 온몸에 발랐다. 가슴과 등은 물론이고 얼굴까지 진흙으로 꼼꼼히 발랐다. 마치 전투를 목전에 둔 아프리카의 마사이 용사들처럼 전신을 시커멓게 분장한 그들은 작업장 밖으로 조심스럽게 걸어 나갔다. 아름드리 통나무를 촘촘히 엮어 만든 목책 너머에는 오무라 만의 잔잔한 물결이 어두운 백사장을 촉촉이 적시고 있었다.

'그래, 저기야! 저 바다만 헤엄쳐 건너면 생지옥 같은 이곳을 빠져 나갈 수 있어!'

봉두난발한 각설이처럼 게저분한 조선 남자들은 밤바다를 내려다보며 두 주먹을 불끈 쥐었다.

조선인 임산부가 이토 소장의 칼날에 끔찍하게 살해된 그 사건이 있은 며칠 후 큰 충격을 받은 조선인들은 밤마다 비탄에 젖어 잠을 설쳐야 했다. 그러나 무거운 쇠사슬과 족쇄에 묶여 완전히 무장해제 당한 조선인 포로들이 총칼을 든 일본 사무라이들과 대적하기는 불가능한 노릇이었다. 그렇지만 매일같이 자행되는 엄청난 욕설과 폭력, 살인, 강간 등을 억울하게 당하고만 있을 수도 없었다. 결국 용기 있는 젊은 남자들이 탈출을 조심스럽게 꺼내기 시작했다. 이대로 원통하게 죽느니, 차라리 탈출을 감행하자는 것이었다.

비분강개한 이들 중에는 경주 삼랑사에서 총에 맞고 끌려온 현민도 포함되어 있었다. 신라의 수도였던 경주에는 도요토미 히데요시가 '조선 최고의 찻잔'이라며 끔찍이도 아꼈던 찻사발인 이도다완과 같은 조선 막사발이 많이 사용되고 있었다. 현민은 결혼하기 전에 막사발을 만들어 본 적이 있었기 때문에 포로수용소 내에서 도자기 만드는 일을 하고 있었던 것이다.

도자기 작업장에서 일하는 동료들과 함께 탈출하기로 의기투합한 현민은 그믐달이 뜨는 오늘 저녁에 탈출을 결행하기로 했다. 그래서 작업을 다 끝내고 막사 안으로 되돌아가는 늦은 오후에, 이들은 초벌구이 도자기가 잔뜩 쌓여 있는 컴컴한 가마 안으로 몰래 숨어든 것이다. 밤이 이슥해서 작업장 밖으로 슬그머니 빠져 나온 그들은 경사진 언덕을 따라 해변 쪽으로 재빨리 내려가기 시작했다.

그들이 내려가는 길은 돌부리가 울퉁불퉁 튀어나오고 나무뿌리가 아무렇게나 널브러진 험한 곳이었다. 너덜겅처럼 거친 언덕길을 맨발로 기어 내려가다 보니 몸 여기저기가 심하게 긁히며 순식간에 피가 내비쳤다. 숨을 죽이고 고통을 참으며 간신히 언덕을 내려온 그들은 바위 뒤에 웅크리고 앉아 오무라 해변을 주의 깊게 살피기 시작했다.

그들이 숨어 있는 곳에서 목책이 세워져 있는 백사장까지는 백여 보정도 떨어져 있었다. 밤이 깊어지자 목책 주변을 이따금 오가던 초병들의 발길은 이미 끊어졌고, 망루 위에만 초병들이 서너 명씩 모여 있었다.

'저 목책만 넘어가면 탈출은 성공할 수 있는데.'

잔뜩 긴장한 모습으로 서로의 눈을 잠시 바라보던 그들은 모두 거북처럼 백사장 위에 납작 엎드렸다. 그리고는 천천히 앞으로 기어나가기 시작했다. 온몸엔 진땀이 송골송골 솟아나오고, 언덕길을 급히 내려오다 긁힌 팔다리의 상처에는 피가 조금씩 흘러 내렸다. 숨소리마저 제대로 내지 못하고 낮은 포복을 계속하던 그들은 잠시 후 목책이 있는 곳에 다다랐다. 목책의 높이는 3길(9m) 남짓 되었다. 바닥에 엎드려 잠시 숨을 고른 그들은 재빨리 목책 위로 기어올랐다. 혹시 망루 위의 초병들에게 들킬까 염려스러웠던 그들은 온몸을 긴장하며 조심스럽게 한발 한발 올라갔다. 조선인 남자 들이 힘들게 낑낑거리며 간신히 목책을 넘어서는 바로 그 순간이었다.

"누, 누구냐!"

우측 망루 위에 서 있던 초병이 목책을 넘는 검은 물체를 발견하고는 횃불을 높이 쳐들었다. 탈출이 발각되자 깜짝 놀란 그들은 높은 목책 위에서 바깥쪽 백사장을 향해 재빨리 뛰어내렸다. 이미 주사위는 던져졌고, 선택의 여지는 없었다. 그들은 앞뒤 가릴 것 없이 바다를 향해 힘차게 달려 나갔다.

"탈출! 탈출이다!"

그제서야 조선인의 탈출을 확인한 초병들이 날카롭게 고함을 질렀다.

삐! 삐!

망루에 서서 우왕좌왕하던 초병들은 요란하게 비상나팔을 불었고,

일부는 해변 쪽을 향해 화승총을 다급하게 발사하기 시작했다.

"탕! 탕! 타앙!"

날카로운 총소리가 잠잠하던 밤공기를 세차게 찢어 놓자, 넓은 포로 수용소 안은 갑자기 벌집을 쑤셔 놓은 듯 소란스러워졌다. 일본 병사들의 막사에 일시에 불이 켜지고, 총을 앞세운 사무라이들이 밖으로 부리나케 달려 나왔다.

"탕! 탕탕! 탕탕탕!"

총알이 요란한 소리를 내며 귓전을 스치자, 잔뜩 긴장한 조선인들은 죽을 힘을 다해 모래밭을 미친 듯이 질주했다. 크게 부릅뜬 두 눈엔 불꽃이 섬광처럼 피어올랐고, 허리는 활처럼 크게 휘었다.

"으악!"

제일 앞서 달려가던 남자가 오른쪽 다리를 휘청거리며 모래밭에 엎어졌다.

"한조! 왜 그래?"

뒤따르던 현민이 급히 무릎을 굽히며 한조를 부축했다.

"다, 다리가!"

"뭐? 다리가!"

한조의 오른쪽 다리에 총알이 명중했다.

"탕! 탕탕탕!"

수십 발의 총알이 두 사람이 있는 쪽으로 집중 발사되었다. 그 순간, 굳게 닫혀 있던 목책문이 급히 열리면서 사무라이들 수십 명이 해변으로 우르르 달려 나왔다. 그리고 콩 볶는 듯한 화승총 소리가 해변의 밤공기를 요란하게 뒤흔들었다.

탕! 탕탕! 탕탕!

"서라, 서! 조센진들, 서라!"

현민은 안타까웠다. 뒤에는 총을 든 사무라이들이 저승사자처럼 악착같이 쫓아오고, 모래밭에 쓰러진 한조는 고통스런 표정을 지으며 점점 의식을 잃어가고 있었다.

"현민아! 어, 어서 도망가!"

"한, 한조야!"

"나, 나는 틀렸어! 너라도, 어서 도망가! 이, 이러다간 둘 다 잡히겠어."

결국 현민은 힘껏 부여잡은 한조의 어깨를 힘없이 놓을 수밖에 없었다. 피눈물을 뿌리며 고개를 든 현민은 백사장 모래를 박차며 앞으로 힘껏 달려 나갔다. 앞쪽에는 함께 탈출한 동료 한 사람이 벌써 바닷물 속으로 첨벙 첨벙 뛰어 들고 있었다. 현민도 그에 뒤질세라 있는 힘을 다해 바삐 달렸다.

잠시 후, 현민의 발바닥에 밟히는 모래가 점점 축축해지기 시작했다. 그리고 곧이어 시원한 바닷물이 그의 발목을 휘감았다.

'아, 바다다!'

현민은 바닷물이 허벅지까지 차오르자, 급히 물속으로 몸을 날렸다. 그리고는 두 팔을 힘차게 휘저으며 앞으로 거침없이 헤엄쳐 나갔다. 밤바다에 뛰어든 현민이 헤엄치는 것을 본 사무라이들은 해변에 매여 있는 거룻배 쪽으로 우루루 몰려갔다. 캄캄한 밤바다 위에 배를 띄운 그들은 횃불을 마구 휘두르며 수면 위를 살폈다. 그리고 바다로 뛰어든 두 명의 조선인을 찾기 위해 시뻘건 불화살을 어두운 허공 위로 연신 쏘아 올렸다.

"저기다, 저기!"

탕! 탕탕! 탕탕탕탕!

파도 사이를 결사적으로 헤엄쳐 나가는 두 사람을 본 사무라이들은, 어두운 수면을 향해 화승총을 난사하기 시작했다. 두 사람은 재빨리 물 속으로 잠수했다. 그들은 젖 먹던 힘까지 다 끌어내 바닷속을 열심히 헤엄쳐 나갔다.

얼마나 시간이 흘렀을까?

사력을 다해 거친 파도를 헤쳐 나가던 현민은 어느새 오무라 만의 동쪽 해변에 도착하게 되었다. 가쁜 숨을 몰아쉬며 캄캄한 백사장으로 천천히 기어 나오는 현민은 한여름의 파김치처럼 거의 탈진한 상태였다. 귓속이 멍하고 두 다리가 휘청거렸다. 심한 현기증을 느낀 현민은 두 무릎에 힘이 스르르르 풀리며 그 자리에 털썩 쓰러져 버렸다.

그로부터 두어 시간 후.

모래밭 위에 힘없이 누워 있던 현민이, 서서히 의식을 회복하기 시작했다. 파도 소리가 귓전에 들려오고, 온몸을 스치는 해풍의 움직임이 피부로 조금씩 느껴졌다. 현민은 두 눈을 천천히 떴다. 그리고 밤하늘을 바라보았다. 아름다운 별빛이 두 눈 가득히 쏟아져 내렸다.

'내가 안 죽고 살아 있는 것인가?'

현민은 자신이 포로수용소에서 멀리 떨어진 바닷가에 살아 있다는 사실이 처음에는 믿어지지 않았다. 현민은 탈진한 몸을 천천히 일으켜 백사장 위에 바로 앉았다. 그리고 앞을 바라보았다. 바로 앞에는 파도가 출렁거리고 있고, 저 멀리 수평선 너머로 남십자성이 반짝거리고 있었다.

"저 지옥 속을…… 내가…… 정말로, 빠져 나왔구나……. 하하하하……!"

이제야 자신의 탈출을 실감한 현민은 아무도 없는 캄캄한 백사장에서 기쁨의 웃음을 터뜨렸다. 온몸은 온통 긁히고 멍이 들어 아프지 않은 곳이 없었다. 게다가 상처 자국에 소금물이 들어가 이만저만 쓰라리지 않았다. 그러나 탈출의 기쁨에 비하면 그런 것들은 그저 사소한 것에 불과했다.

현민은 밤바다를 물끄러미 바라보다가 잠시 허탈한 표정을 지었다. 세 사람이 함께 탈출을 시도했으나, 한 사람은 총탄에 맞아 사무라이들에게 잡혔고, 또 한 사람은 바닷속에서 정신없이 헤엄을 치느라 서로 헤어진 것이다. 그리고 막상 탈출은 했으나 이곳의 지리를 잘 모르니, 도대체 어떻게 해야 조선으로 되돌아갈 수 있는지도 도통 알 수 없는 노릇이었다. 게다가 자신을 체포하기 위해 사무라이들이 뒤쫓아 오고 있을 텐데, 어디로 숨어야 안전할지도 모르니 참으로 답답하고 막막하기만 했다.

한참을 그렇게 앉아 있던 현민이 천천히 몸을 일으켰다. 날이 밝기 전에 한시라도 빨리 숲속으로 몸을 숨겨야 된다는 생각이 번뜩 든 것이다.

한편, 바로 그 즈음에 오무라 만에 있는 조선인 포로수용소에서는 큰 난리가 벌어지고 있었다.

"이 개 같은 새끼들! 어서 대답을 해 봐, 대답을!"

머리끝까지 성질이 오른 이토는 바락바락 악을 쓰며 길길이 날뛰었다.

그 앞에는 이께다를 비롯한 부하들이 고개를 푹 떨군 채 힘없이 서 있었다. 이토는 이만저만 분통이 터지는 게 아니었다. 며칠 전에는 조선 처녀가 자신의 침소에서 목을 매고 자살을 하더니, 오늘은 조선 남자 세 명이 탈출을 시도한 것이다. 비록 한 사람은 총을 쏘아 사로잡았으나, 나머지 두 사람은 그만 놓치고 말았으니, 그렇잖아도 금년 가을에 남만선(유럽의 무역선)을 타고 머나먼 유럽으로 건너갈 생각에 심사가 마른 오징어처럼 배배 뒤틀려 있었는데, 이런 사건까지 일어나니 여간 화가 나는 게 아니었다.

"바보 같은 새끼들! 배를 다섯 척이나 타고 나갔으면서도 물에 빠진 두 놈을 못 잡아 와?"

"죄, 죄송합니다! 너무 어두워서, 그만."

이께다가 기어 들어가는 목소리로 겨우 입을 열었다.

"이런 개 같은 새끼들! 그걸 도대체 이유라고 씨부렁거리는 거야? 무슨 짓을 해서라도 그놈들을 잡았어야 할 거 아냐?"

"소, 소장님! 한번만 더 기회를 주십시오. 날이 밝는 대로 그놈들을 꼭 잡아오겠습니다!"

"이께다!"

이토의 음성엔 힘이 잔뜩 들어 있었다.

"예, 소장님."

"큐슈 섬 전체에 빨리 연락을 해서 검문을 철통같이 강화하도록 해라!"

"예, 알겠습니다!"

"그리고 후꾸자와님에게도 사람을 보내어, 그놈들을 잡는데 흑룡회 조직에서도 도와달라고 부탁을 드려라!"

"예, 알겠습니다!"

"너는 지금 즉시 이곳 지리에 밝은 놈들로 추격대를 구성해서 그놈들 뒤를 얼른 뒤쫓아 가도록 해라!"

"예, 알겠습니다. 소장님!"

이토의 모다기령이 한꺼번에 떨어지자, 이께다는 십여 명의 부하들을 즉시 소집해서 추격대를 조직했다.

잠시 후 모든 준비를 끝낸 추격대는 말에 몸을 싣고는 어둠이 서서히 걷히는 새벽길을 황급히 달려 나갔다.

현민은 오무라 만의 동북쪽에 있는 사가 지방의 산간 오지로 숨어 들어갔다. 벌써 삼 일째 깊은 숲속을 헤매고 있었다. 이곳의 산은 조선의 산과는 너무나 달랐다.

백두산에서 지리산으로 이어진 백두대간은 한 개의 정맥과 열세 개의 낙맥으로 갈라져 조선반도 곳곳으로 파고들며 높은 산과 깊은 계곡을 만들었다. 그러나 그 산들은 쳐다만 봐도 위압감을 느낄 정도로 사람들을 압도하는 요새 같은 산이 아니라, 어머니 젖무덤처럼 포근하게 사람들을 감싸주는 나지막한 산이었다. 어린아이들조차 동무들과 함께 콧노래를 부르며 쉽게 드나들 수 있는 친근감 넘치는 아기자기한 계곡이었다.

그러나 일본의 산은 엄청나게 가파르고 험준해서, 마을의 뒷동산을 연상시키는 조선의 산과는 완전히 달랐다. 송곳니처럼 경사가 급하고 험준한 산등성 아래에는 끝을 알 수 없는 골짝이 울울창창한 산림으로

158

온통 뒤덮여 있으며, 괴괴하고 음침한 계곡에서는 급한 격류가 귀신의 곡소리처럼 기분 나쁜 소리를 내며 콸콸 흘러내리고 있었다.

비록 현민이 경주에서 태견과 본국검법을 열심히 수련한 무술인이었다고 하나, 우람한 성벽처럼 솟아오른 아열대의 무성한 밀림 속을 맨손과 맨발로 기어오른다는 것은 참으로 힘겨운 일이었다. 더구나 숲 곳곳에서는 온갖 독충들이 우수수 떨어졌고 보기만 해도 섬뜩한 독사들이 앞길을 가로막고 있었다. 그리고 포로수용소를 탈출할 때에 입은 상처도 점점 악화되고 있었다. 비록 내공을 이용해 몸 안의 사기를 계속 밖으로 배출하고 있었으나, 제대로 치료를 받지 못해 만신창이가 된 몸은 어느 한 군데도 아프고 쑤시지 않은 곳이 없었다.

그나마 굶주리지 않을 수 있었던 것은, 숲 속에 지천으로 깔려 있는 나무열매와 약초들 때문이었다. 초여름을 맞은 숲은 싱싱하고 풋풋한 먹거리를 많이 갖고 있었다. 짙은 청록색 수풀 사이로 붉은 산호 같은 산딸기가 소담스럽게 익어 있었고, 하늘을 가리는 큰 잎새 아래에는 크고 작은 열매들이 주렁주렁 매달려 있었다. 이끼가 새파랗게 낀 고목의 밑동에 오롱조롱 솟아 있는 향긋한 버섯도 아주 좋은 식량이 되었다.

가냘픈 석양빛이 짙푸른 나뭇잎 사이로 맥없이 스러지는 가파른 산자락을 조심조심 내려가던 현민은 겹겹이 늘어선 산맥의 주름이 드디어 끝나고 농촌 마을이 한눈에 내려다보이는 산등성이를 지나게 되었다. 오랜만에 인가를 발견한 현민은 고향집을 찾은 듯 무척 반가웠다.

현민은 마을로 내려가서 옷가지와 식량을 구하기 위해 발걸음을 바삐 서둘렀다. 아래로 내려가는 길은 꽤 완만했다. 계곡을 따라 한참을 내려갔다. 그런데 어디선가 남자들 목소리가 들려왔다. 현민은 그만 그 자리에 우뚝 서 버렸다.

'아니, 이 깊은 계곡에 웬 남자들이란 말인가?'

본능적으로 위험을 느낀 현민은 나무 뒤로 재빨리 몸을 숨겼다. 두 귀를 쫑긋 세운 채 소리 나는 쪽을 향해 천천히 고개를 돌렸다.

일본 남자들의 목소리가 계곡 아래에서 두런두런 들려왔다. 비록 알아듣지 못하는 일본말이었지만, 음색으로 보아 그들은 20대 전후의 젊은 남자들이었다. 그리고 그들의 숫자는 최소한 10여 명은 되는 것 같았다. 그 자리에 살며시 주저앉은 현민은 사람들 소리가 두런두런 들리는 계곡 아래쪽을 향해 천천히 몸을 옮겼다.

계곡 아래에는 뿌우연 안개가 자욱하게 퍼져 있었다. 계곡 속에서 때 아닌 안개를 만난 현민은 적이 당황스러웠다. 그러나 그것은 안개가 아니라, 뜨거운 김이었다. 계곡 곳곳에는 따뜻한 물안개가 모락모락 피어오르고, 그 속에는 물을 첨벙거리는 남자들의 목소리가 더욱 크게 들려왔다.

주위를 찬찬히 살피며 아래로 내려가 보니, 계곡 한가운데에 커다란 노천탕이 있었다. 그리고 그 안에는 수십 명의 남자들이 발가벗은 모습으로 앉거나 누워 있었다.

노천탕은 상당히 컸다. 하얀 화강암으로 이루어진 커다란 반석 위에 자연스럽게 만들어진 노천탕 주위엔 울창한 숲과 집채만한 바위가 동그랗게 에워싸고 있었고, 그 안에 들어앉은 벌거숭이 남자들은 서로 물장구를 치며 시시덕거리고 있었다.

그들은 모두 사가 지방에 살고 있는 견습 사무라이들이었다. 지난 한 달 내내 힘든 무술 훈련을 받은 그들은, 휴일을 맞아 이곳으로 온천욕을 나온 것이었다. 따끈한 물속에 들어앉은 그들은 그동안에 있었던 훈련 이야기며, 여자들에 관한 이야기로 시간 가는 줄 모르고 있었다. 그들은 서로 알몸을 만지기도 하고, 물을 끼얹기도 하며 스스럼없이 장난을 치고 있었다.

커다란 나무 뒤에서, 장난을 치는 그들의 모습을 주의 깊게 살피던 현민의 시야에 언뜻 들어온 게 있었다. 그것은 바로 칼이었다. 현민이 숨어 있는 바로 건너편 바위 위에 그들이 벗어놓은 옷가지가 한데 뭉쳐 있었고, 그 옆에 여러 자루의 칼이 반듯하게 놓여 있었다.

현민은 두 눈이 번쩍 떠졌다.

'그래, 저거야! 저 칼을 어서 수중에 넣어야 할 텐데.'

현민은 자신도 모르게 속으로 부르짖었다. 추격자로부터 자신의 생명을 오롯이 보전하고, 앞으로 이 섬나라를 탈출하기 위해선 칼이 필수적이었다. 그러나 그 칼을 수중에 넣기가 용이하지 않았다. 그것은 그 바위가 현민이 숨어 있는 쪽에 있는 것이 아니라, 노천탕 건너 맞은편에 있기 때문이었다. 현민은 그 칼을 집어올 묘안을 궁리하기 시작했다.

그런데 바로 그때였다. 누군가가 자신의 오른쪽 어깨를 가볍게 치는 게 아닌가? 화들짝 놀란 현민은 몸을 왼쪽으로 황급히 피하며 고개를 재빨리 뒤로 돌렸다. 어이없게도 원숭이였다. 크고 작은 원숭이 수십 마리가 몰려와 있었고, 자신의 어깨를 쳤던 조그만 원숭이는 장난기 어린 표정을 짓고 있었다.

난생 처음 원숭이를 본 현민은 원숭이들이 떼를 지어 꽥꽥거리자 무척 당황했다. 원숭이 떼를 피하기 위해 주춤주춤 일어서다가 그만 당황한 나머지 발을 헛디디고 말았다. 발이 삐끗하는 순간 중심을 잃어버린 현민은 미끄러운 풀잎을 타고 계곡 쪽으로 슬금슬금 밀려 내려가다가 곧 데굴데굴 구르기 시작했다. 졸지에 장마철의 바윗돌처럼 데구루루 굴러 내린 현민은 온천탕보다 조금 아래쪽에 있는 계곡 속으로 물소리를 텀벙 내며 떨어졌다.

현민은 행여나 탕 속에 있는 일본인들에게 들킬까 봐 비명도 못 지른 채 바위 뒤에 가만히 웅크리고 있어야 했다. 노천탕 속에 있는 견습 사무라이들은 갑자기 숲 속에서 원숭이들이 소란을 피우며 뛰어나오자, 큰 소리로 욕지거리를 마구 퍼부으며 물속의 돌을 주워 던졌다.

"재수없는 원숭이들! 저리 가지 못해!"

이때 현민이 숨어 있는 계곡 옆 숲길에 수건을 이마에 두른 중년 남자 십여 명이 천천히 걸어오고 있었다. 그들도 역시 온천욕을 즐기러 온 사람들이었다. 노천탕에 도착한 그들은 훈도시를 훌훌 벗더니 탕 안으로 텀벙 텀벙 물소리를 내며 들어갔다. 그 광경을 본 현민의 머릿속에 좋은 생각이 번뜩 스치고 지나갔다.

'이곳은 아무나 와서 목욕을 즐기는 곳이구나. 나도 저들 사이에 섞여 목욕을 하는 척한다면……. 그래, 그거야! 알몸이 되어 노천탕 속에 함께 앉아 있다면, 내 정체가 탄로 나지 않을 거야. 그러다 적당한 기회를 봐서 저 칼을 훔쳐낼 수도 있겠군. 그런데 만약 말을 걸어오면 어떻게 하지? 그때는 아예 딴전을 피우거나, 벙어리 흉내를 내는 수밖에.'

현민은 일본인들 속에 섞여 온천욕을 하는 척하다가 슬그머니 먼저 빠져나와 칼을 가져갈 궁리를 한 것이다. 바위 뒤에서 일어선 현민은 노천탕 쪽으로 천천히 걸어 올라갔다.

사무라이들의 옷가지가 놓여 있는 바위 옆에 태연스레 옷을 벗은 현민은 수증기 가득한 노천탕 속으로 천천히 걸어 들어가 한쪽 구석에 살며시 자리 잡고 앉았다. 다행히 탕 속의 남자들은 아무도 현민에게 관심을 보이지 않았다. 견습 사무라이들은 자기들끼리 계속 물장난을 치고 있었고, 중년의 남자들은 바위벽에 등을 기대고는 알 수 없는 노래를 입안에서 흥얼거리고 있었다.

커다란 반석으로 이루어진 탕 바닥은 온돌방처럼 판판했고, 짙푸른 숲과 암갈색 바위들이 가장자리를 울타리처럼 에두르고 있었다. 처음에 노천탕 입구 쪽에 슬그머니 앉았던 현민은 물살을 헤치며 안쪽으로 조금씩 들어갔다. 울퉁불퉁한 바위들이 툭툭 튀어나온 안쪽으로 살며시 들어앉은 현민은 바위벽에 상체를 기댄 채 두 다리를 길게 뻗었다.

현민은 고개를 가만히 뒤로 젖혔다.

"아!"

감탄사가 절로 튀어나왔다. 뜨거운 물속에 들어앉으니 굵은 땀방울이 이마 위로 송글송글 솟구쳤고, 온몸은 껍질을 벗겨낸 새우처럼 불그스름해졌다. 무거운 뼈마디가 노글노글 녹아내리고, 쌓였던 피로가 일시에 다 사라지는 듯했다.

두 눈을 천천히 감은 현민은 피부 표면에 있는 기공을 모두 열어, 물속에 있는 뜨거운 기운을 몸 안으로 계속해서 빨아들였다. 그리고 그 기운들을 하단전에 조금씩 응집시키기 시작했다. 하단전에 기가 차곡차곡 쌓여가자, 뜨거운 기운이 점점 더 강해졌다.

견디기 힘들 정도로 뜨거운 기운이 하단전에 응축되자, 현민은 그 열기를 임맥과 독맥으로 천천히 순환시키기 시작했다. 하단전에서 시작된 기운이 등 뒤를 돌아 머리 꼭대기를 거쳐 다시 제자리로 돌아오는 '소주천'을 행한 것이다. 그러자 두 눈이 밝아지고 온몸이 가벼워지면서 팔다리에 새로운 힘이 샘솟기 시작했다.

현민은 천천히 두 눈을 떴다. 그러자 파란 하늘이 두 눈 가득히 들어온다. 그리고 그 아래에는 아열대의 뜨거운 햇살과 싱그러운 초여름의 훈풍을 받으며 알토란처럼 튼실하게 자란 아름드리 나무들이 긴가지를 척척 휘늘어 뜨리고 있고, 가지 주위에는 크고 작은 초록색 잎사귀들이 풍성하게 매달려 있었다.

이때 상쾌한 산바람이 불어 왔다. 가파른 산기슭을 타고 내려온 녹색 바람이 무거운 나뭇가지를 살랑살랑 흔들자, 그곳에 함치르르하게 매달려 있던 수천 수만 개의 나뭇잎들이 너울너울 춤을 추기 시작했다.

'아, 눈부시다!'

찬란한 햇살을 담뿍 머금어 가냘픈 잎맥까지 세세히 보이는 초록색 나뭇잎들이 바람에 산들산들 흔들리는 광경은, 흡사 푸른 바다 속에 떠있는 커다란 해초 숲이 파도에 따라 나붓나붓 움직이며 일제히 군무를 추는 것 같았다.

그 순간 현민은 자신이 암초와 산호초와 해초가 거대한 숲을 이루고 있는 사이로 형형색색의 물고기들이 우아하게 헤엄치는 심해 속을 하염없이 바라보는 듯한 착각에 빠져 들었다. 그것은 너무나 황홀한 광경이었다. 마치 하늘과 바다가 거꾸로 바뀐 것 같은 느낌이었다. 그는 초록색 보석들의 부드러운 흔들림을 두 눈 가득히 바라보고 있었다.

바로 그때였다. 탕 입구 쪽에서 수런거리는 여자들의 음성이 들려왔다. 그런데 이게 웬 일인가? 실오라기 하나 걸치지 않은 여자들 20여 명이 노천탕 속으로 거침없이 돌진해 오는 것이었다.

현민은 까무러칠 정도로 크게 놀랐다. 분명히 탕 안에는 벌거벗은 남자들이 우글거리고 있는데, 여자들이 뽀얀 알유방을 출렁거리며 성큼성큼 탕 안으로 들어오다니……. 현민은 두 눈이 휘둥그레졌다. 엄격한 유교 교육을 받으며 성장한 조선인으로서는 도저히 상상도 하지 못할 상황이었다.

일본인들의 혼탕 풍습을 전혀 알지 못하는 현민으로서는 그저 기절초풍할 노릇이었다. 더구나 그는 '남녀칠세부동석'을 귀 따갑게 들으며 엄한 교육을 받은 조선의 선비가 아닌가?

'허허, 이럴 수가!'

아연실색해서 할 말을 잊어버린 현민은 아무것도 가릴 게 없는 물속에서 어찌할 바를 몰랐다. 그런데 탕 속에 앉아 있는 다른 남자들은 푸둥푸둥한 엉덩이를 씰룩거리며 자랑스럽게 들어오는 여자들을 보고도 아무렇지 않은 듯했다. 오히려 처녀들의 배추 속처럼 새하얀 나신을 반짝이는 눈길로 천천히 훑으며 감상하기까지 했다. 물살을 헤치며 탕 속으로 들어온 여자들은 짓궂게도 후미진 곳에 혼자 앉아 있는 현민 쪽으로 우르르 몰려왔다. 그러더니 현민과 직통으로 마주 보이는 곳에 웅성거리며 앉는 것이었다.

현민은 몸 둘 바를 몰랐다. 얼굴이 삽시간에 시뻘건 가을 홍시색깔로 변해 버렸다. 그렇다고 벌떡 일어나 밖으로 뛰쳐나갈 수도 없는 노릇이었다. 더구나 뭇 여자들 앞에서 알몸 그대로 일어설 수도 없지 않은가? 눈길 돌릴 곳조차 마땅치 않아 난감한 표정을 지은 그는 그저 속수무책으로 앉아 있을 수밖에 없었다. 현민은 할 수 없이 두 다리를 슬그머니

오므려 자신의 치부를 가렸다. 그러고는 두 눈을 질끈 감은 채 머리를 살며시 뒤로 기댔다. 그냥 잠이 든 척하는 게 상책일 것 같았다.

그런데 일은 점점 엉뚱하게 꼬여 가고 있었다. 현민이 비록 작년 여름에 장가를 든 신랑이었다고 하나, 사무라이들 때문에 아직 첫날밤도 치루지 못한 애동대동한 숫젊은이였다. 그러한 현민의 눈앞에 알몸의 여자들이 떼를 지어 나타났으니, 이건 보통 충격이 아니었다.

현민의 온몸은 순식간에 선홍색으로 벌겋게 달아올랐고, 근육은 흡사 감전이라도 된 듯 파르르르 떨려왔다. 비록 두 눈은 감고 있었으나, 여자들의 소근거리는 소리며 깔깔거리는 소리가 귓속으로 자꾸만 파고들었고, 여자들이 물장난을 치느라 찰랑거린 물결이 현민의 가슴으로 연신 밀려와 새로운 자극을 새록새록 일으켰다.

질끈 감은 현민의 두 눈 속에는 젊은 처녀들의 알토란 같은 유방과 산딸기처럼 붉은 젖꼭지가 자꾸만 어른거리기 시작했다. 그러자 현민의 심장은 세찬 고동 소리를 내며 마구 방망이질쳤고, 산꼭대기까지 단번에 달음박질쳐 올라간 사람처럼 숨이 헉헉 막혀 왔다.

여름에는 습기가 많고 유달리 후덥지근한 데다 화산과 온천이 많은 일본 열도는 생활양식이 조선과는 판이했다. 시골의 이름 없는 촌부들조차 삼강오륜을 엄격히 지키는 철저한 유교 국가였던 조선과는 달리, 당시 왜국은 사무라이들의 칼만을 오직 최고의 정의로 인정하는 무인국가였다. 천황은 아무 권력도 없는 상징적 존재에 불과했고, 불교는 사무라이 집단의 시녀로 전락해 있었으며, 유교는 아직도 극히 제한적인 학문에 불과했다. 그리고 남만인과의 해상무역으로 벌어들이기 시작한 돈은 칼과 더불어 그들의 '새로운 힘'으로 서서히 부상하고 있었다.

이 같은 와중에서 일본인들은 성적인 면에서도 대단히 혼란스러운 생활을 하고 있었다. 결혼 전의 처녀들은 각 마을에 있는 청년들의 모임인 요바이꾼들과 자유로운 성애를 마음껏 즐겼고, 결혼 후에도 마을을 찾아오는 굴뚝장수와의 은밀한 불륜이 유행이었다. 특히 연중 내내 열도 곳곳에서 계속되는 수천 건의 '마쓰리'는 그들의 불타는 정염을 일시에 터뜨리는 성의 분화구 역할을 톡톡히 하고 있었다. 이러한 성풍속이 널리 퍼져 있었기 때문에 일본 열도 곳곳에 산재된 온천지대는 거대한 성 해방지구였다.

일본의 온천탕에 들어온 현민이 일본인의 혼욕문화를 처음 접하고는 어쩔 줄 몰라 하는 바로 그 순간. 돌연 하늘을 갈가리 찢어 놓을 듯한 엄청난 굉음이 천지사방에 우렁차게 울러 퍼지더니, 땅바닥이 마치 술 취한 사람처럼 마구 흔들리기 시작하는 게 아닌가? 그러자 탕 안에 느긋하게 앉아 있던 알몸의 남녀들은 급박한 비명을 지르며 모두 일어섰다.

"으악, 지진이다!"

"지, 지진! 지진이 일어났다!"

조선에서 지진이라고는 전혀 모르고 살던 현민은 세상이 무너져 내리는 듯이 땅바닥이 마구 흔들리는 소리에 엄청난 공포를 느꼈다. 이럴 때는 도대체 어떻게 대처해야 하는지 전혀 알 길이 없었다. 강렬한 전율이 온몸을 엄습해 왔다.

천둥처럼 우렁찬 굉음이 온 산을 마구 뒤흔들더니, 산 위에 있는 암벽이 쩍쩍 갈라지며 커다란 바위가 아래로 굴러 떨어지기 시작했다. 그와 동시에 땅바닥이 아래위로 심하게 요동을 치는 거였다.

그것은 땅이 아니었다. 거센 풍랑이 거세게 몰아치는 바다와 다름없었다. 그러자 노천탕의 커다란 반석이 마치 칼을 맞은 무처럼 길게 갈라지며 뜨거운 물이 그 사이로 세차게 빨려들기 시작했다. 그와 동시에 노천탕을 에두르고 있던 아름드리 나무와 집채만한 바위들이 마치 모래성처럼 힘없이 무너져 내리는 게 아닌가?

현민은 자신의 품에 뛰어들어 부들부들 떨고 있는 일본 여인을 부둥켜안은 채 노천탕 밖으로 급히 몸을 날렸다.

노천탕 밖도 위태롭기는 마찬가지였다. 수천 발의 대포가 일시에 포탄을 터뜨리는 듯한 엄청난 굉음이 하늘에 쩌렁쩌렁 울려퍼지자, 깊은 계곡은 마른 논바닥처럼 쩍쩍 갈라지며 울창한 숲이 와르르르 쓰러져 내렸다. 아름드리 나무들이 급박한 비명을 지르며 뿌리째 뽑혔고, 거대한 기암괴석들이 모래알처럼 줄줄 흘러내렸다. 뜨거운 온천물은 갈라진 계곡의 시커먼 아가리 속으로 쏜살같이 빨려들었고, 커다란 노천탕은 아예 흔적도 없이 사라져 버렸다.

현민은 사정없이 굴러 내리는 바위와 어지럽게 쓰러지는 나무 사이를 미친 듯이 뛰어다녔다. 숲속의 새들은 하늘을 새까맣게 덮었고, 원숭이들은 대자연의 위력 앞에 빽빽거리며 날뛰고 있었다.

잠시 후, 귀청을 찢을 듯한 굉음이 점점 작아지면서 심하게 요동치던 땅울림도 서서히 진정되기 시작했다. 세상을 금방이라도 뒤엎을 듯이 온산을 온통 흔들어대던 강력한 지진이 거짓말처럼 잠잠해진 것이다.

그러나 숲은 엉망이었다. 맹렬한 태풍이 한바탕 휩쓸고 지나간 자리처럼 쑥대밭이 되어 버렸고, 맑은 물이 흐르던 골짝 곳곳은 뜨거운 팥

죽을 쏟아 부은 것처럼 온통 뒤엉겨 있었다. 처참하게 변해버린 숲 곳
곳에서 검붉은 불길이 치솟기 시작했다. 용암의 뜨거운 불기가 나무에
옮겨 붙은 것이었다. 때맞춰 불어온 세찬 바람은 순식간에 숲 전체를
거대한 화염에 휩싸이게 했다. 끝을 알 수 없는 깊은 골짜기는 흡사 거
대한 아궁이 같았다. 그리고 뿌리째 쓰러진 아름드리 나무들은 마른 장
작처럼 활활 타올랐다. 모든 것이 파괴되고 사라져 버린 불타는 계곡은
그야말로 생지옥이었다.

가까스로 목숨을 건진 현민은 온몸이 흙투성이였고, 팔과 다리는 상
처투성이였다. 현민에게 무작정 매달리던 일본 여자는 싸늘한 시체가
되어 돌무더기 위에 널브러져 있었다. 시뻘건 불길이 점점 더 크게 번
지는 숲을 바라보며 거친 숨을 몰아쉬던 현민은 그제야 섬나라 일본인
들이 조선을 강탈하기 위해 그토록 혈안이 되었던 이유를 어렴풋이 짐
작할 수 있었다.

그로부터 며칠 후, 엄청난 지진과 산불 속에서 구사일생으로 목숨을
건진 현민은 북규슈의 고산지대를 지나고 있었다. 이곳은 후쿠오카와
오이타의 접경 지역으로 울창한 수림과 낙엽이 두텁게 쌓여 대낮에도
햇빛이 잘 들지 않고 음침한 곳이었다. 어느새 초여름의 따뜻한 태양이
서산 너머로 천천히 몸을 숨기고 있었고, 보금자리를 찾는 이름 모를
산새들의 깃털 위로 붉은 노을이 곱게 새겨지고 있었다.

오후 내내 음습한 숲길을 따라 걷던 현민은 석양빛이 나뭇잎 사이로
비껴드는 것을 보고는 발길을 재촉하기 시작했다. 땅거미가 솔솔 내려
앉고 짙은 어둠이 깔리기 전에, 하룻밤을 지낼 조그만 동굴이라도 하나

찾으려는 다급한 마음이었다. 벌써 먹이를 찾는 산짐승들의 거친 울음이 들려오고 박쥐들이 날아다니고 있었다.

현민은 황혼의 숲속을 잰걸음으로 발길을 옮기면서도 바짝 긴장해 주위 경계를 늦추지 않고 있었다. 조금 전부터 수상한 낌새를 느끼고 있었기 때문이다. 누군가가 자기 뒤를 계속해서 따라오는 것만 같았다.

처음에는 먹이를 찾아 나선 산짐승이 자기 뒤를 은밀히 쫓아오는 줄 알았다. 그러나 현민의 코끝에 감지된 그 냄새는 결코 짐승의 냄새가 아니었다. 그것은 분명히 사람의 냄새였다. 게다가 미행자는 여러 명이었다. 그들은 현민과 일정한 거리를 유지하며 계속 뒤를 밟고 있었다. 그들에게서 강한 살기를 느낀 현민은 갑자기 모골이 송연해졌다. 울창한 산림 속에서 현민이 눈치 채기 어려울 정도로 날렵하게 뒤를 미행하는 그들의 무공이 예사롭지 않게 느껴졌기 때문이었다.

미행자들은 모두 여덟 명이었다. 그들은 악랄하기로 이름 높은 흑룡회 소속의 닌자들이었다. 후꾸자와의 명령을 받은 닌자들은 조선인 탈주자들을 찾기 위해 규슈 전역에 거미줄처럼 깔려 있었다.

조선과 가장 가까운 섬인 규슈에는 나고야와 나가사키 외에도 조선인 포로수용소가 여러 군데가 더 있었다. 그래서 그곳에서 탈출한 조선인들은 현민 외에도 많이 있었다. 그 중에는 일본인들이 애지중지하는 도자기를 만드는 도공들, 염색 기술자, 베 짜는 여인, 한지 기술자, 한의사, 농부들도 포함되어 있었다. 그래서 각 지방의 다이묘들은 탈주자들을 체포하기 위해 상금을 내걸었고, 흑룡회 닌자들은 현상금 걸린 조선인들을 생포하기 위해 혈안이 되어 있었던 것이다.

지금 현민의 뒤를 미행하는 닌자들도 그러한 임무를 띠고 규슈 동북부의 산악지방을 수색하는 중이었다. 그들은 우연히 현민의 수상쩍은 행동을 발견하게 되었다. 검문소가 눈앞에 보이는 숲속에 앉아서 피곤한 다리를 주무르며 잠시 쉬고 있다가 언덕길을 다급하게 내려오는 현민을 본 것이었다. 유난히 키가 크고 훤칠하게 생긴 현민을 발견한 닌자들은 그를 유심히 관찰하기 시작했다. 그런데 언덕길을 천천히 내려오던 현민이 저 멀리 보이는 검문소를 보고는 갑자기 좁고 가파른 산길로 숨어드는 것이었다. 그것을 놓칠 닌자들이 아니었다.

그들은 재빨리 일어나 호젓한 산길로 접어든 현민의 뒤를 살그머니 밟기 시작했다. 그들은 묵은 낙엽이 발목까지 푹푹 빠지는 골짝과 울창한 나무 숲을 벌써 한 시간째 말없이 걷고 있었다. 이제 오후 해는 서산 너머로 거의 넘어갔고, 땅거미가 짙게 깔리기 시작했다.

현민의 뒤를 끈질기게 따라붙던 닌자들은 더 어두워지기 전에 그를 생포하기로 결정했다. 그들은 발걸음을 조금씩 빨리 옮기며 현민에게 점점 더 가까이 다가갔다. 섬뜩한 살기를 풍기는 닌자들이 점점 가까워지자 현민의 등엔 진땀이 줄줄 흘렀다.

가는 쇠사슬로 짠 토시에 가죽 각반을 발목에 두른 닌자들은 날카로운 장검을 한 자루씩 갖고 있었다. 그러나 현민은 그들에게 저항할 무기가 전혀 없었고, 게다가 오랫동안 산악을 헤맨 탓에 두 다리가 천근만근 무거웠다. 만약 미행자들이 뒤에서 화살이라도 쏜다면 현민은 그 자리에서 소리 한번 제대로 못 지르고 꼼짝없이 죽어야 할 형편이었다. 얼음 같은 냉기를 온몸으로 느끼며 점점 빨리 걷던 현민은 결국 뛰지 않을 수 없었다. 현민은 갑자기 몸을 앞으로 날리며 냅다 달리기 시작했다. 그러자 뒤에서 따라오던 닌자들이 크게 소리를 지르며 같이 뛰기 시작했다.

"잡아라! 잡아!"

닌자들이 앞을 향해 달리기 시작하자 절간처럼 한적하던 숲이 갑자기 떠들썩해졌다. 풀섶을 헤치며 달려나가는 어지러운 발자국 때문에 작은 나뭇가지가 힘없이 부러져 나가고, 돌멩이가 마구 튀어 올랐다. 숲속에 넘실거리던 풀벌레 소리가 뚝 그쳐버리고, 남자들의 거친 숨소리가 사방으로 퍼져 나갔다. 현민이 워낙 날쌘 동작으로 도망쳐 나가자, 뒤를 쫓는 닌자들도 점점 초조해지기 시작했다.

해는 이미 서산 너머로 노루처럼 짧은 꼬리를 거의 감추었고 숲속에는 캄캄한 어둠이 빠른 속도로 깔리고 있었다. 게다가 숲속 곳곳에는 울창하게 자란 잡목과 사방에 깔린 넝쿨들이 그들의 발목을 가로막았다. 이러다가 잘못하면 탈주자를 영영 놓치고 말 것 같았다. 결국 뒤따르던 닌자들은 품속에서 표창을 꺼내들었다.

"자, 던져!"

그러자 작은 표창들이 일제히 목표물을 향해 날아갔다. 닌자들의 손을 떠난 표창들은 섬뜩한 소리를 내며 나뭇가지를 스치고 지나갔다.

날카로운 표창들이 현민의 귓전을 스치며 순식간에 날아오자, 현민은 그만 두 다리가 꽁꽁 얼어붙는 것 같았다. 맹수들로부터 어둠 속에서 기습을 당하는 것처럼 가슴이 철렁 내려앉았다. 그러자 현민은 더욱 빠른 속도로 어두운 숲속을 향해 질주해 들어갔다. 두 눈엔 불꽃이 파르르르 피어오르고 두 다리의 근육은 용수철처럼 힘차게 튀어 올랐다.

그런데, 바로 그때였다. 날카로운 표창 하나가 어둠을 세차게 가르며 날아오더니 현민의 오른쪽 어깨 죽지에 세차게 박히는 게 아닌가?

"으악!"

갑자기 뜨거운 불 인두가 근육을 지지는 듯한 격렬한 통증이 오른쪽 어깨 부위에 확 퍼졌다.

'아, 안 돼! 이대로 잡히면 안 돼!'

갑자기 참담한 절망감이 가슴속을 스쳤다. 그리고 뜨거운 피눈물이 왈칵 솟구쳤다.

'여, 여기서! 주저앉으면 안 돼!'

이때 또 하나의 표창이 유성의 꼬리처럼 재빠르게 날아오더니, 현민의 왼쪽 늑골 뒤쪽에 정확히 꽂혔다.

"악!"

현민은 외마디 비명을 어금니 사이로 토하며 다리를 휘청거렸다.

야수에게 목 줄기를 정통으로 물린 토끼처럼 가쁜 숨을 거칠게 몰아쉬던 현민은 몸을 가누기 위해 안간힘을 다했다. 그러나 그것은 마음일 뿐이었다.

왼쪽 옆구리에서는 붉은 피가 철철 쏟아지고, 뼈가 부러지는 듯한 고통이 전신을 엄습했다.

'아, 결국 여기서 끝나는구나!'

산발이 된 긴 머리카락은 힘없이 목덜미를 감싸 안았고, 파랗게 질린 얼굴에는 검은 눈동자가 암담한 절망의 빛을 던지고 있었다. 메마른 입술은 안타까움으로 바싹바싹 타들어 갔다. 온몸이 휘청거리며 오른쪽으로 쓰러지는 걸 느낀 현민은 본능적으로 한쪽다리를 앞으로 내디디며 몸의 균형을 잡으려고 했다. 그런데 이게 웬일인가? 갑자기 앞으로 내민 다리가 밑으로 푹 꺼지면서 온몸이 앞으로 확 쏠리는 것이었다.

"어, 어? 으악!"

깜짝 놀란 현민은 고통으로 심하게 일그러진 표정을 지으며 산속이 쩌렁쩌렁 울릴 만큼 큰 비명을 질렀다. 결국 현민은 온몸의 균형이 일시에 허물어지며 끝없는 나락 아래로 힘없이 떨어져 내리는 듯했다. 어둠 속에서 가파른 절벽이 발아래 도사리고 있는 것을 미처 몰랐던 것이다. 현민은 마치 늙은 고목에서 힘없이 떨어져 나가는 썩은 나뭇가지처럼 가파른 절벽 아래로 떨어지고 말았다.

현민은 시나브로 몽롱해지는 의식 사이로 고향인 경주의 아름다운 풍광들이 마치 주마등처럼 곰비임비 떠오르기 시작했다.

아, 정든 내 고향 경주! 그곳은 토함산 자락 아래 신라 31대 원성왕의 무덤이 있는 괘릉이었다.

이제 막 일곱 살이 된 어린 현민의 어머니는 불국사에서 볼일을 보고 나오면서 괘릉에서 잠시 쉬고 있었다. 그런데 그곳에는 전혀 낯선 얼굴을 한 10여 기의 무인석상들이 각기 다른 모습으로 길게 열을 지어 서 있었다. 그것은 나이 어린 현민이 보기에도 신라인의 얼굴이 아니었다.

'엄마! 이 아저씨들은 누군데 이렇게 무섭게 생겼어요?'

'오, 이 사람들은 우리나라 사람이 아니란다.'

'그러면 어느 나라 사람들이에요?'

'이 사람들은 저 멀리 중국에서도 한참 서쪽 끝에 있는 대진국(로마제국)의 상품들을 경주로 팔려고 왔던 서역인들(아라비아 상인들)이란다.'

'대진국의 상품이라고요?'

'절에서 사월 초파일에 큰 행사를 할 때 경주의 대갓집 마님들이 가져와서 사용하던 유리그릇과 유리잔들이 모두 다 대진국에서 만든 것

들인데, 그 나라가 너무 멀리 있기 때문에 서역인들이 경주로 갖고 왔단다.'

'엄마! 대진국까지 가려면 얼마나 멀어요?'

'대진국은 너무 먼 곳에 있어서 우리나라 사람들은 아무도 가 본 적이 없어.'

'그러면 대진국 사람들은 서역인들과 또 다르게 생겼어요?'

'그건, 나도 모르지! 서역인들은 경주에 와서 장사도 하고 살기도 했지만, 우리가 대진국 사람들을 전혀 본적이 없고, 또 대진국 사람들이 경주에 온 적도 없으니까. 그들이 어떤 모습인지 아예 알 수가 없단다.'

현민은 경주 양반댁 딸들이 삼랑사에 갖고 와서 놀던 영롱한 빛깔의 유리구슬들을 머릿속으로 떠 올렸다.

잠시 후, 흑룡회 닌자들이 거친 숨을 헐떡거리며 현민이 있던 곳으로 달려왔다. 품속에서 꺼낸 부싯돌로 얼른 불을 밝힌 그들은 조심스럽게 주변을 비쳐 보았다. 그들 바로 앞에 피 묻은 나뭇가지가 보였고, 그 아래에 가파른 낭떠러지가 시커먼 아가리를 쫙 벌리고 있었다. 그들이 서 있는 곳은 바로 절벽의 가장자리였던 것이다.

"흥! 지독한 놈! 약을 올리며 계속 도망치더니, 결국 골로 가버렸군."

"미련한 새끼! 감히 우리들의 추적을 피하려고 하다니. 이렇게 높은 데서 떨어졌으니 콩가루가 되었겠는걸."

핏자국이 흥건한 절벽 위에서 회심을 지은 닌자들은 일단 하산하기로 결정했다. 그리고 날이 밝는 대로 절벽 아래로 내려가 죽은 시체를 확인하기로 한 것이다.

닌자들이 떠난 숲은 다시 일상의 고요함을 되찾으며 깊은 어둠 속으로 서서히 가라앉기 시작했다.

사랑하는 은아

그곳은 화사한 봄을 맞은 경주의 토함산이었다.

토함산의 골짜기는 참으로 아름다웠다. 하얀 용이 길게 드러누운 것처럼 굽이굽이 이어진 화강암 바닥 위엔 수정처럼 맑은 물이 춤을 추듯 경쾌하게 흘러내리고, 그 위엔 봄바람에 날려 온 오색 꽃잎들이 아름답게 떠 다녔다. 계곡을 따라 비스듬히 휘어진 오솔길 좌우엔 아름드리 활엽수들이 산뜻한 봄옷으로 갈아입었고, 물이 잔뜩 오른 신록의 야생 녹차 잎 사이엔 산새들의 노랫소리가 경쾌하게 울려 퍼지고 있었다.

마치 무릉도원처럼 아름다운 오솔길 위를 한 쌍의 젊은 남녀가 정답게 걷고 있었다. 옥색 두루마기를 봄바람에 날리며 싱글벙글 거리는 남자는 새신랑 현민이었고, 다홍치마에 연두저고리를 곱게 차려입고 양볼에 함박웃음이 함초롬히 피어나는 여자는 새색시인 숙향이었다.

두 사람이 함께 거니는 오솔길 위로 시원한 산바람이 산들산들 불어오면서 연분홍색 진달래 꽃잎이 우수수 떨어져 내리기 시작했다. 처음에는 꽃잎이 조금씩 떨어지더니, 점점 그 양이 많아졌다. 잠시 후에는 분홍 나비처럼 나풀거리며 내려오던 꽃잎들이 너무나 많아서, 마치 펑펑 내리는 함박눈처럼 앞을 볼 수 없을 정도로 쉴 새 없이 쏟아져 내렸다. 두 손을 마주 잡고 꽃향기가 진동하는 오솔길을 걸어가는 두 사람은 너무나 즐거웠다. 마치 세상의 모든 행복을 다 거머쥔 듯한 황홀경에 취해 있었다.

두 사람은 토함산 위에 자리 잡고 있는 신비의 부처님인 석굴암의 본존불을 보기 위해 산을 오른 것이다. 신라의 명재상인 김대성이 불국사와 함께 건립한 석굴암은 동해의 아침햇살이 비칠 때 이마 한가운데 박혀 있는 영롱한 보석에서 반사되는 찬란한 빛이 석굴암 안을 신비로운 불국토로 만들었다. 낮에 불국사 참배를 마친 두 사람은 토함산의 석굴암에서 동해의 눈부신 일출을 보기 위해 늦은 오후에 산길을 오르고 있었다.

그런데, 잠시 후. 도대체 이게 웬일인가? 온 세상을 분홍빛으로 물들이며 하늘에서 하염없이 떨어지던 엄청난 양의 꽃보라가 갑자기 붉은 핏빛으로 변하고 있었다. 두 사람이 입고 있는 아름다운 봄옷이 섬뜩한 핏자국으로 가득해지고, 그들의 머리와 얼굴에도 선혈이 줄줄 흘러 내렸다.

백옥처럼 새하얀 바위를 껴안고 굽이쳐 내리던 계곡의 맑은 물도 어느새 시뻘건 색깔로 변해 있었고, 신록의 나뭇잎들도 마치 병에 걸린 보리 이삭처럼 모두 시커멓게 변해 땅바닥으로 힘없이 떨어져 내렸다. 수중 궁전처럼 아름답던 토함산의 깊은 골짜기는 어느새 온통 핏빛이었고, 싱그럽던 활엽수들도 삭정이만 앙상하게 남은 고사목처럼 짙은 잿빛으로 변해 있었다. 그리고 그 사이로 시커먼 까마귀들이 까악까악 거리며 날아 다녔다.

갑자기 헐벗은 거지로 변해 버린 현민이 홀로 토함산의 가파른 산마루를 힘겹게 오르고 있었다. 계절은 이제 봄이 아니라, 무더운 한여름이었다. 동해가 한눈에 내려다보이는 토함산에는 샛노란 원추리 꽃들이 눈부시게 피어 있었고, 하늘에는 뜨거운 8월의 태양이 이글거리고 있었다. 웃옷을 모두 벗고 까치머리를 한 현민이 광활한 원추리 꽃밭을 거닐고 있는데, 산 정상에서 갑자기 샛바람이 불어오면서 짙은 산안개가 능선을 타고 파도처럼 밀려왔다. 한치 앞도 제대로 볼 수 없는 짙은 안개 속에 갇힌 현민은 두 팔을 휘휘 저으며 허둥지둥 거렸다. 토함산 정상을 한꺼번에 감싸 안은 자욱한 운무 때문에 길을 잃게 되자, 커다란 공포가 전신을 엄습했기 때문이다.

잠시 후 토함산 정상에서 불어오는 세찬 바람을 타고 먹장구름처럼 짙은 안개가 사방으로 흩어지기 시작했다. 그러자 눈앞을 가로막고 있던 짙은 안개가 점점 엷어지면서 그 사이로 사람들의 모습이 희미하게 보이기 시작했다. 그러나 현민은 자신의 눈을 의심할 뻔했다. 토함산의 눈부신 원추리 밭 한가운데에 서 있는 그들은 바로 자신의 가족들이 아닌가?

자신을 낳고 길러주신 부모님과, 자신에게 글과 무예를 가르쳐 주신 탄선스님, 그리고 조금 전에 깊은 골짝에서 헤어졌던 새색시가 바로 그곳에 서 있었다. 그런데 그들은 모두 무덤 속에서 나온 사람들처럼 핏기가 하나도 없는 창백한 얼굴에 하얀 소복을 입고 있었다. 깜짝 놀란 현민은 가족들 속에 보이지 않는 여동생 선희를 찾기 위해 고개를 좌우로 두리번거렸다. 그러나 아무리 둘러봐도 선희의 모습은 찾을 수 없었다. 바로 그때였다. 벌거벗은 악귀 모습을 한 일본 사무라이들 수십 명이 갑자기 칼을 휘두르며 나타나더니 현민의 가족들을 마구 끌고 가는 게 아닌가?

"으악, 현민아!"

너무나 놀란 현민은 위험에 빠진 가족들을 구하기 위해 힘껏 달려갔다. 그러나 빨리 달리려고 아무리 애를 써도 두 발은 안타깝게 제자리걸음만 하면서 한 발짝도 앞으로 나아가지 못하는 것이다. 현민은 사무라이들의 시커먼 손에 끌려가는 가족들을 바라보면서 마치 덫에 걸린 짐승처럼 큰 소리로 울부짖었다.

"안 돼! 안 돼!"

"이제 정신이 좀 드는가?"

하얀 서리를 흠뻑 뒤집어 쓴 듯한 백발노인이 현민의 얼굴 위에 커다란 그림자를 덮씌웠다. 고함을 마구 지르며 손사래를 마구 치던 현민은 난데없이 나타난 노인의 모습을 보고 깜짝 놀라며 상체를 일으키려 했다.

"으윽!"

살을 찢는 고통이 온몸을 엄습해 왔다.

"어허, 움직이지 말게. 지금 자네 몸은 엉망이야, 엉망."

현민은 오른쪽 어깨와 왼쪽 옆구리에서 근육을 에는 듯한 격심한 통증을 느꼈다. 그리고 머리와 양쪽 무릎에서도 엄청난 고통이 전해지고 있었다. 골이 빠개지는 듯한 심한 두통 때문에 고개를 좌우로 돌리기도 힘겨웠고, 눈동자도 개개풀려서 제대로 초점을 맞출 수조차 없었다.

"자네 맥이 약해서, 영영 깨어나지 않을까 걱정을 많이 했었는데. 이렇게 깨어났으니 정말 기적이구먼, 기적이야!"

현민은 황토로 만든 장방형의 침대 위에 홀로 누워 있었는데, 온몸엔 약초 물이 흥건하게 밴 청록색 붕대가 휘휘친친 감겨 있었다. 전신을 덮고 있는 이불은 올이 굵고 시원한 삼베로 만든 것이고, 머리맡엔 향불이 조용히 피어오르고 있었다. 높지 않은 벽에는 온갖 약초들이 매달려 있고 바로 옆에 붙은 부엌에서는 한약 달이는 냄새가 진하게 풍겨 나왔다. 커다란 조선식 상투를 머리 위에 틀고 그 위를 화려한 꿩털로 장식한 그 노인은 부엌 쪽을 바라보며 큰 소리로 말했다.

"은아야, 약을 다 짰으면 얼른 가져오너라. 정신을 차렸으니 얼른 약을 먹여야지."

그러자, 웬 처녀가 약사발을 조심스럽게 받쳐 들고 방으로 들어왔다.

"자네가 이 침상 위에 며칠 동안 누워 있었는지 아는가?"

현민은 대답 대신에 고개를 가볍게 흔들었다.

"칠 일이야. 칠 일 만에 깨어난 거라고."

현민이 오랜 혼수상태에서 깨어나자, 노인은 무척 유쾌한 모양이었다.

비록 머리는 호호백발이었지만, 혈색은 젊은이처럼 불그스름했고 목소리도 우렁우렁했다. 노인은 처녀로부터 받은 약사발을 현민의 입에 대어 주었다. 현민은 한 손으로 약사발을 받쳐 들고 단숨에 마셔 버렸다. 갈증이 워낙 심했기 때문에 한약의 쓴맛도 전혀 개의치 않고 말끔히 약사발을 비웠다.

"자네 조선인이지? 포로수용소에서 탈출한 조선인."

현민의 머릿속은 너무도 혼란스러웠다. 도대체 여기가 어디란 말인가? 그리고 내가 조선 사람이란 걸 어떻게 알았을까? 현민은 아무 대답도 못한 채 어리둥절한 표정만 짓고 있었다.

"하하, 자네가 조선인이라는 걸 어떻게 알았는지 궁금한가 보군? 잠꼬대가 무척 심하더군. 그래서 알게 되었지."

"시, 실례지만 노인께서는?"

"아무 염려 말게. 나도 자네와 같은 조선 사람이야."

"예?"

현민은 두 눈이 휘둥그레해졌다.

'조, 조선 사람! 나와 같은 조선 사람이라고? 어, 어떻게 그런 일이? 여기는 왜인들이 사는 왜국이 아닌가? 어째서 이처럼 깊은 숲속에 조선인이 살고 있단 말인가? 또 나는 어떻게 해서 이처럼 죽지 않고 살아났단 말인가?'

현민의 머릿속에는 숱한 의문들이 꼬리에 꼬리를 물며 뭉게구름처럼 새록새록 피어올랐다.

현민이 굴러 떨어진 낭떠러지 아래에는 물이 흐르는 깊은 계곡이 있었다. 며칠 전에 내린 비로 계곡의 물이 크게 불어나자, 노인은 그곳에서 밤낚시를 즐기고 있었다. 낚싯대를 길게 드리우고 물가에 서 있던 노인은 절벽 위에서 시끄러운 발소리가 들려오고 다급한 고함소리가 터져 나오자, 그곳을 주시하기 시작했다. 그런데 갑자기 절벽 위에서 커다란 비명과 함께 시커먼 괴물체가 계곡으로 떨어지는 게 아닌가?

낚싯대를 내던지고 그곳으로 급히 달려가 보니, 피투성이가 된 젊은 남자가 물 위에 둥둥 떠 있었다. 여울목으로 뛰어 들어가 물살에 떠내려가는 현민을 허겁지겁 건져낸 노인은 그를 어깨 위에 들쳐 업고 집으로 황급히 돌아왔다. 자신의 황토침대 위에 현민을 눕힌 노인은 먼저 상체에 단단히 박힌 날카로운 표창 두 개를 빼냈다. 그리고 화농을 막기 위해 약초를 짓이겨 상처를 붕대로 싸맸다. 또 떨어질 때의 충격으로 심하게 타박상을 입은 허리와 무릎은 침술로 응급처치를 했다. 그 덕분에 현민은 간신히 목숨을 부지할 수 있었다. 그곳에 도착한 지 일주일 만에 겨우 정신을 차린 것이다.

백발 노인의 침술과 신비로운 약초의 효험으로 현민의 건강은 하루가 다르게 빨리 회복되어 갔다. 어느 정도 상처가 아물고 몸이 예전의 건강을 되찾게 되자, 현민은 은아의 안내로 마을을 천천히 둘러볼 수 있었다. 은아는 이제 갓 스물을 넘긴 아리따운 처녀로, 청운거사라고 불리는 백발노인의 친손녀였다.

그녀가 현민을 데리고 가장 먼저 간 곳은 마을의 회당이었다. 마을의 한가운데에 세워진 회당은 장방형의 판자벽에 이엉을 엮어 지붕을 만든 소박한 건물이었다. 그러나 안은 무척이나 크고 웅장했다. 이백여 명은 거뜬하게 수용할 수 있을 정도로 널찍한 회당 안은 샛노란 돗자리가 반듯하게 깔려 있고, 양쪽 벽에는 사각형의 창문이 일정한 간격으로 나 있었다. 그리고 창문과 창문 사이에는 산수화 그림들이 대형족자로 만들어져 길게 걸려 있었다. 아무도 없는 텅 빈 회당 안으로 걸어 들어간 은아는 현민을 가장 안쪽에 있는 단상으로 안내했다. 허리 정도 높이의 단상 위에는 커다란 조각상 3개와 대형 그림이 하나 걸려 있었다.

황금색 단상으로 가까이 다가간 현민은 고개를 들어 그림 속의 인물들을 유심히 바라보았다. 흰 구름이 둥실 떠 있는 높은 산봉우리 밑에는 박달나무 한 그루가 우람한 모습으로 서있고, 그 나무 아래에는 긴 머리와 수염을 가슴까지 점잖게 늘어뜨린 할아버지 한 분이 인자한 미소를 입가에 띠며 앉아 있었다. 박달나무 잎으로 장식된 옷을 입은 채 가부좌를 틀고 앉아 있는 신선풍의 노인 옆에는, 선녀처럼 아리따운 한 여인이 방실방실 웃는 갓난아기를 품에 안고서 막 걸어 나오고 있었다.

"아, 아니? 이 그림은!"

뜻밖의 그림을 본 현민은 깜짝 놀랐다. 그 그림은 지금부터 4천여 년 전에 백두산 신시에서 있었던 고조선의 개국역사를 묘사한 그림이었기 때문이다.

"알아보시겠어요? 저 그림은 하늘에서 내려온 환웅천왕과 웅씨 황녀 사이에서 단군왕검이 탄생하시는 모습이에요."

은아는 고개를 끄덕이며 가볍게 미소를 지었다.

"그, 그렇다면 이 조각상들은?"

"환인과 그의 아들 환웅, 그리고 고조선을 세운 단군 임금님의 모습을 새긴 겁니다."

"그러면 이곳에 살고 있는 마을 사람들은?"

"저희들은 조선에서 말하는 풍류도를 믿는 사람들이에요."

현민은 너무나 놀라서 할 말을 잊을 정도였다.

조선에서도 겨우 실낱 같은 명맥을 유지하고 있는 신라의 풍류도가 섬나라의 깊은 산중에서 지켜지고 있다니? 그것은 참으로 기적 같은 일이었다.

"어, 어떻게 그럴 수가 있나요?"

현민의 음성은 가늘게 떨리고 있었다. 현민의 놀란 표정을 본 은아는 싱긋 미소를 지으며 다음 말을 이었다.

"저희들은 신라 최치원 선생님의 후손들이랍니다."

"최, 최치원!"

최치원이라면, 열두 살이란 어린 나이에 중국의 당나라로 건너가 과거에 급제하여 중국 장수들도 두려움에 벌벌 떨던 반란군의 우두머리인 황소를 「토 황소격문」이란 서신 한 장으로 무릎 꿇게 만들었던 신라 최고의 유학자가 아닌가?

"최치원 선생님께서는 그 당시 신라의 천년 사직이 점점 기울어가자 나라를 구하기 위해 신라로 되돌아 오셨지요. 그래서 진성여왕에게 조선 고유의 도인 '풍류도'를 진흥시켜 점점 쓰러져 가는 국운을 다시 일으킬 묘책을 건의했으나, 진성여왕은 그분의 조언에 무관심하였답니다. 그래서 크게 실망한 그분은 지리산과 가야산 일대를 바람처럼 훨훨 돌며 '풍류도'를 닦으시다가, 가야산 홍류동 계곡에 마지막으로 시 한 수를 남기고는 자신을 따르는 제자들과 함께 이곳으로 오셨지요."

그 당시 가야산 홍류동 계곡에 갓과 신발 한 켤레만을 단출하게 남기고 홀연히 사라진 걸로 알려진 최치원 선비가 남긴 시는 제목이 「청산맹약 시」인데, 그 내용은 다음과 같다.

스님이여! 산이 좋다는 말씀은 이제 그만 하시오.
이렇게 좋은 산을 낸들 어떻게 떠나겠소.
먼 훗날에 이곳에 와서 내 자취를 한번 알아보시구려.
산에 한번 들어가면, 두 번 다시는 세상에 모습을 드러내지 않으리.

"그런데 최치원 선생님께서는 어떻게 해서 이곳 큐슈 섬까지 건너오시게 된 것입니까?"

"큐슈 섬은 조선과 가장 가까운 섬으로 고대 조선인들이 이곳에 많이 건너와 살았기 때문이죠. 특히 이곳 북큐슈의 해안과 산간지대에는 고대 신라의 화랑들이 나라를 세우고 일본인들을 다스리고 있었기 때문에, 그분들이 이곳에서 생활하는데 아무런 불편이 없었답니다."

"신라의 화랑들이 일본인들을 다스렸다고요?"

"그럼요. 고대 조선인들은 부산포 앞바다에 떠 있는 쓰시마 섬과 이끼 섬을 경유해서 큐슈 섬으로 들어왔는데, 이때 처음 상륙한 해변이 북큐슈의 하까다(지금의 후꾸오까) 포구랍니다. 그래서 하까다에는 지금도 매년 여름이 되면 온갖 장식으로 화려하게 꾸며진 야마까사(가마)를 메고 대규모 마쓰리(축제)를 벌이는데, 이때 사람들은 '옷쇼 옷쇼'라고 외친답니다."

"그건 '오시오'라는 뜻이 아닙니까?"

"맞아죠. 조선어로 '오시오 오시오'라는 말이죠. 또 일본 각처에서 벌어지는 마쓰리는 조선어인 '맞으리', 즉 '환영한다'는 말에서 유래된 것이죠. 고대 일본인들이 대륙의 선진문명을 갖고 바다를 건너온 조선인들을 환영하던 행사가 바로 지금의 '마쓰리'이고, 또한 그 마쓰리에서 조선인들을 반갑게 맞이하던 말이 곧 '옷쇼 옷쇼'인 겁니다. 북큐슈의 하까다에 살던 고대 조선인들이 일본의 내해인 세토나이 바다를 건너 이주해 간 오사카(대판)에도 매년 '왓쇼이'라고 외치는 큰 마쓰리를 하는데, 그 말 역시 조선어인 '왔소'라는 의미예요."

"아, 그렇군요!"

현민은 고대 조선인들이 일본을 다스렸고, 또 그들의 언어가 지금도 일본의 유명한 항구에서 그대로 사용되고 있다는 사실이 너무도 놀라웠다. 은아의 차분한 설명은 계속 이어졌다.

　"하까다에서 다시 바다로 이동하지 않고 계속 내륙 쪽으로 들어온 조선인들이 처음으로 만나게 되는 높은 명산이 바로 우리가 살고 있는 이 산이랍니다. 이 산의 이름은 일자산(日子山, 태양의 아들산)인데, 바로 환인천제의 아드님이신 환웅천왕을 모시고 있는 산이란 뜻이죠."

　"그렇다면 우리 조상들이 이 산 속에 집단으로 모여 살면서 신앙생활을 했다는 겁니까?"

　"예, 그렇습니다. 단군왕검이 계셨던 고조선 시대에는 섬야노라는 무장이 부하들과 함께 이곳으로 건너와 살았고, 삼국시대에는 가야와 백제의 무장들이 먼저 오고 그후에는 신라 화랑들도 많이 건너왔답니다. 그래서 이 지방에는 조상님들이 건국한 '풍전국'이 세워졌고, 또 자연스럽게 고조선의 건국역사인 단군왕검의 이야기가 전승되어 온 것입니다."

　"풍전국이란 나라까지 세웠다고요?"

　"이 산 주위에는 물이 풍부하고 들도 무척 넓답니다. 그래서 고대 조선인들은 이곳에 논을 만들어 일본 열도 최초로 벼농사를 시작했고, 일본에서 가장 오래된 청동 농기구들을 주조 했답니다. 지금도 남아 있는 풍전국의 호적부를 보면, 신라에서 건너온 하타(진)씨가 이곳에 가장 많이 살았다고 기록되어 있죠. 그리고 〈풍전국 풍토기〉에는 '옛날에 신라의 신이 바다를 건너 이곳으로 들어왔다.'고 생생히 기록되어 있답니다."

현민은 자신이 전혀 몰랐던 왜국의 비밀스러운 고대 역사를 들으며 너무나 큰 충격을 받기 시작했다.

"그뿐이 아니에요. 저 아래에는 암석산성이란 곳이 있는데 그곳을 우리들은 '소부리'라고 부른답니다. 이 말은 바로 신라의 옛 이름인 '서라벌'에서 유래된 말이죠."

"그러면, 이 마을 사람들은 지금 풍류도를 수련하며 살고 있는 겁니까?"

"이곳에서는 '슈겐도'(수험도)라고 불러요. 고조선의 '풍류도'가 신라 시대에는 '화랑도'로 명칭이 바뀌었잖아요. 이곳에서도 이름은 달라졌지만 유불선의 정신을 모두 포함하는 풍류의 넓은 정신은 변함이 없답니다. 그리고 신도들을 야마부시(수험자)라고 하는데 신라 진평왕 때 원광법사가 만든 세속 오계가 7세기에 이곳으로 들어왔던 신라의 화랑인 역소각에 의해 그대로 지켜지고 있습니다. 한때는 수험도 신자들이 큐슈 일대에만 60여만 명이나 될 정도로 크게 번성했답니다. 그런데 도요토미가 자신의 권력을 공고히 하기 위해 가톨릭을 탄압할 때 우리들도 엄청난 피해를 함께 당했답니다. 제가 사는 마을도 원래는 '소부리'라고 부르는 암석산성 속에 있는 큰 마을이었는데, 7년 전 봄에 사무라이들이 마을을 갑자기 습격해서 살륙과 방화를 하는 바람에 이곳으로 숨어 들어오게 된 것이에요. 제 부모님도 그때 그놈들의 손에 모두 돌아가셨답니다."

지금도 일본 수험도의 성지인 히코산에는 단군을 모신 사당(히코산신궁)이 남아 있고, 그곳의 주민들은 단군 신화에 나오는 마늘을 무척 좋아한다. 그리고 단군의 아버지인 환웅을 '닌니쿠'라고 하는데, 이것은 곧 '마늘'이란 뜻이다. 또한 히코산은 1729년에 일자산(日子山)에서 영언산(英彦山)으로 표기가 바뀌었는데 그 의미는 '꽃처럼 아름다운 선비' 즉 '화랑'이 사는 산이다.

"하하하, 어디에 있는지 찾았더니, 여기에 와 있었군."

회당 안에는 어느새 청운거사가 들어와 있었다.

"어머, 할아버지."

은아는 낯을 붉히며 청운거사 쪽으로 쪼르르르 다가갔다. 현민은 두 손을 얼른 배 앞으로 모으며 허리를 깊숙이 숙였다.

"이곳에 들어 왔으면 조상님께 먼저 인사부터 드려야지. 자, 이리 가까이 오게."

단상 양쪽에 놓여 있는 하얀 초에 불을 붙인 청운거사는 가운데 놓여 있는 커다란 청동향로에도 향을 피웠다. 청운거사와 젊은 두 남녀는, 아득한 옛날에 백두산에 처음으로 나라를 세운 조선의 개국시조를 향해 경건한 마음으로 삼배를 올렸다. 경배를 마치고 단상 아래에 마주앉은 청운거사는 현민에게 놀라운 이야기들을 들려주기 시작했다.

"현민아!"

"예, 거사님."

청운거사는 숯검덩이처럼 진하고 두꺼운 눈썹을 역팔자로 그리며 심각한 표정으로 말을 이어 나갔다.

"자네는 조선이 섬나라 왜인들의 침략을 받아 어언 7년 동안이나 수많은 조선인들이 간난신고를 겪고 있는 진정한 이유가 무엇인지 아는가?"

"저, 그것은……."

청운거사의 정곡을 찌르는 질문에 현민은 잠시 당황해서 머뭇거렸다.

"그건 바로 아득한 옛날, 우리의 위대한 선조들이 물려주신 소중한 정신을 잃어버렸기 때문이다."

"정신이라니요?"

"본래 우리 민족은 지금처럼 비좁은 반도 안에서 우물안 개구리처럼 아둥바둥거리며 살다가 섬나라 오랑캐에게 침략이나 당하는 그런 나약한 민족이 아니었다."

잠시 말을 중단한 청운거사는 단상 뒤편으로 걸어가더니, 두꺼운 고서 한 권을 들고 나왔다.

"이게 무슨 책인지 알겠느냐?"

하얀 표지에 천지인을 상징하는 붉은색과 파란색과 황금색의 삼태극 모양이 확연하게 그려진 고서에는『배달유기』라는 제목이 굵은 글씨로 씌어 있었다.

"『배달유기』라면…… 우리 민족의 고대 역사서가 아닙니까?"

"그렇단다. 이 책은 선조들의 장엄한 상고사가 자세하게 적혀 있는 역사서이다. 우리의 조상인 '환인'께서는 신하인 '나반'과 '아반'을 데리고 높은 파미르 고원에 '환국'이란 나라를 세우셨단다. 그후 세월이 지나 인구가 많이 늘어나자, 환인께서는 환국에 거주하던 수많은 백성들을 여러 곳으로 흩어지게 해서 각기 새로운 삶의 터전을 개척하라는 명령을 내리셨다. 그런데 바로 그때에 환인의 아들이신 '환웅'께서는 삼천 명의 무리를 이끌고 해가 돋는 동쪽으로 출발하셨다. 극동지방을 두루 다니시던 그분은 바로 백두산의 신단수(박달나무) 아래에 '밝은나라'를 뜻하는 배달국을 건국하셨다. 그때에 환인께서는 천부인 세 개 (검, 거울, 구슬)와 세 신하(풍백, 우사, 운사)를 그곳으로 파견하여 배달국의 장래를 축복해 주셨지. 우리들 모두는 환웅께서 세우신 배달국의 후손들이기 때문에 그때부터 '배달겨레'로 칭하게 되었고, 또 광명을 의미하는 흰옷을 입게 되어 '백의 민족'으로 불리게도 되었던 것이다. 환웅이 배달국을 다스릴 때에 하늘에 굳게 서원한 것이 있는데, 그것이 바로 '광명이세와 홍익인간을 하겠다.'(밝음으로 세상을 다스려 인간들에게 널리 유익함을 주겠다.)는 것이다. 그때 환웅이 자신의 약속을 확고히 지키기 위해 우리 조상들에게 가르쳐 주신 것이 무엇인지 아느냐?"

"혹시 풍류도가 아닙니까?"

현민은 조심스러운 표정으로 천천히 대답을 했다.

"그래, 맞다. 환웅께서는 삼라만상의 근본이치를 설파한 '풍류도'를 조상들에게 가르쳐 주시면서, '이 도를 열심히 수련하면 미혹한 인간들이 생로병사의 고해에서 벗어나 참다운 자유와 행복과 깨달음을 얻을 수 있다.'고 말씀하셨다. 그래서 환웅께서는 우리 인간들이 풍류도를 열심히 수련하도록 도와주기 위해 세 가지 비법을 전수해 주셨다."

"세 가지 비법이라면."

"그것은 바로 청심, 보정, 정식이다. 즉 마음을 깨끗이 닦고(청심), 정기를 올바로 보존하고(보정), 호흡을 고르게(정식)하는 것이지. 그래서 이 수련을 열심히 쌓았던 배달국 백성들은 피부가 백옥같이 희고 어린아기와 같이 부드러워 무병장수할 수 있었단다. 이러한 노력과 역사 때문에, 나중에 환웅과 웅녀 사이에서 태어난 단군왕검이 배달국을 이어받아 '단군조선'을 세웠을 때도 불과 8계명(8조 법금)만으로도 온 나라 백성들을 평안하게 다스릴 수 있었던 것이다. 특히 고조선시대 때는 풍광이 수려하고 정기가 뛰어난 심산유곡에 솟대를 세우고 소도란 초막을 짓고는 온 백성들에게 풍류도를 열심히 수련시켰다. 부족에서 추천한 선남선녀들을 일정한 기간 동안 숙식 시키면서 풍류도를 가르쳤는데, 그들은 나라의 '꽃 같은 젊은이'라는 뜻으로 '국화랑'이라고 불렀단다. 풍류도가 그처럼 융성했을 때는 주위의 이민족들도 '단군조선'을 해동(바다 동쪽에 있는 나라) 혹은 동이(동쪽에서 큰 활을 쏘는 나라)라고 부르며 찬사를 아끼지 않았다."

"저도 중국의 고서에서 그러한 기록들을 많이 보았습니다. 중국 최초의 사전인 『설문해자』에 보면 '동이족은 군자의 백성들이며 활을 잘 사용한다.'고 되어 있고, 『산해경』에도 '동이족은 큰 칼을 차고 맹호를 부리며, 겸손하고 서로 사양하기를 즐기는 선비들이다.'고 기록되어 있죠. 또한 성인인 공자께서도 '바다를 건너 해동국에서 한 번 살고 싶다.'는 말씀을 하셨고, 관자도 '조선은 예절을 알고 영욕을 구별할 줄 아는 동방의 예의지국이다.'고 부러워 하셨죠."

"그러한 풍류도의 정신은 단군조선이 멸망한 이후 삼국시대와 남북조시대(통일신라, 발해), 그리고 고려시대로 이어지면서도 면면히 이어져 내려왔다. 통일신라의 대유학자였던 최치원 선생께서는 '우리나라에는 옛부터 전해지는 현묘한 도가 있는데, 이것을 풍류도라고 한다. 이것은 선사에 나오는 바인데, 풍류도 안에는 유불선 세 종교의 근본정신이 모두 깃들어 있다.'고 하셨고, 역시 통일신라의 선비였던 김대문도 '어진 재상과 총명한 신하들이 모두다 풍류도에서 나온다.'고 말씀하셨지. 그리고 통일신라의 명군인 진흥왕도 '제왕이 스스로 풍류도를 닦아야 백성들이 편안하고 나라가 잘된다.'고 하시며 단군조선시대의 국화랑을 본받아 '화랑제도'를 만들었던 것이다.

온 나라 백성들이 그처럼 풍류도를 열심히 수련할 때는 우리 조선이 높은 정신문화를 향유했을 뿐 아니라, 나라도 무척 강성하고 군사들도 대단히 용맹스러웠다. 특히 북방왕국인 고구려는 고대 '배달국'의 영토를 회복하자는 '다물운동'을 일으켜 저 넓은 만주벌판을 모두 회복하고, 국내성이 있던 만주의 집안(통구)에 거대한 무덤인 '장군총'과 웅장한 '광개토 대왕 비'를 세워 배달겨레의 장쾌한 기상을 저 멀리 중국에까지 떨쳤었지. 수나라 문제는 30만 대군을 이끌고 고구려 국경을 넘다가 그만 요하지방을 방어하던 용맹스러운 기마병에 의해 거의 전멸하였고, 그의 아들인 양제도 부친의 원한을 갚겠다며 2백만이란 대군을 일으켜 인해전술로 맹공격을 퍼부었지만 고구려의 명장인 을지문덕 장군의 신묘한 계책에 넘어가 살수(청천강)에서 별동부대 30만 명이 모두 수장 당하는 참패를 당했었지. 수나라가 멸망한 뒤에 당나라의 태종이 정예부대 50만 명을 거느리고 또다시 국경을 침범하다가, 안시성 성주인 양만춘 장군이 쏜 화살에 그만 애꾸눈이 되어 중국으로 줄행랑을 치지 않았느냐?

또한 남방왕국인 백제도 왜국 열도의 본섬인 혼슈우 섬에 왜국 최초의 고대 국가인 야마토국을 세우고 백제 왕족이 15대 천황(응신천황)으로 즉위하였고, 수많은 학자, 악공, 농부, 무사, 기술자들을 왜 열도로 파견하여 화려하고 섬세한 백제의 예술과 문명을 왜인들에게 전수해 주었지.

그리고 '황금의 왕국'인 통일신라도 남해의 아름다운 섬 완도에 '청해진'을 세우고 동지나 해의 무역을 제패하였고, 서해를 건너 중국의 산동지방에 식민도시를 개척하여 신라인의 사찰인 '법화원'도 세우고, 중국의 동남부 해안 도시인 영파 항구에까지 진출하여 실크로드를 오가던 사라센 상인들과 활발한 교역도 벌였지.

그런데 이씨 조선이 건국한 후엔 모두들 잘못된 사대주의에 빠져, 중국에서 들어온 유교만 귀중하게 여기고 조상 대대로 내려오던 우리의 풍류도는 점점 잊어가고 있으니 참으로 안타까운 일이다. 결국 민족 고유의 정신을 잃어버리고 업신여기는 못된 모화사상 때문에, 만주벌판을 호령하며 말을 힘차게 달리던 대륙의 웅혼한 기상과 진취적인 상무정신을 모두 망각하고 나약하고 고지식한 글방퇴물로 전락하고 만 것이다."

청운거사의 장탄식을 듣는 현민의 가슴속엔 불처럼 뜨거운 기운이 솟구치고 있었다.

'아, 우리는 너무나 못난 후손들이었구나. 선조들이 저 넓은 만주 대륙에서 일구어 놓은 장엄한 역사를 망각한 채, 이 좁은 반도 안에서 서로 티격태격 비비대기치며 옹졸한 삶을 살고 있었구나. 중국의 역사와 고서는 시시콜콜한 것까지도 줄줄 외우면서도, 선조들의 웅혼한 역사는 한낱 신화와 전설로만 치부하고 있는 우리들. 중국에서 건너온 주자가례는 금과옥조처럼 소중하게 지키면서도, 우리 고유의 풍류도는 신다가 벗어 놓은 헌 짚신처럼 무시하고 살아온 우리들.'

현민은 글줄이나 읽게 되면서부터는 선조들의 올곧은 정신 유산을 연구하고 계승하기보다는, 한시바삐 과거에 급제해서 출세할 생각으로 우쭐거렸던 자신이 너무나 한심스럽고 부끄럽게 생각되었다.

"현민아!"

"예, 거사님."

"그동안 조선의 실정이 어떠했느냐?"

"참으로 부끄럽기 짝이 없습니다. 손바닥처럼 조그만 나라 안에서 서로 동인과 서인, 남인과 북인으로 나뉘어 한심한 당파싸움만 일삼으며 부질없이 세월만 보냈습니다. 왜놈들의 침략이 일어나기 수십 년 전부터 뜻있는 선비들이 '섬나라 야만인들을 경계해야 한다.'고 목이 터지도록 외쳤건만, 조정의 대신들은 자신들의 발아래가 서서히 무너져 내리는 것도 모르고 소모적인 당쟁에만 몰두하였답니다. 남명 조식 선비는 상감마마께 수차례나 상소를 올려 '지금 나라의 형세가 흡사 속이 다 썩은 고목과 같으니, 썩은 부분을 하루 속히 도려내고 새 기운을 불어 넣어야 한다.'고 말씀 드렸으나 조정의 대신들은 코웃음만 쳤고, 율곡 이이도 '남쪽의 왜구들과 북쪽의 여진족을 경계하기 위해 10만 명의 군대를 양성해야 한다.'고 부르짖었으나 거부당하고 말았습니다. 금산성 전투에서 순국하신 조헌 선비도 일찍이 한양으로 올라가 '지금 조선을 염탐할 목적으로 한양성에 입성한 왜국의 사신들을 당장 엄벌하고 왜구들의 침략에 대비해야 한다.'며 도끼를 들고는 경복궁 앞에서 절규했지만 애석하게도 함경도 길주로 귀양 가는 신세가 되고 말았답니다. 결국 유비무환 해야 한다는 충신들의 서릿발 같은 경고를 무시하고 무사태평만 외치며 사리사욕만 추구하던 고루한 훈구파 대신들 때문에, 지난 임진년에 조선은 실로 허망하게 무너졌던 겁니다."

현민은 대답을 하는 도중에 일본의 침략 때문에 자신의 가문과 자신이 그동안에 겪어야 했던 처참한 일들이 갑자기 생각나서 눈시울이 붉어지고 목이 잔뜩 메었다. 가슴에 북받쳐 오르는 원한 때문에 말을 미처 잇지 못하고 울먹이자, 청운거사는 현민이 감정을 추스려 진정되기를 잠시 기다려 주었다.

"네가 방금 말한 대로 그것은 참으로 어리석고 안타깝기 그지없는 일이었다. 게다가 조선을 세운 태조가 누구냐? 그분은 고려 말엽에 아지발도가 거느린 수만 명의 왜구들이 5백 척의 왜선을 타고 조선의 내륙 지방까지 들어와 충청, 전라, 경상도 땅을 휘젓고 다니면서 온갖 분탕질을 할 때에, 지리산 북쪽의 함양과 남원의 경계인 운봉고원의 황산에서 그들을 섬멸하신 토벌대장이 아니었느냐? 어마어마한 병력의 왜구들을 전멸시킨 이성계 장군이 새롭게 개국하신 나라가 바로 지금의 조선인데, 그 후손들이 불과 2백 년 만에 왜구들의 공격으로 온 나라가 원혼들이 울부짖는 거대한 공동묘지로 변하고 말았으니, 너무나 애석하고 원통할 뿐이다."

청운거사는 감정이 격해서인지 잠시 말을 끊었다가 강한 어조로 말을 이었다.

"이제부터 너는, 이곳에 머무는 동안에 배달겨레 고유의 도인 '풍류도'를 정말 열심히 배우도록 해라. 그래서 조선으로 건너간 후엔, 고운 최치원 선생님의 소원대로 까마득하게 잊혀 가는 '풍류 정신'을 다시 진흥시켜 예전의 모습으로 변화 시키도록 해라."

"알겠습니다, 거사님."

그날 청운거사의 상세한 설명을 들은 현민은 조선에서는 거의 맥이 끊어진 풍류도를 끈질기게 지키고 있는 동족을 만났다는 기쁨에 너무 흥분해서 잠을 제대로 이루지 못할 정도였다.

그로부터 며칠 후. 현민은 청운거사로부터 전설로만 전해지던 풍류도의 독특한 수련법들을 배우게 되었다. 마을 뒤쪽에 있는 야트막한 언덕 위에 올라간 청운거사는 현민과 함께 작은 바위 위에 걸터앉았다. 먼저 입을 연 사람은 현민이었다.

"풍류도의 목적은 무엇입니까?"

"풍류도란 자연과 하나가 되는 높은 경지의 깨달음을 통해 문자 그대로 '하늘을 흐르는 바람'처럼 자유로운 삶을 찾고자 하는 것이 그 목적이지. 그래서 풍류도의 수행법들은 자연과 하나가 되기 위해 끊임없이 자신을 갈고 닦는 수련법들로 이루어져 있어."

"어떻게 수련을 하면 자연과 하나가 되는 경지로 들어갈 수 있습니까?"

"그것을 깨닫기 위해서는 '기'에 대한 깊은 이해가 필요하지."

"거사님, 기가 무엇입니까?"

"기란 '삼라만상을 생성, 발전, 변화시키는 근본힘'을 말하는 것이야. 다시 말해서 이 광활한 우주에 해와 달과 별이 자기의 자리를 지키며 운행하는 것도 기의 작용이고, 높은 하늘에 바람이 불고 구름이 모이고 천둥과 번개가 치는 것도 기의 힘이고, 산천초목이 새잎과 꽃을 피우고 탐스러운 열매를 맺는 것도 모두 다 우주에 가득 차 있는 기의 영험한 능력 때문이란다. 그런데 기에는 크게 두 가지의 성질이 있는데, 그것을 각각 음과 양이라고 부르지. 즉 수축하고, 차갑고, 무거운 성질을 가진 것을 음기라고 하며 팽창하고, 뜨겁고, 가벼운 성질을 가진 것을 양기라고 한다네. 우주 만물에서 음의 상징물은 달이고, 양의 상징물은 태양이지. 이처럼 자연을 구성하고 있는 가장 큰 두 개의 성질을 도형으로 표시한 것이 바로 태극도형이야. 그러니까 태극도형은 자연의 복잡다단한 모습을 가장 간단하게 형상화한 위대한 상징물인 거지."

"그렇다면 아무리 복잡하고 다양한 자연이라도 태극 도형속의 음과 양으로 나눌 수 있다는 것입니까?"

"당연하지! 그런데 자연이란 음이나 양이 혼자만의 힘을 주장할 정도로 간단한 것이 아니야. 그러니까 음과 양이 끊임없이 서로에게 영향을 주고받으면서 자연이 유지되고 있는 것인데, 이때 음과 양이 올바로 발전하기 위해서는 태극의 3원칙을 잘 지켜야 하지."

"태극의 3원칙이 무엇입니까?"

현민의 두 눈이 밝게 빛났다.

"첫 번째 원칙은 '균형'이야. 즉, 태극을 구성하고 있는 두 개의 기본 요소인 음과 양이 크기나 힘에 있어서 균형을 유지해야 된다는 것이지. 음과 양이 한쪽의 힘만 너무 커지면 자연계에는 부작용이 일어나게 된다네. 그래서 낮에는 태양이, 밤에는 달이 하늘에 떠올라 우주 만물의 균형을 잡아주고 있는 거야."

"두 번째 원칙은 무엇입니까?"

"바로 '순환'이다. 음과 양의 기운이 한 장소에 가만히 고착되어 있기만 한다면, 자연은 이대로 유지될 수가 없어. 우리가 살고 있는 지구, 달, 별들이 자신의 궤도를 따라 순환을 해야 우주만물의 질서가 흐트러지지 않는 법이지. 또한 강이나 바다도 한 곳에 가만히 정체되어 있으면 썩게 되는 거야. 끊임없이 변화하고 움직이기 때문에 물고기들이 쾌적한 환경 속에서 살 수 있는 것이지. 다음 세 번째는 '조화'야. 음과 양은 서로 도와주고(상생), 서로 견제하면서(상극) 전체적으로 조화를 이루어야 해. 자연은 스스로 조화를 이루는 커다란 능력을 갖고 있는데, 이것은 바로 자연 속에 하늘의 도가 내재되어 있기 때문이야."

"동양의학에서는 자연을 대우주라고 부르고, 인체를 소우주라고 비유하지 않습니까? 그렇다면, 대우주의 생성원리인 '태극의 3원칙'이 소우주인 인체에도 적용이 될 수 있습니까?"

"하하하! 그렇다네. 우리의 인체는 대우주를 본받아 만들어진 축소판이지. 일 년에 4계절이 있듯이 인체에는 사지가 있고, 일 년이 24절기로 이루어져 있는 것처럼 목에서 허리 사이에는 24개의 척추뼈가 붙어 있고, 일 년이 12달과 365일인 것처럼 인체에는 12경락과 365경혈이 있단다. 우리의 살은 바로 지구의 흙과 같고, 피는 강물과 같고, 뼈는 땅속의 광물과 같고, 모발은 땅에서 자라는 수목과 같단다. 그러니 우리의 몸을 오묘한 소우주라고 부르지 않을 수 있겠나? 그래서 대우주의 생성원칙인 태극의 3원칙이 인체에도 그대로 적용이 될 수 있는 것이지.

먼저 인체는 그 기초가 되는 골격이 좌우상하로 '균형'을 이루고 있어야 하지. 만약에 골격의 균형이 깨어진다면 인체는 건강을 해치게 되는 거야. 두 번째로, 인체는 생명의 근본인 기와 혈이 인체내부를 제대로 '순환'해야 하는 법이지. 만약에 기혈의 순환이 제대로 이루어지지 않는다면, 인간의 목숨은 당연히 단축될 수밖에 없게 되지. 마지막으로 인간은 단순한 고깃덩어리가 아니라, 영혼이 깃든 신령스러운 존재이지 않은가? 그러니 몸과 마음과 영혼이 전체적으로 '조화'를 이루어야 올바른 인간이 되는 것이 당연하지."

현민은 가만히 고개를 끄덕였다.

"그리고 풍류도에서는 인체 속의 근력인 기를 이 같은 자연의 원리에 순응시켜 '몸과 마음과 영혼의 자유'를 얻는 것을 그 목표로 하고 있단다. 그래서 풍류도에는 세 가지 수련법이 있는 거야. 몸 수련을 위해서는 '풍류무예'가 있고, 마음 수련을 위해서는 '풍류호흡'이 있고, 영혼의 수련을 위해서는 '풍류명상'이 있지."

"풍류도에서는 어느 수련을 가장 먼저 하게 됩니까?"

"몸의 균형을 잡아주는 풍류무예를 가장 먼저 하게 되지. 풍류무예는 아득한 옛날 백두산에서 시작된 조선 고유의 산중무예로서, 자신의 몸을 '흐르는 바람'처럼 부드럽게 사용할 수 있게 만들어 주지. 그리고 그 부드러운 몸을 능숙하게 사용하면서 주위의 강한 적을 서서히 제압해 나가는 것인데, 이것을 유능제강(부드러운 것으로 강함을 이긴다)이라고 하는 것이다."

그날부터 시작된 현민의 풍류도 수련은 무척이나 힘들었다. 어둑새벽에 잠자리에서 일어난 현민은 먼저 숲속에 들어가 전신의 뼈를 바르게 조정하는 정골술과, 근육을 유연하고 탄력 있게 만드는 유신술을 수련했다. 또 몸의 각 부위를 강하게 단련시키는 강신술과 적의 공격으로부터 자신의 몸을 보호하는 수신술을 수련했다. 그리고 이러한 모든 것을 종합한 '풍류무예'를 열심히 배웠다. 수신술 속에는 주먹을 사용하는 권법, 손바닥을 사용하는 장법, 발을 사용하는 족법, 허리의 사용법을 익히는 요법이 포함되어 있었다. 오후에는 주로 큰 삼나무 밑에 앉아서 풍류호흡 수련을 하면서 마음을 수양했다. 그리고 내공을 증진시키기 위해, 폭포물 맞기, 바위 끌기, 나무치기 수련도 틈틈이 했다. 그리고 해가 진 저녁에는 어두운 빈방에 홀로 앉아 풍류명상 수련에 몰입했다.

현민은 풍류명상을 수련하면서 어린 시절에 경주 삼랑사에서 탄선 스님에게서 들었던 많은 이야기가 떠올랐다. 현민이 12세가 되던 어느 날. 탄선 스님은 현민을 데리고 경주의 남산 초입에 있는 나정으로 데리고 갔다.

"현민아! 여기가 어딘 줄 아느냐?"

그곳은 형산강의 지류인 서천이 가까운 곳에 보이는 소나무 숲이 우거진 작은 동산이었다.

"스님! 이곳이 어디입니까?"

현민은 초롱초롱한 눈동자를 반짝이며 스님을 바라보았다.

"바로 이곳이 고대 황금의 왕국이었던 신라가 처음으로 탄생한 곳으로 '나정'이라는 성스러운 우물이란다."

"나정이요?"

"아득한 옛날 이곳은 진한이란 곳이었고, 이곳엔 6부족이 살고 있었다. 그러던 어느 날에 이 우물 옆에 휘황찬란한 빛이 비치면서 큰 백마가 있는 것을 보았는데, 백마가 떠난 곳에 큰 알이 있었단다. 그런데 그 알 속에서 건강한 사내아이가 나왔다. 그래서 이 사내아이가 13세 되던 해에 6부족의 촌장들이 회의를 해서 왕으로 추대하고 신라가 건국되었다. 바로 저 앞에 보이는 오릉이 보이느냐?"

현민은 고개를 들어 남천과 서천이 합수되는 넓은 벌판에 봉긋 솟아오른 다섯 개의 무덤을 바라보았다.

"예, 스님. 잘 보입니다."

"바로 저 다섯 개의 무덤이 신라의 시조인 박혁거세와 그의 부인인 알영부인, 그리고 2대왕인 남해왕, 3대왕인 유리왕, 5대왕인 파사왕의 무덤이 모여 있는 신령스러운 곳이란다. 동해가 지척에 떨어져 있는 이 넓은 들판에 세워진 신라가 백제와 고구려를 굴복시킨 후 통일국가를 세우고 저 멀리 떨어진 대진국(로마제국)과 교류하면서 발전할 수 있었던 것은 모두 다 화랑도가 있었기 때문이란다. 신라가 망하고 이미 천 오백 년이나 흘렀지만 그 정신은 아직도 남아 있단다. 너도 이제 열두 살이 되었으니 고대 화랑들이 남긴 정신과 문화를 하나씩 배워나가도록 하자. 알겠느냐?"

"예, 스님. 앞으로 스님이 가르쳐 주시는 대로 열심히 배우도록 하겠습니다."

이렇게 해서 현민은 열두 살부터 탄선 스님으로부터 본격적으로 고대 화랑들의 수련장이었던 경주의 남산을 열심히 오르내리며 열심히 수련을 쌓았다. 그래서 현민은 일본에서 만난 청산거사로부터 풍류도를 다른 사람들보다 훨씬 빨리 배울 수 있었다.

계절은 어느새 바뀌어 초여름이 되었다.

그날도 저녁 늦게까지 풍류무예 수련을 끝낸 현민은 땀에 흥건히 젖은 옷차림 그대로 숲속의 오솔길을 천천히 걷고 있었다. 그날은 보름을 불과 이틀 앞둔 밤이었다. 어둠의 베일이 부드럽게 드리워진 밤하늘엔 천상의 보석들이 청사초롱처럼 초롱초롱한 눈망울을 쉴 새 없이 슴벅거리고 있고, 동두렷이 떠오른 둥근달은 눈부신 은빛가루를 눈송이처럼 펑펑 쏟아내고 있었다. 은빛 달빛이 고요히 스며드는 숲속엔 풀벌레들의 노랫소리가 은은히 울려 퍼지고 있었고, 미풍이 산들산들 불어올 때마다 매혹적인 꽃향기가 코끝에 향긋하게 번져왔다. 녹음 짙은 8월의 숲은 마치 거대한 녹색궁전처럼 아름답고 장엄했다.

잠시 후, 미로처럼 이리저리 휘어지는 오솔길이 끝나는 곳에 커다란 연못 하나가 나타났다. 그리고 그 연못 뒤쪽에는 거대한 물줄기가 웅장한 소리를 내며 시원스레 쏟아지고 있었다. 폭포였다. 스무 길이 훨씬 넘는 높은 암벽을 타고 흘러내리는 폭포수는 허공에 풀풀 날리는 푸른 달빛을 받아 마치 하늘로 승천하는 푸른 용 수십 마리가 한데 뒤엉켜 춤을 추는 것처럼 생동감이 넘쳐흘렀다. 현민은 시원한 폭포를 바라보며 심호흡을 크게 하고는 천천히 옷을 벗기 시작했다. 초여름의 숲속 공기는 꽤 후덥지근했고, 그의 옷은 땀과 먼지로 뒤범벅이 되어 있었다. 잠시 후 알몸이 된 현민은 푸른 달빛의 세례를 받으며 연못 안으로 첨벙 뛰어 들었다. 그러자 물속에 있던 물고기들이 깜짝 놀라며 급히 옆으로 피했다. 현민은 허리까지 차오르는 물을 헤치며 점점 깊은 곳으로 성큼성큼 걸어 들어갔다. 연못의 가운데쯤에 서자, 물은 가슴까지 차올랐다. 그곳에 우뚝 선 현민은 폭포 쪽을 바라보며 몸을 씻기 시작했다.

그런데, 바로 그때였다. 폭포수 뒤쪽의 바위에서 알몸을 하얗게 드러낸 웬 여인이 사뿐히 걸어 나오는 게 아닌가.

"어머!"

바위에서 막 연못으로 내려서던 여인은 연못 한가운데에 서 있는 현민을 발견하고는 자지러지게 놀라며 비명을 질렀다. 난처해진 현민은 그 자리에 엉거주춤하게 선 자세로 어찌할 바를 몰라 허둥거렸다. 그 여인도 두 손으로 젖가슴을 싸안으며 그 자리에 얼른 주저앉아 버렸다. 여인은 바로 은아였다.

이 연못은 은아가 매일 밤 혼자 찾아와 목욕을 하는 곳이었다. 오늘도 저녁식사를 끝내고 이곳을 찾은 은아는 바위 옆에서 옷을 벗은 뒤 폭포수 안으로 걸어 들어가 물맞이를 했었다. 그리고는 수영을 하기 위해 연못으로 내려서던 중이었다. 연못 한가운데에 엉거주춤하게 서 있는 남자가 다름 아닌 현민이란 걸 확인한 은아는 곧 안도의 한숨을 내쉬며 천천히 일어났다.

잠시 후, 맑은 물이 가슴까지 차오르는 연못 한가운데에 마주 선 두 사람은 환한 달빛 때문에 서로의 얼굴을 자세히 볼 수 있었다.

흑진주처럼 반짝이는 검은 눈동자. 오똑 솟은 콧날. 산딸기처럼 붉은 입술. 삼단처럼 긴 머리카락. 그리고 그 아래로 백합처럼 새하얗고 산봉우리처럼 봉긋 솟아오른 은아의 젖가슴을 본 현민은 그만 숨이 막힐 것 같았다.

가슴이 두근거리기는 은아도 마찬가지였다. 아무도 없는 숲속의 연못 속에서 알몸의 남자와 마주 선 그녀도 얼굴이 붉어지며 호흡이 가빠지기 시작했다. 그녀도 이미 20세가 넘은 성숙한 여인이었던 것이다. 수줍음에 고개를 아래로 떨군 은아는 가벼운 신음을 토했다.

휘영청 밝은 달빛은 수정처럼 맑은 연못물 속에 빠져 허우적거리고 있고, 청록색으로 채색된 작은 나뭇잎들은 부드러운 실바람에 흐느적거리고 있었다. 이윽고 두 청춘남녀는 서로가 강한 자석에 끌려가듯 거침없이 다가갔다. 그리고 두 사람은 거의 동시에 서로를 뜨겁게 껴안았다.

204

그녀의 분홍빛 젖꼭지가 현민의 가슴에 부드럽게 와 닿았고, 긴 머리카락에 배어 있는 향긋한 내음이 현민의 후각을 강하게 자극했다. 곧이어 부드러운 입술이 하나로 포개지고, 무화과처럼 달콤한 액체가 입속을 부드럽게 적셔주기 시작했다.

두 사람이 연출하는 청춘의 환희는 조용하던 연못을 뜨거운 열기로 가득 채워 나갔다. 비단실처럼 달보드레한 훈풍은 두 사람의 몸을 은은한 꽃향기로 포근히 감싸 안았고, 우렛소리를 내며 힘차게 떨어지는 폭포수는 두 사람의 격정어린 숨소리를 거침없이 흡수했다. 뜨겁게 부둥켜안은 두 사람은 달빛이 가득히 내려앉는 커다란 연못 속에서 한 쌍의 원앙이 되어 온몸을 푸드득거렸다. 그날 밤 두 사람은 밤이 늦도록 넓은 연못 속을 자유롭게 오가며 격렬한 사랑을 나누었다.

다음날 아침, 태양이 중천까지 떠오른 늦은 시간에 두 사람은 눈을 떴다. 간밤의 피로 때문에 늦잠을 잔 두 사람은 천천히 일어나 주섬주섬 옷을 주워 입었다. 달빛 쏟아지는 연못가에서 꿈같은 하룻밤을 보낸 두 연인은 서로의 손을 꼬옥 잡은 채 숲속을 천천히 걸어 나갔다.

한발 한발 내딛는 그들 앞엔 새로운 세상이 펼쳐진 것 같았다. 하늘은 어제보다 더욱 맑아 보였고, 숲은 더욱 푸르러 보였다. 황금빛 아침 햇살이 녹색의 나뭇잎 사이로 눈부시게 넘실거리고, 오솔길 위로는 작은 다람쥐들이 앙증맞게 뛰어다녔다. 은아는 간간이 현민의 어깨에 아기처럼 매달리며 사랑의 눈길을 뜨겁게 보냈다. 현민도 암사슴처럼 사랑스런 그녀를 바라보며 행복한 미소를 지어 보였다. 두 사람은 아직도 꿈길을 걷는 것 같았다.

숲을 다 벗어나서 마을 쪽으로 막 들어서는 순간이었다. 그런데 이게 웬일인가?

"어머! 불, 불이에요!"

불을 보고 고함을 먼저 지른 사람은 은아였다. 저 멀리 그들이 살던 마을이 온통 불바다로 변한 것이었다. 그리고 그 뜨거운 불길 사이로 마을 사람들의 다급한 비명소리가 총알처럼 튀어나오고 있었다.

"은아! 여기서 잠깐만 기다려! 도대체 무슨 일인지, 내가 가서 알아볼게!"

현민은 앞뒤 가릴 여유도 없이 마을 쪽을 향해 부리나케 뛰기 시작했다. 마을이 점점 가까워지자, 현민은 또 한 번 크게 놀랐다. 그것은 말을 탄 닌자들과 사무라이들이 화승총과 칼을 휘두르며 화염이 치솟는 마을을 종횡무진으로 누비고 있었기 때문이다. 그들은 마을 사람들을 닥치는 대로 살육하며 길길이 날뛰고 있었다. 현민은 걷잡을 수 없는 분노로 온몸의 피가 역류하는 것 같았다.

"이얏!"

현민은 짐승처럼 울부짖으며 마을 회당 쪽을 향해 힘껏 뛰어갔다. 그런데 이게 웬일인가? 앞으로 내디딘 자신의 발이 올가미에 덜컥 걸리면서 몸이 허공으로 갑자기 치솟았다. 깜짝 놀란 현민은 몸의 균형을 잡기 위해 공중에서 빙그르르 회전을 시도했다. 그런데 바로 그때였다. 커다란 그물이 시커먼 그림자를 드리우며 아래로 떨어지더니 순식간에 자신의 몸을 덮어버리는 게 아닌가? 곧이어 사방에서 날아온 굵은 밧줄들이 그물에 휩싸인 현민의 몸을 구렁이처럼 칭칭 감아 버렸다. 그러자 나무 뒤에 숨어있던 닌자들 대여섯 명이 날쌘 동작으로 앞으로 달려나오며 그물 속에 갇힌 현민을 나뭇가지 아래에 꽁꽁 매달아 버렸다. 그야말로 눈 깜빡할 사이에 일어난 일이었다. 현민은 힘 한 번 제대로 써 보지도 못한 채 덫에 걸린 짐승처럼 결박당하고 말았다.

"이 새끼가 오무라 수용소에서 탈출했던 놈이냐?"

"예, 그렇습니다!"

사이고가 현민 곁으로 가까이 다가왔다. 그러더니 오른손에 들고 있던 채찍으로 현민의 묶인 몸을 사정없이 때렸다.

"이 새끼!"

"으악!"

날카로운 소리를 내며 앞으로 날아간 채찍이 현민의 몸에 세차게 감겼다. 그러자 몸 곳곳에 굵은 상처가 생기며 순식간에 살이 터져 나갔다.

"이얏!"

"으윽!"

현민이 자신을 뒤쫓던 닌자들의 표창을 맞고 캄캄한 절벽 아래로 떨어진 그 다음날, 계곡을 수색하던 닌자들은 현민의 시체 대신에 바위 옆에 내팽개친 낚싯대를 발견했다. 이러한 사실은 흑룡회 조직을 통해 사이고에게 즉각 보고되었고, 사이고는 부하들을 이끌고 이 산속에까지 들어오게 되었다. 십여 일 동안 이 일대의 숲을 샅샅이 수색하던 선발대는 며칠 전에 산중에 숨어 있는 이 마을을 발견한 것이다. 사가지방의 영주에게 요청하여 병력을 더욱 보강한 사이고는 마침내 오늘 아침 50여 명의 닌자들과 2백여 명의 사무라이들을 출동시켜 이곳을 급습한 것이다.

"야, 살아남은 놈들은 모두 다 이리로 끌고 와!"

사이고의 명령이 떨어지자 마을 사람들이 공터로 끌려오기 시작했다. 절룩거리며 걸어오는 마을 사람들의 모습은 차마 눈뜨고 볼 수 없을 정도로 참혹했다. 팔이 잘려 나간 사람, 얼굴이 시커멓게 그을린 사람, 다리가 부러져 허연 뼈가 드러난 사람⋯⋯. 공터로 끌려온 처참한 모습의 사람들은 고통스런 비명을 내지르며 괴로워했다.

"모두 다 끌고 왔습니다."

부관인 요시다가 사이고에게 보고를 했다.

"성한 놈들은 묶어서 산 아래로 데려가고, 중상자들은 모두다 저 회당 안으로 집어넣고 태워버려!"

"예, 알겠습니다!"

사이고의 명령을 받은 닌자와 사무라이들은 부상을 많이 입어 걷기 힘들거나 심한 화상을 입어 노예로 팔기 어려운 사람들을 선별해서 마을 회당 안으로 몰아넣었다. 밖으로 나오지 못하도록 문을 단단히 잠근 그들은 회당 밖을 둥글게 둘러쌌다.

"어서 불을 붙여!"

사이고의 명령이 떨어지자 그들은 불화살을 쏘기 시작했다. 시뻘건 불화살이 고개를 빳빳이 세운 독사처럼 섬뜩한 소리를 내며 자붕과 벽에 잇달아 꽂혔다. 불길은 순식간에 피워 올랐다. 잘 마른 짚으로 덮어씌운 지붕에 삽시간에 붙은 불은 타닥타닥 소리를 내며 훨훨 타올랐고, 판자로 만들어진 벽도 커다란 불꽃을 일렁거리며 빠르게 타들어 갔다.

회당 안은 생지옥이었다. 불이 붙은 뜨거운 천정이 회당 바닥으로 쏟아져 무너지고, 시커먼 연기와 매케한 냄새가 목을 옮죄며 숨을 턱 막았다. 놀란 아이들은 기겁을 하며 울음을 터뜨리고 어른들도 목이 터지게 절규를 했다. 수험도를 수련하던 넓은 회당 안은 순식간에 뜨거운 불지옥으로 변해 버렸고, 마을 사람들은 그 속에서 새까만 숯덩이가 되어야 했다. 시뻘건 불더미가 등에 붙은 채 밖으로 탈출을 시도했던 몇 사람의 남자들은 밖을 포위한 닌자들이 내지르는 긴 창에 찔려 창자를 쏟으며 죽어갔다.

그렇게 마을을 완전히 불태운 침입자들은 생포한 마을 사람들을 데리고 오무라 포로수용소로 향했다. 현민도 살아남은 마을 사람들과 함께 결박당한 채 산을 내려갔다.

서양인 선교사와 조선인 간호사

　나가사키의 야경이 한눈에 내려다보이는 남쪽 산기슭에 높다랗게 자리 잡은 고딕식 천주교 성당에서는 그레그리오 데 세스페데스 신부가 마련한 만찬이 한창이었다. 성당 안의 넓은 식탁에는 20여 명의 선교사들이 둘러앉아 벌써 2시간째 성대한 만찬을 즐기고 있었다. 아름다운 장미꽃과 붉은 양초로 화려하게 장식된 식탁 주위에 모여 앉아 유럽식 요리를 즐기고 있는 그들은 일본 전국에서 세스페데스 신부를 만나기 위해 오늘 아침 이곳에 도착한 선교사들이었다. 일본 대교구장인 세스페데스 신부는 며칠 후에 이곳을 떠나 이탈리아 바티칸으로 돌아가는 루이스 프로이스 신부의 송별식을 거행하기 위해 일본 각처에 흩어져 있는 선교사들을 모두 소집했다. 또한 도요토미가 내린 가톨릭 금지령 때문에 상당한 어려움을 겪고 있는 일본 포교의 타개책도 의논할 예정이었다.

　그래서 그동안 빈 창고처럼 한적하기만 하던 성당 안이 오늘은 일본 각지에서 모여든 선교사들로 왁자지껄 소란스러워졌다. 이들 속에는 프로이스 신부와 함께 먼 항해를 해야 하는 돈호세 제독과 까를레티 공작도 함께 초대되어 있었다. 식사를 다 끝낸 돈호세는 하얀 냅킨으로 입가를 깔끔하게 닦아내더니, 황금빛 조끼 안에서 담배 한 개피를 천천히 꺼내 물었다. 스페인 무적함대에서 부제독으로 근무할 때 포르투갈 항해사로부터 배운 흡연 습관은 그의 각별한 즐거움이었다. 상체를 뒤로 기대며 느긋한 표정으로 담뱃불을 천천히 당긴 그는 흡족한 미소를 입가에 띠웠다. 담배연기를 기분 좋게 토하며 미소 띤 얼굴로 주위 사람들을 찬찬히 둘러보던 그는 갑자기 일본과 일본인에 대한 불평을 심하게 늘어놓기 시작했다.

"나는 일본인들이 이렇게 맛있는 송아지 요리와 포도주를 왜 싫어하는지 도무지 모르겠습니다. 맨날 밥상에 오르는 거라곤 비린내 나는 날생선과 구역질나는 야챗국 밖에 없으니. 그따위 걸 먹고 도대체 무슨 힘을 쓴단 말입니까? 세스페데스 신부님께서는 이처럼 음식이 맞지 않는 머나먼 이국땅에서 어떻게 30년씩이나 함께 생활하셨습니까? 아마 저 같으면 1년도 못 견디고 유럽으로 줄행랑을 쳤을 겁니다."

식탁 위에 놓여 있는 흑갈색 묵주를 천천히 매만지며 입가에 빙긋이 미소를 띠던 세스페데스 신부가 곁에 앉은 돈호세 제독을 바라보며 입을 열었다.

"모든 게 다 천주님과 성모 마리아를 향한 깊은 신앙심 때문에 가능했던 일들이죠. 천주님의 놀라운 은총과 강한 믿음이 없었더라면 이처럼 멀고 험한 이국땅에서의 생활은 아마 생각할 수도 없었을 겁니다. 일본 열도는 1년 내내 수천 번의 지진과 해일과 화산 폭발과 태풍이 끊임없이 일어나는 곳이랍니다. 그리고 국토의 대부분을 차지하는 산들은 한결같이 험준하고, 골짝은 깊고, 강물은 곧장 바다로 뛰어드는 급류가 대부분이죠. 그러다 보니 이곳 사람들은 이처럼 척박한 자연환경의 영향 때문에 섬나라 특유의 문화를 만들었답니다."

"그래서 일본을 가리켜 '사무라이와 게이샤의 나라'라고 부르는 거겠지요."

옆에 앉아 있던 프로이스 신부가 왕방울만한 큰 눈을 두리번거리며 대화에 끼어들었다.

"'사무라이와 게이샤의 나라'라고요?"

돈호세 제독이 프로이스 신부를 바라보며 질문을 던졌다.

"그럼요. 일본도 이웃나라인 조선처럼 사농공상의 네 계급으로 이루어진 엄격한 신분사회인데, 이중에서 가장 높은 계급인 '사'는 조선에서는 붓을 들고 글을 쓰는 선비를 의미하지만, 이 섬나라에서는 칼을 든 사무라이들을 말하는 겁니다. 그런데 사무라이들이 영주에게 인정을 받고 출세를 잘하기 위해서는, 첫 번째 요건이 상대방을 재빨리 살해하는 뛰어난 칼싸움 기술을 연마하는 것입니다. 그러다 보니 그들은 하루 중 거의 대부분의 시간을 오직 검술 수련에만 사용하고 나머지 자투리 시간에는 노름, 음주, 매춘굴 출입 등으로 시간을 보내죠.

이처럼 무지막지한 생활에 젖어 있는 사무라이들은 귀족의 자제로 태어나 엄격한 교육을 받는 유럽의 기사들과는 달리, 간단한 글조차도 제대로 읽고 쓰지 못하는 문맹자들이 허다하답니다. 지금 오사까 성에서 시난고난 앓고 있는 도요토미 히데요시조차도 이웃나라의 사신들이 휴대하고 온 편지를 제대로 못 읽는 무식쟁이랍니다.

조선의 선비들은 관리로 봉직하다가도 임의로 벼슬을 그만두고 자신의 고향으로 돌아가 학문을 닦거나 농사를 지을 수 있는 자유가 있지만, 일본의 사무라이들은 영주에게 고용된 '종신 고용인'이기 때문에 그러한 자유가 허용되지 않고 오직 엄격한 규율과 긴장 속에서 평생을 살아야 합니다.

일본의 사회구조가 이처럼 날이 매섭게 선 칼날 같은 수직적인 사회이기 때문에, 영주들은 사무라이들을 '말 잘 듣는 사냥개'로 만들기 위해 맹목적인 복종을 강요하고, 또 사무라이들은 자신을 좀더 '사나운 투견'으로 변화시키기 위해 잔혹한 일들을 서슴지 않고 행하는 겁니다. 그래서 일반 백성들에게는 '무기 금지령'을 내려 전혀 무기를 소유하거나 사용할 수 없게 만들었지만, 사무라이들에게는 두 자루의 칼을 허리에 찰 수 있는 권리가 있고 또 그들에게 반항하는 백성들은 그 자리에 '즉결처단'할 수 있는 특권이 주어진 것이죠. 한마디로 말해서 사무라이들은 고도로 훈련된 '살인기계'들입니다. 그들이 얼마나 잔혹하고 피에 굶주린 존재인지를 단적으로 보여주는 것이 하나 있는데, 그것이 바로 '귀무덤'입니다."

"귀무덤이라고요?"

"지금 교토에 가면 높이가 50자(15m)나 되는 커다란 흙무덤이 있는데 그 안에 무엇이 들어 있는지 아십니까?"

"사람의 귀가 들어 있나요?"

"그렇습니다. 그곳에는 조선인들의 피 묻은 귀가 가득 쌓여 있답니다. 도요토미 히데요시가 7년 전에 조선을 침공했을 때, 부하 장수들에게 명령을 내려 조선인들의 머리를 칼로 베어서 보내라고 했었죠. 그것은 각 부대의 전공을 일일이 확인하고, 좀더 적극적인 작전을 독려하기 위해서였습니다. 그런데 개전 초기부터 그들이 학살한 조선인들의 수가 너무 많아서 피 묻은 머리를 배에 싣고 나고야까지 운반하기가 무척 불편했습니다. 그래서 나고야 성에 머물던 도요토미 히데요시는 머리 대신에 조선인들의 귀를 잘라서 보내라는 명령을 내렸죠. 그러다가 나중에는 귀 대신에 코를 자르라고 명령했답니다."

"코를? 그건 또 왜죠?"

돈호세 제독이 인상을 찌푸리면서 질문을 던졌다.

"얼굴에 두 개씩 달려 있는 귀보다는 하나밖에 없는 코를 잘라서 숫자를 확인하는 것이 훨씬 간편하다고 생각했던 것이죠. 특히 작년 여름에 재개된 2차 침공 때는 남부지방에 살고 있는 조선인들이 집중 공략 대상이 되었고, 그들의 코가 엄청나게 잘려서 오사카 성으로 바리바리 실려 갔답니다."

"그건 또 왜 그런 겁니까?"

"1차 침공 때 육지의 관군들에게는 거의 백전백승 했으나, 바다의 수군들에게는 연전연패의 연속이었습니다. 그 이유는 바로 조선의 해군 제독인 이순신 장군이 개발한 '거북선'과 신출귀몰한 '학익진'이란 작전 때문이었습니다. 또한 이순신 장군을 도와서 남해를 종횡무진으로 누비며 왜병들을 깊은 바닷속에 수장시킨 조선 수군들이 거의 다 남부지방 출신이었습니다. 그러다 보니 일본군 수뇌부에서는 그들에 대한 원한이 대단했답니다. 제가 가톨릭 신자인 고니시 유키나가 장군을 따라 종군신부로 조선에 건너갔을 때 목격한 바에 의하면, 사쓰마(지금의 가고시마 현) 영주인 시마스 요시히로는 남해의 사천성에서 무려 3만 8

천 명분의 코를 배에 실었고, 작년에 조선인 최대의 명절인 한가위 날 저녁에 전개된 남원성 전투에서도 만여 명의 코를 베어서 굵은 소금에 절인 후에 생석회를 그 위에 뿌려 배에 실었답니다. 또 어떤 사무라이들은 살아 있는 조선 양민들의 코까지 무차별적으로 잘라버리는 바람에 조선의 남부 해안 지방에는 코가 없는 흉측한 모습의 조선인들이 생활하는 어촌들도 무척 많이 있답니다."

1598년 8월 15일(한가위)에 있었던 남원성 전투에 관해서는 종군 승려였던 게이넨이 쓴 『조선인일기』에 다음과 같은 기록이 남아 있다.

……들이고 산이고 아무런 구별 없이 뜨거운 불로 깡그리 태워버렸다.

일반 양민들의 목까지 마치 풀잎을 베듯 마구 베어버려, 가족을 졸지에 잃어버린 어린아이들의 울부짖는 소리가 온 누리에 가득했다. 어린 자식만이라도 살려 달라고 애소하는 부모들의 배를 칼이나 창으로 쑤셔 창자를 끄집어내었고, 수많은 조선인들을 개처럼 질질 끌고 다녔다.

어린아이들은 마구 잡아다가 노예상인들에게 팔아 넘겼고, 이곳의 모습은 영락없는 불지옥이다.

7년 전쟁 동안 조선인 19만 명, 명나라 군사 3만 명(도합 22만 명)의 코와 귀가 무참히 잘려서 일본으로 이송되었다. 그중 12만 6천 개의 귀는 7년 전쟁의 원흉인 도요토미 히데요시를 일본인들이 신으로 추앙하고 있는 '토요쿠니 신사' 안에 지난 4백 년간 묻혀 있었다. 그리고 오카야마현 비젠시에는 8만여 개의 코가 지난 4백 년 동안 잡초가 무성한 흙무덤 속에 묻혀 있었다. 그중에서 쿄토에 있던 '이총'(귀무덤)은 1992

년 4월에 경남 사천으로, 비젠시에 있던 '비총'(코무덤)은 1993년 봄에 전북 호벌치로 옮겨졌다. 사무라이들의 집단 학살의 광기에 희생된 20여만 명의 영령이 남해를 건너 고향으로 되돌아오는데, 무려 4백 년이란 세월이 소요된 것이다.

"어쩌면 그런 만행이 있습니까? 부하들의 전공을 확인하기 위해 사람의 머리를 베고, 귀를 자르고, 심지어는 살아 있는 사람들의 코까지 싹둑 잘랐다니. 참으로 끔찍하고 섬뜩하군요. 이건 마치 악마들의 기괴한 의식과 다를 바가 없군요."

"이러한 포악한 기질이 더욱 적나라하게 들어나는 행태가 있는데, 그것은 바로 와코(왜구)들 입니다!"

"와코라고요?"

"일본의 해적인 '와코'는 역사가 꽤나 오래됩니다. 그들의 주공격 목표는 바로 이웃 나라인 조선의 해안 마을이나 쌀 창고가 있는 항구였습니다. 그래서 조선 반도는 지난 천여 년 동안에 무려 9백 회가 넘는 와코들의 기습을 받았으며, 조선의 해안지방에 축조된 수많은 석성이나 토성들은 모두 다 와코들의 공격을 막기 위한 용도랍니다. 그런데 조선 반도를 침범하는 것만으로는 만족할 수 없었던 그들은 동중국해를 지나 중국 대륙까지 넘보기 시작했죠. 특히 중국은 원나라와 명나라 시대에 걸쳐 와코들로부터 집중 공격을 당하기 시작했는데, 명나라는 굶주린 하이에나처럼 집요하게 늘어 붙는 와코들 때문에 나라의 기초가 흔들릴 정도였답니다.

점점 대담해진 그들은 1550년대에는 명나라 무역항구인 상해와 영파항이 위치한 양자강 하류를 통해 대단위 원정 공격까지 감행했답니

216

다. 그곳의 어촌들을 기습해서 한바탕 분탕질을 끝낸 그들은 양자강을 타고 점점 안쪽으로 들어가 내륙의 큰 도시인 '남경'까지 침범했었죠. 남경으로 진격해 들어간 그들은 그곳에서 한 달여 동안 머물면서 수많은 중국인들을 처참하게 도륙하고, 부녀자들을 윤간하고, 귀중품들을 강탈한 후에 철수할 때는 도시 전체에 방화를 일으키는 대학살극을 벌였답니다.

　드넓은 중국 대륙에 점점 매력을 느낀 그들은 그후에도 산동반도 남쪽의 강소성, 절강성은 물론이고 내륙 깊숙한 곳에 있는 안휘성까지 휘젓고 다니면서 80여 일 동안에 무려 4천 명 이상의 중국인 농부들을 참살하는 '피의 폭풍'을 일으켰답니다. 1553년 8월에 소주와 무석 등의 해안에 상륙한 그들이 80여 일 동안에 강소성, 절강성, 안휘성 일대를 유린하고 다닐 때 그들이 저지른 만행에 대한 기록을 보면 실로 끔찍하기 짝이 없습니다.

　절강성에 도착한 그들은 젖먹이 갓난아기들을 긴 장대 끝에 매달고는 펄펄 끓는 뜨거운 물을 끼얹어 아기들의 온몸이 시뻘겋게 변하며 고통스럽게 죽어가는 광경을 보면서 환성을 내지르며 박수를 치기도 하고, 생포한 임산부들의 배속에 든 태아가 남아인지 여아인지를 즉석에서 알아 맞히는 내기를 걸어 임산부들의 배를 칼로 가르며 술을 마시는 짐승 같은 짓을 했답니다. 그래서 '죽음의 파티'를 열던 그곳에는 피범벅이 된 임산부들의 처참한 사체들이 산더미처럼 쌓여 차마 눈뜨고는 볼 수 없을 지경이었답니다."

　"아니, 어떻게 그럴 수가!"

　까를레티 공작과 돈호세는 경악했다.

"베네치아의 뛰어난 탐험가였던 마르코폴로가 13세기에 저술한『동방 견문록』을 보면 '일본인들이 그 당시에 포로를 잡으면 주위의 친척들을 불러 모아 인육잔치를 벌였다.'는 기록이 남아 있죠. 그러니 와코들의 이러한 잔악성은 꽤 역사가 오래된 것입니다. 이번 조선 침략도 결국은 거대한 와코 집단의 본격적인 대륙정벌이기 때문에, 그동안 조선에서 벌인 납치, 겁탈, 살륙, 귀나 코를 잘라내는 일들은 오히려 당연한 것이랍니다."

"너무나 기가 막히고, 괴기스러워서, 말도 채 나오지 않는군요. 그러한 추악한 만행은 단테가 쓴『신곡』의 지옥에서도 감히 행해지지 못하는 참상일 것 같습니다."

전쟁터에서 인육을 먹는 일본인들의 식인습관은 7년 전쟁 기간 중에도 조선에서 자행되었는데, 도요토미 히데요시 사후에 그의 생애를 기록한 책인『희본 태합기』에 인육을 칼로 베어 먹는 일본 사무라이들의 모습이 선명한 그림으로 남아 있다.

"프로이스 신부님! 와코들이 이웃 나라에서 그처럼 잔혹한 행위를 일삼는데도 일본의 천황은 방관만 하고 있었습니까?"

까를레티 공작은 도무지 이해가 되지 않는다는 표정이었다.

"이 나라에서 천황은 상징적인 존재에 불과하고, 모든 권력은 바쿠후(막부)라고 부르는 무인통치집단에서 좌지우지한답니다. 그래서 103대 천황인 고즈치 미카토는 사망 후에 돈이 없어서 40일 동안이나 장례식을 연기한 적도 있고, 104대 천황인 고카시 와바라는 왕위에 오른 지 무려 20여 년 후에 간신히 즉위식을 올리기도 했습니다. 그런데 바쿠후의 최고 책임자인 쇼군(장군)은, 와코의 이러한 노략질을 방관할 뿐 아니라, 은근히 부추기기까지 했죠. 왜냐하면 일본 열도는 식량과 생필품이 엄청나게 부족했고, 특히 선박의 돛으로 많이 사용하는 면포나 그들이 끔찍이도 좋아하는 도자기, 인삼 등은 아예 생산되지도 않았습니다.

이처럼 만성적인 생필품 부족 사태에 시달리다 보니, 오히려 와코들의 노략질과 밀무역이 일본경제에 절대적인 도움을 주었답니다. 그래서 조선이나 명나라 조정에서 항의를 해오면, 겉으로는 미안하다며 와코들을 단속하는 척하지만 뒤로는 와코들의 행위를 비호하였죠.

결국 견디다 못한 조선에서는 3포(염포, 제포, 부산포)를 개항했고, 중국도 3포(영파, 천주, 광주)를 개항해서 정식으로 무역을 허용해 주었습니다. 그런데 막상 교역을 시작하고 보니 일본인들은 원자재인 동이나 조금 팔 뿐, 수입보다 수출이 훨씬 적어서 무역적자만 누적되기 시작했습니다.

이렇게 되자 와코들은 다시 준동하게 되었고, 결국 명나라는 일본과의 국교를 단절하고 3포 출입을 엄금했습니다. 또 조선도 부산포를 제외한 다른 포구들을 폐쇄하였죠. 게다가 부산포 출입도 오직 쓰시마 도주와 부산포 첨사가 미리 약정한 상인들만 가능하도록 엄격히 제한하였답니다.

결국 도요토미 히데요시는 귀찮고 돈만 많이 드는 정상적인 교역보다는, 아예 조선 반도 전체를 통째로 집어 삼켜 조선의 수많은 보물과 백성들을 모두 자기 소유로 넣기로 결심한 것이죠."

"아무리 그렇다고 하더라도, 사무라이들의 행동은 너무 끔찍해서 온몸에 소름이 끼치는 군요. 차라리 그들을 '악마의 자식들'이라고 불러야 할 것 같습니다."

세스페데스 신부의 맞은편에 앉아 포도주잔을 기울이던 까를레티 공작이 탁자 위에 술잔을 천천히 내려놓으며 혀를 끌끌 찼다.

지성미 넘치는 30대 후반의 프란체스코 까를레티 공작은 이탈리아 피렌체 최대의 부호인 메디치 가문 출신으로 해외여행을 무척 좋아하는 탐험가였다. 그는 유명한 모험가였던 부친 안토니오 까를레티 덕분에 사춘기 시절부터 해외여행의 경험이 풍부했다. 몇 해 전에 신대륙과 아프리카 여행을 끝내고 고향에 들어와 쉬고 있던 그는 부친의 권유로 작년 봄에 동방무역선을 타게 된 것이다.

당시 이탈리아는 스페인이나 프랑스처럼 하나로 통일된 강력한 전제국가를 이루지 못하고 다섯 개의 도시국가(밀라노공화국, 베네치아공화국, 토스카나공화국, 나폴리공화국, 로마교황청)로 분열되어 있었다. 중세시대에는 이탈리아의 도시국가들이 지중해를 통한 동방무역을 독점하고 있었기 때문에 통일국가를 이루지 못했어도 유럽 최고의 부를 충분히 누릴 수 있었다. 그 당시에는 유럽 각국의 왕과 귀족들이 이탈리아의 피렌체로 돈을 빌리러 올 정도였다. 그래서 이탈리아는 그처럼 막대한 부를 바탕으로 해서 유럽의 르네상스를 주도해 나갈 수 있었다.

그러나 14세기에 시작된 르네상스 시대가 16세기가 되면서 서서히 끝나갔고, 유럽 각국에는 소규모의 봉건국가가 없어지고 강력한 군대를 소유한 국왕이 직접 나라를 다스리는 전제국가가 탄생하기 시작했다. 특히 강력한 군사력을 보유한 스페인과 프랑스가 '지중해의 보석'인 이탈리아를 지배하기 위해 침략의 마수를 뻗치기 시작했고, 소아시아의 투르크족과 북아프리카의 바르바르인들도 이탈리아의 항구 도시들을 자주 침범해 왔다.

1494년에는 프랑스 국왕 샤를르 8세가 험준한 알프스 산맥을 넘어 이탈리아 북부지방을 침략해 왔고, 1505년에는 스페인 함대가 남부이탈리아를 한손에 쥐었다. 또한 1527년 봄에는 스페인과 독일의 연합부대인 카롤 황제군이 유서 깊은 고대도시인 로마를 공격하여 7일 동안 끔찍한 학살극을 벌이기도 했었다. 이렇게 해서 1530년 이후에는 이탈리아 반도 거의 대부분이 스페인의 지배를 받는 식민지로 전락하고 만 것이다.

그때부터 피렌체의 메디치 가문도 어쩔 수 없이 스페인 왕실의 간섭과 지배를 받아야 했고, 스페인 총독의 강요에 의해 어쩔 수 없이 무역선단을 만들어야 했다. 결국 까를레티 공작도 마음이 내키지는 않았지만, 메디치 가문의 자금으로 만든 무역선을 관리하기 위해 돈호세 제독과 동행해야만 했다.

"까를레티 공작께서는 사무라이들의 잔혹한 이야기를 들으니, 수백 년 동안 유럽 곳곳을 피로 물들였던 바이킹의 공격이 새삼 생각나는가 보군요. 사실 조선은 지난 수천 년 동안 일본의 발전을 위해 엄청난 선진문화를 전해 주었답니다. 위대한 신라 장수는 일본으로 건너와 일본인들이 바람의 신으로 숭상하는 스사노 오노미코토가 되었고, 낙동강 하류인 김해에서 건너온 가야의 여걸은 진구천황이 되었고, 백제에서 건너온 소가가문은 오랫동안 일본의 천황을 배출한 명문 귀족가문이었습니다.

일본의 역사서를 살펴보면 일본에 불교를 전해주고, 유학을 가르쳐 주고, 사찰건축과 조경과 채색물감 쓰는 법을 가르쳐준 수많은 기술자들이 모두 고대 조선인들이었습니다. 백제 왕실에서는 일본의 진구천황에게 신비로운 칼인 칠지도를 선물했고, 또 신라 왕실에서는 신라 최고의 불상인 금동미륵보살 반가사유상을 꼭 닮은 불상인 목조미륵보살 반가사유상을 신라의 적송으로 조각해서 신라인의 후손인 하타씨가 7세기에 세운 사찰인 고류지에 선물했답니다.

  그러나 일본의 와쿠들은 이러한 조선인들의 은공을 무자비한 약탈과 방화로 되갚는 악행을 저질렀습니다. 와쿠들의 살육과 노략질이 얼마나 극악했는지, 신라의 문무왕은 자신이 죽은 뒤에 '그 시신을 일본이 보이는 동해의 수중바위에 묻어 달라'는 유언을 남겼답니다. 본인이 비록 죽은 후라도 '동해의 용이 되어 나라를 지키겠다'는 뜻이랍니다."

  "그러면 문무왕은 실제로 동해의 바닷속에 묻혔나요?"

  "당연히 그렇습니다. 신라인들은 문무왕의 시신을 그의 유언에 따라 동해의 커다란 수중 바위 속에 안치했는데, 그 바위의 이름은 대왕암입니다. 그리고 그의 아들인 신문왕이 대왕암이 보이는 언덕 위에 아버지의 명복을 비는 큰 사찰인 감은사를 세웠답니다. 그만큼 일본 열도의 와쿠들은 지난 수천 년 동안 고대 조선인의 은혜를 원수로 갚는 크나큰 골칫덩이였답니다."

  "아, 그렇군요!"

  "하지만 도요토미는 이번 전쟁에서 그러한 집단학살 외에도, 바이킹들도 미처 생각하지 못한 아주 특별한 작전까지 구사했답니다."

  "특별한 작전이란 게 무슨 뜻입니까?"

  "그것은 전투부대와는 별도로, 약탈만 전문으로 하는 '강도 부대'를 따로 편성한 것입니다."

"강도 부대라고요?"

"도요토미 히데요시는 조선 8도를 하루 속히 정복하기 위해 화승총을 앞세운 총포부대로 하여금 북진을 멈추지 않도록 닦달하는 한편, 조선의 수많은 성과 마을을 고샅고샅 수색해서 귀한 물건, 책, 그림, 예술품, 짐승들을 전문적으로 강탈하는 특수부대를 따로 조직해서 운영했답니다. 그 부대는 모두 6개 부대로 편성되었는데, 조선 궁궐 속의 물품을 주로 탈취한 '궁예부'를 비롯해서, 서적을 빼앗는 '도서부', 금동불상이나 쇠종을 주로 강탈한 '금속부', 전국에 흩어진 보물을 약탈한 '보물부', 그리고 진귀한 짐승들을 잡아오는 '축부', 양민들을 끌고 오는 '포로부'가 있었습니다.

도요토미 히데요시의 특명을 받은 그들에게는 또 다른 지침이 전달되었는데, 첫째는 운반이 가능한 것은 무조건 일본으로 갖고 오고, 둘째는 운반이 불가능한 것 중에서 불에 타는 목조건물은 모조리 방화하고, 불에 타지 않는 석조나 쇠로 만든 건물이나 탑은 두 번 다시 사용이 불가능하도록 완전히 파괴해 버리라는 것입니다. 이것을 일명 3광 작전이라고 하는데, 사무라이들이 지나간 조선의 마을은 잡초만 가득한 황야처럼 황폐화된다고 해서 '청야작전'(푸른 들판)이라고 부른답니다.

그래서 이들 6개 부대는 조선의 도자기, 불상, 그림, 범종, 서적, 비단, 귀금속 같은 물건들뿐만 아니라 동백나무, 벚꽃나무, 까치, 호랑이 등의 짐승들도 엄청나게 군선에 실었답니다. 특히 '포로부'에서는 이용 가치가 많은 도자기공, 석공, 화공, 토목공, 학자들을 주로 생포했고, 여자들이나 어린 아이들은 닥치는 대로 마구잡이로 잡아 들였답니다."

"무슨 이유로 나약한 아이들과 부녀자들까지 끌고 갔습니까?"

까를레티 공작이 의아한 표정으로 질문을 던졌다.

"그것은 유럽의 노예시장으로 조선인들을 팔기 위해서죠. 아시다시 피 유럽 각국과 신대륙에서는 지금 엄청난 노예 부족 사태를 겪고 있지 않습니까? 그래서 노예시장에서는 노예값이 다락같이 오르고 돈에 눈 이 벌건 노예상인들은 부족한 노예들을 구하기 위해 총을 앞세운 채 아 프리카 밀림 속을 이 잡듯 샅샅이 뒤지고 있죠. 이러한 사실을 포르투 갈 상인들에게 전해들은 도요토미 히데요시는, 이번 전쟁을 엄청난 인 원의 노예를 공급받는 좋은 기회로 활용할 계획을 세운 겁니다. 그래서 조선을 유럽의 노예시장에 내다 팔 '노예공급기지'로 점찍은 그는, 개 전 초기부터 각 부대에 엄명을 내려 '사냥된 조선인'들을 히라도 항구 를 통해 매매하도록 시킨 것이죠. 큐슈의 각 항구에는 스페인과 포르투 갈에서 온 노예상인들 뿐만 아니라, 프로테스탄트인 영국이나 네덜란 드에서 온 노예상인들도 포로로 끌려온 조선인들을 사기 위해 바글바 글 거린답니다."

그 당시 일본은 까마귀는 많이 살지만 까치는 단 한 마리도 살고 있 지 않았다. 그런데 7년 전쟁 중에 조선에서 살고 있던 수많은 까치들도 사가 지방의 영주인 나베시마를 통해 그곳으로 잡혀 갔다. 그래서 지금 사가 지방은 일본 내에서 유일하게 까치가 많이 서식하는 곳이 되었으 며, 1923년에는 천연기념물로 지정되어 일본인들이 애지중지하는 길 조가 되었다.

"프로이스 신부님, 포로가 되어 이곳으로 끌려온 조선인들은 통틀어 몇 명이나 됩니까?"

"지난 7년 동안 일본 열도로 붙잡혀 온 조선인들은 모두 10여만 명이 넘을 겁니다. 그런데 이들의 운명은 크게 세 가지로 나누어지고 있습니다.

첫 번째 부류는 이번 전쟁이 끝나고 나면 조선으로 되돌아 갈 사람들입니다. 전쟁이 끝나면 어차피 조선과 강화를 해야 하고, 또 그때는 조선인 일부라도 풀어주어 성의를 표시해야 할 겁니다. 그러나 그들의 숫자는 극히 미미할 겁니다. 왜냐하면 지금 노예로 팔려가는 조선인들이 워낙 많으니까요.

두 번째 부류는 각 영주들이 비밀리에 숨겨 놓고 자기들이 살고 있는 지역의 발전을 위해 이용할 기술자들입니다. 그중에는 베를 짜고, 두부를 만들고, 염색을 하는 기술자들도 있지만, 지금 가장 인기 높은 조선인들은 도공들입니다. 일본인들은 고대 조선인들이 전해 준 '다도'를 매우 좋아하고 있고, 차를 마실 때 사용하는 찻잔도 황금만큼 비싼 값에 거래되고 있죠. 특히 도요토미 히데요시가 애지중지하는 '이도다완'은 조선의 남부지방에서 많이 사용하는 찻사발인데 엄청나게 귀중한 찻잔으로 여겨지고 있답니다. 하지만 대단히 애석하게도 아직 일본인들은 도자기를 제조하는 기술이 없답니다. 그래서 일본의 영주들은 조선인 도공들을 생포하는데 혈안이 되어 있고, 또 생포된 도공들은 은밀하게 그들의 성으로 보내져 격리된 곳에 갇혀서 비밀리에 도자기 제작을 하고 있답니다.

그리고 세 번째는 가장 비극적인 운명을 맞이할 것으로 생각되는데, 지금 큐슈의 각 항구를 통해 악명 높은 유럽과 신대륙의 노예시장으로 마치 짐짝처럼 팔려 나가는 조선인 노예들입니다. 그들은 향후 조선과 일본과의 관계에 있어서 영원히 지울 수 없는 엄청난 상처를 남기고, 이로 인해서 발생되는 원한은 상당한 후유증을 일으킬 것으로 생각됩니다. 언어와 문화와 전통이 전혀 다른 유럽이나 신대륙의 농장에서 짐승 같은 노예생활을 하게 되었으니 어쩌면 그들도 산살바도르의 인디언들처럼 중노동과 폭력과 병마에 시달리다가 처참하게 죽거나, 스스로 목숨을 끊는 처절한 비운을 맞이하게 될 겁니다."

"아하!"

까를레티 공작은 가벼운 탄성을 지르며 무언가를 골똘히 생각하는 표정이었다.

"그런데 사무라이들은 남들에게만 그처럼 잔인한 것이 아니라, 자기 자신에게도 대단히 잔혹 하답니다."

"자신에게도 잔인하다니요?"

"사무라이들은 스스로 목숨을 끊을 때에 아주 특별한 방법을 사용하는데, 그것을 셉보꾸(할복자살)라고 합니다. 셉보꾸는 일본인 특유의 죽음의 의식으로, 죽는 사람은 먼저 두 무릎을 꿇은 뒤 자신의 부드러운 복부를 날이 새파랗게 선 날카로운 칼로 단번에 찌릅니다. 그 다음에는 칼을 수평으로 그어 자신의 피 묻은 창자를 밖으로 튀어 나오게 하죠. 그들은 이러한 셉보꾸를 대단히 영광스런 죽음으로 생각하며, 이때 바로 곁에서 그 사람의 목을 쳐 주는 일도 무척 자랑스럽게 여긴답니다."

"설마, 그럴 수가!"

까를레티 공작은 프로이스 신부의 설명을 들으면서 점점 경악했다.

"그래서 '사무라이'라는 단어는 일본인들의 잔혹한 '칼의 문화'를 상징하는 말로 널리 쓰이고 있으며, 사무라이들이 있는 곳에는 언제나 죽음의 사신이 함께 있답니다."

226

까를레티 공작은 저녁 식사 후에 들은 음산한 이야기 때문에 속이 거북한지 쏩스레한 표정을 지으며 포도주를 벌컥 들이켰다. 그러자 돈호세 제독이 담배 연기를 길게 내뿜으며 프로이스 신부를 바라보았다.

"그런데 '게이샤의 나라'라는 것은 무슨 의미입니까?"

돈호세 제독의 질문에 프로이스 신부가 의미심장한 미소를 잠시 지어 보였다.

"게이샤는 남자들에게 술과 노래와 몸을 파는 기생으로서, '일본인의 음란성'을 상징하는 말이랍니다. 일본인들의 음란성은 우리의 상상을 초월할 정도죠. 일본의 농촌에 가면 '요바이'란 풍습이 있는데, 이것이 참 요지경이랍니다."

"요바이가 무슨 풍습을 말하는 거죠?"

"'요바이'란 한마디로 말해서 숫처녀를 겁탈하는 일을 의미하고, 그런 행위만 전문적으로 저지르는 남자들을 '요바이꾼'이라고 부릅니다. 일본 농촌에는 '와카모노구미'라는 조직이 있는데, 이들은 10여 세부터 40여 세까지의 남자들로 구성된 친목단체입니다. 이 단체의 원래 목적은 풍수해가 일어났을 때 긴급구호 활동을 펴고 마을을 위험으로부터 지키는 것이죠. 그런데 이놈들이 평상시에 하는 일이 다름 아닌 요바이 행위랍니다."

"딸 가진 부모들이 그들의 무례한 행위를 가만히 보고만 있다는 말씀인가요?"

"그놈들이 요구하는 대로 딸을 내주지 않으면 온갖 행패를 다 부리니, 부모들도 어쩌지 못합니다. 만약 그들의 요바이 행위를 방해하면 혈기왕성한 젊은 놈들 수십 명이 몰려와 대문을 발로 차고, 가재도구를 다 부수고, 밭의 곡식들을 다 뽑아버리고, 불까지 질러버리죠."

"아니, 그런 불한당들이 다 있다니!"

돈호세 제독은 어이가 없다는 듯 한심한 표정을 지어보였다.

"그런데 그놈들이 처녀나 과부만 건드리면 별 문제가 아닌데, 남편이 버젓이 살아 있는 유부녀들까지 들쑤시니 그게 더 큰 문제입니다."

"아니, 남편들은 병신입니까? 자기 마누라 하나 제대로 못 지키고."

"물론 남편들이 집에 있을 때야 그런 짓이 힘들죠. 그런데 이곳에는 '처방문혼'이란 독특한 결혼제도가 있어서, 결혼한 부부들도 한동안 서로 떨어져서 생활하는 풍습이 있답니다. 그래서 남편과 떨어져 홀로 지내는 주부들은 영락없이 요바이꾼들의 좋은 표적이 된답니다. 또 어떤 때는 농촌마을을 순회하는 굴뚝장수들과 밀회를 즐기기도 하죠."

"굴뚝장수라고요?"

"굴뚝장수란 여자들이 이불 속에서 자위행위를 할 때 사용하는 은밀한 물건들을 팔러다니는 장사꾼을 지칭하는 겁니다. 그런데 그들이 팔러다니는 옥이나 상아로 만든 남근보다는 진짜 남근이 더 싱싱하지 않습니까?"

"그놈들은 돈도 벌고 재미도 보는 '굴뚝장수'들이군요."

여자 이야기가 나오자 돈호세 제독의 두 눈이 더욱 반짝거렸다. 프로이스 신부는 돈호세의 개기름 번지르르하게 흐르는 얼굴을 슬쩍 바라보면서 다시 말을 시작했다.

"이처럼 성생활이 문란하다 보니 이곳에는 미혼모들이 상당히 많이 발생한답니다. 그래서 이러한 미혼모들은 자신이 원하지 않는 아기를 출산하지 않으려고 숨음질을 대대적으로 벌이고 있죠."

228

"솎음질이라뇨?"

"'솎음질'이란 문자 그대로 태아를 솎아낸다는 뜻입니다. 즉 배속의 태아를 낙태시키기 위해 독한 약을 복용하거나, 높은 바위 위에서 일부러 뛰어 내리거나, 부푼 배를 방망이로 두들기는 행위를 하는 겁니다. 어떤 경우에는 뾰쪽한 쇠꼬챙이를 음부 속 깊은 곳까지 찔러넣어 자궁을 터뜨리기도 한답니다. 그런데 이처럼 갖가지 방법의 낙태법을 사용해도 태아가 솎아지지 않으면, 그때는 최후의 방법을 쓰게 되죠."

"최후의 방법이라고요?"

"예를 들면 갓 태어난 영아를 산모의 무릎이나 팔꿈치로 목을 눌러 죽이거나, 쇠망치나 쇠절구로 머리를 쳐서 죽이기도 하고, 또 물에 젖은 종이를 얼굴에 붙여 질식사시키거나, 아니면 탯줄도 떼지 않은 영아를 거적이나 짚으로 둘둘 말아 똥통이나 퇴비 밑에 묻어버리기도 하죠."

"원, 세상에! 말 못하는 영아에게 어쩌면 그토록 잔혹한 행위를 할 수가 있단 말입니까?"

까를레티 공작이 인상을 잔뜩 찌푸리며 혀를 내둘렀다.

"일본에는 사무라이들의 자유분방한 성생활을 부추기고 조장하는 확고한 이론적 토대가 종교적으로나 의학적으로 마련되어 있습니다. 즉, 그들이 탐독하고 있는 불교의 경전인 『이휘경』이나 유명한 의학서적인 『의심방』에 보면, 인간이 불로장생하기 위해서는 운우의 정을 나누면서 남녀의 기를 활발하게 순환시키는 것이 대단히 중요하다고 가르치고 있답니다. 특히 『의심방』에서는 고대 인도의 성전인 『카마수트라』나 중국의 『소녀경』처럼 사랑의 극치를 느끼기 위한 온갖 기교와 비법을 아주 세밀하게 설명해 주고 있답니다. 이 서적을 금과옥조처럼 귀중하게 여기고 있는 게이샤들은, 책 속에 소개된 내용들을 사무라이들을 상대로 직접 실천한답니다.

그래서 일본인들은 '영웅은 호색'이라며 남자들의 외도를 당연시하죠. 심지어 남편이 유곽으로 오입하러 나갈 때는 아내가 남편의 나들이옷을 깨끗하게 준비해 주고, 나중에 그곳의 창녀들이 보내는 '꽃값 청구서'도 아내가 대신 지불해 주는 것을 조금도 이상하게 생각하지 않는답니다.

헤이안 시대에 상류층의 애정문제를 감성적인 문체로 대단히 탁월하게 묘사한 장편소설인 『원씨 물어』에 보면, 환갑이 훨씬 넘은 할머니조차도 '여자의 배꼽 아래는 전혀 나이를 먹지 않는다.'고 일갈하며 자신의 손자뻘 되는 청년들을 규방으로 유혹하는 장면도 나옵니다. 폐경기가 훨씬 넘은 여성들조차도 '이젠 임신의 공포에서 벗어났으니, 인생을 실컷 즐겨보자'고 호들갑스럽게 떠들 정도이니 게이샤나 사무라이들의 성의식은 더 말할 나위도 없는 것이죠."

"이거야, 원! 그것은 마치 '소돔과 고모라'의 이야기를 듣는 것 같군요."

까를레티 공작이 어이없다는 표정을 지었고, 돈호세 제독은 헛웃음을 실실 웃었다.

"일본이라는 섬나라는 우리 유럽인들에게는, 마치 희랍신화에 나오는 머리가 여섯 개 달린 스킬라처럼 이해하기 힘든 문화가 많은 곳이랍니다. 특히, '사무라이와 게이샤'로 대표되는 대단히 '잔혹한 칼의 문화와 음란한 성문화' 때문에 수많은 기형적인 문화가 많이 생겼답니다.

예를 들면, 일본의 속담에 '이웃의 누에, 가까운 집의 창고'라는 말이 있죠. 이 속담의 의미는 '이웃의 누에는 썩었으면 좋겠고, 이웃사람이 돈을 많이 벌어 큰 창고를 지으면 배가 아프다.'는 것입니다.

또 '밖에 나가면 적이 일곱!'이라는 속담도 있는데, 이 말 역시 자기를 제외하고는 이 세상 누구도 믿으면 안 된다는 뜻입니다. 그래서 사무라이들에 대해서도 '말 여섯 마리를 매놓은 새끼줄과 사무라이는 믿을 수 없다'는 속담이 있답니다."

"왜 사무라이들을 믿을 수 없다는 것이죠?"

"일본 열도는 얼마 전까지만 해도 60여 개의 소국으로 나뉘어 지난 수백 년 동안 칼바람이 끊이지 않았답니다. 그러다 보니 각 지방의 영주들은 실력이 뛰어난 사무라이들을 거느리기 위해 많은 봉급을 뿌려야 했습니다. 그래서 사무라이들은 자기에게 좀더 많은 돈과 좋은 대우를 보장해 주는 영주를 찾아 철새처럼 이곳 저곳을 약삭빠르게 옮겨 다녔답니다. 그 결과 사무라이들 사이에는 부와 여자를 차지하기 위한 암투가 대단했고, 자신의 상관이나 영주까지도 암살하는 하극상이 빈번하게 일어났습니다. 그래서 배신과 음모가 판을 치는 사무라이들의 생리를 한 마디로 표현한 것이, 바로 그 같은 속담이랍니다. 사무라이들뿐만 아니라 일반 백성들도 서로가 믿을 수 없다 보니 '돈지갑과 입은 닫는 게 이익이다'는 속담도 생겨나게 되었죠."

"자신의 속마음을 함부로 내비치지 말라는 뜻인가요?"

"그렇죠! 까를레티 공작께서도 앞으로 일본인들과 거래를 하실 때는, 특히 이 점에 유의하셔야 합니다. 이것을 일본인들은 '다테마에'와 '혼네'라고 하는데, 다테마에는 얼굴에 위선의 가면을 쓰고 겉으로 말하는 명분을 뜻하고, 혼네는 속에 있는 본심을 뜻하는 것이죠."

"어허! 그것 참, 복잡하군요."

바로 이때 순찰신부인 바올로 신부가 식당으로 들어왔다.

"자, 모두들 거실로 나오시죠. 아주 맛있는 차와 과일이 거실에 준비되어 있습니다."

바올로 신부의 재촉에 모두들 식탁에서 일어나 거실로 발길을 옮기기 시작했다. 넓은 거실에는 폭신한 가죽소파들이 나란히 놓여 있고, 가운데에는 커다란 원탁 세 개가 자리 잡고 있었다. 노란색 레이스로 예쁘게 치장되어 있는 원탁 위에는 조그만 찻잔들이 가지런히 놓여 있고, 그 위에는 향긋한 차향기가 은은하게 퍼져 나오고 있었다.

"야, 냄새 좋은데!"

"아니, 이게 무슨 차입니까?"

신부들은 찻잔을 만지며 한마디씩 거들었다.

"아무 말씀들 마시고 한번 마셔 보기나 하십시오. 오늘은 아주 진귀한 차를 준비했습니다."

"진귀한 차요?"

돈호세가 주위를 두리번거리며 궁금한 표정을 지었다.

"이 차는 동양의 불로초로 유명한 고려인삼입니다. 중국의 진시황이 그토록 찾았다는 천하의 명약이죠. 그런데 이 속에는 고려인삼만 있는 게 아니라, 안젤리까 수녀가 대추와 꿀과 계피를 함께 넣어 정성껏 끓여 온 것입니다. 이 차를 한잔 마시고 나면 그동안 쌓인 피로가 봄눈 녹듯이 풀려 버릴 겁니다. 어쩌면 내일 아침에는 하얗게 센 머리카락이 다시 새카맣게 젊어진 사람이 나올지도 모르겠군요. 하하하!"

232

세스페데스 신부가 눈가의 잔주름을 깊이 잡으며 너털웃음을 터뜨렸다.

"안젤리까는 조선 여자라면서요?"

프로이스 신부가 질문을 던졌다.

"예, 그렇습니다. 안젤리까는 본래 '선한 여자'라는 뜻을 가진 선희라고 불리는 조선 여자입니다. 참으로 심성이 곱고 착한 여자죠. 내년 여름에 이탈리아에 도착하는 즉시 바티칸으로 데려갈 예정입니다. 그곳의 수녀원에 입학시켜 정식 수녀로 키울 생각이죠. 아마, 그 누구보다도 사랑받는 천주님의 딸이 될 것입니다."

이때 안젤리까가 예쁘게 깎은 과일을 큰 접시에 담아들고 거실 안으로 들어왔다. 큰 접시를 원탁 위에 조심스럽게 내려놓은 그녀는, 작은 접시에 과일을 조금씩 덜어서 포크와 함께 각자 앞에 놓기 시작했다. 모두들 그녀에게 시선을 집중했고, 호기심이 많은 까를레티 공작도 생전 처음 보는 조선 여자를 유심히 바라보았다. 이때 안젤리까를 실눈을 뜨고 곁눈질하던 돈호세가 큰 소리로 입을 열었다.

"세스페데스 신부님! 조선 여자가 어떻게 해서 신부님을 만나게 되었습니까?"

"제가 안젤리까를 만난 것은, 작년 봄에 독실한 가톨릭 신자인 요시노 영주의 요청으로 조선의 울산성을 방문했을 때였습니다."

세스페데스 신부가 안젤리까, 아니 현민의 여동생인 선희를 만난 곳은 조선의 동해안에 있는 아름다운 울산성에서였다. 당시 울산성은 영남지방에 세력을 확장하고 있던 일본군의 해상 보급기지였다. 동해안에 상륙한 일본의 병사와 무기들이 이곳을 통해 전쟁터로 보내졌고, 또 영남지방 곳곳에서 약탈한 전리품과 전쟁포로들은 이곳에 일단 집결한 뒤에 선박을 통해 큐슈의 나고야 항구로 수송되었다. 이때 울산성의 영주인 요시노 장군은 세스페데스 신부에게 서신을 보내어, 울산성에 머물고 있는 일본군을 위해 진중미사를 거행해 달라고 요청했다. 평소에 친분이 있던 요시노 장군의 부탁을 받은 세스페데스 신부는, 한 명의 수사와 두 명의 수녀를 데리고 나고야 항을 출항했었다. 하루 만에 부산항에 도착한 세스페데스 신부 일행은 그곳에서 배를 갈아타고 다시 항해를 시작했다.

부산항에서 울산성으로 향하는 바닷길은 수려한 해안경관과 이국적인 풍광 때문에 경치가 아름답기로 유명한 동해안이었다. 싱그러운 해풍을 맞으며 태고적 모습을 그대로 간직하고 있는 동해안을 유유히 항해한 선박이 어머니 품안처럼 아늑하게 생긴 울산에 당도한 것은, 부산항을 출발한 지 이틀 후 오후였다. 포구로 들어간 배는 울산성이 가깝게 올려다보이는 해안에 닻을 내렸고, 세스페데스 일행은 일본 병사들의 융숭한 환영을 받으며 하선했다.

"세르페데스 신부님, 어서 오십시오!"

"요시노 영주님! 그동안 안녕하셨습니까?"

천주교 신자인 요시노 영주와 반갑게 조우한 세스페데스 신부 일행은 따뜻한 봄 햇살을 맞으며 울산성으로 올라갔다. 성으로 향하는 언덕길 좌우엔 노란 개나리가 물감을 뿌려 놓은 것처럼 화사하게 피어 있었다. 그동안의 안부를 서로 물으며 꽃내음이 향긋한 성 안으로 막 들어서는 순간이었다.

"어머나!"

갑자기 일본군 막사의 붉은 장막이 열리면서 웬 조선 처녀가 허겁지겁 뛰어 나오는 것이었다. 비명을 크게 터뜨리며 밖으로 달려 나온 조선 처녀는 한복 치마저고리가 군데군데 찢어져 있었고, 찢어진 옷 사이로 하얀 속살이 드러나 보였다. 등 뒤까지 길게 늘어뜨린 긴 머리는 마구 헝클어져 있었고, 붉게 상기된 얼굴엔 땀과 눈물이 뒤범벅되어 있었다. 오른손에는 날카롭게 깨진 항아리 조각을 쥐고 있었는데, 손바닥에선 핏물이 뚝뚝 떨어지고 있었다. 이때 칼을 빼어든 사무라이 하나가 반라의 훈도시 차림으로 막사 밖으로 달려 나왔다.

"이 가랑이를 찢어 죽일 년! 감히 내 얼굴에 상처를 내?"

그는 이토였다. 얼마 전 경주의 삼랑사에서 벌어진 혼례식장을 급습해 현민의 아내를 겁탈했던 그는 이번엔 현민의 여동생을 강간하려고 한 것이다. 아무도 없는 텅 빈 막사 안에서 선희의 옷을 강제로 벗기려고 했었는데, 반항하던 선희가 결국 머리맡의 도자기로 이토의 이마를 세차게 내리치고는 밖으로 뛰쳐나온 것이다. 그러자 화가 잔뜩 난 이토는 칼을 뽑아들고 선희의 뒤를 쫓아 나왔다.

"이리 와! 이 개 같은 년! 손목을 아예 잘라 버릴 테다!"

이토가 험상궂은 모습으로 악을 바락바락 쓰며 앞으로 다가오자, 선희는 정신이 아득해지고 두 발이 그 자리에 얼어붙는 것 같았다. 주춤주춤 거리며 뒤로 물레걸음을 치던 그녀는 몇 발자국 못 가서 그만 엉덩방아를 크게 찧으며 그 자리에 털썩 주저 앉아버렸다.

"어머나!"

흙바닥에 넘어진 선희는 절망한 표정이었다. 더 이상 도망칠 수도,

저항할 수도 없다는 것을 안 선희는 그 자리에 두 무릎을 꿇은 채 허리를 꼿꼿이 세웠다. 모든 것을 체념한 선희는 날카롭게 깨진 도자기의 뾰족한 끝을 자신의 여린 목에 갖다 대었다. 짐승 같은 이토에게 몸을 더럽히느니 차라리 자결을 하기로 결심한 것이다. 큰 숨을 몇 번 몰아쉬며 마음을 굳게 다져먹은 선희는 이빨을 앙다물며 두 눈을 꼬옥 감았다.

"안 돼! 안 돼!"

이때 세스페데스 신부의 입에서 다급한 고함이 터져 나왔다. 선희는 난데없이 들려오는 조선말 때문에 깜짝 놀라며 두 눈을 떴다. 그런데 그곳에는 놀랍게도 나이 많은 서양인 신부가 다급한 표정으로 자신을 바라보고 있는 게 아닌가?

"절대, 절대로 죽으면 안 돼요! 그것은 크나큰 죄악입니다, 죄악!"

'죄악? 죄악이라고요? 하지만 저 짐승 같은 왜놈 앞에서 저의 고귀한 순결을 지킬 수 있는 방법이 이것 말고 또 있단 말인가요?'

"기다려, 기다려요! 내가 당신을 구해주겠어요!"

'어떻게, 나를 구해준다는 건가요?'

선희는 노란머리에 파란 눈을 가진 서양인이 유창한 조선어를 구사하는 것도 놀라웠지만, 이렇게 수많은 일본 병사들 속에서 자신을 구해주겠다는 말을 듣고는 더욱 놀랐다.

"요시노 장군님! 저 조선 처녀의 몸값을 치를 테니, 함께 온 수녀들의 일을 돕는 하녀로 부리게 해 주시겠습니까?"

세스페데스 신부의 부탁을 받은 요시노 장군은 이 불미스러운 상황에서 빨리 벗어나고 싶었다. 그리고 오랜 전쟁으로 인해 향수에 젖은 일본 병사들을 특별히 위로하기 위해 먼 바닷길을 항해해 온 세스페데스 신부에 대한 감사의 표시도 하고 싶었다. 그래서 신부의 부탁을 쾌히 승낙한 요시노 장군은 부하들을 시켜 선희의 옷을 깨끗하게 갈아입히도록 명령을 내렸다. 이렇게 해서 세스페데스 신부는 선희와 인연을 맺게 되었던 것이다.

"그러면 신부님께서는 그때부터 안젤리까 양과 계속 함께 다니신 겁니까?"

까를레티 공작이 질문을 던졌다.

"예, 그렇습니다. 그후에 사천성에서 나와 부산포에서 수 개월간 머물게 되었는데, 그때부터 안젤리까에게 본격적으로 성경교리도 가르치고 의학공부도 시켰죠. 그녀는 조선의 학식 높은 선비의 딸이었는데, 기본적으로 서예, 그림, 음악 등의 문화적 소양뿐 아니라 침선과 요리에 관한 교육도 이미 잘 되어 있었습니다. 게다가 얼마나 총명하고 사려 깊은지 우리들의 일을 무척이나 잘 도와주었답니다. 부산포에서 나온 뒤에는 가톨릭 신자인 고니시 유기나가의 부탁으로, 남해안에 산재된 25개의 도성을 순회하면서, 부상병들을 치료하고 미사를 올리는 일을 6개월간 하게 되었습니다. 그 부상병들은 그녀의 적국 병사들이었는데도 불구하고, 그 사실이 '너희가 서로 사랑하라!'는 성경 말씀을 실천하는데 전혀 장애가 되는 것 같지가 않았습니다. 뼈가 허옇게 드러나고 피고름이 터지는 상처를 매만지면서도 얼굴 한 번 찌푸리는 일이 없었고, 생명의 불씨가 식어가는 병사가 있으면 그 사람의 손을 쥐고 진심으로 회개의 기도를 올려 주었습니다. 싸늘하게 체온이 식어가는 병사 옆에 밤늦도록 앉아 수많은 살인을 자행한 그의 영혼이 하늘에서 구원받기를 염원하는 그녀의 간절한 모습은 너무나 감동적이었습니다.

얼마 전부터는 까다로운 라틴어 공부를 시작했는데, 하루가 다르게 실력이 부쩍부쩍 늘고 있답니다. 앞으로 정식 수녀가 되면 천주님의 영광을 위해 더욱 많은 일을 하게 될 겁니다."

"조선은 현재 유교 국가로 알고 있는데, 안젤리까 양이 천주교를 받아들이는데 별 어려움은 없었나요?"

"하하, 역시 까를레티 공작님은 대단히 학구적인 분이십니다. 그런데 조선이 유교 국가가 된 지는 불과 2백여 년밖에 되지 않습니다. 조선은 콜럼버스가 신대륙을 발견하기 백년 전인 1392년에 유교 국가로 탄생했죠."

"그러면 1392년 전엔 무슨 종교를 믿었습니까?"

"그전엔 나라의 이름이 고려(cory)였습니다. 고려는 산고수려(산이 높고 강이 아름다움)의 준말인데, 지금 우리가 부르는 꼬레아(corea)는 고려(cory)에서 파생된 말이죠. 그런데 고려시대에는 그 나라가 불교국가였죠. 고려시대 전에는 신라, 백제, 가야, 고구려의 4국으로 나뉘어져 있었습니다. 그런데 4개의 나라로 분열되어 있던 고대조선을 최초로 통일한 나라가 바로, 신라입니다. 통일신라의 수도인 경주는 실크로드를 오가던 뛰어난 장사꾼인 사라센인들과 많은 교역을 하였습니다. 그래서 중동의 사라센인들은 황금의 왕국이었던 신라를 잘 알고 있었고, 또 어떤 사라센인들은 신라 여인들과 결혼해서 정착하기도 하였죠. 고대 페르시아의 유명한 서사시인 「쿠쉬나메」를 읽어 보면 사라센의 장군인 아비틴이 바실라(Basilla : 아름다운 신라)의 아름다운 공주인 프라랑과 결혼해서 아들을 낳았다는 이야기도 나온답니다."

"신라는 수도인 경주와 무역항인 울산항을 통해 오래전부터 실크로드를 따라 서방과 지속적인 교류가 있었군요."

"그렇죠. 그런데 고대 조선인들은 원래 유라시아 대륙의 알타이계 기마민족의 후손이기 때문에 고대부터 유럽에서 중앙아시아를 거쳐 극동으로 이어지는 길을 따라 많은 이동이 있었습니다. 그리고 그들은 백두산을 중심으로 한 만주 일대에 강력한 왕권 국가를 수립한 '단군조선' 시대부터 내려오는 그들 고유의 종교를 믿고 있었습니다."

"조선에 그들 고유의 종교가 있었다고요?"

"그럼요. 조선인들은 대단히 특이한 건국신화와 종교를 갖고 있습니다. 그들은 스스로가 하늘의 자손이라고 생각하는 것이죠."

"하늘의 자손이라고요?"

"그들이 갖고 있는 고대 역사서와 오래된 비문의 기록에 의하면, 아득한 옛날에 북쪽 하늘의 신이었던 '환인'에게 여러 아들들이 있었답니다. 그중에서 한 아들인 '환웅'이 세 명의 신하와 삼천 명의 부하들을 거느리고 해 돋는 동쪽으로 이동했답니다. 환웅은 백두산의 신단수(신령스런 나무) 아래에 내려와 웅녀와 결혼한 뒤 '단군왕검'이란 아들을 낳았고, 그 아들이 바로 고대 조선을 건국했다는 것이죠. 그런데 대단히 흥미로운 점은 이 건국신화 속에 조선인들의 역사와 특징이 아주 잘 드러나 있다는 겁니다."

"어떠한 특징들입니까?"

"조선인들은 대단히 '빛'을 좋아한다는 사실이죠. 그들의 신인 '환인'에서 '환'은 밝다, 빛나다 등의 의미를 갖고 있습니다. 지금도 그들은 밝은 상태를 '환하다'라고 말한답니다. 그리고 '밝은 남자'를 뜻하는

'환웅'이 동쪽으로 이동해 온 이유도 역시 빛을 찾아서이고, 그가 유토피아를 세운 백두산 역시 태평양을 건너 온 동해의 밝은 태양이 첫 햇살을 비추는 '밝은 산'을 일컫는 '밝달산'이죠. 그리고 조선인들은 '백의민족'이라고 불릴 정도로 일상생활에서 언제나 하얀 옷을 입는 것을 좋아하는데, 그 이유는 그 흰색이 빛을 의미하기 때문입니다. 이처럼 빛을 좋아하고 빛을 숭상하는 그들의 문화 때문에 조선인들은 어둡고 우울하고 습기 찬 것을 대단히 못 견뎌합니다. 그 대신 그들은 몹시 쾌활하고 낙천적이죠. 그래서 진나라 진수가 쓴 『삼국지 위지동이전』을 보면, '조선인들은 음주와 가무를 즐기고 대단히 쾌활하다'고 되어 있답니다."

"오호, 아주 흥미로운 나라군요."

"또 다른 특징은 조선인의 '3신 신앙'입니다. 이것은 가톨릭의 '3위1체'와도 상당히 흡사한 부분이 많습니다. 즉, 가톨릭에서 성부, 성자, 성신을 존귀한 신으로 모시는 것과 같이 조선인들은 환인, 환웅, 단군을 숭배의 대상으로 여기고 있습니다. 환인은 하늘의 신, 환웅은 땅의 신, 단군은 인간을 다스리는 신으로 숭배되고 있는 것이죠. 그래서 조선인들은 3이란 숫자를 아주 좋아합니다. 우리들이 7을 행운의 숫자로 여기는 것처럼요. 그래서 환웅이 하늘에서 땅으로 데리고 온 신하도 세 명이고, 그가 이끌고 온 부하들도 삼천 명인 것이죠. 환웅의 아버지인 환인은 가톨릭에서 생각하는 하느님과 거의 비슷한 개념의 천신입니다. 삼라만상을 창조하고 인간 세상에도 지대한 관심을 갖고 있는 전지전능한 조물주인 것이죠. 그래서 고조선이 망한 이후에 그곳에서 건국한 고구려는 그들의 건국시조인 동명왕이 천제의 손자라고 기록했고,

남쪽에 세워진 신라도 시조 박혁거세가 하늘에서 날아온 날개 달린 천마가 데려다 주었다고 주장한답니다."

"그렇다면 고구려와 신라는 고조선의 건국신화를 받아 들인 거군요?"

"당연한 일이죠. 그들은 그러한 건국신화를 통해 고구려나 신라가 고조선의 법통을 계승했다는 사실을 널리 알리고 싶었던 겁니다. 동명왕은 '동쪽의 밝은 왕'이란 뜻이고, 박혁거세도 '밝은 땅의 주인'이란 뜻이고, 고대 황금의 왕국인 신라의 옛 이름인 서라벌도 '동쪽 벌판'이란 뜻이니까, 결국 그들은 같은 문화를 공유하고 있는 한 핏줄이죠. 그런데 그들의 3신 신앙 속에는 동양의 3대 종교인 유교, 불교, 도교의 뿌리라고 할 수 있는 원시 종교가 남아 있답니다.

신화 속에 나오는 웅녀는 북쪽 하늘에서 내려온 환웅과 결혼하기 위해 깊은 산 속의 동굴 속에서 쑥과 마늘만 먹으며 100일 동안 기도를 해야 합니다. 이처럼 높은 산을 경외하는 산악신앙, 아무런 곡식을 먹지 않는 단식, 조용한 토굴 속에 홀로 앉아 기도를 올리는 명상 등은 동양 각국에 널리 퍼져 여러 종교에도 많은 영향을 끼쳤답니다. 고대 조선인들은 이러한 신앙을 '풍류도'라고 불렀습니다. 그리고 이 풍류도가 중국으로 건너가서는 도교로 발전했고, 일본으로 건너와서는 신도로 변화된 것이죠.

그런데 풍류도 속에는 '3위 1체' 외에도 가톨릭과 비슷한 것이 몇 개 더 있는데, '신단수'는 낙원에 있었다는 '생명나무'를 연상시킵니다. 그리고 하늘에서 환웅을 따라 왔다는 3천 명의 무리는 하늘에서 예수 그리스도를 보좌하는 14만 4천 명의 천사들을 생각나게 해주죠. 그리고 환웅의 부인이자 단군왕검의 어머니인 웅녀도 나중에는 신격화되어 성모 마리아처럼 대단한 경배의 대상이 된답니다. 그래서 조선의 산악신앙을 조사해 보면 산에 있는 신의 거의 대부분이 여신이고, 특히 남쪽의 지리산은 '마고'라는 여신이 주관하는 산이고 제주도의 한라산에도 5백 명이나 되는 많은 아들을 낳았다는 거대한 자궁을 가진 '할망대'라는 여신의 이야기가 전해 내려옵니다."

"정말 재미 있는 이야기군요!"

까를레티 공작은 극동의 조그만 반도국가인 조선에 가톨릭의 신앙과 비슷한 이야기들이 전해져 온다는 사실에 대단한 흥미를 보였다.

"그래서 선교사들의 포교를 받은 조선인들은 비록 그들이 전쟁포로의 신분이었지만, 가톨릭을 받아들이는 데 크게 어려움이 없었습니다. 그들은 환인을 하느님으로, 환웅이나 단군을 예수 그리스도로, 웅녀를 성모 마리아로 생각했으니까요. 그리고 아담과 이브가 잃어버린 낙원을 그들은 백두산의 신단수 아래 있던 유토피아 '신시'로 생각하며 아쉬워했답니다. 제가 그동안 영세를 준 조선인만 하더라도 3천여 명이 넘고 이곳에 있는 로렌조 교회는 조선인들만을 위해 특별히 건립된 교회랍니다. 그리고 작년에 26명의 신자들이 나가사키의 해변에서 사무라이들에 의해 처형을 당하는 비극적인 사건이 있었는데, 그중에 세 명은 조선인이었답니다."

"아하!"

까를레티 공작은 조선인의 순교 사실에 깜짝 놀랐다.

"영세명이 '레오'와 '루드비코'는 부자지간이었고, '바오로'는 '레오'의 동생이었습니다."

이들은 1862년에 성인반열에 올랐고, 1962년에는 기념관이 건립되었다.

"그들은 모두 한가족이었군요?"

"그렇습니다. 그들은 조선인 전쟁포로라는 어려운 고난 속에서도 천주님과 성모마리아에 대한 가톨릭의 신앙을 굳건히 지키기 위해 기꺼이 순교의 길을 걸어 갔답니다."

"세스페데스 신부님! 조선인들의 문화에 그토록 많은 영향을 끼치고 있는 고대 건국신화가 어떻게 해서 만들어졌을까요?"

"그것은 단군조선을 건국하면서 그동안 겪었던 그들의 역사가 자연스럽게 신화로 만들어진 것 같습니다. 제가 수집한 자료에 의하면 지금부터 4천여 년 전에 바이칼 호수 남쪽의 시베리아 벌판에는 말을 능숙하게 모는 기마 민족들이 살고 있었답니다. 추운 날씨와 기나긴 겨울밤 속에서 살아야 했던 그들은 따뜻한 기후와 밝은 빛을 대단히 선망했습니다. 결국 그들은 생존에 절대 필요한 온기와 빛을 찾아서 점점 동남쪽으로 이동하게 된 것이죠. 장기간의 이동 끝에 그들은 백두산 부근에 도착하게 되는데, 그곳에는 이미 농사를 지으며 생활하는 선주민이 살고 있었습니다. 이때 시베리아 벌판을 동진해 온 북방 기마 민족과 그곳에 이미 거주하고 있던 농경 민족이 함께 만나서 세운 나라가 바로, 단군조선인 것이죠. 결국 이러한 민족의 이동과 결합에 관한 장구한 이야기들이 그러한 신화를 만들어낸 것입니다."

"B.C. 2천 년경에 동지중해의 미케네와 트로이와 크레타섬 일대에서 일어났던 고대인들의 전쟁과 승리와 사랑의 이야기들이 그리스·로마신화를 남긴 것처럼, 시베리아 벌판에서 이동해 온 기마민족의 역사가 그러한 신화를 만든 것이군요."

"하하! 맞아요. 고대 신화는 단순한 옛이야기가 아니라 그들의 역사를 밝힐 수 있는 비밀의 열쇠가 될 수 있답니다."

"세스페데스 신부님! 7년 전 임진왜란 때에 부산포에 상륙한 일본 병사들이 불과 2달 만에 조선 8도를 거의 다 점령했다고 하던데, 조선이 그처럼 쉽게 무너졌던 이유가 도대체 무엇입니까?"

"그것은 문화적인 차이 때문이죠. 일본은 '사무라이의 나라'이지만, 조선은 '선비의 나라'거든요."

"선비라면 학자를 뜻하는 겁니까?"

"선비는 단순한 학자가 아닙니다. 선비는 우주의 진리를 탐구하는 철학가이자, 탁월한 시인이며, 화가이며, 거문고 연주가이며, 훌륭한 학식과 엄격한 예의를 갖춘 교양인이기도 하답니다."

"사무라이가 되려면 검술 교육을 열심히 해야 하는데, 선비가 되려면 어떤 교육을 받아야 합니까?"

"선비가 되는 길은 대단히 어렵고 힘든 일이죠. 그 길에는 불교의 승려나 가톨릭의 수도사들처럼 커다란 고행이 뒤따른 답니다. 선비가 되려면 아주 어린 나이인 5, 6세부터 글공부와 예의범절을 배워야 합니다. 처음에는 천자문, 동몽선습, 명심보감, 채근담 등의 책을 배우지만 점점 나이가 들수록 소학과 효경을 공부하고, 사서(논어, 맹자, 중용, 대학)나 오경(시경, 서경, 역경, 예기, 춘추)까지 학습해야 합니다. 이러한 책들은 선비들의 필수인 문(文), 사(史), 철(哲)에 대한 지식을 심화시키기 위한 교재들이죠. 또한 그들은 문화와 예술을 이해하는 교양인이 되기 위해서 시(詩), 서(書), 화(畵), 악(樂)에 대한 공부도 게을리 하면 안 된답니다."

"도대체 그토록 많은 공부를 언제 다 한단 말입니까?"

"선비가 되려면 해야 될 공부가 너무나 많기 때문에 낮잠도 마음대로 즐길 수가 없답니다. 그들은 하늘이 캄캄한 새벽 인시(3시~5시)에 잠자리에서 일어나 그날 글공부를 시작해야 하죠. 오전 글공부가 끝나면 점심을 잠시 먹고 다시 미시(오후 1시~3시)부터 오후 글공부를 저녁 때까지 계속 합니다. 그리고 저녁 식사 후엔 두어 시간 정도 공부를 더 계속 하다가 잠자리에 드는데, 이때 기혼자는 자식들의 공부를 가르쳐주고 총각들은 좌선을 하면서 하루를 조용히 반성하는 묵상의 시간을 갖게 되죠."

"선비들이 그토록 많은 공부를 하는 이유가 무엇이죠? 조선에서는 관리가 되기 위한 시험이 아주 어려운가 보죠?"

까를레티는 선비들이 하루에 너댓 시간밖에 못 자면서 엄청난 양의 공부를 한다는 사실이 몹시 의아했다.

"선비들이 어렵고 힘든 공부를 그처럼 열심히 하는 이유는 관리가 되겠다는 목표 때문이 아닙니다."

"관리가 목표가 아니라면?"

"선비들이 열심히 공부하는 가장 중요한 이유는 '참된 인간'이 되기 위해서 입니다."

"참된 인간이라고요?"

까를레티는 점점 이해할 수 없다는 표정을 지었다.

"조선인들은 가톨릭에서 가르치는 것처럼 '모든 인간은 원죄를 갖고 탄생했다.'는 주장을 믿지 않고 있습니다. 그러나 모든 인간은 아직 완성되지 않은 '불완전한 존재'라는 생각을 갖고 있답니다. 그래서 그들은 불완전한 인간들이 진정한 인간으로 점점 완성되어 가는 과정이 곧 인생이라고 믿고 있죠. 그런데 참다운 인간으로 완성되어 가는 그 과정에서 가장 필요한 것이 선비들이 하고 있는 그러한 공부들입니다. 즉 선비들이란 대자연과 인생의 깊은 진리를 체득하고 깨달은 '참된 인간'을 일컫는 말이죠. 선비들이 공부하는 목적은 이 같은 참인간이 되려는 것이고, 그때에 비로소 자신의 경륜을 펴고 세상을 다스리는 관리가 되는 겁니다. 그래서 조선인들은 중국에서 유래된 유학 중에서도 인간의 본성과 하늘의 이치를 연구하는 대단히 난해한 학문인 '성리학'에 유달리 집착했던 겁니다. 이처럼 지나치게 철학적이고 사변적인 성리학을 최로의 유학으로 신봉한 조선 선비사회에서는 나라의 근본을 뒤흔들 정도로 나쁜 악습이 생기게 되었습니다."

"그 악습이란 게 도대체 무엇입니까?"

"바로 당파싸움이라는 것인데, 서로 이익을 같이 하고 학풍이 비슷한 사람들끼리 편을 갈라 서로 싸우는 것입니다. 이번에 일본이 지난 7년 동안이나 조선 8도를 불바다로 만들 수 있었던 것도 나라의 이익과 백성들의 안위보다는 자신들이 속해 있는 당파의 이익을 더 우선시 하는 어이없는 선비들의 좁은 소견 때문이었습니다. 처음에는 선비사회가 동인과 서인으로 나뉘어 서로 싸웠습니다. 그런데 그후에 동인은 남인과 북인으로 갈리고, 또 서인은 노론과 소론으로 갈려 서로 불구대천지 원수처럼 서로의 목숨을 빼앗고 재산을 강탈하고 후손들까지 몰살시킨답니다."

"허허, 그건 고대 그리스의 철학자 같은 현인의 모습이 아니라 마치

아프리카 밀림 속에서 약자를 노리는 맹수의 모습과 똑같군요."

"그러게 말입니다. 입으로는 고상하고 점잖은 말을 하면서 뒤로는 칼을 꽂는 대단히 비굴한 모습이죠. 일본인들은 신무기인 화승총을 수십만 정이나 생산해서 조선을 공격할 준비를 하고 있는데도, 조선인들은 서로 죽이지 못해서 안달난 사람들처럼 서로 헐뜯고 상대방의 가슴에 칼을 꽂고 있었으니 참으로 어이없는 일이죠."

이때 돈호세가 고개를 갸우뚱거리며 한마디 내뱉었다.

"세스페데스 신부님! 하지만 조선 8도를 거의 다 점령했던 사무라이들이 불과 1년 만에 부산포로 다시 퇴각하지 않았습니까? 그토록 국방이 허술했다는 조선이 어떻게 해서 화승총으로 중무장한 사무라이들을 무찌를 수 있었습니까?"

"그러니까 조선은 신비로운 나라인 겁니다. 사무라이를 몰아낸 힘이 일반 백성들이 뭉쳐 만들어낸 의병에서 나왔으니까요."

"의병이라고요? 전투를 치른 경험도 없고 무기도 없는 평범한 농민들이 어떻게 그럴 수 있죠? 창검을 든 조선 관군들도 사무라이들을 물리치지 못했는데."

"저도 처음에는 그러한 사실을 대단히 불가사의하게 생각했답니다. 그러나 제가 일본군 종군신부로 부산포에 상륙한 후 여러 해 동안 조선에 머물면서 그러한 의문이 서서히 풀렸습니다. 저도 처음에는 조선의 선비들을 단순한 딸각발이 학자들인 줄로만 알았습니다. 그런데 놀랍게도 그들 중에는 무술은 물론이고 병법까지 배운 선비들이 있었습니다. 그들의 스승은 남명 조식이라는 유명한 선비였는데, 전쟁이 일어나기 수십 년 전부터 수백 명의 제자들에게 조선의 고유한 무술을 가르쳤답니다.

남명은 항상 경(敬)과 의(義)라는 글자가 새겨진 명검을 차고 다녔고, 글 공부할 때는 방의 벽에 그 칼을 걸어두었답니다. 조선의 고대 무술은 단군조선에서 전래되었는데, 특히 단군조선의 치우 장군은 '동방의 마르소'입니다. 중국의 고대 황제도 치우 장군의 무술에 대단히 두려워했다는 기록이 나올 정도죠. 그래서 치우는 사후에 중국인들에 의해 전쟁의 신으로 추앙받았고, 지금도 전쟁을 하러 나갈 때는 그의 얼굴 형상이 무섭게 그려진 '치우기'를 앞세운답니다.

그리고 고구려에도 을지문덕과 양만춘을 비롯한 위대한 장군들이 많았습니다. 수나라는 문제와 양제 때 을지문덕 장군이 지키는 고구려를 두 차례나 침공했으나 결국 패배하였고, 수나라를 뒤 이은 당나라에서도 태종이 요동반도를 넘으려다가 양만춘 장군이 쏜 화살에 애꾸눈이 되어 도망해야 했답니다.

남명 조식은 고대 조선에서 전해 내려오던 이러한 무예들을 자기 제자들에게 전수해 주었던 것이죠. 그래서 전쟁이 일어났을 때 최초로 의병을 일으킨 곽재우 장군이 바로 남명의 제자였답니다. 그리고 곽재우 말고도 무려 56명이나 되는 남명의 제자들이 모두 의병장이 되었습니다. 그러니 그들의 전투지휘 능력은 대단히 훌륭할 수밖에 없었죠.

일반 농민들도 평소에 그들의 전통 무예인 국궁, 택견, 씨름을 마치 놀이처럼 즐기고 있었답니다. 특히 조선인들은 동양에서도 활을 가장 잘 쏘는 민족으로 유명합니다. 고대 조선인을 동이(東夷)라고 불렀는데, 이 명칭은 '큰 활을 잘 쏘는 동쪽 사람'이란 뜻이죠. 고구려의 건국 시조인 동명왕은 일곱 살부터 날아가는 새를 활로 맞힐 정도로 능력이 뛰어나서 주몽(활을 잘 쏘는 남자)이란 이름을 갖고 있었고, 조선의 초대 임금인 이성계도 뛰어난 활솜씨 때문에 '신궁'이란 칭호를 얻었답니다. 조선의 농민들 중에는 윌리엄 텔만큼 활을 잘 쏘는 명사수들이 대단히 많았죠. 이런 이유 때문에 의병들은 열악한 무기를 갖고도 사무라이들을 물리칠 수 있었던 겁니다."

그 당시 조선 의병들의 활약상은 참으로 눈부셨다. 일본군 총 사령관이었던 우키라 히데이에는 의병부대에 관해 다음과 같은 기록을 남겼다.

> 군량이 거의 바닥나 앞으로 한 달 후면 좁쌀 한 알도 남지 않을 지경이다. 이 모든 것이 조선의병들의 집요한 공격 때문이다. 부산포에 있는 군량미를 보급하려 해도 사람과 말을 구할 수가 없고, 설령 구한다 하더라도 산길에 의병들이 신출귀몰해서 도저히 운반이 불가능하다. 각 진영 간에 연락병 한 명을 보내려고 해도 기마병과 총포부대로 호위를 해야 할 판국이니, 이래서야 앞으로 어떻게 이 전쟁을 이끌고 나갈 수 있을지…… 그저 눈앞이 캄캄하기만 하다.

또 일본군 제7군 지휘관이었던 모리 데루모토도 다음과 같은 기록을 남겼다.

> 조선 관군과의 정규전이라면 우수한 무기를 보유한 우리들이 얼마든지 승리할 수 있다. 그러나 조선 의병들에게는 도저히 승산이 없다. 그들의 전술은 너무나 전광석화 같아서 어디서 나타났다가 어디로 사라지는지 도

무지 종잡을 수가 없다.

아! 그들은 정녕 바람 같은 존재란 말인가?

우리는 마치 도깨비를 상대로 전쟁을 하는 느낌이다.

그날 밤, 송별만찬이 모두 끝난 뒤 숙소로 돌아온 안젤리까는 잠을
이루지 못했다. 밤도 꽤 깊었고 많은 식사를 준비하고 설거지까지 하느
라 온몸은 파김치처럼 축 처져 있었다. 그러나 몸은 피곤했지만, 정신
은 더욱 맑아져 오고 두 눈은 더욱 말똥말똥 거리기만 했다.

'정말 나는 수녀가 될 수 있을까? 이것이 과연 올바른 선택일까? 억
울하게 돌아가신 부모님과 새언니, 하나밖에 없는 오빠는 죽었는지, 살
았는지도 모르는 이 판국에…… 아, 성모마리아님!'

가슴을 답답하게 억누르는 온갖 걱정 때문에 몸을 이리저리 뒤척이
며 잠을 이루지 못하던 안젤리까는 결국 자리에서 일어나 밖으로 나왔
다. 성당 앞쪽에 있는 정원은 깊은 어둠속에 잠겨 있고, 별빛 총총한 밤
하늘엔 정적만이 감돌고 있었다. 저 멀리 발아래에는 무더운 8월의 밤
바다를 숨 가쁘게 달려온 파도가 출렁거리고 있었고, 부두에는 선박에
서 흘러나온 작은 불빛들이 보석처럼 영롱했다.

정원 한가운데에 선 안젤리까는 아름다운 밤바다의 야경을 물끄러미
바라보며 깊은 상념에 잠겨 있었다.

"밤이 이슥한데, 왜 아직 안 주무십니까?"

안젤리까는 깜짝 놀라며 뒤를 돌아보았다.

나지막한 음성의 주인공은 까를레티 공작이었다.

"어머, 공작님!"

"아, 죄송합니다. 놀라셨다면, 사과드립니다."

이층에 있는 자신의 침소에서 그동안의 일본 여행 경험담을 기록하느라 밤늦도록 불을 켜고 있던 까를레티 공작이, 어두운 정원으로 산책을 나온 안젤리까를 발견하고 내려온 것이었다.

"혼자서 명상의 시간을 갖는데, 제가 방해한 것이 아닙니까?"

"아, 아니에요, 공작님."

수줍은 안젤리까는 몸을 옆으로 비켜서며 고개를 살짝 아래로 숙였다.

"저는 3일 후에 이곳을 떠납니다."

"언제쯤 이탈리아에 도착하세요?"

"아마 내년 봄이면 이탈리아의 베네치아 항에 입항할 수 있을 겁니다."

"공작님께서는 바티칸에 가보신 적이 있으세요?"

"하하하, 물론이죠. 아주 자주 갔었죠. 제 고향 피렌체가 바티칸과 멀지 않습니다. 또 저는 여행을 좋아해서 로마와 바티칸을 자주 가죠."

"공작님께서는 신앙심이 아주 깊으신가 보군요."

"저희 메디치 가문은 바티칸과 아주 깊은 인연을 맺고 있답니다. 저희 가문에서는 두 명의 교황과 수십 명의 추기경을 배출했습니다. 그래서 피렌체에서 바티칸을 위해 상당한 규모의 헌금을 수시로 보내고 있고, 또 저는 가문의 회계업무를 맡아 보기 때문에 교황성하도 가끔 뵙는답니다. 내년 가을에 안젤리까 양이 머물 바티칸의 수녀원에도, 제가 잘 아는 나이 많은 수녀님들이 많이 계신답니다."

"네."

아직 이탈리아에 대해서 잘 모르고 있는 안젤리까는 메디치 가문이 바티칸의 경제적 후원자이고, 메디치 가문에서 교황과 추기경이 배출되었다는 사실이 너무 뜻밖이었다.

"공작님의 나라인 이탈리아도 제 고향 조선처럼 반도국가라면서요?"

"예, 그래요. 조선이 태평양에 온몸을 적시고 있는 반도이듯이, 이탈리아도 지중해를 향해 길게 몸을 뻗은 반도랍니다."

"그런데 이탈리아도 조선처럼 외세의 침략을 많이 받았다면서요?"

"그래요. 이탈리아는 오랫동안 유럽 최고의 부와 명예를 거머쥔 '지중해의 보석'이었습니다. 더러운 손으로 고기와 빵을 찢어먹던 북방의 야만인들에게 나이프와 포크의 사용법을 전해준 것도 이탈리아였고, 우아한 궁중발레와 레오나르도 다빈치의 아름다운 회화와, 미켈란젤로의 멋진 조각과, 포도주의 감칠맛과, 커피와, 향료와, 비단을 유럽 각국에 전해준 것도 이탈리아였습니다.

이탈리아의 각 항구는 아시아와 아프리카에서 생산되는 풍부한 농산물과 온갖 상품을 열심히 수집해서 유럽 각 나라로 공급해주는 유럽의 창고였죠. 또한 르네상스의 화려한 예술과 문화를 각 나라에 전달해 준 유럽의 박물관이었습니다. 이탈리아는 문자 그대로 드넓은 유럽 대륙을 이끌고 나가는 '거대한 다리'였답니다. 그러나 이 세상에는 아름다운 보석을 호시탐탐 노리는 도둑들이 얼마나 많이 있습니까?

제 조국 이탈리아는 지난 수백 년 동안 외세의 침략을 오랫동안 받아왔답니다. 북방에서 내려온 고트족, 랑그브라트족은 말할 것도 없고, 소아시아의 투르크족과 아프리카의 사라센족까지도 이탈리아를 무수히 짓밟았죠. 그러다가 얼마 전에는 스페인 돼지놈들이 이탈리아를 완

252

전히 정복하고 말았답니다!"

까를레티 공작은 무척 분하다는 듯 말하는 간간이 긴 한숨을 내쉬었
다. 옆에서 바라보는 안젤리까도 안타까운 표정을 지었다. 국론이 4색
당파로 나뉘어 서로 헐뜯고 싸우다가 벌써 7년째 일본의 침략을 받고
있는 조선의 현실이 생각났기 때문이다. 조선도 반도국가라는 지리적
위치 때문에 북으로는 몽고, 여진, 중국의 침입을 받았고 남으로는 왜
구라고 불리는 일본의 해적으로부터 부단한 침략을 받고 있었기 때문
에 까를레티 공작의 분노를 충분히 이해할 수 있었다.

동병상련의 감정을 느낀 두 사람은 그날 밤이 이슥하도록 동서양의
문화에 대한 이야기꽃을 오랫동안 피웠다.

항해의 시작

나가사키 부두는 이른 아침부터 무척 시끄러웠다.

부두 한복판의 넓은 공터에는 조선인 포로 2천 명이 포승줄에 묶인 채 모여 있었고, 그 옆에는 창을 든 사무라이들 수백 명이 가시눈을 희번덕거리며 삼엄한 경비를 서고 있었다. 한쪽 구석에는 웃통을 벗은 조선인들이 길게 줄을 서 노예를 표시하는 낙관을 몸에 찍고 있었다. 불에 벌겋게 데운 인두로 남자는 어깨에 표시를 하고, 여자는 등 뒤에 표시를 했다. 낙관은 호랑이 무늬였는데, 예로부터 호랑이는 조선을 상징하는 동물이었던 것이다. 비릿한 갯내음이 물씬 풍기던 부두에는 사람의 살이 타 들어가는 냄새가 진동했고, 고통스런 비명이 여기저기서 흘러 나왔다. 그리고 낙관을 찍힌 조선인들은 줄줄이 열을 지어 무역선으로 옮겨지고 있었다.

부두 주변에는 수천 명의 일본인들이 우루루 몰려나와 고통스러워하는 조선인들을 재미있다는 표정으로 구경하고 있었다. 그들은 흥미진

진한 구경거리를 놓치지 않기 위해 서로 어깨를 밀치고 발을 밟으며 소란스럽게 굴었다.

이때 부두 앞에 닻을 내린 무역선 위에서 돈호세와 스페인 장교들이 이 소란스러운 광경을 내려다보고 있었다.

"왜 저렇게 난리들이냐?"

뱃전에 기대 선 돈호세가 한심스럽다는 표정으로 퉁명스럽게 내뱉었다. 그러자 빅토르가 재미있다는 듯 유들유들하게 웃으며 대답했다.

"원래 사람들은 구경거리를 좋아하지 않습니까? 우리가 지난 6개월 동안 일본 각지를 여행할 때도 우리를 구경하려는 사람들 때문에 얼마나 시달렸습니까? 우리가 갖고 있는 물건들 중에 조금이라도 신기한 것이 있으면, 옆에 다가와서 만져보고, 쓰다듬어보고, 심지어는 개처럼 코를 킁킁거리면서 냄새도 맡아보고."

그들이 타고 있는 무역선은 백년 이상 된 졸참나무로 건조한 거대한 범선이었다. 운동장을 연상시킬 정도로 넓은 상갑판에는 아름드리 전나무를 이어 만든 길다란 돛대 10여 개가 하늘을 찌를 듯이 높다랗게 세워져 있었고, 그 위에는 하얀 삼각돛이 긴 활대에 매달려 천천히 올라가고 있었다. 그리고 맵시 있게 솟아오른 뱃머리에는 제우스의 동생이자 바다의 신인 포세이돈의 벌거벗은 모습이 장엄하게 조각되어 있고, 배 좌우의 외곽에도 구릿빛 근육을 꿈틀거리는 바다의 용사들이 황금빛으로 조각되어 있었다.

배 내부는 모두 4층으로 되어 있었는데, 제일 아래쪽에 있는 배 밑창에는 이곳에서 구입한 온갖 물품과 조선인 노예들이 수용되어 있었다. 그리고 하갑판에는 포르투갈 선원들이 숙식을 하는 방과 주방, 창고 등이 있었고, 중갑판의 선실에는 스페인 장교들과 일본 사무라이들의 숙소와 대회의실이 있었다. 상갑판의 한가운데에는 아래로 통하는 계단이 있었고 뱃머리 쪽에는 바다가 훤히 내려다보이는 조타실이 있었다.

드디어 무역선이 나가사키 항구를 출발했다. 8월 중순의 무더운 날이었다.

무역선은 흡사 바다 위에 떠있는 해상궁전처럼 웅장하고 화려해 보였다. 일본에서 사 모은 온갖 진귀한 보물과 조선 노예들을 가득 싣고 출발한 무역선은 10월 초에 말레카 해협을 통과하게 되었다. 적도가 가까운 말레이 반도와 수마트라 섬 사이에 위치한 좁고 긴 말레카 해협의 주변은 풍광이 너무나 아름다워 마치 형형색색으로 화려하게 치장된 거대한 꽃 터널 속을 지나가는 것 같았다.

속이 안 들여다보일 정도로 울창한 아열대의 숲속에는 야생원숭이들이 컹컹거리는 울음소리가 요란하게 들려왔고, 그 사이로 화려한 원색의 꽃들이 내뿜는 짙은 꽃향기가 향수처럼 진하게 풍겨왔다. 푸른 물감을 마구 풀어 놓은 것처럼 새파란 바닷속에는 수많은 열대어들이 눈부신 유영을 하고 있고, 해풍이 시원하게 불어오는 허공에는 수천 마리의 아름다운 새들이 긴 날개를 푸드득 거리며 산드러지게 날아오르고 있었다.

어느새 붉은 해가 지고 있었다.

아스라이 보이는 수평선 너머로 커다란 적도의 태양이 서서히 몸을 눕히자, 붉은 구리가루가 허공 높이 솟구치면서 넓은 바다를 온통 진홍색으로 물들이고 있었다. 갑판 위에 선 까를레티 공작과 프로이스 신부는 황혼으로 물들어가는 주위의 바다 풍경을 넋을 잃고 바라보고 있었다.

"야아, 정말 근사하군요! 마치 천지가 창조되는 숨 막히는 순간을 바로 눈앞에서 보는 것 같습니다."

"하하, 그렇군요. 이 작은 입으로는 도저히 형언하기 힘들만큼 장대하고 아름답군요. 성서의 말씀대로 전지전능하신 천주님의 힘이 얼마나 위대한지를 다시 한 번 느낄 수 있군요. 또 얼마나 우리 인간들을 사랑하셨으면 이런 풍경을 마련해 두셨겠습니까? 우리 인간들은 그저 탄복할 뿐입니다."

"프로이스 신부님! 이번에 베네치아에 도착하면 곧장 고향인 리스본으로 돌아가실 건가요?"

까를레티 공작이 프로이스 신부에게 질문을 던졌다.

"아닙니다. 저는 베네치아에 도착하는 즉시 교황청이 있는 바티칸으로 갈 예정입니다."

프로이스 신부는 눈가에 잔잔한 웃음을 띠며 까를레티 공작을 바라보았다.

"아니, 왜요? 이번이 20년 만의 귀향이 아니신가요? 오랜만에 고향의 따뜻한 품에 안겨서 푹 쉬시는 것이 훨씬 나을 텐데요."

"싫습니다. 고향으로 가면 저 스페인 돼지들이 거들먹거리며 다니는 꼴만 보게 될 텐데. 저는 저놈들이 설치고 다니는 꼴이 역겨워 도저히 리스본에는 갈 수가 없습니다."

프로이스 신부는 고개를 천천히 좌우로 내저었다.

이베리아 반도의 서쪽 끝에 붙어 있는 포르투갈은 이미 1580년에 스페인 제국에게 합병되어, 지난 20년 가까이 식민 지배를 받고 있었던 것이다.

"아, 옛날이 그립군요. 포르투갈의 용감한 개척자들이 국왕 폐하의 깃발을 높이 들고 대서양의 푸른 파도를 헤쳐 나가던 그때가 정말 그립습니다. 그때는 신세계를 찾아 항구를 떠나는 배의 깃발만 멀리서 보아도, 온몸에 새 힘이 솟구치고 두 눈엔 광채가 빛났답니다."

귀 옆으로 하얀 살쩍밀이 선명한 초로의 신부는 두 눈을 잠시 감더니, 이베리아 반도의 용맹한 해양강국으로 명성을 드날리던 조국의 지난날을 아련히 떠올렸다.

13세기 중엽만 하더라도 이탈리아가 지중해를 통한 동방무역을 독점하고 있었기 때문에, 대서양 한쪽 귀퉁이에 위치한 포르투갈은 국가 발전을 이룰 만한 기회가 별로 없었다. 그러나 용감하고 진취적인 포르투갈인들은 지중해 대신에, 미지의 바다였던 대서양으로 진출을 시도했다. 그런 일에 앞장섰던 대표적인 인물이, 바로 엔리케 왕자였다.

그는 '항해왕자'라는 명성에 걸맞게, 거대한 범선을 건조하고 대규모 원정대를 조직해서 대양 정복에 나서기 시작했다. 그 결과 1486년에는 위대한 탐험가인 '바르톨로뮤'가 아프리카 남단의 희망봉까지 항해하는 개가를 올렸고, 1498년에는 마누엘 국왕의 적극적인 후원을 받은 '바스코 다 가마'가 아프리카 최남단인 희망봉을 돌아 인도의 캘커타까지 항해하는 쾌거를 이루었다. 포르투갈인들이 대서양으로 진출하려고 끈질긴 노력을 기울인 지 거의 2백 년 만에, 그들의 최대 숙원이었던 동방항로를 발견하게 된 것이었다.

이렇게 해서 포르투갈 상인들은 동양의 진귀한 물품과 향신료를 이슬람인들의 중개를 거치지 않고 직접 유럽 각국에 공급할 수 있게 되었다. 그때부터 동방무역의 중심지가 이탈리아의 항구 도시에서 포르투갈의 리스본으로 옮겨졌고, 포르투갈인들은 엄청난 부를 획득하게 되었다.

천문학과 항해술에서 천부적인 소질을 나타낸 포르투갈인들은 5대양 6대주를 마치 안방처럼 마음대로 누비며 활발한 해상활동을 계속했다. 아프리카와 신대륙에 엄청난 면적의 식민지를 건설하고 세계 곳곳에 해외상관을 설치한 그들은, 문자 그대로 '바다의 왕자'였다.

이렇게 해서 인구 백만 명에 불과한 포르투갈 왕국이 불과 수십 년만에 유럽에서 가장 부유한 나라로 급부상하게 된 것이다. 유럽인들로부터 '포르투갈의 기적'이란 칭송을 받으며 눈부신 발전을 거듭하던 해양강국이 힘찬 행진을 중단한 것은 바로 1580년이었다. 그것은 바로 그 해에 스페인이 침공을 해오는 바람에, 포르투갈은 그만 스페인의 식민지로 전락하고 말았기 때문이다.

"까를레티 공작님, 제가 비록 성직에 종사하는 사람입니다만, 그래도 조국이 있고 고향이 있지 않겠습니까? 제 조국의 일을 생각하면 어찌 가슴 아프지 않겠습니까? 그건 공작님도 마찬가지일 거라고 생각합니다만……."

프로이스 신부는 한숨을 길게 내쉬더니 다시 말을 이었다.

"1433년까지만 해도, 카나리아 제도가 있는 아프리카의 보자도르 곶을 지나 더 먼 대양으로 항해한 유럽인들은 아무도 없었죠. 그때만 해도 뱃사람들은 지구가 네모난 걸로 믿었기 때문에, 더 이상 항해를 하면 바닷물이 폭포처럼 아래로 곤두박질치고 배가 산산조각이 날 거라고 두려워 했었지죠. 또 어떤 선원들은 적도 가까이로 다가가면 바닷물이 뜨거운 기름처럼 부글부글 끓어오르고, 거대한 괴수들이 나타나 뱃사람을 통째로 삼킬 것이라는 미신에 사로잡혀 있기도 했죠.

그러한 금기를 과감히 깨뜨리고 아프리카 서해안을 따라 최초로 남진을 시도한 사람들이 바로, 엔리케 왕자님을 모신 용감한 포르투갈 선원들이었습니다. 그들은 남진을 계속하면서 후추해안, 상아해안, 노예해안을 탐험하였고, 결국엔 적도를 넘어 아프리카 최남단인 희망봉까지 발견하였죠.

위대한 모험가이자 뛰어난 항해가였던 '바스코 다 가마'가 유럽인 최초로 희망봉을 돌아 인도 캘커타 항에 도착했을 때, 우리 포르투갈 선원들은 물론이고, 그곳에 살고 있던 인도인들까지 깜짝 놀랐답니다. 그것은 새로운 시대를 예고하는 엄청난 발견이자, 대 변혁의 시작이었습니다."

"당연히 그랬을 겁니다. 유럽인들이 그토록 좋아하는 인도의 후추와 향료는, 모두 다 이슬람 상인들이 인도에서 사다가 우리 이탈리아 상인들에게 팔았으니까요. 그리고 그 발견을 계기로 우리 유럽인들은 비좁은 지중해를 벗어나 광활한 대서양 시대를 시작하고, 급기야는 지구에서 가장 넓은 태평양에까지 진출하게 되었죠."

"그렇죠! 그때부터 우리 포르투갈 상인들이 인도인들과 향료무역을 직접하는 바람에, 지중해를 통한 이탈리아의 중개무역이 상당한 타격을 입게 되었죠. 또한 1500년에는 신대륙 브라질까지 발견하여, 포르투갈은 해외식민지를 거느린 거대한 해양제국으로 떠오르게 되었지 않습니까? 이렇게 해서 유럽인들은 지난 수천 년 동안 지속해 왔던 지중해 시대를 마감하고 새로운 대서양 시대를 열 수 있었고, 무역의 중심도 지중해의 베네치아에서 대서양의 리스본으로 옮겨졌던 것이죠. 또 1522년에는, 포르투갈의 산디아고 기사단장이었던 페르디난도 마젤란이 이끌던 선단이 세계 최초로 대서양과 태평양을 횡단하여 지구가 둥글다는 놀라운 사실을 증명하지 않았습니까?

그 일로 인해 포르투갈은 물론이고 전 유럽이 떠들썩했었죠. 그런데 지금은 나라를 스페인 돼지들에게 모두 빼앗겨 버리고, 조상들이 최초로 개척했던 대서양에서조차 영국과 네덜란드 해적으로부터 마구 공격을 당해 항해도 제대로 할 수 없는 처량한 신세가 되고 말았으니. 정말 분통이 터질 지경입니다!"

프로이스 신부의 목소리는 어느새 가늘게 떨리고 있었고, 왕방울만한 두 눈엔 이슬이 그렁그렁 맺혀 있었다. 이탈리아도 포르투갈과 마찬가지로 스페인의 식민통치를 받고 있었기 때문에, 동병상련의 감정을 느끼고 있던 까를레티 공작은 프로이스 신부의 심정을 이해할 수 있었다.

어둠의 베일이 엷게 내려앉은 하늘에는 어느새 초롱초롱한 별들이 해맑은 얼굴을 빠꼼히 내밀고 있었고, 별빛이 얼비치는 저녁 바다에는 큰 너울이 서서히 일렁이고 있었다. 10여 개의 삼각돛을 활짝 올린 거대한 무역선이 말레카 해협의 푸른 파도를 헤치며 항해를 계속하던 그날 저녁. 중갑판의 뱃머리 쪽에 있는 사이고의 방에서는 낯 뜨거운 일이 벌어지고 있었다. 무료한 해상생활을 하는 동안 여자 생각이 무척 간절했던 사이고가 나이 어린 조선 소녀를 농락하고 있었던 것이다.

저녁식사를 끝내고 대회의실에서 술을 마시던 돈호세 제독과 사이고는 조선 처녀 둘을 불러서 회포를 풀기로 의기투합했다. 잠시 후 사이고는 부하 닌자들을 불러서 명령을 내렸다. 조선 여자들 중에서 나이가 어리고 예쁘게 생긴 처녀 두 사람을 잘 몸단장시켜서 그들의 방으로 데려 오라는 거였다.

닌자들의 억센 손에 끌려 사이고의 방으로 들어온 여자는 이제 갓 15세를 넘긴 앳띤 소녀였다. 갓 목욕을 끝낸 애동대동한 조선 소녀를 맞이한 사이고는 누런 이빨을 드러내며 음산한 미소를 입가에 지었다. 소녀는 무척 예뻤다.

삼단처럼 긴 머리카락엔 아직도 물기가 촉촉이 남아 있고 앵두처럼 붉은 입술엔 금방이라도 향긋한 꽃향기가 잔잔하게 번져 나올 것만 같았다. 그리고 옥색 세모시의 성긴 틈으로는 연적처럼 뽀얀 소녀의 피부가 하늘하늘 비치고 있었다.

만면에 함박웃음을 지으며 앞으로 다가서는 사이고의 두 눈에 언뜻 들어온 것은 옥색치마 자락 옆에서 가늘게 떨리는 그녀의 가녀린 손이었다. 그녀는 숨도 제대로 못 쉴 정도로 겁에 질려 있었다. 소녀는 방망이질하듯 마구 쿵쾅거리는 자신의 마음을 진정시키기 위해 어금니도 지그시 깨물어 보고 심호흡도 크게 해 보았으나, 아무런 소용이 없었다. 심장은 금방이라도 터질듯이 더욱 부풀어 오르고 두 눈에선 뜨거운 눈물이 왈칵 쏟아져 나와 앞이 제대로 보이지 않을 지경이었다.

이때 소녀 바로 앞에 서 있던 사이고가 갑자기 어깨에 걸치고 있던 붉은 웃옷을 홀렁 벗어 던졌다. 그러자 사이고의 시커먼 알몸이 송두리째 드러났다.

"엄마!"

사이고의 온몸엔 시커먼 비늘을 번들거리는 커다란 흑구렁이 두 마리가 날카로운 이빨을 소름끼치게 벌린 채 서로 뒤엉겨 있었던 것이다. 한창 잔부끄러움이 많은 15세 소녀는 징그러운 문신이 전신을 휘감고 있는 사이고의 알몸을 보고는 그만 아연실색했다. 얼굴이 하얗게 질려버린 소녀는 두 손으로 얼굴을 급히 가리며 고개를 아래로 철렁 숙였다.

벌거숭이가 된 모습으로 두 눈을 위아래로 희번덕거리던 사이고는 어미 잃은 병아리처럼 오들오들 떨고 있는 소녀 앞으로 바짝 다가섰다. 그리고 소녀의 옥색저고리에 길게 매달려 있는 노랑색 고름을 우악스럽게 쥐더니 아래로 세차게 잡아 당겼다. 그러자 좍! 하는 소리와 함께 긴 옷고름이 힘없이 뜯어지면서 저고리가 찢겨 나갔다. 저고리가 심하게 찢어지면서 수줍게 감추어 둔 자신의 앞가슴이 드러나게 되자, 소녀는 기겁을 하며 창문 쪽으로 급히 몸을 돌렸다.

"으하하하! 이 좁은 방 안에서 어디로 도망을 가겠다는 거냐? 아무리 도망을 쳐봐야 네년은 부처님 손바닥 안에 갇힌 손오공 신세지."

마치 삵괭이의 습격을 받은 새장 안의 종달새처럼 어쩔 줄 몰라 하는 조선 소녀를 바라보는 사이고의 표정은 무척 의기양양했다. 결국 창문에 막혀 더 이상 뒷걸음 칠 수도 없게 된 소녀는 공포에 잔뜩 질린 모습으로 그 자리에 주저앉아 버렸다.

이마가 좁고 몸이 대살지게 생긴 사이고는, 모든 것을 체념한 채 짙은 공포와 두려움으로 부들부들 떨고 있는 소녀를 천천히 일으켜 세웠다. 그리고는 왼손으로 소녀의 어깨를 밀면서 오른손으로는 소녀의 가슴을 휘감고 있는 긴 치마말기를 세차게 잡아당겼다. 그러자 소녀의 작은 몸이 팽이처럼 핑그르르 돌면서 침대 옆으로 콰당! 쓰러졌다.

"어머나!"

어느새 사이고의 오른손에는 소녀의 알몸을 감싸고 있던 하얀 치마가 방금 벗겨낸 양파껍질처럼 들려 있었고, 침대 옆으로 처박힌 소녀는 속곳 한 장만이 허리 아래를 간신히 가리고 있었다. 순식간에 자신의 치마가 벗겨지며 알몸이 송두리째 드러나자, 어린 소녀는 수치심에 어찌할 바를 몰랐다.

등까지 내려오는 긴 머리카락, 봉긋봉긋 솟아오르기 시작한 조그만 젖가슴, 아직 솜털이 보송보송한 우유빛 속살……. 숱한 남자들과 몸을 섞으며 잠자리 일에 노회한 일본의 게이샤들에게서는 전혀 느낄 수 없는 풋풋한 싱그러움이 전신에 넘쳐흘렀다. 입맛을 다시며 천천히 다가간 사이고는 소녀를 번쩍 들었다. 그리고는 푹신한 침대 위로 소녀를 세차게 내동댕이쳤다.

그런데 알몸의 소녀가 침대 위에 떨어지는 바로 그 순간에 벽에 걸려 있던 십자가상이 쿵 하고 둔탁한 소리를 내며 소녀의 머리맡으로 떨어져 내렸다. 고개를 옆으로 급히 돌린 소녀는 두 손으로 나무십자가를 꼬옥 움켜쥐며 소리쳤다.

"오! 천주님!"

소녀는 오무라 포로수용소에서 영세를 받은 가톨릭 신자였던 것이다.

"흥! 미친년! 그까짓 나무토막이 너를 구해줄 것 같으냐? 목이 터져라고 천주님을 불러봐라! 쥐새끼 한 마리도 안 나타날 테니. 꼴 같지 않은 나무토막을 믿느니, 차라리 나를 믿어라! 나를 믿으라고, 으하하하하!"

망망대해에 덩그러니 떠 있는 거대한 무역선의 조그만 방안에 갇혀 있는 소녀는 사이고의 비웃는 소리를 들으며 끝없는 절망감에 빠져들었다. 거의 실신할 지경에 이른 소녀는 나무십자가를 가슴에 꼬옥 품고는 뜨거운 눈물만 흘리고 있었다. 소녀는 짐승 취급을 받으며 노예로 끌려가는 자신의 신세가 너무 슬펐고, 전신의 근육을 흑구덩이처럼 꿈틀거리며 천천히 다가오는 사이고가 마치 지옥에서 갓 올라온 악귀처럼 경악스러웠다.

그런데, 바로 그때였다.

"으악! 으악!"

바로 맞은편에 있는 돈호세 제독의 방에서 돼지 먹따는 것처럼 다급한 남자의 비명이 터져 나오는 거였다.

깜짝 놀란 사이고는 벽에 걸려 있는 장검을 급히 빼어들고 밖으로 달려 나갔다. 복도에는 벌거벗은 돈호세 제독이 놀란 표정으로 뛰쳐나오고 있었고, 그 옆에는 비명을 듣고 달려온 이토와 이께다가 어리둥절한 표정을 짓고 있었다.

"무, 무슨 일입니까?"

사이고는 알몸을 미처 가리지도 못한 채 덜덜 떨고 있는 돈호세 제독을 바라보며 큰 소리로 물었다. 그러나 돈호세 제독은 무엇엔가 크게 놀란 듯 미처 대답을 못하고 더듬거리기만 했다.

"바, 바, 방 안에!"

돈호세의 얼빠진 모습을 보고 사태가 심상치 않다고 생각한 사이고는 방문을 거세게 박차며 안으로 뛰어 들었다.

"이얏!"

세찬 기합소리를 벼락처럼 토하며 돈호세의 방 안으로 뛰어든 사이고는 깜짝 놀라지 않을 수 없었다. 두툼한 페르시아 양탄자 위에 속옷 차림의 조선 처녀가 목에 칼을 꽂은 채 엎드려 있는 게 아닌가?

"아, 아니! 이게 도대체, 어떻게 된 일입니까?"

고개를 뒤로 돌린 사이고는 복도에 엉거주춤 서 있는 돈호세 제독을 향해 버럭 고함을 질렀다. 위병사관들이 급히 가져온 겉옷으로 알몸을 살짝 가린 돈호세 제독은 두꺼운 입술을 실룩거리며 겨우 말을 꺼냈다.

"그, 글쎄 이, 이년이! 갑자기 일어나더니 칼, 칼을 목에 꽂아버렸어!"

닌자들의 손에 끌려 돈호세 제독의 방으로 들어온 여자는 올해 17세 된 조선 처녀였다. 경북 안동의 어느 양반집 규수였던 그녀는 발정한 코뿔소처럼 돌진해 오는 돈호세로부터 자신의 고귀한 순결을 지키기 위해 젖 먹던 힘까지 다 쏟아 부었다. 그러나 연약한 17세 처녀의 힘으로는 비대한 몸집을 가진 돈호세의 육탄공격을 막아내기는 역부족이었다. 온갖 몸부림을 다 쳐보았으나 결국 저고리와 치마가 다 벗겨져 얇은 속옷만 남게 된 것이다. 고이 간직했던 자신의 순결이 낯모르는 외국 남자에 의해 무참하게 짓이겨지는 급박한 지경이 되자, 그녀는 최후의 방법으로 벽에 걸려있던 돈호세의 칼을 재빨리 움켜쥐었다.

돈호세는 조선 처녀가 자신을 공격하는 줄 알고 비실비실 뒷걸음을 쳤다. 그러나 남을 해칠 줄 모르는 독실한 불교 신자였던 그녀는 그 칼로 자신의 기구한 생을 마감하기로 결심했다. 두어 번 크게 심호흡을 하며 마음을 가다듬고는 시퍼런 칼끝을 자신의 가녀린 목에 꽂은 채 침대 아래로 굴러 떨어져 버렸다. 그러자 깜짝 놀란 돈호세는 급박한 비명을 내지르며 부랴부랴 밖으로 뛰어나온 것이다.

"야, 이께다! 이년 시체를 어서 끌어내!"

선혈이 낭자한 그녀의 시신을 바라보며 침을 퉤퉤 뱉은 사이고는 이께다를 향해 고함을 버럭 질렀다.

"에이, 쌍년!"

인상이 험하게 구겨진 사이고는 욕설을 내뱉으며 다시 복도로 나왔다. 훈도시 바람으로 복도로 나온 사이고가 자기 방으로 막 들어서는 순간이었다. 그때 그의 방안에서 갑자기 쨍그랑 하고 유리가 깨어지는 소리가 요란하게 들려 왔다. 그러자 사이고의 뒤를 따라 방안으로 주춤주춤 들어서던 돈호세는 또다시 깜짝 놀라 그 자리에 두 발이 얼어붙고 말았다. 사이고는 두 눈에 쌍심지를 돋우며 방안으로 황급히 뛰어 들었다.

"아니, 이건 또 뭐야?"

자신의 방안에 있어야 할 조선 소녀는 온데간데없이 사라져 버렸고, 바다 쪽으로 나 있는 둥근 유리창은 박살이 난 채 큰 구멍만 훵하니 뚫려 있는 게 아닌가? 사이고가 비명소리를 듣고 급히 복도로 달려 나간 사이에, 침대 위에서 부들부들 떨고 있던 소녀가 나무 십자가를 가슴에 품은 채 캄캄한 밤바다로 뛰어 내린 것이다.

갑자기 '닭 쫓던 개' 신세가 되어 버린 사이고는 안색이 시뻘겋게 변했다. 서서히 얼굴이 일그러지며 치밀어 오르는 분노를 감추지 못하던 그는 결국 긴 칼을 바닥에 내동댕이치며 분통을 터뜨렸다.

"이런, 우라질!"

결국 그날 밤, 낯선 외국 남자들의 성노예로 끌려왔던 두 조선 여자들은 자신들의 신앙과 정절을 지키기 위해 죽음을 선택한 것이다. 일본인의 침략전쟁만 없었다면 각각 한 남자의 어진 아내가 되어 오손도손한 평생을 보냈을 두 여자가, 한 사람은 지옥 같은 무역선의 좁은 방에서 목에 칼을 꽂아야 했고, 또 한 사람은 어두운 밤바다로 몸을 던져 물고기의 처참한 먹이가 되어야 했다.

어느덧 해가 바뀌어 1599년이 되었다.

인도의 고아항구에 들러 물과 식량을 보충한 무역선은 2월에는 아프리카 남단의 희망봉을 지났고, 3월에는 아프리카 서해안을 따라 북쪽으로 항해를 계속했다.

따뜻한 난류가 끊임없이 흘러드는 적도가 점점 가까워지자 날씨는 하루가 다르게 더워졌다. 스페인 장교들은 한낮의 더위를 피해 중갑판의 선실 안에 모여서 책을 읽거나 트럼프 놀이를 하면서 휴식을 취했다.

포르투칼 선원들 중에서 비번인 사람들은 하갑판에 벌집처럼 촘촘하게 매달려 있는 해먹 안에 드러누워 나른한 오후를 즐기고 있었다. 또 어떤 선원들은 사각형의 대형 돛이 걸려 있는 긴 활대위에 빨래를 잔뜩 늘어놓고는 선미 쪽의 그늘에 모여 앉아 하얀 상아에 조각을 하기도 하고, 악기를 연주하기도 했다. 또 싱싱한 생선이 먹고 싶은 선원들은 뱃전에 기대서서 긴 낚싯대를 바다에 드리운 채 뜨거운 햇살을 맞고 있었다.

바다 위에는 머리가 어마어마하게 큰 향유고래가 이따금 모습을 드러내기도 했고, 겁 없는 날치 떼가 뱃전 위로 날아오르며 하얀 물보라를 일으키기도 했다. 적도의 바다는 한없이 평화롭고 한가해 보였다.

그런데 무역선 속에는 가끔씩 이러한 평화와 질서를 깨는 말썽꾼들이 있었다. 그들은 바로 백여 명에 이르는 일본인들이었다. 난생 처음 겪어보는 지루한 선상생활에 그만 넌덜머리가 난 사무라이와 닌자들은 도무지 좀이 쑤셔 견딜 수가 없었다. 그들은 중갑판에 있는 주방에 몰래 숨어들어 맛있는 술과 음식을 훔쳐 먹는 것은 다반사였고, 하갑판에 있는 창고에까지 몰래 내려가 족쇄를 차고 누워 있는 조선 여자들을 멋대로 희롱하고 겁탈까지 했다. 게다가 그들은 평상시에도 훈도시만 허리에 달랑 두른 채 반벌거숭이로 선상생활을 했었는데, 요즘은 덥다는 구실로 아예 시커먼 알몸으로 배안을 휘젓고 다녔다.

동성애 습관이 있는 그들은 선실 내에서 잠을 잘 때도 서로 불알을 만지며 음탕한 짓거리를 함부로 하는 바람에 포르투칼 선원들이 아연 실색하기 일쑤였다. 또한 그들은 검술수련을 한다는 구실로 아무데서나 시퍼런 칼을 함부로 휘두르는 바람에 스페인 장교들마저 섬뜩섬뜩 놀랐다. 참다못한 빅토르와 도밍고가 이토와 사이고에게 여러 번 항의를 했으나 '소귀에 경 읽기'였다.

조선인 노예와 무거운 짐을 가득 실은 무역선이 적도의 무풍지대에 접어든 지 벌써 사흘이 지났다. 돈호세 제독은 선장에게 명령을 내려 사각돛을 모두 내리고 삼각돛만 올리게 했다. 순풍이 불때는 사각돛이 필요했지만, 이곳처럼 거의 바람이 없고 가끔씩 역풍만 불어 올 때는 무용지물이었다. 그 대신 삼각돛은 비록 속도는 느리지만 무역선을 지그재그라도 조금씩 앞으로 끌고 갔기 때문이다.

땀방울이 온몸에 찐득찐득 늘어 붙을 정도로 무더운 날씨가 오랫동안 계속되자, 일본인들의 불쾌지수는 더욱 더 높아지기 시작했다. 마땅한 오락거리가 없어 짜증을 부리던 그들은 조선인들을 머리에 떠올렸다.

조선인들은 유럽의 항구도시에서 비싼 값에 팔릴 상품이기 때문에, 일주일에 한두 번 정도는 배 위에 데리고 나와 가벼운 몸 풀기와 일광욕을 시켰다. 왜냐하면 그렇게 해야 만이 잔병도 예방되고 관절과 근육이 경직되지 않아 노예시장에서 비싼 값을 받을 수 있었기 때문이다.

그날도 일광욕을 위해 상갑판 위로 올라온 조선인들은 사무라이들의 엄중한 감시 아래 배수구멍이 뚫려 있는 고물 쪽에 세워졌다. 햇빛 한 줄기 들어오지 않는 배 밑창에서 오랜 감금생활을 하고 있던 조선인들은 모두들 병색이 완연했다. 깃과 도련이 여기저기 해어지고 누렇게 퇴색된 한복을 입고 나온 그들의 얼굴은 핏기 하나 없는 창백한 얼굴이었고, 수갑과 족쇄에 묶여 있던 손목과 발목은 황새다리처럼 삐쩍 말라 있었다.

운동과 일광욕을 하기 위해 수갑과 족쇄를 푼 초췌한 조선인들은 모두 다 비감 어린 표정들이었다. 고향인 조선이 있는 동쪽하늘을 바라보며 하염없이 뜨거운 눈물을 흘리는 사람도 있었고, 꽉 다문 어금니 사이로 복받쳐 오르는 비통한 심정을 신음처럼 토해내는 사람들도 있었고, 모든 것을 체념한 망연자실한 표정으로 검푸른 망망대해를 힘없이 바라보는 사람들도 있었다.

"아니, 이것들이! 왜 눈물을 질질 짜는 거야? 초상이라도 난 줄 알아?"

사이고가 가시눈을 부릅뜨며 고함을 쳤다. 그러자 옆에 있던 이토가
이께다에게 명령을 내렸다.

"야, 이께다! 이놈들에게 바닷물을 끼얹어 줘라!"

"예, 알겠습니다."

조선인들을 조롱할 방법을 궁리하던 이토는 밝은 태양 아래에서 신선
한 공기를 마시고 있는 조선인들에게 바닷물 세례를 주기로 한 것이다.

이토의 명령이 떨어지자 부하들은 긴 밧줄을 묶은 둥근 나무통으로
바닷물을 길어 올리기 시작했다. 그리고는 그 바닷물을 조선인들의 몸
위로 좍좍 부어 버렸다. 그러자 비통한 심정으로 눈물을 글썽이던 조선
인들은 느닷없이 퍼붓는 바닷물 세례를 피하기 위해 이리 몰리고 저리
몰리며 우왕좌왕했다.

일본인들은 선상 위의 조선인들이 바닷물을 피하기 위해 황급히 달
아나는 모습을 바라보며 즐거워했다. 재미있는 서커스를 구경하는 것
처럼 큰 소리로 웃음을 터뜨리던 일본인들은, 이번에는 조선 여자들만
골라서 집중적으로 바닷물을 퍼붓기 시작했다.

"어머나!"

여자들의 입에선 다급한 비명이 동시에 터져 나왔다. 놀란 여자들은
황급히 몸을 피하다가 미끄러운 바닥 위에 이리저리 나뒹굴기도 하고,
쿵하며 엉덩방아를 찧기도 했다. 그런데 더욱 당혹스러운 것은 물에 젖
은 치마저고리가 몸에 찰싹 달라붙는 바람에 몸의 곡선이 선명하게 비
치는 것이다. 그러자 화들짝 놀란 여자들은 물에 흠뻑 젖은 한복을 몸
에서 떼어내느라 큰 소동이 벌어졌다. 알몸이 내비치는 물에 젖은 한복
때문에 쩔쩔매는 여자들을 본 일본인들은 더욱 깔깔거리며 바닷물을

계속 퍼부었다.

"으하하! 으하하 하하!"

바닷물을 연이어 세차게 퍼붓자, 여자들의 하복부 곡선이 훨씬 선명하게 드러나고 여자들의 젖가슴이 더욱 탐스럽게 내비쳤다.

이때 조선 여자들이 물벼락을 뒤집어 쓴 채 허둥거리는 모습을 흥미 있게 지켜보던 사이고가 자신의 웃옷을 훌렁 벗어 던졌다. 그리고 천천히 앞으로 걸어 나가기 시작했다. 사이고의 시야에 들어온 것은 사가지 방의 산속에서 생포해 온 은아였다.

은아 역시 다른 조선 여자들처럼 옷이 해어지고 얼굴도 파리했다. 그러나 오랜 감금 생활에도 불구하고 그녀의 아름다움은 여전했다. 온몸에 바닷물을 뒤집어쓰는 바람에 옷 속에 감추어져 있던 은아의 아름다운 몸매가 싱싱한 자태를 드러냈다. 그러자 그 광경을 목격한 사이고의 가슴에 뜨거운 욕정이 치밀어 올랐던 것이다.

훈도시 차림의 사이고가 발정한 수캐처럼 두 눈을 번들거리며 댓바람에 달려 나오자, 은아는 몸을 웅크리며 뒤로 돌아섰다. 은아의 둥근 엉덩이 아래로 물에 젖은 치마자락이 찰랑거렸다. 그러자 사이고는 두 마리의 흑룡문신이 징그럽게 꿈틀거리는 자신의 몸을 자랑스럽게 흔들며 은아의 뒤쪽으로 다가갔다. 그리고는 은아의 엉덩이에 자신의 하반신을 강하게 밀착시키면서 시커먼 꺽짓손으로 젖가슴을 세차게 움켜쥐었다.

"어머!"

깜짝 놀란 은아는 온몸을 바둥거리며 그 자리에 주저앉았다. 그러자 사이고는 은아를 더욱 강하게 끌어안으며 그녀의 뒷목에 입을 맞추려

272

고 했다.

그런데, 바로 그 순간. 더벅머리를 한 웬 조선 청년이 번개처럼 뛰어
나오더니 오른발을 앞으로 쭉 뻗으며 사이고의 옆구리를 세차게 내질
렀다.

"어이쿠!"

옆구리를 세차게 차인 사이고는 외마디 비명을 크게 지르며 갑판 한
쪽으로 쿵! 소리를 내며 요란하게 나가 떨어져 버렸다.

"이, 이놈이!"

느닷없이 공격을 당한 사이고는 비틀거리며 바닥에서 천천히 일어
났다. 사이고를 걷어찬 청년은 바로 현민이었다. 은아와 함께 북큐슈
의 수험자 촌에서 잡혀온 현민은 증오의 눈길로 사이고를 매섭게 노려
보고 있었다.

간신히 몸을 가누고 일어 선 사이고는 옆에 서 있던 이께다의 장검을
재빨리 뽑아 들었다. 화가 잔뜩 난 사이고는 날카로운 칼날을 전방으로
향한 채 현민을 매섭게 쏘아봤다. 그리고 잠시 호흡을 고르더니, 커다
란 기합소리를 내며 현민의 가슴 한복판을 향해 곧장 찔러 들어갔다.

"이야앗!"

독기를 잔뜩 품은 사이고의 시퍼런 칼끝이 현민의 가슴에 막 닿으려
는 찰나에 현민의 몸이 왼쪽으로 빙그르르 돌았다. 그와 동시에 현민의
왼발이 전광석화처럼 위로 올라가면서 사이고의 뒤통수를 강하게 차
올렸다.

"으악!"

사이고는 외마디 비명을 지르며 칼을 놓쳤고, 그의 몸은 앞으로 시부

저기 고꾸라지더니 물기 흥건한 갑판 위로 쭉 미끄러졌다. 그리고는 쿵! 소리와 함께 그의 몸은 중앙 돛대의 굵은 밑동 아래에 된통 부딪쳤다. 갑판 위에 서 있던 일본인들은 눈앞에서 방금 벌어진 사태를 보고 그저 어안이 벙벙했다.

"이 새끼가!"

칼을 든 사이고가 맨손의 현민에 의해 몰골사납게 나가떨어지는 것을 본 닌자 세 명이 허리에 차고 있던 칼을 빼들었다. 그리고는 고함을 크게 지르며 현민에게 달려들었다.

"이얏!"

그러자 다시 자세를 취한 현민은 조금도 동요하는 빛이 없이 그들의 공격을 받아 넘겼다.

"이크!"

몸을 재빨리 빼치며 제일 앞에 서서 자신의 목을 치려고 들어오는 닌자의 상단공격을 피한 현민은 오른다리를 번쩍 들어 상대방의 턱을 차올렸다.

"으악!"

그와 동시에 몸을 왼쪽으로 회전시키며 자신의 허리를 향해 찔러오는 닌자의 매서운 칼날을 채뜨린 현민은 왼다리로 상대방의 하복부를 세차게 내질렀다.

"이얏!"

"윽!"

두 눈을 크게 부릅뜬 현민은 목에서 허리까지 사선으로 칼을 내리치는 세 번째 닌자의 공격을 피해 몸을 허공으로 솟구쳤다. 공중에서 몸

274

을 한 차례 빙그르르 회전시킨 현민은 칼을 다시 들어 올리는 닌자의 얼굴을 오른발로 세차게 차 돌렸다.

"으악!"

얼굴이 크게 일그러진 닌자는 칼을 놓치며 몸이 허공으로 붕 떠올랐다. 그리고는 쾅당! 하는 둔탁한 소리와 함께 뱃전에 몸을 부딪치며 쓰러져 버렸다.

그러자 배 위에는 정적만이 감돌았다. 닌자들 세 명이 한꺼번에 덤벼들었는데도 불구하고 맨손의 조선 청년에게 순식간에 당하고 말았으니. 그들 주위에 있는 일본인들뿐 아니라, 이 광경을 구경하던 스페인 장교들과 포르투갈 선원들도 놀라서 입이 제대로 닫히지 않을 지경이었다.

그때 배 위에 흐르는 무거운 적막을 깬 것은 이토였다.

"이 개 같은 새끼! 화승총으로 대갈통을 날려 줄 테다."

수치심에 얼굴이 시뻘겋게 달아오른 이토가 옆에 있는 스페인 장교의 최신 머스켓 총을 뺏어들고는 앞으로 걸어 나왔다. 벽력 같은 고함을 지르며 앞으로 나온 이토는 총을 어깨 위에 올리더니 현민의 심장을 똑바로 겨냥했다.

이토의 성난 얼굴을 노려보던 현민은 깜짝 놀라지 않을 수 없었다. 뱀처럼 작은 실눈, 얼금얼금 얽은 손티, 오른쪽 뺨에 길게 난 칼자국……. 2년 전 자신의 혼례식이 벌어지던 경주의 삼랑사를 기습해서 자신의 부모를 죽이고, 사랑하는 신부를 강간하고, 그 시체를 불 질러 버렸던 놈이 틀림없었기 때문이다. 현민의 가슴속엔 불같은 분노가 이글거렸다.

'불구 대천지 원수놈! 네놈을 다시 만났구나. 천지신명께 맹세코 네놈을 살려두지 않을 테다!'

총을 겨눈 채 자신에게 걸어오는 이토를 향해 몸을 슬쩍 옆으로 비켜선 현민은 두 다리를 약간 구부렸다. 그리고 자신의 몸을 허공으로 솟구칠 마음의 준비를 했다.

일격필살! 설혹 자신이 이토의 총에 맞는다 하더라도, 허공으로 뛰어오른 몸을 매처럼 곧장 아래로 내리 꽂으며 이토의 목줄띠를 단번에 가격하여, 그의 숨통을 순식간에 끊어버리려는 계획이었다. 현민은 자신의 목숨과 이토의 목숨을 맞바꿔서라도 억울하게 죽은 식구들의 원수를 갚을 수만 있다면, 더 바랄 것이 없었던 것이다.

잔인한 미소를 이죽거리며 현민의 대여섯 보 앞까지 다가온 이토는 방아쇠에 올려놓은 검지 손가락에 서서히 힘을 주기 시작했다.

"네놈의 택견 솜씨가 아무리 출중하다 해도 이 총알을 피하지는 못할 것이다. 네놈이 쓰러지면 심장을 도려내 바다에 던져주마! 오무라 포로수용소에서도 탈출을 해서 속을 썩히더니, 노예로 팔려가면서도 또 말썽을 부려? 이, 개 같은 새끼!"

위기일발의 순간이었다. 모두들 숨소리도 크게 못 내고 두 사람을 보고 있었고, 은아는 눈물을 글썽이며 고개를 돌리고 말았다. 이제 잠시 후면 이토의 총에 맞아 붉은 피를 토하는 현민의 참혹한 모습을 보게 될 찰나였다.

바로 그때였다.

"이토!"

조타실에서 이토를 크게 부르는 소리가 들려왔다. 목소리의 주인공

276

은 까를레티 공작이었다.

"이토! 어서 그 총을 치우시오!"

"공작님! 이 녀석은 우리 일본인을 모욕한 놈입니다. 이런 놈은 당장 쏴 죽여도 시원치 않습니다."

"이토! 당신들은 조선인들을 베네치아 항구까지 무사히 이송하는 호위병들이오. 게다가 조선인들은 그곳에서 비싼 값으로 팔아야 하는 노예들이오! 그러니 그 총을 당장 치우시오."

그러나 그런 말 몇 마디에 호락호락 물러설 이토가 아니었다.

"공작님! 그럴 수는 없습니다! 우리의 법에 의하면, 사무라이를 능욕하는 놈은 그 자리에서 즉결 처단할 수 있습니다. 이놈은 우리들에게 크나큰 치욕을 안겨다 준 놈입니다. 반드시 죽여서 우리의 더럽혀진 명예를 되찾아야 합니다!"

그러자 까를레티 공작이 허리춤에 차고 있던 권총을 꺼내어 이토를 겨누었다.

"이토! 다시 한 번 경고하는데, 절대로 당신의 신분을 망각하지 마시오! 이 배 안에 있는 그 어떤 것도 당신 마음대로 처분할 수 있는 권리가 없소. 게다가 이 무역선은 스페인 제국 영토의 일부분이지, 결코 당신네 영토가 아니오. 사무라이들의 잔혹한 법은 섬나라에서나 통용되는 것이지, 성스러운 이 배에서 허용되는 것이 아니라는 것을 꼭 명심하시오. 만약 더 이상 당신의 신분에 어긋나는 건방진 행동을 계속한다면, 대 스페인 제국의 펠리페 2세 폐하와 토스카나 대공국의 메디치 총독 이름으로 당신을 체포하겠소."

단호한 어조로 쐐기를 박은 까를레티 공작은 허공을 향해 권총을 힘차게 당겼다.

탕!

그와 동시에 수십 명의 스페인 군인들이 일제히 머스켓 총을 들어 올려 이토와 사무라이들을 겨누었다. 그러자 모든 사람들의 뜨거운 시선이 이토에게 향했다.

결국 이토는 현민의 가슴에 겨누고 있던 장총을 힘없이 아래로 내렸다. 이토는 분하다는 듯이 이빨을 앙다물며 입술을 증오로 일그러뜨리더니 몇 발짝 뒤로 물러섰다. 그러자 까를레티 공작은 준사관을 급히 불렀다.

"준사관! 위병하사와 군인들을 시켜서 조선인들을 아래로 내려 보내시오!"

"예, 알겠습니다!"

까를레티의 명령을 받은 준사관은 즉시 군인들을 집합시켜 조선인들을 한곳에 집결시켰다. 인원 파악을 모두 끝낸 군인들은 조선인들을 중앙돛대 옆에 있는 승강계단 쪽으로 데리고 갔다.

이때 천천히 발걸음을 옮기던 현민이 까를레티 공작을 바라보았다. 시선이 마주친 까를레티 공작은 싱긋이 미소를 지으며 오른손 엄지를 가볍게 들어주었다.

현민은 자신의 목숨을 일촉즉발의 위기에서 구해준 고마운 이국인을 뜨거운 시선으로 잠시 바라보았다. 그리고는 곧 다른 사람들과 함께 승강계단 밑으로 묵묵히 내려갔다.

잠시 후, 조선인들과 일본인들이 모두 다 사라진 널찍한 갑판 위에는 산천옹 몇 마리가 하얀 날개를 펄럭이며 천천히 선회하고 있었다.

폭풍우 속의 해적선

"만세! 만세!"

중앙돛대 위에 매달려 있는 둥근 망루 속에서 갑자기 만세소리가 터져 나왔다. 바닷길을 살피던 망루원들이 두 손을 위로 번쩍 들어 올리며 일제히 커다란 함성을 내지르자, 배 안에 있던 선원들도 갑판 위로 우르르 뛰어 올라왔다.

"야, 지중해다!"

뱃전에 기대선 선원들도 모두 다 바다를 바라보며 탄성을 내질렀다. 그들의 눈앞에 짙은 코발트 빛 지중해가 아름다운 모습을 드러내고 있었던 것이다. 대서양의 높은 파도를 헤치며 아프리카 서부 해안을 항해해 온 무역선이 드디어 지브로올터 해협을 막 지나는 감격어린 순간이었다.

그들이 지금 통과하고 있는 이 해협은, 유럽 대륙의 최서단인 이베리아 반도와 아프리카 대륙사이에 있는 바늘귀처럼 좁고 길게 생긴 바닷길이다. 이곳은 대서양에서 지중해로 들어가는 입구이기 때문에 일명 '헤라클레스의 문'이라고도 불렸다. 극동의 조그만 섬에서 출발하여 지난 6개월간 동중국해, 인도양, 대서양의 망망대해를 항해해 온 무역선이 커다란 돛을 힘차게 나부끼며 지중해로 유유히 들어가자, 배안의 군인들과 선원들은 너무나 기뻐서 어쩔 줄 몰랐다.

"오, 성모 마리아님! 기나긴 항해를 드디어 끝내고, 꿈속에서도 잊지 못하던 고향 앞바다로 무사히 돌아오게 해 주셔서 정말 감사합니다. 오! 지중해! 사랑과 미의 여신 아프로디테를 탄생시킨 신비의 바다여! 너를 다시 보기 위해 우리는 거대한 지구를 반 바퀴나 돌아야 했단다."

주변에 펼쳐지는 낯익은 풍경을 바라보며 탄성을 내지르던 그들은 그 자리에 두 무릎을 꿇은 채 뜨거운 감사의 기도를 올리기 시작했다. 또 어떤 사람들은 너무나 감격한 나머지 서로 부둥켜안고 뜨거운 눈물을 펑펑 흘리기도 했다.

그 당시 유럽인들에게 지중해는 너무나 깊은 의미가 담겨 있는 어머니 같은 바다였다. 아프로디테의 신화와 포세이돈의 전설이 어려 있는 신비로운 꿈의 바다이기도 했고, 아폴로의 햇살과 디오니소스의 풍요가 현실로 나타나는 가슴 벅찬 희망의 바다이기도 했다.

B.C. 2천 년경에 지중해 동부의 크레타 섬에서 시작된 최초의 해양 문명은 바로 그 바닷길을 따라 아직 암흑과 무지 속에서 잠자고 있던 유럽인들에게 아침햇살처럼 퍼져 갔던 것이다. 크레타 섬에 크놋소스 왕궁(일명 미노스의 궁전)을 짓고 지중해 특유의 우아하고 섬세한 해양 문명을 만끽하던 그들은 지중해 해안지방에 살고 있던 남유럽과 서아시아와 북아프리카의 여러 민족들과 활발한 교류를 하면서 새로운 문

명을 잉태시켰다. 그것이 바로 미케네 문명인데, 이것은 그리스 반도의 이오니아 문명과 크레타 문명이 새롭게 만나서 만들어진 문명이다.

그런데 페르시아 전쟁(그리스와 페르시아의 전쟁)과 펠로폰네소스 전쟁(아테네와 스파르타의 전쟁)으로 인해 그리스 문명이 점점 약해질 때에 새롭게 빛을 발하기 시작한 문명이 바로 로마 문명이었다. 늠름한 전사였던 에트루리아인과 무서운 야만인이었던 갈리아인을 이탈리아 반도에서 몰아내고 테베레 강변의 일곱 개 도시 위에 새로운 도시를 건설한 로마인들은 '지중해의 떠오르는 태양'이었다.

북아프리카의 강력한 해양왕국이었던 카르타고를 두 차례의 포에니 전쟁을 통해 완전히 멸망시킨 로마는 A.D. 2세기경에 3대륙(유럽, 소아시아, 아프리카)에 엄청난 식민지를 거느린 세계 최대의 제국으로 성장했다. 그 당시 지중해는 '로마의 호수'였고, 그 호수 위에는 잘 훈련된 로마의 선단들이 언제나 짐을 가득 실은 채 힘찬 항해를 하고 있었다. 지중해를 통한 해상무역의 전통은 서로마제국이 게르만 민족에게 멸망한(A.D. 476년) 뒤에도 천여 년 동안이나 계속되었다.

지중해의 중심에 위치한 이탈리아의 각 도시국가들은 극동의 끝에 있는 신라 경주까지 이어지는 실크로드를 통해 동양의 진귀한 향료, 비단, 도자기, 황금 등을 유럽 각국에 지속적으로 공급하는 '유럽의 창고' 역할을 성실히 수행했을 뿐 아니라, 중세의 암흑에 시달리던 유럽 각국에 르네상스 문화를 전파하는 '유럽의 고귀한 등대' 노릇도 하였다. 최초의 찬란한 유럽문명이 지중해의 약동하는 파도 속에서 태어났고, 화려한 르네상스 문화가 지중해의 따뜻한 햇살 속에서 숙성되었고, 그들이 누리던 모든 풍요가 지중해의 다양한 뱃길을 통해 이룩

되었던 것이다.

그날 저녁, 이 기쁜 날을 축하하는 성대한 파티가 선상에서 열렸다. 그들의 꿈과 희망과 추억이 어려 있는 지중해로 들어선 그날을 그냥 이대로 맹숭맹숭하게 보낼 수는 없는 노릇이었다. 오랜 항해에 지쳐 있던 승무원들은 기름진 음식과 포도주를 마시며 마음껏 즐거워했다. 갑판 위에는 군데군데 모닥불이 피어오르고 맛있는 고향 요리가 진수성찬으로 차려졌다. 포르투칼 선원들은 익숙한 솜씨로 악기를 연주하며 '파도스'를 불렀고, 스페인 병사들은 흥겨운 집시음악에 맞춰 플라멩코 춤을 정열적으로 췄다. 별빛이 눈부신 선상 파티에는 일본인들도 함께 앉아 술을 마시고 박수를 치며 기쁨을 나누었다.

바로 그 시간에 까를레티 공작은 프로이스 신부의 방에 앉아서 이탈리아산 포도주를 마시며 담소를 나누고 있었다.

"프로이스 신부님! 저는 이번 여행 중에 조선에 대해 많은 호기심을 갖게 되었습니다. 안젤리까 양과 세스페데스 신부님으로부터 조선에 관한 이야기들을 들었습니다마는, 그것은 오히려 저를 더욱 갈증 나게 만들었습니다. 이번에 전쟁만 일어나지 않았으면, 프로이스 신부님과 함께 조선을 방문해서 그곳에 남아 있는 신라시대의 황금 유물과 경주에 산재해 있는 고대 왕궁과 다양한 유적지들을 구경할 수 있었을 텐데. 참으로 아쉽습니다."

"까를레티 공작님께서는 조선에 대해 상당한 매력을 느끼셨군요. 만약 다음에 기회가 생긴다면, 제가 직접 조선의 여러 지방을 안내해 드리겠습니다. 특히 까를레티 공작님처럼 지성 있는 이탈리아인들이 조선의 유서 깊은 곳을 여행한다면 남다른 감동을 받으실 수 있을 겁니다.”

“그게 무슨 뜻입니까? 특히 이탈리아인에게 남다른 감동이 일어난다는 말씀이⋯⋯.”

“왜냐하면 이탈리아와 조선은 서로가 멀리 떨어져 있지만 여러 가지 면에서 공통점이 많기 때문입니다. 이탈리아와 조선은 같은 반도 국가일 뿐 아니라, 위도도 서로 비슷하답니다. 조선 반도의 크기는 영국 본토인 잉글랜드 섬과 면적이 비슷하고, 모양은 머리가 없는 나비처럼 생겼습니다. 그런데 조선인들은 마치 대륙을 향해 포효하는 호랑이처럼 생겼다고 믿고 있으며, 실제로 동해안에 ‘호랑이 꼬리’라는 마을도 있답니다.

이탈리아의 알프스에 해당하는 산은 백두산인데, 그 의미는 ‘하얀 머리의 산’이죠. 그리고 이탈리아의 등뼈인 아펜니노 산맥과 같은 역할을 하는 것은 백두대간인데, 그 속에는 아열대에서 한대에 이르는 대단히 다양한 종류의 동물과 식물들이 거대한 낙원을 이루며 생활하고 있습니다. 밀림처럼 울창한 수림 속에서 가장 인상적인 동물은 호랑이입니다. 독수리가 로마제국을 상징하고 용이 중국을 상징하듯 호랑이는 조선을 상징하는 동물입니다.

호랑이의 발톱은 조선인들에게 ‘행운을 가져다 주는 마스코트’이기 때문에, 먼 길을 떠나는 나그네들은 주머니 속에 소중하게 보관한답니다. 또한 정말 아름답고 부드러운 호피는 부잣집의 융단으로 쓰이고 있으며, 특히 사무라이들은 용맹과 힘을 상징하는 조선 호피를 잘라서 만든 칼집을 아주 고가로 구입합니다. 엄청나게 크고 빠르며 힘이 센 호랑이들이 숲속에 너무나 많기 때문에, 일 년의 반은 조선인들이 호랑이

를 사냥하고 나머지 반은 호랑이들이 조선인들을 사냥할 정도로 조선
은 거대한 '호랑이의 나라'입니다."

"하하, 정말 대단한 맹수이군요."

까를레티 공작은 대단히 흥미진진한 표정으로 프로이스 신부를 바라
보았다.

"아름다운 '지중해'가 이탈리아 반도를 포근하게 감싸 안은 것처럼,
동해·남해·서해로 나누어 지는 '조선해'가 태평양을 건너온 태양이
첫 햇살을 비춰주는 조선 반도를 아늑히 감싸고 있죠. 아득한 옛날에
거대한 호수였던 지중해는 어류의 종류가 그다지 다양하지 않지만, 알
류산 열도에서 내려오는 한류대와 큐슈에서 올라오는 난류대가 만나는
조선해에는 엄청나게 다양한 어류들이 살고 있답니다. 그리고 제주도
는 이탈리아의 시칠리아 섬이고, 조선의 곡창이며 넓은 평야가 많은 남
부지방은 이탈리아의 토스카나 지방과 비슷하고, 사나운 전사들의 고
장인 평안도는 이탈리아의 북부에 위치한 피에몬테 지방과 흡사하답니
다. 조선도 이탈리아처럼 남쪽과 서쪽으로 많은 강이 흐르고 있습니다.
그중에서 한양성을 흐르는 한강은 로마의 테베레 강이고, 평양을 적시
는 대동강은 피렌체의 아르노 강이고, 조선의 시저인 이성계 장군이 건
넜던 압록강은 루비콘 강에 해당된답니다. 그리고 이탈리아를 아모레
(사랑)와 칸타레(노래)와 만쟈레(요리)의 나라라고 하는데, 그 점에 있어
서도 조선은 매우 비슷하답니다.

이탈리아에 '아모레'가 있다면 조선에는 '정'이 있습니다. 조선에서
는 정을 특별히 '인정'이라고 하기도 하는데, 그것은 정이란 오직 인간
만이 갖고 있는 고유한 사랑의 감정이란 의미입니다. 그래서 조선인들

이 흔히 쓰는 말에는 '사랑보다 더 무서운 건 정', '미운 정 고운 정 다 든 사람'이란 표현이 있습니다. 조선인들이 쓰는 말 중에 가장 모욕적인 것이 바로, 상대방으로부터 '인정머리 없는 놈'이란 말을 듣는 것입니다. 이 말은 상대방이 인간의 도리를 하지 못하는 사람, 즉 '짐승 같은 놈'이란 의미입니다. 동양인들 중에서도 유독 조선인만이 가지고 있는 이 독특한 덕목은, 자신의 가족이나 친구처럼 특정한 상대에게만 베푸는 것이 아니라, 다른 이방인에게도 편견이나 차별 없이 골고루 나누어야 한다는 믿음을 그들은 갖고 있습니다. 이것은 약 4천 년 전에 세워진 단군 조선의 건국이념에도 들어 있습니다."

"단군 조선의 건국이념이란 무엇입니까?"

"하나는 '광명이세'이고, 또 다른 하나는 '홍익인간'입니다. '광명이세'는 밝은 빛으로 세상을 다스린다는 뜻이고, '홍익인간'은 널리 세상 사람을 이롭게 한다는 뜻입니다. 그래서 조선인들은 세상을 밝고 이롭게 만들기 위해서는, 사람들끼리 서로 '후덕한 인정을 나누며' 살아야 한다는 불문율을 갖고 있는 것이죠."

"그런데 프로이스 신부님의 말씀을 듣다 보니, 고대 조선과 일본 사이에 어떤 역사적 사실들이 있었는지도 궁금하군요?"

"원래 일본 열도에는 1만~2만 년 전에 동남아시아에 살던 해양민족들이 바다를 건너와서 원시적인 무리사회를 이루고 살았답니다. 그러다가 B.C. 6천 년경에 최초의 신석기시대가 시작되었는데, 이것을 쇼몬문화라고 합니다. 그런데 B.C. 4세기경에 일본 열도에 갑자기 야요이문화가 나타납니다. 이것은 청동기혁명이라고 부를 정도로 엄청난 문화였는데, 바로 고대 조선의 청동기문화가 전해진 것이죠.

그리고 얼마 후에는 유라시아대륙의 서쪽 끝에 있는 핀란드와 파미르고원이 있는 중앙아시아를 거쳐 극동의 해돋는 땅인 조선으로 이어지는 스키타이문화를 가진 알타이의 기마민족들이 강력한 철기문화를 꽃피우게 됩니다. 이때 조선의 북쪽에는 졸본부여라는 철기국가가 세워지는데 이 나라는 나중에 조선인을 지칭하는 '꼬레아'의 근원인 고구려가 됩니다. 그리고 조선의 중부지방에는 고구려의 두 왕자인 온조와 비류가 지금 조선의 수도인 한양이 있는 한강변에 백제라는 나라를 세우고, 또 남해안에는 가야를 세웁니다. 나중에 고대 조선의 동쪽 해안지방으로 내려간 알타이의 기마민족은 신라라는 황금의 왕국을 건설하는데, 이 나라는 나중에 로마제국에서 시작한 실크로드의 동쪽 끝인 경주를 통해 풍요로운 천년왕국이 됩니다."

　"그러면 고대 조선에 건국한 알타이의 기마민족 문화가 또다시 일본으로 전해졌겠군요?"

　"그렇지요. 그것은 매우 당연한 일입니다. 원래 문화란 높은 곳에서 낮은 곳으로 흐르는 법이지 않습니까? 게다가 낙동강 하류인 부산의 해변에서는 맑은 날이면 일본 열도로 건너가는 중간 기착지인 쓰씨마 섬이 시야에 들어올 정도로 무척 가깝답니다. 두 곳의 거리가 불과 40km밖에 안 되니까요. 그러다 보니 A.D. 2세기 말부터 4세기 초에 걸쳐 풍요로운 철기문화를 구가하던 가야의 무장들이 앞 다투어 일본으로 건너갔답니다. 그것은 아드리아 해를 사이에 두고 가까운 곳에 살던 고대 그리스인들이 바다를 건너와 남부 이탈리아에 수많은 신도시를 건설한 것과 유사하답니다. 그 당시 왜인들은 아직 '일본'이라는 국호도 없었고, 또 석기문화와 청동기 문화가 혼재된 미개한 생활을 하고

286

있었기 때문에 강력한 철기무기를 앞세운 가야와 부여의 무장들은 일본 열도를 차근차근 점령하며 수많은 신도시들을 건설할 수 있었습니다. 이러한 대사건은 일본인들에게는 마치 하늘에서 신이 강림한 것처럼 엄청난 충격이자 공포였습니다."

"그렇겠군요! 그것은 마치 신대륙의 인디언들이 유럽의 선진문명을 갖고 상륙한 콜럼부스 일행을 신으로 인식한 것과 똑같은 일이군요."

"그렇죠! 그래서 일본의 고대 역사서를 보면 그 당시의 충격을 하늘에서 내려온 수많은 신들이 엄청난 능력과 기이한 행적으로 일본을 건국하는 신화로 기록해 두었답니다. 고대 조선에서 건너와 이나국, 야마타이국, 미즈모국, 왜노국 등을 건국한 고대 조선인들은 일본 열도에 살고 있던 왜인들에게 대륙의 선진문화를 전수해 줍니다. 그들은 선박 건조법, 옷 짓는 법, 야철지에서 쇠를 제련하는 법, 차 끓이는 법 등을 가르쳐주어 왜인들이 좀더 문명인이 되도록 도와주게 됩니다."

"그러면 일본의 고대 역사서인 『고사기』와 『일본서기』에 등장하는 신들 중에는 고대 조선의 왕이나 장군들이 많겠군요?"

"네, 그렇습니다. 일본 최고의 역사서들을 보면 일본 열도에 최초의 나라를 세우는 광경이 기록되어 있습니다. 그 기록에 의하면, 태양의 여신인 아마테라스 오미가미에게 니니기노 미꼬도라는 손자가 있습니다. 그런데 그는 세 개의 신비로운 물건과 많은 시종들을 거느리고 히우가의 나라인 구지후루봉에 내려와 남쪽에 있는 가사사 해변에 나라를 세웠다는 신화가 나옵니다. 그런데 무척 흥미로운 사실은 고대 조선인들이 북쪽에 세웠던 최초의 나라인 단군조선의 개국신화와 남쪽의 낙동강변에 세웠던 최초의 나라인 가야의 개국신화를 오묘하게 섞어서 일본의 개국신화를 만들었다는 점입니다.

먼저, 태양의 여신 아마테라스 오미가미는 단군조선을 건국한 최초의 왕인 단군을 낳은 웅씨 왕녀를 의미하고, 또 그의 손자인 니니기노미꼬도는 여섯 개의 가야국 중에서 가장 강성했던 금관가야의 왕인 김수로를 의미한답니다. 그리고 구지후루봉은 금관가야의 수도인 김해에 있는 구지봉을 뜻하고, 구지후루봉을 마주 보고 있는 가라구니봉은 '가야의 산'이라는 뜻이랍니다. 제가 가사사해변에 가서 확인해 보니 그곳에 긴호산이 있더군요. 긴호산은 '김씨의 산'이란 의미인데, 금관가야를 건국한 수로왕의 성이 바로 김씨랍니다."

까를레티 공작은 프로이스 신부로부터 조선과 일본의 고대사의 비밀을 들으면서 많은 흥미를 느꼈다. 마치 고대 트로이의 열정 가득한 용사인 에네아스가 온갖 역경을 딛고 이탈리아 반도로 건너와 그곳의 원주민이었던 에투루리안들을 정복하고 새로운 나라인 고대 로마를 세운 이야기를 떠올리게 했기 때문이었다.

"이처럼 일본 열도에 최초의 나라를 건국한 고대 조선인들은 수많은 기술자들과 무사들을 데리고 나니와(오사카 앞바다)의 가파른 파도를 헤치고 일본에서 가장 큰 섬인 혼슈에 상륙했고, 나라분지 남쪽에 있는 아늑한 구릉지대에 그들의 안식처를 조성했습니다. 그래서 고대 조선인들이 만든 신도시인 그곳의 명칭이 '아스카'가 되었고, 한문으로 기록할 때는 '날으는 새'를 의미하는 비조라고 쓰기도 하고, 또 '편안한 휴식'을 의미하는 안숙이라고 쓰기도 한답니다."

"그 이유가 무엇입니까?"

"그들이 머나먼 곳에서 새처럼 날아왔기 때문에 비조라고 쓰는 것이

288

고, 또 멀리 날아온 새 같은 고대 조선인들이 이제는 날개를 접고 둥지에서 편안하게 쉴 수 있게 되었기 때문에 안숙으로 쓰는 겁니다. 그리고 '아스카'는 조선인들이 좋아하는 '아침의 땅'이라는 뜻입니다. 지금 조선의 국호도 '고요한 아침의 나라'라는 뜻이랍니다."

"아, 그렇군요!"

"그후로 조선땅에 살던 신라인, 백제인, 고구려인들이 앞 다투어 일본 열도로 건너왔고 그들은 각자 집단으로 모여 살면서 아스카에서 시작한 일본의 문화가 나라와 교토를 거쳐 도쿄로 이동하면서 만개한 벚꽃처럼 발전하는 데 크게 기여하게 됩니다. 먼저 아스카가 있던 야마토 지방(지금 나라현)에는 야마토국의 귀족가문으로 자리 잡은 백제인의 후손인 소가노우마노가 일본 최초의 사원인 비조사를 건립했고, 이때 백제의 성왕이 일본 최초의 석가여래불상인 비로나자불을 축하 선물로 보내 준답니다. 특히 백제 성왕은 일본에 불교를 전해준 최초의 왕일뿐 아니라, 역박사, 의박사, 약박사들을 일본으로 파견해서 대륙의 높은 문명을 일본인들에게 전해 주었죠. 또 백제의 근초고왕은 왕인을 통해 논어 10권과 천자문 1권을 일본으로 전달해서 일본에 최초로 유학을 전해준 왕이랍니다. 그리고 일본의 33대 스이코 천황의 아들인 쇼토쿠 태자가 호오류사를 창건할 때는 고구려 승려인 담징이 유명한 금당벽화를 그렸고, 백제에서는 관음상을 보냈고, 백제의 아좌태지는 일본 최초의 초상화인 쇼토쿠태자 초상화를 그려 주었습니다. 신라에서 건너온 귀족가문인 하타가문이 교토에 교류지사를 건립할 때도 신라의 유명한 적송으로 만든 미륵보살반가사유상을 선물로 받았답니다."

"고대 조선인들과 일본인들이 서로 대단히 좋은 관계를 유지하고 있었군요?"

"그렇습니다. 그들은 마치 형제 같은 돈독한 관계를 유지하면서 오랫동안 생활했습니다. 지금도 오사카에 가면 백제 곤지왕을 모시는 아스카토신사가 세워져 있고 백제사찰, 백제교, 백제들판, 백제마을이 있답니다. 그리고 일본 전역에는 신라에서 건너온 신들을 모시는 시라기신사가 2천여 개나 있고, 고구려인들이 살던 곳에는 고구려에서 건너온 신들을 모시는 고마신사, 고마강, 고마마을들이 많이 있답니다. 그래서 현재 일본 성씨인 고마이, 아라, 오노, 가네코, 부토, 나카야마, 가토 등은 고대 조선인들의 후손이 대부분이죠."

"그렇다면 현재 조선 공격의 선봉에 섰던 가토 기요마사는 자신의 선조의 나라를 공격한 게 아닙니까?"

"그러게 말입니다. 정말 비극적인 일이긴 하지만, 틀림없는 사실입니다."

"그럼 일본의 문명을 열고 일본의 문화를 함께 나눌 정도로 가까웠던 두 나라가 지금은 왜 이렇게 먼 나라가 된 것입니까?"

"그건 백제의 멸망과 깊은 관련이 있습니다."

"백제의 멸망이라고요?"

"조선 땅에는 북쪽에는 고구려, 남쪽에는 백제, 동남쪽에는 신라가 있었죠. 그런데 이 세 나라 중에서 서해와 남해를 끼고 있는 백제가 유달리 일본과 가까운 사이였습니다. 백제인들 중에는 일본의 귀족이 된 사람들도 많이 있고, 백제의 기술자들이 일본으로 건너와서 많이 거주했답니다.그래서 일본과 백제는 마치 형제처럼 친하게 지냈고 왕래도 대단히 빈번했습니다. 그런데 화랑도 정신으로 국력을 키운 신라가 중국의 당나라와 합세해서 백제와 고구려를 모두 멸망시켜 버린 겁니다.

이렇게 되자 일본은 형제의 나라인 백제를 구하기 위해 A.D.668년에 서해를 따라 백촌강으로 3만 명의 군대를 파견합니다. 그런데 이 전투에서 백제의 주류성이 함락당하고 일본의 구원군들은 백촌강에서 크게 패하게 됩니다. 이렇게 되자 일본인들은 엄청난 충격에 휩싸이게 되죠."

그 당시 일본인들의 충격이 얼마나 컸는지, 이런 글이 남아 있다.

아, 이제 주류성을 잃었구나!
이제 어찌해야 한단 말인가?
백제의 이름이 끊어졌으니!
이제 선조들의 무덤에도 가지 못하게 되었구나.
아, 원통하다!

"정말 충격이 컸겠군요."

"일본에 살던 백제인들은 조상들의 묘소가 바로 바다 건너 백제 땅에 있었는데, 이제는 백제의 멸망으로 인해 성묘도 못 하게 되었거든요. 게다가 그들은 신라군이 일본 열도로 쳐들어올지도 모른다는 공포심에 큐슈 북쪽 해안가에 성을 쌓고 대단히 두려운 날들을 보내야 했답니다. 그래서 결국 일본인들은 대단히 큰 결단을 내리게 됩니다."

"어떤 결단입니까?"

"그것은 패전국이 되어 역사 속에서 사라져 버린 백제와의 관계를 완전히 단절하고 일본만의 새로운 역사를 만들기로 한 것입니다. 그들은 고대 조선에서 건너온 옛 역사를 아득한 신화와 전설로 만들어 역사 속에서 서서히 지워 나가기 시작했고, 백제를 멸망시킨 신라 왕자를 천계에서 말썽꾸러기로 살다가 그만 쫓겨난 신화 속의 신인 스사노 미코토로 묘사했습니다. 그리고 그때부터 지금의 국호인 일본이라는 명칭도 사용하기 시작했죠. 그래서 그 이후로 일본과 조선은 전혀 다른 문화를 가진 나라로 각자 발전했던 겁니다."

이제 지중해의 아늑한 품속으로 들어온 지도 벌써 닷새가 지났다. 어느새 무역선은 시칠리아 섬을 지나 남부이탈리아 앞바다를 지나고 있었다.

하늘은 구름 한점 없이 쾌청했고, 광활한 바다는 태양 빛을 받아 온통 금빛 물결을 일렁이고 있었다. 이따금 외돛을 단 작은 고기잡이배들이 무역선 주변을 지나가며 정답게 손을 흔들어 주곤 했다.

이제 3일만 더 항해하면 꿈에도 그리던 베네치아 항구에 입항할 수 있다. 벌써 마음이 설렌 승무원들은 삼삼오오 모여 앉아 그동안 쌓인 회포를 서로 나누며 느긋한 항해를 계속했다. 대회의실 안에서는 대낮부터 포도주에 취한 돈호세 제독과 스페인 장교들 십여 명이 트럼프 놀이와 체스를 즐기고 있었고, 사무라이와 닌자들도 해먹안에 대롱대롱 매달려 나른한 오후를 즐기고 있었다. 까를레티 공작과 프로이스 신부도 각자의 방에 앉아서 책을 읽고 있었다. 해풍이 잔잔히 불어오는 뱃전에는 바닷새의 울음소리만이 간간히 들려오고 주위는 너무나 평화로웠다.

바로 그때에 망루원들의 시야에 작은 범선 두 척이 들어왔다. 범선은

292

100톤급의 소형이었는데, 독수리 문장이 그려진 시칠리아 깃발이 돛대 위에서 휘날리고 있었다. 그래서 망루원들은 반가운 마음에 콧노래를 부르며 두 손을 흔들어 주었다.

그런데 이게 웬일인가? 오른쪽으로 다가오던 범선 중에서 한 척이 갑자기 좌현으로 급히 휘어 들어오며 무역선의 진로를 방해하는 게 아닌가? 화들짝 놀란 망루원들이 어리둥절한 표정을 짓는 사이에 소형 범선의 돛대에는 해골모습이 섬뜩한 해적 깃발이 서서히 올라가고 있었다.

"해적, 해적이다!"

망루원들의 고함소리를 들은 갑판원들이 재빨리 종을 쳤다.

땡땡땡! 땡땡땡땡땡땡!

바로 그 순간 시칠리아 어민으로 위장했던 해적들이 일제히 총을 쏘기 시작했다.

탕! 탕탕! 탕탕탕탕!

날렵한 해적선 두 척이 각각 정면과 우측에서 총을 쏘며 공격해 오자, 무역선은 크게 뒤뚱거리기 시작했다. 짐과 노예들을 갑판 아래에 가득 실은 무거운 무역선이 자신의 무게 때문에 방향을 급히 전환할 수 없었던 것이다.

상갑판 위로 급히 뛰어오른 스페인 병사들은 뱃전에 몸을 숨기고는 해적선을 향해 맹렬히 응사하기 시작했다. 중갑판에서 달려 나온 포수들은 포병실로 급히 들어가 무거운 포신을 들어 올리고 포탄을 장전했다.

사무라이와 닌자들도 이토와 사이고의 지휘 아래 급히 칼을 빼어들고는 갑판 위로 우루루 뛰어 올랐다.

오른쪽으로 바짝 배를 붙인 해적들은 무역선을 향해 기다란 줄사다리와 쇠갈고리를 비오듯 던졌다. 그리고는 돛대와 활대 위에 매달려 있던 흉측한 모습의 해적들이 괴성을 지르며 무역선 갑판 위로 날쌔게 뛰어 내리기 시작했다.

"이얏!"

줄사다리에 매달린 해적들이 날이 매섭게 선 도끼와 칼을 휘두르며 무역선으로 건너오자 갑판 위에서는 순식간에 치열한 백병전이 벌어졌다.

"이얏!"

"으악!"

넓은 상갑판 위에는 갑자기 날카로운 칼이 난무하고 총이 뜨거운 불을 연신 토했다. 그러자 여기저기 살점이 떨어져 나가고 붉은 핏방울이 허공으로 마구 튀어 올랐다.

그 당시 대서양과 지중해에는 해적들의 출몰이 아주 극성을 부렸다. 그들은 주로 소아시아에서 건너온 투르크 해적과 북아프리카에서 출항한 바르바리인들이었다. 거칠기 짝이 없는 바다의 무법자들에게 이처럼 무거운 짐을 가득 실은 무역선은 너무나 먹음직한 사냥감이었다.

100톤에서 200톤급의 소형범선 두세 척으로 구성된 해적선들은 평화로운 수평선 너머에서 느닷없이 나타나, 몸집이 비대한 무역선단을 사정없이 물어뜯곤 했다. 살인을 밥 먹듯이 하는 사나운 해적들은 거대한 범선에 실려 있는 진귀한 상품들을 모조리 강탈했다. 졸지에 빈털털이가 된 무역선은 바다 위에서 시꺼멓게 불태워졌고, 포로가 되어 해적들의 소굴로 끌려간 사람들은 비싼 몸값을 치르지 않으면 외국으로 팔려 가서 비참한 노예 신세가 되어야 했다.

시칠리아 어선으로 위장한 바르바리 해적들과 무역선의 병사들이 사생결단의 치열한 백병전을 벌이고 있는 그 시간. 무역선의 밑바닥에는 배 위의 사정을 전혀 알지 못하는 조선인 노예 2천 명이 끔찍한 괴로움 속에서 신음하고 있었다. 습기가 쉴 새 없이 배어 나오고 퀴퀴한 악취가 코를 찌르는 어두운 공간 속에 감금되어 있던 조선인들은 얼마 전부터 시름시름 죽어가고 있었던 것이다. 배 밑바닥에 짐짝처럼 처박힌 그들은 낮에는 한증막을 방불케 하는 뜨거운 열기에 숨이 막혀야 했고, 기온이 내려가는 밤에는 온몸이 덜덜 떨릴 정도로 싸늘한 냉기에 끊임없이 시달려야 했다.

파도가 거칠게 치는 날에는 쇠사슬에 묶인 몸이 마구 흔들리며 나무 기둥과 벽에 세차게 부딪혀 큰 부상을 당하기 일쑤였다. 게다가 햇빛 한 줄기 들어오지 않는 캄캄한 암흑 속에 갇혀 신선한 과일과 야채를 오랫동안 먹지 못하다 보니 반 수 이상이 괴혈병에 걸려 있었다. 생이빨이 힘없이 빠지고 머리카락이 한 움큼씩 빠져 버리는 괴혈병이 점점 심해졌지만, 아무런 치료도 받지 못한 조선인들은 지독한 합병증에 시달려야 했다.

극심한 고열과 통증에 시달리던 그들은 목과 코에서 피를 쏟았고, 오그라든 배춧잎처럼 말라비틀어진 발가락과 손가락이 마디마디 끊어지고 있었다. 그러자 창고 속에 숨어 있던 쥐들이 배 밑창으로 내려와 떨어져 나간 살점들을 뜯어먹기 시작했다.

처음에는 서너 마리씩 조심스럽게 나타나던 쥐들이 이제는 수십 마리로 늘어났고, 인육 맛을 본 쥐들은 점점 더 난폭해져 급기야 중환자들의 환부까지 갉아먹기 시작했다. 쓰레기 같은 악취가 코를 썩게 만드는 캄캄한 구석에 처박혀 있는 현민도 다른 조선인들과 마찬가지로 괴혈병에 시달리고 있었다. 입술은 한발 든 논바닥처럼 쩍쩍 갈라지고 붉은 피가 군데군데 말라붙어 있었다. 수갑과 족쇄가 짐승의 덫처럼 조이고 있는 손목과 발목은 물집이 터지고 살갗이 벗겨져 늙은 소나무 껍질처럼 굳어 있었다. 만신창이가 된 현민의 몸에서는 상처 썩는 고약한 냄새가 마구 풍겨 나왔고 검은 눈동자는 점점 초점을 잃어가고 있었다.

"으, 으윽!"

현민은 가물거리는 정신을 가다듬기 위해 안간힘을 다 썼다. 현민은 몸 구석에 쌓여 있는 사기를 배출하고 생기를 불어넣기 위해 모든 정신을 단전에 모으고는 '풍류호흡'을 했다. 하단전 깊숙이 생기를 모으기 위해 풍류호흡을 계속하던 현민은 배 밑바닥을 가득 채운 심한 악취 때문에 지독한 두통과 구토 증세에 시달려야 했다.

'이, 이대로 죽을 수는 없다. 어, 어떻게 해서라도 살아나야 돼. 이웃나라의 선량한 아녀자들까지 머나먼 이국땅의 노예로 팔아먹는 저 천인공노할 왜적들의 만행을 반드시 우리의 조정에 알려야 돼. 그리고 불구대천지 원수를 반드시 반드시 갚아야 한다. 그 원수를 갚기 전에는 절대로 죽을 수 없어.'

"폭풍이다, 폭풍! 폭풍이 몰려온다!"

망루 위에서 눈에 불을 켜고 있던 저격병들이 사격을 멈추며 일제히 큰 고함을 질렀다.

296

"뭐, 폭풍이라고?"

조타실 안에 숨어서 머스켓 총을 연신 발사하고 있던 항해장은 폭풍
우가 몰려온다는 고함에 정신이 아득해졌다.

"이 경황 중에 폭풍이라니!"

갑판 위에는 해적과 사무라이와 스페인 군인들이 한데 뒤엉켜 끔찍
한 살육전이 벌어지고 있었다. 그것은 한 치의 양보도 없는 치열한 혈
전이었다. 시퍼런 칼날이 광란의 춤을 추고, 섬뜩한 도끼가 허공으로
휙휙 소리를 내며 마구 날아다녔다. 포르투칼 승무원들도 갑판 위로 올
라와, 해적들을 향해 못이 박힌 몽둥이를 마구 내던지고 뜨거운 기름을
퍼부으며 악착같이 응전했다.

그런데 바로 그들 위로 먹장구름이 순식간에 밀려오더니 엄청난 우
렛소리와 함께 장대처럼 굵은 빗줄기를 마구 퍼붓기 시작했다. 그와 동
시에 높은 파도가 유령처럼 너울거리며 하얀 물보라를 갑판 위로 세차
게 솟아 올렸다. 귀청을 찢는 듯한 커다란 뇌성벽력과 함께 거센 풍랑
이 미친 듯이 몰아치자, 갑판 위에 서 있던 사람들은 모두 다 술취한 사
람처럼 비틀거리며 중심을 잃기 시작했다.

눈앞이 제대로 보이지 않을 정도로 강한 비바람이 거세게 휘몰아쳐
자기 몸도 제대로 가눌 수 없는 판국이었다. 설상가상으로 시퍼런 번갯
불이 시커먼 바다 위로 화살처럼 내리꽂히며 엄청난 천둥소리가 연거
푸 터져나오자, 모두들 대자연의 엄청난 위력 앞에 간이 콩알 만해지며
두 무릎에 맥이 쭉 빠져 버렸다.

목적지를 며칠 앞둔 항해의 막바지에 해적선의 기습을 받은 데다 폭
풍우까지 만나게 되자, 항해장의 두 눈에서는 그만 불똥이 튀어나왔다.

해적선 두 척도 커다란 파도에 떠밀려 금방이라도 바닷속에 곤두박질칠 것 같고, 무거운 무역선도 서릿바람에 휘날리는 가랑잎처럼 위태로웠기 때문이다.

"야, 준사관! 선원들을 투입시켜 선창으로 넘어오는 바닷물을 밖으로 퍼내!"

"예, 알겠습니다!"

조타실 안에서 타륜을 꼭 붙잡은 항해장은 악을 바락바락 썼다.

"위병사관! 활대에 있는 큰 돛을 모두 내리고, 작은 삼각돛을 올려라! 하갑판 쪽에도 선원들을 내려 보내 물이 새는 곳을 모두 막아라!"

"예, 알겠습니다!"

항해장의 긴급명령을 전달받은 두 사람은 급히 조타실 밖으로 달려 나왔다. 그러나 그들은 조타실 밖에서 단 한 발자국도 제대로 움직일 수가 없었다. 빗줄기는 더욱 강해져 마치 폭포수가 쏟아지는 것 같았고, 사납게 휘몰아치는 강풍 때문에 몸이 금방이라도 날아갈 것 같았기 때문이다.

폭풍은 점점 더 심해지고 있었다. 먹장구름 때문에 오후 바다는 마치 그믐밤처럼 캄캄해졌고, 배는 마치 널뛰기를 하듯 제멋대로 요동쳤다. 산더미처럼 솟아오른 거대한 파도는 넓은 갑판 위에 커다란 물 폭탄을 쾅쾅 터뜨렸고, 광풍 속에 펄럭이는 작고 두꺼운 삼각돛은 금방이라도 찢어질 것처럼 날카로운 비명을 내지르고 있었다. 사람들은 모두 다 해신이 포효하는 듯한 비바람 소리에 귀가 멍멍하고 정신이 송두리째 빠져나가는 것 같았다.

바로 그때였다. 수백 발의 강력한 포탄이 일시에 폭발하는 듯한 엄청난 천둥소리가 하늘을 시퍼렇게 갈라놓더니, 중앙 돛대 위에 커다란 벼락이 눈 깜짝할 사이에 쾅! 하고 떨어졌다. 그러자 아름드리 전나무로 만든 돛대 상단부가 와지끈! 소리를 내며 부러져 버렸다. 그와 동시에 하얀 돛을 힘겹게 매달고 있던 긴 활대도 아래로 맥없이 떨어져 내렸다.

망루 속에 들어 있던 저격병들이 급박한 비명을 지르며 부러진 돛대와 함께 갑판바닥으로 떨어져 내렸다. 곧이어 산더미 같은 파도가 갑판 위를 힘차게 덮치더니 바닥에 나뒹구는 저격병들을 악마의 목구멍처럼 캄캄한 바닷속으로 순식간에 삼켜 버리는 게 아닌가?

뱃전에 쳐 놓은 굵은 밧줄에 몸을 의지한 채 가까스로 서 있던 준사관과 위병사관도 그만 발이 미끄러져 몸 중심을 잃고 말았다. 휘청거리며 바닥에 넘어진 두 사람은 성난 파도에 떠밀려 뱃전 위로 높게 떠올랐다.

준사관은 어느새 거친 파도에 몸이 실려 캄캄한 바닷속으로 떨어져 버렸고, 위병사관 루이스는 난간에 쳐 있던 그물을 붙잡고는 겨우 목숨을 부지하고 있었다. 또다시 집채만한 파도가 뱃전 위로 솟구치며 갑자기 배가 기우뚱거렸다. 공중에서 크게 회전한 루이스는 이번에는 갑판으로 떨어지는 물과 함께 바닥으로 세차게 곤두박질쳤다.

"아이쿠!"

비명을 지르며 배 안으로 떨어진 루이스는 목안으로 밀려들어온 짜디짠 바닷물을 급히 뱉으며 고개를 옆으로 돌렸다. 그런데 이게 무엇인가?

"으악!"

그것은 보기만 해도 모골이 송연한 해적의 시체였다. 두 눈을 무섭게 부릅뜬 해적의 송장이 물살에 밀려 자신의 얼굴 위를 덮치자, 루이스는 소스라치게 놀라며 급히 몸을 일으켰다.

그러나 그것도 잠시. 또다시 갑판 위로 쏟아진 거친 파도는 두 사람을 뱃전 난간 위로 번쩍 안아 들더니 폭풍우 치는 바닷속으로 내동댕이쳐 버렸다.

준사관과 위병사관 두 사람이 모두 거센 파도에 실종되자, 조타실 안에서 초조하게 기다리던 항해장은 얼굴이 새파랗게 질려 버렸다. 이때 돈호세 제독이 까를레티 공작과 프로이스 신부와 함께 물을 흠뻑 뒤집어 쓴 채 조타실 안으로 급히 들어왔다.

"항해장! 항해장!"

조타수와 수로 안내인은 마구 흔들거리는 타륜을 꽉 붙잡고는 씨름을 하고 있었고, 항해장은 심각한 표정으로 앞에 놓인 나침반을 바라보고 있었다.

"항해장! 도, 도대체 어떻게 되는 거야? 이, 이러다가 우리 모두 죽게 되는 거 아냐?"

대 스페인 제국의 제독도 엄청난 폭풍우 앞에서는 체통을 돌아볼 겨를이 없었다. 정신이 반쯤 나간 돈호세 제독은 그저 항해장만 붙들고 늘어졌다.

"제독님! 아무래도 짐을 버려야겠습니다. 지금 저까지 세사람이 타륜을 붙잡고 낑낑대지만, 배가 너무 무거워 도저히 키를 조정할 수가 없습니다."

50대 후반의 항해장은 포르투칼의 '사그레스 항해 학교' 출신으로 대단히 노련한 뱃사람이었다. 그는 이 거센 폭풍우를 헤쳐 나가기 위해서는 무거운 닻과 짐을 모두 버려서라도 배의 무게를 줄여야겠다고 판단한 것이다.

이때 옆에 있던 이토가 다급히 끼여들었다.

"제독 각하! 짐보다는 차라리 노예들을 내버리는 게 어떻겠습니까?"

"노예들을?"

"지금 조선인들은 거의 다 괴혈병에 걸려 시름시름 죽어가고 있습니다. 힘들게 데려가 보아야 상품 가치가 없는 쓸모없는 쓰레기들에 불과합니다. 하지만 창고 속의 짐들은 모두 다 귀하고 값어치가 많이 나가는 상품들이지 않습니까?"

'그, 그렇지! 그 짐들은 모두 다 진귀한 향료와 값비싼 보물들로 가득차 있지. 차, 차라리 노예들을 내버리는 게 더 낫겠군!'

돈호세는 노예들을 바닷속으로 내버리는 것이 퍽 애통했지만, 자신이 살기 위해선 어쩔 수 없다고 생각했다.

"이, 이토! 어서 부하들을 밑으로 내려 보내. 조선인들을 갑판 위로 끌어 올려! 자, 어서!"

"예, 알겠습니다!"

칠흑 같은 어둠이 깔려 있는 배 밑바닥에는 바닷물이 여기저기 새 들어오고 있었고, 그곳에 갇혀 있는 조선인들은 커다란 배가 심하게 요동칠 때마다 버려진 짐짝처럼 마구 뒹굴고 있었다. 자기 몸조차 제대로 꼼지락거리기 어려울 정도로 심하게 탈진한 조선인들은 거센 파도가 배를 강타할 때마다 이리저리 뒹굴며 단단한 나무기둥에 세차게 부딪혔다. 괴혈병으로 약해진 팔다리 뼈가 힘없이 부러져 나가고 머리통이 수박통처럼 깨어지기도 했다. 어떤 사람들은 뱃속에 있는 오물을 다 토하고는 두 눈을 허옇게 치켜 뜬 채 실신하기도 했다. 그리고 중환자실처럼 비명이 난무하는 그들 사이로 쥐들이 떼를 지어 우르르 몰려다니고 있었다.

이토와 사이고를 따라 배 밑창으로 내려간 일본인들은 골이 빠개질 듯한 극심한 악취에 그만 코를 막았다.

"이 새끼들아! 뭘 꾸물거리는 거냐? 어서 저놈들을 끌어내지 않고!"

이토가 가시눈을 치켜뜨자 일본인들은 거의 죽음 일보 직전에 있는 조선인들을 일으켜 세우기 시작했다. 이미 숨이 끊어진 사람들은 그대로 내버려두고 의식이 있는 사람들만 쇠사슬을 풀어 주었다. 지옥 같은 배 밑바닥에 누워 있던 조선인들은 비틀거리며 일어나 승강계단 쪽으로 걸음을 옮겼다.

"야! 빨리빨리 걸어!"

아무 영문도 모르는 조선인들은 마치 지진이라도 난 것처럼 심하게 흔들리는 승강계단을 가까스로 붙잡고는 엉금엉금 기어올랐다.

현민도 은아를 부축하고는 천천히 중앙 돛대 쪽으로 올라갔다. 비록 옷은 낡았고 얼굴은 핼쑥했지만, 그들은 오랜만에 맡아보는 신선한 공기 내음에 감격스런 표정을 지었다.

그러나 그것도 잠시뿐. 승강계단을 타고 폭포처럼 쏟아져 들어오는 엄청난 바닷물을 바라보는 그들은, 아연 긴장하지 않을 수 없었다. 밖에는 폭풍이 더욱 거세게 몰아치고 있었다.

맹렬한 광풍은 커다란 무역선을 마치 조그만 장난감처럼 거센 파도 사이로 끌고 다녔고, 시커먼 하늘에서는 엄청난 비가 쉴 새 없이 쏟아져 내렸다. 상단이 부러져 나간 중앙 돛대가 소용돌이치는 강풍을 견디지 못하고 심하게 삐거덕거리더니, 결국 굵은 용총줄이 우두두둑! 비명을 지르며 끊어져 버렸다. 그러자 곁에 있던 다른 돛대들도 굉음을 내며 아래로 부러져 내렸다.

이때 승강계단을 따라 밖으로 막 나왔던 조선인들 수십여 명이 부러져 내린 굵은 돛대에 맞아 절명해 버렸다.

"암초다, 암초! 전방에 암초다!"

숨이 넘어갈듯 다급하게 내뱉는 수로 안내인의 고함에, 항해장의 두 눈이 휘둥그레졌다. 무역선의 전방에 하얀 물줄기가 좌우로 갈라지며 깊은 계곡이 만들어졌고, 그 사이로 커다란 암초가 악마의 이빨처럼 으르렁거리고 있는 게 아닌가? 거대한 무역선은 미처 진로를 바꿀 사이도 없이 섬뜩한 파도의 골짜기를 향해 맹렬히 돌진하고 있었다.

"구, 구명보트!"

얼굴이 파랗게 질린 돈호세가 부들부들 떨며 항해장을 바라보았다. 그러자 항해장은 즉시 조타실 문을 박차고 밖으로 달려 나갔다. 그리고 그 뒤를 까를레티 공작, 프로이스 신부, 이토, 사이고가 다급하게 좇아 나갔다. 뱃전에 묶여 있는 밧줄을 꽉 움켜잡은 그들은 구명보트가 있는 쪽을 향해 부지런히 발걸음을 옮겼다.

이 엄청난 폭풍우 속에서 목숨이라도 부지할 수 있는 마지막 가능성은 이 배가 암초에 부딪치기 전에 어떻게 해서라도 구명보트에 올라타는 수밖에 없었던 것이다. 필사적으로 탈출을 결행하고 있는 그들의 귓전에는 허공을 맹렬히 때리는 뇌성벽력도, 하늘을 금방이라도 날려버릴 것처럼 아우성치는 바람소리도, 전혀 들려오지 않았다. 그들의 눈에는 오직 단 하나 구명보트만이 보일 뿐이었다.

잠시 후, 시커먼 암초를 향해 무서운 속도로 달려 나가던 무역선이 커다란 천둥소리를 내며 심하게 흔들렸다. 배 밑바닥에 등뼈처럼 길게 이어진 용골이 암초의 뾰족한 부분에 세차게 긁힌 것이다. 그와 동시에 배가 왼쪽으로 크게 갸우뚱거리더니 암초더미에서 밀려나온 삼각파도의 거센 일격을 받았다. 그러자 거대한 무역선이 심하게 비틀거리면서 육중한 몸이 서서히 옆으로 넘어가기 시작했다.

배 안은 순식간에 아수라장이 되고 말았다. 배 안에 실려 있던 모든 짐과 사람들이 한쪽 구석으로 세차게 곤두박질쳤고, 옆으로 드러누운 갑판과 빠개진 용골 사이로 성난 바닷물이 콸콸 흘러들기 시작했다.

엄청난 바람과 거친 파도소리.

세차게 밀려드는 성난 급류의 하얀 거품.

날카로운 비명과 다급한 고함소리.

땅이 갈라지는 듯한 커다란 굉음을 내며 서서히 빠개지는 무역선의 처참한 모습.

사람들이 그토록 원하던 값비싼 비단과 도자기와 황금과 향로가 대자연의 위대한 힘 앞에서 썰물에 사라져 버리는 모래성처럼 허망하게 무너져 내리고 있었다.

여기는 남부 이탈리아

눈부시도록 찬란한 해변의 아침이었다.

이오니아 해의 짙푸른 바닷물로 곱게 채색된 새파란 하늘, 브라다노 강의 해맑은 새벽이슬처럼 투명한 아침햇살, 새하얀 물거품을 황금빛 모래 해변 위에 시원스럽게 쏟아 붓는 타란토 만의 푸른 파도……. 40일간의 대홍수가 끝난 뒤, 거대한 방주 문을 막 나서던 노아의 두 눈에 비친 신천지의 아침도 이렇게 청명했을까?

이곳은 남부 이탈리아의 구릉지대를 굽이굽이 적시며 흘러내린 브라다노 강과 타란토 만의 푸른 물결이 서로 만나는 조그만 어촌이다. 어젯밤까지만 해도 거친 폭풍우가 미친 듯이 휘몰아치고 삼각파도가 쉴 새 없이 너울거리던 이오니아 해가 이제는 순한 양처럼 조용해졌다.

눈부신 아침 햇살이 탐스럽게 쏟아지는 해안 언덕 위엔 황금빛 오렌지 열매가 보석처럼 줄줄이 매달려 있고, 훈풍이 산들거리는 들판에는 눈처럼 하얀 아몬드 꽃잎이 향긋한 미소를 잔잔히 피우며 다봇다봇 모여 있었다. 거친 폭풍이 완전히 물러가고 청명한 새아침이 찾아오자, 마을 사람들은 해변에 지천으로 깔린 해산물들을 채취하기 위해 모두들 백사장으로 몰려 나왔다.

간밤의 폭풍우가 워낙 거셌던 탓에 넓은 백사장 위에는 싱싱한 해산물들이 질펀하게 널려 있었다. 크고 작은 조개들이 곳곳에 무더기로 깔려 있고 썰물 때 미처 빠져나가지 못한 물고기들이 작은 웅덩이 속에서 퍼드덕거리고 있었다. 미역, 다시마, 파래 등의 해초들도 얼마나 많이 올라왔는지 마치 가을 들판의 곡식단처럼 풍성하게 쌓여 있었다.

마을 사람들은 폭풍우가 가져다준 뜻밖의 선물에 모두들 싱글벙글거리며 웃음을 그치지 않았다. 마치 풍년이 든 가을 들판을 느긋하게 거니는 농부들처럼 연신 함박웃음을 터뜨리며 백사장 위를 오가는 마을 사람들 사이에는 헬레나도 끼어 있었다.

방년 18세의 아리따운 남부이탈리아 아가씨인 헬레나는 저 멀리 눈부시게 빛나는 봄 바다를 바라보며 심호흡을 크게 했다. 그러자 바닷내음을 가득 실은 싱그러운 봄바람이 가슴속 깊은 곳까지 가득 밀려 들어왔다.

"아!"

해변의 아침 공기는 시원하다 못해 달콤하기까지 했다. 짙은 코발트빛 하늘은 구름 한 점 없이 쾌청하고, 황금빛 잔물결이 일렁거리는 넓은 바다는 마치 태고의 바다처럼 찬란하고 신비로웠다. 수면 위에는 하얀 돛을 높이 올린 작은 고깃배들이 한가로이 떠 있고, 그 사이로 갈매기들이 평화롭게 날아다니고 있었다.

간밤의 폭풍우는 정말 끔찍했다. 커다란 천둥소리는 하늘의 검은 장막을 시뻘건 불칼로 금방이라도 갈가리 찢어 버릴 듯 으르렁 거렸고, 쉴 새 없이 몰아치는 사나운 비바람은 광포한 야수의 울음처럼 처절하기까지 했다.

잠옷 바람으로 침대 위에 누워 있던 헬레나는 그 소리가 너무나 무서워 곁에 누운 엄마의 품안으로 자꾸만 파고들었다. 강아지처럼 낑낑거리며 엄마 품속으로 자꾸만 기어들던 그녀는 하늘을 금방이라도 무너뜨릴 듯이 쩌렁쩌렁 울리는 우렛소리에 깜짝 놀라 밤을 하얗게 새웠다. 그러다가 새벽녘이 되어서야 깜빡 잠이 들었다. 헬레나는 잠자는 동안에도 폭풍우가 몰아치는 꿈을 계속 꿨다. 거센 폭풍우 속에는 작년 여름에 바다에서 돌아가신 아버지의 지친 모습이 보였다.

헬레나의 아버지는 순박하고 부지런한 전형적인 남부 이탈리아인으로, 타란토 만에서 꽤 이름이 알려진 솜씨 좋은 어부였다. 강인한 모습의 매부리코에 짙은 턱수염이 무척이나 인상적인 그녀의 아버지는 이오니아 해의 바닷속을 손바닥처럼 환하게 알고 있었다. 그래서 조그만 배에 그물을 싣고 나가면, 넓은 바다를 종횡무진으로 누비고 다니며 다른 어부들보다 훨씬 많은 물고기들을 가득 잡아왔다.

만선의 깃발을 자랑스럽게 휘날리며 마치 개선장군처럼 득의양양하게 포구로 돌아오는 날이면, 배에서 내린 그는 너털웃음을 크게 터뜨리며 헬레나를 번쩍 안아 들었다. 그러면 헬레나의 어머니인 루시아도 포세이돈처럼 당당한 자신의 남편을 사랑의 입맞춤으로 따뜻하게 맞아주었다.

남편과 함께 집으로 돌아온 두 모녀는, 배에서 갖고 온 생선들을 일일이 소금에 절여 항아리에 옮겨 담느라 온종일 땀을 뻘뻘 흘려야 했다. 그러나 그들은 바다에서 물고기를 잡느라 고생했을 가장을 생각하며, 조금도 힘든 기색 없이 물고기를 소금에 절이고 연기에 말리는 일들을 열심히 했다.

언제나 파도와 더불어 힘든 사투를 벌여야 하는 어촌생활은 비록 가난하고 소박했지만, 그들의 집엔 언제나 화기애애한 웃음이 끊이질 않았다. 아름다운 이오니아 해와 더불어 행복을 새록새록 가꾸어 나가던 그들의 집에 짙은 먹구름이 덮쳐온 것은 작년 여름이었다.

마을 사람 10여 명과 함께 출어를 하던 그날 아침에도 그녀의 아버지는 변함없이 구릿빛 근육을 늠름하게 번뜩이며 손을 힘차게 흔들어 주었다. 그는 "이번에 돌아오면, 엄마랑 타란토에 나가서 예쁜 옷과 새신발도 사고 시내 구경도 함께 하자구나!" 하면서 환하게 웃었다.

그날도 두 모녀는 포구에 나란히 서서 푸른 파도를 시원하게 헤치며 힘차게 출항하는 어선을 바라보았다. 그리고 두 손을 정답게 흔들며 출항하는 어선이 며칠 뒤에는 만선의 깃발을 높이 휘날리며 포구로 되돌아오는 꿈에 부풀어 있었다.

집으로 돌아온 모녀는 벽에 걸린 낡은 십자가상 앞에 무릎을 꿇고는, 이번 항해도 순조롭게 이루어지기를 성부와 성모와 성자의 이름으로 간절히 기도했다. 그런데 그 이튿날 오후부터 시커먼 먹장구름이 수평선 위를 빈틈없이 덮기 시작하더니, 꼬박 사흘 동안 거센 폭풍우가 하루도 쉬지 않고 계속되는 게 아닌가? 조그만 오두막집 안에서 서로 부둥켜안은 두 모녀는 밤새도록 윙윙거리는 모진 비바람 소리를 들으며 가슴이 갈가리 찢어지는 듯한 고통에 얼마나 울었는지 모른다.

결국 나흘째 되던 날 오후가 되어서야, 거친 폭풍이 물러가고 바다는 예전의 잔잔한 모습을 되찾았다. 그러나 만선의 부푼 꿈을 안고 먼 바다로 나갔던 동네 어부들은 그날 이후로 아무도 돌아오지 않았다.

그들은 시칠리아 섬 근해로 조업을 나갔다가 큰 풍랑 속에 휩싸이게 되었다. 그들은 칠흑 같은 어둠 속에서 거센 파도와 사투를 벌여야 했다. 결국 선체가 산산이 깨지는 바람에 모두 다 수중고혼이 되고 만 것이다. 남편의 죽음을 뒤늦게 알게 된 루시아는 그 자리에서 까무러쳐 버렸고, 헬레나도 몇 날 밤을 눈물로 새워야 했다. 졸지에 줄초상을 당한 동네 사람들은 해변 언덕 위에 한데 모여 시체도 없이 합동장례를 치렀고, 여자들은 그 자리에 주저앉아 목 놓아 울었다.

헬레나는 아버지의 죽음이 전혀 실감나지 않았다. 물고기가 가득 든 갈색 그물을 등에 맨 아버지가 금방이라도 해변을 걸어오며 자기 이름을 정답게 불러 줄 것만 같았다. 조그만 바람 소리만 나도 두 눈은 얼른 문 쪽을 바라보게 되고, 또 어떤 때는 행여나 하는 마음으로 살며시 문을 열고는 해변 쪽으로 천천히 걸어 나가기도 했다.

그러나 빈궁한 어촌의 오두막집에서 어렵게 살고 있는 그들에게는 슬픔의 심연에 마냥 빠져 있을 한가한 시간마저 제대로 허락되지 않았다. 어느새 싸늘한 가을바람이 아침저녁으로 불어왔고, 두 모녀는 겨우살이 준비를 서둘러야만 했다. 하루의 식량을 구하기 위해 꼭두새벽부터 늦은 밤까지 곰바지런히 몸을 움직여야 했다.

그들은 먼동이 밝아오기가 무섭게 백사장으로 뛰어나가 해변을 샅샅이 훑고 다니면서 해초도 줍고 모래 속에 숨어 있는 조개도 잡았다. 다시 집으로 돌아와서는 빵조각 몇 개로 아침을 때우기가 무섭게 다시 돌멩이와 덤불이 가득한 숲속으로 들어가 묵정밭을 일구어야 했다. 두 모

녀는 따가운 햇볕을 온몸으로 맞으면서 손톱이 빠지고 발톱이 망가질
정도로 열심히 일했으나, 산비탈은 가파르고 땅마저 척박해서 식량을
얻기가 그리 쉽지 않았다.

　살기가 어렵고 고생이 심할수록 돌아가신 아버지에 대한 그리움은
더욱 간절했고, 두 모녀는 일하는 도중에 서로 부둥켜안고 서러움에 목
이 멜 때가 한두 번이 아니었다. 바람이 조금만 세게 불어도, 파도가 조
금만 높이 쳐도, 그들의 커다란 눈망울에서는 서러운 눈물이 봇물 터지
듯 쏟아지곤 했다.

　어젯밤 꿈속에서 만난 아버지는 가랑잎처럼 위태로워 보이는 조각배
위에서 다급한 표정으로 고래고래 고함을 지르고 있었다.
　"닻을, 어서 닻을 내려!"
　그곳은 폭풍우가 거칠게 몰아치는 바다 한가운데였다.
　시퍼런 번갯불은 쉴 새 없이 바다 위로 떨어져 내리고, 높은 파도는
새하얀 이빨로 뱃전을 갈가리 물어뜯고 있었다. 거센 비바람을 온몸으
로 맞고 있는 얇은 가죽 돛은 금방이라도 찢어질듯 카랑카랑한 비명을
급박하게 내지르고 있었다. 중앙에 위태롭게 서 있는 외돛대는 금방이
라도 부러질 듯 심하게 삐걱거렸고, 얇은 배 밑바닥은 곧 빠개질 것처
럼 위험해 보였다.
　이때 엄청나게 높은 파도가 하얀 물보라를 거세게 일으키며 뱃전을
덮쳤다. 그러자 위에 있던 외돛대가 와지끈! 하고 부러지며 밑에 서 있
는 아버지의 뒷목을 강타했다.
　"으악!"

310

아버지는 외마디 비명을 지르며 뱃전으로 쓰러졌다. 그 순간 커다란 파도에 떠밀린 작은 배는 허공으로 높이 떠오르더니 순식간에 바닷속으로 곤두박질쳐 버렸다.

"아, 아버지!"

헬레나는 아버지를 목놓아 불렀다. 그러나 바다에는 아무것도 보이지 않았다. 번갯불이 폭죽처럼 터지고 비바람이 난폭하게 몰아치는 밤바다에는, 무참하게 깨어진 뱃조각과 아버지를 단번에 삼켜버린 허연 물거품만이 파편처럼 떠 있을 뿐이었다.

헬레나는 얼마나 안타깝고 얼마나 허망한지 비통한 울음을 멈출 수가 없었다. 그녀는 눈이 퉁퉁 붓고 목에서는 쇳소리가 꺽! 꺽! 새어나올 정도로 심하게 울었다. 그렇게 한참을 울다가 헬레나는 문득 잠에서 깨어났다.

눈을 뜬 헬레나는 잠시 어리둥절한 표정을 지었다.

자신을 비참한 슬픔의 심연 속으로 몰아넣던 폭풍우는 어디론가 사라져 버렸고, 자신은 오두막집 침대 위에 홀로 누워 있는 게 아닌가? 엄마는 부엌에서 빵을 노릇노릇하게 굽고 있었고, 커튼이 없는 작은 창문으로는 아침햇살이 눈부시게 들어오고 있었다.

꿈, 꿈이었던 것이다.

침대에서 벌떡 일어난 헬레나는 부엌으로 쪼르르 달려가 엄마를 뒤에서 꼬옥 껴안았다. 엄마의 따뜻한 체온이 가슴 전체에 퍼져 왔다.

"어머! 얘가 왜 이러니? 가, 간지러워, 얘야."

작은 두 손을 앞으로 뻗어 엄마의 뭉클한 젖가슴을 매만지던 헬레나는 엄마의 얼굴에 자신의 뺨을 마구 비벼댔다. 아무 영문도 모르는 루시아는 난데없는 딸의 행동에 그저 웃음을 터뜨리며 어리둥절한 표정을 지었다.

"헬레나! 이, 이제 그만 해! 가, 간지러워."

헬레나는 엄마가 건강한 모습으로 살아 있다는 사실이 너무나 고마웠다. 그리고 무슨 요리든지 다 만들어내는 부엌의 아궁이처럼, 아버지가 안 계신 집안을 따뜻하게 지켜주는 어머니의 존재가 참으로 소중했다.

한참 동안이나 엄마를 꼬옥 껴안고 있던 헬레나는 마을 친구들이 문을 요란하게 두드리는 소리에 엄마를 안고 있던 손을 살며시 풀었다. 마을 처녀들이 해변에 나가서 해산물을 함께 줍자며 둥근 대바구니를 하나씩 옆구리에 차고는 집으로 찾아온 것이다. 이렇게 해서 밖으로 나온 헬레나는 친구들과 함께 봄내음이 물씬 풍기는 백사장을 미끄러지듯 걸어 나갔다.

수평선의 푸른 물결 위로 힘차게 솟아오른 아침 태양은 거대한 물레처럼 찬란한 황금색 실을 쉴 새 없이 자아내고 있었고, 솜털 구름 하나 없이 쾌청한 하늘엔 하얀 산천옹이 커다란 날개를 퍼덕이며 시원스레 비상하고 있었다. 넓은 백사장에는 향긋한 꽃내음이 안개처럼 퍼져 있고, 촉촉한 모래알은 그녀의 작은 발을 가죽신처럼 포근하게 감싸주었다.

봄이 무르녹는 아름다운 해변을 거니는 그녀는 싱그러운 봄바람에 맞춰 몸을 핑그르르 돌리기도 하고 암사슴처럼 허공으로 팡팡 뛰어 오르기도 했다. 봄 바다의 아름다운 풍광에 매료된 그녀는 발걸음을 옮길 때마다 흥겨운 콧노래가 저절로 울려 나왔고, 좌우로 율동적인 고갯짓을 할 때마다 허리까지 내려오는 긴 머리가 팔랑팔랑 춤을 추었다.

폭풍우가 지나간 다음날이라, 백사장 위에는 수많은 해산물들이 지천으로 널려 있었다. 친구들보다 조금 앞서 걷던 헬레나는 살며시 허리를 굽혀 해초더미 사이를 찬찬히 살폈다. 울긋불긋한 해초 사이에는 싱싱한 조개, 성게, 낙지, 물고기 등이 숨바꼭질하듯 숨어 있었다.

헬레나는 징그럽게 생긴 불가사리 한 마리를 나무 막대기로 슬쩍 밀어버린 후 보물찾기를 하듯 해초 사이를 조심스럽게 헤집었다. 그리고는 갖가지 해산물들을 하나씩 주워 대바구니 안에 차곡차곡 담기 시작했다.

해초 주변에는 부숴진 뱃조각과 깨어진 도자기 파편들도 간간이 흩어져 있었다. 아마도 먼 바다에서 파선 당한 배의 일부분인 것 같았다.

호기심 가득한 눈으로 해초더미를 천천히 뒤적이던 그녀는 갑자기 자지러지게 놀라며 벌떡 일어섰다. 가는 꼬챙이로 해초 사이를 막 헤집는데, 그 속에서 웬 남자의 모습이 드러났기 때문이었다. 해초더미 속에 파묻혀 있는 그 남자는 모래알이 잔뜩 묻은 검은 머리를 사자갈기처럼 늘어뜨리고 있었고, 목과 어깨 쪽에는 심하게 긁힌 상처자국이 뱀처럼 섬뜩했다.

헬레나는 겁이 덜컥 났다. 마치 작년 여름에 바다에서 돌아가신 아버지의 시신을 보는 듯한 공포에 사로잡혔다. 주춤주춤 뒷걸음을 치던 그녀는 대바구니를 그 자리에 놓은 채 친구들이 있는 쪽으로 줄달음질을 쳤다. 그녀는 마치 누가 뒤에서 자신의 긴 머리를 세차게 잡아당기는 듯한 오싹한 두려움에 친구의 이름을 해변이 떠나 갈듯이 크게 부르며 쏜살같이 달렸다.

"실비아! 실비아!"

그로부터 사흘 뒤였다.

"엄마, 엄마! 어서 이쪽으로 와보세요!"

부엌에 서서 고소한 올리브 기름과 향긋한 토마토 소스로 맛있는 파스타 요리를 만들던 루시아는 방안에서 들려오는 딸의 다급한 목소리에 빙그레 미소를 지으며 고개를 뒤로 돌렸다.

"무슨 일이니? 옷 속에서 무당벌레라도 나왔니?"

"아뇨! 엄마, 어서 들어와 보세요! 이 남자가 정신을 차리는 것 같아요!"

"뭐, 정신을 차린다고?"

루시아는 기름 묻은 두 손을 급히 앞치마로 닦으며 방으로 뛰어 들어왔다.

"어, 어디 보자!"

방으로 들어온 루시아는 침대 곁으로 다가갔다.

침대 위에는 그동안 혼수상태로 누워 있던 동양 남자가 고개를 조금씩 움직이고 있었다. 아직 눈을 뜨지는 않았으나, 핏기 없는 입술에서 가냘픈 신음소리가 조금씩 흘러나오고 있었다.

"어때요? 엄마…… 정신이 드는 것 같죠?"

헬레나는 호기심 어린 얼굴로 루시아를 바라보았다.

"그래, 이제 정신을 차리는 것 같구나. 헬레나, 어서 부엌에 가서 물을 한 그릇 떠오너라. 정신이 들면 물부터 먹여야겠다."

헬레나는 방긋 웃으며 부엌으로 급히 나갔다. 침대 옆으로 나무의자를 바짝 당겨 앉은 루시아는 조금씩 의식이 회복되는 낯모를 동양인을 찬찬히 바라보며 안도의 한숨을 내쉬었다.

사흘 전에 바닷가에 나갔던 헬레나가 마을 사람들과 함께 인사불성이 된 낯선 남자를 들쳐 업고 소란스럽게 들어올 때는 정말 경황이 없었다.

남자의 온몸에 붙어 있는 모래와 해초를 깨끗이 씻겨내고는 침대 위에 급히 눕혔으나, 아무런 의식이 없자 굉장히 초조했었다. 말라비틀어진 고목등걸처럼 미동도 않고 누워 있는 그가 영영 일어나지 않을까 봐무척 걱정되었던 것이다. 그런데 이처럼 의식을 되찾기 시작하니, 이만저만 반가운 게 아니었다.

"엄마! 이 남자는 어느 나라 사람일까?"

헬레나가 물그릇을 탁자 위에 내려놓으며 조심스럽게 물었다.

"글쎄? 흑인이나 아랍인은 아니고 투르크인도 아닌 것 같은데? 도대체 어느 민족이지?"

"온몸에 살이 무척 빠진 걸 보니, 고생이 여간 심하지 않았나 본데."

"손목과 발목에 생긴 심한 상처를 보아서는 어디론가 끌려가던 노예인 것 같애. 이 남자에게도 고향이 있고, 사랑하는 부모형제도 있을 텐데, 어쩌다 이런 신세가 되었는지. 쯧쯧쯧!"

이탈리아 반도의 동남부 해안지방은 B.C. 8세기 이후 바다를 건너온 그리스인들에 의해 광범위한 해양도시가 건설되었던 곳이다. 이 일대에 세워진 그리스풍의 아름다운 도시들은 지중해 연안의 여러 국가들과 오랫동안 활발한 해상 교류를 계속해 왔다. 그리고 7세기 이후에는 북아프리카에서 건너온 무슬림들이 시칠리아 섬을 수백 년 동안 지배하는 바람에 다양한 지중해 문화가 이곳으로 유입되었다. 그래서 남부 이탈리아인들은 낯선 이방인에 대해서도 무척 호의적이고 친절하고 개방적이었다.

루시아는 낯선 이방인을 가만히 내려다보았다. 정신이 들려면 좀더 기다려야 할 것 같았다. 그런데 그를 지켜보다 보니 언뜻 남편 생각이 났다. 남편도 거친 파도와 싸우다 저렇게 숨져 갔을 것이다. 갑자기 그녀의 두 눈에 뜨거운 눈물이 그렁그렁 맺혔다. 한동안 그녀는 깊은 생각에 빠져 있었다.

"엄마!"

루시아는 헬레나가 부르는 소리에 퍼뜩 정신을 차렸다. 침대 위에 누운 남자의 신음소리를 점점 커지더니 고개를 옆으로 젖히며 두 눈을 번쩍 뜬 것이다. 루시아와 헬레나는 동시에 탄성을 질렀다.

"이제, 살았어요!"

눈을 뜬 검은 눈의 이방인은 바로 무역선에 타고 있었던 현민이었다.

현민은 그저 어리둥절하기만 했다. 거대한 파도가 미친 듯이 덮쳐오는 시커먼 바다 위에서 부숴진 널빤지 조각에 목숨을 의지한 채 안간힘을 쓰던 처절한 순간이 아직도 뇌리에 생생했다. 그런데 자신은 벌거벗은 몸으로 침대 위에 놓여 있고 머리맡에는 낯선 두 여인이 부드러운 미소를 지으며 자신을 내려다보고 있다니, 이게 도대체 어떻게 된 일이란 말인가?

이것이 도대체 꿈인지, 생시인지. 아니면 자기가 죽어서 지금 저승에 와 있는 것인지, 도무지 판단이 서질 않았다. 머릿속이 혼란하기만 한 현민이 어리둥절한 표정을 짓고 있는데, 루시아가 물그릇을 조심스럽게 건네주었다. 갈증을 심하게 느낀 현민은 시원한 물 한 그릇을 순식간에 다 비워 버렸다.

현민이 침대 위에 다시 드러눕자, 루시아는 현민의 깊게 패인 상처를 푸른 약초와 부드러운 올리브유로 정성껏 치료하기 시작했다. 전신을 엄습하는 통증 때문에 현민이 괴로워하자, 루시아는 현민에게 붉은 포도주를 마시게 했다. 포도주 서너 잔을 연거푸 들이키자 따뜻한 술기운이 온몸을 타고 천천히 돌기 시작했다. 그러자 얼굴이 불그스레해지며 긴장이 스르르르 풀린 현민은 또다시 깊은 잠에 빠져들었다. 술에 취한 현민이 깊이를 알 수 없는 잠의 심연 속으로 천천히 빠져들자, 두 모녀는 이불을 현민의 가슴까지 포근히 덮어준 다음 부엌으로 살며시 걸어나갔다.

깊은 잠에 빠져든 현민이 다시 깨어난 것은 그로부터 꼬박 하루 뒤였다. 정신을 다시 차린 2~3일 동안은 헬레나가 짜오는 따뜻한 염소젖 외에는 다른 것은 일체 먹을 수가 없었다. 그러나 두 모녀의 정성어린 간호 덕택에 4일째부터는 그들이 해주는 식사를 정상적으로 먹을 수 있었다. 두 모녀는 낯선 동양인이어서 체력을 회복할 수 있도록 돕기 위해 영양가 있는 음식을 정성껏 만들어 주었다.

아침마다 올리브유와 토마토와 신선한 야채를 섞어 만든 샐러드와 맛있는 파스타 요리를 빠짐없이 내왔고, 싱싱한 해산물과 푸짐한 가재 요리도 식탁 위에 올려 주었다. 두 모녀의 극진한 보살핌 덕택에 현민의 몸은 하루가 다르게 기력을 회복해 갔다. 게다가 남부 이탈리아의 눈부신 태양과 맑은 공기는 지난 2년간의 포로생활로 심하게 망가진 그의 심신을 급속히 치료해 주었다.

한 달 정도 지나자 현민의 건강은 거의 회복되었고 보기 좋을 만큼 살도 붙었다. 간단한 말과 몸짓으로 의사소통이 제법 가능해진 현민은 생명의 은인들을 위해 무언가 보답하는 일을 하기로 결심했다.

먼저 현민은 숲속에 들어가 나무지게를 하나 만들었다. 그리고는 지게를 이용해서 땔감으로 쓸 나무도 베어오고 물고기도 날랐다. 틈나는 대로 밭에 나가 곡식도 가꾸고 푸성귀도 재배하고 돼지도 돌보았다. 또한 헬레나의 아버지가 사용하던 어구를 손질해서 마을 사람들과 함께 고기잡이도 나가기 시작했다.

아직은 의사소통이 완벽하지 않아 먼바다로 함께 나가지는 못하지만, 훌륭한 어부가 되기 위해 열심히 노력했다. 가끔은 혼자서 작은 배를 타고 나가 뾰쪽한 작살로 큰 물고기를 잡기도 하고, 바닷속으로 뛰어 들어가 조개를 한 바구니씩 건져내기도 했다.

현민은 두 모녀가 기뻐하는 일이면 무엇이든 다 해주고 싶었다. 또한 그들도 현민을 마치 한가족처럼 따뜻하게 대해주었다. 특히 아버지를 여읜 슬픔에 무척이나 외로움을 많이 타던 헬레나는 현민을 마치 친오빠처럼 잘 따랐다.

한가한 날이면 마을 친구들을 불러 모아 이탈리아어도 가르쳐주고 간단한 이탈리아 노래도 가르쳐 주었다. 그들은 현민이 서툰 발음으로 더듬거리는 모습을 보고는 까르르르 웃음을 터뜨리며 무척 재미있어했다.

그러던 어느 날. 이제 밭일도 어느 정도 끝났고 고기잡이도 며칠 후에 나갈 예정이어서 현민은 오랜만에 한가한 시간을 가질 수 있었다.

그날따라 현민은 꼭두새벽에 일찍 눈을 떴다.

부엌 쪽에 놓여 있는 긴 나무의자 위에서 잠이 깬 그는 얇은 홑이불을 살며시 젖히며 자리에서 일어났다. 행여 침대 위의 두 모녀가 새벽잠을 설칠까 봐, 현민은 바깥문을 소리 없이 열고 살그머니 빠져 나왔다.

문밖은 아직 캄캄했다. 동녘 하늘엔 샛별의 모습이 선명하고, 해변은 깊은 적막 속에 잠겨 있었다.

현민은 백사장으로 천천히 걸어 나갔다. 해변을 가득 메우고 있던 희뿌연 실안개가 온몸에 척척 감겨오고, 인적 없는 바다에는 외로운 새벽 파도 소리만 유난히 크게 들려왔다. 현민은 축축한 모래사장을 맨발로 밟으며 하염없이 걸었다.

얼마나 걸었을까? 눈앞에 커다란 바위가 하나 나타났다. 거북바위였다. 헬레나가 파도에 떠밀려온 현민의 싸늘한 몸을 해초더미 속에서 찾아냈던 곳이, 바로 이 바위 아래였다.

감회 어린 눈길로 거북바위를 잠시 바라보던 현민은 바위 위로 천천히 올라갔다. 거북 등처럼 넓고 판판하게 생긴 바위 위에 올라간 현민은 웃옷을 벗어 바닥에 반듯하게 깔았다. 그리고 그 위에 가부좌를 틀어 앉았다. 바위 위에 곧추 앉은 현민은 두 손을 머리 위로 크게 회전시키며 심호흡을 천천히 했다.

"하아!"

한껏 부푼 가슴속으로 시원한 새벽공기가 물밀듯이 들어왔다. 몇 번의 심호흡으로 몸속의 탁기를 뽑아낸 현민은 두 손을 양 허벅지 위에 살며시 올려놓고는 멀리 물마루 쪽을 가만히 응시했다.

바다! 바다가 보였다! 깊은 어둠을 머리 위에 인 검붉은 태양이 힘차게 떠오르기만을 가만히 기다리고 있는 침묵의 새벽바다가 보였다.

현민은 그 바다를 바라보며 지난 6개월 동안 짐승처럼 갇혀 있어야 했던 죽음의 무역선을 생각했다. 습기찬 바다, 한증막처럼 뜨겁던 열기, 오장육부를 다 토해낼 것처럼 심하게 요동치던 파도. 그 지옥 같은 암흑 속에서 갈증과, 굶주림과, 괴혈병과, 고열에 시달리며 참혹하게 썩어가야 했던 2천 명의 동포들.

　그날 저녁, 악마처럼 처절하게 울부짖는 폭풍 속에서 암초에 부딪힌 무역선이 산산이 부서질 때에 함께 타고 있던 그들은 모두 다 익명의 유령이 되고 말았단 말인가? 조그만 널빤지에 함께 몸을 싣고는 죽어서는 안 된다며 피 끓는 절규를 외치던 은아는 미친 듯이 날뛰던 그 파도 속으로 흔적도 없이 사라졌단 말인가?

　'오, 어찌해서 그런 비극이……'

　뜨거운 눈물이 현민의 양 볼을 타고 천천히 흘러내렸다.

　현민은 자신이 죄인이라고 생각했다. 왜구들에게 무고하게 돌아가신 부모님의 산소도 만들어 드리지 못한 불효자식, 청춘의 꽃봉오리를 미처 펴지도 못하고 억울하게 숨겨간 18세 신부의 죽음을 막지 못한 못난 남편, 부모님을 대신해서 잘 보살펴야 할 여동생마저 어디에 있는지 생사조차 모르는 자격 없는 오빠.

　'그래, 나는 죄인, 죄인이야! 차라리 그때 왜구들의 총에 함께 죽었어야 했는데. 이렇게 면목 없이 살아 있단 말인가?'

　현민은 너무나 한스럽고 원통했다. 비통한 심정이 뼛속까지 파고들었다.

　'아버님! 어머님! 이 치욕과 이 원수를 어떻게 다 갚아야 합니까? 제가 죽어 혼령이 구만리장천을 떠돈다 하더라도, 억만 겁의 세월이 흘러

세상이 아무리 바뀐다 하더라도, 이 분노와 이 원한을 어떻게 잊을 수 있다는 말씀입니까?'

어느새 현민은 통곡하고 있었다. 그의 어깨는 격하게 흔들렸고, 쉴 새 없이 흘러나오는 뜨거운 눈물은 앞가슴을 흥건히 적셨다.

현민은 너무나 막막했다.

중국이라는 거대한 나라에 가로막혀 조선 반도를 한 번도 벗어난 적이 없던 자신이, 세 개의 대양을 거쳐 멀고 먼 이탈리아의 남쪽 해변에 지금 와 있는 것이다. 어린 시절에 탄선 스님으로부터 전해 들었던 '지구 건너편에 있는 아득히 먼 나라'인 대진국(로마제국), 그 대진국이 있던 이탈리아에 와 있다는 사실이 참으로 꿈만 같았다. 그러나 언어와 풍습과 종교가 너무나 다른 이역만리 타국에서 앞으로 살아갈 생각을 하니, 모든 것이 초조하고 불안하기만 했다.

게다가 그는 자유로운 신분으로 이 나라를 방문한 것이 아니지 않은가? 그는 최하층 계급인 노예의 신분으로 짐승처럼 이곳으로 끌려온 것이다. 비록 인정 많은 남부 이탈리아 사람들을 만나 이처럼 목숨은 건졌으나, 이러한 생활이 언제까지 계속될지 도무지 알 수 없는 노릇이었다.

얼마나 시간이 흘렀을까? 동녘 하늘이 점점 밝아오고 있었다.

처음에는 바다 위로 희뿌연 햇살이 조금씩 돋아 오르더니, 곧이어 수평선 너머로 진한 주홍빛 태양이 얼굴을 서서히 드러내기 시작했다. 뜨겁게 이글거리는 열기와 찬란하도록 눈부신 빛이 한데 뒤섞인 거대한 불덩이가 천천히 올라오자, 검푸른 새벽 바다가 마치 불타는 용암처럼 부글부글 끓어오르는 것 같았다.

이윽고 물마루 위로 오달지게 올라온 붉은 태양이 자신을 품에 안은 거대한 바다와 아쉬운 이별을 나누며 허공으로 둥실 떠오르자, 찬연한 아침 햇살이 힘차게 퍼져 나가며 드넓은 바다를 온통 황금빛 물결로 일렁거리게 했다.

아, 그것은 장엄한 빛의 분수였다. 어느새 어두운 암흑이 걷히고, 눈부신 아침햇살이 온 누리에 퍼지고 있었다. 아침, 새아침이 찾아온 것이다. 어제와는 전혀 다른, 새로운 날이 시작된 것이다.

'그래, 다시 시작하는 거야. 짙은 어둠을 헤치고 힘차게 떠오르는 저 태양처럼! 이대로, 이대로 주저앉을 수는 없다. 불사조처럼 다시 일어나자. 그래서 날개를 활짝 펴고, 저 푸른 하늘을 마음껏 날아보자.'

바위 위에서 벌떡 일어선 현민은 바다를 바라보며 두 주먹을 불끈 쥐었다. 그리고 한 바퀴 공중제비를 해서 백사장으로 날렵하게 뛰어 내렸다. 몇 발자국 앞으로 사뿐히 걸어가던 그는, 갑자기 3박자 리듬에 맞춰 두 무릎을 굼실거리면서 두 발을 갈지자로 날렵하게 움직였다.

그와 동시에 어깨를 으쓱으쓱 움직이며 두 손으로 커다란 원을 그리기 시작했다. 몸 움직임이 점점 빨라지면서 활갯짓도 점점 커졌고, 허공을 가르는 양손에서는 마치 풍차가 돌아가는 것처럼 세찬 바람소리가 획획 흘러나왔다.

지금 현민이 하고 있는 동작은 조선의 오랜 전통무예인 택견의 기본 동작인 '품밟기'이다. 품밟기란, 허공을 향해 큰 원을 돌리는 두 팔을 통해서는 천기를 흡수하고, 땅을 3각 스텝으로 밟는 두 다리로는 지기를 받아들여, 상대방을 자유자재로 공격할 수 있는 근본 힘을 하복부에 비축하는 택견 특유의 훈련법이다.

잠시 후 품밟기를 끝낸 그는 곧이어 백사장을 앞뒤로 뛰고, 구르고, 차오르면서 온몸을 역동적으로 움직여 나갔다. 양손을 독수리 발톱처럼 날카롭게 뻗어 허공을 움켜쥐기도 하고, 두 발을 호랑이 앞발처럼 힘차게 내지르기도 했다.

몸을 사방팔방으로 자유롭게 방향을 바꾸면서 불끈 쥔 두 주먹을 세차게 내지르고 두 다리를 번갈아 차 올렸다. 자세도 낮은 자세, 높은 자세, 외다리로 선 자세 등을 자유롭게 구사하며 몸을 기민하게 움직여 나갔다. 어떻게 보면 우아한 춤 같고, 또 어떻게 보면 강인한 무술처럼 보이는 이 동작은 '본때'라는 것이다. 본때는 택견에 나오는 주먹 지르기, 손바닥 때리기, 어깨치기, 발차기, 다리 걸기 등의 동작들을 연속동작으로 엮어 놓은 것이다.

현민이 어깨를 으쓱거리며 두 팔로 허공에서 큰 원을 그릴 때는, 고고한 학 한 마리가 푸른 송림 위에서 커다란 날개를 너울거리며 춤을 추는 것 같았다. 그리고 '이크' 하는 커다란 기합과 함께 거친 숨을 일시에 몰아쉬며 무쇠 같은 다리를 앞으로 차올릴 때는, 마치 포효하는 성난 호랑이처럼 보이기도 했다.

처음에는 느릿느릿한 진양조 장단에 맞춰 두 다리가 굼실굼실 움직이더니 점점 빠른 중모리 장단으로 날렵하게 움직였다. 그러다가 점점 신명이 붙기 시작하자 정신없이 돌아가는 자진모리, 휘모리 장단에 맞춰 곧은 발길, 두발낭상, 돌개차기, 쌍발차기가 연속적으로 이어졌다.

택견은 춤이며, 무예며, 기의 합침과 펼침이며, 몸으로 표현하는 조선인의 성스러운 기도였다. 폭풍이 몰아치고 뇌성벽력이 일시에 터지는 듯한 폭발적인 발차기를 모두 끝낸 현민은 모든 동작을 멈추고 백사장 위에 우뚝 섰다.

포도주처럼 상기된 얼굴에는 뜨거운 땀방울이 비 오듯 흘러내리고, 가슴은 풀무처럼 심하게 요동치며 가쁜 숨을 연이어 토해냈다.

잠시 호흡을 고르며 정신을 가다듬은 그는 그 자리에 가부좌를 틀고 반듯하게 앉았다. 그리고 살며시 두 눈을 감고는 '풍류호흡'을 하기 시작했다.

먼저 현민은 가슴 가득히 들어오는 자연의 생기를 하복부 속에 있는 단전으로 서서히 밀어 넣었다. 그러자 뜨거운 불기운이 단전 속으로 빨려 들면서 맹렬한 돌개바람이 휘몰아치기 시작했다. 단전이 용광로처럼 뜨겁게 달구어지자, 현민은 황금빛 액체처럼 변한 생기를 임맥과 독맥을 통해 한 바퀴 순환시켰다.

이렇게 해서 소주천을 이룬 현민은 다시 단전 속에 축적된 생기를 전신의 12경락을 따라 순환시키는 대주천을 시작했다. 대주천이 진행되면서 따뜻한 생기가 전신을 돌게 되자, 정신이 수정처럼 맑아지며 무겁던 몸이 새털처럼 가벼워졌다.

'무념무상. 무장무애.'

세상의 모든 잡념을 떨쳐 버리고 깊은 명상에 잠겨 있는 현민의 어깨 위로 화사한 아침햇살이 부챗살처럼 퍼지기 시작했다.

현민이 루시아 모녀와 함께 생활한 지 한 달이 훨씬 넘은 6월 어느 날이었다.

현민은 마을 사람들과 함께 먼 길을 떠나기 위해 꼭두새벽부터 바쁘게 움직여야 했다. 한적한 바닷가에 30여 채의 오두막집들이 옹기종기 모여 있는 이 마을에서는, 그동안 잡아온 생선과 해산물을 내다 팔고 생필품들을 구입하기 위해 한 달에 2~3회씩 타란토에 있는 시장을 방문했다.

이번에는 현민도 마을 사람들과 함께 타란토 나들이에 동행하게 된 것이다. 새벽 일찍 잠자리에서 일어난 현민은 앞마당으로 나갔다. 그리고는 굵은소금으로 재워 놓은 생선과 젖은 장작의 따뜻한 연기로 훈제해 놓은 생선들을 따로 분리해서 둥근 떡갈나무 통 안에 잘 옮겨 담았다. 타란토 시장에 내다 팔 생선들을 운반하기 좋게 한곳에 가지런히 쌓아놓은 것이다. 그는 헬레나 아버지가 입던 옷으로 갈아입고 긴 원뿔 모양의 가죽 모자를 머리에 눌러썼다.

그동안의 바닷가 생활로 얼굴이 구릿빛으로 변한 데다 턱수염까지 덥수룩하게 자라나, 현민은 영락없는 남부 이탈리아인처럼 보였다.

아침식사를 일찍 끝낸 그들은 돋을볕이 동녘 하늘을 환하게 비추기 시작할 즈음에 마을 사람들과 함께 길을 떠났다. 상쾌한 아침 공기를 마시며 해변길을 걸어가는 현민은 마치 엄마 손을 붙잡고 장터로 향하는 어린 아이처럼 마음이 설레었다.

조그만 갯마을에 표류해 온 지 두 달 만에 처음으로 이탈리아 도시 구경을 하게 된 그는 궁금한 게 무척 많았다. 도시의 사람들은 어떤 집에서, 어떤 풍습을 지키며, 어떤 모습으로 살고 있는지, 모든 게 알고 싶었다.

특히 조선의 선비였던 현민은 도시에 가면 조선의 '성균관' 같은 교육기관이 있는지, 이곳의 학생들은 무슨 공부를 하는지, 또 그들도 관리가 되기 위해서는 조선의 선비들처럼 과거시험을 보는지도 무척 궁금했다. 현민의 마음속엔 온갖 의문들이 꼬리에 꼬리를 물며 구름처럼 피어올랐다.

가슴이 설레기는 헬레나도 마찬가지였다. 지중해 바다색을 닮은 파란색 치마에 노란 웃옷을 예쁘게 차려입은 헬레나는 오빠처럼 믿음직한 현민과 함께 나들이를 하게 되어 무척 기뻤다. 작년 여름에 아버지를 잃은 뒤 언제나 풀이 죽어 지내던 헬레나 앞에 불현듯 나타난 현민은 바다의 신 포세이돈이 보내준 고마운 선물 같았다.

남자가 없는 집에 함께 살면서 여자들이 하기 힘든 일들을 도맡아 해주고, 때로는 오빠처럼, 때로는 친구처럼 따뜻하게 대해 주는 현민이 마치 한가족처럼 다정하게 느껴졌던 것이다. 그래서 루시아도 현민을 마치 친아들처럼 곰살갑게 아껴 주고 위해 주었다.

헬레나는 타란토 시장의 어물전에다 생선들을 팔고 나면, 엄마에게 선물할 예쁜 신과 현민이 입을 멋진 옷을 하나씩 살 생각이었다. 그리고 현민과 단둘이서 광장에서 벌어지는 광대들의 서커스도 구경하고, 노천극장에서 상연되는 로마시대의 희극도 구경할 생각으로 가슴이 부풀어 있었다.

세 시간 남짓 지난 후, 마을 사람들은 드디어 타란토에 도착할 수 있었다.

타란토는 아주 큰 항구도시였다. B.C. 8세기 이후 바다를 건너온 그리스인들에 의해 세워진 이 도시는 그 당시에 이미 30만 명이나 살던 대도시였다.

타란토는 이탈리아 남부지방으로 흘러내리는 신니 강, 바센토 강, 브라다노 강 유역의 판판한 구릉지에서 생산되는 다양한 농산물들이 모이는 곳이었고, 또한 바로 앞에 펼쳐진 타란토 만에서는 싱싱한 해산물들을 얼마든지 잡아 올릴 수 있었다. 게다가 그리스로 건너가는 상선들이 항상 정박해 있는 바리 항과 브린디시 항이 가까운 거리에 위치하고 있었다.

이 같은 지리상의 이점과 좋은 기후 때문에 인근에서 생산되는 모든 농산물과 해산물들이 햇볕이 따스하고 태양이 눈부신 이곳으로 집산되었고, 도시는 언제나 활기가 넘쳐흘렀다. 더군다나 높은 지성을 갖춘 그리스 철학자들도 이곳으로 많이 이주해 와서 타란토는 학문과 예술도 대단히 번성한 매력적인 도시였다.

태양이 거의 중천에 다다를 무렵에 타란토로 들어간 마을 사람들은 곧장 부둣가로 향했다. 바닷가에는 수백 척의 크고 작은 어선들이 닻을 내리고 있었고, 넓은 부두 위에는 어시장이 길게 늘어서 있었다. 갯내음과 비린내가 진동하는 어시장 안에는 인근에서 갖고 온 온갖 어패류들이 거래되고 있었다.

시끌벅적한 어시장 안으로 들어온 마을 사람들은, 집에서 갖고 온 큰 통을 메고는 각자 자신들의 단골가게로 반갑게 들어갔다.

현민도 헬레나의 뒤를 따라 '알렉산드리아'라고 상호가 붙여진 어물전으로 들어갔다.

"오, 헬레나! 볼수록 예뻐지는구나. 어머니는 안녕하시냐?"

"안녕하세요? 린초 아저씨!"

마음씨 좋은 촌노처럼 수더분하게 생긴 린초는 헬레나의 아버지가 살아계실 때부터 단골로 거래하던 이 가게의 주인이었다.

"어머니는 무릎이 아파서 못 나오셨어요. 린초 아저씨! 엄마가 안 계서도, 제가 갖고 온 생선을 후한 값에 사주실 거죠?"

"하하하! 아무렴, 여부가 있겠니? 어머니 무릎이 빨리 나아서, 다음 번에는 건강한 모습으로 함께 오시라는 말씀이나 전해 주렴."

"알겠어요, 아저씨."

"자, 갖고 온 생선을 여기에 내려놓아라."

현민은 어깨에 메고 온 떡갈나무 통을 어물전 앞에다 조심스럽게 내려놓았다. 현민을 슬쩍 쳐다본 린초는 성큼 다가와 뚜껑을 열어 보았다. 그리고 소금에 절인 정어리와 연기로 잘 훈제해서 말린 다랑어를 살며시 뒤적였다.

"손질을 잘해서 가져 왔구나."

잘 운반된 생선들을 종류와 크기에 따라 등급별로 분류한 린초는 마릿수를 계산해서 대금을 치러 주었다.

"린초 아저씨, 안녕히 계세요. 항상 건강하시고요!"

"오냐, 어머니에게도 안부 전해주렴."

어물전을 나온 헬레나는, 현민과 함께 폰타나 광장에서 가리발디 거리로 이어지는 번화한 도로로 들어섰다.

도로 양쪽에는 크고 작은 가게들이 죽 늘어서 있었다. 돌로 만든 됫박으로 밀을 팔고 있는 곡물가게, 화려한 비단이 켜켜이 쌓여 있는 포목가게, 구수한 좁쌀빵과 호밀빵을 노릇노릇하게 구워내는 빵가게, 고대 전사들의 늠름한 모습이 선명하게 새겨진 '아티카 도자기'가 산더미처럼 놓여 있는 그릇가게 등등.

현민의 눈에 신기하게 보인 것은, 거리 한쪽 구석에 붉은색 휘장을 두르고 사람들의 머리를 손질해 주고 있는 이발사와, 온갖 약초들이 수

북이 쌓여 있는 약방 앞에 서서 약 선전을 하고 있는 광대들이었다.

대머리 이발사는 머리털만 깎아주는 것이 아니라 놀랍게도 외과수술까지 병행하고 있었다. 먼지가 풀풀 나는 대로변에 환자를 눕혀놓고는 날카로운 칼로 환부를 째며 수술을 하는데, 붉은 피가 나무침대 아래로 뚝뚝 흘러내렸다. 고통을 못 이긴 환자는 커다란 비명을 연신 내질렀고, 놀란 이발사는 옆에 있는 조수를 시켜서 바둥거리는 그 사람의 입을 틀어막게 했다.

약방 앞에 서 있는 어릿광대는 조그만 병에 든 분홍색 물약을 손으로 가리키며 '이 세상에 하나밖에 없는 만병통치약'이라며 소리 높여 외치고 있었다. 요란한 모습으로 분장한 어릿광대 옆에는 조그만 난쟁이가 이리저리 뛰어다니며 얼굴이 쪼글쪼글하고 엉덩이가 빨간 원숭이 한 마리에게 재주넘기를 연달아 시키고 있었다.

군중들 사이에 서서 원숭이 구경을 하는 헬레나는 무척 즐거운 표정이었다. 처음으로 현민과 단둘이 외출한 헬레나는 참새처럼 재잘거리며 시장에서 벌어지는 여러 가지 일들에 대해 상세한 설명을 해주었다.

현민은 상큼한 웃음을 푸슬푸슬 날리는 헬레나가 오늘따라 더욱 아름답게 보였다. 비록 거리를 분주히 오가는 도시 여자들처럼 짙은 화장과 몸을 화려하게 치장한 값비싼 보석은 없었지만, 홍조 띤 건강한 얼굴과 등까지 찰랑거리는 생머리가 너무나 싱그러워 보였다. 오히려 도시의 허영기 많고 사치스러운 여자들이 온실 속에서 자라난 나약한 꽃이라면, 헬레나는 물빛 고운 지중해에서 방금 헤엄쳐 나온 인어처럼 청순하고 생기발랄했다.

잠시 후, 헬레나는 어머니에게 선물할 샌들을 사기 위해 신발가게로 들어갔고, 현민은 거리 한복판에서 벌어지는 닭싸움을 구경하고 있었다. 백여 명의 사람들이 빙 둘러서 있는 공터 한가운데에는 사납게 생긴 수탉 두 마리가 검붉은 목털을 꼿꼿이 세운 채 팽팽하게 싸우고 있었다. 삼지창처럼 뾰족한 발톱과 도끼처럼 날카로운 부리로 날렵하게 공격을 퍼붓는 두 마리는 얼마나 치열하게 싸우는지, 깃털이 마구 날리며 핏방울이 여기저기 튀어 올랐다.

구경꾼들은 눈빛이 면도날처럼 날카로운 장닭 두 마리가 날개를 요란하게 푸드덕거리며 혈투를 벌이는 모습을 보며 열렬한 응원을 퍼부었다. 주먹을 불끈 쥐고 아우성을 치며 마구 흥분하는 그들의 모습을 보면서, 현민은 문득 조선의 단오날 고향장터 풍경을 떠올렸다.

그 당시 조선의 농촌에서는 닷새마다 생필품들을 매매하는 5일장이 전국적으로 열렸다. 그럴 때면 어김없이 투계, 투견, 남사당놀이 등이 장터 곳곳에서 벌어져 손님들을 성황리에 끌어 모았다. 특히, 현민의 고향인 경주 읍내에서 열리는 5일장은 형산강 일대의 너른 들판과 동해에서 올라오는 온갖 농산물과 해산물이 집산 되는 유명한 시장이었다.

게다가 민속명절인 단오에는 투계나 투견이나 투우뿐 아니라, 젊은 장정들이 윗통을 벗고는 서로의 힘과 기량을 겨루는 씨름과 택견시합까지 벌어져 커다란 구경거리가 되었다. 그때는 장이 서는 5일 동안 하루도 빠짐없이 인근 고을 사람들까지 다 몰려나와, 손뼉을 치고 응원을 하며 큰 장관을 이루었다.

닭싸움을 구경하던 현민이 잠시 고향의 장터 풍경을 머리에 떠올리며 회상에 젖고 있는 바로 그때였다. 현민의 뒤쪽에서 웬 젊은 여자의 날카로운 비명소리가 들려왔다.

330

"엄마!"

현민이 깜짝 놀라며 급히 고개를 뒤로 돌리니, 스페인 군인 서너 명이 헬레나를 희롱하고 있는 게 아닌가? 녹색 제복을 멋있게 입고 긴 칼을 허리에 찬 군인들은, 예쁜 샌들을 사들고 가게를 막 나서는 헬레나의 앞길을 가로막으며 치근덕거리고 있었다.

그들은 능글맞은 웃음을 입가에 실실 흘리며 헬레나의 허리를 뒤에서 껴안으려고 했다. 그러자 헬레나가 자지러지게 놀라며 비명을 내질렀다. 이때 또 한 녀석이 옆으로 다가오더니 헬레나의 치마를 위로 걷어 올리려고 팔을 앞으로 뻗었다. 화들짝 놀란 헬레나는 더 큰 비명을 지르며 그 자리에 주저앉아 버렸다.

"어머!"

이때 장교 한 사람이 말을 타고 가까이 오더니, 헬레나를 자기에게 데려오라고 손짓을 했다. 그러자 두 눈에 불을 켠 현민은 앞뒤 가릴 것도 없이 그쪽으로 무조건 달려갔다.

그 당시 이탈리아 반도의 대부분을 식민 지배하고 있던 스페인 군인들의 횡포는 대단했었다. 특히 그들은 땅이 척박해서 다른 지역보다 곤궁한 생활을 하고 있던 남부 이탈리아인들을 대상으로 더 큰 착취와 폭력을 일삼았다.

나폴리에 살고 있던 30만에 이르는 시민들은 스페인군의 폭정에 시달리다 못해 여러 차례 의거를 일으켰다. 인근의 시칠리아 섬에서도 분노한 농민들 수만 명이 쇠스랑과 몽둥이를 들고는 끈질긴 항거를 계속했었고, 북부지방의 피렌체에 살고 있던 노동자들도 생존을 위협하고 차별을 행하는 외세의 침략에 반대하는 극렬한 시위를 수차례 했었다.

이처럼 스페인 군대에 대한 이탈리아인들의 감정이 극도로 악화되어 있었는데도 불구하고, 투우의 나라에서 온 전사들의 오만불손한 만행은 조금도 수그러들지 않고 있었다.

스페인 병사들에게 둘러싸여 눈물을 글썽이던 헬레나는 자기를 향해 부리나케 달려오는 현민을 보자 걱정스런 마음에 어서 피하라는 눈짓을 보냈다. 그러나 현민은 물러설 수 없었다.

헬레나 앞으로 급히 달려온 현민은 그녀의 손목을 잡아끄는 스페인 군인의 털복숭이 팔뚝을 오른발로 세차게 차올렸다.

"이얏!"

그러자 그 군인은 어깨까지 저려오는 심한 통증에 맥없이 손을 놓으며 땅바닥에 주저앉았다. 갑작스런 현민의 출현에 두 눈이 휘둥그레진 다른 군인들이 허리에 차고 있던 긴 칼을 급히 빼들었다. 그들은 칼을 휘두르며 현민에게 달려들었다. 그러나 현민은 두 사람 사이로 바람처럼 파고들며 두 손으로 그들의 목 뒤를 강타했다.

"으윽!"

목 뒤를 세차게 얻어맞은 그들은 고통스런 표정으로 칼을 놓치며 앞으로 고꾸라졌다.

순식간에 세 명의 군인들을 시장바닥에 때려눕힌 현민은 이번엔 몸을 위로 솟구쳐 말안장에 앉아있는 장교의 얼굴을 세차게 찼다.

"어이쿠!"

비명과 함께 두 손으로 얼굴을 감싸쥔 장교는 땅바닥으로 굴러 떨어졌다.

말 위에 재빨리 올라앉은 현민은 헬레나의 허리를 단단히 잡고는 자신의 앞자리에 안아 올렸다.

"이럇!"

헬레나를 말 위에 앉힌 현민은 땅바닥에 쓰러진 스페인 군인들을 뒤로 한 채 급히 말을 달렸다. 현민이 복잡한 시장거리를 지나 지레볼레다리 위를 질풍처럼 달려 나가자, 거리를 오가던 사람들이 깜짝 놀라며 길 양옆으로 급히 몸을 피했다.

"이럇! 이럇!"

현민은 말을 더욱 세차게 몰았고, 시장바닥에 고꾸라진 스페인 군인들은 아직도 정신을 못 차린 채 흙먼지 속에서 낑낑거리고 있었다.

꼬레아에서 온 검투사

며칠 후 아침, 현민과 헬레나는 브라다노 강 하류와 타란토 만이 함께 만나는 삼각주 해변으로 나갔다.

한없이 눈부신 7월의 금빛 햇살을 맞으며 강 하류로 들어간 두 사람은 통발 속에 치즈와 밀기울을 잘 섞은 떡밥을 한 움큼씩 넣었다. 그리고는 수초와 바위 사이를 천천히 오가며 물고기들이 많이 다닐 만한 지점을 찾아서 10여 개의 통발을 설치했다.

물가로 천천히 걸어 나온 두 사람은 떡밥의 고소한 냄새를 맡은 물고기들이 통발 속으로 모여들 때까지 바다에서 수영을 하며 기다리기로 했다. 이마 위에 땀방울을 송골송골 맺으며 남쪽 해변으로 걸어 내려간 두 사람은 백사장에 있는 커다란 바위 위에 옷을 벗어 놓고 푸른 바닷속으로 풍덩 뛰어들었다.

초여름을 맞은 타란토 만의 백사장은 유리알처럼 반짝거렸고, 바다는 무척 잔잔했다. 아무도 없는 바닷속에서 나신이 된 두 사람은 천천

히 수영을 하기 시작했다. 그들은 하얀 물보라를 일으키며 물살을 시원
스레 헤쳐 나가기도 하고, 함께 물속으로 들어가 수중세계를 구경하기
도 했다.

바닷속은 마치 별천지처럼 신비로웠다. 햇빛이 투영되는 맑은 물속
에는 황금빛 모랫바닥이 융단처럼 펼쳐져 있고, 녹색 수초들은 마치 수
중 무용수처럼 온몸을 부드럽게 흐느적거리며 춤을 추고 있었다. 조개
들이 다닥다닥 붙어 있는 회색 바위와 하얀 산호초 옆으로 형형색색의
물고기들이 집단유영을 하고 있고, 그 사이로 커다란 바다거북이 유유
히 지나가고 있었다. 물속에서 손을 맞잡은 두 사람은 한 쌍의 물개처
럼 능숙한 수영을 계속하며 바닷속 산책을 계속했다.

파도소리와 바람소리 외에는 아무것도 들리지 않는 텅 빈 초여름 바
다. 즐거운 미소를 주고받으며 헤엄을 치는 두 사람은 마치 태초의 바
다에서 사랑을 나누던 아담과 이브가 된 것 같았다.

아프로디테의 눈물 방울로 만들어졌다는 지중해는 외로운 사람들의
가슴속에 사랑을 샘솟게 하는 신비로운 힘을 지니고 있었다. 짙은 코발
트빛 바다는 싱그러운 희망을, 하얀 물보라를 휘날리는 부드러운 파도
는 연인의 속삭임처럼 감미로운 낭만을, 수평선을 뚫고 올라오는 붉은
태양은 사랑의 용기를. 그들은 이처럼 아름다운 해변에서 단 둘만의 오
붓한 시간을 보낼 수 있다는 사실에 너무도 감격했다.

파도치는 해변에는 대형 버섯처럼 생긴 바위 하나가 반쯤 물에 잠겨
있었다. 그 바위 한복판에는 움푹 파인 조그만 공간이 있어서 수영에
지친 몸을 잠시 기대며 쉬기에는 안성맞춤이었다. 그 바위 쪽으로 먼저
헤엄쳐 간 사람은 현민이었다.

움푹 파인 공간에 몸을 기대고 서자, 물이 허리까지 차올랐다. 뒤돌아 선 현민은 헬레나를 바라보며 손을 내밀었다. 그러자 헬레나가 싱긋 웃으며 현민의 서너 보 앞으로 천천히 걸어왔다. 이때 큰 파도가 밀려오더니 헬레나의 작은 몸을 번쩍 안아 앞으로 밀어버렸다.

헬레나는 엉겁결에 현민의 가슴에 폭 안겨 버렸다. 바위에 바짝 기대선 현민은 헬레나의 어깨 위에 두 손을 살짝 올렸다. 헬레나의 긴 머리카락에는 푸른 바닷물이 뚝뚝 떨어지고, 물기 어린 젖가슴 위론 해맑은 초여름 햇살이 보석처럼 반짝였다. 그녀는 물속에서 막 올라온 바다의 요정 같았다.

현민은 어깨 위에 올려놓은 두 손을 가볍게 떨며 그녀를 살며시 잡아당겼다. 그러자 헬레나의 몸이 너무나 가볍게 앞으로 딸려왔다. 헬레나의 탐스러운 젖가슴이 현민의 넓은 가슴에 부드럽게 와 닿자, 현민은 가벼운 현기증을 느꼈다.

헬레나의 물에 젖은 머리카락이 현민의 코끝에 와 닿자, 향긋한 꽃내음이 풍겨 나왔다. 그녀의 몸에서 은은히 배어 나오는 향기는 개나리 향기였다. 어린 시절 고향의 산과 들을 온통 눈부신 황금빛으로 물들이던 향기 그윽한 개나리. 그리고 그녀에게서는 진달래 향기도 풍겨 나왔다. 봄이면 현민은 여동생 선희와 함께 진달래가 흐드러지게 피어 있는 뒷동산을 온종일 쏘다니며 연분홍 꽃잎을 수없이 따먹었다. 그것은 고향의 향기였다. 까마득히 잊고 있던 고향의 향기가 헬레나의 몸에서 향긋하게 풍겨 나오고 있었다.

"아!"

가벼운 신음소리를 내며 두 눈을 감은 현민은 두 손을 천천히 아래로 내려 물속에 있는 그녀의 허리를 지그시 잡아 당겼다. 그러자 물속의 해초처럼 부드러운 그녀의 알몸이 현민의 하체에 와 닿았다. 헬레나를 보듬어 안은 현민은 마치 감전이라도 된 것처럼 온몸이 짜릿해지며 정신이 아득해졌다.

작은 파도가 감실거릴 때마다 두 사람의 몸은 조금씩 흔들렸고, 그때마다 두 사람은 더욱 뜨거워지고 있었다. 수줍은 듯 아무 말도 없이 현민의 품에 안겨 있던 헬레나는, 살그머니 입을 벌리더니 현민의 검게 그을은 팔뚝을 하얀 이로 자늑자늑 깨물기 시작했다.

"아!"

헬레나가 기분이 좋을 때면 언제나 하던 어린 시절의 독특한 버릇이었다. 감정이 더욱 고조된 현민은 고개를 아래로 숙였다. 그리고 산딸기처럼 매혹적인 그녀의 입술 위에 자신의 입술을 살며시 포겠다. 천천히 입술을 포갠 두 사람은 서로의 향기에 서서히 취하기 시작했다. 푸른 파도가 하얀 물보라를 일으키는 해변의 바위에 기대 선 두 사람은 감미로운 사랑의 감정 속에서 뜨겁게 달아오르고 있었다.

태양은 어느새 중천에 높이 떠올랐고, 해안 언덕을 울창하게 뒤덮은 은백색의 올리브 숲에서는 산들바람이 조용히 불어왔다.

현민은 문득 사랑을 맹세하고 싶었다.

'당신만 내 곁에 있어 준다면, 이제는 외롭지 않을 것 같다고.'

그동안 현민의 가슴속에는 헬레나에 대한 깊은 연모의 감정이 여러 번 용솟음쳤다. 그러나 그는 그럴 때마다 자신의 마음을 스스로 억제했다. 엄청난 역경을 당하고 있는 최악의 시기에 젊은 여인에 대한 뜨거운 정열이 자신의 심중에 존재한다는 사실이 오히려 놀라웠고, 또 그

연연한 정을 겉으로 표현했을 때 행여 헬레나가 거절하면 어떡하나 하는 걱정이 앞섰기 때문이었다. 그러나 지중해의 짙푸른 물결과 화사한 햇살은 그 모든 걱정을 말끔하게 씻어 주었고, 두 청춘남녀를 이심전심으로 하나가 되게 만들고 있었다.

헬레나의 마음도 현민과 별로 다르지 않았다. 그녀의 올해 나이는 18세. 만약 아버지만 살아 계셨다면, 벌써 시집을 갔을 나이다. 그러나 효성이 지극했던 그녀는 점점 늙어 가는 어머니를 혼자 두고는 도저히 시집을 갈 수가 없었다. 그녀는 외로운 어머니를 곁에서 도우며 평생을 독신으로 살 생각을 하고 있었던 것이다.

그런데 느닷없이 나타난 현민이 그녀의 마음을 조금씩 흔들고 있었던 것이다. 해변으로 표류해온 현민을 처음 보았을 때는 너무나 무서워서 덜덜 떨었던 헬레나였다. 그러나 지난 2개월여 동안 한지붕 아래에서 함께 지내다 보니 이젠 정이 듬뿍 들었다. 게다가 지난번 위험에 빠진 자신을 용감하게 구해준 '타란토 사건'을 경험한 후에는 현민을 대하는 그녀의 태도가 더욱 다정스러워졌다. 그날 그곳에서 보여준 현민의 남자다운 행동에 매료되고 만 것이다.

헬레나는 하루의 일을 끝내고 부엌의 긴 나무의자 위에서 잠을 청하는 현민을 바라보며, '저 남자와 결혼해서 어머니와 함께 산다면 얼마나 좋을까!' 하는 생각을 하다가 부끄러워 얼굴을 붉힐 때가 한두 번이 아니었다.

파도치는 바위 옆에 부둥켜안은 두 남녀가 신비로운 사랑의 감정을 뜨겁게 고백하는 바로 그 순간. 아무도 없는 텅 빈 해변에 요란한 말발굽 소리가 갑자기 울려 퍼지기 시작했다. 깜짝 놀란 두 사람은 바위 옆으로 몸을 급히 옮기며 백사장 쪽을 바라보았다. 칼과 총으로 완전무장한 스페인 군인 수십 명이 뽀얀 먼지를 자욱하게 일으키며 달려오고 있었다.

두 사람은 몹시 당황스러웠다. 대항할 무기도, 몸을 숨길 만한 장소도 구할 수 없었기 때문이다. 게다가 그들은 알몸이 아닌가. 하는 수 없이 옷을 벗어 놓은 바위 쪽으로 급히 달려간 현민은 잽싸게 옷을 집어들고는 다시 헬레나 쪽으로 돌아왔다. 그리고 헬레나에게 재빨리 옷을 던져 주고, 자신은 미처 옷도 입지 못한 채 반대쪽으로 뛰기 시작했다. 그러나 모래가 두껍게 깔린 백사장에서 말을 타고 쫓아오는 스페인 군인들보다 더 빠르게 도망칠 수는 없는 노릇이었다.

현민은 얼마 못 가서 머스켓 총을 겨누고 있는 무장군인들에게 에워싸이고 말았다. 그들이 헬레나를 인질로 잡고 있었기 때문에, 현민은 아무런 저항도 할 수가 없었다. 결국 현민은 모든 것을 체념하고, 백사장에 두 무릎을 힘없이 꿇었다.

스페인 장교 한 사람이 말에서 내려 천천히 다가오더니 개머리판으로 현민의 머리를 세차게 후려쳤다. 그는 며칠 전 타란토의 가리발디 거리에서 현민에게 말을 빼앗긴 바로 그 장교였다.

현민은 아무 반항도 못한 채 그들의 포로가 되어 버렸고, 헬레나는 피를 흘리며 힘없이 끌려가는 현민을 바라보며 울음을 터뜨렸다.

타란토의 동북쪽에 자리잡은 '레체'는, 로마에서 장장 540km나 이어진 아피아가도의 종착지인 브린디시 항의 배후도시였기 때문에, 로마시대부터 경제적으로 매우 풍요로운 곳이었다. 또한 르네상스가 한

창이던 15세기에는 이름난 예술가와 문화 애호가들이 많이 모여 살아 남부 이탈리아 최고의 예술도시로 발전했다. 이러한 전통은 르네상스 시대가 거의 끝나가는 지금도 그대로 이어지고 있었다. 그래서 얼마 전 부터는 도시 전체가 바로크 양식의 생동감 넘치는 독특한 부조와 화려 한 청동 빛이 가득한 신도시로 탈바꿈하고 있었다.

남부 이탈리아의 눈부신 태양 아래 검붉은 청동 빛이 새롭게 피어나 는 이 도시의 중앙에는 널찍한 오론토 광장이 자리 잡고 있고, 그 남쪽 에는 로마시대 때 건설된 커다란 원형극장이 위용을 자랑하고 있었다. 그런데 오늘은 이른 아침부터 수만 명의 레체 시민들이 원형 경기장 안 으로 꾸역꾸역 모여들고 있었다.

여자들은 화려한 색깔의 치마와 아름다운 문양의 숄로 한껏 멋을 부 렸고, 남자들도 당시 유행하던 다리에 착 들러붙는 타이츠 바지에 짧은 망토를 어깨에 멋있게 걸쳤다. 이미 경기장 안은 상단부터 하단에 이르 기까지 형형색색의 의상을 입은 관중들로 가득 차 있었다.

스탠드 중앙에 위치한 귀빈석에는 황금색 차일이 높다랗게 쳐 있었 고, 그 밑에는 붉은색 가죽 의자들이 정연하게 놓여 있었다. 한가운데 에는 스페인 총독 부부와 레체의 영주 부부가 함께 앉아 있었고, 그 뒤 에는 이곳의 귀족, 성직자, 장교들이 엄숙한 표정으로 앉아 있었다. 그 리고 스탠드 좌우엔 푸른색 제복을 멋있게 차려입은 악사 수십 명이 긴 나팔을 들고는 마치 대리석 조각상처럼 일렬로 늘어서 있었다.

오늘은 바로 검투시합이 벌어지는 날이었다.

검투시합은 본래 이탈리아 반도의 선주민이었던 에트루리아인들이 즐기던 몹시 격렬한 격투기였다. 그런데 로마인들이 대제국을 건설한 후엔, 로마제국의 백성들이 가장 열렬히 환호하는 인기 높은 경기가 되었다. 검투시합을 대중화시킨 가장 큰 공로자는 로마의 황제들이었다. 광활한 영토를 다스리는 그들은 제국의 백성들을 즐겁게 해주기 위해 각 지방에 원형경기장을 건설하고 수많은 노예와 죄수들을 검투사로 집중 훈련시켰다.

이런 곳에서 양산된 검투사들은 맹수와 혈투를 벌이거나, 훈련된 검투사들끼리 목숨을 건 격렬한 시합을 해야 했다. 그러나 서로마제국이 북쪽에서 내려온 게르만 민족에게 멸망한 이후에는 이 잔혹한 오락도 서서히 사라지기 시작했다.

그런데 스페인 제국이 이탈리아 반도를 정복한 뒤부터는 이 야만적인 경기가 이따금 되살아났다. 투우의 나라에서 온 이들 다혈질의 전사들은 검투시합을 대단히 좋아했던 것이다. 그래서 나폴리에 머물며 남부 이탈리아를 통치하던 스페인 총독이 오늘처럼 지방도시를 순회할 때는, 그곳의 영주들이 특별히 사형수나 중죄인들을 끌어내어 피비린내 나는 시합을 벌이곤 했다.

드디어 개막시간이 되었다.

콧수염을 멋있게 기른 악대장이 오른손을 위로 올리며 신호를 보내자, 악사들이 일제히 황금빛 나팔을 입술에 갖다 대더니 우렁차게 불기 시작했다. 커다란 나팔소리가 원형 경기장 안에 우렁차게 울려 퍼지는 순간, 남쪽과 북쪽의 출입구를 통해 두 명의 검투사가 천천히 끌려 나왔다.

그러자 자리에 앉아 있던 관중들이 우레와 같은 함성을 내지르며 검투사들을 환영했고, 귀빈석에 앉아 있던 귀족들도 자세를 고쳐 앉으며 호기심 어린 눈길을 아래로 보냈다.

스페인 병사들에 의해 끌려나오는 검투사 중 한 사람은 북아프리카에서 잡혀 온 흑인이었고, 또 한 사람은 현민이었다.

지난 1주일 동안 햇빛 한 줄기 들어오지 않는 습기찬 지하감옥 속에서 갇혀 지내야 했던 현민의 모습은 참으로 몰골이 말이 아니었다. 몸 곳곳에는 스페인 병사들로부터 흠씬 두들겨 맞은 핏자국이 선명하게 남아 있고, 긴 머리카락은 산발이 되어 바람에 마구 날리고 있었다.

경기장 하단의 한쪽 구석에는 루시아와 헬레나가 마음 졸이며 앉아 있다가, 핼쑥하게 변한 현민의 모습을 보고는 그만 울음을 터뜨렸다. 마치 금년 봄에 해변가에 처음 표류해 왔을 때처럼 처참한 모습으로 나타난 현민을 먼발치로 바라보는 두 모녀의 가슴은 미어지는 것처럼 아팠다. 두 사람은 서로 손을 꼭 부여잡은 채 현민이 무사하기만을 천주님께 기도 올렸다.

가벼운 현기증을 느끼며 경기장 안으로 들어선 현민은 그저 어리둥절하기만 했다. 오랜만에 보는 밝은 햇빛 때문에 눈이 부신 데다 수많은 군중들이 내지르는 커다란 함성 때문에 귀까지 먹먹했다. 게다가 이곳이 도대체 무엇을 하는 곳이며, 자신이 왜 이곳에 끌려 나왔는지도 제대로 판단이 서지 않았던 것이다.

현민의 앞쪽에는 키가 6척(1m 80cm)이 넘는 사납게 생긴 흑인이 긴 칼을 획획 휘두르고 있었고, 현민의 발아래에도 큰 칼 한 자루가 놓여 있었다. 그제야 현민은 자신이 이곳으로 끌려나온 이유를 어렴풋이나마 짐작할 수 있었다.

현민은 잠시 난감한 표정을 지었다. 희멀건 스프만 먹으며 지하감옥

속에 갇혀 있었기 때문에 기력도 많이 쇠잔해 있었고, 또한 아무런 원한이 없는 생면부지의 사람과 싸워야 한다는 사실이, 조선의 선비인 그로서는 너무나 곤혹스러웠던 것이다.

그러나 사태는 자신의 의사와는 아무런 관계없이 급박하게 진행되고 있었다. 경기장 안을 가득 메운 관중들은 현민에게 어서 칼을 들고 싸우라며 고함을 질렀고, 우람한 근육을 자랑하는 장신의 흑인은 긴 칼을 들고는 현민을 향해 성난 코뿔소처럼 달려오고 있었다.

현민은 자신의 발아래 놓은 칼을 미처 주울 사이도 없이 상대방의 살기등등한 공격부터 피해야 했다.

"이야앗!"

긴 칼이 세찬 칼바람을 무섭게 일으키며 현민의 머리를 향해 곧장 내려왔다. 재빨리 몸을 옆으로 피한 현민은 오른발로 흑인의 칼을 든 팔을 세차게 차 올렸다.

"으윽!"

흑인은 뼈가 으스러질 것 같은 격심한 통증에 인상을 찌푸리며 칼을 떨구었다. 그 틈을 놓치지 않고 옆으로 가까이 다가간 현민은 전광석화 같은 올려 차기로 흑인의 턱을 강타했다.

"이얏!"

현민의 입에서 기합이 터져 나오는 동시에 흑인의 커다란 몸이 허공으로 부웅 떠오르더니 저만치 뒤로 나가 떨어져버렸다.

"우와!"

병약하게 생긴 맨손의 동양인이 커다란 흑인을 순식간에 기절시켜버리자, 관중들은 일제히 탄성을 내질렀다. 귀빈석에서 그 광경을 내려다보던 귀족들도 서로의 얼굴을 바라보며 믿어지지 않는다는 표정을 지으며 일제히 자리에서 일어났다.

"어, 어떻게! 저, 저럴 수가!"

모두들 입을 크게 벌리며 감탄사를 연발했다.

그때 우렁찬 나팔소리가 또다시 울려 퍼졌다. 그러자 북쪽 문이 열리면서 돼지털처럼 텁수룩한 수염이 온통 얼굴을 뒤덮은 험상궂은 투르크 해적 한 명이 창을 들고 뛰어 나왔다.

두 팔과 넓은 가슴에 섬뜩한 해골 문신이 선명하게 새겨져 있는 그는 뾰쪽한 창끝을 현민의 가슴에 겨눈 채 두 눈을 두리번거렸다. 그러나 무고한 살생이 싫은 현민은 이번에도 칼을 들지 않았다.

현민이 맨손으로 우두커니 서 있는 모습을 본 투르크 해적은 누런 이빨을 드러내며 기괴한 웃음을 지었다. 산발한 머리카락은 바람에 어지럽게 날리고, 핏발이 벌겋게 선 두 눈은 마치 짐승의 눈처럼 희번덕거렸다. 긴장된 모습으로 현민을 노려보던 투르크 해적은 기합을 세차게 지르며 현민의 심장을 향해 창을 찔렀다.

"이얏!"

창끝이 자신의 몸 쪽으로 가까이 다가오자, 현민은 급히 뛰어오르며 몸을 허공으로 두어 장 정도 솟구쳤다. 허공에서 한 바퀴 몸을 회전시킨 현민은 아래로 쏜살같이 떨어지며 투르크 해적의 가슴팍을 세차게 눌러 찼다.

"윽!"

가슴 한복판을 세차게 맞은 그는 외마디 비명을 지르며 뒤로 나자빠졌다.

가볍게 땅에 내려선 그는 해적이 놓친 창을 재빨리 주워들었다. 그러나 뒤로 벌렁 넘어진 투르크 해적은 입에 게거품을 문 채 간간이 신음만 토하고 있었다. 그러자 나팔수들의 나팔소리가 다시 요란하게 울려퍼지더니, 북문이 다시 열렸다.

이번에는 검투사 세 명이 동시에 달려 나왔다. 제각기 다른 무기를 들고 경기장 안으로 들어온 그들은 흉포한 사형수들이었다. 여행자들을 대상으로 살인강도를 일삼다가 사형수가 된 그들은 무술 실력이 뛰어난 현민과 결투를 벌이기 위해 한꺼번에 투입된 것이다.

현민의 주위를 커다란 원처럼 둘러싼 사형수들은 점점 포위망을 압축해 들어갔다.

현민은 긴 창을 몇 번 가볍게 공중으로 휘두른 다음에 창끝을 앞으로 향한 채 공격 자세를 취했다. 두 발을 갈지자로 천천히 움직이던 현민은 그들의 허점을 노리기 위해 창을 크게 휘두르며 앞으로 서너 발자국 전진해 들어갔다. 그러자 모두들 움찔거리며 뒤로 조금씩 물러섰다.

현민은 그 틈을 놓치지 않고 앞으로 재빨리 달려 나가며 창끝으로 삼지창을 든 남자의 허벅지를 찔렀다. 그와 동시에 옆으로 몸을 틀며 쇠뭉치를 빙글빙글 돌리는 남자의 명치를 창 뒤끝으로 힘차게 쑤셨다.

"어이쿠!"

현민의 비호처럼 재빠른 창 공격을 받은 두 남자는 비명을 지르며 그 자리에 고꾸라졌다. 두 사람을 일격에 쓰러뜨린 현민이 창을 똑바로 잡으며 다시 공격 자세를 취하자, 손에 칼을 들고 있던 사형수는 잔뜩 겁을 집어먹은 표정으로 주춤거렸다. 그러자 현민은 긴 창을 저 멀리 던지고는 맨손으로 천천히 걸어갔다. 자신에게 가까이 다가오는 현민의

모습을 몹시 긴장된 표정으로 응시하던 사형수는 두 손으로 칼을 단단
히 부여잡으며 침을 꿀꺽 삼켰다. 그리고는 커다란 고함을 냅다 지르며
현민의 몸통을 향해 세차게 칼을 내리쳤다.

"이얏!"

그 순간 현민의 몸이 왼쪽으로 급히 돌았다. 그와 동시에 오른발 뒤
꿈치로 사형수의 뒤통수를 세차게 차 올렸다.

"으악!"

칼을 휘두르던 사형수는 다급한 비명을 지르며 앞으로 쓰러졌다. 흙
먼지 속에서 바둥거리는 사형수 곁으로 얼른 뛰어간 현민은 오른발을
힘차게 뻗으며 어깻죽지를 차 내렸다.

"이얏!"

어깨의 급소를 차인 사형수는 얼굴이 시뻘게지며 그 자리에 뻗어 버
렸다.

현민이 눈 깜짝할 사이에 흉포한 사형수들을 모두 쓰러뜨리자, 원형
경기장 안은 흥분의 도가니에 휩싸였다.

현민의 신비로운 무술 솜씨에 두 눈이 휘둥그레진 그들은 커다란 함
성을 터뜨리며 우레와 같은 박수를 치기 시작했다.

"우와! 우와!"

가슴을 조이며 현민의 결투 장면을 바라보던 루시아와 헬레나도 자
리에서 벌떡 일어나 열정적으로 손뼉을 치며 기쁨을 감추지 못했다. 자
신의 사랑하는 가족이 죽지 않고 목숨을 건진 것이 너무 감격스러웠다.

귀빈석에 앉아 있던 귀족들도 신기에 가까운 현민의 무술 실력에 입
이 쩍쩍 벌어졌다. 스페인 총독 부부도 큰 박수를 치며 감탄스런 표정

을 지었다.

잠시 후, 바닥에 쓰러져 있던 검투사들은 서쪽에 있는 '사자의 문'을 통해 밖으로 옮겨졌고, 현민은 다시 지하감옥으로 끌려갔다.

검은 벨벳을 곱게 깔아 놓은 듯 포근한 여름밤이었다.

휘영청 밝은 보름달은 벌써 중천을 지나고 있고, 바다 위에는 달빛에 물든 은빛 파도가 조금씩 출렁거리고 있었다. 아름다운 밤바다가 한눈에 내려다보이는 높은 망루 위에는 노란색 줄무늬가 있는 화려한 근위병 복장을 한 남자가 홀로 서 있었다.

그는 현민이었다.

현민의 머릿속에는 지난 3개월여 동안 이탈리아에서 겪었던 여러 가지 일들이 주마등처럼 스쳐 지나갔다. 타란토 만의 한적한 바닷가에서 사랑하는 헬레나와 함께 보냈던 꿈같이 아름다운 시간들, 스페인 군인들에게 체포되어 원형 경기장 안에서 검투시합을 벌여야 했던 일, 그날 저녁 현민의 무술 실력에 반한 스페인 총독 부인이 지하감옥까지 찾아왔던 일, 그리고 총독 부인의 배려로 근위병이 되어 유서 깊은 항구도시인 이곳 바리 성에 머물게 된 뜻밖의 행운.

넓은 지중해에서 이탈리아 반도의 동쪽 바다는 아드리아 해, 남쪽은 이오니아 해, 서쪽은 티레니아 해라고 불렀다.

그 중에서도 바리는 아드리아 해에 접한 남부 이탈리아의 유명한 무역항이었다. 지난번에 레체 방문을 끝낸 총독 일행이 지금 머무는 곳은, 해변의 아름다운 풍광이 한눈에 내려다보이는 바리 영주의 저택이었다. 바리 항구를 굳건히 지키는 해안 요새이기도 한 이 성은 노르만

민족이 남부 이탈리아를 지배하던 11세기경에 축조되었다. 그후 신성 로마제국의 황제이며 독일과 시칠리아의 지배자였던 프레데릭 2세가 이곳에 머물게 되면서부터, 철옹성처럼 웅장했던 내부가 화려한 현재의 모습으로 변모하기 시작했다.

프레데릭 2세는 노르만족의 피가 흐르는 뛰어난 전사이자 탁월한 외교관이었고, 남부 이탈리아에서 태어나 풍부한 감성을 지닌 시인이자 철학자이기도 했다. 그는 낭만이 가득한 시칠리아 섬의 팔레르모에 도읍을 정하고 수많은 예술가와 철학자들을 초청하여 국제적인 지중해 문화를 활짝 꽃피웠다. 그후 프레데릭 2세는 이슬람교도들이 장악하고 있는 성지 예루살렘을 탈환하기 위해, 시칠리아 섬을 떠나 이곳 바리 항으로 자신의 주거지를 옮긴 것이다.

약 200년에 걸친 일곱 차례의 십자군원정 중에서 유일하게 예루살렘을 탈환한 황제로 유명한 프레데릭 2세는, 요새처럼 삭막한 성 내부에 품위 있는 회랑과 아치형의 화려한 창문을 만들고, 넓은 안뜰을 그리스풍의 아름다운 조각품과 시원한 야자수로 장식했다.

이렇게 해서 감옥처럼 칙칙하던 요새에서 예술이 생생하게 살아 숨쉬는 우아한 궁전으로 탈바꿈한 바리성은 3백 년이 지난 지금도 변함없는 아름다움을 유지하고 있었다.

지금 이곳에 머물고 있는 파바로티 총독은 바르셀로나의 푸줏간 주인처럼 뚱뚱한 체격에 성격이 무척 활달했다. 틈만 나면 이탈리아 귀족들과 어울려 검술, 승마, 사냥을 즐겼고, 밤늦도록 트럼프와 체스에도 열중했다. 일주일에 한두 번 정도 성 안에서는 화려한 연회가 열렸는데, 그런 날이면 바리에 사는 스페인 장교, 이탈리아 귀족, 부유한 상인들이 모두 초대되었다.

파바로티 총독은 무도회에 참석한 손님들과 함께 어울려 술도 마시고, 춤도 추며, 떠들썩하게 노는 것을 무척 좋아했다. 그러나 파바로티 총독 부인은 그와 정반대였다.

그녀는 이지적이며 조용한 성격이었다. 궁중연회가 열릴 때도 그녀는 간간이 입가에 미소만 띄울 뿐 별다른 말이 없었다. 파바로티 총독이 외출할 때도 그녀는 함께 따라 나서는 일이 별로 없었고, 주로 성내에 머물면서 자수를 놓거나 테피스트리(화려한 그림을 넣어서 짠 두터운 천으로 된 커다란 벽걸이)를 만들었다.

예술과 자선을 좋아하는 그녀는 밤에는 가끔 음유시인들을 불러서 시낭송회를 열기도 했고, 낮에는 시종들을 거느리고 성 밖으로 나가 가난한 농민들에게 자선을 베풀기도 했다. 그러다 보니 총독 부인의 근위병인 현민은 성내에서 지내는 시간이 더욱 많았다.

오늘도 파바로티 총독은 백마 다섯 필이 끄는 청색마차를 타고 이른 아침에 먼 사냥을 떠났다. 3백여 명의 귀족들과 시종들이 모두 사냥을 따라 나서는 바람에 바리 성 안은 거의 텅 빈 상태였다. 그래서 현민은 총독 부인이 잠자리에 들 때까지 성안에 머물며 여러 가지 잔무를 꼼꼼히 챙겨야 했다.

밤이 이슥해서야 겨우 하루의 일과를 끝내고 자신의 방에 들어간 현민은 침대 위에 몸을 눕혔으나 쉽게 잠을 이룰 수가 없었다. 이리저리 뒤척거리던 그는 결국 자리를 박차고 밤바다가 한눈에 내려다보이는 망루 위로 올라온 것이다.

망루에 기대선 현민은 은빛 파도가 쉴 새 없이 철썩거리는 밤바다를 가만히 내려다보았다. 달빛이 일렁거리는 밤바다는 현민을 깊은 사색의 세계로 안내했다.

현민은 그동안의 이탈리아 생활을 찬찬히 더듬어 보았다. 현민은 초여름의 밤하늘을 비추는 환한 보름달을 바라보며 헬레나의 아름다운 얼굴을 문득 떠올렸다.

'헬레나, 해변의 모래밭에 버려진 내 목숨을 구해 주고, 이탈리아 여인의 따뜻한 정을 느끼게 해준 천사 같은 여인. 오, 헬레나! 당신은 지금 무얼 하고 있나요? 우리의 사랑이 익어가던 그 아름다운 어촌에서, 나처럼 저 둥근 달을 바라보며 밤늦도록 잠을 못 이루고 있나요? 헬레나, 당신과 헤어진 지도 벌써 한 달이 다 되어가는구려. 우리는 언제쯤 다시 만날 수 있을까요? 우리는, 언제쯤?'

루시아와 헬레나 모녀가 자신을 보기 위해 레체의 원형 경기장까지 찾아온 사실을 전혀 알 수 없었던 현민은 그저 가슴만 새까맣게 태우고 있었다. 말도 통하지 않는 머나먼 극동에서 온 검은 눈의 이방인을 위해 그토록 따뜻한 정과 세심한 배려를 베풀어 주고, 부모님과 사별한 이후 최초로 가족간의 사랑과 다정다감한 우애를 느끼게 해 준 두 모녀를 그리워하는 현민의 눈엔, 어느새 슬픈 이슬이 촉촉이 맺히고 있었다.

어느덧 밤이 꽤 깊었다.

성내에 살고 있는 사람들은 모두 다 불을 끄고 깊은 잠 속에 빠져 있었다. 망루 주위를 오가던 보초들도 이제는 벽에 기대 앉아 꾸벅꾸벅 졸고 있었다. 높은 성벽 아래에선 밤 파도소리가 더 크게 들려왔고, 밤하늘에는 휘영청 밝은 보름달만이 아름다운 여름밤을 조용히 지켜보고 있었다.

그런데 바로 그때였다. 갑자기 동쪽 성벽에서 들려오는 콩을 볶는 것처럼 요란한 총소리가 밤의 적막을 깨뜨리는 게 아닌가? 그와 동시에 남쪽에 있는 종루에서 다급한 종소리가 연이어 들려왔다.

땡땡땡! 땡땡땡땡!

깜짝 놀란 현민은 칼을 빼들고 동쪽 성벽으로 급히 달려갔다. 그곳엔 이미 수백 명의 침입자들이 새까맣게 기어오르고 있었다. 그들은 오스만투르크 해적들이었다.

투르크 족의 한 갈래인 오스만투르크 족은, 북아시아의 알타이 산맥 근처에서 양을 키우며 살던 유목민족이었다. 칭기즈 칸의 몽고족에게 쫓겨 소아시아의 깊숙한 오지로 이주해 온 그들은 A.D. 1299년에 오스만 왕조를 세웠다. '코란의 말씀과 이슬람의 검'으로 단단히 무장한 그들은 14세기 초부터 지중해 쪽으로 진출하기 시작했다.

특히 19세란 젊은 나이에 투르크 최고의 권력자인 술탄이 된 마호메트 2세는 1453년 5월에 유럽인들의 간담을 서늘하게 하는 대사건을 일으켰다. 그것은 서로마제국의 멸망 이후에도 천년동안 변함없이 고대 로마문명의 충실한 계승자 역할을 해온 동로마제국(비잔틴 제국)을 멸망시키고, 수도인 콘스탄티노플을 점령한 것이다. 그후로도 서쪽으로 세력을 계속 확장한 오스만왕조는 알바니아, 보스니아, 세르비아를 정복하고 남쪽으로는 발칸 반도의 아테네, 코린트까지 점령하여, 16세기 초에는 북아프리카의 튀니지에서 이집트의 알렉산드리아를 거쳐 흑해의 크림 반도에 이르는 대제국을 건설하였다.

13세기 말 이후에 지중해로 진출해서 활발한 해상활동을 벌이던 스페인 제국의 무적함대가 1588년에 영국함대에 의해 대참패를 당하는 사건이 발생하자, 오스만 투르크 해적들은 지중해 곳곳에서 더욱 날뛰기 시작했다. 바다의 무법자로 변신한 그들은 주로 남부 이탈리아의 연안도시들을 공격하여 약탈과 방화를 일삼았다.

이날 밤도 투르크 해적들이 백여 척의 전함을 타고는 바리 성을 급습한 것이다. 동쪽 성벽 아래쪽 해안에 배를 바짝 갖다 붙인 해적들은 쇠갈고리가 달린 긴 밧줄과 튼튼한 줄사다리를 이용해서 성벽을 기어올랐고, 부두에 배를 정박시킨 나머지 병력은 벌써 육지에 올라와 정문 쪽을 공격하고 있었다.

사태가 심상치 않음을 직감한 현민은 중앙계단을 따라 아래로 곧장 뛰어 내려갔다. 페르시아 카페트가 길게 깔려 있는 복도를 지나 총독 부인의 방으로 급히 달려간 현민은 방문을 세차게 두들겼다. 실내복 차림의 총독 부인이 잔뜩 겁먹은 얼굴로 방문을 활짝 열었다.

"무, 무슨 일이에요?"

"큰일 났습니다! 어서 나오세요! 지금 투르크 해적들이 성 안으로 들어오고 있습니다."

"해, 해적이라고요?"

흉악한 해적의 공격이라는 말에 총독 부인은 금방 입이 덜덜 떨리고 오금에 힘이 쭉 빠져 버렸다. 현민의 부축을 받으며 방으로 들어온 그녀는 무엇부터 먼저 해야 할지 정신이 아득했다. 경황없이 옷을 주섬주섬 주워 입고 초록색 망토를 급히 어깨에 두른 그녀는 보석이 들어 있는 패물함 하나만 챙겨 들었다. 현민은 총독 부인을 재촉했다.

"부인, 상황이 긴박합니다! 어서 아래로 내려 가셔야 합니다."

안절부절 못하는 총독 부인의 손목을 붙잡고 복도로 급하게 빠져나온 현민은 아래층에 있는 마구간을 향해 재빨리 달리기 시작했다. 마구간 안에는 갑작스런 총소리에 깜짝 놀란 말들이 마구 소리를 지르며 길길이 날뛰고 있었다.

허둥거리는 말들 사이를 비집고 들어간 현민은 그녀의 애마인 아라비아산 백마를 찾았다. 여성전용의 넓은 안장을 말 등에 올린 현민은 백마를 밖으로 끌어냈다. 안장 위에 올라탄 현민은 그녀를 자신의 뒤쪽에 앉혔다.

"제 허리를 꼭 잡으세요! 절대 놓치면 안 됩니다!"

말고삐를 거머쥔 현민은 말 옆구리를 힘껏 걷어찼다.

"이랴!"

벌써 성 안 곳곳에는 시뻘건 불길이 하늘 높이 치솟고 있었다. 성벽을 타고 올라온 해적들이 성을 지키는 경비병들과 치열한 백병전을 벌이고 있었고, 서쪽에 있는 성문이 열리면서 투르크 해적들이 한꺼번에 밀려 들어왔다.

어둠 속에서 총알이 날아가는 소리, 칼날이 서로 부딪치는 소리, 다급하게 터져 나오는 날카로운 비명소리. 평화롭던 궁전이 갑자기 지옥으로 변하고 말았다. 짙은 어둠 속에서 벌어지는 싸움이었기 때문에 누가 적이고 누가 아군인지 구별하기가 무척 어려울 정도였다.

현민은 조금도 지체할 수가 없었다. 공포에 질려 있는 총독 부인을 안전한 장소로 한시바삐 대피시켜야 했다. 현민은 칼을 높이 빼어들고 닥치는 대로 휘두르며 길을 열어 나갔다. 총을 겨누는 해적에게는 품 안에서 꺼낸 표창을 힘껏 날렸다.

현민은 서슬 퍼런 기세로 말을 몰았고, 안장 뒤에서 현민의 허리를 부여잡은 총독 부인은, 두 눈을 꼭 감은 채 비명만 내질렀다. 앞을 가로 막는 해적들을 사정없이 칼로 베며 성문을 빠져 나온 현민은 말머리를 북쪽으로 향했다. 그리고 아스라이 뻗어있는 해안선을 따라 질풍처럼 말을 달렸다. 뒤쪽에서는 총소리가 요란하게 들려오고, 귓전에는 바람 소리만이 쌩쌩거렸다.

얼마나 달렸을까?

불빛 한 점 없는 캄캄한 아피아 가도를 정신없이 달리던 현민은 말고 삐를 서서히 당겼다. 그러자 거친 숨을 쉴 새 없이 몰아쉬며 앞으로 내 달리던 백마가 발걸음을 멈췄다.

고개를 돌려 뒤를 바라보니, 어둠 속에서 검붉은 화염에 휩싸인 바리 성의 처참한 모습이 선명하게 보였다. 바리 성은 이미 투르크 해적의 손에 함락된 모양이었다. 그 광경을 함께 바라보던 총독 부인은 그만 고개를 떨구며 울음을 터뜨렸다. 남편의 부재중에 갑자기 발생한 큰 재 난에 커다란 충격을 받은 모양이었다.

그녀는 마치 무서운 악몽을 꾸다 가위에 눌린 어린 아이처럼 흐느껴 울었다.

"부인, 말에서 내려 잠시 쉬도록 하세요. 제가 마실 물을 떠오겠습니다."

현민은 비탄에 빠진 그녀를 말에서 조심스럽게 내리게 한 다음 편안 한 곳에 앉혔다.

"너, 너무 끔찍해요. 어떻게, 이런 일이."

당황한 표정이 역력한 그녀는 현민이 떠온 샘물을 제대로 마시지도 못하고 다시 울음을 터뜨렸다. 그녀를 따뜻하게 포옹한 현민은 두 손으로 그녀의 등을 천천히 쓰다듬으며 불안한 마음을 안심시켜 주었다.

"부인, 안심하십시오. 제가 안전한 곳까지 무사히 모셔다 드리겠습니다."

현민은 나지막하지만 힘 있는 목소리로 그녀를 달래 주었다. 그리고는 그녀의 울음이 그치기를 조용히 기다렸다.

이튿날 오후.

아피아 가도를 따라 북쪽으로 올라가던 두 사람은 서쪽으로 진로를 바꿔 높은 산길을 힘들게 오르고 있었다. 귀족들과 함께 사냥을 떠났던 파바로티 총독이 바리 성의 함락 소식을 들었다면, 총독 관저가 있는 나폴리로 갔을 게 틀림없기 때문이었다.

아드리아 해가 보이는 동쪽해안 도로에서 티레니아 해가 보이는 서쪽의 나폴리 항구로 향하는 산길은 무척 가파르고 힘들었다. 그것은 유럽의 지붕인 알프스 산맥에서 남쪽으로 길게 뻗은 아펜니노 산맥을 지나야 했기 때문이다.

그들은 이탈리아 반도의 등뼈인 아펜니노 산맥을 벌써 이틀째 걸어 오르느라 무척 지쳐 있었다. 말에서 내려 산길을 따라 오르는 그들의 머리 위엔 높다란 준봉들이 하늘을 떠받칠 듯이 솟아 있었고, 장엄한 기암괴석 주위엔 청정한 태고의 수림이 끝없이 펼쳐져 있었다.

산은 거대한 정적 속에 차분히 가라앉아 있었다. 녹음 짙은 나뭇가지 사이에는 먹이를 찾는 노란 가슴의 할미새가 경쾌하게 날아오르고 점박이 딱다구리와 검은 딱새들의 지저귐만이 이따금 들려올 뿐이었다.

가파른 산길을 힘겹게 오르려니, 온몸엔 땀이 비 오듯 쏟아지고 숨은 목에서 턱턱 막혀 왔다. 두 사람이 높다란 고갯마루에 가까스로 다다랐을 때는 이미 붉은 태양이 서쪽의 티레니아 해의 구름 속으로 서서히 사라지는 해거름이었다. 햇병아리의 여린 털처럼 보슬보슬한 하얀 구름이 산 아래 골짜기를 가득 메우고 있었고, 드넓은 구름바다 위로 오색 낙조가 공작의 날개처럼 영롱하게 펼쳐지고 있었다.

산 정상에 우뚝 선 두 사람은 붉은 태양과 하얀 구름과 거대한 녹색 숲이 함께 어울려 동시에 연출하는 자연의 장엄한 오페라 앞에서 그만 넋을 잃었다. 그것은 참으로 장관이었다. 석양이 온 세상을 붉은 구릿빛으로 곱게 물들이는 환상의 세계에 흠뻑 빠져버린 그들은 탄성을 연신 내지르며 아름다운 자연에서 눈길을 떼지 못했다.

잠시 후, 총독 부인을 말안장 앞쪽에 앉힌 현민은 말고삐를 잡은 채 숲속으로 천천히 들어갔다. 날이 더 이상 어두워지기 전에 밤을 보낼 잠자리를 찾기 위해서였다. 옅은 구름 사이로 석양이 비껴드는 숲속은 벌써 어슴푸레해지기 시작했다.

말 위에 올라앉은 두 사람은 고개를 두리번거리며 주위를 찬찬히 살폈다. 그러나 그들의 시야에 휴식을 취할 만한 큰 바위나 동굴이 쉽게 들어오지 않았다. 비좁은 오솔길을 몇 모롱이를 돌아도 쉴 만한 장소는 아직 보이지 않고, 둥지를 찾아가는 산비둘기들의 날개소리만이 푸드득거리며 들려왔다.

바로 그때였다.

커다란 느티나무 옆을 막 지나치는데 어두컴컴한 숲속에서 험상궂게 생긴 남자 세 명이 갑자기 뛰어 나왔다.

"서라!"

숲을 쩌렁쩌렁 울리는 커다란 고함소리가 들리자 앞에 앉아 있던 부인이 기겁을 하며 현민의 품속으로 파고들었다.

"어머나!"

유령처럼 갑자기 모습을 드러낸 그들은 각자 무기를 들고 있었는데, 행색은 무척 초라했다. 머리에는 낡은 두건을 아무렇게나 둘렀고 옷차림도 시골농부처럼 허름했다. 게다가 두 사람은 아예 맨발이었고 나머지 한 사람도 끈이 여기저기 떨어진 여름용 샌들을 신고 있었다. 그들은 '마키'라는 무리로, 원래는 농민이었으나 빈궁한 생활을 견디다 못해 숲속에서 산적이 된 사람들이었다.

그들은 가족을 모두 데리고 숲속으로 들어와 집단생활을 하며, 호젓한 산길을 지나는 여행객이나 순례자들을 대상으로 강도짓을 일삼았다. 오늘도 고갯마루의 숲속에 숨어서 지나가는 사람들을 온종일 기다리다가 아름다운 귀부인과 젊은 남자가 숲속으로 들어오는 것을 보고는 이렇게 달려 나온 것이다.

"하하하! 아리따운 귀부인께서 근위병도 없이 이게 웬 행차십니까?"

"귀부인께서 이교도 남자와 단둘이서 사랑의 도피라도 하시는 건가?"

그들은 이쪽이 단 두 명에 불과하다는 사실을 알고는 가소롭다는 듯한 표정들이었다. 그러자 허리에서 칼을 빼어든 현민은 말에서 급히 뛰어내렸다. 그리고 부인의 신분을 밝히면서 그들에게 도움을 청했다.

"이분은 다름 아닌 스페인 총독의 부인이시다. 이틀 전에 투르크 해적들이 바리 성을 공격하는 바람에 구사일생으로 살아나오셨다. 지금 총독 각하를 만나러 급히 나폴리로 가는 길이니, 엉뚱한 수작은 부리지 마라."

"당신이 총독 부인이라고? 그렇다면 당신은 나폴리 귀족인 페르디난 도 스카라노 백작의 외동딸이겠군!"

현민은 그 말에 무척 놀랐다.

'뭐, 나폴리 귀족의 따님이라고? 그렇다면 이 부인은 스페인 여성이 아니고, 이탈리아 여성이었단 말인가?'

그제야 현민은 파바로티 총독 부인의 얼굴에 언제나 수심이 가득했 던 이유를 어렴풋이나마 짐작할 수 있었다. 부인이 총독과 잘 어울리지 않고 외돌토리처럼 서먹서먹하게 지내는 이유가 두 사람 사이에 아직 아기가 없기 때문인 것으로만 알고 있었는데, 진짜 이유는 딴 데 있었 던 것이다.

"그래요, 나는 나폴리인이에요. 나는 아버지의 뜻에 따라 스페인 총 독과 마음에도 없는 결혼을 했어요. 그러나 그것은 어쩔 수 없는 일이 에요. 가문을 지키기 위해서는 피할 수 없는 결혼이었어요."

귀밑까지 얼굴이 새빨개진 그녀는 마치 현민이 들으라는 듯이 큰 소 리로 말했다. 그러자 현민이 한발 앞으로 나서며 그들을 설득하기 시작 했다.

"그렇다면 더욱 잘되었군요. 여기 있는 부인은 여러분과 동족이 아 닙니까? 동족의 여성이 지금 곤경에 처해 있는데, 차마 여러분께서 외 면하시지는 않겠죠?"

그러자 그들은 더욱 큰 소리로 웃어대면서 현민을 힐난하는 표정을 지었다.

358

"이제는 이 녀석이 우리를 웃기기까지 하는군. 동족, 동족이라고? 스페인 돼지들과 한통속이 되어 우리 농민들의 고혈을 짜고 있는 나폴리 귀족들이 우리와 동족이라고. 으하하하!"

현민의 말은 이탈리아의 복잡 미묘한 속사정을 너무나 몰랐기 때문에 나온 순진한 행동이었다. 그 당시 유럽의 농민들은 수백 년 동안의 어두운 질곡 속에서 헤어 나오지 못하는 어두운 삶을 살고 있었다. 빈번한 전쟁, 대기근, 가공할 만한 페스트의 만연. 이런 것들이 바로 유럽 농민들의 삶을 끊임없이 위협하는 커다란 장애물들이었다.

영토의 경계가 불안정하고 정략결혼으로 인해 서로의 핏줄이 복잡하게 얽혀 있던 유럽 각국은 크고 작은 전쟁이 끊이지 않았다. 게다가 북쪽의 게르만족과 남쪽의 이슬람 인들이 유럽의 울창한 숲과 비옥한 농토를 차지하기 위해 야만적인 침입을 계속해 왔다.

또한 기후가 불안정하고 석회암 지질이 많은 유럽에서는 한발, 홍수, 태풍, 지진 등의 자연재해가 자주 발생했고, 그때마다 농민들은 극심한 기아에 시달려야 했다. 특히 울창한 유럽의 대삼림지대 속에 절해고도처럼 고립되어 있는 농촌 마을에 기근이 들기 시작하면, 그것은 곧 대참사를 의미하는 것이었다. 왜냐하면 음산하기 그지없는 유럽의 넓은 숲은 그들의 생명줄이 되기는커녕 외부로부터의 구원을 차단하는 거대한 장애물이 되었던 것이다.

그래서 식량을 구하지 못한 마을 사람들이 한꺼번에 굶어 죽는 경우가 비일비재하게 발생했었다. 전 인구의 40% 이상을 차지하는 유럽의 농민들이 이처럼 빈번한 전쟁과 참담한 기근으로 고통받는 바람에 영아 사망률이 30%를 훨씬 상회했고, 농민들의 평균 수명도 30세를 채

넘지 못했다.

그런데 그들을 더욱 절망 속으로 몰아넣은 것은, 바로 흑사병(페스트)의 만연이었다. 이 끔찍한 죽음의 사신은 14세기에 흑해 연안의 크림 반도에서 시작되었다. 얼마 뒤 지중해를 건너와 이탈리아를 강타한 흑사병은 알프스 산맥을 넘어 중부 유럽과 북유럽은 물론이고 바다 건너 잉글랜드와 아일랜드에까지 퍼져 나갔다.

유럽 대륙을 온통 뒤덮은 죽음의 구름 때문에 전 유럽인들은 극심한 공포와 전율로 몸서리쳐야 했다. 전 유럽 인구의 1/3이 넘는 3천여만 명이 흑사병으로 목숨을 잃은 것이다. 잉글랜드에서는 전 인구의 반 이상이 감소되었고, 이탈리아의 '꽃의 도시' 피렌체가 있는 토스카나 지방에서는 도시 인구의 80%가 싸늘한 시체가 되어야 했다.

흑사병은 유럽인들의 지위와 신분의 고하를 가리지 않고 엄청난 위력을 과시했다. 프랑스의 아비뇽에서는 추기경의 반 이상이 흑사병으로 목숨을 잃었고, 마르세이유에서도 프란체스코회 수도사 거의 대부분이 죽음을 맞이해야 했다.

또한 이베리아 반도의 아라곤 왕국에서는 왕녀 엘레아노르가, 까스띨라 왕국에서는 아폰스 2세 왕이, 영국에서는 공주 존이 이 끔찍한 병마의 희생자가 되어야 했다. 가공할 만한 위력을 가진 흑사병은 문자 그대로 '죽음의 사신'이 되어 유럽의 모든 도시와 마을을 무차별 공격했고, 흑사병이 지나간 자리는 모조리 초토화되고 말았다.

도시의 거리는 고통을 호소하는 환자들로 가득 찼고, 성당과 수도원은 밤 사이에 숨을 거둔 뻣뻣한 시체들이 악취를 풍겼다. 숲속에 고립된 농촌 마을들은 미처 장례도 치르기 전에 사람들이 줄줄이 쓰러져, 급기야는 마을 전체가 쥐떼들만이 살아 움직이는 공동묘지로 변하는 일이 다반사로 일어났다.

이처럼 전쟁과 기근과 흑사병으로 이중삼중 포위된 극한 상황 속에서도 질경이처럼 끈질기게 살아남은 사람들은, 그들을 기다리는 거대한 멍에 앞에 또다시 경악해야 했다. 그것은 바로 그들에게 부과되는 무거운 세금과 부역이었다.

이들 불쌍한 농민들은 인두세와 통행세는 물론이고, 그들이 사용하는 기구와 수확물에 대한 세금도 내야 했다. 그들은 이러한 세금 외에도 1년에 3~4개월 이상은 영주들의 농토에 매달려 농사를 지어주고, 사냥도 따라가야 하고, 궁성의 개축 공사도 도와주어야 했다.

특히 남부 이탈리아의 농민들은, 유럽의 다른 농민들보다 더 가혹한 처지에 놓여 있었다. 왜냐하면 이탈리아 반도가 수없이 많은 외세의 침략을 받다가 1530년 이후부터는 스페인의 식민지배하에 들어갔기 때문이었다.

아직도 페스트의 후유증이 곳곳에 남아 있고, 그 외에도 나병, 천연두, 통풍 등의 질병으로 농민들의 생명은 여전히 크나큰 위협에 노출되어 있었다. 또한 수 년 전부터는 봄부터 여름 사이에 사하라 사막에서 불어오는 고온다습한 열풍인 시로크 때문에, 상당수의 농민들이 여름에 경작하는 올리브, 오렌지, 포도, 레몬 등의 농사를 크게 망쳤다. 그런 중에도 상당수의 이탈리아 귀족들은 안하무인으로 설치는 스페인 군인들과 결탁하여 농민들의 고혈을 짜내는 것에만 혈안이 되어 있었던 것이다. 그러니 남부 이탈리아 농민들의 귀족들에 대한 분노와 배신감은 엄청날 수밖에 없었다.

"건방진 이교도 녀석! 우리들이 얼마나 무서운지 아직 잘 모르는가 보군. 지금부터 네놈에게 따끔한 맛을 보여주지!"

세 사람 중에서 가장 체격이 크고 험상궂게 생긴 남자가 손도끼를 휘두르며 앞으로 나섰다. 가까이 다가선 그는 손도끼를 위로 쳐들더니 현민의 얼굴을 향해 힘차게 내리쳤다. 그러자 현민은 몸을 재빨리 왼쪽으로 피하며 오른 발등으로 그 남자의 관자놀이를 세차게 차올렸다.

"어이쿠!"

앞으로 달려들던 그 남자는 비명을 지르며 앞으로 힘없이 고꾸라졌다. 그러자 그 뒤에 있던 두 남자가 각각 삼지창과 칼을 휘두르며 앞으로 뛰어 나왔다. 그들을 본 현민은 몸을 두어 장 정도 위로 솟구쳤다. 공중에서 몸을 한 바퀴 회전시킨 현민은 그대로 아래로 내려오며 삼지창을 든 남자의 어깨 한가운데 있는 '견정' 혈을 밟아 버렸다.

"으악!"

삼지창을 든 남자가 어깨에 격심한 통증을 느끼며 그 자리에서 힘없이 주저앉아 버렸다. 땅바닥에 사뿐히 내려선 현민은 급히 칼을 앞으로 뻗었다. 그리고는 휙휙 바람을 일으키며 칼을 몇 차례 돌리더니, 상대방의 손에 들려 있는 칼을 순식간에 낚아채 버렸다. 현민의 전광석화 같은 공격에 그만 맨손이 되어버린 그는 금세 얼굴빛이 사색으로 변했다.

무릎을 덜덜 떨며 뒷걸음을 치던 그는 돌부리에 부딪혀 콰당 넘어지고 말았다. 그러자 그는 그 자리에 무릎을 꿇더니 목숨을 구걸했다.

"목, 목숨만. 살, 살려주십시오!"

그러자 무기를 놓친 채 그 옆에 쓰러져 있던 다른 두 명도 엉금엉금 기어오며 잘못을 빌었다.

"고향에서 착실하게 농사나 지으며 살 것이지, 도대체 이게 무슨 짓이란 말인가?"

시퍼런 칼을 그들의 눈앞에 갖다 대고 현민이 호통을 치자, 모두들 눈물을 흘리며 고개를 떨구었다.

"저, 저희들이 오죽 답답하면 이런 짓을 하겠습니까?"

"그, 그렇습니다요. 귀족들이야 편안한 저택에서 하인들이 만들어 바치는 고급 요리와 향기 좋은 포도주를 마시며 세월 가는 줄 모르시겠지만, 저희들의 생활은 비참하기 그지없답니다. 짐승들보다도 못한 삶이죠."

"농사를 지으려고 해도, 좋은 땅은 영주들이 독차지하고 있습니다요. 게, 게다가…… 손바닥만한 농토에서 땀 흘려 생산한 수확물마저 온갖 세금으로 다 빼앗겨 버리니, 저희들은 쥐꼬리도 안 되는 양식으로 어떻게 살아갑니까?"

"예, 그렇습니다요. 저희들은 다리를 건널 때도, 하천의 물을 쓸 때도, 물레방아를 돌려 밀을 빻을 때도, 일일이 세금을 바쳐야 한답니다. 심지어는 아기가 태어나도 세금을 내야 하고, 사람이 죽어도 세금을 바쳐야 합니다. 결국 견디다 못한 저희들이 세금을 조금이라도 아끼기 위해 돌절구를 만들어 집에서 밀을 찧었더니, 얼마 전에는 그것마저 몰수해 갔답니다. 물레방아를 이용하지 않으면 저희들을 엄단하겠다고 하더군요. 세상에 그런 경우가 어디 있단 말씀입니까?"

"게다가 저희들은 아무리 바쁜 농사철이라도 영주님이 부르시면 열일 제쳐놓고 무조건 달려가야 합니다. 성채도 보수하고, 다리도 놓아주고, 해자도 깨끗이 청소하고, 사냥도 따라가야 한답니다. 그러니 농촌에서는 '딸을 낳으면 일곱 살에 약혼시키고, 열세 살에 돈 받고 팔아버리는' 이상한 결혼식이 성행하고 있답니다.

지옥 같은 농촌생활을 견디다 못해 도시로 흘러든 젊은이들은 또 어떻게 되는지 아십니까요? 숨도 제대로 쉴 수 없을 정도로 먼지가 자욱하고 비좁은 공장에서 새벽부터 밤늦도록 혹사만 당하다가 병이 들어 시들시들 죽어 가는 사람들이 부지기수랍니다. 또 어떤 젊은이들은 범죄자가 되어 도시의 음산한 뒷골목을 바퀴벌레처럼 떠돌다가 형장의 이슬로 사라지기 일쑤랍니다.

설상가상으로 저 포악무도한 스페인 놈들에게 온갖 멸시와 착취를 당해야 하니, 우리 농민들은 도저히 살아갈 수가 없답니다요. 그, 그러니 식구들을 먹여 살리기 위해서는 어쩔 수 없이 이런 짓이라도 할 수밖에 없었습니다."

잠자코 그들의 하소연을 듣고 있던 현민은 그들의 목을 겨누고 있던 칼을 힘없이 거두어들이고 말았다.

꿈속의 나폴리

숲속 깊숙이 자리 잡은 그들의 마을은 너무나 작고 초라했다. 집들은 껍질도 벗기지 않은 통나무로 얼기설기 엮은 오두막이었고, 가느다란 떡갈나무 가지로 울타리를 에두른 우리 안에는 돼지 20여 마리가 주둥이를 꿀꿀거리고 있었다.

사람들의 옷차림도 무척 남루하고 더러웠다. 아이들은 거의 반 벌거숭이였고, 어른들도 맨발로 다니는 사람들이 대부분이었다. 이탈리아에서 꽃핀 르네상스가 알프스 산맥을 넘어 전 유럽으로 번져 나간 지가 어언 200년이 다 되어 가건만, 이곳의 농민들은 아직도 중세의 농노들처럼 미개한 생활을 하고 있었던 것이다.

인간의 자유와 개성을 발휘하고 인간성을 존중한다는 르네상스의 정신은 대도시에서 풍요로운 삶을 즐기고 있는 귀족들에게만 통용되고 있었다. 대부분의 농민들은 예전과 다름없이 하루의 끼니를 염려해야 하는 궁핍한 생활 속에서 힘겨운 생존을 위해 사투를 벌여야 했다. 그들은 일용할 양식을 구할 수 있다는 사실만으로도 성모 마리아에게 감동어린 감사의 기도를 올릴 정도로 눈물겨운 삶을 보내고 있었던 것이다.

손도끼를 마구 휘두르며 현민에게 덤벼들던 빅토리오도 원래는 순박한 나무꾼이었다. 그런데 배를 곯는 식구들의 양식을 마련하기 위해 여우 한 마리를 숲속에서 뒤쫓다가 그만 산지기에게 들키고 말았다. 비열하고 고약한 산지기는 빅토리오의 밀렵 행위를 당장 산 주인에게 고해바치겠다고 으름장을 놓았다. 빅토리오는 땅바닥에 두 무릎을 꿇고는 손이 발이 되도록 빌었지만 아무런 소용이 없었다.

냉혹한 고리대금업자 같은 산지기는 빅토리아에게 여우 모피 다섯장 값에 해당하는 돈을 요구했다. 게다가 그 산지기는 평소부터 눈독을 들이고 있던 빅토리오의 어린 딸과 하룻밤 동침하게 해달라는 조건까지 내걸었다. 그의 딸은 이제 겨우 열세 살이었다.

쉰 살이 훨씬 넘은 늙은 산지기의 가당찮은 협박에 격분한 빅토리오는 두 눈을 게슴츠레 뜨고 입맛을 쩝쩝 다시는 구역질나는 산지기의 얼굴을 도끼로 찍어 버렸다. 그리고는 그날 저녁에 가족들을 데리고 이곳으로 숨어들었다.

삼지창과 칼을 들고 현민에게 덤벼들었던 미켈레와 베르가도 마찬가지였다. 한마을에서 사이좋은 이웃으로 함께 살던 그들은 세금을 독촉하는 관리들의 등쌀에 못 견뎌 비싼 이잣돈을 쓰게 되었다. 결혼식과 추수 감사제 등으로 점점 지출이 늘어나는 가을에 돈을 빌린 그들은 이듬해 여름이 다가도록 돈을 갚지 못하고 있었다.

그러자 그들에게 돈을 빌려주었던 고리대금업자는 스페인 관리들과 짜고는 그들의 전 재산을 몰수하려는 수작을 부렸다. 결국 추수가 얼마

남지 않은 가을에 세리를 앞세우고 나타난 고리대금업자는 거만한 표정으로 '내일까지 빚을 갚지 않으면 전 재산을 몰수하고 두 집안의 젊은 여자들을 하녀로 데려가겠다.'는 최후통첩을 했다.

게다가 그 세리는 눈물을 흘리며 애걸하는 베르가의 노모를 밀어서 넘어뜨리기까지 했다. 그 광경을 보고 그만 눈이 뒤집힌 그들은 몽둥이로 세리와 고리대금업자를 때려 죽였다. 그리고는 그 다음날 아침이 되자마자 가족들과 함께 이 숲속으로 들어온 것이다.

이들뿐만 아니라 이 숲속 마을에 모여 사는 사람들은 모두 다 비슷한 사연들을 갖고 있었다. 이 마을에는 영국의 셔우드 숲의 로빈훗이나 프랑스 불로네 숲의 와스타슈처럼 영웅적인 지도자는 없었다. 그러나 그들은 촌장인 빅토리오의 적절한 통제 아래 모든 수확물을 똑같이 분배하는 평등한 공동체를 이루며 생활하고 있었다.

숲속의 마을에서 하룻밤을 지내며 농민들의 비참한 삶을 생생하게 체험한 총독 부인은 동족의 아픔에 대한 연민으로 가슴이 아팠다.

'같은 이탈리아 사람인데도, 하늘과 땅처럼 엄청난 차이가 나는 삶을 살고 있었다니! 일요일이면 시종들을 데리고 성 밖으로 나가 가난한 자들의 손에 동전 몇 푼씩을 쥐어주며, 대단한 자선을 베풀고 있다는 자만심을 가졌었구나. 또 그런 날에는 성모 마리아님 앞에서 나의 선행을 은근히 자랑하기도 했는데, 이 모두 나의 오만한 착각에 불과했구나!'

결국 그녀는 다음날 아침에 그곳을 떠나면서 그들에게 자신의 패물함을 고스란히 선물했다. 그뿐 아니라 몸에 지니고 있던 반지와 목걸이도 모두 빼 주었고, 만약 그들이 이곳의 생활을 청산하고 나폴리로 내려온다면 집과 농토를 마련해 주겠다는 자비로운 약속까지 했다.

그들의 따뜻한 환송을 받으며 마을을 출발한 두 사람은 아펜니노 산맥의 내리막길을 따라 캄파니아 지방으로 말을 몰았다. 캄파니아 지방으로 들어서면서부터 주위의 환경이 확연히 달라지기 시작했다.

넓은 벌판에는 다 자란 옥수수가 따뜻한 햇볕 아래 누렇게 익어가고 있었고, 완만한 구릉지대에는 올리브 나무들이 커다란 숲을 이루고 있었다. 눈에 띄는 가축들도 점점 많아졌다. 녹색 초원 위에는 풀을 뜯는 양떼들이 흡사 하얀 뭉게구름처럼 꿈틀거렸고, 맑은 물가에는 시커먼 벨벳을 뒤집어쓴 듯한 물소들이 수백 마리씩 떼를 지어 어슬렁거리고 있었다.

캄파니아 지방의 목가적인 풍경을 감상하며 산비탈을 천천히 내려온 그들은 늦은 오후에 푸른 나폴리 항이 한눈에 내려다보이는 카포디몬티 언덕 위에 당도할 수 있었다. 그곳에 도착하는 순간 파바로티 부인의 가슴은 벅찬 감동으로 뛰기 시작했다. 천사의 눈빛처럼 새파란 하늘, 수정처럼 투명한 티레니아해, 바벨탑처럼 우람하게 솟아오른 베스비오스 화산.

"저곳이 바로 나폴리예요!"

오랜만에 고향을 다시 찾아온 파바로티 부인의 음성은 가볍게 떨리고 있었다. 그리고 두 눈엔 어느새 이슬이 촉촉이 맺혀 있었다.

지중해의 보석 나폴리는 B.C. 730년 이후 이탈리아 반도로 건너온 그리스인들이 건설한 네아 폴리스(신도시)였다. 환상적인 산타루치아 만을 가슴에 묻고 아름다운 소렌토와 카프리 섬을 발아래 거느린 나폴리는, 로마제국 시대의 수많은 황제들을 매료시켰다. 그래서 아우구스트 황제 이후 수많은 황제와 귀족들이 이곳을 그들의 아름다운 휴양지로 꾸몄고, '나폴리를 보기 전에는 절대 숨을 거두지 말라'는 전설 같은 찬사도 생겨났다.

감개무량한 표정으로 발아래 펼쳐지는 나폴리를 바라보던 두 사람은 백마를 몰아 언덕길을 힘차게 내려가기 시작했다.

나폴리 시내를 관통하는 대로 위에는 장방형의 현무암이 반듯하게 깔려 있고, 도로 양옆의 인도 변에는 화려한 상점들이 즐비하게 늘어서 있었다. 오후 햇살을 받으며 거리를 한가롭게 오가던 나폴리 시민들은 요란한 말발굽 소리를 내며 대로를 힘차게 달려오는 현민과 파바로티 부인을 의아한 눈길로 바라보았다.

백마의 옆구리를 세차게 차며 질풍처럼 말을 달린 현민은 단숨에 시내를 통과해서 누오보 성 안으로 쏜살같이 들어갔다. 안뜰로 들어간 현민은 가쁜 숨을 몰아쉬는 백마를 백향나무 아래에 멈췄다. 말에서 뛰어내린 현민은 파바로티 부인을 번쩍 안아서 땅으로 내렸다. 부인의 잔등은 땀으로 흠뻑 젖어 있었고, 머리카락은 마구 헝클어져 있었다. 안뜰에 내린 부인은 현민과 함께 중앙 현관으로 급히 들어갔다.

나폴리에는 아름다운 성이 세 개 있었는데, 하나는 프랑스 앙주가에서 13세기에 건설한 누오보 성이다. 뒤쪽으로 나폴리 만의 수려한 풍광이 꿈처럼 펼쳐지는 이 성은 세 개의 탑이 우람하게 서 있는 프랑스풍 건물이었다. 이 성의 정문 앞에 세워져 있는 르네상스 양식의 개선문은 15세기에 이곳을 점령한 스페인의 아라곤 가문에서 건립한 것이다. 이곳에는 나폴리 최대의 부호이며 스페인 총독의 장인인 페르디난드 백작이 살고 있었다. 누오보 성의 바로 옆에는 왕궁이 있는데, 바로 이곳이 스페인 총독이 머무는 곳이었다. 또 하나의 성은 12세기에 노르만 족이 세운 델로보 성(달걀성)인데, 고색창연한 이 성은 아름다운 산타루치아 해변에 위치하고 있으면서도 오랫동안 감옥으로 사용되었다.

투르크 해적의 습격을 받아 죽은 줄로만 알았던 딸이 무사히 살아서 돌아왔다는 소식을 들은 노부부는 기뻐서 어쩔 줄 몰라 했다. 두 사람은 딸을 뜨겁게 얼싸안으며 기쁨의 눈물을 펑펑 흘렸다. 그리고 부인의 남동생과 여동생도 뛰어나와 재회의 기쁨을 나누었다.

그날 저녁, 식탁 앞에 마주한 가족들은 오랜만에 웃음꽃을 활짝 피웠다. 파바로티 부인을 구해준 생명의 은인으로 자리를 함께 한 현민은 그들로부터 융숭한 대접을 받았다.

"이 피자 좀 드세요. 고대 로마 귀족들이 즐겨 먹었던 피자는 본래 나폴리가 본 고장이랍니다. 캄파니아 지방의 물소 젖으로 만든 모차렐라 치즈 향기가 은은한 이 피자를 들면서 나폴리의 진정한 맛을 한번 느껴 보세요."

파바로티 부인의 여동생이 현민에게 하얀 달걀 모양의 모차렐라 치즈가 얹혀 있는 먹음직스런 피자를 권했다.

"지금 드시는 마르게리타 피자는 피자 경연대회에서 1등을 해서, 부르봉가의 마르게리타 왕비가 격찬했던 유명한 피자랍니다. 시원한 백포도주와 함께 드시면, 오늘밤을 영원히 잊지 못할 거예요."

얼마 전에 로마대학을 졸업한 이 집의 아들이 피자에 대한 설명을 덧붙였다. 그러자 이 성의 주인인 페르디난도 백작도 현민에게 요리를 권하며 건배를 제의했다.

"자, 실크로드의 동쪽 끝인 꼬레아에서 온 고마운 젊은이! 나폴리의 눈부신 햇살이 담뿍 담겨 있는 토마토 스파게티도 맛을 한 번 보시오. 그리고 이곳 나폴리에서는 생선과 조개 요리도 빠트리면 안 된다오. 티레니아 해에서 막 건져 올린 싱싱한 해산물로 만든 이 요리를 마음껏 들어요. 감칠맛 나는 나폴리의 해물요리는 프랑스 왕실에서도 부러워하는 일품이라오."

그들은 명성 높은 나폴리의 요리들을 앞 다투어 권하며 현민에게 호의를 표시했다. 또 파바로티 부인으로부터 불타는 바리 성을 탈출한 무용담을 들으며, 감탄 어린 눈길로 현민을 바라보았다.

그로부터 사흘 후, 백작 식구들은 현민을 데리고 나폴리 만 관광길에 나섰다. 그들은 그동안 마음 고생이 심했을 파바로티 부인을 해맑은 바닷바람으로 휴양시키고, 조선에서 온 검은 눈의 이방인에게 이곳의 아름다운 경치를 구경시켜 주고 싶었던 것이다.

그들의 행차는 참으로 성대하고 화려했다. 백작 식구들은 모두 다 우아하고 아름다운 르네상스식 의상을 몸에 걸쳤다. 특히 여자들은 화려한 보석과 비단으로 몸을 눈부시게 치장했다. 이번 관광길에는 백여 명의 시종들도 함께 했는데, 모두 다 시종장 막타의 명령 아래 일사불란하게 움직였다.

공작 일행은 아침식사를 끝낸 후 누오보 성 바로 뒤에 있는 부두로 내려갔다. 그곳에는 백여 명의 노예들이 노를 젓는 커다란 겔리선이 정박해 있었다. 배를 젓는 노까지 황금색으로 칠해진 호화로운 겔리선에 몸을 실은 그들은 나폴리 동쪽에 있는 이스키아 섬으로 먼저 향했다.

하늘은 구름 한 점 없이 맑았고, 바람도 잔잔했다. 베스비오스 화산 위로 높이 떠 오른 아침 태양은 황금빛 햇살을 청명한 하늘 위에 수놓고 있었고, 코발트 빛 바다 위엔 하얀 갈매기가 시원스레 날아오르고 있었다.

뱃전에 기대서서 하얀 물살이 노 위로 휘날리는 광경을 바라보던 현민은 이 아름다운 자연 속을 여행한다는 사실이 너무나 기쁘고 즐거웠다. 눈앞에 펼쳐지는 이국적인 풍경에 그는 탄성을 연신 내지르며 함박웃음을 터뜨렸다. 떡갈나무로 만든 대형 갤리선은 나폴리를 출항한 지 3시간 만에 '꿈의 섬' 이스키아에 도착했다.

이스키아 섬은 로마 원로원이 '존엄한 자'라고 칭송했던 아우구스트 황제가 소유했던 유서 깊은 섬이었다. 섬 안에는 녹색의 산비탈에 융단처럼 펼쳐진 포도밭과 1년 내내 샘솟는 뜨거운 온천이 있어서 고급 휴양지로서 적격이었다. 섬의 서쪽 해변에 닻을 내린 그들은 이스키아 포구 옆에 있는 고성으로 올라갔다.

아름다운 해변이 한눈에 들어오는 전망 좋은 고성에서 하룻밤을 보낸 그들은 다음날 아침부터 섬 관광을 시작했다. 오전에는 섬의 최고봉인 에포메오 산 정상을 등반했고, 오후에는 해변으로 내려가 시원한 해수욕을 즐겼다. 백작 일행은 그 섬에 머무는 이틀 동안 낮에는 온천욕과 해수욕으로 시간을 보내고, 밤에는 이스키아 고성에서 아름다운 밤경치를 내려다보며 근사한 파티를 열었다. 시간이 정지해 버린 것처럼 평화로운 이곳에서 느긋한 휴식을 즐긴 그들은 사흘째 되는 날 아침에 카프리 섬으로 향했다.

나폴리 남쪽에 있는 카프리 섬은 기후가 온화해서 원색의 꽃들이 연중 끊이지 않고 피어나는 티레니아 해의 녹색 보석이었다. 그래서 이 섬의 수려한 풍광에 매혹된 아우구스트 황제는 이스키아 섬과 카프리 섬을 맞바꾼 뒤, 이곳에서 10년이나 머물렀다.

섬의 북쪽 해안에 있는 마리나 그란데 포구에 도착한 그들은 마차에 옮겨 타고 산 자코모 사원으로 올라갔다. 하얀 구레나룻이 멋있게 난 나이 지긋한 수도원장의 따뜻한 환영을 받으며 고색창연한 수도원으로 들어간 그들은, 깨끗하게 정돈된 커다란 방을 각자 배정받았다.

다음날 아침부터 시작된 카프리 섬 관광은 그들 모두를 눈부신 환상의 세계로 인도하기에 충분했다. 섬 곳곳에는 고대 그리스 시대의 웅장한 성곽과 로마황제 시대의 화려한 왕궁, 목욕탕, 등대 등이 고스란히 남아 있었다. 그리고 이 섬에서 가장 높은 몬테 솔라로 아래의 해변가에는 로마 귀족들의 호화로운 별장들이 세월의 흐름을 곱게 간직한 고색창연한 모습으로 서 있었다. 카프리 섬 관광의 압권은 바로 푸른 동굴 구경이었다.

섬 서쪽 가장자리에 있는 푸른 동굴은 마치 살아서 움직이는 거대한 생물 같았다. 투명한 햇살이 조금씩 각도를 달리 할 때마다, 그 속에 들어 있는 출렁거리는 바다 빛깔이 옅은 에머랄드 빛에서 짙은 코발트 빛까지 시시각각으로 변하는 것이었다. 그 광경은 생명이 처음으로 탄생하던 태초의 바다를 보는 것처럼 감동적이었다.

카프리 섬에서 머문 3일은 현민에게 너무나 인상적이고 감명 깊었다. 그것은 태어난 이후 처음으로 느껴보는 완벽한 휴식이었다. 천혜의 휴양지 카프리 섬에서 해맑은 지중해와 찬란한 태양, 그리고 녹색의 바람이 빚어내는 장엄한 바다의 교향곡 앞에서 찬사를 아끼지 않던 그들은 4일째 되는 날 아침에 맞은편에 있는 아말피 해안으로 이동했다.

고대의 해양 공화국이었던 아말피에서 낭만의 땅 소렌토로 향하는 해안도로는 너무도 아름다웠다. 녹음이 우거진 가파른 언덕 위에는 새하얀 고급 별장들이 보석처럼 박혀 있었고, 기암괴석이 즐비한 절벽 아래에는 하얀 물보라가 만개하는 꽃처럼 눈부시게 피어 올랐다.

남국의 정취가 물씬 풍기는 해안 곳곳에는 레몬, 오렌지, 올리브가 8월의 태양 아래 알알이 익어가고 있었고, 코끝을 스치는 공기마저 달콤한 과일 향기로 가득 찼다. 이곳을 여러 번 방문했던 백작 식구들도 너무나 아름다운 해안의 절경에 경탄을 금치 못하고 있었다. 특히 이곳을 처음 방문한 현민은 절묘한 경치에 도취되어 탄성이 저절로 나왔고, 가는 곳마다 이탈리아 특유의 춤과 노래와 요리를 즐기면서 이국의 정취에 흠뻑 빠져들었다.

그러나 이번 여행기간 내내 그의 마음 한구석은 우울하기만 했다. 바로 루시아와 헬레나 때문이었다. 현민은 풍광 좋은 곳을 거닐 때마다, 감칠맛 나는 기름진 음식을 먹을 때마다, 아름다운 민속춤을 볼 때마다 타란토 만의 두 모녀가 눈물겨울 정도로 생각나고 그리웠다. 그는 숨막힐 듯 아름다운 이곳에서 그들과 함께 살면서 가슴 벅찬 행복을 오랫동안 나누고 싶었다. 현민은 이번 여행이 끝나면, 파바로티 부인의 허락을 얻어 두 모녀가 살고 있을 타란토 만의 그 오두막집을 찾아가겠다는 희망을 품고 있었다.

백작 일행은 나폴리를 출발한 지 9일 만에 꿈과 사랑의 섬 순례를 모두 끝내고 누오보 성으로 다시 돌아왔다. 그런데 그들 앞에는 뜻밖의 사건이 기다리고 있었다. 그것은 바로 '이탈리아 독립운동 사건'이었다.

그 당시 이탈리아의 정세는 무척 복잡하고 미묘했다. A.D. 476년에 서로마제국이 멸망한 이후, 이탈리아는 지난 천여 년 동안 이민족의 침략에 끊임없이 시달려 왔었다. 북부에서는 고트 족, 룸바르드 족, 프랑크 족이 차례로 알프스 산맥을 넘어왔고, 남부에서는 노르만 족, 사라센 족, 트르크 족이 수시로 지중해를 건너왔다.

7세기에 프랑크 국왕 피핀이 선사한 중부 이탈리아의 영토 위에 거대한 교황령 국가를 건설한 로마교황은, 이탈리아를 통일시키는 것보다는 전 유럽의 국왕들에게 자신의 종교적 신성을 과시하기에만 더 큰 관심을 나타냈다. 또한 11세기 이후에 동방무역으로 막대한 부를 벌어들여 코뮌(자치도시)의 지위를 획득한 베네치아, 제노바, 피렌체, 밀라노, 나폴리 등도 이탈리아의 통일보다는 도시 자체의 번영에만 더 정신이 팔려 있었다.

그러다 보니 각 도시국가는 서로 크나큰 마찰과 다툼을 일으켰고, 도시국가 내에서도 황제당과 교황당으로 나뉘어 서로 반목과 질시가 끊이지 않았다. 그런 탓에 지방분권적인 중세 봉건사회를 탈피해서 강력한 권력을 가진 군주가 국가를 다스리는 중앙집권제 국가로 변모한 프랑스, 오스트리아, 스페인, 투르크 같은 이웃 나라들이 사분오열된 이탈리아를 가만히 둘 리가 없었다.

1494년에 프랑스 왕 샤를 8세가 대포를 이끌고 국경을 넘은 이후로 루이 12세, 프랑수아 1세가 계속해서 이탈리아 영토에 대한 야욕을 노골적으로 드러냈다. 또한 스페인도 페르난도, 카를 5세, 펠리페 2세를 거치면서 많은 군인들을 이탈리아로 이동시켜 북쪽의 프랑스와 사사건건 충돌했다. 1527년에는 독일에서 내려온 신성로마제국의 황제군이

7일 동안 로마 시내를 이리떼처럼 돌아다니며 닥치는 대로 파괴, 약탈, 방화, 학살하는 대 광란극이 연출되기도 하였다.

그리고 그로부터 3년 후인 1530년에는 급기야 전 이탈리아 영토가 스페인 제국의 직, 간접적인 지배를 받는 식민지가 되고 말았다. 즉, 밀라노 공국과 나폴리 왕국은 스페인의 직접 지배를 받았고 제노바, 피렌체, 베네치아도 스페인의 눈치를 살피며 굴욕적인 삶을 살아야 했다. 그 중에서도 나폴리 왕국은 가장 극심한 압제와 속박에 시달리고 있었다.

무역업과 금융업으로 많은 부를 획득한 북부의 도시들과는 달리 원시적인 농업과 어업만으로 가난하게 생활하던 남부의 이탈리아 도시들은 스페인의 식민지배로 인해 이중 삼중의 고통을 겪어야 했다. 학교는 폐쇄되고, 상업은 쇠퇴해지고, 농토마저 황폐해졌다.

굶주림에 지친 농민들은 먹을 것을 찾아 이리저리 헤매고, 각 지방은 거지와 도둑이 들끓었다. 사회가 이처럼 뒤숭숭하고 살기가 어려워지다 보니, 지방 곳곳에서 농민항쟁이 일어나기 시작했다. 또 이러한 항쟁들은 이탈리아 독립운동으로 연결되기도 했던 것이다.

이번에 발생한 독립운동의 진원지는 나폴리 남쪽에 있는 '칼라브리아 지방'이었다. 또 이번 사건의 지도자는 칼라브리아 지방의 스틸로 태생인 캄파넬라였다. 진취적이고 애국적인 수도사였던 캄파넬라는 각계각층의 나폴리 시민들을 동지로 규합하여 민중봉기를 일으킬 계획을 세우고 있었다. 그런데 뜻하지 않게 배신자의 밀고로 이 계획은 사전에 발각이 되었고, 수십 명의 수도사들과 수백 명의 시민들이 속속 체포되고 있었다. 시내 요소요소에는 완전무장한 스페인 군인들의 성난 구둣

발 소리가 요란하고, 체포된 협력자들은 모두 다 싸늘한 감방으로 보내졌다.

왕궁 3층에 있는 중앙홀 상단 좌석에는 파바로티 스페인 총독이 화가 잔뜩 난 모습으로 앉아 있고, 빨간 융단이 두껍게 깔린 홀 좌우에는 스페인 군인들이 상기된 표정으로 도열해 있었다.

"도대체 캄파넬라가 어떤 놈이기에, 이 같은 반역을 도모한 거냐?"

파바로티 총독이 격앙된 음성으로 고함을 쳤다. 그러자 비서관이 앞으로 나서며 말했다.

"그놈은 도미니크회 수도사였는데, 어려서부터 이단의 교리에 심취한 악마의 자식이었습니다."

그러자 그 옆에 있던 프란시스코회 수도사가 한마디 거들었다.

"그놈은 수도사로서의 신성한 직무를 망각하고, 배은망덕하게 자연철학자이며 신비주의자인 텔레지오의 궤변에 심취되었던 자입니다. 그래서 그 벌로 알토몬테 수도원에서 8개월 동안 근신생활까지 했던 범죄자입니다. 이곳 나폴리로 옮겨와서도 신학공부에는 관심을 쏟지 않고, 마술, 연금술, 점성술 따위를 더 열심히 연구하는 바람에 지난 1591년에는 종교재판에도 회부되었습니다."

"바티칸에서는 그런 이단자를 즉각 처형하지 않고, 도대체 무엇을 했단 말이냐?"

총독의 말에 아무도 대답이 없었다. 총독이 부릅뜬 눈으로 주위 사람들을 쏘아보았다. 그러자 비서관이 다시 나서며 대답을 했다.

"바티칸에서는 그가 모든 주장을 철회하고 수도원에 복귀만 한다면, 자비를 베풀겠다는 관용을 보였습니다. 그러자 영악한 그놈은 바티칸의 자비를 이용하여 재빨리 자유의 몸이 되었답니다. 그후에 곧장 베네치아의 파도바 대학으로 옮긴 그는 배은망덕하게도 아리스토텔레스의 권위를 비난하던 미치광이 교수 갈릴레이와 교우를 맺었고, 더러운 유태인들과도 마음대로 사귀었습니다."

"아니, 한 번도 아니고, 그토록 여러 번 이단자의 마각을 드러낸 놈을 어떻게 해서 죽이지 않았다는 것이냐?"

"그, 그것은 12세부터 성직자의 길을 선택한 그 자를 최후까지 바른 길로 인도하려는 교황청의 깊은 배려 때문이었습니다."

"그런 놈을 어떻게 성직자라고 부를 수 있다는 거야? 그놈은 양의 탈을 뒤집어 쓴 악마의 자식이야! 대 스페인 제국의 권위에 정면으로 도전하는 그런 반역자는 극형으로 다스려야 해."

크게 노한 총독은 주먹을 불끈 움켜쥐었다.

"총독 각하! 이번에 포섭된 인물들이 만만치 않습니다. 그놈들 중에는 나폴리 시민들뿐 아니라, 성직자와 귀족들까지도 상당수가 포함되어 있습니다. 그놈들은 캄파넬라를 로마제국의 영화를 재현할 구세주로 믿고 있었습니다. 게다가 그놈들은 간교하게도 이교도인 투르크 해적놈들까지 끌어들여 나폴리를 독립시키겠다는 전략까지 수립하고 있었답니다."

"도저히 묵과할 수 없는 일이야! 동원할 수 있는 병력을 총출동시켜, 이번 반역에 연루된 놈들을 모조리 잡아들여! 그리고 그 반역자들은 나폴리 시민들이 보는 앞에서 가장 고통스러운 방법으로 공개 처형시켜야 돼. 그래서 반역자들의 최후가 얼마나 처참한지를 똑똑히 보여주란 말이다. 알겠나?"

378

총독의 눈에서는 뜨거운 불길이 일었다.

"총독 각하! 이번 사건의 주모자인 캄파넬라도 어서 처단해야 하지만, 이번 기회에 조르다노 브루노 문제도 해결하시는 게 좋을 것 같습니다."

"그놈은 코페르니쿠스의 지동설이 진리라며 떠들고 다니는 미친 늙은이가 아니냐?"

"예, 그렇습니다. 이곳 나폴리 출신의 천문학자인 브루노는 무려 15년 동안이나 유럽 각처를 돌아다니면서, 교황청의 천동설이 틀렸다고 반박하고 다니는 이단자입니다. 게다가 그놈은 지금 베네치아에 머물면서 교활한 베네치아 관리들과 함께 새로운 반역을 꾸미고 있다고 합니다. 이번 기회에 그놈까지 잡아들여 반역의 씨앗을 완전히 제거해야 할 것 같습니다."

"저런, 쳐 죽일 늙은이가 있나! 교황청에서는 도대체 뭘 하고 있는 거야? 그런 이단자가 버젓이 활동하는 것을 가만히 보고만 있다니."

"총독 각하! 이 모든 문제의 근원은 베네치아에 있습니다. 베네치아 놈들은 지난 1571년에 레판토 해전에서 승리한 후부터는 스페인 제국의 의사를 공공연히 거스르고 있답니다. 게다가 그놈들은 마르틴 루터의 종교개혁 이후 대단히 어려운 처지에 놓여 있는 교황청의 권위에 정면으로 도전하는 행위도 스스럼없이 행하고 있답니다. 오만하게도 교회의 재산에 과세를 행하고, 우리의 영토 안에서 사악한 유태인들을 몰아내라는 교황의 명령도 전혀 듣지 않고 있답니다. 그러다 보니 지금 베네치아에는 독일에서 온 프로테스탄트 놈들, 이슬람에서 온 무슬림들, 더러운 유태인들이 우글거리며 온갖 사악한 짓을 다하고 있습니다.

이번에 말썽을 일으킨 캄파넬라와 조르다노 부루노도 베네치아에 오랫동안 머물면서 그놈들로 부터 많은 도움을 받았습니다."

"결국, 베네치아가 말썽이군! 이봐, 비서관!"

총독은 어금니를 깨물며 무언가를 골똘히 생각하는 표정이었다.

"예, 총독 각하!"

"캄파넬라 사건이 마무리 되는 대로 즉시 암살자들을 베네치아로 보내도록 해라. 그래서 그곳에 있는 스페인 대사와 의논해서 조르다노 부루노의 목을 즉시 베도록 해! 그래서 이번 기회에 반역의 싹을 아예 잘라 버려야 겠다. 알겠나?"

"예, 알겠습니다. 총독 각하!"

그로부터 일주일 뒤. 현민은 페르디난도 백작의 은밀한 부름을 받았다. 누오보 성의 3층에 있는 백작의 방에는 뜻밖에도 파바로티 부인이와 있었다. 두 부녀의 표정은 무척 침통했고, 방 안의 공기는 납처럼 무거웠다.

현민을 가까이 불러앉힌 노백작은 나지막한 음성으로 천천히 입을 열었다.

"자네 먼 곳으로 여행을 좀 떠나 줄 수 있겠나?"

"여, 여행이라고요?"

현민은 뜻밖의 제의에 잠시 놀라는 표정을 지었다.

"그렇다네. 자네는 하루빨리 베네치아로 가서 중요한 일을 하나 처리해 줘야겠네."

"중요한 일이라면?"

순간 심상치 않은 예감이 언뜻 머리를 스쳤다.

"베네치아에 도착하면 피에트로 백작을 찾아가게. 그래서 그분에게 이 편지를 전해드리도록 하게."

페르디난도 백작이 자신의 품속에서 편지를 꺼내어 탁자 위에 살며시 놓았다. 그러자 옆에 앉아 있던 파바로티 부인이 상기된 표정으로 말을 시작했다.

"이번 임무는 너무나 중요하답니다. 나폴리가 배출한 위대한 천문학자의 목숨이 달려 있는 일이죠. 그분의 성함은 조르다노 부루노예요. 지금 스페인의 암살자들이 그분을 죽이기 위해, 곧 베네치아로 출발할 거예요. 베네치아에서 그분의 목숨을 지켜주실 분은 피에트로 백작님밖에 없답니다. 그러니 이 편지를 그분에게 한시바삐 전해서, 이 사실을 백작님과 조르다노 부루노 박사님께 꼭 알려야 해요."

"이 편지를 피에트로 백작에게 반드시 전해 주어야 하네 그래서 나폴리가 자랑하는 위대한 천문학자가 스페인 돼지들의 손에 죽는 비극을 막아야 돼. 알겠나?"

"예, 잘 알겠습니다. 절대로 기대에 어긋나지 않도록 사명감을 갖고 도와 드리겠습니다."

"이 중요한 임무를 다른 사람에게 맡길까 하는 생각도 했었어요. 그러나 도처에 배신자와 밀정들이 깔려 있어 적임자를 구하기가 참으로 어려웠어요. 그래서 아버님께 당신을 특별히 추천한 거예요. 그러니 이번 임무를 꼭 성공시켜, 우리들을 기쁘게 해주세요."

"알겠습니다! 최선을 다하겠으니, 너무 걱정하지 마십시오!"

현민은 두 주먹을 불끈 쥐어 보이며 자신의 결의를 나타냈다.

다음날 새벽. 베네치아로 가는 통행증과 여비, 그리고 중요한 밀서를 품에 안은 현민은 새벽안개 자욱한 누오보 성을 조용히 빠져 나왔다. 그리고 베네치아가 있는 북쪽 길로 급히 말을 몰았다. 이때 어디선가 날아온 백학 한 마리가 말을 달리는 현민의 뒤쪽으로 커다란 날개짓을 하며 힘차게 날아올랐다.

로마에서의 첫 만남

'영원의 도시' 로마와 '신의 궁전' 바티칸 사이를 S자로 굽이쳐 흐르는 테베레 강은 며칠 전에 내린 봄비로 강물이 부쩍 늘었고, 강변을 따라 길게 늘어선 마로니에 숲은 샘에서 막 올라온 물의 요정처럼 생기가 넘쳐흘렀다.

짙은 갈색의 테베레 강물이 금방이라도 넘칠 듯이 세차게 흘러내리는 서북쪽의 높은 언덕 위엔 두 도시를 연결하는 산 탄젤로(성 천사) 다리가 덩실하게 놓여 있고, 그 다리 위엔 바티칸으로 향하는 수천 명의 순례자들이 이른 아침부터 부지런히 발길을 옮기고 있었다.

높은 산을 넘고 긴 강을 건너며 먼 길을 걸어온 성지 순례자들은 오랜 여행 탓에 피곤한 기색이 역력했다. 화창한 봄 날씨에 어울리지 않는 툭툭한 겨울 외투는 군데군데 해지고 낡고 구멍이 생겨 마치 걸인들이 걸치고 다니는 넝마처럼 너덜거렸고, 미처 손질하지 않은 머리와 수염은 제멋대로 자라서 서로 엉키고 꼬여 영락없는 털북숭이 야만인들 같았다.

꽤 오랫동안 일용할 양식을 담는 그릇으로 사용했던 커다란 조개껍 질은 모서리가 이지러지고 곳곳에 금이 가 수프를 담으면 금방이라도 줄줄 흘러내릴 것 같았고, 물매가 사나운 언덕길을 바라 오르거나 덤불 속의 가시 넝쿨을 헤쳐 나갈 때에 언제나 매오로시 자신을 지켜 주던 나무 지팡이는 관절염 걸린 노인의 무릎처럼 떨거덕거렸다. 그러나 바 티칸으로 향하는 그들의 표정은 '젖과 꿀이 흐르는 약속의 땅' 가나안 을 찾아가던 유태인들처럼 한껏 희망에 부풀어 있었다.

그들은 성스러운 이 땅을 자신의 두발로 직접 밟아 보는 것이 평생의 가장 큰 소원이었으며, 그들의 마음속에는 산 피에트로 사원을 단 한 번만이라도 참배하면 일생 동안 지은 자신의 죄를 말끔히 용서받을 수 있다는 믿음이 팽배했었다. 그래서 유서 깊은 산 피에트로(성베드로) 사 원과 바티칸 궁전이 지척에 보이는 가톨릭의 성지로 건너가는 순례자 들은 두 손으로 성호를 긋고, 기도를 올리고, 찬송을 소리 높여 부르며, 감격에 겨운 얼굴로 눈물을 줄줄 흘리고 있었다.

흥분되고 들뜬 심정으로 잰걸음을 옮기는 순례자들 중에 유난히 이 목구비가 준수하고 눈빛이 그윽한 청년 한 명이 있었다. 그는 공작 깃 털로 멋있게 장식된 푸른 모자를 머리에 쓰고 피렌체 산 붉은 공단으로 만든 화려한 의복 위에 금빛 벨트까지 당당하게 두르고 있었다. 또 바 로 곁에 시종까지 동행하고 있었다.

로마의 태양만큼이나 밝고 활달해 보이는 이 청년은 강변에 길게 늘 어선 짙푸른 마로니에 숲을 바라보며 심호흡을 크게 했다.

"디에고님, 공기가 정말 맑죠?"

"아, 그렇군요. 오랜만에 봄비가 내려서 그런가 보군요."

"지금 걷고 있는 이 다리는 A.D. 136년에 하드리아누스 황제가 건립한 다리죠. 그리고 바로 앞에 있는 산 탄젤로 성은 그로부터 3년 뒤인 A.D. 139년에 하드리아누스 황제의 묘당으로 지었던 건물입니다. 그 후부터 저 원형 묘당 안에는 역대 로마 황제들의 시신이 안치되기 시작했답니다. 르네상스 시대에는 저 묘당이 교황성하의 요새로 사용되기도 했었죠. A.D. 1527년에 루터파 프로테스탄트들이 주축이 된 카롤 5세의 황제군이 로마를 침략했을 때, 교황 클라멘스 7세는 산 피에트로 사원과 연결된 지하 통로를 통해 저 묘당으로 도망쳐 왔답니다. 그 당시 카롤 5세의 황제군은 로마 시내를 구석구석 누비며 7일 동안 대약탈극과 끔찍한 살육극을 벌였죠. 온 로마를 처참한 시체와 핏물로 얼룩지게 한 그 광경은, 흡사 A.D. 410년에 서고트 족의 알라릭이 야만인들을 이끌고 로마로 들어와 찬란한 고대 유물을 파괴, 방화, 약탈했을 때와 비슷했답니다. 온 로마인들을 경악시킨 그 처참한 와중에서도 교황성하는 든든한 저 요새 덕분에 목숨을 부지할 수 있었답니다. 원통형의 거대한 성벽에 처참하게 새겨진 총알 자국과 대포알 자국들은 바로 그때에 입은 영광의 상처들이랍니다."

디에고의 길 안내를 맡은 시종 콜롬보는 입에서 연신 침을 튀겨 가며 열심히 설명을 하고 있었다. 뚱뚱한 체격에 검은 구레나룻이 무척 잘 어울리는 중년의 콜롬보는 로마에서 태어나 이 도시를 단 한 번도 떠나본 적이 없는 토박이였다. 충직한 시종이자 누구보다도 로마를 애지중지 사랑하고 있는 그는 이곳으로 성지순례를 온 이 귀족 청년에게 유럽의 모든 역사와 문화가 진하게 농축되어 있는 로마의 구석구석을 모두 보여주고, 거대한 유적에 어려 있는 장엄한 이야기들을 하나도 남김없이 다 가르쳐 주고 싶었다.

"로마 시대부터 오랫동안 묘당과 요새와 감옥으로 사용되던 삭막한 성이 어떻게 해서 지금처럼 아름다운 이름을 갖게 되었나요?"

"그건 천주님의 사자인 천사님이 바로 이곳에 나타나셨기 때문입니다. 그러니까 A.D. 590년 로마에 대규모 역병이 돌아 수많은 사망자가 속출할 때였습니다. 당시 교황이었던 그레그리오 1세께서는 로마인의 생명을 앗아가는 역병을 물리쳐 달라는 간곡한 기도를 올리기 위해 저 묘당으로 향하셨답니다. 그런데 바로 그때 미카엘 대천사께서 성스러운 빛을 발하며 저 묘당 위에 나타나셨죠. 그리고는 무서운 역병을 순식간에 물리치고, 시름시름 죽어 가던 환자들을 모두 되살리는 놀라운 기적을 일으키셨습니다. 그래서 이 다리는 그후부터 산 탄젤로 다리가 되었고, 저 묘당을 산 탄젤로 성으로 부르게 된 것입니다.

디에고님, 성 꼭대기에 조각되어 있는 저 대리석상을 한 번 우러러 보십시오. 창공으로 막 날아오르는 것처럼 생긴 저 형상이 바로 그때 이곳에 강림했던 미카엘 대천사의 모습을 본떠 만든 것이랍니다."

디에고는 고개를 높이 들어, 아침 햇살을 받아 찬연히 빛나는 천사상을 감동 어린 눈길로 바라보았다. 테베레 강변에 세워진 산탄젤로 성은 푸치니의 오페라 〈토스카〉의 마지막 장면 무대로, 비련의 여주인공이 자살하는 장소가 바로 이곳이다.

시종 콜롬보와 함께 바티칸으로 향하고 있는 이 청년은 피렌체의 명망 높은 귀족 가문인 메디치가의 후손이었다. 그는 1년 전만 하더라도 베네치아의 파도바 대학에서 공부하던 대학생이었다. 베네치아에 살고 있는 누나 소피아의 집에서 숙식을 하며 단테와 갈릴레이가 강의했던 유서 깊은 파도바 대학을 다녔다. 그는 대학을 졸업하자마자 고향인 피렌체로 되돌아갔다.

고향집에서 잠시 머물던 그는 피렌체에서 자신을 기다리고 있던 여러 가지 환락과 세속적인 기쁨을 단호히 거절하고 작년 가을에 홀연히 성지순례를 떠났다. 그것은 무역선을 타고 머나먼 동방 항해를 떠난 큰형 까를레티가 귀향하기 전에, 그 당시 독실한 신자들의 일생의 소원이었던 성지순례를 한시바삐 마치고 싶어서였다.

어머니는 디에고의 성지순례 여행을 무척 걱정하셨지만, 모험과 여행을 유달리 좋아하셨던 호탕한 성격의 아버지는 이번 여행을 쾌히 승낙하시며 따뜻한 격려를 보내 주셨다. 갈색 낙엽이 소슬바람에 하염없이 휘날리는 외로운 계절에 시작한 성지순례는 그에게 많은 어려움을 안겨 주었다. 숙소를 미처 구하지 못해 창고 바닥에 짚을 깔고는 등걸잠을 자는 일도 허다했고, 깊은 산 속에 큰 구덩이를 파고는 낙엽을 이불 삼고 늑대의 울음을 자장가 삼아 호젓한 밤을 홀로 보내는 때도 있었다.

산도적을 만나 돈을 털릴 뻔한 위험한 경우도 있었고, 흉악한 나룻배 사공을 만나 하마터면 목숨을 잃을 아슬아슬한 지경에 처하기도 했었다. 게다가 추운 겨울에는 비까지 자주 내려 감기와 고열로 많은 고생을 해야만 했다. 그러나 그는 20대 중반의 젊은이다운 패기와 뜨거운 신앙심으로 이 모든 고초를 슬기롭게 이겨냈다. 그리고 이 화창한 봄날에 성지순례 여행의 마지막 목적지인 로마에 입성한 것이다.

지난밤을 로마 시내에 있는 친척집에서 편안하게 보낸 디에고는 오늘 아침에 목욕과 면도를 깔끔히 한 뒤 새 옷으로 말끔하게 갈아입었다. 그리고 로마를 방문하는 메디치가의 친척들을 위한 성실한 안내자인 콜롬보를 데리고 이처럼 바티칸으로 향한 것이다.

이미 산탄젤로 다리를 건넌 두 사람은 왼쪽으로 방향을 바꾸어 산 피에트로 사원으로 걸어가고 있었다.

"바티칸이 들어선 이곳은 원래 바티쿠스란 이름을 가진 높은 언덕이었습니다. 그리고 저 아래는 습지였고 그곳엔 키 큰 갈대들이 수북하게 우거지고 물고기가 많이 있었답니다. 바티쿠스란 명칭은 원래 이곳에 살던 에트루리안 인들이 부르던 말인데, 바티란 단어는 '예언자'를 의미한답니다. 그러니까 이 언덕은 고대부터 성스러운 장소였던 것이죠."

"그러면 바티쿠스란 '예언자가 있는 언덕'이란 의미인가요?"

"그렇지요. 고대부터 내려오던 '예언자의 언덕'이 지금은 교황성하가 계시는 바티칸으로 변해 버렸으니, 참으로 절묘한 인연을 맺은 셈이죠."

"그렇군요. 누군지 몰라도 선견지명이 대단한 사람이 이곳의 지명을 지은 것 같군요."

"이 언덕이 교황의 소유가 된 것은 A.D. 8세기랍니다. 그때 유럽의 패권을 쥐고 있던 페펜 대제가 이 언덕을 교황에게 기증한 것이죠."

'화해의 길'을 거닐던 두 사람은 드디어 산 피에트로 광장으로 들어섰다. 광장은 어마어마하게 넓었다.

30만 명이나 되는 대군중을 거뜬히 수용할 수 있는 넓은 광장 한복판에는 무게 350톤, 높이 25.2m가 되는 우람한 오벨리스크가 하늘을 찌를 듯이 서 있었다. 그리고 긴 타원형의 광장을 에두른 양쪽 회랑에는

284개의 대리석 원주가 새하얀 속살을 시원스레 드러내고 있었고, 회랑의 붉은 지붕 위에는 높이 3.5m의 성인상 140개가 하늘로 막 날아오르는 듯한 모습으로 서 있었다.

"저 오벨리스크는 A.D. 37년에 이집트의 알렉산드리아에서 승전 기념물로 가져온 것이죠. 처음에는 카라칼라 황제의 경기장에 있었는데, A.D. 1568년 가을에 식스투스 5세 교황께서 한 달여 동안 수백 명의 일꾼들을 동원해서 이곳으로 옮겼답니다. 그런데 오벨리스크가 이 자리에 놓이게 된 데는 중요한 이유가 있습니다."

"무슨 이유입니까?"

"바로 이 자리는 성 베드로께서 십자가에 거꾸로 매달려 순교 당하신 수난의 장소랍니다."

"아, 저런!"

네 마리의 청동 사자가 포효하고 있는 거대한 오벨리스크 앞으로 천천히 다가간 디에고는 오른손으로 성호를 긋고는 잠시 고개를 숙여 묵념을 올렸다.

"디에고님, 어서 안으로 들어가시죠. 이 사원 안에 모셔진 성베드로의 무덤을 보신다면, 감회가 더욱 새로울 겁니다."

사원 입구에는 스위스 인 근위병들이 부동자세로 서 있었는데, 노란색과 붉은색과 파란색이 화려하게 조화를 이룬 제복이 디에고의 눈길을 유독 끌었다. 이 아름다운 제복은 르네상스를 대표하던 위대한 화가 미켈란젤로가 특별히 고안한 것이었다.

"이 사원은 A.D. 325년에 '니케아 종교회의'에서 천주교를 로마제국의 공식 종교로 승인한 콘스탄티누스 황제께서, 그 이듬해인 A.D.

326년에 뜻깊은 이 장소에 대규모 공사를 시작하도록 명령하셨답니다. 그때 지어진 이 사원은 약 1,000여 년 동안 존속했는데, 오랜 풍상을 겪는 바람에 건물이 많이 낡아졌답니다. 그래서 니콜라우스 5세 교황께서 사원을 재건축할 계획을 세우셨죠. 그런데 교황성하께서 갑자기 사망하시는 바람에 실행에 옮겨지지 못하다가, 르네상스 시대인 1506년에 율리우스 2세 교황의 명령으로 공사가 다시 시작되었습니다. 그 후 라파엘로가 이곳에 12년간이나 머물면서 사원 설계를 맡았고, 나중에는 미켈란젤로도 설계에 참여했답니다. 결국 산 피에트로 사원의 복원 공사에 르네상스 예술의 거장들이 모두 힘을 합했던 것이죠."

사원 중앙에 있는 커다란 청동의 문을 열고 안으로 들어간 디에고는 내부의 화려함과 웅장함에 그만 할 말을 잃고 말았다. 르네상스의 거장인 미켈란젤로가 설계했다는 사원 내부의 둥근 지붕과 그 아래에 있는 본 회랑은 호화스러움의 극치를 이루고 있었다.

마치 살아 있는 듯 정교한 대리석 조각 작품들, 현란한 색채, 두 눈이 부실 정도로 찬연한 황금빛 치장. 사원의 둥근 돔을 통해 쏟아져 들어오는 봄 햇살 아래 화려한 속 모습을 드러낸 본 회랑은 디에고의 넋을 앗아갈 정도로 아름다웠다.

"우아, 역시 산 피에트로 사원이군요."

"하하하! 그렇습니다. 크기로는 북쪽의 밀라노 사원이 세계 최고이지만, 아름다움에서는 산 피에트로 사원을 따라올 수가 없죠."

"1506년에 시작된 공사가 93년이나 지난 지금까지도 계속되고 있다니, 참으로 대단하군요."

"그렇습니다. 그동안의 공사 기간 동안에는 이탈리아가 자랑하는 르네상스 예술의 거장들이 총동원되었고, 지금은 탁월한 건축가인 베르니니가 내부 공사를 진행 중이랍니다. 아마 이 사원의 공사가 완전히 끝나는 다음 세기에는, 온 유럽의 하늘을 환하게 밝힐 '인류의 영원한 보물'이 웅장한 모습을 드러낼 겁니다."

콜롬보는 막내동생 같은 부잣집 도련님 앞에서 바티칸에 대한 자신의 해박한 지식을 과시하는 것이 무척이나 자랑스러웠다.

본회랑 안으로 천천히 발걸음을 옮기자, 바로 오른쪽에 우윳빛 대리석으로 조각된 피에타 상(예수의 싸늘한 시신을 안고 깊은 슬픔에 젖어 있는 성모마리아의 모습을 조각한 상)이 처연한 모습으로 자리잡고 있었다.

"디에고님, 여기를 보세요. 바로 이 상처가 예수그리스도께서 우리들의 원죄를 대속하기 위해 고난을 겪으신 증표입니다."

콜롬보가 두툼한 손가락으로 가리킨 곳은 예수의 손등에 나 있는 애틋한 못자국이었다.

"이 피에타 상은 미켈란젤로가 조각한 것이라면서요?"

"미켈란젤로가 한창 나이인 25세에 만든 작품이죠. 여기, 여기를 한번 보세요. 이것이 바로 미켈란젤로가 남긴 그의 서명입니다. 피렌체의 두오모(꽃의 성모사원)에 보관되어 있는 피에타 상은 미켈란젤로가 노년에 만들다 미처 완성하지 못하고 죽는 바람에, 다른 조각가가 성모마리아의 모습을 마무리지었지 않습니까? 그러나 이곳에 있는 피에타 상은 그가 패기만만하던 젊은 시절에 뜨거운 정열과 순수한 신앙의 힘으로 완성한 것이랍니다.

디에고님, 자신의 사랑하는 아들이자 우리의 주님이신 예수 그리스도에 대한 성모마리아의 인자한 모성애와 숭고한 신앙심이 얼마나 잘 나타나 있습니까? 어때요? 미켈란젤로가 성모마리아의 허리 천 위에 자신의 서명을 남길 만큼 감동적이지 않습니까?"

피에타 상 앞으로 가까이 다가간 디에고는 그 앞에서 성호를 긋고 합장을 하며 경의를 표했다.

잠시 후 본 회랑을 지나 좀더 안으로 들어가던 디에고는 오른쪽 의자 위에 엄숙한 표정으로 앉아 있는 청동상을 발견했다.

"아, 이것이 산 피에트로 상이군요?"

"맞습니다. 이 파란 청동상이, 네로황제에 의해 이곳에서 순교 당하신 베드로의 모습입니다. 그리고 저 왼손에 들고 계신 것이 예수 그리스도께서 '물고기를 낚는 어부가 아니라 사람을 잡는 어부가 되라.'고 말씀하시며 베드로의 두 손에 쥐어 주신 '천국의 열쇠'입니다."

"아, 그렇군요."

디에고는 청동상 앞으로 천천히 다가가 발등에 경의를 표하는 입맞춤을 했다. 청동상 앞을 지난 두 사람은 좀더 안으로 들어갔다. 회랑 안은 화려하면서도 무척 엄숙했고, 그곳을 지나는 사람들의 표정도 대단히 진지했다.

회랑 가장 안쪽의 중앙에는 교황만이 미사를 드릴 수 있는 '교황의 제단'이 있었다. 그리고 그 제단의 바로 앞에는 바로, '산 피에트로의 무덤'이 무거운 정적 속에 놓여 있었다. 무덤의 주위에는 95개의 램프가 은은한 빛을 발하며 더욱 신비로운 분위기를 연출하고 있었다.

"이곳이 천국의 열쇠를 본떠서 만들어진, 산 피에트로 사원에서 가장 중요한 장소입니다. 마치 고대 예루살렘 신전 내에 있던 '지성소'처럼 아주 고귀하고 신성한 곳이죠."

"그렇군요. 무덤 주위를 환하게 밝히고 있는 저 불빛은 잔혹한 박해 속에서도 자신의 신앙을 굳건히 지킨 베드로의 순결한 영혼을 보여주는 것 같군요. 게다가 이 사원을 설계하도록 명령을 내린 레오 10세 교황성하가 바로 메디치 가문 출신이고, 또한 우리 가문에서 열심히 후원해 준 라파엘라와 미켈란젤로 같은 르네상스의 거장들이 이 사원에서 그들의 예술적 혼을 불사른 것을 생각하니, 정말 감회가 남다르군요. 그동안 성지순례 여행을 하면서 겪어야 했던 숱한 고생과 어려움이 일시에 보상을 받는 느낌입니다."

전 세계 가톨릭의 본산이자 르네상스 문화의 정수인 산 피에트로 사원의 중앙에 선 디에고는 감격의 눈물을 흘리며 자신의 신앙을 뜨겁게 체험하고 있었다.

디에고와 콜롬보가 산 피에트로 사원을 참배하고 있는 바로 그 시각. 세스페데스 신부와 안젤리까는 바로 옆에 있는 로마 시내를 관광을 하고 있었다. 까를레티 공작의 무역선이 일본을 출발한 지 1개월 뒤인 작년 가을에 나고야 항을 출항했던 그들은 금년 봄에 베네치아에 도착했다. 오랜 항해와 노환으로 인해 베네치아에서 보름 정도 머물며 휴식을 취하던 세스페데스 신부는 며칠 전에 바티칸으로 들어오게 되었다.

바티칸에 들어온 그는 지난 7년 동안 조선 8도에서 자행되었던 일본 사무라이들의 끔찍하기 짝이 없는 추악한 집단 만행에 대한 세밀한 보고서를 교황청에 제출했다. 그리고 수녀원장을 만나 안젤리까가 수녀원에서 예비 수녀 교육을 받는 문제를 진지하게 의논했다.

세스페데스 신부는 이제 며칠 후면 자신의 고향이자 소설『돈키호테』의 무대인 스페인의 라만차 지방으로 떠날 예정이었다. 그래서 그는 이번에 헤어지면 두 번 다시 보지 못할 안젤리까를 데리고 송별 여행을 하기로 한 것이다. 건강 문제로 먼 여행을 할 수 없는 세스페데스 신부는 안젤리까와 함께 로마 시내를 관광하는 것으로 송별 여행을 대신하기로 했다.

그들이 지금 서 있는 곳은 바티칸 남쪽에 있는 쟈니콜로 언덕이었다. 쟈니콜로는 테베레 강을 따라 남북으로 길게 뻗은 아름다운 언덕으로, 그 위에 오르면 강 건너편에 있는 로마 시내가 한눈에 들어왔다.

언덕의 정상에 오른 두 사람은 가슴 벅찬 외경감으로 '영원의 도시' 로마를 바라보고 있었다.

아펜니노 산맥 위로 높이 떠오른 아침 태양이 고대 로마를 탄생시켰던 '7개의 언덕' 주변을 환하게 비추고 있었고, 웅장한 유적을 떠받치고 있는 거대한 대리석들은 눈부신 황금빛으로 빛나고 있었다.

직경 10리가 넘는 둥근 원을 이루고 있는 '아우렐리우스 황제의 성벽' 안에는 거대한 신전, 왕궁, 개선문, 조각상들이 빽빽하게 들어서 있었다. 그런데 아침 햇살에 빛나는 그 유물들은 천여 년의 폐허 속에 죽은 듯이 누워 있는 미이라가 아니라, 새벽이슬을 머금은 신록의 숲처럼 생생히 살아 숨 쉬는 것 같았다.

과연 로마였다. 가슴 벅찬 감동을 안으며 마치 거인들의 도시처럼 장엄한 로마 시내를 한동안 조망하던 그들은 쟈니콜로 언덕을 천천히 내려와 고대 로마의 오랜 주거지였던 트라스테베레로 들어갔다.

개미굴처럼 꼬불꼬불 이어지는 비좁은 골목길엔 꽤 많은 사람들이 나와 있었다. 따가운 봄 햇살을 피해 집 앞 그늘에 삼삼오오 모여 앉은 노인들은 느긋한 표정으로 두런두런 정담을 나누고 있었고, 얼굴이 새까맣게 그을린 어린 아이들은 까르르르 웃음을 터뜨리며 새끼 노루처럼 뛰어 다녔다.

두 사람은 순박한 아이들에게 정다운 미소를 보내며 고대 로마인들의 꿈과 전설이 어려 있는 골목길을 천천히 빠져나왔다. 이어 트라스테베레 동쪽에 있는 팔라티노 다리를 건너, 로마네스크 풍의 중후한 종루를 머리에 인 산타 마리아 인 코스메틴 교회가 전면의 황금빛 모자이크를 화사한 봄 햇살에 번쩍거리며 우람하게 서 있는 보카델라 베리타 광장으로 들어섰다.

세스페데스 신부와 안젤리까가 넓은 광장 안을 관광하는 그 순간에, 바티칸 참배를 마친 디에고와 콜롬보도 그곳으로 막 들어서고 있었다.

광장 안은 순례자들과 로마 시민들로 온통 거대한 물결을 이루고 있었다. 광장 좌우에 길게 늘어선 상점들은 부활절에 사용할 달걀 모양의 초콜릿과 아름다운 꽃으로 예쁘게 치장되어 있었다. 그리고 그 상점들 앞에는 산뜻한 봄옷으로 눈부시게 차려입은 선남선녀들이 탐스럽게 핀 꽃을 한 아름씩 사 들고는 싱글벙글 거렸다.

"아니, 왜 이렇게 꽃을 많이 사나요?"

영문을 알 수 없는 디에고는 어리둥절한 표정을 지으며 콜롬보를 바라보았다.

"바로 오늘이 '여성의 날'이 아닙니까? 오늘은 멋있는 로마의 총각들이 사랑하는 연인에게 향기로운 미모사 꽃과 함께 자신의 마음을 바치는 날이죠. 디에고님도 가게에서 아름다운 미모사 꽃을 사시죠. 혹시라도 저 꽃을 바치고 싶을 정도로 반할 만한 아가씨를 이 도시에서 만날지도 모르잖아요."

광장 안은 온통 향기로운 꽃향기로 가득 차 하늘에 떠 있는 태양조차도 샛노란 꽃으로 만들어진 것 같았고, 행복한 웃음소리와 밝은 목소리들이 환한 햇살 아래 옥구슬처럼 낭랑하게 굴러 다녔다.

콜롬보에게 등이 떠밀린 디에고도 다른 청년들처럼 가게로 들어가 미모사 꽃을 한 아름 사 들고는 산타 마리아 인 코스메틴 교회의 주랑으로 들어섰다. 그런데 주랑 안으로 막 발걸음을 옮기던 디에고는 깜짝 놀라며 자신도 모르게 발걸음을 우뚝 멈춰 섰다.

주랑 왼쪽에는 바다의 신 트리톤의 얼굴이 조각된 커다란 석판이 하나 있는데, 일명 '진실의 입'이었다. 그런데 이국적 모습을 한 아리따운 처녀가 작은 토마토처럼 앙증맞은 주먹을 트리톤의 넓적한 입안으로 살그머니 집어넣으며 환하게 웃고 있는 게 아닌가?

그 순간 디에고는 마치 번개를 맞은 듯한 짜릿한 전율을 느끼며, 그 처녀에게서 눈을 뗄 수가 없었다.

처음에는 그 처녀가 아랍풍의 혼혈 여인인 줄 알았다. 그런데 유심히 관찰해 보니, 그쪽 여인들보다 훨씬 얼굴선이 곱고 섬세해 보였다. 햇병아리처럼 노란 웃옷에 녹색 치마를 산뜻하게 받쳐 입은 그녀는 챙이 넓은 하늘색 모자로 강렬한 봄 햇살을 가리고 있었다.

'진실의 입' 속에서 작은 주먹을 조심스럽게 꺼낸 그녀는 두 손을 가슴 앞에 살며시 모으고는 장밋빛 입술을 앞으로 봉긋 내밀더니 안도의 한숨을 귀엽게 내쉬었다. 그리고는 투명한 웃음을 얼굴 전체에 터뜨리며 그 자리에서 몸을 한 바퀴 빙그르르 돌렸다.

마치 멋진 발레리나처럼 제자리에서 한 바퀴 회전을 하자, 눈부신 녹색 치마가 부드러운 미풍에 날아갈 듯 부풀어 올랐다. 그러자 깜짝 놀란 그녀는 놀란 토끼처럼 눈을 동그랗게 뜨며 두 손으로 치마 가장자리를 황급히 잡고는 그 자리에 얼른 주저앉아 버렸다. 하마터면 속옷이 다 보일 뻔한 부끄러움에 얼굴이 새빨개진 그녀는 살며시 일어서며 주위를 두리번거렸다.

바로 그 순간, 수줍은 안젤리까의 눈과 디에고의 호기심 어린 눈이 서로 마주쳤다.

"어머!"

자기를 유심히 바라보고 있는 남자가 있다는 사실을 알아차린 안젤리까는 깜짝 놀라며 세스페데스 신부 곁으로 쪼르르 달려갔다. 그러자 세스페데스 신부는 경계하는 눈빛으로 디에고를 힐끔 쳐다보더니, 새초롬해진 안젤리까의 손을 듬쑥 잡으며 로마 시내 쪽으로 급히 발걸음을 옮겼다.

잠시 후, '진실의 입' 앞에는 디에고와 콜롬보 두 사람만이 우두커니 서 있었다. 디에고는 정신이 나간 듯 멍한 표정이었고, 콜롬보는 영문을 몰라 어리둥절할 뿐이었다. 디에고는 마치 꿈을 꾸는 것 같았다.

디에고는 생면부지의 동양인 처녀와 잠시 눈빛이 마주친 것 외에는 아무런 일도 없었다. 그녀와 다정한 말 한마디 나눈 적도 없고, 한쪽 눈을 살짝 감으며 장난스럽게 윙크한 적도 없고, 더구나 그녀와 장시간 함께 앉아 두 손을 마주잡은 적도 없었다. 그냥 잠시, 그것도 밤하늘에 유성이 지나갈 때처럼 극히 찰나적인 순간에, 눈빛이 살짝 부딪치기만 했을 뿐이었다.

그러나 바로 그 순간부터 디에고의 귀에는 아무 소리도 들리지 않았고, 아무것도 제대로 보이지 않았다. 그리고 머릿속은 진공 상태가 된 것처럼 아무런 생각도 떠오르지 않았다.

고색창연한 로마의 유적들이 한꺼번에 내지르는 웅장한 합창도, 넉살좋은 콜롬보가 구수하게 들려주는 이 도시의 숱한 전설도, 따뜻한 햇살을 받으며 푸른 하늘 위로 솟아오르는 새들의 아름다운 지저귐도………

오직 그의 귓전에는 바람처럼 스쳐 지나간 그녀의 경쾌한 웃음소리만이 계속 맴돌 뿐이었다. '진실의 입' 속에서 가슴 조이며 빼내던 앙증맞은 주먹과 맑고 귀여운 얼굴, 하늘색 모자와 녹색 치마만이 두 눈에 어른거리며 떠날 줄을 몰랐다.

디에고는 그 순간, '큐피트의 화살'이 자신의 마음 깊은 곳에 들어와 정통으로 박혔음을 직감할 수 있었다. 해맑은 새벽이슬을 헤치며 숲속에서 막 달려 나온 암사슴처럼 상큼한 그 처녀는 도대체 어느 곳에서 온 여인인가? 그리고 그 처녀 곁에 서 있던 늙은 신부는 또 누구란 말인가?

'아니야. 그 신부는 조금도 중요하지 않다. 나를 사랑의 포로로 만들어 버린 그녀, 오직 그녀만이 중요해! 그녀의 집은 어디일까? 그리고 이름은? 무엇을 하는 처녀일까? 부모님은 어떤 분들이실까?'

디에고는 갑자기 얼굴이 새빨갛게 달아오르며 가슴이 두근거리기 시작했다. 두 무릎에 서서히 힘이 빠지며 다리가 후들후들 거리기 시작했다. 결국 그는 가벼운 현기증을 느끼며 옆에 놓여 있는 긴 나무 의자 위에 털썩 주저앉아야 했다.

의자에 앉은 그는 광장의 남동쪽에 있는 차리코 마미모로 시야를 돌렸다. 고대 로마의 전차 경기장이었던 그곳은 깊은 적막에 잠겨 있었

398

다. 한때는 용맹스런 로마의 군인들이 옹골찬 함성을 지르고, 뜨거운 땀을 흘리고, 긴 채찍을 거칠게 휘두르며, 말을 힘차게 몰았을 차리코 마미모가 지금은 이름 모를 들꽃과 잡초로 온통 뒤덮여 있고 날개를 활짝 편 노고지리들이 그 사이를 지지배배 거리며 한가로이 날아오르고 있었다.

디에고는 폐허로 변해 버린 그곳을 가만히 내려다보며 흥분된 마음을 가라앉히려고 무진 애를 썼다.

'아, 내가 왜 이러지? 마치 무슨 마법에라도 걸린 것 같군. 독한 포도주를 마신 것도 아닌데. 술람미 처녀를 처음 본 솔로몬 왕도 이렇게 가슴이 설레었을까? 하지만 그녀는 생면부지의 처녀이고, 나는 그녀에 대해서 아무것도 모르지 않은가? 로마에 사는 처녀인지, 아니면 다른 곳에서 여행을 왔는지. 고향은 어디이고, 이름은 무엇인지, 또 지금 어느 곳에 살고 있는지.'

디에고가 도저히 스스로는 추스를 수 없는 사랑의 심연 속에서 신음하고 있는 그 순간. 세스페데스 신부와 함께 로마 시내로 들어온 안젤리까는 그저 모든 게 즐거웠다.

이토의 칼에서 자신을 지켜 준 생명의 은인이자 자신의 대부이기도 한 세스페데스 신부와 함께 고대 로마의 중심거리인 포로 로마노를 지나는 그녀는 흡사 엄마의 손을 잡고 첫 산책을 나온 일곱 살된 어린 아이처럼 마음이 들떠 있었다.

"안젤리까! 로마의 건국에 관한 이야기를 알고 있니?"

"암늑대의 젖을 먹고 자랐다는 로물루스와 레무스에 관한 이야기 말씀인가요?"

"하하! 누구나 로마의 건국에 대한 것을 물으면 로물루스와 레무스 이야기만 꺼내지. 그러나 로마의 건국을 진정으로 이해하려면, 그들보다 먼저 태어난 어느 위대한 선조에 관해서 알지 않으면 안 된단다."

"어느 위대한 선조라고요?"

"그렇단다. 그분의 이름은 에네아스인데, 그는 『일리아드』와 『오딧세이』에 나오는 트로이의 영웅들 중 한 사람이란다. 에네아스는 미의 여신 비너스의 아들인데, 거대한 목마 속에서 나온 그리스 군대에 의해 트로이 성이 함락되기 직전에 신의 계시를 받았다. 그것은 '즉시 이곳을 탈출해서 지중해 건너편에 새로운 트로이를 건설하라!'는 계시였다. 신의 계시를 받고 곧바로 그곳을 탈출한 에네아스는 거센 폭풍과 신들의 집요한 방해와 미녀의 뜨거운 유혹을 모두 극복하고 바로 이곳 테베레 강가에 도착했었다.

당시 로마에는 불의 여신인 베스타를 숭배하는 신전이 있었는데, 에네아스의 후손 중에 레아 실비아란 처녀가 바로 베스타 신전의 여사제가 되었단다. 어느 화창한 봄날에 숲을 산책하던 그녀는 그곳에서 군사의 신인 마르스를 만나게 되었고, 두 사람은 곧 사랑에 빠졌단다. 그런데, 문제가 하나 생겼단다."

"무슨 문제가 생겼나요?"

"다름 아니라 레아 실비아가 임신을 한 것이지. 그 당시 규칙에는 베스타 신전의 여사제는 결코 결혼을 할 수 없었단다. 그런데 아기까지 뱄으니 그야말로 낭패스런 일이 발생한 것이지. 결국 고민을 거듭하던 그녀는 출산을 결행하게 되는데, 그때 나온 아이들이 바로 '로물루스와 레무스' 쌍둥이 형제란다.

쌍둥이를 낳은 레아 실비아는 두 갓난아기를 대나무 광주리에 담아 강물에 띄웠는데, 바로 그때에 기적처럼 암늑대 한 마리가 강가에 나타나 강물에 둥둥 떠내려가는 아기들을 구해 주었단다. 결국 그 늑대의 젖을 먹고 성장한 그들은 에네아스가 신탁을 받은 새로운 트로이를, 바로 저기에 있는 팔라티노 언덕 위에 건설하기 시작했단다. 그후 도시는 점점 커져서 주변에 있는 일곱 개의 언덕을 모두 포함하는 로마가 탄생하게 되었는데, 그때가 B.C. 753년이었다.

최초의 도시가 세워진 팔라티노 언덕에는 그 당시 주거지가 지금도 남아 있고, 역대 로마의 황제들이 살던 플라비아 궁전과 아우구스티나 궁전 유적지도 잡초 속에 묻힌 채로 그대로 남아 있단다."

"결국 비너스 여신의 신탁대로 트로이의 위대한 영웅인 에네아스의 후손들이 최초의 로마를 건설했군요?"

"그렇지! 그러니까 '빛은 동방에서'라는 옛 격언이 그대로 들어맞은 것이지."

"그렇다면 이탈리아인들이 르네상스 문화를 전 유럽에 꽃피울 정도로 예술적 감각이 뛰어나고 낭만적인 것은, 로마인의 선조인 에네아스가 미의 여신인 비너스의 아들이었기 때문인가요?"

"하하! 그렇게도 말할 수 있지. 또한 이탈리아 여인들이 모성애가 뛰어나고 대가족제도를 선호하는 것도 '로물루스와 레무스'가 암늑대의 젖을 먹고 자랐기 때문이라고 말할 수 있단다."

"그것은 무슨 뜻인가요?"

"야생 동물들 중에서 모성애가 가장 뛰어난 동물이 바로 늑대란다. 아펜니노 산맥의 울창한 수림 속에 무리 지어 살고 있는 늑대는 자기가 낳은 새끼를 구하기 위해서는 불 속에도 거침없이 뛰어들고, 사자와도 용감히 맞서 싸울 정도로 모성애가 대단하지.

내가 북부 이탈리아의 산 마리노에 있는 조그만 수도원에 있을 때 직접 경험한 이야기인데, 한번은 숲속에서 큰 불이 일어났단다. 그런데 산불이 너무 심하게 나서 도망을 칠 수 없게 된 어느 어미 늑대가 땅바닥에 구덩이를 파고는 그 속에 어린 새끼 여섯 마리를 모두 밀어 넣었다. 그리고 어린 새끼들을 살려내기 위해 자신은 그 위에 드러누워 불에 타 죽었단다.

우리들은 산불이 다 꺼진 숲속에서 시커멓게 타 죽은 어미 늑대의 시체 바로 밑에서 낑낑거리며 살아 있는 새끼들을 끄집어내며 얼마나 숙연했는지 모른다. 자신의 배로 직접 낳은 아기조차 휴지 조각처럼 쉽게 내버리는 저주받을 여자들에 비하면, 늑대는 비록 말을 못하는 짐승이지만 얼마나 숭고한 존재이냐? 그처럼 뜨거운 모성애를 가진 암늑대의 젖을 먹고 자란 쌍둥이 형제가 로마를 건설했으니, 이탈리아인들의 핏속에는 남다른 가족애가 흐르고 있는 것인지도 모르지."

세스페데스 신부는 자신의 손녀딸처럼 사랑스러운 안젤리까에게 로마에 얽힌 위대한 신화, 신비로운 전설, 가슴 벅찬 투쟁과 정복의 역사, 서정적이고 감미로운 사랑의 이야기들을 자상하게 들려주며 부서진 궁전과, 신전과, 조각상과, 목욕탕과, 무너진 돌무더기와, 솟아오른 작은 언덕과, 타다 만 목재들이 한데 뒤섞여 있는 황량한 거리 한가운데를 천천히 거닐었다.

안젤리까는 잡초와 들풀이 무성하고 야생 고양이들이 어슬렁거리며 배회하는 황무지 위에 마치 폐허처럼 너부러져 있는 고대 유적들을 바

402

라보며, 잠시 어리둥절한 표정을 지었다.

'그토록 웅대하고 장엄한 제국의 수도였던 로마가 어쩌면 이토록 황폐화되었을까? 이곳은 고대 로마에서 가장 번화한 중심지였던 포로 로마노인데 말야? 마치 거대한 폭풍이 거세게 휘몰아치며 날카로운 이빨과 발톱으로 사정없이 물어뜯은 뒤, 그 시체를 쓰레기 더미 위에 내동댕이쳐 놓은 것과 같으니. 아, 어쩌면 이럴 수가 있을까.'

"안젤리까! 무얼 그렇게 골똘하게 생각하고 있니?"

세스페데스 신부는 안젤리까의 슬픔이 깃든 커다란 눈망울을 바라보았다.

"아름다운 두 눈에서 금방이라도 굵은 눈물방울이 뚝뚝 떨어질 것 같구나. 뼈만 앙상하게 남은 로마의 유적들을 바라보니, 고향 생각이라도 나는 거냐?"

"네, 신부님. 한때는 수많은 사람들을 호령하며 세계 최고의 번영을 구가했다는 이 도시가 이처럼 처참한 모습으로 누워 있는 모습을 보니, 너무 가슴이 아프고 눈시울이 붉어지네요."

"그래, 네 말이 맞다. 우리는 지금 수많은 집들의 지붕 위와 고대 왕궁과 성벽들의 꼭대기 위에 두껍게 쌓여 있는 흙과 돌과 잡초 위를 거닐고 있는 거란다. 바로 저곳에 보이는 허물어진 트라야누스 목욕탕은 네로가 지은 화려한 황금 궁전 위에 세워진 것이고, 또 그 황금 궁전은 그 이전에 있었던 웅장한 고대 건축물 위에 세워진 것이지.

고대 로마 안에는 3백여 개의 궁전과, 280개에 달하는 교회와, 헤아릴 수 없이 수많은 상점과, 정원과, 대리석 조각상과, 저택들이 있었다. 그러나 지금은 거의 대부분의 것들이 이처럼 파괴되었고, 또 허물어진 파편들조차 두꺼운 흙과 돌더미 속에 쓰레기처럼 아무렇게나 파묻혀 있단다.

옛날의 로마가 화려한 보석과 비단과 향수와 꽃으로 눈부시게 치장한 아름다운 새색시였다면, 지금의 로마는 낡고 좀이 슬고 보기 흉하게 해어진 누더기를 몸에 걸친 채 어두운 구석에 웅크리고 앉아 진물이 줄줄 흐르는 상처와 죽음의 검버섯을 처량하게 핥고 있는 노파와 같단다."

"신부님! 로마가 언제부터 이처럼 볼썽사나운 폐허로 변해 버렸나요?"

안젤리까의 초롱초롱한 눈동자가 세스페데스 신부의 얼굴을 진지하게 응시했다. 그러자 세스페데스 신부는 노고지리가 기운차게 날아오르는 허공을 한 번 쳐다보면서 잠시 뜸을 들이더니 천천히 말문을 열었다.

"로마가 이처럼 황량하고 처량한 몰골로 변한 것은 지금부터 71년 전인 1527년 봄이었지. 그 당시 이탈리아의 정세는 상당히 혼란스럽고 복잡한 양상으로 진행되고 있었단다. 먼저 프랑스는 1515년에 루이 12세가 서거하자 프랑수와 1세가 왕위를 계승했는데, 프랑스는 이미 1494년에 나폴리 왕국을 점령했고(프랑스왕 샤롤 8세 시대) 1508년 이후에는 북부의 밀라노 공국까지 수중에 넣고 있는 상황이었지(루이 12세 시대). 그런데 대서양 항로를 개척하고 신대륙을 발견하여 유럽의 강대국 반열에 새롭게 오른 스페인의 국왕 페르난도가 1504년에 프랑스군을 공격하여 나폴리 왕국을 다시 빼앗았다. 이렇게 해서 이탈리아 반도의 북쪽은 프랑스가, 남쪽은 스페인이 각각 장악하여 이탈리아의 나머지 지역을 공격할 기회만 호시탐탐 노리고 있었단다.

이때 이러한 균형을 일시에 깨뜨리고 유럽의 권력 판도를 송두리째 바꿔 놓는 대사건이 발생하게 된다. 그러니까 1516년에는 스페인 국왕 페르난도가 사망하고 1519년에는 독일 국왕인 막시밀리안 황제가 사망하면서, 각각 그들의 후계자로 카롤로스 한 사람을 지명한 것이야.

카롤로스는 고귀한 가문의 왕손으로 세기적인 행운아가 된 거지. 자신의 외조부인 페르난도로부터 이베리아 반도의 강국인 스페인은 물론이고 나폴리, 시칠리아, 콜럼부스가 발견한 신대륙 등 전 세계에 보석처럼 산재되어 있는 모든 식민지까지 한꺼번에 상속받았단다. 또한 자신의 조부인 막시밀리안 황제로부터는 독일과 오스트리아와 폴란드 지방을 포함하는 유럽의 중동부 지역을 자신의 소유로 물려받았지.

독일 합스부르크가의 젊은 왕족인 카롤로스가 세계에서 가장 크고 빛나는 왕관을 머리에 쓴 카롤 5세 황제로 즉위하자, 이탈리아 반도는 커다란 공포에 휩싸였고 즉시 긴급 대책을 세우게 되었단다. 왜냐하면 프랑스와 스페인이 강력한 국왕이 나라를 통치하는 거대한 군주국인데 반해, 이탈리아는 통일을 이루지 못하고 여러 개의 도시국가로 사분오열 나뉘어 있어 나라의 온 역량을 한 곳으로 결집시킬 수가 없었기 때문이지.”

“그래서 좋은 대책이 나왔나요?”

“그들은 대책을 한시바삐 수립할 수밖에 없었단다. 이미 1521년에 카롤 5세의 군대가 프랑스 군대를 공격하여 프랑수아 1세를 파비아에서 포로로 만들었고, 1525년에는 북부의 밀라노 공국까지 점령했기 때문이란다. 이렇게 되자 엄청난 위기를 느끼게 된 피렌체, 베네치아, 로마, 밀라노 등의 도시국가들과 프랑스까지 합세해서 동맹을 맺게 되었다(신성동맹. 1526년).

그러나 이탈리아인들의 주변 정세에 대한 자각과 행동은 만시지탄이 나올 정도로 너무 늦었단다. 이미 그해 겨울에 수많은 독일 용병들을 앞세운 스페인과 독일의 연합 부대는 흰 눈이 펄펄 내리는 알프스를 넘어가고 있었던 것이지. 결국 이듬해 봄에 이탈리아 반도로 밀물처럼 밀려들어온 그들은 5월 5일 그 화창한 봄날에 번쩍거리는 창과 칼과 총과 대포로 로마 성벽을 완전히 포위했단다. 그리고 그날 밤에 시작된 전투는, 다음날 동 틀 때쯤에 완전히 판가름이 나 버리고 말았지."

"로마가 함락되었나요?"

"로마의 서북쪽인 바티칸 언덕 위를 집중 공격한 그들은, 톨리오네 문과 산토스피리토 사이의 나지막한 성벽을 무너뜨리고는 터진 제방 사이로 쏟아져 나오는 거칠고 검붉은 탁류처럼 로마 시내로 밀려들어 갔단다. 바로 그 순간부터 로마는 차마 말로는 형언할 수 없을 만큼 잔혹하고 포악한 야수로 변해 버린 용병들로부터 살륙, 겁탈, 파괴, 방화 등의 끔찍한 유린을 당하기 시작했고, 온 유럽은 크게 경악하며 납처럼 무겁고 비통한 침묵 속으로 빠져들고 말았다.

그날 새벽에 바티칸 궁전과 산 탄젤로 성을 지나 테베레 강 건너 쪽에 있는 나보나 광장으로 행군해 온 그들은 두려움에 떨고 있는 로마 시민들과 아녀자들을 무차별 끌어내어 언제나 맑은 물이 흐르던 '세 개의 분수'(강의 분수, 넵튠의 분수, 무어인의 분수) 주위를 시뻘건 핏물로 온통 물들이며 '죽음의 잔치'를 벌였단다. 그리고 곧이어 시내 곳곳으로 흩어진 그들은, 그날부터 7일 동안 밤낮을 가리지 않고 수많은 왕궁과 교회와 아름다운 저택으로 들어가 거대한 로마를 무참하게 난도질하기 시작했지. 성스러운 십자가는 내동댕이쳐지고, 거대한 기둥은 무너지고, 아름다운 창문은 산산조각이 나고. 로마 시민들은 어린 아이나 여자나 늙은이를 가리지 않고 광란에 빠진 폭도들에 의해 처참하게 도륙, 겁탈, 폭행당했고 심지어 빨간 모자를 머리에 쓴 추기경들조차도 짐승처럼 질질 끌려 다니며 지옥 같은 순간을 경험해야 했었단다.

카롤 5세에게 보내진 보고서에는, '로마는 깡그리 파괴되었습니다. 산 피에트로 교회도, 바티칸 궁전도 이제는 모두 마구간으로 변해 버렸습니다. 로마 교회에 대해 아무런 존경심을 갖지 않은 루터파 교도들로 이루어진 독일 용병들은, 모든 귀중품과 예술품들을 철저하게 파괴하고 훔쳐 갔습니다.'라고 기록되어 있었지.

한 마디로 말해서, 그때 일어난 '로마 약탈'(사코 디 로마)은 로마 시내를 지금처럼 이렇게 황량한 벌판으로 전락시켰을 뿐 아니라, 이탈리아 르네상스를 종식시켰단다. 그리고 그로부터 3년 후인 1530년에는 르네상스의 발상지이며 이탈리아 독립의 최후의 보루였던 피렌체마저 카롤 5세 군대에 의해 함락되고 말았다."

세스페데스 신부의 자상한 설명이 끝나자, 안젤리까는 가벼운 한숨을 내쉬었다.

"신부님! '신성동맹'까지 맺으며 침략자들을 물리치겠다고 굳게 약속한 로마가 그처럼 허무하게 무너진 이유가 무엇인가요?"

"그들의 정신을 잃어 버렸기 때문이지. 이 세상의 그 누구도 흉내낼 수 없고, 넘볼 수 없었던 '로마인의 정신'을 잃어 버렸기 때문이야."

"'로마인의 정신'이란 게 무엇이죠?"

"새로운 것에 대한 애타는 갈망과 끝없는 동경. 그리고 그것을 정복하기 위한 놀랄 만한 열정과 도전이지. 살푸둥이가 엄청나게 비대해진 로마제국은 자신을 위대하게 만들어 준 진정한 힘의 원천인 '로마인의 정신'을 망각하고, 그 대신 주체할 수 없는 엄청난 탐욕과 환락과 사치로 이루어진 달콤한 설탕과 두꺼운 기름으로 가득 찬 거대한 늪속으로 풍덩 뛰어 들었던 거야."

"그 늪은 얼마나 깊은가요? 두 번 다시는 자신의 정신을 되찾을 수 없을 만큼이나 깊고 넓은가요?"

안젤리까는 일본 병사들과의 7년 전쟁으로 인해 모든 것이 파괴되고, 불타고, 사라져 버린 고향인 '조선의 로마' 경주의 참상을 머리에 떠올리며 수심이 가득한 표정으로 세스페데스 신부를 바라보았다.

"아니야. 그렇진 않을 거야. 지금 이 순간에도 로마를 고대의 폐허에서 다시 일으켜 세우기 위한 노력들이 힘차게 펼쳐지고 있단다. 수많은 학자, 예술가, 양식 있는 시민들이 이 폐허 더미 속을 뒤지고 다니면서 옛 영화가 담겨 있는 유물과 유적을 발굴하느라 뽀얀 먼지를 온몸에 뒤집어쓰고 있고, 특히 르네상스 시대의 교황들은 이러한 대사업을 적극적으로 추진하고 있단다. 어두운 땅속에서 발굴된 유물들은 산 피에트로 성당처럼 새로 짓는 건물에 그대로 사용되거나, 박물관 안에 깨끗하게 보관되기도 하지. 지금 이 도시에는 이러한 발굴 열기 때문에 사설 박물관이 자그마치 90여 개나 되고, 또 이러한 추세는 앞으로 대규모 건설 계획이 진행되면서 더욱 빨라질 거야."

잠시 말을 멈춘 세스페데스 신부는 안젤리까의 왼손을 다정하게 쥐며 다시 말을 이었다.

"안젤리까! 지금은 엄청난 흙더미 속에 매몰되어 있는 유적이나 유물을 발견하는 것에만 더욱 중점을 두고 있지만, 머지않아 그 거대한 건축물들을 존재하게 만들었던 진정한 '로마인의 정신'을 되찾는 날이 반드시 올 거야. 이탈리아 반도 대부분이 지금은 스페인 군대의 폭정에 시달리고 있지만, 그래도 아직까지 그들의 정신을 꼿꼿이 지켜 나가고 있는 나라가 있단다.

동쪽의 아드리아 해변에 있는 베네치아는 수많은 어려움 속에서도 스페인의 지배를 받지 않고 자신의 역사와 전통을 올곧게 간직하고 있고, 1571년에는 레판토 해전에서 지중해의 제왕이 된 투르크의 해군을 격파하여 온 유럽을 놀라게 했었다. 그리고 서북쪽의 험준한 알프스 산악 지대에 위치한 피에몬테도 지형적인 악조건 속에서도 불굴의 투지로 스페인 군대를 잘 물리치고 있다.

특히 수도를 토리노로 정한 피에몬테는, 이탈리아 국방의 가장 큰 폐단인 용병제도를 극복하기 위해 용맹스런 피에몬테의 전사들로 구성된 상비군을 창설하였고, 이웃 나라인 프랑스에 동화되지 않기 위해 이탈리아어를 상용하는 법까지 제정했단다. 그리고 피에몬테의 국왕인 카를로 에마누엘레 1세는 프랑스와 스페인의 틈바구니 속에서도 그들의 주권을 지키기 위해 대단한 역경을 헤치며 고군분투하고 있다.

이처럼 위대한 이탈리아인들이 건재하는 한, 바람 앞의 촛불처럼 위태롭던 고대 로마의 웅대한 정신은 절대로 사라지지 않고 화려한 모습으로 다시 타오를 거야. 그리고 그때가 되면 로마는 화려한 옛날의 영화를 되찾게 되고, 저 창공 위에 떠 있는 아폴로의 수레바퀴(태양)처럼 밝고 눈부신 빛을 온 세계에 다시 떨치게 될 거야."

긴 이야기를 나누며 포로 로마노를 벗어난 그들은 콜로세움에서 남쪽으로 길게 뻗은 아피아가도를 걷고 있었다. 이 길은 고대 로마제국의 중요한 도로였지만 지금은 무척 한가하고 조용했다.

길바닥에는 납작한 암청색 돌들이 반듯하게 깔려 있고, 깊게 패인 마차의 바퀴 자국이 아직도 선명하게 남아 있는 도로 양쪽에는 올리브 나무, 소나무, 사이프러스나무들이 길게 줄지어 서 있었다. 화려한 들꽃과 풀잎이 파릇파릇하게 핀 야트막한 언덕 위에는 양떼들이 한가로이 풀을 뜯고 있었고, 귀족들의 별장과 저택과 다양한 모양을 한 커다란 무덤들이 눈에 자주 띄었다.

한적한 전원지대인 이곳에는 로마의 지하 공동묘지인 카타콤배가 산재되어 있었다. 도성 안에는 공동묘지를 만들 수 없다는 당시의 규칙에 따라 이처럼 시외곽에 조성된 카타콤배는 그 숫자만 해도 수십 개가 넘었다. 그리고 지하로 깊숙이 파 내려간 이 일대의 카타콤배는 미로처럼 서로 연결되어 통로의 길이만도 무려 500km가 넘었다.

그들이 들어간 지하 묘지는 이 부근에서 가장 규모가 큰 카타콤베인 산 칼리스토였다. 지하 5층으로 된 이 묘지는 지하 통로가 20여km가 넘고 매장된 유골만도 십만 명이 넘는 대규모였다. 석회질로 된 지하 수백 미터의 무덤 속에는 바싹 마른 유골들이 켜켜이 쌓여 있고, 벽과 천정 곳곳에는 물고기 그림과 성경의 내용을 새긴 벽화들이 그려져 있었다.

"이 그림들은 누가 그린 것인가요?"

안젤리까는 괴괴한 느낌으로 가득한 지하 묘지 안을 천천히 걸으며 그곳에 그려진 그림들을 유심히 관찰했다.

410

"이곳에 숨어 살던 초기 그리스도 교인들이 그린 것이다."

"초기 그리스도 교인들이라고요?"

"그렇단다. 그 당시는 가톨릭이 아직 공인받기 전이기 때문에 그리스도 교인들은 엄청난 박해를 당해야 했었다. 로마제국은 황제들을 신으로 추앙하고 황제들의 조각상을 존귀한 상징물로 경배했기 때문에 그리스도 교인들은 이단자로 취급당했지. 그래서 교인들은 발각되는 즉시 콜로세움으로 끌려가 사자의 밥이 되어야 했고, 온몸에 기름을 뒤집어 쓴 채 화형을 당하기도 했단다.

결국 그들은 자신의 신앙을 지키기 위해 이런 지하로 숨어들어야 했고, 이곳에서 비밀 집회를 열었었다. 저기 그려져 있는 물고기 그림은 자신들이 그리스도 교인임을 표시하던 비밀 부호였단다. 그들은 굶주린 사자의 먹이가 될지도 모르는 아슬아슬한 위험 속에서도 어둡고 축축한 지하 묘지에 함께 모여 경건한 마음으로 찬송과 기도를 드렸단다.

바로 저기에 올려져 있는 작은 양초 그릇들은 그 당시 그분들이 예배를 올릴 때에 어두운 무덤 안을 밝혔던 등불이란다."

세스페데스 신부의 설명을 듣는 안젤리까는 지옥의 입구처럼 섬뜩하고 등골이 으스스한 지하 묘지 속에 숨어서까지 신앙을 불태웠던 초기 그리스도 교인들을 생각하며 깊은 감동에 젖었다. 그리고 인간과 신, 삶과 죽음, 미움과 사랑에 관한 수많은 생각들을 머릿속에 떠올렸다. 안젤리까는 2~3일 후부터 시작될 바티칸의 예비 수녀 생활을 올바로 하기 위해서는 더욱 굳은 각오가 필요하다는 것을 절감했다.

세스페데스 신부와 함께 카타콤베 밖으로 나온 안젤리까는 심호흡을 크게 했다.

묘지 밖은 어두컴컴한 땅속과는 너무나 대조적이었다. 사파이어처럼 쾌청한 하늘엔 황금빛 햇살이 눈부시고, 녹색의 대지 위엔 새들의 아름다운 노래 소리가 경쾌하게 울려 퍼지고 있었다.

안젤리까는 천천히 고개를 들어 먼 하늘을 바라보았다. 그리고 행복한 미소를 싱긋 지으며 산들바람에 밀려오는 향기로운 꽃내음을 가슴 깊숙이 들이마셨다.

바로 그때, 그곳으로부터 백여 보 전방에 디에고와 콜롬보가 막 걸어오고 있었다. 그들 역시 로마 관광을 끝내고, 이곳 카타콤베를 보기 위해 걸어오는 길이었다.

안젤리까를 먼저 발견한 사람은 디에고였다. 콜롬보의 지칠 줄 모르는 설명을 들으며 카타콤베로 부지런히 발걸음을 옮기던 디에고는 입구에 서 있는 안젤리까를 보는 순간 가슴이 철렁 내려앉는 것 같았다. 샛노란 상의와 녹색 치마를 입은 그녀의 얼굴이 아직 자세하게 보이지는 않았지만, 오늘 아침에 '진실의 입' 광장에서 본 그 처녀가 틀림없을 것이라는 강한 예감이 들었기 때문이다.

마음이 점점 다급해진 디에고는 그녀의 얼굴을 좀더 확실히 확인하기 위해 발걸음을 더욱 빠르게 재촉했다. 그러자 그녀도 디에고 쪽을 향해 천천히 걸어오기 시작했다. 이미 카타콤베 관광을 끝내고 나오는 길인 듯했다. 잔뜩 긴장한 디에고는 마음속으로 성모마리아를 조심스럽게 부르며 한발 한발 앞으로 내디뎠다.

'오, 제발!'

서로의 거리가 10여 보 정도로 가까워지자, 디에고는 하늘색 모자 밑으로 살며시 미소짓는 그녀의 해사한 얼굴을 확연히 알아볼 수 있었다.

틀림없는 그녀였다. 나비를 연상시키는 노란 색 상의와 풀잎처럼 상큼한 초록색 치마, 등 뒤로 찰랑거리는 윤기 나는 긴 머리, 검은 머리 위에 맵시 있게 얹혀 있는 하늘색 모자. 그녀의 모습을 똑똑히 확인한 디에고는 갑자기 숨이 콱콱 막혀 오고, 얼굴은 시뻘건 포도주 빛으로 변해 버렸다.

그 자리에 돌장승처럼 우뚝 서 버린 디에고가 당황한 표정을 지으며 엉거주춤 하는 사이에, 세스페데스 신부와 안젤리까는 그의 곁을 무심히 지나쳐 버렸다.

심장이 멎을 듯한 충격을 느끼며 그 자리에 잠시 서 있던 디에고는 뒤로 돌아서서 그들을 바라보았다. 마치 부녀지간처럼 다정하게 걸어가는 두 사람의 뒷모습이 점점 멀어지고 있었다.

디에고는 도저히 그대로 가만히 있을 수가 없었다. 오늘 아침에 그랬던 것처럼 이번에도 아무 말도 못한 채 이대로 헤어진다면, 그녀를 영원히 만나지 못할 것만 같았다. 이번에는 결코, 이대로 헤어질 수 없다는 강한 바램이 디에고의 가슴속에 뜨겁게 치솟았다.

그 순간 디에고는 자신의 모든 이성적 판단을 과감히 밀어둔 채 두 사람을 향해 무조건 달려가기 시작했다. 두 번 다시는 만나지 못하고 영원히 그리움의 대상으로만 남아 있을 줄 알았던 동양인 처녀와 재회하게 된 황금 같은 이 기회를 이대로 허무하게 무산시킬 수는 없었던 것이다.

"아, 아니? 도련님! 어디로 가시는 겁니까?"

디에고의 느닷없는 달음박질에 콜롬보는 어리둥절한 표정을 지으며 고함을 냅다 질렀다. 지하 묘소 구경을 모두 끝마치고 다시 로마로 돌아가기 위해 큰길로 걸어 나가던 안젤리까와 세스페데스 신부는 칼을 허리에 찬 늠름한 청년이 자신들을 향해 힘차게 뛰어오자 무척 당황했다. 더구나 행인들도 별로 없는 늦은 오후의 호젓한 교외였기 때문에 두 사람은 상당한 불안감까지 느꼈다.

위험을 느낀 세스페데스 신부는 안젤리까의 손을 굳게 잡은 채 발걸음을 좀더 빨리 옮겼다. 그러나 그들의 발걸음보다는 청년의 뜀박질이 훨씬 빨랐다. 가쁜 숨을 몰아쉬며 빠르게 달려온 디에고가 어느새 그들 옆으로 성큼 다가온 것이다.

"저, 신부님!"

굵은 남자의 음성이 바로 곁에서 들려오자, 잔뜩 겁을 집어먹은 안젤리까는 두 눈이 토끼처럼 휘둥그레졌고 세스페데스 신부는 근엄한 표정을 지으며 디에고를 노려봤다.

"아, 보아 하니 지체 높은 가문의 젊은이인 것 같은데 우리에게 무슨 용무라도 있는 거요?"

세스페데스 신부의 음성은 정중하면서도 단호했다. 세스페데스 신부의 태도에서는 더 이상 접근하거나 수상한 짓을 하면 결코 가만히 있지 않겠다는 단호한 결의가 절절이 풍겨 나왔다.

디에고는 갑자기 당황스런 표정을 지었다. 머리가 허옇게 벗겨진 노신부가 로마 근위병처럼 근엄한 표정을 지으며 자신을 바라보자, 디에고는 순진한 20대 초반의 청년답게 얼굴이 새빨개지며 말문이 막혀 버린 것이다.

디에고는 자신의 가슴에 뜨거운 사랑의 불길을 지펴 올린 미지의 처

414

녀를 놓치지 않으려는 단순한 열망만으로 무작정 달려왔기 때문에, 노신부의 도발적인 질문 앞에 갑자기 할 말을 잊어버렸다. 디에고는 눈길을 잠시 아래로 떨군 채 대답을 못하며 머뭇거렸다.

그러나 뜨거운 첫사랑의 열정에 휩싸인 그로서는, 설혹 노신부가 용감한 로마 병사처럼 날카로운 창끝으로 자신의 심장을 찌른다 하더라도, 이대로 포기할 수는 없는 노릇이었다. 머리 위에서 발등까지 뜨거운 화롯불을 온통 뒤집어 쓴 것처럼 온 몸이 새빨개진 디에고는 서너 번 심호흡을 크게 한 뒤에, 노신부의 질문에 최대한 상냥하면서도 예의 바른 음성으로 또박또박 대답하려고 노력했다.

"저, 신부님! 죄송합니다만 지금 곁에 있는 아가씨와 잠시 이야기를 나눌 수 있도록 허락해 주시겠습니까?"

그러나 자신도 모르게 목소리가 심하게 떨렸다.

"여보게, 젊은이! 이게 무슨 무례한 행동인가? 이 아가씨는 보통 여염집 여자가 아닐세. 이 아가씨는 천주님께 모든 것을 바치기로 언약한 예비수녀란 말이야. 평생을 동정녀로 살아가기로 맹세한 예비수녀에게 이런 추악한 행동을 하다니, 하늘에 계신 천주님께 부끄럽지도 않나? 우리는 갈 길이 바빠서 이만 실례하겠네."

단호한 어조로 재빨리 말을 끝낸 세스페데스 신부는 몽블랑 정상에 있는 꽁꽁 언 얼음처럼 냉랭한 시선을 디에고에게 보내더니, 안젤리까의 손목을 잡고 급히 큰길로 걸어 나갔다.

그 순간 디에고는 대꾸할 말을 잊어버리고 말았다. 노신부가 싸늘하게 내뱉는 '예비수녀'라는 말이 그의 가슴에 비수처럼 들어와 꽂혀 버린 것이다.

그러나 이대로 포기할 수는 없었다. 그러기엔 그의 가슴속에 치솟는 첫사랑의 불길이 너무나 강했다. 그 자리에 우뚝 선 채 몇 번씩이나 마음을 굳게 다지고 다진 디에고는 다시 그들을 뒤따라가기 위해 몸을 급히 돌렸다. 그런데 바로 그 순간, 두 사람이 로마 시내로 되돌아가는 사륜마차에 막 오르는 것이 아닌가?

깜짝 놀란 디에고는 막 출발하려는 마차를 향해 쏜살같이 달려갔다. 이제는 결단코 그녀를 놓칠 수 없다는 오기가 그의 마음속에 맹렬하게 회오리쳤다. 그러나 디에고의 애타는 마음을 알 길 없는 무정한 사륜마차는 두 사람을 마지막 손님으로 태우고는 아피아 가도를 급히 달리기 시작했다.

디에고가 숨을 헐떡이며 큰길까지 쫓아갔으나, 마차는 어느새 뽀얀 먼지를 안개처럼 일으키며 까마득히 멀어지고 있었다. 허탈한 모습으로 아무도 없는 큰길에 홀로 서 있는 디에고의 두 눈에선 뜨거운 눈물이 핑 돌았다. 그는 처음으로 절망을 느꼈다.

'아, 이제 어떻게 해야 하나?'

크게 낙담한 표정으로 맥없이 서 있던 디에고는 갑자기 무슨 생각이 떠올랐는지 카타콤베 관광을 중단하고, 급히 바티칸으로 향했다.

산 피에트로 사원의 바로 뒤편에 자리 잡고 있는 산 시스티나 성당에서는 예배가 한창이었다.

성당 중앙에 있는 둥근 천장에는 30대 중반의 미켈란젤로가 목이 휘어지는 아픔을 감내하며 4년 반 동안 혼신의 힘을 다해 완성시킨 〈천지창조〉가 장엄한 모습을 드러내고 있었다. 그리고 제단 뒤쪽의 넓은 벽

면에는 미켈란젤로가 60이 넘는 노년에 그린 〈최후의 심판〉이 걸려 있었다.

성당 안은 기도와 찬송이 끝나고, 대주교의 저녁 강론이 막 시작되고 있었다. 그때 한 청년이 문을 열고 안으로 들어가더니, 중앙 통로를 따라 앞으로 천천히 걸어 들어갔다. 디에고였다.

통로 좌우의 의자에는 저녁 미사를 드리기 위해 참석한 신자들로 빈자리가 거의 없을 정도였다. 디에고는 한발 한발 앞으로 내디딜 때마다, 고개를 좌우로 두리번거리며 그녀를 찾기에 여념이 없었다. 그러나 미사에 참석한 신자들이 워낙 많은 데다 여자들은 하얀 천을 머리에 얹고 있었기 때문에, 쉽사리 얼굴을 확인할 수 없었다.

디에고는 의자에 앉은 여자들을 유심히 관찰하며 맨 앞자리까지 천천히 걸어 나갔으나, 그의 시야에 그녀의 모습은 보이지 않았다. 초조한 마음으로 맨 앞의 빈자리에 조심스럽게 앉은 그는 연신 고개를 뒤로 돌리며 어딘가에 앉아 있을 것으로 짐작되는 그녀를 찾기 위해 온 정신을 다 쏟았다. 그러나 아무리 둘러보고 몇 번씩 확인해도 그 수많은 신자들 속에서 그녀의 얼굴은 발견할 수 없었다.

'아, 이럴 수가! 그녀가 예비수녀가 틀림없다면, 저녁 미사에 참석하지 않았을 리가 없는데. 그 늙은 신부가 나에게 거짓말을 한 건가? 아, 나는 왜 이리도 어리석단 말인가. 그 추악한 늙은이가 나를 그 처녀로부터 떼어놓기 위해 거짓으로 슬쩍 둘러댄 말을 철썩 같이 믿고 이곳으로 다시 오다니!'

망연자실한 표정으로 앉아 있는 디에고는 자신이 노신부의 거짓말에 속아 넘어갔다고 믿었다. 그 사실을 인식하는 순간, 그는 엄청난 허탈

감에 빠져들었다.

'오늘 나는 허망한 꿈을 꾼 거야! 천주님의 신성한 손길을 온몸으로 느끼기 위해 성지순례를 떠나온 내가, 바로 이곳 로마에서 엉뚱하게도 생면부지의 처녀에게 마음을 송두리째 빼앗기다니! 예수 그리스도께서는 이 세상의 모든 부를 다 주겠다고 달콤하게 유혹하던 사탄의 음성에 눈 하나 깜짝하지 않았고, 이집트로 팔려 갔던 요셉은 보디발 부인의 집요한 구애에도 사자처럼 담대하게 행동했었는데. 오늘 나의 행동은 얼마나 경망스럽고 바보 같았단 말인가? 성모 마리아께서 나를 이곳으로 인도하신 것은, 씻을 수 없는 나의 죄를 회개할 기회를 주기 위함이야. 그래, 이것은 주님의 뜻이야! 오늘 있었던 영혼의 방랑을 끝내고, 성모 마리아의 성상 앞에 두 무릎을 꿇고는 밤새도록 참회의 기도를 올려야 해!'

자신의 부족한 신앙심을 심하게 자책하며 괴로워하던 디에고는 옷매무새를 반듯하게 여미고는 자세를 고쳐 앉았다. 그리고 대주교의 강론에 귀를 기울이기 시작했다. 그는 아름다운 이국의 처녀를 보고 심하게 마음이 흔들렸던 자신의 경솔한 행동을 진심으로 참회하고 싶었다.

어느덧 시간이 흘러 저녁 미사가 다 끝나 가고 있었다. 제단 앞에는 향연기가 아침 안개처럼 자욱했고, 그 뒤에는 수사와 수녀들로 이루어진 혼성 합창단이 경건한 목소리로 찬송가를 부르기 시작했다. 그러자 디에고도 다른 신자들과 함께 의자에서 일어나 힘찬 목소리로 찬송가를 따라 불렀다.

그의 마음은 찬송가의 내용처럼 천주님에 대한 찬양으로 서서히 뜨거워지고 있었다. 그러자 잡념으로 혼란스러웠던 그의 정신이 더욱 청아해지고, 영혼마저 성스러워지는 느낌이었다.

찬송가가 거의 끝날 즈음에 목청 높여 열심히 노래를 부르던 디에고는 자신도 모르게 천천히 고개를 뒤로 돌렸다. 마치 누군가가 자신의 목을 뒤로 잡아당기는 듯한 강한 느낌을 받았던 것이다. 그런데 이게 웬일인가? 그토록 자신의 마음을 안타깝게 했던 바로 그 처녀가, 자신의 서너 칸 뒷자리에 서서 해맑은 얼굴로 찬송가를 부르고 있는 게 아닌가! 그녀의 두 눈은 밤하늘의 별처럼 함초롬하고 찬송가를 소리 높여 부르는 두 뺨은 장미처럼 불그스레했다.

디에고는 두 눈이 휘둥그레졌다. 차분하게 가라앉았던 그의 마음속에 갑자기 뜨거운 용암이 세차게 분출되는 느낌을 받았다.

'오, 성모 마리아님! 이게 정녕, 꿈은 아니겠지요? 그토록 애타게 찾아 헤매던 그녀가, 바로 지금, 이곳에서! 저와 똑같은 입모양으로 찬송가를 함께 부르고 있고, 제가 숨쉬는 것과 똑같은 공기를 함께 호흡하고 있다니! 인자하신 성모 마리아님께서 결국 저를 버리지 않으셨군요. 오, 성모 마리아님! 정말, 감사합니다! 이제는 저 여인을, 결단코 놓치지 않겠습니다!'

그녀를 발견한 디에고의 전신엔 뜨거운 사랑의 피가 혈관을 따라 힘차게 용솟음쳐 올랐다. 그러자 축 늘어져 있던 그의 몸엔 어느새 새로운 힘이 넘치고, 두 눈은 샛별처럼 빛나기 시작했다.

그가 목청 높여 부르는 찬송가는 어느새 힘찬 환희의 찬가로 변해 있었다. 다시 한 번 고개를 뒤로 돌려 그녀의 모습을 또다시 확인한 디에고는 끝없는 희열로 가슴이 벅차오르며 뜨거운 눈물이 눈가에 맺혔다.

넓은 시스티나 성당 안이 갑자기 눈부신 황금빛으로 바뀌며 천사들이 강림하는 것 같았고, 성당 안의 공기는 오렌지 향기처럼 달콤하게 느껴졌다. 그리고 성당 안을 가득 메우고 있는 수많은 신자들은 두 사람의 재회를 기뻐해 주는 축하객들 같았다.

이윽고 찬송가가 모두 끝났고, 마지막 기도와 더불어 성스러운 저녁 미사가 모두 끝났다. 미사가 끝남과 동시에 의자에서 벌떡 일어선 디에고는 얼른 뒤로 다가가 그녀에게 가벼운 목례를 했다.

"아!"

디에고를 알아본 그녀의 입에선 가벼운 탄성이 흘러 나왔다.

디에고는 그녀를 안심시키기 위해 선량한 미소를 입가에 살며시 지어 보였다. 그리고 공주를 호위하는 기사처럼 재빨리 그녀의 옆에 붙어서서는 출입구로 함께 걸어 나갔다.

웅성거리는 사람들 사이를 헤치며 문 밖으로 나온 디에고는 그녀의 두 손을 붙잡고는 정원의 나무 사이로 얼른 들어갔다. 조금이라도 한눈을 팔면 행여 그녀가 날개를 퍼덕이며 하늘로 훨훨 날아갈까 봐, 잠시라도 지체할 수가 없었던 것이다.

밖은 어느새 캄캄한 어둠의 장막이 짙게 드리워져 있고, 하늘엔 별빛이 초롱초롱 했다. 어둠이 깃든 숲속으로 들어온 디에고는 갑자기 아무 말도 생각나지 않았다.

그녀를 절대로 놓쳐서는 안 된다는 절박한 심정 때문에 미사가 끝나자마자 그녀를 이곳으로 데리고 들어 왔으나, 막상 그녀와 마주서고 나니 말문이 그만 꽉 막히는 게 아닌가? 가슴속을 그토록 벅차게 만들었던 숱한 사랑의 이야기가 흔적도 없이 날아가 버리고, 그저 얼굴만 뜨겁게 달아오르는 것이다.

디에고는 고개를 다소곳이 숙인 채 자기 앞에 서 있는 그녀를 이처럼 가까운 거리에서 지켜볼 수 있다는 것만으로도 무한한 기쁨이었다. 그러나 더 이상의 침묵은 그녀를 필요 이상으로 지루하고 초조하게 만들 것 같아 몹시 불안했다. 한동안 머뭇거리던 그는 결국 용기를 내어 입을 열었다.

"저, 저는 피렌체에서 성지순례를 온 디에고라고 합니다만, 숙녀분 성함은 어떻게 되시는지요?"

"저는, 안젤리까라고 해요."

그녀의 이름을 알아내는 순간, 그는 마음속으로 환호를 질렀다. 이제야 일이 제대로 술술 풀리는 느낌이었다.

"안젤리까? 참 아름다운 이름이군요. 그, 그런데 이곳 분이 아니시죠?"

"예, 저는 이곳을 생전 처음으로 방문했어요."

자신이 묻는 말에 순순히 대답을 해주는 그녀를 보고 디에고는 마음이 놓였다. 안젤리까의 태도로 보아 자신을 경계하거나, 불쾌하게 생각하는 것 같지가 않았기 때문이다.

"이탈리아를 처음 방문하시는 건가요? 아니면 이 도시를 처음 방문하시는 건가요?"

"두 가지 모두, 제게는 처음이에요."

"그, 그러면 외국에서 오셨나요?"

"네, 그래요. 저는 실크로드의 동쪽 끝에 있는 나라인 꼬레아에서 왔어요."

"꼬레아라고요?"

"이 유라시아 대륙의 가장 동쪽에 있는 나라이죠. 태평양을 건너온 아침 태양이 가장 먼저 입맞춤을 해주는 새벽을 여는 나라랍니다. 그래서 꼬레아를 '고요한 아침의 나라'라고 부르기도 한답니다."

"꼬레아, 꼬레아? 먼 옛날 사라센인들이 비단과 도자기와 황금을 사온 실크로드의 가장 동쪽 끝에 있다는 황금의 왕국 신라가 있었다는, 바로 그곳인가요? 제가 파도바 대학을 다닐 때에 배웠던 내용들이 어렴풋이 생각나는군요. 꼬레아는 단 한 번도 가보지 못한 미지의 나라이지만, 오늘 안젤리까 양을 만나니 꼬레아가 대단히 아름다운 나라일 것 같은 생각이 드는군요."

"네, 무척 아름다운 곳이에요. 이 나라만큼이나."

"이탈리아처럼요?"

"어쩌면 더 아름다울지도 모르죠. 이 세상에서 가장 아름다운 산으로 일컬어지는 금강산이 있는 나라이니까요."

"금강산이라고요?"

"꼬레아는 먼 옛날부터 '비단으로 수를 놓은 것처럼 아름다운 나라'라고 해서 '금수강산'으로 불리었답니다. 그런데 바로 그 금수강산에서 가장 아름다운 산이 또한 금강산이니, 그 명성만 들어도 얼마나 수려한 절경을 갖고 있는가를 짐작할 수 있을 거예요. 그리고 제 고향 경주에는 지중해만큼이나 푸르고 넓은 동해 바다가 있답니다. 경주를 출발해서 동해안을 따라 북쪽에 있는 금강산까지 올라가는 해변은 무척이나 아름다운 곳이랍니다. 무려 4백km에 이르는 황금백사장을 따라 구비구비 이어지는 해변 언덕 위에는 관동8경이라는 멋진 정자가 서 있죠. 신라의 애국심 가득한 청소년들의 무리인 화랑들은 그 아름다운 해변을 한 달 동안 걸어 올라가면서 심신수련을 위해 무술도 수련하고, 춤도 추고, 노래도 부르고, 하늘에 제사도 지냈답니다."

두 사람 사이에 잠시 침묵이 흘렀다. 테베레 강에서 올라오는 미풍에 나뭇잎이 가볍게 흔들거렸고, 두 젊은 남녀의 가슴속엔 연연한 사랑의 감정이 티레니아 해의 푸른 파도처럼 넘실거리고 있었다.

먼저 입을 연 사람은 이번에도 디에고였다.

"저, 안젤리까 양! 비록 이곳이 교황성하께서 계시는 성스러운 바티칸이지만, 심중에 들어 있는 이 이야기는 도저히 말씀 드리지 않을 수가 없군요. 저는 이성간의 진실한 사랑이란, 두 사람이 서로 만나서 진솔한 대화를 수없이 나누는 가운데 소담스럽게 자라나는 한 떨기 꽃과 같다고 생각해 왔었습니다. 따뜻한 햇볕과 맑은 새벽이슬, 그리고 사려 깊은 보살핌이 합쳐질 때, 비로소 매혹적인 향기를 피우는 탐스러운 장미꽃처럼 말입니다.

그래서 저는, '첫눈에 반했다'는 뭇사람들의 이야기를 별로 믿지 않았습니다. 그러한 말들은 저에게 정말 경솔하고 책임감 없는 의미로만 들렸습니다. 그런데, 그런데 오늘 오전에 저는 사랑에 대한 그 동안의 제 생각이 틀릴 수도 있다는 것을 깨달았습니다. 사랑이란 번개처럼 눈 깜짝할 사이에, 폭풍우처럼 느닷없이 찾아올 수도 있다는 사실을 비로소 알게 된 것입니다.

오늘 오전에 '진실의 입' 앞에서 천진스럽게 장난치고 있는 당신의 청초한 모습을 보는 순간, 저는 심장이 일시에 멎는 듯했습니다. 이것은 전혀 예기치 못한 제 일생일대의 큰 사건이었습니다. 저는 아무런 준비도 없는 무방비 상태에서 큐피드의 화살에 심장을 명중 당하고 말았습니다.

　저는 온종일 마치 구름 속을 거니는 것처럼 몽롱한 상태에서 당신의 모습을 찾아 헤맸습니다. 장엄한 로마의 유적 사이를 지날 때에도 행여 당신의 낭랑한 음성을 또 들을 수 있을까, 당신의 그윽한 눈망울을 다시 볼 수 있을까, 당신이 걸음을 옮길 때마다 초록색 치마 끝에서 나부끼는 바람소리라도 다시 들을 수 있을까, 하는 안타까움에 얼마나 고개를 두리번거리고, 얼마나 두 눈을 깜박였는지 모릅니다. 당신을 다시 만날 수만 있다면, 지옥의 불타는 구덩이 속에라도 기꺼이 들어가고 싶었습니다. 결국, 지옥의 입구처럼 으스스한 카타콤베에서 걸어 나오는 당신을 발견했을 때 제가 얼마나 기뻤는지 아십니까?

　비록 옆에 있던 노신부가 저를 불량배 취급을 했지만, 그런 것은 조금도 개의치 않았습니다. 나에게 중요한 것은, 오직 당신뿐이었으니까요. 안젤리까 양! 제발 저의 부탁을 들어주시기 바랍니다. 저는 이 밤이 밝는 대로, 피렌체로 되돌아가겠습니다. 그리고 부모님을 만나, 당신과의 결혼을 승낙 받을 예정입니다. 그리고 당신을 데리러 이곳으로 다시 오겠습니다. 안젤리까 양! 제발 그때까지만 저를 기다려 주시지 않겠습니까?"

　디에고는 가슴속에 담겨 있던 사랑의 호소를 봇물 터지듯 한꺼번에 털어놓았다. 그리고 감격에 겨운 얼굴로 안젤리까의 호수처럼 그윽한 눈동자를 뜨겁게 바라보았다. 디에고는 '자신이 너무 경솔하게 행동하는 것이 아닌가?' 하는 의문도 잠시 들었으나, 그 생각은 곧 사라져 버렸다. 예비수녀인 그녀를 좀더 확고하게 붙잡기 위해서는 자신의 감정을 솔직하게 고백하는 게 최선이라는 판단이 들었기 때문이다.

안젤리까의 두 눈에도 맑은 이슬이 촉촉이 감돌고 있었다.

"오, 디에고님! 제발 그런 말씀은 거두어 주십시오. 저는 평생을 동정녀로 지내기 위해 머나먼 꼬레아에서 이곳까지 온 것입니다. 저는 이곳에 있는 수녀원에 머물면서 예비수녀로서의 교육을 성실히 받아야 한답니다. 그러니, 제발!"

디에고는 안젤리까의 두 손을 마주 잡으며 외쳤다.

"안젤리까 양! 당신처럼 청순하고 매혹적인 수녀에게 암흑의 중세기를 상징하는 검은 옷을 입게 할 수는 없어요! 당신에게는 신에 대한 끝없는 복종과 헌신만이 강요되는 감옥 같은 바티칸 보다는 제 고향 피렌체가 훨씬 더 어울린답니다. 안젤리까 양! 당신은 반드시 저와 함께 '꽃의 도시' 피렌체에서 살아야 합니다. 당신이 조금이라도 제 고향 피렌체에 대해 알고 있다면, 이렇게 외치는 저의 심정을 분명히 이해하실수 있을 겁니다. 오! 안젤리까 양! 사람은 누구나 자신에게 어울리는 삶을 살 수 있는 권리가 있어요. 이것은 그 누구도 막을 수 없는 천부의 권리입니다."

"오, 디에고님! 제발, 그런 말씀만은……. 저는 이미 세스페데스 신부님 앞에서 저의 일생을 성모 마리아님께 바치기로 약속했답니다."

"안젤리까 양! 그렇지 않습니다! 설혹 그런 약속을 하였다 하더라도, 그것은 중요하지 않습니다. 안젤리까 양이 그 약속을 할 때는 저를 전혀 알지 못할 때가 아닙니까? 하지만 지금은 전혀 다릅니다. 당신을 뜨겁게 사랑하는 제가 여기에 있고, 또 이제부터는 제가 당신의 행복을 제우스처럼 든든하게 지켜 드리겠습니다! 저는 오히려 성모 마리아님보다도 더 뜨겁게 당신을 사랑할 자신이 있습니다! 안젤리까 양! 제발,

아무 오해도 말고 제 말씀을 찬찬히 들어주십시오!

당신은 아직 정식 수녀가 아니지 않습니까? 정식 수녀로 서임되기 전에는 얼마든지 자신의 최종 의사를 바꿀 권리가 당신에게 있답니다. 그리고 천주님의 뜻을 실천하는 길이, 꼭 수녀가 되는 방법 하나만 있는 것이 아니지 않습니까? 우리의 일상생활 속에서도 그분의 뜻을 실천할 수 있는 방법이 얼마든지 있답니다. 오, 안젤리까 양! 제가 당신을 진심으로 도와 드리겠습니다! 제발, 저의 진실한 사랑을 받아 주십시오."

디에고의 두 눈에선 뜨거운 눈물이 뚝뚝 흘러 내렸다. 바로 이때 안젤리까를 찾아 나선 세스페데스 신부의 목소리가 크게 들려 왔다.

"안젤리까! 안젤리까!"

그러자 안젤리까가 두 눈을 촉촉이 적신 맑은 이슬을 급히 닦으며 디에고를 바라봤다.

"디에고님, 신부님이 저를 찾으시네요. 이만 나가 봐야겠어요. 디에고님, 정말 죄송해요. 하지만 영원히 이 밤을 잊지 못할 거예요, 영원히!"

"안젤리까, 어디 있니?"

"신부님, 저 여기 있어요!"

세스페데스 신부가 재차 부르는 소리에 안젤리까가 높은 소프라노 음성으로 대답하며 숲속을 급히 빠져나갔다.

잠시 후, 짙은 어둠 속엔 디에고 혼자만이 외로이 서 있었다.

구름 한 점 없는 밤하늘엔 아름다운 미리내가 은빛가루를 포슬포슬 뿌리며 천천히 흐르고 있었고, 테베레 강변의 캄캄한 마로니에 숲속에서는 시원한 강바람이 산들산들 불어왔다.

426

아드리아 해의 진주, 베네치아

 물의 도시 베네치아 시내 중심가를 S자로 가로지른 대운하 부근에
고색창연한 산 쟈크모 사원이 우뚝 서 있고, 그 안뜰에는 용모가 준수
하게 생긴 한 젊은이가 침통한 표정으로 천천히 발걸음을 옮기고 있었
다. 왼쪽 어깨에는 붉은색 망토를 길게 걸치고 발에는 황금빛 장식이
화려하게 달린 긴 가죽구두를 신은 그 청년은, 첫눈에 보아도 귀족가문
의 부유한 자제란 걸 알 수 있었다.

 그러나 불타는 정열로 가득 차 있어야 할 그의 눈은 오히려 수심이
가득했고, 힘찬 젊음의 열기가 뜨겁게 느껴져야 할 그의 두 어깨는 무
거운 짐을 가득 싣고 수백 리를 걸어 온 당나귀처럼 힘없이 축 늘어져
있었다.

 아드리아 해에서 불어오는 바닷바람이 그의 긴 머리를 스칠 때마다
그의 두 다리는 금방이라도 쓰러질 듯이 비틀거렸다. 항구 특유의 활기
와 소란이 넘치는 도심을 뒤로 하고, 천여 년의 풍상에 시달린 빛바랜

사원의 안뜰에서 고뇌어린 표정으로 조용히 산책을 하고 있는 이 청년은 바로 디에고였다.

5월 말에 성지순례를 모두 마치고 피렌체로 돌아간 그는 부친으로부터 '베네치아로 급히 건너가 가문의 사업을 어서 도우라'는 엄명을 받았다.

큰형인 까를레티 공작이 큰 폭풍우를 만나 무역선이 파선 당하는 바람에 모든 상품을 다 잃어버리고 간신히 목숨만 살아서 돌아온 것이었다. 게다가 구명정을 타고 폭풍우 치는 바다를 헤쳐 나오느라 까를레티 공작이 몸에 큰 부상까지 입었기 때문에, 그가 형을 대신해서 집안의 일을 도와야 하는 긴박한 상황이었다.

그래서 그는 부모님에게 안젤리까의 이야기는 미처 말도 못 꺼내고 부랴부랴 베네치아로 건너와야 했다. 피렌체의 유명한 금융재벌인 '메디치가'에서는 유럽 각국에 은행지점을 설치해 두었는데, 디에고는 베네치아의 지점장으로 일하고 있는 매형인 피에트로 백작 밑에서 일하게 되었다. 디에고가 근무하고 있는 은행은 바로 이곳 산 쟈코모 사원의 바로 앞에 위치하고 있었다.

베네치아에서 가장 아름다운 다리로 알려진 리얄토 다리가 있는 대운하의 양쪽에는 둑을 따라 큰 시장이 길게 형성되어 있었다. 그래서 리얄토 다리 옆에 있는 산 쟈코모 교회의 외부 주랑에는 각국의 은행들이 앞 다투어 지점을 개설하고 치열한 경쟁을 벌이고 있었다.

누나인 소피아의 집에서 숙식을 하며 낮에는 이곳에서 근무를 하고 있는 디에고는 은행의 복잡한 업무들을 배우느라고 무척이나 바쁘게 지내고 있었다. 특히 이곳의 은행들은 전날에 시장에서 거래된 수많은 상품들의 최종거래 가격을 일일이 분류해서, 다음날 오전에 단골 고객들에게 배부해 주었다.

그래서 그는 이른 아침부터 밤이 늦은 시각까지 산더미처럼 쌓인 서류들을 정리하고 수많은 사람들을 만나야 했다. 그러나 디에고는 그 바쁜 와중에도 로마에서 우연히 만났던 안젤리까를 잊지 못하고 있었다. 피렌체에서 베네치아로 급히 오는 바람에 바티칸으로 다시 갈 기회를 놓쳐버린 그는 안젤리까가 보고 싶어 마음속으로 끙끙 앓고 있었다.

절절히 끓어오르는 그리움을 견디지 못한 그는 결국 펜을 들고 장문의 편지를 쓰기 시작했다. 그는 자신의 속마음을 뜨겁게 담은 두툼한 편지를 사흘이 멀다 하고 벌써 수십 통째 바티칸으로 보냈지만, 7월이 다 지나가도록 단 한 통의 답장도 받지 못했다.

그럴수록 더욱 초조해진 그는 미칠 듯한 그리움 때문에 일상 업무도 제대로 수행하기 어려웠다. 날이 갈수록 두 눈은 초점을 잃어가고, 얼굴은 수척해져 갔다. 결국 그는 상사병이 든 것이다.

상사병은 이 세상에서 가장 순수한 영혼을 가진 자만이 앓을 수 있는 병 아닌가? 티없이 맑은 순수함과 뜨거운 열정이 보석처럼 빛나는 아름다운 젊은 날에 깊은 상사병에 빠져버린 디에고는 치열한 고뇌와 절절한 그리움으로 매일 밤을 하얗게 새워야 했다. 식욕은 점점 떨어지고, 입술은 마른 빵처럼 하얗게 말라붙었다.

낮에 근무할 때도 마치 넋이 나간 사람처럼 멍하니 앉아 있기 일쑤였고, 커다란 두 눈에는 이따금 커다란 이슬방울이 그렁그렁 매달리기도 했다. 누군가 뒤에서 등이라도 슬쩍 치면, 깜짝 놀라는 표정을 지으며 두 눈에 맺힌 눈물을 황급히 닦아내곤 했다.

"요즘, 무슨 말 못 할 고민이라도 생겼니?"

소피아 누나가 걱정스런 얼굴로 넌지시 물어오면, 그는 고개를 외면한 채 자리를 슬쩍 피했다. 보다 못한 소피아가 동생을 위해 베네치아 왕궁에서 열리는 화려한 파티에도 데려 나가고, 쾌활하고 화려한 베네치아 숙녀들과 함께 춤도 추게 해주었다. 그러나 디에고는 여전히 우울한 모습이었다.

며칠 전에는 파도바 대학에서 함께 공부했던 동창생들이 몰려와 '고민을 말해 보라'며 디에고를 닦달했지만, 그는 언제나 침묵을 지켰다. 그것은 안젤리까의 순결한 이름이 타인의 입에 오르내린다는 것조차 사랑하는 그녀를 모독하는 수치스러운 일로 여겨졌기 때문이다. 그는 생전 처음 느껴보는 첫사랑의 뜨거운 감정을 혼자만 은밀하게 간직하고자 했다.

그리운 사람을 보지 못하는 괴로움에 미칠 듯이 몸부림을 치던 그는 결국 점심도 거른 채 산 챠코모 사원 안으로 조용히 들어온 것이다. 동료들의 눈을 피해 한적한 사원 안으로 들어온 그는 성모상 앞에 무릎을 꿇고는 간절한 사모의 기도를 드렸다. 그리고 사원 안뜰로 나온 그는 나무 사이를 천천히 걸으며 격앙된 감정을 가까스로 진정시키고 있었다.

사원을 살며시 빠져나온 그는 바로 옆에 붙어 있는 시장골목으로 들어섰다. 사원 바로 옆에는 커다란 야채시장과 어시장이 길게 연결되어 있었는데, 장사치들과 손님들이 흥정하는 소리로 온종일 시끌벅적거렸다.

야채시장에는 돈 강 유역의 비옥한 농토에서 생산된 싱싱한 과일과 야채들이 산더미처럼 쌓여 있고, 어시장에는 어족자원이 풍부한 아드리아 해에서 잡아 올린 해산물들이 가득 놓여 있었다. 시장 한복판에는 동지중해와 흑해 연안에서 수입해온 온갖 진귀한 물품들도 좌판 위에 촘촘히 놓여 있었다.

시장 뒷골목에는 선술집들이 죽 늘어서 있었는데, 그 안에서는 선원들의 노랫소리와 주정꾼들의 고함소리가 끊이질 않았다. 이 선술집 골목은 파도바 대학 시절에 술 취한 학우들과 함께 어깨동무를 하고 어울려 다니던 추억이 깃든 곳이다.

안젤리까 생각이 간절했던 디에고는 그녀를 향한 애틋한 연정을 달래기 위해 술이라도 몇 잔 마시고 싶었다. 그래서 그는 선술집 골목을 기웃거리며 천천히 거닐었다.

그런데, 바로 그때였다.

디에고의 모자 위로 붉은 장미꽃잎이 나폴나폴 떨어지며, 젊은 여자들의 환한 웃음소리가 까르르 들려 오는 게 아닌가? 고개를 들어 위를 쳐다보니, 선술집 2층 발코니에 선술집 여자들 10여 명이 몰려나와 자신을 내려다보고 있었다. 그들은 젖가슴을 훤히 드러낸 반라의 모습으로 디에고에게 화려한 꽃잎을 뿌리며 추파를 던졌다.

"안녕, 귀여운 햇병아리 총각!"

여인들은 디에고를 향해 다시 경쾌한 웃음을 터뜨렸다. 그중에서 붉은 금발의 여인은 붉은 버찌까지 완전히 드러나는 알유방을 상의 밖으로 천천히 드러내면서 눈웃음을 보냈고, 또 다른 여인은 금실과 은실로 화려하게 장식한 긴치마를 허벅지 위까지 성큼 걷어 올리더니 하체를 빙글빙글 돌리며 자신을 꼬옥 안아 달라는 시늉을 했다. 선술집 여인들의 선정적이며 노골적인 유혹에 그만 얼굴이 새빨개진 디에고는 얼른 고개를 외면하며 발걸음을 재촉했다.

그런데 바로 그때, 선술집 문이 왈칵 열리며 험상궂은 남자들 서너 명이 걸어 나오는 것이다.

"어이, 애송이! 귀여운 숙녀들이 저렇게 눈요기를 시켜주는데, 매정하게 그냥 가면 어떡해?"

그 순간 디에고는 크게 당황했다.

"저, 죄송합니다! 저는 급히 가야 할 곳이 있습니다. 길, 길을 좀 비켜 주십시오."

그러나 그들은 막무가내였다.

"뭐? 우리더러 길을 비켜 달라고? 하하! 하하하! 이 젖비린내 나는 꼬마 녀석아! 저 위에 계시는 숙녀분들이 지금 애타게 기다리시는데, 가기는 어딜 간다는 거냐? 어서 기사로 정신을 발휘해서 숙녀들을 즐겁게 해드려야지. 네놈은 베네치아의 카발리에래 세르벤테레도(봉사하는 기사)도 모른단 말이냐?"

얼굴에는 칼자국이 선명하고 어깨에는 징그러운 뱀 문신이 섬뜩하게 새겨져 있는 한 남자가 디에고의 어깨를 툭 치며 인상을 썼다.

이 남자들은 이 매음굴에 독버섯처럼 기생하는 불량배들이었다. 용병이나 뱃사람을 하다가 범죄를 저지른 뒤 이곳으로 흘러 들어온 불량배들은 평소에는 창녀들의 기둥서방 노릇을 하며 살고 있었다. 손님들을 협박하거나 창녀들의 돈을 갈취해서 생활하는 그들은 때로는 살인이나 강도짓도 서슴지 않는 무법자들이었다.

지중해의 해양강국이며 향료무역의 최대 중심지인 이곳 베네치아에
는 대규모 매음굴이 시내 곳곳에서 성업을 누리고 있었다. 오직 돈을
많이 벌 목적만으로 유럽 각국에서 모여든 수많은 창녀들은 오후만 되
면 동굴에서 빠져 나온 박쥐들처럼 시내 곳곳을 누비고 다녔다.

특히 당시의 베네치아는 각국의 외교관, 정치가, 사업가, 모험가들이
치열한 경쟁을 벌이던 유럽 제1의 국제도시였다. 그래서 도시 곳곳에
는 뱃사람들이나 부두의 하역꾼들을 상대하는 값싼 창녀로부터 고관대
작들이나 사업가들을 상대로 하는 고급 창녀에 이르기까지, 엄청난 매
춘부들이 음탕한 비곗덩어리를 흔들며 바람난 들개들처럼 돌아다니고
있었다.

창녀들의 영업장소도 그들의 출신지만큼이나 다양했다. 뒷골목에 있
는 선술집의 2층이나 창녀들의 집은 물론이고, 귀족들의 파티장까지
출장을 나가기도 했다. 또 저녁때면 화려하게 꾸민 '매춘마차'를 도시
의 광장에 버젓이 대놓고 이동영업을 하기도 했고, 부두에 닻을 내린
수백 척의 선박을 이용하기도 했다.

이처럼 극성스러운 창녀들의 굴속을 순진한 청년이 기웃거렸으니,
흉포한 승냥이들이 제발로 굴러 들어온 좋은 먹이를 놓칠 리가 없었다.

"이 녀석이 아름다운 숙녀들을 실망시키겠다는 건가? 도저히 안 되
겠군! 어디 한 번 혼이 나봐야 정신을 제대로 차리겠어."

그 말이 떨어지기가 무섭게 주먹이 재빨리 날아왔다.

"윽!"

무쇠 같은 주먹이 디에고의 얼굴을 정면으로 강타하자 외마디 비명
을 지르며 그 자리에 주저앉았다. 순식간에 아랫입술이 찢어지고 포도

주 빛 선혈이 흘러 나왔다. 그러자 발코니 위에서는 요란한 박수와 함께 창녀들의 야유하는 소리가 터져 나왔다.

"졸바! 좀 살살 다뤄요. 너무 세게 다루면, 싱겁게 끝나 버리잖아요."

이때 웬 남자가 급히 뛰어 오더니, 선혈을 낭자하게 흘리며 쓰러져 있는 디에고를 부축해서 일으켰다.

"아니, 이놈은 또 뭐야? 이 코흘리개의 시종이라도 되는 거냐, 응?"

디에고를 일으켜 세운 뒤 불량배들을 말없이 노려보는 이 남자는, 현민이었다. 나폴리에 있는 페르디난드 백작의 밀서를 전하기 위해 베네치아로 들어온 그는 시장기를 면하기 위해 뒷골목의 식당을 찾고 있었다. 그러다가 웬 청년이 불량배들과 창녀들에게 봉변을 당하는 모습을 보고는 곧장 달려온 것이다.

"우리에게 걸린 이상, 네놈도 곱게 보낼 수 없지. 네놈에게도 따끔한 맛을 한번 보여주마!"

졸바가 어깨를 세차게 틀며 아령만한 큰 주먹을 현민의 얼굴을 향해 세차게 날렸다. 그러자 현민은 재빨리 왼쪽으로 몸을 피하며 두 손과 오른발로 졸바의 가슴과 허벅지를 강타했다.

"으악!"

졸바는 돼지 목을 따는 듯한 비명을 냅다 지르며 뒤로 벌렁 나자빠졌다.

"아니, 이 자식이?"

눈 깜짝할 사이에 졸바가 땅바닥에 고꾸라지자, 다른 불량배들이 깜짝 놀라는 표정을 지었다. 그들은 모두들 품속에서 날카로운 단도를 꺼내 들었다.

"건방진 자식! 감히 우리들에게 덤벼?"

"오늘이 네놈의 제삿날인 줄 알아라! 개 같은 자식!"

약이 바짝 오른 그들은 새파란 칼을 앞으로 휙휙 휘두르며 현민에게 재빨리 다가갔다. 그 중 한 명이 앞으로 뛰어나오며 칼을 현민의 얼굴 쪽을 향해 급하게 찔렀다.

"이얏!"

그 순간 현민의 몸이 옆으로 방향을 틀며 칼 든 손목을 빠르게 차올렸다. 그와 동시에 몸을 재빨리 회전시키며 왼발 뒤축으로 사내의 목젖을 강하게 차버렸다.

"으윽!"

그 사내가 칼을 떨어뜨리며 뒤로 쓰러지는 순간, 현민은 다른 불량배들 사이로 쏜살같이 뛰어 들었다. 그리고는 미처 숨 쉴 틈도 주지 않고 그들을 주먹으로 치고, 발로 차고, 관절을 꺾어서 넘어뜨렸다.

아무 무기도 들지 않은 현민이 자기들 사이를 바람처럼 파고들며 순식간에 급소를 강타해 버리자, 그들은 모두들 정신이 몽롱해졌다. 마치 폭풍이 휘몰아치는 것 같은 연속 공격에 불량배들 네 명은 한여름 대낮에 개구리가 뻗 듯이 땅바닥에 모두 뻗어 버렸다. 어깨를 한번 으쓱인 현민은 디에고를 데리고 선술집 골목을 천천히 빠져 나왔다.

그날 저녁, 대운하를 운행하는 검정색 곤돌라가 한눈에 내려다보이는 대저택의 3층 거실에는 이 집 식구들이 모두 앉아 있었다.

물소가죽으로 만든 커다란 소파 위에는 붕대로 얼굴을 두른 디에고가 현민과 함께 앉아 있고, 맞은편에는 피에트로 백작 부부가 나란히 앉아 있었다. 그들 사이에는 하얀 대리석으로 만든 탁자가 반듯하게 놓여 있고, 그 위에는 키위를 갈아서 만든 과일 주스가 놓여 있었다.

"처남, 그만하기 다행이야. 상처가 그리 깊지 않다니까, 며칠만 푹 쉬면 될 거야! 내가 은행에 연락을 취해 놓았으니까, 아무 염려 말고 휴식을 취하도록 하게."

"애야, 어쩌면 너는 그렇게 겁도 없니? 그처럼 위험한 곳을 혼자서 돌아다니다니. 피렌체에 계시는 부모님과 오빠가 이 일을 아시면 얼마나 걱정하시겠니? 너를 잘 보살펴 주라고 신신당부하셨는데, 이런 일이 일어나다니. 속상해 못살겠구나! 만약 이분이 안 계셨다면, 얼마나 큰 봉변을 당했겠니?"

소피아는 남동생의 경솔함을 꾸짖었다.

현민으로서도 정말 뜻밖이었다. 밀서를 전해 주어야 하는 백작이, 오늘 우연히 만난 디에고의 매형이라니……. 현민은 웬지 일이 쉽게 풀리고 있다는 기분 좋은 느낌을 받았다.

"이 못된 것들! 도저히 안 되겠어. 내가 내일 아침 일찍 베네치아 총독을 만나서, 뒷골목의 윤락녀들과 불량배들을 모조리 단속하라고 강력히 항의를 해야겠어! 그리고 처남을 괴롭힌 놈들을 모조리 색출해서 어둡고 축축한 지하 감방 안에다 처넣어 버릴 거야! 바퀴벌레가 기어다니고 쥐떼가 우글거리는 그 감방 안에서 햇빛 한 줄기 못 보고 평생을 보내도록 해줘야겠어."

피에트로 백작은 무척 상기된 표정이었다.

"그래요. 베네치아의 모든 군인들을 동원해서라도 그 짐승보다 못한 것들을 모두 검거하라고 하세요. 대낮에도 더러운 창녀들이 온 거리에

득실거리는 바람에, 산 마르코 광장의 찻집에 앉아서 차 한잔 마시는 것도 쉽지 않아요."

"알았소. 그렇게 하겠소. 나도 평소부터, 페스트 병균처럼 추악한 매춘부들이 아름다운 베네치아를 악취가 풍기는 쓰레기장으로 더럽히는 것이 무척 못마땅했었다오. 이번 기회에 도시 전체를 깨끗하게 청소하는 획기적인 대책을 세워달라고 총독 각하께 말씀 드리겠소."

"디에고, 도대체 너는 무슨 이유로, 그처럼 위험하고 더러운 곳으로 들어간 거니? 너처럼 고귀한 가문의 젊은이가 그런 사악한 것들이 우글거리는 뒷골목을 헤매다니. 도대체 왜 그랬니?"

소피아가 힐난조로 추궁을 하자, 디에고는 얼굴을 붉히며 고개를 푹 숙였다. 그는 안젤리까에 대한 절절한 그리움을 못 이겨 그곳까지 가게 되었다는 이야기를 차마 할 수 없었던 것이다.

"허허! 그럴 수도 있지. 처남도 벌써 스물두 살이 아니오? 곤돌라를 타고 가는 젊은 처녀의 치맛자락만 보아도 가슴이 설레일 나이인데! 그런 거야 우리가 이해를 해야지."

디에고가 자신의 욕정을 못 이겨 은밀하게 윤락가를 찾은 것으로 오해한 피에트로 백작은 짐짓 헛기침을 하며 대범한 표정을 지었다.

"어머, 애가? 그렇다면 어서 결혼할 계획을 세워야지! 그처럼 음침한 장소를 찾으면 어떻게 하니? 더구나 너는 성지순례까지 다녀왔는데, 어쩌면 그처럼 방탕한 마음을 가질 수 있단 말이냐. 너는 성경에 씌어 있는 주님의 말씀을 잊었단 말이냐?"

독실한 가톨릭 신자인 소피아는 디에고가 음욕을 풀기 위해 윤락가를 배회했을 거라는 남편의 말에 깜짝 놀랐다. 두 눈이 휘둥그레진 그녀는 탁자 아래에 있는 성경을 급히 펼치더니, 잠언 7장 1절부터 27절까지 또박 또박 읽어 나갔다.

"디에고야, 잘 들었니? '어리석은 소년이 창녀의 꾀임에 빠져 더러운 침실로 들어가는 것은, 곧 소가 도살장으로 들어가는 것과 같고 날아가는 새가 그물 속으로 뛰어드는 것과 같다'고 하지 않았니! '필경은 뾰족한 화살 끝이 간을 뚫고 들어가 하나밖에 없는 목숨까지 빼앗는다.'는 말씀을, 항상 기억해야 한다. 너는 아직 어려서 잘 모르지만, 술집 여자들이란 여간 추악한 것들이 아니란다. 그것들을 양가집의 얌전한 규수들과 동일한 여자들로 생각해서는 안 된단다. 그것들은 한낱 벌레들이란다. 돈에 눈이 먼 더러운 벌레들! 그 벌레들은 온갖 사치와 허영과 게으름과 위선으로 가득 찬 악취 나는 쓰레기와 같단다. 곱게 화장을 하고 화려한 의상으로 온몸을 아름답게 치장하고 너에게 미소 짓는 것은 네가 좋아서 그러는 것이 아니야. 오직 네 주머니 속에 들어 있는 돈이 탐나서 그러는 것이란다. 돈을 다 우려먹고 나면, 언제 그랬느냐는 듯이 너를 헌신짝처럼 차버리고 만단다.

그러니 절대로 착각해서는 안 된다. 그것들은 너에게만 특별히 더 친절한 것이 아니란다. 다른 남자에게도 너에게 한 것과 똑같이, 상냥하고 친절하게 행동한단다. 만약 그 남자가 너보다 더 많은 돈을 갖고 있다면, 그 추악한 것들은 마치 간이라도 빼줄듯이 더욱 상냥하게 꼬리칠 게 뻔하단다. 설령 70이 훨씬 넘은 노인이라 하더라도 돈만 준다고 하면, 아무데서나 치마를 벗어 던지는 사악한 돈벌레들이란다."

소피아가 동생의 맑은 영혼을 탈선과 범죄로부터 보호하겠다는 강한 결의를 보이자, 피에트로 백작도 정색을 하며 아내의 말을 슬며시 거들었다.

"처남, 누나 말을 잘 명심하도록 하게. 술집의 창녀들이란 선량한 남자의 고귀한 영혼을 갉아먹는 사악한 병균이야! 열심히 땀을 흘려 성실히 돈을 버는 신성한 노동의 가치를 모르는 그 병균들은, 마치 밑 빠진 독에 쏟아 붓는 물처럼 영원히 채울 수 없는 자신의 허영과 사치를 충족시키기 위해, 수많은 남자들을 아무런 양심의 가책 없이 물어뜯는 추악한 마녀들이란다."

그러나 바로 맞은편에 고개를 떨군 채 힘없이 앉아 있는 디에고의 귀에는 누나와 매형의 간절한 충고가 전혀 들리지 않았다. 그의 마음속엔 오직 안젤리까에 대한 생각만이 간절할 뿐이었다.

그로부터 이틀 뒤.

아침식사를 끝내고 방에서 휴식을 취하던 현민은 정원으로 천천히 산책을 나갔다. 정원은 그리 크지 않았지만 무척 아기자기하고 예쁘게 꾸며져 있었다.

잘 손질된 나무사이에는 금방이라도 살아 움직일 것처럼 생동감 넘치는 그리스 로마 시대의 대리석 조각품들이 마치 일광욕을 하는 것처럼 다양한 포즈를 취한 채 길게 늘어서 있었다. 8월의 햇살이 눈부신 아름다운 정원을 천천히 거닐던 현민은 커다란 나무 그늘이 있는 공터에 멈추어 섰다.

공기는 맑고 바람은 시원했다. 투명한 햇살 사이로 간간이 새들이 지저귀는 소리만 들려올 뿐 조용하기 그지없었다. 현민은 두 팔로 천천히 원을 그리며 심호흡을 크게 했다.

"흐음!"

그러자 해맑은 공기가 가슴속 가득히 밀려 들어왔다. 두 다리를 어깨보다 조금 넓게 벌린 현민은, 두 팔을 천천히 머리 위로 들어 올린 뒤 손바닥을 태양 쪽으로 향하게 했다. 그리고 두 무릎을 살짝 굽히고는 '풍류호흡'을 시작했다. 이 자세는 하체의 기력을 증진시키면서 태양에서 나오는 뜨거운 양기를 단전으로 끌어모으는 효과가 있는 '천기서기'라는 호흡법이었다.

뜨거운 차 한 잔이 서늘하게 식을 정도의 시간이 흐르는 동안 '천기서기'를 한 현민은 두 팔을 아래로 내리고 손바닥은 땅을 누르는 자세를 취했다. 그리고 무릎을 아까보다 조금더 깊숙히 숙이고는 '풍류호흡'을 다시 시작했다. 땅에서 올라오는 음기를 단전으로 끌어 모으는 '지기서기'라는 호흡법이었다.

이어서 현민은 온몸을 천천히 움직이면서 단전에 모인 음양의 기를 오장육부로 순환시키는 '풍류무' 수련을 시작했다. 입을 가볍게 다물고 두 눈을 그윽하게 뜬 현민은 허리를 살며시 틀어주며 다리를 가볍게 움직이고, 어깨를 부드럽게 돌리며 팔을 유연하게 뻗었다. 그 모습은 흡사 백학이 창공을 너울너울 날아가는 것 같기도 하고, 청룡이 긴 계곡 속을 구비구비 휘어져 헤엄치는 것 같기도 했다.

때로는 심산유곡에 우뚝 솟아 있는 거대한 바위처럼 모든 동작을 중단한 채 잠시 서 있기도 하고, 또 때로는 허공을 지나는 하얀 구름처럼 변화무쌍하게 온몸을 자유자재로 움직이는 '풍류무' 수련 속으로 현민은 점점 더 몰입해 들어갔다.

그는 마치 자신이 한 마리의 학이 되고, 구름이 되고, 강물이 되는 것 같았다. 모든 근심과 걱정이 말끔히 사라지고, 자신과 자연이 하나로 일치되는 무한한 기쁨을 느끼고 있었다.

"어머, 여기 계셨군요!"

이 고요한 열락의 세계를 깨뜨린 사람은 디에고의 누나인 소피아였다. 시원스럽게 드러난 가슴을 엷은 망사로 살짝 가린 분홍색 치마를 화사하게 차려입은 소피아가 엷은 미소를 입가에 지으며 현민에게 천천히 다가왔다.

"지금 하던 아름다운 몸짓이 무엇이에요? 어떻게 보면 춤 같기도 하고, 또 어떻게 보면 무술 같기도 하고. 너무나 매혹적이었어요."

소피아는 호기심이 가득한 파란 두 눈을 크게 뜨며 현민을 바라보았다.

"'풍류무'라고 합니다."

"'풍류무'라고요?"

"'흐르는 바람의 춤'이란 뜻인데, 몸속에 있는 기를 흐르는 바람처럼 자유롭게 순환시켜 심신의 건강을 지키는 수련법이죠."

"기? '기'가 무엇이죠?"

"'기'란 우리를 이처럼 살아 숨 쉬게 만드는 가장 근본적인 힘, 즉 영혼의 생명력을 말하는 겁니다."

"영혼의 생명력이라고요? 하지만 그것은 우리가 볼 수도 만질 수도 없지 않은가요?"

"부인, 허공에 부는 바람은 비록 우리의 눈에 보이지는 않지만, 그 존재를 느낄 수는 있지 않습니까? 마찬가지로 기도 볼 수는 없지만 느낄 수는 있답니다."

"보이지 않는 것을 어떻게 느낀다는 말씀인가요?"

소피아는 자신이 지금까지 알지 못했던 미지의 세계로 점점 다가가는 느낌이었다.

"만약 적의에 찬 우리 주변에 대한 긴장을 모두 풀고 마음을 한 곳으로 완벽하게 모을 수만 있다면, 우리는 내부에 흐르는 신비로운 힘인 '기의 존재'를 확연히 느낄 수 있답니다. 자, 두 손바닥을 서로 마주 보게 해 보세요. 어깨에 너무 힘을 주지 말고, 손바닥에도 힘을 최대한 빼도록 하세요. 긴장을 최대한 풀어야 기를 느낄 수가 있답니다."

소피아는 현민이 시키는 대로 두 손을 가슴 앞으로 들어 올려 두 손바닥이 서로 마주 보게 했다. 그리고 두 손바닥의 거리는 한 자(33cm) 정도의 거리를 유지하도록 만들었다. 그 다음에는 현민이 자신의 오른 손바닥을 편 다음, 소피아의 두 손 사이에 천천히 밀어 넣었다.

"지금부터 제 손에서 뿜어 나오는 기를 부인의 손바닥으로 보내드릴 테니, 두 눈을 감고는 그 감각을 천천히 느껴 보세요."

현민이 자신의 몸속에 흐르는 기를 두 손을 통해 밖으로 조금씩 뿜어내기 시작했다. 그러자 현민의 손바닥이 서서히 붉어지더니 가늘게 떨리기 시작했다.

두 눈을 감고 가만히 서 있던 소피아는 무엇인가 말로 표현하기 어려운 부드럽고 따뜻한 물체가 자신의 손바닥으로 천천히 밀려드는 것을 느꼈다. 그것은 고무풍선처럼 탄력이 있기도 했고, 자석처럼 짜릿짜릿한 특이한 느낌을 주기도 했다.

"어, 어머! 이, 이게! 도대체 뭐예요?"

두 눈을 휘둥그레 뜨고 자신의 손을 바라보는 소피아의 음성은 가늘게 떨리고 있었다.

"이게 바로 기라는 겁니다."

"어머, 정말 이상해요! 무언가 묵직한 공 같은 것이 두 손 사이에 있는 것 같기도 하고, 강한 번갯불이 두 손 사이에서 마구 일어나는 것 같기도 하고. 이런 느낌은 정말 처음이에요!"

소피아의 손바닥도 점점 붉게 변하고 있었고, 그녀의 두 눈은 경이로움으로 바뀌고 있었다.

"이제 기가 존재한다는 사실을 믿으시겠습니까?"

"네, 믿을 수 있을 것 같아요. 그런데, 어떻게 해서 이처럼 신기한 일이 발생하는 건가요?"

현민은 궁금해서 안달이 난 소피아를 바라보며 빙긋이 미소를 지으며 천천히 입을 열었다.

"인체에는 생명력의 근원인 기가 모여 있는 거대한 용광로가 있습니다. 그것을 우리는 '단전'이라고 부르죠. 심장에서 흘러나오는 붉은 혈액이 혈관을 따라 온몸을 순환하듯이, 단전에서 흘러 나오는 생명의 기가 경락을 따라 온몸을 순환한답니다. 결국 인체가 건강해지기 위해서는 혈액순환만 잘 되는 것만으로는 부족하고, 보다 근본적인 기순환이 잘 이루어져야만 합니다. 즉, 기는 나의 영혼 속을 흐르며 나의 몸과 마음의 균형을 잡아주게 되는데, 그 균형이 깨어지면 인체는 병에 걸리게 되는 것이죠. 그래서 우리 동양인들은 진정한 건강을 지키려면 외면에 보이는 근육이나 뼈를 단련하는 방법보다는, 몸속의 기를 수련하는 내면적인 방법이 훨씬 더 중요하다고 믿고 있답니다. 이것을 우리는 '내공을 쌓는다'라고 합니다."

"내공이라고요?"

"예, 그렇습니다. 인간의 진정한 힘은 외부에서 표출되는 것이 아니라, 내부에서 우러나오는 것이죠. 예를 들면, 불의와 맞서 싸울 수 있는 진정한 용기, 타인을 위해 희생할 수 있는 숭고한 정신, 진리를 수호하려는 강한 신념 같은 참된 힘은, 바로 우리의 내면 속에 들어 있는 아주 위대한 힘이죠. 그 같은 힘이 내면 속에 응축되어 있는 상태를 바로, 내공이라고 부릅니다. 그리고 그 같은 내공을 쌓기 위해서는 바로 기 수련이 필요하고, 올바로 기를 수련하기 위해서는 조금 전에 보신 '풍류무'가 대단히 탁월한 효과를 발휘할 수 있답니다."

"아, 그렇군요!"

소피아는 고개를 끄덕이며 현민의 설명을 경청했다.

"그럼 저도 풍류무를 배울 수 있을까요? 그래서 당신이 말씀하신 기의 흐름도 좀더 느끼고, 오묘하고 신비로운 내공의 존재도 좀더 확실히 알고 싶어요."

풍류무의 아름다운 동작에 매료된 소피아는, 그날부터 기 수련법을 가르쳐 달라고 현민을 졸랐다. 30대 중반의 대단히 활달한 귀부인인 소피아는, 메리치가의 따님답게 예술과 철학에도 무척 관심이 많았다. 그래서 그녀는 산 마리코 광장의 격조 높은 살롱에 자주 나가 그리스나 소아시아에서 건너온 예술가나 철학자들과도 많은 교분을 나누고 있었다. 그래서 그녀는 조선에서 건너온 현민을 통해 전혀 접해 보지 못했던 조선의 기문화를 새롭게 알고 싶었던 것이다.

그날부터 그녀는 조선의 아름다운 춤과 힘찬 무예와 내면의 기가 3위 1체를 이룬 풍류무를 현민으로부터 배우기 시작했다.

현민이 이 집에 머문 지도 벌써 보름이 다 되어갔다. 그날 저녁에 현민은 피에트로 백작 식구들과 함께 아주 성대한 파티에 참석하게 되었다. 피에트로 백작은 밀라노로 출장 중이었기 때문에 소피아와 디에고가 현민과 동행했다. 파티 장소는 베네치아 공화국 총독의 정청이 있는 두칼레 궁전이었다.

　두칼레 궁전은 둥근 꽃 모양의 고딕식 아치가 연이어 붙어 있는 하얀색 대리석판이 외부를 감싸고 있어, 마치 긴 레이스를 아래로 늘어뜨린 것처럼 눈부시게 아름다웠다. 그날 두칼레 궁전에서 벌어진 성대한 파티는 이곳을 처음 방문한 현민의 두 눈을 휘둥그레하게 만들 정도로 화려하고 호사스러웠다.

　키가 훤칠하고 체격이 당당하며 수염을 길게 기른 베네치아의 귀족들은 짧은 머리 위에 테가 없는 조그만 모자를 썼고, 온몸에는 비로도로 만든 긴 토가(고대 로마인이 몸에 걸치던 헐렁한 겉옷)를 발목까지 길게 드리우고 있는데 의복 색깔이 붉은색, 보라색, 검은색도 있었다.

　긴 머리를 어깨 위까지 나부룩하게 풀어 내린 디에고와 비슷한 또래의 젊은이들은 자주색 망토를 한쪽 어깨 위에 멋있게 걸치고, 그 안에는 비단으로 만든 하얀 블라우스와 몸에 꽉 끼는 바지를 입고는 쾌활한 웃음을 터뜨리고 있었다.

　파티장에서 가장 화려한 사람들은 역시 여자들이었다. 그들은 부드럽고 관능적이기까지 한 금발을 위로 높이 틀어 올려 아름다운 비단천과 영롱한 보석으로 머리를 장식하고 있었다. 페르시아 특산의 탐스러운 진주로 정교하게 세공한 반지와 귀걸이와 목걸이를 우윳빛 피부 위에 두르고, 형형색색의 베네치아 산 램프 아래 서 있는 모습은 눈이 부실 정도로 화사했다. 게다가 이국적인 무늬의 페르시아 양탄자가 풀솜처럼 푹신하게 깔려 있는 넓은 홀 안에서 자신의 아름다움을 최대한 뽐내는 그들의 모습은 마치 날개를 활짝 펼친 인도의 공작 같았다. 그러나 현민은 그들을 똑바로 바라볼 수가 없었다. 귀부인들의 의상이 너무나 노출이 심했기 때문이었다.

그 당시 조선의 여인들은 엄격한 유교제도 때문에 자신의 아름다운 몸을 긴 옷 속에 겨울잠이 든 개구리처럼 꽁꽁 숨기고 살아야 했다. 조선의 유학자들은 중세의 수도사들처럼 인간의 방종한 육체보다는 정신이 훨씬 고귀하다고 믿고 있었다. 그래서 그들은 성스러운 정신에 비해 하찮기 짝이 없는 육체는 긴 옷 속 깊숙한 곳에 은밀하게 숨겨 놓아야 한다고 부르짖었던 것이다.

그러나 이곳 여인들의 옷은 조선 여인과는 하늘과 땅 만큼이나 정반대였다. 베네치아의 여인들이 입고 있는 것은 한결 같이 밝은 불빛 아래 긴 목과 새하얀 젖가슴이 적나라하게 드러나는 의상이었다. 화려한 의상 속에 들어 있는 코르셋은 여인들의 가슴을 잔뜩 압박해서 유방을 최대한 위로 솟구치게 만드는 역할을 했고, 상체를 조금만 숙여도 뽀얀 알유방이 또르르르 경쾌한 소리를 내며 앞으로 굴러 떨어질 것처럼 위태위태했다. 게다가 여인들의 눈부신 가슴에서는 남자의 코를 매혹시키는 향수 냄새까지 은은하게 풍겨 나오는 게 아닌가?

휘황찬란한 불빛 아래에서 화려한 모습을 한껏 자랑하는 아름다운 의상은 나신을 품위 있게 가려주는 것이 목적이 아니라, 벌거벗은 여인들의 몸을 더욱 매력적으로 보이게 만드는 비단 장식품에 불과한 것 같았다. 그래서 현민은 자신의 주위에 모여든 귀부인들이 향수 냄새가 폴

446

폴 풍기는 유방을 도담스럽게 드러낸 채 이런저런 말을 물어 올 때마다 도무지 시선을 어디로 보내야 할지 알 수 없어, 얼굴색이 적포도주처럼 새빨개지며 진땀을 뻘뻘 흘렸다.

동서양 교역의 중심지로서 화려한 해양 문화를 만개하던 베네치아 여성들은 대단히 호사스럽고 관능적이었고, 그들의 멋부리기는 온 유럽에 명성이 자자할 정도였다. 그들은 자신의 건강하며 아름다운 몸매를 더욱 돋보이게 하기 위해 온갖 호사스런 비단이나 보석으로 의상을 만들어 입었을 뿐 아니라, 밝은 불빛 아래 훤히 드러나는 앞가슴을 더욱 매혹적으로 만들기 위해 화장대 앞에 다소곳이 앉아서 알유방을 정성껏 맛사지하고, 예쁘게 화장하고, 짙은 향수까지 뿌리는 일을 주저하지 않았다.

성대한 파티장에서 기름진 음식과 와인을 음미하고 감미로운 음악과 춤을 즐기는 다른 사람들과는 달리, 도회지에 나온 촌닭처럼 불안스럽게 서성거리며 난처한 얼굴로 어쩔 줄 몰라 하던 현민은 밖이 시원스럽게 보이는 창가로 걸어갔다.

바로 맞은편에는 유럽에서 가장 아름다운 광장으로 알려진 산 마르코 광장이 널찍하게 펼쳐져 있고, 수많은 비둘기들이 산드러지게 날아오르는 광장에는 높이 99m의 대종루와, 청동으로 만든 두 사람의 무어인이 시간마다 종을 치는 시계탑과, 베네치아의 수호성인인 성 마르코의 유체가 보관되어 있는 산 마르코 교회가 우람하게 서 있었다. 창가에 다가선 현민은 석양이 곱게 비껴드는 광장을 가만히 내려다보며 난처한 순간을 간신히 모면하고 있었다.

"아니, 여기서 뭐 하세요? 즐거운 파티를 재미있게 즐기지 않고?"

어느새 소피아가 그의 곁에 와 있었다.

"파티가 너무 흥겹고 성대해서, 잠시 이렇게 바깥공기를 쐬고 있답니다."

"호호! 그러세요? 혼란스럽고 점점 쇠퇴해가는 이탈리아 반도에서 가장 활기가 넘치는 곳이, 바로 이곳 베네치아랍니다. 그래서 이 도시에서 열리는 파티는 언제나 이처럼 성대하고, 파티에 참석한 여성들은 화려하고 생기에 넘치죠."

몇 잔의 포도주로 이미 혈색이 장미꽃처럼 붉어진 소피아는 꽤 기분이 좋아 보였다.

"세뇨라(부인)! 베네치아가 이처럼 활기차게 번영을 구가하고 있는 이유는 무엇입니까?"

"무역 때문이겠지요. 이 조그만 섬나라에서 태어난 부지런하고 성실한 뱃사람들은 지중해 연안을 샅샅이 훑고 다니면서 열심히 사 모은 물건들을, 베네치아로 몰려온 유럽 각국의 상인들에게 되팔아 엄청난 부를 축적하고 있답니다. 베네치아 상인들의 해상활동이 너무나 왕성해서 세상 사람들은 아드리아 해를 '골포 디 베네치아'(베네치아 만)라고 부를 정도랍니다."

"이 사람들은 주로 어떤 물건들을 팔고 있습니까?"

"이 도시가 처음 생겼을 때는 주로 이 부근에서 생산하는 소금이나 생선을 내륙지방으로 갖고 가서 팔았죠. 그러나 그것만으로는 결코 만족할 수 없었던 진취적인 베네치아 인들은 그리스가 있는 발칸 반도 연안뿐 아니라, 저 멀리 동지중해의 크레타 섬과 키프로스 섬까지 거대한 해외 식민지로 개척했답니다. 그리고 그들은 수천 척의 크고 작은 범선으로 실크로드를 통해 향료, 설탕, 면화, 건포도, 염료, 은, 목재, 노예 등을 열심히 실어 날랐던 것이죠. 그래서 베네치아의 화폐인 두카토는 신용도 최상의 국제통화이고, 지중해 연안의 어느 항구 도시를 가더라도 성 마르코를 상징하는 사자를 진홍색 바탕에 황금색 실로 수놓은 베네치아 국기를 단 상선들을 많이 볼 수 있답니다."

현민은 3천여 개의 섬들이 쪽빛 바다 위에 모래알처럼 흩어져 있는 조선의 다도해보다도 훨씬 적은, 불과 150개의 섬으로 이루어진 베네치아가 수천 척의 상선을 거느리고 지중해를 휩쓸고 다닌다는 사실이 너무나 놀라웠다. 특히 조선의 선비들은 돈 버는 상행위 자체를 천한 일로 여겼고 돈에 관한 이야기를 입에 올리는 것조차 상스럽게 생각하는 보수적인 유교의식을 지니고 있다. 그래서 현민 역시 도시에 사는 거의 대부분 사람들이 직·간접으로 외국과의 상교역에 종사하는 것을 보고는 대단히 문화적 충격을 받지 않을 수 없었다.

"경이로운 이 도시는 언제, 어떻게 해서 이 바다 위에 솟아오르게 되었습니까?"

"원래 이 지역은 알프스의 험준한 협곡지대에서 흘러 내려온 강물이 바다로 흘러드는 해안의 소택지였어요. 그런데 로마제국 말엽인 5세기경에 저 멀리 중앙아시아의 드넓은 초원에서 생활하던 몽골 투르크계의 훈족이 북쪽의 게르만족을 밀어 버리고는 알프스를 넘어 베네토 지방까지 침범해 들어왔답니다. 그래서 사면초가에 빠져버린 이탈리아인들은 급히 바다를 건너 끈적끈적한 진흙 벌과 갈대만이 무성한 라구넨 섬으로 피난하게 되었구요.

짐도 제대로 챙기지 못한 채 황급히 해안 소택지의 조그만 섬으로 피신한 초기 이주자들은 이 일대에서 그물을 던지고 낚시를 하면서 근근이 연명했답니다. 그들은 다뉴브강 유역에 대제국을 세운 훈족에게 쫓긴 게르만족이 급히 남하하면서 서로마 제국을 멸망시킬 때도, 가슴을 졸이고 숨을 죽이며 황량한 섬에서 기약 없는 세월을 보내야 했어요.

그러나 대단히 부지런하고 적응력이 뛰어났던 그들은 천부적인 장사 실력을 곧 발휘하기 시작했는데, 그것은 이 부근에서 생산한 소금과 생선 등을 배에 싣고는 포강과 브렌타 강을 거슬러 올라가 베네토 지방 내륙 주민들과 교류하는 것이었죠. 서로마 제국의 멸망 후 연이어 계속되는 북방 야만인들(랑고바르도 족)의 침략으로부터 생명과 재산을 보호하는 보금자리를 이 일대의 섬에 탄탄하게 건설해야겠다고 결심한 그들은, 그때부터 황량한 소택지를 화려한 궁전으로 바꾸는 대 역사를 시작하게 됩니다.

이곳은 사람들이 영구히 정착하기에는 상당한 악조건을 갖고 있었는데, 그것은 알프스에서 흘러내리는 엄청난 양의 토사 때문에 지반이 너무나 약했고 수심도 무척 얕았습니다. 또한 이 일대로 유입되는 하천은 갯벌과 갈대밭 사이에 고여 있는 바닷물을 연한 농도로 희석시켜 이곳의 소택지를 쉽게 부패하고 악취가 진동하게 만들었죠.

그래서 그들은 그 해결책으로 알프스의 험준한 산록에까지 올라가 수만 그루의 떡갈나무들을 베어서 운반해 왔어요. 그리고는 먼저 떡갈나무와 석재를 이용해서 갯벌 사이를 뱀처럼 꼬불꼬불 흐르는 수로를 따라 지금과 같은 운하를 건설해서 물꼬를 잘 터주었지요. 그리고 나서 단단한 떡갈나무들을 약한 지반 위에 촘촘히 박아 넣고, 또 그 위에 해수에 강한 이스트리아 반도의 단단한 돌들을 겹겹이 쌓아 올려 지반을 단단하게 다졌답니다. 베네치아인들은 그토록 엄청난 땀과 눈물을 함께 쏟아 부어 완성한 토대 위에, 비로소 건축물들을 세우기 시작한 것이죠."

"정말, 엄청난 노력이었군요!"

현민의 입에서는 감탄사가 저절로 터져 나왔다.

"선조들의 만난신고 끝에 삶의 터전을 오달지게 다진 그들은 그때부터 수상 운송업을 천직으로 알고 더욱 열심히 발전시켜 나갔어요. 그게 아마 9세기 이후의 일일 거예요. 그때부터는 단순히 소금이나 생선만을 취급한 것이 아니라, 노예와 목재와 향료와 비단과 보석 등으로 점점 그 대상을 확대해 나갔고. 그들은 이탈리아 반도와 발칸 반도 사이의 잔잔한 내해와 같은 아드리아 해에서만 활동을 한 것이 아니라 지중해 남쪽의 북아프리카 연안과 지중해 동쪽의 중동 연안, 그리고 에게 해 북쪽의 콘스탄티노플까지 머나먼 항해를 했던 것이죠. 그러나 실크로드를 따라 가지고 온 수많은 교역품을 싣고 거친 파도를 헤쳐 나가는 일에는 너무나 장애물이 많았어요. 이탈리아의 다른 해양국인 제노바, 피사, 아말피와의 경쟁 외에도 심한 폭풍과 높은 파도, 그리고 바다의 무법자인 슬라브 해적과 사라센 해적들이 굶주린 상어 떼처럼 배회했고, 11세기부터는 남부 이탈리아를 침공한 노르만의 바이킹과도 힘겨운 전투를 벌여야 했답니다. 하지만 슬기롭고 용맹스러웠던 그들은 그 모든 역경을 하나씩 하나씩 다부지게 해결하면서 '바다의 아피아가도'를 건설해 나갔지요. 그런데 11세기 말에 뜻밖의 대사건이 발생하는 바람에 베네치아의 발전이 더욱 가속화된 거랍니다."

"무슨 사건이 일어났었나요?"

"바로 십자군 전쟁이에요. 그때는 서로마 제국이 망하고 없기 때문에 발칸 반도 동쪽에 있는 동로마 제국(비잔틴 제국)이 고대 로마를 계승하고 있었죠. 그래서 성지인 예루살렘도 동로마 제국의 관할하에 있었습니다. 그런데 동방의 이민족이 성지인 예루살렘을 침공한 거예요."

"동방의 이민족이라면?"

"그들은 트루크 족인데, 원래는 몽골 고원 서쪽의 알타이 산맥 부근에서 소나 양을 키우던 유목 민족이었어요. 그런데 중앙아시아에 살던 훈족이 게르만 족을 라인 강 건너 갈리아 지방까지 몰아내고는 유럽으로 진출해 버리자, 이번에는 그들이 중앙아시아의 초원지대로 들어왔어요. 그곳에서 점점 세력을 키운 그들은 서쪽으로 이동을 계속해서 중동지방까지 장악해 버렸답니다. 그게 11세기 때 일이죠. 그런데 더욱 심각한 문제는 7세기부터 중동에 뿌리 내리고 있던 이슬람교를 그들이 받아들인 거예요.

이렇게 해서 이슬람교의 수호자로 변신한 초원의 무사들이 우리들의 성지인 예루살렘을 점령하였고, 더욱이 북쪽에 있는 아나톨리아 반도로 올라가 동로마 제국의 수도인 콘스탄티노플(현재 이스탄불)의 바로 목전까지 시퍼런 칼날을 들이밀었어요. 이렇게 되자 깜짝 놀란 바티칸에서는 이교도들의 침략으로부터 우리들의 성지를 수호하기 위해 십자군을 유럽 전역에서 모으기 시작했고요.

십자군은 11세기 말부터 13세기 말까지 약 2백 년 동안 총 여덟 번 출정하게 되는데, 동원된 병력도 어마어마하게 많았고 프랑스의 필립 왕, 독일의 프레드리히 1세 황제, 사자 왕인 영국의 리처드 1세 같은 걸출한 영웅들도 이 성전에 적극적으로 참여했어요."

"전쟁이 나면 외국과의 무역은 더욱 줄어들기 마련인데, 어떻게 해서 그 전쟁이 베네치아의 발전을 북돋우는 계기가 되었다는 것이죠?"

"그 이유는 그 엄청난 군인들의 출항지와 귀항지가 바로 이곳, 베네치아 항구였기 때문이지요. 마치 어미 품을 찾아오는 어린 병아리들처럼 이곳으로 속속 모여드는 수많은 병사들을 먹이고, 재우고, 또 큰 배로 실어 나르는 일을 할 때마다 엄청난 돈이 생겼어요. 그리고 멀리 동지중해를 건너간 병사들이 빼앗아 오는 막대한 양의 전리품과 진귀한 보석들은 베네치아를 순식간에 번영하는 '아드리아 해의 여왕'으로 만들어 주었죠.

특히 베네치아가 주축이 된 '제4차 십자군 전쟁' 때는, 콘스탄티노플과 아나톨리아 반도 사이에 있는 보스포루스 해협을 통과해 흑해 연안에까지 이르는 신 무역항로를 개척하였답니다. 그래서 그때부터 베네치아의 해외무역은 순풍에 돛단 듯이 많은 발전을 계속하게 된 거예요.

흑해 연안에서는 생선, 소금, 질 좋은 모피, 노예들이 풍부했고 유럽인들이 탐내는 염료, 비단, 진주, 향신료들도 저렴한 가격으로 구입할 수 있었죠. 활력에 넘치던 베네치아인들은 이집트의 카이로와 알렉산드리아 등의 대도시와 크레타 섬, 키프로스 섬과, 발칸 반도 연안에 수많은 해외 식민지를 건설하고는 동서양 교역의 중심지로 급부상하게 돼요.

그런데 15세기에 접어들면서 전혀 예상치도 못했던 어려운 일들이 주변에서 벌어지기 시작했어요. 투르크 족의 한 갈래인 오스만 투르크가 유럽으로 침범해 들어왔거든요. 14세기 말엽부터 서쪽으로 정복사업을 펼치기 시작한 그들은 순식간에 마케도니아와 세르비아를 점령하고 1453년에는 '세계의 배꼽'이었던 동로마 제국의 수도인 콘스탄티노플까지 수중에 넣었지요. 이렇게 되자 실크로드를 통한 무역항로가 봉쇄된 베네치아는 수많은 해외 식민지를 잃게 되었고, 바다로 무역선을 띄우기가 어려울 정도까지 되었답니다. 설상가상으로 그들의 무역업을 더욱 침체시키는 대사건이 발생하는데, 그것은 포르투갈의 용감한 뱃사람이었던 바스코 다 가마가 어느 유럽인도 가지 못했던 대서양 항로를 따라 남아프리카의 희망봉을 돌아서 인도양에 도달한 거예요. 그들이 귀항할 때에 포르투갈의 상선에는 엄청난 양의 후추가 실려 있었지요."

"그까짓 조그만 후추가 어떻게 해서 베네치아 무역에 치명타를 가했다는 겁니까?"

"그것은 베네치아의 무역업을 좌지우지 하는 것이 바로, 후추였기 때문이에요. 육식을 많이 하는 유럽인들에게 가장 큰 고민은 고기를 신선하게 보관하는 것이었죠. 그런데 소금에 절이거나 그늘에서 잘 말린 고기들을 요리할 때에 날고기 특유의 역겨운 냄새를 제거하는 데는 생강, 육계, 정향, 후추 등의 향신료가 대단히 탁월한 효과를 발휘했고, 또 향신료 중에서는 흑갈색의 후추가 최상이었답니다. 베네치아는 연간 3만에서 4만 톤 정도의 향신료를 유럽 각국에 독점 공급해서 엄청난 이익을 보았는데, 그중의 대부분이 후추였어요. 그 황금시장을 대서양의 신흥 해양국인 포르투갈이 침투해 들어왔으니, 베네치아로서는 아닌 밤중에 날벼락이 떨어진 것이나 마찬가지였죠."

"아하, 그렇겠군요."

현민은 조그만 후추가 유럽인들에게 그토록 소중한 '마법의 묘약'이라는 사실이 신기했다.

"게다가 16세기에는 오스만 투르크의 슐레이만 대제가 보스니아, 알바니아, 그리스를 지나 비엔나에까지 들어와 지중해 북쪽을 장악했고, 지중해 남쪽으로는 북아프리카 연안까지 점령해서 유럽인의 바다였던 지중해를 '이슬람의 바다'로 만들어 버렸어요. 또 포르투갈을 합병한 스페인이 '해가지지 않는 대제국'이 되어 지중해 서쪽을 위협해 들어왔죠. 이처럼 오스만 투르크와 스페인이라는 두 강대국 사이에 끼인 베네치아는 그야말로 악전고투 할 수밖에 없었겠지요. 그러나 악착같고 끈기있는 베네치아인들은 그 모든 역경을 꿋꿋이 이겨 내었고, 지금은 예전의 번영과 활기를 되찾아가고 있는 중이랍니다."

용감한 베네치아 해군은 유명한 '레판토 해전'(1571년)에서 투르크 해군에 승리를 거둔 후 여러 차례의 강화회담을 통해 그들의 무역항로를 안전하게 유지하였다. 그리고 1583년에는 스페인의 무적함대가 해적 출신인 드레이크가 지휘하는 영국 해군에게 패하는 바람에, 베네치아의 후추 무역은 건재할 수 있었다.

그날 저녁 잠자리로 돌아온 현민은 불과 150만 명의 인구를 가진 이 조그만 도시가 세계 최강의 두 제국 틈바구니에서도 불굴의 투지로 유럽 최고의 번영을 누리고 있는 현실에 경탄하지 않을 수 없었다. 3면이 천혜의 바다로 둘러싸여 있는 반도라는 지리적 이점을 올바로 활용하지 못하고, 중국의 만리장성 뒤에 온몸을 곱송그린 채 '은둔의 왕국'으로 지내고 있는 조선의 처지가 너무나 한스럽고 절통했기 때문이다.

'참으로 놀랍고 또 놀랍구나. 무역이란 것이 나라를 부강하게 하는데 이토록 큰 역할을 하다니! 경주도 실크로드를 통해 로마인들과 무역을 하던 신라시대에는 시내 전체를 기와집으로 건설하고, 또 숯불로 밥을 해 먹을 정도로 부유했었지. 그리고 고려도 예성강 하구를 통해 많은 나라와 무역을 할 때는 고려청자와 비단을 실크로드를 따라온 사라센 인들과 많은 교역을 하면서 풍요로운 생활을 했었는데. 지금의 조선은 나라의 대문을 꽁꽁 걸어 잠그고는 중국과만 왕래를 하고 있으니, 참으로 한심하구나.

이웃나라인 일본은 이토록 머나먼 곳에 있는 유럽 각국과 무역을 하면서 이들의 뛰어난 문물을 열심히 배우고 있는데. 조선에서는 세상이 이토록 넓고 이처럼 빠르게 발전하는지는 까맣게 모른 채, 좁은 나라 안에서 잘나지도 못한 사람들이 동인과 서인과 남인과 북인으로 나뉘어 우물 안 개구리처럼 서로 제 잘났다고 헐뜯고 싸우느라고 허송세월만 보내고 있으니 참으로 큰일이구나.

일본인들처럼 하나로 똘똘 뭉쳐 열심히 노력해도 유럽인들과 사라센 인들의 국력을 따라가기가 결코 쉽지 않은데, 허구한 날 날만 밝으면 조정에서는 서로 시샘하고, 모함하고, 억울한 누명을 씌우고, 상대방의 꼬투리를 잡아서 죽일 생각만 하고 있으니……

이번 전쟁만 해도 일본의 수많은 군선들을 남해의 푸른 파도 속으로 수장시켜 일본인들을 남쪽 끝 부산포로 후퇴시키는데 최대의 공로자인 수군제독 이순신 장군 같은 충신마저도 역적으로 누명을 씌워 감옥살이를 시키는 나라가 바로, 조선이 아닌가? 조선이라는 거대한 배가 깊은 바닷속으로 점점 가라앉는 줄도 모르고 당파싸움에 여념이 없는 '눈 뜬 소경'처럼 무지몽매한 우리 조선은, 장차 어떻게 된단 말인가? 참으로 한심하기 짝이 없구나!'

며칠 후, 현민은 소피아 부인의 안내로 베네치아를 관광하는 즐거운 기회를 갖게 되었다. 그날 오전에는 소피아 부인의 전용 곤돌라를 타고 미로처럼 복잡한 베네치아를 구경했고, 오후에는 커다란 갤리선을 타고 베네치아 주변의 섬들을 둘러볼 수 있었다.

베네치아는 150개의 섬들이 180개의 소운하와 4백여 개의 다리로 줄줄이 연결되어 있는 거대한 물의 도시였다. 곤돌라를 타고 둘러본 운하 곳곳에는 화려한 저택, 고딕풍의 성당, 거대한 종루, 호화로운 궁전들이 즐비하게 늘어서 있었다.

베네치아는 동서양의 무역 상인들이 함께 만나는 국제적인 해상도시였기 때문에, 고딕이나 르네상스식 건물뿐만 아니라 비잔틴과 이슬람 양식의 건물도 있었고, 서유럽에서는 금지되었던 유태인의 주거지도 있었다. 이처럼 아름다운 각양각색의 건물들이 코발트 빛 바다 위에 떠 있는 모습은, 마치 바닷속의 용궁이 물 위로 솟아오른 것처럼 경탄스러웠다.

그는 베네치아의 상징인 산 마르코 사원과 거대한 종탑이 바라보이는 광장의 살롱에 앉아 소피아 부인과 함께 차를 마시기도 하고, 디에고가 근무하는 리알토 다리에 가서 베네치아가 자랑하는 화려한 금은 세공품들을 구경하기도 했다.

오후에는 베네치아의 주택 안을 밝고 환하게 장식해 주는 온갖 색깔의 유리램프와 창문의 유리, 그리고 거울을 생산하는 브라노 섬을 구경했다. 그리고 하얀 모래사장과 해변의 푸른 숲이 눈부시게 아름다운 리도 섬으로 들어가 풍성한 해물요리와 향기좋은 포도주로 저녁식사까지 함께 했다.

만찬을 모두 끝낸 그들이 다시 소피아의 저택으로 돌아온 것은 밤이 꽤 깊었을 때였다. 온종일 바닷바람을 쐬며 배를 타느라 몹시 피곤했던 현민은 잠자리에 들자마자 곧 곯아 떨어져 버렸다.

얼마나 시간이 흘렀을까?

밤늦도록 물결 위에서 일렁거리던 파티장의 불빛도 어느새 꺼졌고, 부두 뒷골목의 선술집에서 울려나오던 뱃사람들의 노랫소리도 이젠 잠잠해졌다. 아드리아 해의 밤하늘엔 어둠의 장막이 더욱 진한 그늘을 드리우고 있었고, 순찰 곤돌라를 타고 야경을 돌던 경비병들의 횃불도 이젠 사라져 버렸다.

초록색 비단이불을 온몸에 감싼 채 깊은 잠에 빠져 있던 현민은 귓가에 울리는 둔탁한 소리에 문득 잠이 깼다. 그러나 워낙 피곤했기 때문에, 비몽사몽간에 그 소리를 들으면서도 몸을 이리저리 뒤척이고만 있었다. 그러나 밖에서 울리는 소리는 점점 더 크게 울려오고 있었다.

쿵! 쿵! 쿵!

현민은 불현듯 '이게 웬 대포소리지?' 하는 생각이 떠올랐다. 그 순간 자리에서 벌떡 일어났다. 그리고는 운하 쪽 창문을 가리고 있는 커튼을 급히 젖혔다.

"이게 웬 일이지?"

베네치아 중심 시가지를 S자로 관통하고 있는 대운하에 엄청난 수의 해적선이 들어오면서 일제히 포사격을 하고 있는 것이었다. 이미 거리 곳곳에는 엄청난 굉음이 연이어 터지며 포탄이 비 오듯 쏟아지고 있었고, 수많은 건물들이 붉은 화염에 휩싸이고 있었다.

바로 그 순간, 현민의 방문을 요란하게 두들기는 소리가 들려왔다. 디에고였다.

"크, 큰일났어요! 어서 나오세요! 투르크 해적들이 들어오고 있어요!"

"해, 해적들이?"

이미 온 집안은 발칵 뒤집혀 있었다. 한밤중에 눈을 뜬 사람들은 미처 잠이 덜 깬 얼굴로 옷을 주워 입고, 짐들을 챙기느라 경황이 없었다.

얼른 옷을 갈아입은 현민은 디에고와 함께 밖으로 뛰어 나갔다. 밖에는 사륜마차 두 대가 이미 대기하고 있었다. 그 안에는 얼굴이 새파랗게 질린 피에트로 백작 부부가 타고 있었다.

"디에고! 어서 마차에 올라타라! 저 짐승들이 이 도시를 집어 삼키기 전에, 어서 이곳을 떠나자!"

소피아는 얼마나 놀랐는지, 잠옷 바람에 망토만 걸치고 있었고, 피에트로 백작도 온몸을 부들부들 떨고 있었다.

마차는 그들이 타기가 무섭게 출발했다.

"이랏! 이랏!"

번영이 넘치고 평화롭던 베네치아의 거리는 완전히 아비규환이었다. 여기저기서 포탄이 터지는 소리, 집이 불타는 소리, 다급하게 터져 나오는 비명과 고함소리. 캄캄한 밤거리에는 붉은 화염이 악마의 혓바닥처럼 너울거렸고, 그 지옥 같은 현장에는 긴급히 피난을 떠나는 베네치아 시민들이 길게 줄을 이었다.

백작 일행을 태운 두 대의 사륜마차는 육지로 통하는 생명줄인 로마 광장을 향해 정신없이 질주해 나갔다.

뜻밖의 해후

불타는 베네치아를 출발한 두 대의 4륜 마차가 피렌체의 메디치가 저택에 도착한 것은 사흘 뒤 늦은 오후였다.

지난 3일 동안 쉬지 않고 달려온 마차에서 급히 뛰어내린 그들은 땀과 먼지로 뒤범벅된 몸을 이끌고 집 안으로 쿵쾅거리며 들어갔다. 현민도 디에고의 뒤를 따라 2층 응접실로 재빨리 올라갔다. 요란한 소리를 내며 응접실로 들어선 그들은 걱정스런 얼굴로 부리나케 달려오는 부모님을 만났다.

"아빠!"

"오, 소피아!"

해적들의 공격으로부터 간신히 목숨을 건진 그들은 서로 얼싸안으며 감격의 눈물을 흘렸다. 건강한 모습을 서로 확인한 가족들은 재회의 기쁨을 나누며 안도의 한숨을 내쉬었다. 그런데 그때였다.

"아, 아니 당신은······?"

베네치아를 탈출한 동생들을 만나기 위해 응접실 안으로 막 들어서던 까를레티 공작이 현민을 발견한 것이다. 깜짝 놀란 그는 미처 말을 잇지 못했다.

"아니, 어떻게!"

놀라기는 현민도 마찬가지였다.

"서로 아시는 사이예요?"

디에고가 놀란 얼굴로 물었다.

"알다 뿐이냐? 나가사키를 출발한 무역선을 함께 탔었는데!"

"아니, 형님! 폭풍우를 만나 파선되었다는 그 무역선에 함께 타고 있었다는 말씀인가요?"

모두들 두 눈을 동그랗게 뜨면서 현민과 까를레티 공작의 얼굴을 번갈아 바라보았다.

"어쩌면 이럴 수가!"

까를레티 공작은 너무나 기막힌 해후에 그저 얼떨떨하기만 했다. 잠시 마음을 진정시키고 나서야 두 사람은 죽지 않고 살아 있다는 반가움에 서로 기쁘게 인사를 나누었다. 현민은 까를레티 공작으로부터 배가 침몰하던 당시의 긴박한 순간을 전해 들었다.

암초를 들이받고 서서히 침몰하는 배에서 구명선을 타고 간신히 탈출한 인원은 모두 다섯 명이었다. 그들은 프로이스 신부, 돈호세 제독, 까를레티 공작, 그리고 일본인 이토와 사이고였다.

미친 듯이 덮쳐오는 거센 파도와 짙은 어둠 속에서 악전고투하던 그들은 다음날 아침, 이탈리아 반도의 남서쪽인 칼라브리아 지방의 어느 해변에 간신히 상륙했다. 구사일생으로 살아난 그들은, 그곳에 있

는 스페인 군인들의 도움으로 스페인 총독 관저가 있는 나폴리로 가게
되었다.

대노한 스페인 총독으로부터 큰 책망을 받은 돈호세 제독은 즉시 스
페인 함대로 복귀했고, 프로이스 신부는 바티칸으로 들어갔다. 그리고
머나먼 이국땅에서 끈 떨어진 쪽박 신세가 되어 버린 두 명의 일본인들
은 한 푼의 돈이라도 벌기 위해 무엇이라도 해야 할 판국이었다. 결국
그들은 돈을 많이 버는 용병이 되기 위해 뛰어난 용병대장들이 많이 있
는 로마로 가버렸다.

여기까지 이야기를 들으면서 현민은 깊은 한숨을 몇 번씩이나 몰아
쉬었다. 침몰하는 배에 매달려 살려 달라고 아우성치던 동족의 모습이
눈에 선했고, 자기와 함께 파도치는 널빤지에 매달려 안간힘을 쓰다가
결국 거대한 파도에 휩쓸려 가버린 은아 생각이 다시 떠올랐다. 고개를
떨어뜨린 채 두 눈을 감고 있던 현민은 깊은 회한에 사로 잡혔다. 그것
은 두 번 다시는 생각하고 싶지 않은 참혹한 악몽이었다. 그러나 그것
은 현민의 영혼에 너무나 선명하게 각인되어 있었다. 그가 살아 있는
동안에는 결코 잊을 수 없는 커다란 슬픔이며 현민 개인의 힘으로는 도
저히 움직일 수 없는 거대한 숙명이기도 했다.

그로부터 며칠 뒤, 메디치가의 대저택인 '피티 궁전'에서는 구사일생
으로 살아온 소피아 가족들을 위해 큰 연회가 벌어졌다.

연회는 아주 성대했다. 꽃으로 장식된 백여 개의 원탁 위에는 피렌체
가 자랑하는 송아지 요리와 전 유럽에 그 명성을 떨치고 있는 피렌체
특산의 '키안티 와인'이 놓였다. 그리고 연회장 안에는 수십 명의 궁정

악사들이 연주하는 음악이 은은히 울려 퍼졌고, 금빛 찬란한 예복을 입은 귀족들과 귀부인들은 향긋한 와인 잔을 기울이며 즐거운 담소를 나누고 있었다.

"피렌체를 자세히 알려면, 먼저 메디치 가문에 대해 이해해야 해요. 왜냐하면 메디치 가문의 역사와 피렌체의 역사는 불가분의 관계를 맺고 있기 때문이죠. 그것은 마치, 이탈리아를 모르고는 지중해의 역사를 알 수 없는 것과 같은 이치입니다."

소피아는 곁에 앉은 현민에게 자신의 고향과 가문에 대한 이야기를 자랑스럽게 들려주기 시작했다.

"본디 우리 가문은 피렌체 근교의 토스카나 지방에서 농사를 짓던 순박한 농촌 집안이었어요. 하지만 새로운 것에 대한 강한 호기심과 왕성한 활동력을 갖고 있던 우리 선조들은 농촌에만 머물지 않고 물의 도시 베네치아로 이주했어요. 당시 베네치아는 실크로드를 통해 사 모은 비단, 도자기, 보석, 향료, 목재, 노예 등 수많은 물품들을 유럽의 각 나라로 공급하는 동서무역의 중심지였죠. 국제적인 항구도시로 진출한 선조들은 그때부터 후추 무역에 전념해서 엄청난 부를 축적하기 시작했답니다.

메디치가의 선조들은 모험심이 무척 강하고 아주 진취적이었어요. 지중해 동쪽의 콘스탄티노플까지 건너가 다량의 후추를 구해 올 정도였어요. 그래서 베네치아에 들어와 있던 유럽 각국의 상인들에게 그 후추를 비싼 값에 되판 거에요. 그 당시 후추 가격은 보석 가격에 버금갈 정도로 비쌌고, 후추 무역업은 그 만큼 엄청난 이익을 남길 수 있었답니다."

"아, 그렇군요!"

현민은 모래알처럼 작은 후추가 메디치가를 이토록 번영시켜 주었다
는 이야기가 너무나 신기하게 들렸다.

"현재 메디치가의 문장으로 사용하고 있는 여섯 개의 붉은 구슬은 바
로 후춧가루로 만든 환약을 본뜬 거예요. 예전에는 후추 가격이 너무나
비쌌기 때문에 후추를 조그마하고 동글동글한 환약으로 만들어 약용으
로 조금씩 사용하기도 했거든요. 결국 동양에서 수입한 후추가, 지금의
우리 가문을 일으켜 세운 든든한 기초가 되어준 거지요. 후추 무역으로
많은 부를 쌓은 선조께서는 베네치아의 사업을 정리하고 고향인 피렌
체로 돌아왔답니다."

"왜 그처럼 잘되는 사업을 정리하고 고향으로 돌아오셨습니까?"

"신앙과 양심 때문이었어요. 당시의 베네치아 상인들은 북아프리카
의 무슬림들에게 노예와 목재를 먼저 팔아서 조성한 자금으로 콘스탄
티노플의 비잔틴 상인들에게 후추 대금을 지불하는 형태로 무역을 했
답니다. 그런데 교황청에서는 이교도인 무슬림과의 거래를 신앙상의
이유로 못하게 했었죠. 또한 노예교역도 주로 죄수와 전쟁포로들을 대
상으로 했었는데, 그 중에는 집시와 이교도만 있는 게 아니라 우리와
같은 서유럽인들도 포함되어 있었어요. 결국 선조께서는 좀더 깨끗한
양심과 신앙을 지키며 할 수 있는 사업을 새로 시작하기로 결심을 하신
거예요. 또 자기가 태어나고 자란 고향을 발전시키려는 원대한 꿈도 갖
고 계셨고요.

피렌체가 있는 토스카나 지방은 B.C. 9백 년 경에 소아시아에서 건
너온 에트루리아인들이 선진문명을 누리며 살던 곳이기 때문에, 광물

도 풍부하고 갖가지 금은 세공기술들이 발달되어 있었죠. 토스카나 지방에 끝없이 펼쳐진 넓은 구릉지에는 올리브 농장과 포도농장, 넓은 밀밭, 양과 소들을 편안하게 키울 수 있는 목초지들이 많았기 때문에 농업적인 기반도 아주 탄탄했어요. 그래서 피렌체로 돌아와서는 이 도시에 큰 은행을 세운 거예요. 이곳은 토스카나 지방에서 생산되는 질 좋은 양모를 가공하여 유럽 각국으로 수출하는 모직물 산업도 활발했기 때문에 메디치가의 은행은 날이 갈수록 번창할 수 있었지요. 그런데 1378년에 큰 사건이 벌어져서 우리 가문이 위기에 처하게 되었어요."

"전쟁이라도 일어났었나요?"

"전쟁이 아니라, 가난한 노동자들이 민중봉기를 일으킨 거예요. 그들은 무려 4년 동안이나 '포폴로(민중) 만세'를 외치며 투쟁했었는데, 메디치가의 살베스트로라는 분이 민중의 편에 가담했었요. 그 일 때문에 살베스트로는 엄청난 곤욕을 치러야 했죠. 가문이 무너질 뻔한 거죠. 다행히도 그 일로 인해서 피렌체 시민들은 메디치가에 대해 깊은 호감을 갖게 되었고, 그게 오히려 우리 가문을 살린 힘이 되었어요. 그래서 우리 가문에서도 피렌체 시민의 편에 서기 위해 최선을 다하게 되었고요.

그후 조반니 데 메디치는 교황청을 상대로 한 은행업을 시작하여 막대한 부를 축적했는데, 14세기 말에는 이미 이탈리아 제1의 은행가로 자리 잡았답니다. 너무도 선량하고 예술에도 관심이 많았던 그분은 인노첸초 병원과 산 로렌초 성당을 지을 때 많은 기부를 하셨지요."

여기까지 이야기를 마친 소피아는 와인 잔을 탁자 위에 내려놓으며 자리에서 천천히 일어났다.

"저를 따라 오시겠어요? 3층 응접실에 올라가면 메디치가를 빛낸 위대한 조상들의 초상화가 걸려 있답니다. 제가 구경시켜 드릴게요."

"아, 예. 알겠습니다!"

자리에서 일어난 현민은 무도회가 막 시작되는 2층 홀을 지나 3층의 응접실로 천천히 발걸음을 옮겼다. 넓은 홀 안에는 화려한 르네상스식 의상을 멋지게 차려 입은 남녀들이 실내악에 맞춰 아름다운 춤을 추고 있었다.

"어때요? 멋지죠?"

"예, 정말 대단하군요!"

현민은 모든 게 신기하기만 했다. 금년 봄에 이탈리아에 도착한 이후 수많은 문화적 충격을 겪었지만, 이렇게 우아하고 아름다운 궁전과 대규모 파티는 처음 보는 광경이었다.

메디치가의 권위는 피렌체뿐만 아니라, 온 유럽에까지 그 명성이 자자했었다. 조반니의 아들인 코시모는 유럽 16개 도시에 지점을 개설할 만큼 엄청난 금융가의 황제였다. 그래서 유럽 각국의 제후들은 그로부터 대출을 받기 위해 많은 부하들을 거느리고 직접 피렌체를 방문할 정도였다. 예나 지금이나 자금줄을 쥐고 있는 사람은 권력까지도 쉽게 자기 것으로 만들 수 있지 않은가? 그래서 코시모는 1434년부터는 공화 체제를 유지하고 있던 피렌체 정부의 '보이지 않는 지배자'가 되어 막강한 권력도 쥐게 된다.

그런데 메디치 가문은 부와 권력만 추구한 것이 아니라, 그들이 갖고 있는 그 힘을 예술을 보호하는데도 사용하는 현명함을 갖고 있었다. 메디치 가문이 칭송을 받아야 할 가장 큰 이유는 바로 이 부분일 것이다.

코시모로부터 그의 손자인 로렌초로 이어지는 메디치가의 예술에 대한 사랑과 열정은 유럽의 역사를 바꿀 정도로 대단했었다. 암흑의 중세 봉건 사회에 시달리던 전 유럽인들에게 한 줄기 서광을 비춰준 르네상스는 바로 이탈리아의 피렌체에서 처음으로 시작되었고, 또 그것을 주도한 사람들이 바로 메디치 가문이었기 때문이다.

코시모는 사업으로 벌어들인 막대한 재력을 동원하여 유럽 각국으로부터 수많은 예술품을 사 모았고, 당대 최고의 예술가인 브루넬레스코나 도나톨루 등을 후원하여 피렌체의 사원이나 건물 등을 개축하는 대규모 건축사업을 시행했다. 특히 서유럽 최초의 쿠폴라(둥근지붕)양식이자, 피렌체의 상징물인 산타마리아 델 피오레(피렌체 대성당)는 코시모 시대에 만들어진 최고의 걸작품이다. 또한 그는 1453년의 비잔틴 제국(동로마 제국) 멸망 전후에 그곳에서 불안한 생활을 하고 있던 수많은 그리스 학자들을 피렌체로 초청하여, 그들이 그리스·로마의 고전을 자유롭게 연구할 수 있도록 최대한 배려해 주었다. 자신의 별장에 '플라톤 아카데미'를 개설하여 피렌체를 고전 연구의 메카로 만드는 데 지대한 공헌을 한 것이다.

또한 자신의 정원에서 무명의 조각가로 일하던 미켈란젤로를 발탁하여, 라파엘로, 레오나르도 다빈치, 보티첼리 같은 당대 최고의 예술가들과 더불어 뛰어난 예술 활동을 벌이도록 후원한 사람은, 바로 그의 손자인 로렌초였다.

그뿐 아니라 메디치 가문에서는 두 명의 교황(레오 10세, 클레멘스 10세)을 배출했고, 프랑스 왕가에 시집 간 메디치 가문 출신의 왕비(까뜨리느, 마리)들은 피렌체의 화려한 예술과 세련된 궁정예절을 유럽 각국에 퍼뜨렸다. 야만스럽게 두 손으로 음식을 집어먹던 유럽의 왕후 귀족들에게 품위 있게 나이프와 포크를 사용하는 방법을 가르쳐 준 것도, 유럽 최초로 우아한 궁중발레를 시작한 것도, 무대예술의 총화인 오페라를 만든 것도 탁월한 예술적 감각을 가진 피렌체인들이었다. 그리고 그들 뒤에는 언제나 메디치 가문이라는 빛나는 태양이 뜨거운 햇살을 비추고 있었다.

"자, 이분이 코시모의 손자인 로렌초예요."

3층 응접실 한쪽 벽에는 메디치가의 선조들 모습이 초상화로 그려져 있었다. 로렌초의 검은 두눈은 상당히 크고 부리부리해 보였고, 그 밑의 턱은 네모로 각이 져 있었다. 한눈에 보아도, 아주 걸출한 인물이라는 느낌이 풍겨 나왔다.

"로렌초는 할아버지인 코시모의 뒤를 이은 아버지 피에로가 통풍으로 고생하다가 5년 만에 숨을 거두는 바람에, 약관 20세에 메디치가의 주인이 되신 분이예요. 하지만 그분은 다섯 살부터 당대의 석학들로 부터 영재 교육을 받기 시작했고, 열 살부터 공식적인 모임에 나갈 정도로 대단한 호걸이었어요. 보통 아이들은 한창 철없이 뛰어 놀 10대에 그는 이미 부친의 승인하에 밀라노에서 온 공작의 후계자를 맞이하는 행사도 했고, 바티칸의 로마교황을 알현하기도 했고, 피렌체 공화국의 국회에 출석하기도 했답니다.

성인이 된 로렌초는 여러 개의 소국으로 분열되어 있던 이탈리아를 서로 협력하게 만드는 외교적 수완을 발휘하여 언제나 시끄럽고 불안하던 이탈리아에 평화와 안정을 가져 왔지요. 당시 이탈리아는 남부의 나폴리 왕국, 중부의 교황령 국가, 북부의 베네치아, 밀라노, 피렌체 등

으로 나뉘어 있었고 프랑스와의 국경지대에도 제노바, 사부아, 피에몬
테, 몽펠라토, 페라라 등의 소국이 난립되어 전쟁과 음모와 반역이 끊
이지 않았거든요. 그런데 엉킨 실타래보다도 풀기 어려운 문제들을 그
분은 '솔로몬의 지혜'로 하나하나 해결해 나갔던 거예요. 그래서 할아
버지인 코시모가 피렌체 시민으로부터 '조국의 아버지'란 칭송을 들은
것처럼, 저 분은 '위대한 로렌초'로 불리게 되었답니다."

　조상에 대한 긍지로 가득 찬 소피아는 무척 자랑스럽다는 표정으로
현민을 바라보았다.

　"정말 대단한 분이셨군요!"

　현민은 메디치가의 위대한 선조들 이야기를 들으면서, 1492년에 사
망한 로렌초와 비슷한 시대의 인물인 조선의 세종대왕을 문득 떠올렸
다. 어려서부터 워낙 머리가 영민하여 셋째 아들임에도 불구하고 장자
를 제치고 조선의 일곱 번째 임금이 되었던 세종.

　조선의 석학들을 모두 모아 '세종 아카데미'인 집현전을 궁전 내에
설치하여 A.D. 1443년에는 중국의 한문 대신에 조선 고유의 문자인
'훈민정음'을 창제하고, 윤관과 김종서 장군으로 하여금 북쪽의 야만인
들을 정벌하여 국경을 안정시키고, 탁월한 과학자인 장영실을 발탁하
여 세계 최초의 우량계인 '측우기'와 천체의 운행을 관측하는 '혼천의'
와 물시계인 '자격루'와 해시계인 '앙부일귀'를 만들고, 아름다운 문학
작품인 「월인천강지곡」, 「용비어천가」, 「석보상절」 등을 직접 저술하
기도 하여 조선의 르네상스를 활짝 열어젖히지 않았던가.

　"이처럼 위대한 선조들의 놀라운 헌신과 신앙심과 노력 덕분에 피렌
체는 르네상스의 성지로 발전하게 된 거예요. 르네상스를 대표하는 단

테, 페트라르카, 보카치오가 바로 피렌체 출신의 문인들이고 위대한 사상가인 마키아벨리도 자랑스러운 피렌체인이죠.

영국에서 『우신예찬』을 저술한 에라스무스와 『유토피아』의 저자인 토마스 모어, 지금 왕성하게 활동 중인 셰익스피어, 그리고 스페인의 세르반테스도 이 도시에서 시작된 르네상스라는 자양분 속에서 탄생된 르네상스의 위대한 예술인들이지요.

르네상스는 이처럼 미술, 조각, 문학 등의 예술 활동에만 대격변을 일으킨 것이 아니라, 중세의 어둡고 무거운 질곡 속에서 신음하던 온 유럽인들에게 인간의 가치와 존엄성을 일깨워 주어 잃어버린 자긍심을 되찾도록 해주었어요.

교조적인 신학에 짓눌려 살던 그들에게 개성과 자유의 귀중함을 일깨워준 피렌체의 르네상스 정신은 요원의 불길처럼 전 유럽 대륙을 삽시간에 휩쓸면서 문학의 창작, 신사상의 출현, 자연과학의 발전, 신대륙의 발견 등을 촉진시켰고 급기야는 마르틴 루터가 일으킨 종교개혁의 원동력이 되었던 거지요."

현민은 그날 저녁 소피아의 자상하면서도 긍지에 찬 메디치 가문과 피렌체 공화국에 대한 설명을 들으면서, 자신의 가문을 지키며 고향에서 산다는 것이 얼마나 행복한 것인지를 뼈저리도록 느꼈다.

다음날 아침. 푹신한 침대 위에서 잠이 일찍 깬 현민은 피티 궁전 남쪽에 붙어 있는 보볼리 정원으로 들어갔다. 아르노 강 남쪽의 피티 궁전과 붙어 있는 보볼리 정원은 르네상스 양식으로 꾸며진 거대한 녹색 마을이었다. 동서로 길게 뻗은 경사가 완만한 구릉지 위에는 너도밤나무와 삼나무들이 울창한 숲을 이루고 있었고 그 사이에는 아름다운 분수, 연못, 원형극장, 조각품들이 군데군데 자리를 잡고 있었다. 낙엽이 곱게 물들기 시작하는 초가을의 청정한 수림 속으로 걸어 들어간 현민은 온몸을 부드럽게 움직이며 아침 수련을 시작했다. 잠시 후 온몸에 땀이 흥건히 밸 정도로 열심히 수련을 끝낸 현민은 동쪽에 있는 민틋한 언덕 위에 아담하게 조성된 미켈란젤로 광장으로 천천히 올라갔다.

미켈란젤로가 조각한 거대한 〈다비드 상〉이 언덕 위에 우뚝 솟아 있는 광장으로 올라간 현민은 아침 안개가 희뿌옇게 끼여 있는 북서쪽의 도심을 바라보았다.

광장 바로 아래쪽에는 상류와 하류를 막아서 마치 호수처럼 잔잔한 아르노 강이 아직 푹신한 침대 위에 드러누워 아침잠이 깨지 않은 여인같이 편안한 모습으로 흐르고 있고, 강 한가운데에는 이 도시에서 가장 유서 깊은 다리인 폰테 베키오가 화려한 귀금속들을 온몸에 걸친 채 영롱한 아침 햇살 아래 반짝이고 있었다.

그리고 2층으로 된 그 다리가 끝나는 곳엔 피렌체 특산품인 모직물과 견직물을 거래하는 상점, 조합의 건물, 은행들이 오밀조밀하게 모여 있고, 또한 그곳에는 피렌체 공화국(토스카나 대공국)의 청사인 베키오 궁전과 메디치가의 업무지휘실인 우피치 궁전이 우람하게 서 있는 시뇨리아 광장이 있었다.

언제나 심각한 토론과 열띤 논쟁이 끊이지 않던 정치의 중심인 시뇨리아 광장 바로 북쪽엔 르네상스를 찬란하게 일구어낸 수많은 예술가들의 땀과 열정이 뒤섞여 있는 공방들이 다닥다닥 붙어 있었다. 그리고 4, 5층 높이의 공방들이 올망졸망하게 들어서 있는 바로 그 한가운데에는 종교의 중심이며 피렌체 인들의 마음의 고향인 두오모(일명 '꽃의 성모'로 불리는 대사원으로 브루넬레스키가 서유럽 최초로 쿠폴라 양식으로 건축했고, 그 안에는 미켈란젤로가 그린 불후의 명작 〈최후의 심판〉이 프레스코화로 그려져 있음)가 탐스러운 붉은 꽃을 활짝 피운 채 하늘 높이 솟아 올라 있었다.

높이 106미터에 이르는 웅대한 두오모 바로 뒤엔 메디치가의 사원인 산 로렌초 교회와 16세기 중반까지 메디치가의 저택으로 사용되었던 리카르디 궁전이 단아하면서도 장엄한 모습으로 서 있었다.

아침 해가 점점 높이 떠오르면서 엷은 실안개는 시나브로 없어졌고, 눈부신 초가을 햇살 아래로 피렌체 시가지를 온통 붉게 치장한 주황색 지붕들이 마치 거대한 장미 화원처럼 아름다워 보였다.

현민은 어젯밤 소피아가 속삭여 주던 말이 문득 떠올랐다.

"로마에서 이탈리아의 위대함을, 베네치아에서는 이탈리아의 화려함을, 나폴리에서는 이탈리아 자연의 찬연함을 보았다면, 제 고향 피렌체에서는 이탈리아 르네상스의 향기를 느껴야 해요. 아름다운 꽃은 눈으로 보기만 해서는 진면목을 완전히 알 수 없답니다. 두 눈을 지그시 감고 온 신경을 코로 집중해서 그 향기를 천천히 느껴야 해요. 피렌체에서는 너무 많이 보려고 애쓰지 마세요. 오히려 느끼기 위해 노력 하세요. 피렌체는 '느낌의 도시'랍니다."

현민은 천천히 고개를 돌리며 단테가 영원의 여인 베아트리체를 최초로 만났고 젊은 갈릴레이가 비통한 심정으로 투신자살을 생각했던 베키오 다리와, 젊은 레오나르도 다빈치와 미켈란젤로가 예술의 꿈을 키웠던 공방들과, 수많은 치옴피(모직물 공장에서 일하던 노동자)들이 '포

472

폴로 만세'(민중 만세)를 외치며 소리 높여 함성을 질렀던 시뇨리아 광장을 물끄러미 바라보았다.

'저 손바닥만큼 조그만 분지 안에서 어떻게 해서 그처럼 수많은 인재들이 배출되었을까? 불과 10만 명이 모여 사는 이 자그마한 도시에서 밤하늘에 빛나는 별들처럼 찬란한 문인, 조각가, 학자, 사상가들이 탄생했고, 전 유럽을 뒤흔든 르네상스가 화려하게 만개했단 말인가? 유럽의 은행 역할을 했던 메디치가의 어마어마한 경제력 때문이었을까? 아니면 1529년에 신성로마 제국 황제인 카를 5세의 탐욕스런 군대가 피렌체를 침공했을 때, 프란체스코 페루치와 똘똘 뭉쳐 1년 동안이나 영웅적인 항쟁을 계속했던 피렌체 시민들의 예술에 대한 사랑 때문이었을까? 하지만 그것보다 훨씬 중요한 그 무엇인가가 있지 않았을까?

그렇다! 그것은 열정이었다.

중세의 광기와 모순과 슬픔으로 가득 찬 그들의 현실에 굴복하지 않고 두 다리로 꿋꿋이 일어서 주먹을 부르르르 떨며 자신이 '진정한 인간'임을, 참다운 '리베로'(자유인)임을 하늘 높이 외치고자 했던 르네상스 예술가들의 용광로처럼 뜨거운 열정이었다.

바로 그 열정 때문에 미켈란젤로는 바티칸의 산 피에트로 사원에서 일부 추기경과 수많은 시민들로부터 '신성한 장소에 창부들조차 창피하게 생각하는 나체화를 그린다.'는 질타를 맞으면서도 〈최후의 심판〉을 그릴 수 있었고, 노년에는 목이 휘어지는 고통을 감내하면서도 〈천지창조〉라는 대작을 완성할 수 있었을 것이다. 또한 단테는 화창한 봄날에 아르노 강가에서 두 번씩이나 우연히 만났던 베아트리체와의 이루지 못했던 실연의 아픔과, 반역이라는 터무니없는 누명을 온몸에 뒤집어쓰고 피렌체에서 영구 추방되어야 했던 19년 유랑 생활의 고난 속에서도 불후의 명작인 『신곡』을 저술할 수 있었을 것이다. 그것은 그 어떤 역경이나 고난도 끝까지, 기필코 이겨 내고야 말겠다는 '불굴의 열정'이었다.'

 까를레티 공작 가족들은 피렌체 근교의 토스카나 지방으로 사냥을 떠나게 되었다.
 아르노 강을 끼고 커다란 분지를 이룬 피렌체 시를 벗어나자, 나지막한 구릉이 코끼리 주름처럼 겹겹이 너울져 있는 토스카나 지방의 아름다운 전원지대로 들어섰다. 포도나무가 끝없이 이어진 남쪽 농장 지대를 벗어나 갈맷빛의 사이프러스 나무들이 군락을 이루고 있는 숲속으로 들어간 그들은 반반한 빈터에 야영지를 정했다. 야영지에는 20여 개의 대형 천막이 세워지고, 시종과 하녀들은 갖고 온 물품들을 정리하고 식사를 준비하느라 여념이 없었다.
 이번 사냥에는 까를레티 공작 부부와 피에트로 백작 부부, 그리고 디에고와 현민이 동행했다. 인근 마을에서 올라온 농부들은 시종장 바조에게 이곳의 지형을 상세히 설명하며 이번 사냥의 성실한 안내자가 될 것을 다짐했다. 천막 주변에 묶어 놓은 50여 마리의 사냥개들도 벌써 마음이 들떴는지 숲을 향해 컹컹 짖어대고 있었다.
 사냥이 본격적으로 시작된 것은 해가 중천에 걸린 정오 무렵이었다. 사냥개를 앞세운 시종들은 농민들의 안내를 받으며 숲속으로 들어갔고, 그 뒤를 말에 올라 탄 그들이 천천히 따라 들어갔다.
 매사냥을 하기로 계획한 까를레티 공작 부인과 소피아는 눈가리개를 씌운 매를 자신의 팔목 위에 살그머니 앉힌 채 말을 조심스럽게 몰았다. 오랜만에 야외로 나온 그들은 모두 다 약간의 긴장감과 설렘으로 마음이 부풀어 있었고, 날씨도 너무 화창해서 기분이 무척 좋았다. 백여 명의 사람들이 일제히 숲속으로 들어가자, 조용하던 그곳이 갑자기 부산스러워지기 시작했다. 여기저기 말발굽 소리와 개 짖는 소리가 어지럽게 들리고, 사람들의 고함소리도 마구 터져 나왔다.

그러나 현민은 사냥에 따라 나서는 것이 썩 내키지 않았다. 자신의 오락을 위해 말 못하는 짐승을 괴롭히는 사냥 보다는 대자연 속에서 호연지기를 기르는 승마를 하고 싶었다. 녹음 짙은 주변의 구릉지를 보는 순간, 그 속을 마음껏 달리고 싶은 감정이 불현듯 솟구쳤다. 말등에 올라타 주위를 천천히 살피던 현민은 갑자기 말 옆구리를 힘껏 차며 동쪽으로 재빨리 달려 나갔다.

"이럇! 이럇!"

"아니, 어디가세요?"

바로 옆에 있던 디에고가 깜짝 놀라며 고함을 쳤다. 그러나 현민은 오른손을 번쩍 들어올리며, 곧 돌아오겠다고 고함쳤다.

초가을의 태양은 아직 뜨거웠으나 건조한 공기 때문인지, 숲속 그늘의 공기는 무척 시원했다. 말을 세게 몰수록, 가슴에 와 닿는 바람은 더욱 상쾌했다. 말을 달리는 현민은 이곳이 이탈리아의 토스카나 지방이 아니라, 어린 시절 동무들과 함께 놀던 경주의 남산 자락인 듯한 착각이 들었다.

푸른 하늘도, 나지막한 구릉도, 또 이곳에 군락을 이룬 녹색의 소나무 숲도, 조선의 고향 마을에 있는 풍경과 조금도 다를 바가 없었던 것이다.

'그래, 달리자! 힘차게 달리자! 여기는 내고향, 경주땅이야. 조금만 더 달리자! 조금만 더! 그러면 우리 집이 보일 거야. 그리운 아버지와 어머니가 계시고, 귀여운 누이동생이 나를 기다리는 곳. 사랑스런 내 색시가 하얀 쌀밥에 따뜻한 된장찌개를 보글보글 끓여 놓고, 나를 기다리며 살며시 미소 짓고 있는 내 집. 그곳! 바로 그곳으로 지금 가고 있는 거야!'

불현듯 고향 생각이 머리에 떠오른 현민은 미칠 듯한 그리움으로 말을 더욱 세게 달렸다. 지난 3년 동안 자신이 갑자기 겪어야 했던 그 모든 일들이 현실이 아닌, 꿈속의 일인 것만 같았다.

'그래, 나는 악몽을 꾼 거야! 끔찍한 악몽을……. 그런 일들이 사실일 리 없어. 그것은 모두 다 거짓말이야! 거짓말! 나는 지금까지 엄청난 악몽을 꾸고 있었던 거야. 이 숲만 벗어나면, 내 부모형제와 일가친척들이 오순도순 살고 있는 다정한 고향마을이 나를 반겨 줄 거야! 틀림없이 나를 반겨 줄 거야! 동해의 첫 햇살이 환하게 비치던 경주 토함산의 석굴암. 고색창연한 불국사 주변에 하늘을 나는 백학의 무리처럼 허공 높이 솟아 있던 탑과 사찰들. 신라 화랑들의 유쾌한 웃음소리가 금방이라도 들려올 것 같은 첨성대, 포석정, 안압지. 아득한 옛날에 신라를 건국하고, 삼국을 통일하고, 천년의 황금왕국을 만들었던 수많은 왕들의 위엄에 찬 모습과 도란도란거리는 궁녀들의 노랫소리가 금방이라도 귓전을 스칠 것 같은 반월성…….'

현민은 미친 듯이 말을 달렸다.

어느새 숲을 빠져나온 현민은 어리둥절한 표정으로 주위를 두리번

476

거렸다. 그러나 그곳에는 아무것도 없었다. 사무치게 그리워하던 자신의 고향마을도, 보고픈 가족도, 친구들도. 그 대신 현민의 눈앞에는 이탈리아의 낯선 시골마을 풍경이 펼쳐지고 있었다. 붉은 벽돌로 쌓은 벽, 높은 지붕, 넓은 포도밭, 토스카나 지방 특산의 거대한 하얀 소 치아나, 그리고 그 사이를 오가는 낯선 모습의 이국인들.

'아, 그 모든 게 사실이었단 말인가? 나의 고향 마을은 추악한 왜놈들의 공격으로 파괴되었고, 부모형제들은 잔혹한 총칼 아래 피를 쏟아야 했다. 그 화창한 봄날에, 꽃처럼 아름답던 내 색시는 결혼식장을 덮친 왜놈들의 더러운 손에 의해 새까만 숯덩이가 되어 버렸고, 어깨에 총을 맞은 나와 사촌 동생 대웅은 개처럼 질질 끌려갔다. ……그 악몽들이, 모두 다 사실이었단 말인가?'

현민은 해 돋는 극동의 끝자락에 있는 조선을 떠나 낯설고 물 설은 이역만리에 외톨이가 되어 홀로 떨어져 있다는 엄연한 현실을 새삼스럽게 깨달았다. 현민은 그만 고개를 힘없이 아래로 떨어뜨리며 뜨거운 눈물을 마구 쏟아 내기 시작했다.

그런데 바로 그때였다.

"아이고, 나 죽네!"

말등에 올라 앉아 비탄에 잠겨 있던 현민은 갑자기 귓전을 때리는 조선말에 고개를 번쩍 들었다. 나무 울타리가 듬성듬성 쳐진 넓은 포도밭 안에서 급박하게 들려오는 소리는 분명히 조선말이었다.

말을 타고 급히 아래로 내려간 현민은 울타리를 훌쩍 뛰어넘어 포도밭 안으로 들어갔다.

포도 수확이 한창인 넓은 포도밭 안에는 30여 명의 인부들이 비지땀을 뻘뻘 흘리며 일을 하고 있었다. 화창한 햇살 아래 보석처럼 빛나는 탐스러운 포도송이들을 나무에서 따낸 그들은 커다란 나무통 안으로 포도를 쏟아 부었다. 그리고 나무통 안에는 고추만 살짝 가린 열 살 안팎의 어린 아이 서너 명이 온몸에 포도즙을 뒤집어쓴 채 두 발로 포도를 열심히 으깨고 있었다. 머리를 외줄로 길게 땋아 내린 그들은 틀림없는 조선 아이들이었다. 그리고 그 옆에는 마흔이 조금 넘어 보이는 조선 남자가 채찍을 맞고 땅바닥에 쓰러져 있는 게 아닌가?

뜨거운 뙤약볕 아래 웃통을 벗어던지고 포도를 열심히 수확하고 있는 인부들은 대부분이 흑인노예들이었다. 그런데 그 중에는 조선인들도 대여섯 명이나 포함되어 있었다. 조선인들 사이에는 나이가 열 살 남짓 되어 보이는 어린 아이들도 있었고, 오십이 훨씬 넘어 보이는 중년 여자들도 있었다.

금발에 강인한 매부리코를 가진 작업반장이 풀밭에서 비틀거리는 남자를 두어 번 발길질하더니, 다시 채찍을 들어 올렸다.

말에서 뛰어내린 현민은 그쪽으로 급히 몸을 날렸다.

"안 돼!"

현민은 작업반장의 오른팔을 뒤로 꺾어 채찍을 빼앗았다.

"아니, 이건 웬 놈이냐?"

난데없이 달려든 현민에게 채찍을 빼앗긴 작업반장은 성을 발칵 내며 옆에 있는 쇠스랑을 재빨리 집어 들었다.

"어디서 튀어 나온 놈이냐? 어서 채찍을 내놓지 못해!"

"왜 이 사람들을 괴롭히는 거야? 왜?"

현민은 미친 듯이 외쳤다.

478

"이거, 미친놈 아냐? 비싼 돈을 주고 산 노예에게 네 놈이 웬 주제넘은 간섭이야?"

몹시 성이 난 작업반장이 날카로운 쇠스랑을 앞쪽으로 휘둘렀다. 그러자 옆으로 몸을 슬쩍 피한 현민은 양손으로 번갈아 가며 상대방의 뺨과 가슴을 재빨리 때렸다.

"어이쿠!"

현민의 전광석화 같은 공격을 받고 뒤로 벌렁 자빠진 그는, 맨손의 침입자에게 눈 깜짝할 사이에 공격을 당한 게 믿어지지 않는 듯 어리둥절한 표정을 지었다. 그러더니 곁에 떨어진 쇠스랑을 집어 들고는 육중한 몸을 다시 일으켰다. 그리고는 쇠스랑을 앞으로 휘두르며 재빨리 달려들었다.

"이얏!"

긴 쇠스랑이 자신의 가슴 쪽을 겨냥해서 곧장 찔러오자, 현민은 허공으로 몸을 훌쩍 날렸다. 허공으로 사뿐히 뛰어올라 한 바퀴 몸을 회전시키면서 두 발을 전광석화처럼 뻗어 작업반장의 가슴팍을 세차게 찼다.

"으악!"

그러자 작업반장은 돼지 멱따는 소리를 내지르며 땅바닥에 주저앉았다. 현민은 옆으로 재빨리 달려가 땅바닥에 쓰러져 있는 조선 남자를 부축해 일으켰다.

"안심하십시오. 저는 조선 사람입니다."

"조, 조선 사람이라고요?"

초췌한 모습의 그 중년남자는 현민의 말에 너무나 놀라 두 눈을 크게 떴다.

"도, 도대체! 이, 이게 꿈이요? 생시요?"

"여기 계신 분들은 조선 어느 지방에서 오신 분들입니까?"

현민은 자신의 주위에 우루루 모여든 조선인들을 둘러보며 한스러운 표정을 지었다.

"저, 저는 경상도 안동 땅에서 농사를 짓다가 왜놈들에게 잡혀 왔고, 이 여인과 어린 아이들은 모두 다 경주에 살던 사람들인데, 저와 함께 금년 초여름에 이곳으로 팔려왔습니다."

"안동, 경주?"

현민은 낯익은 조선의 지명들이 나오자 참으로 반가운 마음에 곁에 있는 어린 아이의 두 손을 덥썩 잡았다. 아이는 8, 9세 정도 되었을까 두 손은 깡마르고, 손바닥은 곳곳이 벗겨져 있었다.

"경주, 경주 어디냐?"

현민은 저도 모르게 설움이 복받쳐 울먹이는 소리로 간신히 물었다.

"저, 저는 감포예요."

"감포라고?"

현민은 눈물이 왈칵 솟아 나왔다.

현민이 살던 경주읍에서 동해안의 감포는 토함산을 넘어서 80리만 가면 나오는 바닷가 마을이었다. 파도소리가 마치 음악소리처럼 아름답게 들려오는 멋진 주상절리가 해안에 자리 잡고 있는 감포와 경주읍 사람들은, 아르노 강 한가운데에 있는 폰테 베키오 다리를 사이에 두고 남북으로 나뉘어진 피렌체 시민들만큼이나 가까운 사이였다. 그래서인지 감포에서 끌려왔다는 어린 아이의 측은한 모습을 보니, 현민의 마음은 더욱 애통했다.

조선에서 일어난 7년 전쟁 동안 일본에 포로로 잡혀간 조선인들이 무려 10만 명에 이르렀다. 또한 그중에 수만 명이 넘는 조선인들이, 당시 큐슈를 찾은 유럽의 노예상인들에 의해 이처럼 유럽 각국으로 팔려가는 비참한 노예가 되어야 했다. 당시의 기록에 의하면, 노예로 팔려간 조선인들의 숫자가 얼마나 많았던지, 노예시장에서 노예들의 가격이 폭락할 정도였다고 한다.

"손들엇!"

갑자기 현민의 등뒤에서 큰 소리가 들려왔다. 현민은 천천히 뒤를 돌아다보았다. 그곳에는 어느새 최신형 머스켓 총으로 무장한 젊은 남자 대여섯 명이 농장주인과 함께 와 있었다.

"손들고 이쪽으로 나와!"

현민은 자신에게 총구를 겨누고 있는 그들을 바라보며 망연자실한 표정을 지었다. 그 사이에 몇 사람의 남자들이 잽싸게 달려들더니, 현민의 양팔을 뒤로 꺾었다. 그리고는 전혀 반항을 할 수 없을 정도로 현민의 몸을 꽁꽁 묶은 뒤, 긴 채찍을 손에 든 농장주인 앞으로 끌고 갔다.

"이 미친 녀석! 감히 작업반장을 두들겨 패?"

화가 잔뜩 난 농장주인은 현민의 몸을 마음대로 채찍질했고, 현민의 몸에서는 옷이 찢어져 나가며 선혈이 허공으로 튀어 올랐다.

"멈춰라!"

그때 웬 사람들이 말을 타고 달려오며 큰 소리로 외쳤다. 그들은 모두 호화롭게 치장한 만토바산 백마를 타고 있었다. 말 위에 타고 있는 사람이 바로 메디치가의 까를레티 공작이란 걸 알아차린 농장주인은 급히 고개를 숙이며 경의를 표했다.

"아, 까를레티 공작님!"

"도대체, 이게 무슨 짓이냐? 내 집에 찾아온 귀하신 손님을 이렇게 포박하다니!"

"예? 공작님의 손님이라고요?"

배불뚝이 농장주인은 어안이 벙벙한 표정이었다.

"어서 포박을 풀도록 해라!"

"하, 하지만 이 사람은 작업반장을 때려눕히고, 노예들을 탈취하려고……"

"무슨 잔소리가 그렇게 많아? 어서 포박을 풀라니까!"

까를레티 공작이 몹시 화가 난 표정으로 다시 고함을 질렀다. 그러자 젊은 남자들이 현민의 몸을 감고 있던 밧줄을 재빨리 풀기 시작했다.

"자, 어서 갑시다."

까를레티 공작이 현민에게 말에 오를 것을 권했다. 그러나 현민은 침울한 표정만 짓고 있을 뿐, 그 자리에서 한 발짝도 움직이지 않았다.

"공작님! 저는 동족들과 절대로 헤어질 수가 없습니다. 여기에 있는 불쌍한 동족들을 구해내기 전에는 저는 아무 일도 할 수 없답니다!"

까를레티 공작은 현민이 어떤 사내라는 것을 누구보다도 잘 알고 있었다. 지난번 무역선에서도 사무라이들에게 농락당하던 동족 여인을 구하기 위해, 칼을 든 그들과 맨손으로 맞서지 않았던가?

무척 난감한 표정을 짓던 까를레티 공작은 옆에 있는 디에고와 잠시 귓속말을 나누었다.

잠시 후, 까를레티 공작은 농장주인을 다시 불렀다.

"여기 있는 조선인 노예들을 모두 나에게 팔도록 해라! 값은 최대한 후하게 쳐 줄 테니, 시종장 바조와 계산을 하도록 해라!"

"예?"

농장주인은 깜짝 놀란 표정을 지었다. 그러나 그도 어쩔 수 없다는 듯이 이내 고개를 조아리며 공작의 명령을 받아들이겠다는 뜻을 표했다. 이렇게 해서 그 농장에 있던 여섯 명의 조선인들은 모두 다 까를레티 공작의 집으로 오게 되었다.

이제 무덥던 8월도 다 지나가고, 아침저녁으로 공기가 조금씩 시원해지는 초가을에 접어들고 있었다. 그동안 베네치아로부터 희소식이 왔다. 파도바로 피신했던 베네치아 정부가 원군으로 달려온 밀라노 군과 독일, 스위스 용병들이 힘을 합해, 베네치아를 침범했던 투르크 해적들을 완전히 몰아냈다는 것이다. 그래서 피에트로 백작 부부는 9월 중에 베네치아로 다시 돌아갈 수 있게 되었다.

그즈음 현민에게도 일이 하나 생겼다. 리카르디 궁전의 안뜰에서 메디치가의 사람들에게 오전시간 동안 '풍류무'를 가르치게 된 것이었다.

그날도 현민은 10여 명의 메디치 가족들과 함께 '풍류무' 수련을 마치고 3층의 응접실에서 따뜻한 차 한 잔을 하고 있었다. 그때 오전 수련을 끝낸 소피아는 함께 식사를 하기 위해 디에고의 방으로 들어갔다. 디에고가 오늘은 몸이 좋지 않다며 수련에 불참했기 때문에 소피아가 동생을 데리러 들어간 것이다.

그런데 이게 웬 일인가? 디에고가 누워 있어야 할 침대 위에는 아무도 없고, 대신 책상 위에 편지 한 장만이 덩그렇게 놓여 있었다.

응접실에 앉아 황급히 편지를 읽어 나가던 소피아는 점점 안색이 변해 갔다. 그 편지에는 디에고가 수녀원에서 예비수녀 교육을 받고 있는 어느 처녀를 열렬히 사랑하고 있으며, 지금 그 처녀를 만나기 위해 바티칸으로 떠난다고 씌어 있기 때문이었다.

대경실색한 소피아는 이 일을 오빠인 까를레티 공작에게 즉시 알렸다. 소피아와 부모님들은 한시바삐 디에고를 만나 가문을 망신시키는 철없는 행동을 막아야 한다며 안절부절했다. 결국 까를레티 공작과 현민은 급히 마차에 몸을 싣고 바티칸으로 향해야 했다.

원수는 외나무다리에서

가을빛이 엷게 깔리는 테베레 강을 묵묵히 내려다보고 있는 바티칸 언덕 위의 산 피에트로 사원은 깊은 사색에 잠겨 있는 성자처럼 신비롭고 경건해 보였다. 사원 뒤에 있는 넓은 정원도 뜨겁게 불타오르던 한여름의 열정을 가슴에 묻어둔 채 계절의 변화를 서서히 맞이하고 있었다.

디에고는 오후의 초가을 햇살이 활엽수의 넓은 나뭇잎 사이로 부드럽게 스며드는 바로 그곳에서 안젤리까를 만나고 있었다. 수녀원까지 직접 찾아가서 어렵사리 연락을 넣어 가까스로 불러낸 것이다.

"그, 그렇다면, 제가 보낸 편지를 단 한 통도 받아보지 못했단 말입니까?"

"예, 한 통도 받지 못했어요!"

"어떻게, 그럴 수가!"

엄격하고 까다롭기로 유명한 수녀원장의 편지 검열 때문에 안젤리까에게는 단 한 통의 편지도 전달되지 않은 것이다. 긴 밤을 하얗게 새우며 빽빽이 적어나간 사랑의 고백을 안젤리까가 전혀 읽어 볼 수 없었다니…….

디에고는 애석하다 못해 분통이 터졌다. 하지만 지금은 그런 것을 따질 경황이 아니었다. 오늘은 무슨 수를 써서라도 그녀에게 청혼을 해야 했다. 만약 예비수녀라는 그녀의 신분이 방해가 된다면, 추기경으로 있는 메디치가의 친척을 만나서라도 이 문제를 직접 해결할 생각이었다.

바로 그때. 두 남자가 정원으로 막 들어서고 있었다. 조용한 가을 숲의 적막을 깨뜨리며 저벅저벅 걸어오는 그들은 이토와 사이고였다. 로마에서 용병생활을 하고 있던 그들은 오랜만에 휴일을 맞아 바티칸 구경을 하고 있는 중이었다.

정원으로 들어서던 그들은 커다란 은행나무 밑에 심각한 표정으로 서 있는 한 쌍의 남녀를 흘깃 쳐다봤다. 예비수녀복을 입은 여자의 얼굴을 무심코 바라보던 이토는 갑자기 고개를 갸우뚱거리며 걸음을 멈췄다.

"이토! 왜 그래?"

"아니, 저년은?"

사이고는 갑자기 걸음을 멈춰 선 이토를 바라보며, 어리둥절한 표정을 지었다. 이토는 잠자코 따라오라는 손짓을 했다.

디에고와 도란도란 이야기를 나누던 안젤리까도 이쪽으로 가까이 다가오는 두 사람을 향해 눈길을 던졌다.

"아, 아니! 당신은?"

이토와 눈길이 마주친 안젤리까는 소스라치게 놀랐다. 하마터면 비명을 지르며 그 자리에 주저앉을 뻔했다. 그 사람은 바로 현민 오빠의 결혼식장을 쑥대밭으로 만든 흉악한 사무라이가 아닌가? 게다가 그는 사천성으로 끌려간 자신을 겁탈하려다 그녀가 휘두른 도자기에 의해 이마에 상처가 나기도 했던, 바로 그 일본인이었다.

'그런데, 어떻게 여기에서!'

공포에 질린 안젤리까는 아무런 말도 나오지 않았다. 그저 목에 걸려 있는 십자가만 꼭 움켜쥔 채 비틀거리며 디에고의 곁으로 바짝 다가갔다. 그러자 이상한 낌새를 눈치 챈 디에고는 잔뜩 겁에 질려 있는 안젤리까를 자신의 등 뒤로 보냈다. 그리고 두 사람 앞으로 호기 있게 나섰다.

"당신들은 도대체 누구요?"

그러나 그런 소리에 귀를 기울일 그들이 아니었다.

"네놈은 상관할 일이 아니니 옆으로 비켜!"

"이곳은 성스러운 바티칸이요! 그리고 이 숙녀분은 이곳의 수녀원에 계시는 예비수녀요!"

디에고는 강하게 꾸짖듯이 말했다.

"어린 녀석이 마치 늙은 추기경이라도 되는 듯한 말투군. 예비수녀건 정식수녀건, 그까짓 건 아무런 상관도 없어! 나는 저 조선 계집과 긴히 해결해야 할 용무가 있을 뿐이야."

"도대체 안젤리까 양과 무슨 용무가 있다고 이렇게 무례하게 구는 거요? 만일 더 이상 추태를 부린다면, 이 칼이 용서치 않을 것이요!"

디에고는 허리에 찬 칼을 재빨리 뽑아 들었다. 그러나 두 사람은 디에고의 행동에 눈 하나 깜빡이지 않았다. 오히려 가소롭다는 듯이 냉소를 흘렸다.

"네놈이 우리들을 잘 모르는가 보군. 우리들은 '살아 있는 흡혈귀'라고 부르는, 일본의 사무라이와 닌자들이시다! 살아 있는 사람의 피와 기름이 있는 곳이면, 아무리 먼 곳이라도 달려가는 우리들의 명성을 듣지 못했느냐?"

"이 더러운 원숭이 놈들! 이 성스러운 장소에서 감히 숙녀를 농락하려 들다니. 예의를 모르는 천둥벌거숭이 같은 네놈들에게 기사도가 무엇인가를 똑똑히 가르쳐 주겠다!"

디에고와 이토는 칼을 뽑아든 채 마주섰다.

가시눈으로 디에고를 쏘아보던 이토는 시퍼런 칼을 천천히 머리 위로 들어 올렸다. 상단자세를 취한 그는 앞으로 뛰어들며 디에고의 어깨를 단번에 공격할 속셈이었다. 디에고도 뜨거운 적대감으로 이토를 노려보고 있었다. 무례한 이방인들로부터 사랑하는 안젤리까를 기필코 보호해야 한다는 일념으로 칼을 뽑아든 그는, 숨을 죽인 채 상대방의 허점을 노렸다.

"이야앗!"

팽팽한 숲속의 긴장을 먼저 깨뜨린 사람은 디에고였다. 디에고가 커다란 고함을 지르며 이토의 왼쪽가슴을 향해 칼을 내리쳤다.

"이얏!"

그와 동시에 이토의 입에서도 기합이 터져 나왔다.

"으윽!"

비명을 내지르며 얼굴을 찌푸린 사람은 디에고였다. 이토가 몸을 옆으로 피하며 디에고의 어깨를 찌른 것이다. 디에고의 오른쪽 어깨에선 선혈이 솟아 나오고, 두 다리가 휘청거렸다.

"오오!"

안젤리까는 외마디 비명을 질렀다. 피를 본 이토는 더욱 생기가 솟아올랐다. 그는 잔인한 미소를 입가에 흘리며 천천히 앞으로 다가섰다.

"흐흐흐! 젖비린내 나는 애송이. 사무라이의 날카로운 칼맛을 제대로 보여주마!"

옆으로 비켜 선 사이고는 여유 있게 팔짱을 끼고는 미소 띤 얼굴로 그들을 느긋하게 바라보고 있었다. 어깨에 부상을 입은 디에고는 가슴이 철렁 내려앉는 것 같았다. 마치 악마의 굴속에서 괴물과 맞닥뜨린 것처럼 등골이 오싹했다. 그러나 이대로 물러설 수는 없는 노릇이었다. 자신이 쓰러진다면 이 짐승 같은 야만인들로부터 누가 안젤리까를 보호해 준단 말인가? 디에고가 정신을 가다듬으며 칼을 위로 들어 올리는데, 이토의 공격이 다시 시작되었다.

"이얏!"

이토가 사선으로 칼을 내리치며 허리베기를 시도했다.

"으윽!"

날카로운 칼날은 정확하게 허리를 스치며 지나갔고, 디에고의 입에선 또다시 비명이 터져 나왔다. 디에고는 고통스러운 표정을 지으며 비틀거렸다.

"아, 안 돼요! 제발!"

안젤리까가 디에고를 부축하며 미친 듯이 울부짖었다.

"하룻강아지 범 무서운 줄 모르고, 제 멋대로 날뛰더니. 이번에는 이 칼로 네놈의 머리를 박살내주마!"

이토는 다시 머리 위로 칼을 높이 들었다. 단번에 앞으로 뛰어들며 디에고의 머리를 공격할 자세였다. 석양빛은 어느새 바티칸의 서쪽하늘을 붉게 물들이고 있었고, 평화롭던 정원은 곧 벌어질 끔찍한 살인극 때문에 팽팽한 긴장감이 감돌고 있었다.

바로 그때였다.

"멈춰라, 멈춰!"

"아니, 네 놈은?"

이토와 사이고는 깜짝 놀라지 않을 수 없었다. 폭풍우 속에서 영원히 수장된 줄 알았던 현민이 정원 안으로 급히 뛰어 오는 게 아닌가? 그리고 그의 뒤엔 까를레티 공작도 함께 뛰어오고 있었다.

"원수는 외나무다리 위에서 만난다더니! 네놈이 아직까지 살아있었 단 말이냐?"

무역선 갑판 위에서 현민의 택견 솜씨에 어이없이 나가 떨어졌던 이토가 두 눈에 핏발을 세웠다. 그러자 옆에서 보고 있던 사이고도 함께 칼을 뽑았다.

"까를레티 공작께서도 등장하셨군! 오늘은 총을 든 부하들도 없으니, 마침 잘되었군 그래."

평소부터 까를레티를 마뜩치 않게 생각했던 사이고가 빈정거리는 말투로 이죽거렸다.

"이 무도한 놈들! 이게 무슨 사악한 짓이란 말이냐? 교황성하께서 살고 계시는 바티칸에서 감히 칼을 휘두르다니. 게다가 메디치가의 귀족인 내 동생에게 상처를 입혀? 이 방약무인한 놈들!"

"뭐라고? 저 건방진 애송이가 당신의 동생이라고?"

490

이때 현민을 알아본 안젤리까가 크게 놀라며 고함을 질렀다.

"오, 오빠!"

"아, 아니? 너는!"

모두들 깜짝 놀라며 두 사람을 번갈아 바라보았다.

"넌 선희가 아니냐?"

"네, 오빠! 선희예요!"

두 사람은 서로 부둥켜안았다.

"아니, 두 사람이 오누이라고?"

까를레티 공작은 머릿속이 잠시 혼란스러웠다. 자신의 동생이 오매불망 연모하던 예비수녀가 나가사끼의 주교관에서 만났던 안젤리까 양이라는 것도 놀라웠지만, 그녀가 바로 현민의 여동생이었다니!

피를 흘리며 땅바닥에 쓰러진 디에고를 부축한 까를레티 공작은 이 기막힌 인연에 어안이 벙벙한 표정을 지었다.

"흐흐, 잘되었군. 모두들 한꺼번에 줄초상을 치루게 해주마. 네놈들은 오늘이 바로 장례식날인 줄 알고 있어라!"

"뭐라고? 천하의 벌레 같은 놈들! 조선땅을 이리떼처럼 휘젓고 다니며 피범벅을 만들어 놓더니, 그것도 모자라서 이역만리 떨어진 타국에서 또다시 인간백정 노릇을 하고 있어? 천지신명께 맹세하노니, 너희 두 버러지들에게 악당들의 말로가 얼마나 비참한지 똑똑히 가르쳐 주겠다!"

현민은 이토와 사이고를 번갈아 노려보며 칼을 높이 들었다. 그러자 칼을 뽑아든 사이고가 현민 쪽으로 다가섰다. 두 사람은 서로 칼을 높이든 채 공격 자세를 취했다.

현민은 칼을 어깨 높이로 들어 올린 뒤 옆으로 길게 뻗었다. 그것은 경주에서 현민이 탄선 스님으로부터 배운 신라의 본국검법 자세였다.

사이고는 칼을 가슴 앞으로 뻗어 올려 중단자세를 취했다. 현민의 옆구리를 치려는 속셈이었다. 날이 잘 선 두 자루의 칼은 석양빛에 반사되어 거울처럼 반짝거렸고, 두 사람 사이에는 정적만이 감돌았다.

작은 눈을 실처럼 가늘게 뜬 사이고는 까만 눈동자를 재빠르게 굴리며 현민의 허점을 찾기에 여념이 없었다. 그러나 공중으로 날아오르기 위해 날개를 활짝 편 독수리처럼 긴 칼을 오른쪽 어깨 쪽으로 길게 들어 올린 현민에게서는 어떠한 허점도 발견하기 어려웠다.

현민의 그 자세는 생전 처음 보는 생경한 자세였고, 그의 두 눈은 깊은 명상에 잠긴 절간의 스님처럼 평온하기 그지없었다.

'정신일도! 검아일체!'

마음을 텅 비우고 모든 것을 초월한 듯한 온화한 얼굴로 전방을 물끄러미 응시하던 현민의 눈동자가 갑자기 반짝이기 시작했다. 마치 높은 하늘 위를 빙빙 돌던 독수리가 숲속에서 튀어나온 먹이를 발견했을 때처럼! 먹이를 찾아낸 독수리가 날카로운 부리와 발톱을 앞세운 채 쏜살같이 내려가듯, 현민의 칼이 사이고의 심장을 향해 재빠르게 달려갔다.

"얏!"

현민의 입에서 우레와 같은 고함이 터져 나오며 눈부신 검광이 두 사람 주위를 감쌌다. 사이고는 급히 옆으로 피하며 칼날을 막으려 했다. 그러나 현민의 날카로운 칼날은 사이고가 미처 막을 사이도 없이 그의 왼쪽 가슴팍을 깊숙이 파고들었다.

"으윽!"

사이고는 독수리의 날쌘 습격을 받은 느림보 꿩처럼 기겁을 하며 쓰러졌다. 흑룡회의 유명한 닌자였던 사이고가 칼 한번 제대로 휘두르지도 못하고 가을 들판의 허수아비처럼 힘없이 쓰러져 버리자, 이토의 두 눈이 휘둥그레졌다.

"사, 사이고!"

이토가 사이고의 곁으로 재빨리 달려갔다. 그러나 이미 늦었다. 땅바닥에 쓰러진 그의 심장에서는 검붉은 피가 솟구쳤고, 목에서는 가랑가랑 거리는 숨소리도 들리지 않았다. 그는 현민의 단칼에 심장이 뚫린채 그만 절명해 버린 것이다.

"이런, 쳐 죽일 놈!"

뜨거운 분노로 얼굴이 시뻘겋게 달아오른 이토가 현민을 바라보며 칼을 높이 들었다. 그러자 현민도 호흡을 가다듬으며 천천히 칼을 다시 들었다. 부모님을 살해하고 갓 시집온 자신의 색시를 처참하게 살육한 철천지원수와 대면한 현민의 얼굴엔 아무런 표정이 없었다. 그러나 그의 마음은 용광로처럼 뜨겁게 끓어오르고 있었다.

'이 원수! 심장을 갈아 먹어도 시원치 않을 더러운 원숭이! 네놈의 칼에 억울하게 숨진 동족의 치욕과 내 가족의 사무친 원한을 정의의 이름으로 심판하리라!'

현민의 두 눈에서 시퍼런 섬광이 뻗어 나왔다. 그 순간 이토의 머리가 잠시 어찔거렸다. 마치 두 줄기 시퍼런 빛줄기가 자신의 머릿속으로 파고드는 듯한 엄청난 살기를 느꼈기 때문이다.

이토를 날카롭게 쏘아보던 현민이 칼을 아래쪽으로 서서히 내리며 몸을 잔뜩 웅크렸다. 이것은 신라본국검법의 '맹호출림' 자세였다. 깊고 울창한 숲속에 숨어서 먹이를 노려보는 맹호처럼 자세를 최대한 낮춘 현민은 미동도 하지 않고 이토만 바라보고 있었다.

공격을 먼저 시작한 사람은 이토였다.

"이야앗!"

이토는 잘 벼린 칼끝을 앞으로 곧장 겨눈 채 앞으로 뛰어 들었다. 그와 동시에 현민도 숲 밖으로 뛰어나오는 맹호처럼 칼을 앞으로 휘두르며 힘차게 달려 나갔다.

"이얏!"

벽력 같은 기합소리와 함께 황금빛 검광이 두 사람을 감쌌다.

쨍그랑!

두 개의 칼이 날카로운 소리를 내며 세차게 부딪쳤다. 칼을 부딪친 채 얼굴을 가깝게 마주한 두 사람은 굵은 땀방울을 이마 위로 뚝뚝 흘렸다. 입에서 나오는 뜨거운 입김이 수증기처럼 서로의 얼굴에 와 닿았고, 심장의 세찬 고동소리가 칼끝으로 쿵쾅쿵쾅 전해져 왔다.

죽느냐? 죽이느냐? 절체절명의 긴박한 순간이었다. 자신의 모든 기운을 칼끝으로 집중시킨 현민은 재빨리 뒤로 물러나며 칼날을 옆으로 그었다.

"이얏!"

"으윽!"

현민이 비호처럼 휘두른 칼날에 이토의 옆구리 살점이 섬벅 배어지며 시뻘건 피가 분수처럼 뿜어 나왔다. 그 순간을 놓치지 않고 재빨리 앞으로 뛰어든 현민은 시퍼런 칼날을 날렵하게 움직이며 매서운 연속 공격을 퍼부었다.

결국 이토는 처참한 몰골이 되어 버렸다. 칼날에 찢겨진 옷은 누더기처럼 너덜거리고, 붉은 살점이 떨어져 나간 몸 곳곳에는 뼈가 허옇게 드러났다. 긴 칼을 아래로 늘어뜨린 채 거친 숨을 몰아쉬는 이토의 얼굴엔 죽음의 공포가 짙게 드리워져 있었다.

막다른 골목으로 내몰린 이토를 바라보던 현민은 칼을 머리 위로 다시 올리고는 칼끝으로 기를 모았다. 이제 단번에 이토를 절명시킬 일도 필살의 자세를 취했다.

숲속에는 팽팽한 긴장감이 감돌았다. 초가을 햇살은 그대로 꽁꽁 얼어붙은 것처럼 차갑게 느껴졌고, 간간이 불어오던 강바람도 숨을 잔뜩 죽인 채 침묵을 지키고 있었다. 주위에 서 있던 다른 사람들도 모두들 가슴을 조인 채 현민의 마지막 공격을 지켜보고 있었다.

바로 그때였다.

이토가 자기 스스로 땅바닥에 털썩 주저앉는 게 아닌가? 이토의 돌연한 행동에 모두들 깜짝 놀랐고, 현민도 의아한 눈길을 보냈다. 땅바닥에 두 무릎을 꿇은 이토는 현민을 향해 크게 머리를 조아리며 울음을 터뜨렸다.

"제, 제가, 졌습니다! 이국땅에 나와서 친구까지 잃어버렸으니, 더 이상 살고 싶지도 않습니다. 저희 사무라이들은 수치를 당했을 때, 스스로 배를 가르는 셉보꾸(할복자살) 관습이 있습니다. 제발, 자비를 베푸셔서, 제가 셉보꾸로 명예로운 죽음을 맞이할 수 있도록 허락해 주십시오."

잔뜩 목이 맨 이토는 더듬거리며 간신히 말을 이어나갔다. 현민은 피눈물을 흘리며 하소연을 하는 이토의 얼굴을 뚫어지게 바라보았다. 그러자 이토는 더욱 머리를 조아리며 자신의 마지막 소원을 들어 달라고 간청했다. 사람은 죽을 때 진심을 털어 놓는다고 했던가? 죽음을 목전에 둔 이토의 말은 진심인 것 같았다. 현민은 높이 들어 올린 칼을 천천히 아래로 내리며 공격 자세를 풀었다. 그러자 이토는 땅바닥에 머리를 수없이 조아리며 감사하다는 말을 되뇌었다.

"아리가도 고자이마스! 정말, 고맙습니다! 이 은혜는 제가 죽은 뒤에도 영원히 잊지 않겠습니다."

이토의 얼굴에는 뜨거운 눈물이 펑펑 쏟아지고 있었다.

잠시 후, 이토는 웃옷을 걷어 올려 자신의 허연 배를 드러내더니 옆에 놓인 칼을 천천히 집어 들었다. 그런 다음에 날카로운 칼끝을 부드러운 배 위에 갖다 대고는 두 눈을 지그시 감았다. 그러자 주위에 서 있던 사람들은 잠시 후에 펼쳐질 참혹한 다음 모습을 보지 않기 위해 고개를 옆으로 돌렸다.

현민도 얼굴을 찌푸린 채 뒤로 돌아섰다. 비록 가문의 원수였지만, 배를 가르고 자신의 피 묻은 창자를 끄집어내며 고통스럽게 죽어갈 것을 생각하니, 한 줄기 연민의 정이 현민의 가슴속에 뜨겁게 흘러 내렸다.

칼을 내린 채 뒤돌아선 현민은 두 눈을 질끈 감아버렸다.

"이얏!"

그런데 바로 그 순간. 이토의 기합소리가 크게 터져 나오면서 현민의 어깻죽지에 작은 칼이 세차게 박히는 게 아닌가?

"윽!"

셉보꾸를 하겠다며 사람들의 눈을 속인 이토가 갑자기 자리를 박차고 일어서며 품속에 있던 단검을 내던진 것이다. 이토는 곧이어 현민의 목을 치기 위해 자신의 긴 칼을 휘둘렀다. 그 순간 현민은 땅을 박차며 허공으로 뛰어 올랐다.

"교활한 놈, 죽는 순간까지 사람을 기만하다니!"

마치 청룡이 구름을 헤치며 하늘로 날아오르듯 공중에서 몸을 크게 한 바퀴 회전시켜 본국검법의 필살기인 '청룡승운' 자세를 취한 현민은 이토의 가슴을 향해 칼을 곧장 찌르며 내려갔다.

이토는 크게 당황했다. 품속에 숨겨 놓은 단검으로 현민의 어깨에 치명상을 입힌 뒤, 곧이어 장검으로 현민의 목을 치려던 자신의 은밀한 계획이 빗나간 것이다.

"이얏!"

어깨에 칼을 맞은 현민은 재빠른 솜씨로 이토의 2차 공격을 피한 뒤, 자신을 속인 이토의 심장을 긴 칼로 꿰뚫어 버렸다.

"으윽, 윽!"

심장을 관통당한 이토는 붉은 피를 울컥 토하며 부르르르 떨다가 곧 숨을 거두고 말았다.

"오빠!"

이토가 썩은 통나무처럼 뒤로 힘없이 넘어지자, 선희가 급히 달려와 현민의 어깨를 얼싸안았다. 그러나 어깨에서는 계속 피가 흘러 나왔고, 두 사람의 사무라이와 닌자를 상대하느라 기력을 많이 소진한 현민은 거의 탈진상태였다.

"오빠! 오빠! 오빠……."

현민은 자신을 애타게 부르는 여동생의 안타까운 음성을 가물가물 들으며 점점 의식을 잃어가고 있었다.

나폴리에 나타난 조선인 씨름꾼

"정말, 공력이 대단하십니다. 젊은 제가 오히려 기운이 달려, 더 이상 내기방사(몸속의 기를 밖으로 발사함)를 못하겠습니다. 참으로 존경스럽습니다."

"하하하, 아니야. 자네 내공도 대단하군. 자네 정도의 나이에 이만한 경지에 오른 사람도 이 세상에는 흔치 않다네. 이 정도의 기수련을 터득하려고 해도, 대단한 인내심과 피나는 수련이 아니면 참으로 어려운 일이지."

로마 시내의 나보나 광장 옆에 있는 '운기한의원'에서 두 사람의 목소리가 도란도란 들려 나왔다. 집안 곳곳에는 온갖 약초가 산더미처럼 쌓여 있고, 한약 달이는 냄새가 은은히 배어나오고 있었다.

십장생이 그려진 12폭짜리 큰 병풍을 둘러친 넓은 방안에는 이곳의 주인인 운하선사와 현민이 서로 마주 보고 앉아 있었고, 그 옆에는 디에고가 신기한 표정으로 앉아 있었다. 무릎이 거의 맞닿을 정도로 바투 붙어 앉은 두 사람은 양 손바닥을 서로 앞으로 향한 채 상호간에 '기교류'를 하고 있는 중이었다.

먼저 운하선사가 오른 손바닥으로 기를 방사하면, 현민이 그 기를 자신의 왼손바닥으로 흡입하여 자신의 어깨선을 따라 한 바퀴 순환시킨 뒤 다시 자신의 오른손바닥으로 기를 방사했다. 그러면 맞은편에 앉아 있는 운하선사가 다시 자신의 왼손바닥으로 기를 빨아들여, 역시 어깨선을 따라 한 바퀴 순환시킨 뒤 오른손바닥으로 기를 배출했다. 그런데 운하선사가 갑자기 기 순환을 중단하고는 자신의 두 손바닥을 통해 강력한 '운기방사'를 시작했다.

처음에는 서로의 손바닥에서 배출되는 기의 힘이 엇비슷했다. 그것은 60이 넘은 노인에게 질 수 없다는 강한 오기 때문에, 현민도 자신의 단전(하복부에 있는 기의 창고)에 있는 기를 연신 양팔로 끌어올려 노궁(손바닥 한가운데 있는 급소)을 통해 강력한 기를 방사했기 때문이었다.

그런데 어찌된 일인지, 점점 시간이 흐를수록 현민의 손바닥이 슬슬 뒤로 밀리는 게 아닌가? 당황한 현민은 뒤로 물러서지 않기 위해 안간힘을 다해 보았다. 그러나 이제는 손바닥뿐 아니라, 자신의 몸까지도 뒤로 밀려가는 것이었다. 그것은 마치 거대한 바람 앞에 선 것 같았다.

진땀을 뻘뻘 흘리며 저항을 계속하던 현민은, 결국 거친 숨을 몰아쉬며 백기를 들 수밖에 없었다. 얼굴이 시뻘겋게 달아오른 현민은 '단전의 기'를 너무 많이 소모하는 바람에, 머리가 어지럽고 두 다리에 힘이 빠져 버린 것이다. 그러자 자리에서 급히 일어난 운하선사는 현민의 백회(머리 한가운데 있는 급소)에 손바닥을 대고는 머리 쪽으로 상기된 기를 아래로 재빨리 밀어 내렸다.

"자, 마음을 차분히 가라앉히고 운기호흡을 시작하게. 상기된 기가 밑으로 천천히 가라앉으며, 어지럼증이 곧 사라질 걸세."

현민은 두 손을 하복부 앞에 가볍게 모아 쥐고는 정신을 통일해서 풍류호흡을 시작했다. 그러자 곧 아랫배가 뜨거워지면서 원기가 다시 회복되기 시작했다. 현민은 단전에 모아진 기를 임독맥(인체의 전후면을 흐르는 기의 통로)을 통해 천천히 순환시켜 주었다. 운기조식(풍류호흡을 통해 기를 순환시킴)을 통해 생기가 인체의 경락 속을 조화롭게 흐르게 되자, 현기증이 사라지며 몸이 어느 정도 정상을 되찾기 시작했다.

"이제 기순환이 정상을 찾는 것 같군! 역시 자네의 내공은 대단해."

유달리 장난이 심한 운하선사는 너털웃음을 크게 터뜨리며 현민의 백회 위에 올려놓았던 자신의 손을 아래로 내렸다.

"자, 우리 따끈한 차나 한 잔씩 마시지."

"예, 선사님."

긴 옷자락을 끌며 부엌으로 나간 운하선사는 인삼차를 세 잔 끓여왔다. 6년근 인삼에다 계피와 대추를 넣어 푹 끓인 인삼차를 한 모금씩 마시자, 새로운 힘이 솟구쳤다. 현민은 입가에 흐뭇한 미소를 띠며 인삼의 독특한 향취를 조금씩 음미했다.

며칠 전 바티칸에서 피비린내 나는 대결을 끝낸 후 심한 상처를 입었던 두 사람은, 로마 시내에 있는 '운기한의원'으로 급히 실려 왔다.

현민과 디에고의 상처를 치료해 준 운하선사는 중국인 한의사였다. 그는 약초와 뜸과 침을 자유자재로 사용하며 인체에 관해서도 해박한 지식을 갖고 있어, 로마 시민들로부터 '동방의 히포크라테스'로 불리고 있었다. 또한 그는 매일 새벽마다 고대 로마의 유적지가 한눈에 내려다

보이는 타르페이아 바위에 올라가 신비로운 운기권 수련을 하는 뛰어
난 무술인이기도 했다.

작달막한 키에 살이 포동포동하게 찐 이 노인은 대단히 장난기가 많
고 재미있는 사람이었다. 게다가 현민이 중국의 바로 이웃인 조선에서
건너왔다는 사실을 알고는 더욱 친절하고 사려 깊게 대해 주었다. 그래
서 시간이 날 때마다 이렇게 옆에 앉아 기 수련도 함께 하고 인체와 자
연에 관한 여러 가지 지식도 가르쳐 주었다.

현민과 디에고는 운하선사의 탁월한 기 치료술과 신묘한 약초의 효
력 때문에 날이 갈수록 회복이 빨라지고 있었다. 게다가 두 사람은 인
체의 기혈 순환을 증진시키고 내공의 힘을 상승시켜 주는 특수비방의
한약인 '운기환'까지 어젯밤부터 복용하기 시작했다.

"자네는 조선과 왜국에 있을 때에 좋은 스승들로부터 여러 가지 수
련법을 많이 배웠다며?"

운하선사가 찻잔을 접시 위에 내려놓으며 나지막한 음성으로 물었
다.

"조선에서는 경주의 삼랑사에 계시던 탄선 스님으로부터 본국검법
과 학춤과 택견을 배웠고, 왜국에서는 고운 최치원 선생님의 후손이신
청산거사님을 만나게 되었습니다. 그래서 그분과 함께 생활하면서 조
선에서 실낱 같은 맥이 이어지고 있는 풍류도의 여러 수련법들을 배우
게 되었습니다."

"그래. 모든 공부가 다 마찬가지겠지만 기 공부를 할 때는 특히 좋은
스승이 필수적이지. 아무리 좋은 검이라도 사용하는 사람에 따라 흉기
가 될 수도 있고 이기가 될 수 있듯이, 어떤 스승을 만나느냐에 따라 깨

달음 길로 용맹 정진하는 훌륭한 도인이 될 수도 있고, 사술로서 세상 사람들의 눈을 현혹시키는 악인도 될 수 있다네.

자네는 다행스럽게도 조선의 선비 집안에서 태어나 어려서부터 선친에게 문무를 겸비한 좋은 교육을 많이 받았고, 또한 좋은 스승들을 만나서 기공부도 많이 했으니, 그만하면 기본적인 소양은 잘 갖추어진 편이야. 그러니 이제부터는 의술공부를 시작하도록 해보게."

"저보고 한의사가 되라는 말씀이신가요?"

"자네도 언제까지나 칼을 차고 다니면서, 사람을 죽이는 일만 할 수는 없지 않은가? 사람은 언젠가 자기가 흘린 피값을 받게 되어 있어. 살생의 죄를 범해서 자신과 후손의 앞길을 어둡게 하는 것보다는, 약한 자와 병든 자를 살려주고 건강하게 만들어 주는 사랑의 의술을 펴는 것이 얼마나 아름답고 행복한 일인가? 게다가 아직까지도 중세기의 미신과 주술에서 벗어나지 못하고 있는 무지몽매한 유럽인들에게 동양의 신비로운 의학을 베푸는 것은 대단히 보람 있는 일이 될 거야."

"이곳 사람들이 아직 미신과 주술에서 벗어나지 못하고 있다고요? 웅장한 로마문화와 화려한 르네상스 문화를 전 유럽에 퍼뜨린 위대한 이탈리아인들이 어떻게 그럴 수 있단 말씀인가요?"

"하하! 이탈리아뿐만 아니라 전 유럽인들이 마찬가지라네. 얼마 전까지만 해도 유럽인들의 위생관념은 형편없었지. 페스트가 만연해서 수많은 사람들이 죽어갈 때도 그들이 취한 행동이라는 것이 고작 수도사의 뒤를 따라 거리를 행진하며 칼과 채찍으로 자신들의 몸에서 피를 흘리는 것이었어. 유럽의 도시들이 얼마나 불결하고 비위생적인지 아는가? 인구가 수십만이 넘는 파리나 리스본 같은 대도시들도 집안에 화장실이 없어. 사람의 분뇨를 길거리에 아무렇게나 내버리는 실정이야. 그래서 비라도 오는 날이면 온 시내가 장화 없이는 도저히 다닐 수가 없을 정도로 오물이 질척거리는 진창으로 변해 버린다네. 지금도 사람이 병이 들면, 공기가 맑고 햇빛이 따스한 장소로 옮겨 쇠약해진 원기를 북돋워 줄 생각은 하지 않고 무조건 피부터 뽑아낸다네."

"피를 뽑아요?"

"환자를 병들게 한 악마가 붉은 피 속에 들어 있다고 믿기 때문이지."

현민은 금년 봄에 헬레나를 따라 타란토의 어시장에 갔다가 목격한 광경을 머릿속에 떠올렸다. 그때 그곳에서 본 이발사는 사람의 머리카락만 깎아주는 것이 아니라 의사까지도 겸하고 있었는데, 조수를 동원해서 비명을 지르는 환자의 환부를 칼로 베고 피를 뽑던 일이 생각났다.

"부끄럽지만 그런 일들은 지금도 다반사로 일어나고 있죠. 특히 농촌에서 그런 일들이 더욱 많은데. 마을에 환자가 생기는 경우엔 악령이 깃든 마녀 때문에 그런 일이 발생했다며, 평소에 미워하던 사람을 마녀로 지목해서는 불태워 죽이는 끔찍한 '마녀사냥'이 비일비재하게 일어난답니다."

디에고가 혀를 끌끌 차며 동감을 표시했다.

"병이란 것은 주위의 모든 사악한 것들로부터 내 몸을 지켜주는 '기혈의 균형'이 깨어져 발생한 것인데. 기혈의 힘을 더욱 보강해 주어야 할 판국에 그 귀중한 피를 오히려 뽑아 버리다니! 정말 어처구니가 없는 일이지."

"그렇군요. 하지만 선사님! 저는 아직 해야 될 일이 많이 있습니다.

죽은 줄만 알았다가 이번에 다시 만나게 된 여동생도 이곳에 뿌리를 내려 행복하게 살 수 있도록 도와주어야 하고, 전혀 말도 통하지 않고 문화도 엄청나게 다른 이곳으로 비참한 노예가 되어 팔려온 동족들을 위해서도 무언가 대책을 세워야 합니다. 게다가 저를 비롯해서 수많은 우리 동족에게 이토록 엄청난 괴로움과 고통을 안겨준 왜놈들도 절대로 용서할 수 없습니다. 이놈들의 만행을 반드시 응징해야 합니다."

"하하하! 아직도 혈기가 펄펄 넘치는구나. 현민아?"

한바탕 너털웃음을 터뜨린 운하선사는 나지막한 음성으로 현민을 불렀다.

"예, 선사님."

"자네는 삼라만상이 모두 하나로부터 비롯되었다는 것을 믿는냐?"

"예, 그렇습니다. 이 세상 모든 것이 '하나의 도'로부터 나왔다고 배웠습니다."

"그렇다면, 모든 것을 용서하도록 해라."

"용서하라고요? 하지만 선사님 그놈들은 인간이 아닙니다. 그놈들은 악마들입니다. 그 악마들은 무고하신 부모님을 잔혹하게 살육하고, 이제 겨우 20살이 된 내 신부를 겁탈한 뒤 불태워 죽인, 영원히 저주받아도 마땅한 자들입니다. 그런데 그런 놈들을 어떻게 용서한단 말입니까?"

그러자 운하선사는 더욱 낮은 음성으로 또박또박 이야기했다.

"현민아, 내말을 명심하거라. 우주만물은 모두 한몸이다. 나와 타인이 모두 따로따로 떨어진 별개의 존재인 것 같지만, 결코 그렇지 않다. 우리는 누구나 다 보이지 않는 줄로 서로 연결되어 있는 한몸이다. 악인은 너의 또 다른 모습이고, 선인 역시 너의 또 다른 모습입니다. 이것은 정말 가슴 아프지만, 우리가 인정해야 할 엄연한 사실이다. 이 모순과 이 갈등을 해소하고 우리가 참다운 깨달음의 길로 들어가기 위해서는, 우리가 서로 용서하는 수밖에 없다. 현민아! 용서하는 마음을 배워라. 이 세상에는 용서하지 못할 죄가 없고, 용서받지 못할 악이 없단다. 용서하는 마음만 네가 배운다면, 이 세상은 너에게 전혀 새로운, 네가 지금까지 본 적이 없는 전혀 새로운 세상을 보여줄 것이다. 너는 미움이 없고, 증오가 없고, 애통이 없는, 진정한 무릉도원을 보게 될 것이야."

"용서? 내 신부를 불태워 죽이고, 내 가족들을 무참하게 살육하고, 2천 명의 동족들을 지중해 바닷속에서 수중고혼이 되게 만든 그 원수들을 용서하라고요?"

현민은 언뜻 고려 말의 선승이었던 나옹선사의 시를 마음속에 떠올리며 나지막한 음성으로 천천히 읊조렸다.

청산은 날더러 말없이 살라하고
창공은 날더러 티없이 살라하네
사랑도 벗어두고 미움도 벗어두고
물처럼 바람처럼 살다가라 하네

반가운 손님들이 그들을 찾아왔다. 까를레티 공작이 선희와 함께 로마로 온 것이다. 수녀복을 벗고 피렌체의 메디치가에서 휴식을 취한 선희는 아름다운 숙녀 모습이었고, 까를레티 공작도 무척 건강한 모습이었다. 까를레티 공작은 모두 다함께 나폴리로 가지고 했다.

"나폴리는 우리 메디치 가문과 아주 친밀한 곳입니다. 지금부터 1백여 년 전에 선조인 로렌초께서 우리 가문을 질시하던 피렌체의 피치 가문과 교황 식스투스 4세의 음모에 걸려, 동생인 줄리아노는 살해당하고 피렌체는 교황의 연합군대에 의해 포위당하는 극도로 어려운 때가 있었습니다. 그 당시 나폴리 군인들도, 교황의 명령에 의해 연합군대에 편성되어 피렌체 근교의 들판까지 진격해 들어왔답니다. 그래서 피렌체 공화국은 실로 풍전등화의 위기를 맞게 되었죠. 게다가 피렌체 시내에는 무서운 페스트까지 발생해서 엎친 데 덮친 격이 되고 말았습니다. 전쟁과 병마라는 이중의 고통을 겪다 보니 피렌체 시내의 경제 사정은 엉망이 되어버렸고, 시민들의 생활도 대단히 궁핍해지게 되었죠.

결국 해결책을 모색하던 로렌초께서는 나폴리의 왕 페란테를 직접 만나 도움을 요청하기로 결심했습니다. 그것은 대단한 모험이었습니다. 왜냐하면 그 당시 나폴리왕은 교황과 한편이었을 뿐 아니라, 죽은 시체를 식탁에 두고 식사를 즐길 정도로 대단히 잔혹한 인물이었기 때문입니다. 하지만 로렌초께서는 그와 최후의 담판을 내리기로 결단을 내리고는, 혈혈단신 나폴리로 들어 갔습니다!"

"정말, 대단하신 분이군요!"

현민은 로렌초의 용기 있는 행동에 감탄이 절로 나왔다.

"그런데 그 어려운 절명의 시기에 나폴리 왕의 장남이자 칼라브리아 지방의 대공인 알폰소와 그의 부인인 이폴리타, 그리고 둘째아들 페데리코께서 큰 호의를 베풀고 많은 도움을 주셨답니다.

물론 그해 여름에 투르크의 술탄인 메메드 2세가 7천여 명의 대병력을 동원해서 남부 이탈리아를 침공하는 대단히 운 좋은 사건이 발생하는 바람에 일이 술술 잘 풀려 나갔습니다마는.

결국 나폴리 궁정에 있던 왕자들과 고관들이 우리 선조를 적극적으로 도와주는 바람에, 피렌체를 포위하고 있던 교황의 연합부대도 철수하고 로렌초께서도 건강한 모습으로 고향으로 돌아올 수 있게 되었답니다."

"그토록 깊은 인연이 있었군요."

현민은 고개를 끄덕이며 역시 동족의 피는 물보다 진하다는 생각을 했다.

"그리고 나폴리의 산마르티노 수도원을 가시면, 정말 반가운 얼굴을 만나볼 수 있답니다."

"반가운 얼굴이라고요?"

"프로이스 신부님이 지금 그곳에 계시답니다."

"달마신부님이요?"

"예, 그렇습니다. 그동안 바티칸에서 근무를 하셨던 신부님께서 얼마 전에 그곳으로 가셨답니다."

현민은 조선의 역사와 문화에 대해 대단히 해박한 지식을 갖고 있는 프로이스 신부를 오랜만에 만나게 된다는 기쁨에 가슴이 설레었다. 그러나 그보다 현민의 마음을 더욱 들뜨게 만든 것은 마음의 연인인 헬레나가 살고 있는 남부 이탈리아로 간다는 사실이었다.

자신이 레체의 검투장으로 끌려간 이후 두 모녀의 소식을 종내 알 수 없었던 현민은 그들에 관한 안부가 항상 궁금하고 걱정되었다. 그러나 두 모녀가 살고 있는 남부 이탈리아와는 더욱 거리가 먼 북부 이탈리아의 베네치아와 피렌체에 머물다 보니, 편지 한 장조차도 제대로 전할 수 없었던 것이다.

그러나 그의 가슴속엔 헬레나의 모습이 한시도 떠나지 않았었다. 자신의 신변이 정리되고 생활이 안정되는 대로, 자신을 한가족처럼 따뜻하게 보살펴준 그녀의 집을 반드시 찾겠다는 결심을 가슴속 깊이 묻어두고 있었다.

로마에서 하룻밤을 더 지낸 그들은, 다음날 아침 일찍 나폴리로 출발했다.

나폴리는 언제보아도 눈부시게 아름다운 보석과 같았다. 초가을을 맞은 나폴리의 햇살은 변함없이 투명했고, 그 맑은 햇살을 온몸으로 껴안고 누운 바다는 한없이 푸르렀다. 오랜만에 나폴리로 돌아온 현민은 마치 고향에 돌아온 것처럼 포근한 느낌이었다.

오빠를 따라 나폴리를 처음 방문한 선희도 검붉은 연기가 간간히 올라오는 베스비오 화산과 아름다운 산타루치아 만을 바라보며 탄성을 내질렀다.

갑자기 수도원으로 들이닥친 까를레티 공작 일행을 맞이한 프로이스 신부는 마치 사춘기 소년처럼 좋아했다.

"하하하! 이게 얼마만입니까? 이 아름다운 도시에서 여러분과 재회의 기쁨을 누리게 되다니. 뜻밖의 행운을 성모 마리아님께 감사드려야겠군요!"

프로이스 신부는 왕방울만한 눈을 변함없이 두리번거리며 걸걸한 목소리로 그들을 환영했다.

손님들을 나무의자에 앉힌 프로이스 신부는 따뜻한 녹차를 끓여왔다. 방안에는 은은한 차 향기가 안개처럼 퍼졌다.

프로이스 신부의 방은 무척 검소하고 깔끔했다. 벽에는 흑단으로 만든 커다란 십자가상이 걸려있고, 5단으로 된 갈색 나무 책장에는 두꺼운 책들이 가득 꽂혀 있었다.

"이 총각이 천주님의 청순한 따님을 파계시킨 귀여운 악동입니까?"

프로이스 신부의 짓궂은 농담에 맞은편에 앉은 디에고와 선희는 부끄러움에 얼굴을 붉혔다.

"이번 일로 해서 추기경님께 큰 폐를 끼쳤답니다."

까를레티 공작이 두 사람을 미소로 바라보며 대답했다.

"하하하! 참으로 좋은 시절입니다! 청춘남녀의 사랑은 이따금 신앙보다 강한 힘을 발휘하기도 하죠. 두 사람이 이렇게 좋은 인연을 맺었으니, 하루속히 결혼식을 올려야겠군요."

"부모님의 허락이 나오는 대로 날짜를 잡아야 할 것 같습니다."

"얼마나 좋겠습니까? 좋아하는 사람들끼리 마음껏 사랑을 나눌 수 있게 되었으니. 여동생이 결혼을 하게 됐으니, 이젠 현민 군도 반려자를 구해야겠군요."

"아, 아닙니다! 저는 아직 할 일이 많이 남아 있습니다!"

현민은 프로이스 신부가 재혼문제를 거론하자 그만 얼굴이 붉어졌다.

"프로이스 신부님! 요즈음 수도원의 분위기는 어떻습니까? 루터가 종교개혁을 일으킨 지도 벌써 70여 년이 다 되어 가는데, 바티칸에도 뭔가 변화가 일어나야 하지 않겠습니까?"

까를레티 공작이 나지막한 음성으로 입을 열었다.

"마르틴 루터가 독일의 작센지방에서 일으킨 종교개혁의 불길은 정말 대단했지요. 마르틴 루터와 토마스 원저의 선동 때문에 독일은 로마 가톨릭을 배신하고 루터교회를 세웠고, 프랑스 사람인 장 칼뱅도 스위스 제네바에 칼뱅교를 세우고는 제네바의 교황 행세를 했었죠. 또한 이 불길은 북쪽으로 옮겨가 네덜란드를 로마 가톨릭에서 탈퇴하게 만들었고, 바다 건너 스코틀랜드와 잉글랜드에서도 새로운 이단인 성공회 교단을 만들게 했죠. 공작께서 말씀하신 대로 지금 가톨릭은 커다란 위기를 맞고 있습니다. 유럽 각국에는 프로테스탄트들이 설치고 있고, 바다 건너 아프리카와 중동에서는 무슬림들이 몰려오고 있고, 또 저 멀리 동양에는 우리들이 전혀 알지도 못했던 유교, 불교, 도교, 힌두교가 가톨릭이 생기기 이미 수백 년 전부터 거대한 영향력을 행사하고 있었고. 또 신대륙에 살고 있는 마야와 잉카와 아즈텍인들이 그들 고유의 태양신을 숭배하면서 가톨릭을 강하게 거부하고 있답니다.

사실 저는 전 세계에서 펼쳐지고 있는 이러한 현상들을 관찰하면서 큰 충격을 받지 않을 수 없었습니다. 종교가 이 세상에 존재하는 진정한 목적은 무엇인가? 이 세상에는 왜 이렇게 수많은 종교들이 있단 말인가? 로마 가톨릭만이 오로지 참된 종교이며, 다른 모든 종교들은 사악한 것이라고 몰아세울 수 있는가? 그러한 종교들도 오히려 카톨릭보다 훨씬 먼저 존재하지 않았는가? 그리고 성직자들이 해야 할 가장 중요한 일은 무엇인가? 저는 세계 각처를 여행하고 특히 일본과 조선에 오랫동안 머물면서 심중에 샘솟듯 솟아오르는 수많은 의문들과 끝없이 씨름해야 했답니다."

"그 속에서 어떤 결론이 나왔습니까?"

까를레티 공작이 조심스럽게 질문을 던졌다.

"유감스럽게도 아직까지 뚜렷한 결론을 도출해 내지는 못했습니다. 그러나 대강의 가닥은 잡혀가고 있습니다. 특히 중세기의 십자군 전쟁 때에 하느님의 이름으로 자행되었던 수많은 살인과 약탈과 배신의 역사, 그리고 지금도 스페인과 프랑스와 이탈리아 곳곳에서 자행되고 있는 마녀재판의 광란, 정결의 약속을 저버리고 사생아들을 키우고 있는 교황과 추기경들, 갈릴레이가 입증한 코페르니쿠스의 지동설을 아직도 배척하고 있는 바티칸의 고집스러움을 생각할 때에 그러한 의문들을 더욱 심사숙고하지 않을 수 없었습니다.

가톨릭이 진정으로 다시 태어나기 위해서는 예수그리스도께서 사랑의 복음을 전파하였던 바로 그 정신으로 되돌아가야 한다는 생각이 점점 강하게 들고 있습니다. 콘스탄티누스 황제가 로마 제국의 사상적 통일을 위해 이질적인 이교집단의 풍습을 함께 수용한 A.D. 313년의 밀라노 칙령에서 반포되고 확정된 가톨릭이 아니라, 그로부터 3백 년 전에 예수그리스도와 그의 제자들이 군중들에게 호소했던 초기 기독교의 순수한 정신을 우리의 정신적 지주로 삼아야 한다는 믿음이죠. 물론 아직은 개인적인 연구 차원입니다마는 앞으로는 뜻을 함께 하는 수도사들을 많이 만나볼 예정입니다."

"하하하! 다가오는 17세기는 더욱 복잡하고 혼란한 세상이 되겠군요."

"그동안 유럽인들은 과거에는 상상도 하지 못했던 대사건들을 많이 겪었죠. 신대륙의 발견, 종교개혁, 새로운 과학적 발견, 르네상스의 출현. 모든 게 새롭고, 경이롭고, 변화무쌍한 것들이었습니다. 우리들이 지금까지 옳다고 굳게 믿어 왔던 구세계가 서서히 사라지고, 전혀 새로운 세계가 우리들 앞으로 달려오고 있습니다. 그러나 우리들은 새로운 세계가 정확하게 어떤 모습인지 미처 알지도 못한 채 그쪽으로 무작정 끌려가고만 있습니다. 수많은 유럽인들은 그동안 대변화를 통해 중세의 암흑 속에 숨죽이고 있던 인간의 개성과 자유의 소중함을 자각하고 있습니다. 그러나 그 반면에 우리들은 옛부터 내려오던 공동체의 미덕들을 서서히 잃어가고 있답니다.

우리들의 귀중한 정신적 자산이었던 기사도 정신은 이미 세르반테스의 '돈키호테'처럼 우스꽝스러운 중세의 낡은 유물로 전락해 버렸고, 그 대신 탐욕으로 가득한 천박한 비곗덩어리들만이 온통 항구와 신대륙으로 몰려가고 있죠. 그들의 목표는 오직 부와 권력이죠. 그들은 그런 세속적인 것들을 소유하기 위해서라면, 그동안 우리들이 지켜온 공동체의 질서와 염치쯤이야 깨진 접시처럼 아무 미련 없이 내동댕이쳐 버린답니다. 결국 우리들은 개성과 자유라는 허울 좋은 미명 아래 더욱 사악한 이기주의자들이 되어가는 것이죠. 앞으로 우리가 가장 먼저 극복해야 할 진정한 적은 바로 이기주의입니다."

"하지만, 신부님! 사람은 누구나 조금씩은 이기주의자들이 아닌가요? 이기주의자가 아니면 어떻게 이 세상을 살아갈 수 있단 말입니까? 르네상스의 정신도 결국은 중세의 암흑에 억눌린 인간의 권리를 되찾겠다는 것이 아닙니까?"

"그러나 지나친 이기주의는 세상의 앞날을 크게 망칠 수 있답니다. 이기주의는 자칫 잘못하면 나만의 권리를 위해 상대방의 행복과 자유를 인정하지 않는 어리석음을 행할 수 있죠. 작금에 신대륙이나 아프리

512

카에서 자행되고 있는 인디언 사냥이나 흑인 사냥이 그 좋은 예가 될 수 있지 않습니까? 인디언이나 흑인들의 역사는 오히려 아담이 에덴 동산에 나타나기 이전으로 올라갈 정도로 유구하답니다. 가톨릭이 다시 태어나기 위해서는 초기 기독교의 정신으로 되돌아가야 하듯이, 점점 이기주의자들이 되어가고 있는 인류의 미래를 위해서 상고시대에 극동에서 존재했던 독특한 사상을 연구해 보는 것도 대단히 흥미로운 일일 겁니다."

"극동에 존재했던 독특한 사상이라고요?"

"백두산의 신시에서 행해졌던 '풍류사상'을 말씀 드리는 겁니다."

"풍류사상이라면, 고대 조선인들이 갖고 있던 사상이 아닙니까?"

"그렇습니다. 풍류사상이 지향하는 목표는 '홍익인간', 즉 '널리 인간의 자유와 행복을 추구하는 것'입니다. 어쩌면 인본주의라고도 할 수 있겠죠. 그런데 그 목표를 추구하는 방식이 대단히 독특합니다."

"어떻게 독특합니까?"

"풍류사상가들은 자연을 지배하는 것이 아니라, 자연과 하나가 되려고 한답니다. 풍류란 의미는 '흐르는 바람'입니다. '흐르는 바람'은 여러 가지 뜻을 갖고 있는데, '자연' 혹은 '자연스럽게 사는 것', '자연의 법칙에 순응하는 것' 등을 일컫는 것이죠. 그들은 거대한 자연의 배후에는 커다란 도(道)가 있다고 믿고 있죠."

"도가 무엇입니까?"

"도는 '하느님의 영성', '우주의 법칙'으로 이해하시면 될 것 같습니다. 그런데 그들은 이 도가 이 세상의 모든 자연 속에도 깃들어 있다고 굳게 믿고 있죠. 즉 가냘픈 풀 한 포기, 움직이지 않는 바위, 흐르는 물

속에도 우주의 숨결이 숨 쉬고 있다는 겁니다. 사람이 올바른 행복을 누리기 위해서는 바로 그 도의 진면목을 알고 깨달아야 하는데, 그러기 위해서는 수많은 도가 생생하게 숨 쉬고 있는 자연과 진정으로 하나가 되어야 한다는 겁니다."

"그러면 어떻게 하면 자연과 하나가 될 수 있다는 것이죠?"

"기(氣)를 활용하면 가능하다는 것이죠."

"기라고요?"

"도가 대자연의 이면에 숨어 있는 근본 모습이라면, 기는 그 도가 내뿜는 숨결이라고 할 수 있죠. 그래서 그들은 도가 내뿜는 숨결, 즉 기를 느끼지 못하면 도도 깨달을 수 없다고 생각한답니다."

"그렇다면 어떻게 하면 그 기를 느낄 수 있습니까?"

"그것은 청심, 보정, 정식이라는 그들만의 독특한 3대 수련법이 있답니다. 그것을 통틀어 '풍류수련법'이라고 하는데, 여기 함께 앉아 있는 현민 군으로부터 열심히 배워 볼 계획입니다."

그러자 프로이스 신부의 설명을 조용히 경청하고 있던 현민이 천천히 입을 열었다.

"우리 조선에서 '풍류'라는 단어는, 종교적인 의미 외에도 종종 '멋'과 동의어로 사용됩니다. '멋'은 곧 '자연스러움' 혹은 '자연스러운 아름다움'을 지칭하는 것 입니다. 다시 말씀 드리면, '창공을 자유자재로 흐르는 바람'처럼 고정되어 있지 않고 규격적이지 않고 기계적이거나 인공적이지 않은 것, 즉 율동미가 있고 호방하고 탈속적이고 개성이 있고 초탈의 미가 있는 것을 진정한 '멋'이며 '풍류'라고 믿고 있습니다.

조선인의 정신문화에서 가장 큰 특징 세 가지는, 부모와 자식처럼 상하 관계에서는 '효'를 으뜸으로 꼽고, 형제 자매나 친구나 이웃처럼 수평관계에서는 '정'을 중요하게 여기고, 자신 스스로처럼 홀로 인 경우에는 '멋'을 매우 비중 있게 생각하는 것입니다.

그런데 이 '멋'은 셋 중의 하나이면서, 동시에 전체를 아우르는 대단히 폭넓은 의미를 갖고 있답니다. 어떻게 보면 무질서해 보이고, 또 어떻게 생각하면 흐트러지고 규칙에서 일탈되어 보이기까지 하는 파격적인 자연을 오히려 진정한 아름다움으로 숭상하는 게 조선인 특유의 '풍류정신'입니다. 이 정신은 생활과 문화와 예술 속에 속속들이 배어 있답니다.

가장 가까운 예로 조선의 옷과 일본인들의 옷을 비교해서 말씀 들릴 수 있습니다.

일본 여인들이 입는 기모노는 혼자서는 절대로 입을 수 없고 반드시 누군가가 옆에서 도와주어야만이 겨우 입을 수 있는 복잡한 옷입니다. 왜냐하면 기모노의 특징은 사람의 몸을 구속하고 폐쇄시켜 균일화시키는 것이기 때문이죠. 즉 기모노는 벌거벗은 여인의 몸을 마치 두꺼운 압박붕대처럼 조이고 또 조인 뒤에, 네모난 방석처럼 생긴 넓은 오비(허리띠)로 또다시 등과 복부를 압박해야 옷 입는 것이 겨우 완성됩니다. 게다가 옷의 하단부에는 아주 두껍고 딱딱한 밑단을 덧대어 가녀린 여성의 몸을 끝없이 아래로 잡아당기게 되어 있죠.

자신의 몸을 이중 삼중으로 묶고, 동여매고, 질끈 조여맨 기모노를 착용한 여인들은 길을 걸을 때도 발끝을 안쪽으로 향하고 걸음 폭을 극도로 좁혀 아장아장 안짱걸음을 걷는 기형적인 보행을 할 수밖에 없습니다. 결국 기모노는 사무라이의 칼로 상징되는 대단히 수직적이고 폐쇄적인 일본 문화를 표현하는 것이죠. 그래서 일본 여인들이 좋아하고 찬사를 보내는 기모노는 오히려 사람의 자유를 구속하는 굴레 같은 옷이고 섬나라의 폐쇄성과 획일성을 강조하는 이상한 옷이라고 할 수 있습니다.

조선인들이 입는 '한복'은 여러 가지 면에서 기모노와 정반대입니다. 한복의 특성은 풍성함과 여유로움과 자연스러움입니다. 한복은 남녀 구분 없이 모두 풍성하게 만들어져 있답니다. 그래서 남자들의 바지 허릿단은 유럽의 어떠한 뚱뚱보가 입어도 충분할 정도로 넉넉하게 되어 있고, 여자들의 치마폭도 엄청나게 폭이 넓습니다. 치마는 12폭에서 24폭까지 다양하게 되어 있어 배불뚝이 귀부인들도 아무 염려 없이 입을 수 있답니다. 단오절 아침에 한복을 곱게 차려 입은 조선여인이 그네를 타고 허공으로 높이 솟구치는 모습을 보면 한복의 이러한 특성을 단번에 이해하실 수 있습니다. 바람에 찰랑거리는 긴 댕기머리, 마치 춤을 추는 것처럼 나풀거리는 긴 옷고름, 바람을 잔뜩 머금은 범선의 커다란 돛처럼 하늘 높이 부풀어 오르는 풍성한 치마.

바로 그 순간에 그 여인은 인간이 지고 있는 모든 굴레를 한꺼번에 벗어 던지고 벽공 위로 훨훨 날아오르는 한 마리의 학처럼 느껴지고, 또 그 여인이 몸에 걸치고 있는 한복은 그 학을 하늘 높은 곳으로 끌어 올리는 날렵한 날개가 됩니다. 즉, 한복은 풍성함과 여유와 자연스러움을 사랑하는 조선의 풍류 문화가 옷으로 표출된 것이죠."

"옷 하나에도 일본과 조선은 그처럼 엄청난 문화적 차이가 있군요."

공작이 탄성을 질렀다. 앞으로 조선 여인인 선희와 함께 결혼할 예정인 디에고도 예사롭지 않은 표정으로 그들의 대화를 귀담아 들었다.

현민의 이야기는 계속되었다.

"그와 같은 '풍류사상'은 조선의 정원 문화에서도 여실히 볼 수 있죠. 유럽에서도 프랑스의 정원은 넓은 대지 위에 기하학적인 정연한 설계를 한 뒤에 인공적인 정원을 치밀하게 조성하듯이, 일본의 정원은 자연의 여러 요소들을 낱낱이 분해해서 좁은 공간 안에 그들의 임의대로 하나씩 하나씩 재배치해 나가는 대단히 인위적인 정원입니다. 그러나 조선의 정원 문화는 그와 정반대입니다.

우리들은 대자연을 그토록 비좁은 공간 안에 가두거나 인위적으로 재구성하는 것은 자연에 대한 커다란 모독이라고 생각하죠. 그래서 조선인은 이끼가 푸르스름하게 낀 바위와 삐쭉삐쭉한 돌들이 늙은 호박처럼 뒹굴고 있는 산비탈에 그저 담만 둘러서 자신의 정원으로 사용한답니다.

그러다 보니 여염집의 뒤란이나 도린곁을 둘러보면 인공적인 정원에 들어와 있다기보다는, 숲이 우거지고 시냇물이 흐르고 너구리나 족제비가 이따금 얼굴을 빠끔히 내미는 어느 산자락에 와 있는 느낌이 든답니다. 넓은 들판 위에 꾸불꾸불하고 불규칙적인 자연의 모습을 그대로 펼쳐 놓은 영국의 정원이 오히려 조선의 정원과 흡사하다고 할 수 있을 겁니다.

그런데 풍류를 사랑하는 우리들은 담 속에 들어 있는 자연의 일부분을 감상하는 것만으로는 결코 만족할 수 없어 합니다. 조선인은 폐쇄적인 공간 속에서 자연을 즐기기보다는, 차라리 자신의 집을 대자연 속으로 옮기는 과감성을 보인답니다. 그래서 생겨난 것이 조선의 '정자'입니다.

우리들은 대자연을 모든 인간들을 어머니처럼 포근히 감싸주고 생명의 기를 공급해 주는 장엄한 용과 같은 존재로 인식하고 있죠. 그래서 자연이란 거대한 용을 조그만 미꾸라지처럼 비좁은 집안에 앉아서 감상해서는 그 진면목을 깨달을 수 없다고 믿고 있습니다. 그래서 우리들은 풍광이 수려한 계곡이나 바닷가의 절벽에 사방이 환히 트인 정자를 세우고는 그곳에서 대자연과 호흡한답니다.

정원이 단순히 집안으로 자연의 일부를 불러들이려는 수동적인 공간이라면, 정자는 자연이 있는 속으로 과감하게 뛰어드는 능동적인 공간이라고 할 수 있죠. 이것보다 더욱 적극적인 것은 '이동 정자'입니다. 고려 시대의 뛰어난 선비였던 이규보는 바퀴가 달린 이동 정자를 타고 다니며 산천경개가 빼어난 곳을 찾아 자연을 감상하기도 했답니다.

조선인들은 그처럼 자연을 사랑하고, 자연을 즐기고, 자연과 하나가 되기를 간절히 원하고, 또 그렇게 사는 삶이야말로 가장 '풍류적인 최상의 삶'이라고 믿고 있습니다."

현민이 말을 마치자, 이번에는 프로이스 신부가 다시 말을 이었다.

"아득한 옛날 고대 조선인들이 갖고 있던 '풍류사상'은 그동안 인도나 중국에서 유입된 불교나 유교 때문에 외면적으로는 거의 망실된 것처럼 보이지만, 조선인들의 생활, 문화, 예술, 정신 세계속에 은은히 스며들어서 지금도 생생히 살아 움직이고 있는 것 같아요."

"저는 신부님께서 조선에 대해 이처럼 많은 걸 알고 계실 줄은 미처 몰랐습니다."

까를레티 공작이 감탄어린 눈빛으로 프로이스 신부를 바라보며 이렇게 말하자, 다들 동감이라는 듯 고개를 끄덕이며 환하게 미소를 지었

518

다. 그들은 시간 가는 줄도 모르고 오래도록 화기애애한 분위기에서 조선의 역사와 문화에 대한 환담을 나누었다.

다음날, 현민은 아침식사를 끝내자마자 까를레티 공작과 프로이스 신부의 안내로 나폴리 교회에 있는 대형 목욕탕으로 향했다. 그 당시 이탈리아의 각 도시에는 로마시대부터 내려오는 커다란 목욕탕이 많이 있었다. 그런데 이 목욕탕들은 워낙 규모가 방대해서 스포츠와 휴식을 함께 즐기는 사교장의 역할을 하고 있었다.

대형 경기장을 방불케 할 정도로 넓은 건물 안에는 냉탕, 온탕, 열탕, 사우나탕, 약초탕 같은 다양한 목욕시설이 완비되어 있었고, 그 외에도 수영장, 레슬링 경기장, 박물관, 도서관, 식당, 휴게실까지 갖추고 있었다. 그런데 그 목욕탕 안에 엄청난 괴력을 가진 조선인 노예가 들어와 있다는 소문이 돌고 있었다. 그 목욕탕에서는 매일 같이 레슬링 시합이 벌어지는데 워낙 기골이 장대하고 기운이 세서 이태리의 레슬러들이 뻥뻥 나자빠진다는 것이었다.

목욕탕 안으로 들어간 그들은 레슬링 경기가 한창 벌어지고 있는 실내 경기장으로 곧장 발걸음을 옮겼다. 실내경기장 안에는 우람한 상체를 드러낸 10여 명의 역사들이 한데 어울려 레슬링 경기에 열중하고 있었다. 그리고 커다란 수건으로 허리를 감싼 백여 명의 나폴리 시민들이 그들 주위를 빙 둘러서서 선수들을 열렬히 응원하고 있었다.

그런데 거친 숨을 연신 몰아쉬며 열띤 경기를 벌이는 장사들 속에서 단연 돋보이는 한 남자가 있었다. 멀리서 보아도 조선인이라는 것을 단번에 알아 볼 수 있었다. 그는 뛰어난 발기술과 유연한 허리기술로 커다란 체구의 유럽인 레슬러들을 순식간에 넘어뜨리고 있었다. 능수능란한 솜씨로 다른 선수들을 재빠르게 내동댕이치는 그 기술은 다름 아닌 조선의 씨름기술이었다. 그토록 뛰어난 씨름 실력을 가진 사람이 도대체 누구인지 궁금해진 현민은 그쪽을 향해 황급히 걸음을 옮겼다.

그런데 이게 웬일인가?

굵은 땀방울을 줄줄 흘리며 유럽의 거구들을 마구 패대기치는 그 남자는 바로 사촌형 대웅이었던 것이다.

"형님! 형님!"

너무나 놀란 현민은 큰 소리로 사촌형의 이름을 부르며 경기장 한복판으로 뛰어 들었다. 상대방의 목을 껴안은 채 몸을 옆으로 돌리던 대웅은 자신의 이름을 크게 부르며 냅다 달려오는 현민을 보고는 도저히 믿을 수 없다는 표정을 지었다.

"아, 아니! 네가!"

"형님, 접니다! 현민입니다!"

뜻밖의 재회에 너무나 감격한 두 사람은 그 자리에서 부둥켜안으며 데굴데굴 바닥을 굴렀다.

"아이고, 현민아! 네가 살아 있었다니! 이게 꿈이냐? 생시냐?"

뜨겁게 껴안은 두 사람은 북받치는 울음을 참을 수 없어 눈물을 펑펑 쏟았다. 현민과 함께 포로가 된 대웅 역시 일본의 다른 수용소에서 오랫동안 갇혀 있다가 얼마 전 이곳으로 팔려 온 것이다. 주위에서 구경하던 사람들은 영문을 몰라 어리둥절한 표정을 지었다.

두 사람의 사연을 알게 된 까를레티 공작은 이번에도 그들에게 큰 도움을 주었다. 목욕탕 주인에게 거금을 지불하고 대웅을 그곳에서 데리고 나온 것이다. 간단한 절차를 마치고 델로보 성으로 돌아온 대웅과 현민은 그동안 쌓인 이야기를 나누느라 그날 밤을 하얗게 지새워야 했다. 그들은 일본군의 포로가 되어 겪어야 했던 고통과 굴욕의 순간을 이야기하며 때로는 뜨거운 눈물을 흘리기도 했고, 때로는 울분을 토하느라 두 주먹을 부르르르 떨기도 했다.

"조선에는 왜놈들이 완전히 철수했다면서요?"

"그래, 작년(1598년) 여름에 살인귀 도요토미 히데요시가 병으로 죽는 바람에, 전쟁이 모두 끝났단다. 전쟁은 끝났지만 조선이 입은 피해는 보통 막심한 게 아니다. 지난 7년 동안 왜적들이 조선 8도를 승냥이처럼 몰려다니면서 온갖 강도짓을 다했기 때문에, 지금의 조선은 거의 빈털터리가 되어 버렸단다."

1592년 봄에 시작해서 1598년 겨울에 끝난 임진왜란 기간 동안 조선이 입은 피해는 참으로 엄청난 것이었다. 그 당시 조선으로 진격해들어온 일본 병사들은 도요토미 히데요시의 직접 명령에 따라, 조선 8도를 굶주린 이리떼처럼 샅샅이 훑고 다니면서 조직적이고 철저한 약탈극을 벌였다. 그래서 전쟁이 끝난 후 조선의 모습은 마치 거대한 태풍이 맹렬하게 휩쓸고 지나간 가을 들판처럼 모든 것이 풍비박산 되어 있었다.

본래 조선에는 328개의 관아가 있었는데, 그 중에서 약 60%인 180여 개가 그들의 주공격 대상이 되었다. 그 결과 웅장한 관아와 그 주변에 있던 수많은 향교, 서원, 사찰, 석탑 등의 아름다운 조형물들이 깡그리 새까만 잿더미로 변해 버렸다.

특히, 조선의 호랑이를 멸종 시킨 것으로 악명 높은 가토 기요마사는 조선의 유서 깊은 도시인 경주에서 자신의 악명을 더욱 높이는 사건을 저질렀다. 경주는 한반도에 존재했던 천년왕국 신라의 수도였기 때문에 찬란한 불교 문화재가 많았다. 그런데 독실한 불교 신자이기도 했던 가토 기요마사는 조선의 고색창연한 불교 도시에서는 자비를 베풀 수 없었던 것 같다. 그는 조선 군대에 쫓겨 남쪽으로 후퇴하는 긴박한 상황이었는데도 불구하고, 경주 시내로 들어가 대 약탈극을 벌이고 방화까지 했다. 그것은 전 이탈리아인들을 비탄에 잠기게 했던 카롤 황제군의 '로마 대 약탈'을 방불케 하는 잔혹한 폭거였다. 결국 경주는 6일 동안의 약탈과 방화로 인해 30만 채가 넘는 기와집과 엄청나게 많은 사찰, 탑, 불상들이 폐허로 변하고 말았다.

또한 세계 최초로 금속활자를 발명한 조선에는 선비의 나라답게 서적 간행이 굉장히 많았고, 그 수많은 장서들은 전국의 4대 도시(한양, 충주, 성주, 전주)에 세운 거대한 사고 속에 잘 보관하고 있었다. 그러나 이 사고에까지 침입한 약탈자들은 수십만 점의 동활자와 12만 권이 넘는 고서들을 모조리 배에 싣고는 일본으로 가져가 버렸다.

일본인들은 그때 조선에서 강탈해 간 동활자와 서적을 이용하여 학문 연구에 나섰고, 그때 납치해 간 선비들로부터는 조선의 성리학을 공부했다. 특히 혼슈우 섬의 와카야마시로 끌려간 이진영 선비는 그곳의 사찰에서 성리학을 가르쳤고, 그의 후손은 일본 8대 유학자의 한 사람이 되었다. 그리고 시코쿠 섬의 오즈시로 잡혀간 강항 선비는 일본 승려인 후지와라 세이카에게 성리학을 열심히 가르쳐 '일본 유학의 아버지'가 되었다.

그들은 그 외에도 고려 시대의 아름다운 불화 3백여 점, 백여 개가 넘는 커다란 범종들, 수천점이 넘는 금동불상들도 모조리 강탈해 갔다. 또한 조선 8도에 흩어져 있던 총 150만 결의 기름진 농토는 전쟁이 끝난 후엔 거의 다 황폐한 묵정밭으로 변해 버렸고, 겨우 30만 결만 농사가 가능한 실정이었다. 이처럼 집요하고 탐욕적인 약탈자들 때문에 조선의 유서 깊은 도시들은 검붉은 피가 복사뼈까지 차오르고, 죽은 시신들이 거대한 언덕을 이루는 유령의 도시로 전락하고 말았다.

1985년에 유네스코(UNESCO)가 조사한 자료에 의하면, 한국의 귀중한 문화재가 무려 5만여 점이나 일본에 가 있다고 한다. 그 결과, 한국의 학자들이 조선의 불교문화를 제대로 연구하려면 한국이 아니라 오히려 바다 건너 일본으로 가야 할 지경이 되었다.

뿐만 아니라 일본인들이 무척 좋아하지만 아쉽게도 그들은 전혀 만들지 못했던 도자기와 수천 명의 솜씨 좋은 도공들이 입은 피해도 막심했다. 전쟁 중에 180여 개의 분청사기 가마와 130여 개의 이조백자 가마가 파손되었고, 수많은 도자기와 도공들이 일본으로 납치 되어갔다. 16세기와 17세기에 유럽인들이 선호했던 일본 도자기들은 모두 다 그때 끌려간 조선인 도공과 그 후손들이 만든 것들이다.

지금 큐슈의 유명 도자기 10대 브랜드의 창시자들도 모두 다 그때 납치되었던 조선인 도공들이며, 아직도 그 후손들이 조선 도자기의 맥을 이어가고 있다. 그들 중에서 사쓰마에 살고 있는 유명한 도공인 심수관은 비록 서투르지만 지금도 조선어를 사용하고, 조선 옷을 입으며, 고대 조선의 건국 시조인 단군에게 제사를 올리며, 이국땅으로 끌려와 일본인들에게 강제로 도자기를 만들어 바쳐야 했던 선조들의 혼령을 위로하고 있다.

그러나 그 당시 가장 비참한 최후를 맞은 사람들은 역시 노예로 팔려 간 수만 명의 조선인들이었다. 일본으로 끌고 간 10만여 명의 조선인들 중에서 다시 조선으로 돌려 보내준 사람의 숫자는 불과 7천5백여 명에 불과했다. 결국 조선인 대다수는 당시 노예 시장이 있었던 일본의 나가사키, 중국의 마카오 등지에서 저 멀리 태평양을 건너 남미 대륙으로 팔려가거나, 아니면 대서양을 건너 유럽 대륙으로 개나 돼지처럼 온몸이 결박되어 팔려가야 했다.

얼마나 수많은 조선인들이 헐값으로 마구 팔려 갔는지, 리스본에 있는 예수회 수도사들의 기록에 의하면 그 당시 노예 시장에서 노예 값이 폭락할 정도였다고 한다.

"형님, 지금 왜국의 상황은 어떻습니까?"

현민은 긴 한숨을 내쉰 뒤 입을 열었다.

"왜국도 지금 큰 난리가 벌어졌단다. 작년 말에 왜국으로 물러갔던 왜적들은, 도요토미 히데요시가 누렸던 권력을 서로 차지하기 위해 큰 내분을 일으켰다. 그래서 지금은 섬나라 곳곳에 피바람이 불고 있는 중이야."

"도요토미 히데요시에게는 권력을 승계할 아들이 있지 않습니까?"

"히데요리라는 아들놈이 하나 있지만, 나이가 겨우 일곱 살이니 무슨 힘이 있겠니? 도요토미가 죽기 바로 전에 자신의 심복 다섯 명에게 충성을 서약시켰다지만, 아무런 소용이 없는 일이지. 그들이 도요토미 앞에서는 웃는 낯짝으로 맹세를 했겠지만, 그놈들의 속마음을 어떻게 믿을 수 있니? 도요토미 히데요시가 오다 노부나가의 아들놈을 무력으로 몰아내고 권력을 차지했듯이, 그놈도 배신자의 칼에 맞아 목숨을 잃게 되겠지."

그 당시 일본으로 돌아온 병사들은 히데요리를 지지하는 파와 도쿠가와 이에야쓰를 지지하는 파로 갈렸다. 결국 그들은 1600년 9월에 에도의 동북지방인 세키가하라에서 대접전을 가졌다. 세키가하라 전투에서 승자는 도쿠가와 이에야쓰였다.

이때 히데요리 편에 섰던 고니시 유기나가는 참수당했고, 독실한 가톨릭 신자였던 그의 딸 마리아는 이혼당한 뒤 나가사키에서 죽었다. 또 가토 기요마사는 약싹 빠르게 도꾸가와 이에야스 쪽에 붙었으나 1611년 여름에 매독으로 목숨을 잃었고, 그의 아들은 죄인이 되어 귀양을 갔다.

이렇게 해서 도요토미 히데요시 이후에 일본 열도의 새로운 주인이 된 도쿠가와 이에야쓰는 일본의 발전을 위해서는 조선과 평화롭게 지내는 것이 중요하다고 생각했다. 그래서 조선에서 건너온 명성 높은 고승인 사명대사를 통해 수천 명의 조선인 포로들을 돌려주고, 조선 조정에는 화해와 평화의 사절단인 조선통신사를 매년 일본으로 보내줄 것을 요청한다. 결국 도요토미 히데요시에 의해 피바람이 부는 황혼의 바다로 변했던 현해탄은 잠시나마 문화와 예술의 훈풍이 부는 평화의 바다가 되었다.

기사 안토니오 꼬레아

현민에게 새로운 소식이 하나 전해졌다. 한 달 후에 투르크 해적들이 점령하고 있는 바리 항을 탈환하는 작전이 개시된다는 소식이었다. 그래서 스페인 총독은 이번 전투를 성공적으로 수행하기 위해 용감한 용병들을 구하고 있었다. 현민의 뛰어난 무술 실력을 누구보다 잘 알고 있는 총독 부인은 그에게 이번 전투에 참여할 것을 적극 권했다.

"만약 이번 전투에서 공을 세우기만 한다면, 노예 신분에서 풀려날 수 있을 거예요. 자유 이탈리아인이 되는 거죠. 그렇게 되도록 내가 도와줄 테니 꼭 참가해요."

현민은 총독 부인의 제안이 참으로 고마웠다. 까를레티 공작도 적극 돕겠다고 했다. 그래서 현민은 조선인들로 구성된 특수부대를 조직해서 용병대장의 신분으로 바리 성 공격에 참여하기로 결정했다.

현민은 즉시 베네치아의 노예시장으로 가서 건장한 조선 청년들 백여 명을 사들였다. 그들은 모두들 20, 30대의 장정들이었다. 그 중에는 조선의 전통무예인 택견을 능숙하게 잘하는 자들도 포함되어 있었다.

이 일에는 사촌형 대웅도 함께 하기로 했다. 현민과 대웅은 곧 청년들을 나폴리에 모두 집결시켰다. 전투에 앞서 무술 수련을 시키기 위해서였다. 청년들은 군말 없이 현민과 대웅의 지시에 따라 훈련에 임했다. 이른 아침부터 늦은 오후까지 산타루치아 해변에 나가서 땀을 뻘뻘흘리며 힘든 무술 수련을 잘 견디어 주었다. 그들은 저녁식사 후에도 다시 해변에 나가서 야간 침투훈련과 병법훈련을 밤늦도록 받았다.

투명한 가을햇살이 조용히 비껴드는 백사장은 온종일 조선인 청년들이 내지르는 함성 소리로 가득찼다. 고된 훈련을 시키느라 얼굴은 시커멓게 그을고 목도 쉬었지만, 현민과 대웅은 오랫만에 신바람나는 일을 하게 되어 힘든 줄도 모르고 열심히 했다. 또한 훈련받는 청년들도 이번 기회에 비참한 노예 신세에서 벗어나겠다는 굳은 각오로 굵은 땀방울을 뻘뻘 흘리며 성실히 훈련에 임했다. 그렇게 훈련에 열중하던 어느날, 뜻밖의 손님들이 델로보 성으로 들이닥쳤다.

"아니, 이게 누굽니까?"

"하하하! 오랜만입니다. 이번에 용병으로 출전하신다는 말씀을 듣고 저희들이 가만히 있을 수가 있어야죠. 그쪽 지리는 저희들이 손바닥처럼 잘 아니까, 이번 전투는 저희들이 함께 도와드리겠습니다."

그들은 바로 현민이 총독 부인과 함께 아펜니노 산맥을 넘어 올 때에 숲속에서 만났던 산적들이었다. 얼마 전에 산에서 내려온 그들은 총독 부인의 도움으로 나폴리 근교에서 밭을 일구며 평화롭게 살고 있었다. 그런데 현민이 용병으로 출전한다는 소식을 듣고는 50여 명의 농민군을 이끌고 델로보 성으로 찾아온 것이다. 이렇게 해서 다음날부터 산타루치아 해변에서 벌어지는 무술 수련에 빅토리아가 이끄는 농민군도 함께 참여하게 되었다.

이윽고 계절은 늦가을로 접어들었고, 출동 준비를 모두 끝낸 용병연합부대는 바리 항을 향해 힘찬 출발을 시작했다. 총대장은 로베르티 장군이었고, 그 밑에 여덟 명의 참모들이 있었다. 여덟 명의 참모들은 각각 2백에서 천 명 정도의 부하들을 거느린 용병대장들이었다. 현민을 제외한 다른 지휘관들은 주로 독일과 스위스인으로 구성된 용병들을 이끌고 있었다.

그 당시 이탈리아 도시국가들의 전쟁은, 거의 다 전쟁상비군보다는 용병들에게 의존하고 있었다. 용병들이란 본래 많은 돈을 받고 대리전을 치러 주는 사람들이었고, 또 용병대장이란 자기가 보유하고 있는 움직이는 재산을 잘 관리해야 하는 장사꾼이나 다름없었다.

그래서 용병대장들은 자기 부대원을 최대한 보호하기 위해 좀더 지능적인 전쟁을 수행할 필요가 있었다. 그래서 그들은 많은 사상자가 발생하는 백병전 대신에, 멀리 떨어져서 함성을 지르거나 서로 약을 올리는 연극 같은 전투를 선호했다. 때로는 쌍방의 희생자를 줄이기 위해 미리 짠 각본에 따라 번갈아 가며 공격과 방어를 하는 경우도 비일비재했다. 그러다 보니 10여 일 동안 전투를 치렀는데도 불구하고, 사망자는 한 사람도 없고 낙상한 부상자만 두어 명 생기는 이상한 전투도 있었다.

돈 많은 이탈리아의 도시들을 지켜 주겠다며 몰려든 용병들은 주로 알프스 너머에 살던 스위스와 독일인들이었고, 프랑스나 바다 멀리 영국에서 건너 온 사람들도 있었다. 제사보다는 오로지 잿밥에만 관심이 있었던 그들은, 전쟁을 하러 갈 때도 부상자들을 치료하고 허드렛일을 도와줄 간호사가 필요하다는 핑계로 창녀들을 많이 데리고 다녔다. 적게는 수십 명에서 많게는 수백 명에 이르는 창녀 무리는 전투에서의 승리보다는 '야외정사'에 더욱 관심이 많은 용병들을 상대로 많은 돈을 긁어모았다. 또한 불결하기 짝이 없는 창녀들 때문에 병영에는 성병이 창궐해서 병사들의 전투력이 현저히 떨어지기 일쑤였다. 이런 이유로 스페인 총독은 이번 바리 성 탈환 전투에는 일체의 여자들을 데리고 가지 못하게 엄명을 내렸다.

바리 항 가까이 다가간 그들은 먼저 성 외곽에 있는 넓은 숲속에 진을 쳤다. 그곳에서 작전회의를 시작한 지휘관들은 먼저 1단계로, 현민이 이끄는 조선인 부대를 성 안에 침투시켜 교란작전을 펴기로 했다. 1단계 침투작전이 성공하면 곧 이어서 성 외곽을 포위하고 있던 포병들이 포사격을 시작하고, 그와 동시에 소총수들을 성 안으로 진격시키기로 결론을 내렸다.

그런데 바리 항에 정박하고 있는 투르크 해적들의 선박이 문제였다. 만약에 그 선박들을 그대로 두면, 배를 타고 도망간 해적들이 또다시 침공해 올 수 있었기 때문이었다. 이때 대웅이 선박 파괴 작업을 자신이 하겠다고 나섰다. 대웅은 조선인들 중에서 수영을 잘하는 바닷가 출신 남자들을 20여 명 뽑아서 부두로 침투하겠다고 했다.

"부두로 들어간 우리 병사들이 배 주변에 기름을 뿌린 뒤 불을 붙이겠습니다. 선박에 화염이 치솟기 시작하면, 성 안에 있는 해적들이 깜짝 놀라서 성 밖으로 뛰어 나올 겁니다. 그러면, 성 안에 침투한 병력과 외곽에 숨어 있던 병력이 동시에 공격을 퍼붓도록 준비해 주십시오."

"좋은 생각이오. 이번 전투의 승패가 달린 중요한 작전이 될 테니 빈틈없이 준비해 주시오."

로베르티 장군이 확신에 찬 얼굴로 대웅을 격려했다. 이렇게 작전회의를 모두 끝낸 그들은 숲속에 머물면서 어서 그믐밤이 오기만을 기다렸다.

드디어 닷새 후, 바리 성 탈환작전이 시작되었다.

먼저 현민이 이끄는 조선인 무사들 30여 명이 바리 성 밑으로 살그머니 접근했다. 긴 칼을 등에 비끄러맨 조선 무사들은 긴 밧줄이 달린 쇠갈고리를 망루 위로 던져 올렸다. 그리고 능숙한 솜씨로 성벽을 재빨리 기어올랐다. 차가운 해풍이 성벽과 망루를 세차게 휘감았고, 높다란 성벽 아래엔 세찬 파도가 하얗게 부서지며 물방울이 사방으로 튀어 올랐다.

성벽 위로 올라간 조선 무사들은 어둠 속에 찰싹 엎드려 주위를 찬찬히 살폈다. 망루 곳곳에는 모닥불이 피어오르고 있었고, 차가운 해풍을 견디기 위해 모닥불 주위에 둘러앉은 보초들은 밤이 깊어지자 꾸벅꾸벅 졸고 있었다. 소리 없는 안개처럼 그쪽으로 살며시 다가간 조선 무사들은 그들을 소리 안 나게 한 명씩 해치우기 시작했다.

잠시 후, 성벽 위를 완전히 장악한 그들은 망루 아래로 밧줄을 천천히 늘어 뜨렸다.

한편, 바로 그 순간.

백여 척의 투르크 선박들이 정박하고 있는 바리 부두로 침투한 조선 무사들은 단검을 입에 문 채 바닷속으로 뛰어 들고 있었다. 바닷물은 꽤 차가웠고, 파도는 유난히도 거칠게 몰아닥쳤다.

그러나 능숙한 솜씨로 수영을 해서 선박 곁으로 다가간 그들은 닻줄과 닻줄을 하나씩 묶어 나갔다. 잠시 후 단 한 척의 배도 마음대로 도망칠 수 없도록 완전히 고정시킨 그들은 대웅의 지휘 아래 기름을 붓기 시작했다. 그리고 불을 붙인 기름방망이를 캄캄한 바다로 집어 던졌다. 바다 위로 퍼져나간 시뻘건 불길은 순식간에 배를 태우기 시작했고, 세차게 불어오는 해풍을 타고 부두 곳곳으로 퍼져 나갔다.

"불이야, 불!"

캄캄한 밤바다에서 갑자기 불길이 솟구치며 부두에 정박해 있는 선박들이 화염에 휩싸이자, 해적들은 깜짝 놀랐다. 굳게 닫힌 성문이 황급히 열리며, 수천 명의 해적들이 불을 끄기 위해 밖으로 달려나왔다. 그러자 이 순간을 기다리고 있던 용병부대에서 일제히 사격을 시작했다.

탕탕탕! 탕탕탕탕!

쾅! 쾅! 쾅!

커다란 대포에서는 지축이 흔들리는 듯한 굉음을 내며 포탄이 날아가고, 최신형 머스켓 총은 쉴 새 없이 불을 뿜었다. 그러자 부두로 가기 위해 성문 밖으로 나오던 해적들은 혼비백산하며 다시 성 안으로 뛰어들었다. 그러나 이때를 놓치지 않고 성벽 위에서도 공격이 쏟아졌다. 성벽 위에 숨어 있던 조선 무사들이 아래로 총을 쏘고 소형 폭탄도 던졌다.

공격이 안팎에서 계속되며 폭탄이 연신 터지고, 시뻘건 불길이 마구 피어올랐다. 적막하던 바리 성 안이 순식간에 불지옥으로 변해 버리자,

투르크 해적들은 갈피를 못 잡고 우왕좌왕했다. 그들은 야간 기습공격을 받은 데다 부두에 정박한 배들마저 화염에 휩싸이는 바람에, 제대로 반격을 할 수가 없었다.

한밤중에 시작된 전투는 아드리아 해에 먼동이 뜨기 시작하는 새벽이 되자 거의 끝나갔다. 희뿌연 새벽 햇살 아래 서서히 형체를 드러내기 시작한 바리 성 안은 참으로 처참했다. 시커멓게 불탄 건물들이 매케한 연기를 뿜어내고 있었고, 광장 곳곳에는 해적들의 시체가 어지럽게 뒹굴고 있었다. 또한 부상자들의 비명소리가 여기저기서 고통스럽게 흘러나오고 있었다.

용병들은 성 안 구석을 샅샅이 뒤지며 아직 살아 있는 투르크 해적들을 색출하기 시작했다. 반항하는 자들은 가차 없이 사살하고, 투항하는 자들은 모두 다 포박해서 지하감옥으로 끌고 갔다. 수평선 높이 떠오른 아침 해가 중천에 다다를 정오 무렵에, 모든 상황은 종료되었다.

바리 성을 완전히 탈환한 용병들은 만세를 부르며 승리를 기뻐했다. 특히 이번 작전을 성공적으로 끝낸 조선 무사들은 서로 얼싸 안으며 감격의 눈물을 흘렸다.

바리 성을 탈환하고 난 보름 후. 그곳에서는 전승을 축하하는 큰 잔치가 열렸다. 시내 중심가에는 바리시 수호성인인 산 니콜라를 앞세운 축하행렬이 길게 이어졌고, 그 뒤엔 화려한 꽃마차를 앞세운 의장대가 북을 치고 나팔을 불며 힘찬 행진을 시작했다. 행진이 광장에서 이따금 멈출 때마다 우스꽝스런 옷차림을 한 수십 명의 광대들이 앞으로 우루루 몰려나와, 불을 뿜고, 공을 돌리고, 재주넘기를 하면서 축제 분위기를 더욱 흥겹게 돋우었다.

거리로 나선 바리 시민들은 화려한 축하행렬을 향해 꽃을 던지고 박수를 치며 환호했다. 넓은 광장 한가운데에 있는 커다란 분수에서는 향긋한 포도주가 물처럼 흘러나왔고, 주위에 마련된 식탁 위에는 바리 항이 자랑하는 해산물 요리와 어린 양구이가 푸짐하게 차려졌다. 이 행사를 위해서 수십 척의 어선에서 잡아올린 싱싱한 해산물과 수백 마리의 양이 이곳으로 옮겨졌고, 거리에까지 식탁들이 설치되어 멋진 야외 연회가 펼쳐진 것이다.

게다가 바다를 향해 반원형으로 돌출된 성벽 아래쪽에는 즐거운 행사가 또 하나 치러지고 있었다. 그것은 다름 아닌 디에고와 선희의 결혼식이었다.

화려한 예복으로 갈아입은 두 사람은 동쪽 중앙에 섰고, 그 앞에는 스페인 총독 부부와 디에고의 부모님들, 그리고 바리 성의 귀족들이 자리를 가득 메웠다. 이번 결혼식은 유명한 메디치가에서 치루는 행사였기 때문에 가까운 레체와 타란토는 물론이고, 나폴리의 귀족들도 많이 참석했다. 그리고 베네치아에서도 피에트로 백작 부부와 함께 많은 귀족들이 참석하여, 그야말로 성대하고 화려한 결혼식이 되었다.

하늘은 구름 한 점 없이 쾌청했고, 바람도 잔잔해서 야외 결혼식을 올리기에 더 없이 좋은 날씨였다. 이탈리아인들의 축하 속에 결혼식은 축제 분위기 속에서 진행되고 있었다.

시간은 어느덧 흘러 늦은 오후가 되었다.

아드리아 해 위로 떠오른 붉은 태양이 아펜니노 산맥위로 천천히 내려앉으며 바리 항을 온통 장밋빛으로 물들이는 황혼 무렵에, 오늘 결혼식의 마지막 순서가 시작되었다. 그것은 바로 조선인들이 두 사람의 결혼을 축하하기 위해 마련한 공연이었다.

첫 번째 준비한 공연은 '대금산조 연주'와 '살풀이' 무용이었다.

검은 갓을 머리에 쓰고 옥색두루마기를 멋들어지게 걸친 조선 청년이 정좌를 하고는 촉촉한 입술을 긴 대금 위에 가볍게 올렸다. 가운데에 검은 줄무늬가 깊이 파인 대금의 취구로 숨을 길게 불어넣자, 갈대밭을 살랑거리는 가을바람처럼 청아한 대금소리가 해변 가득히 퍼져 나가기 시작했다. 그 소리는 새하얀 배꽃이 만발하게 핀 봄날 토함산 숲속에서 서럽게 흐느껴 우는 접동새의 목소리 같기도 하고, 물안개 자욱한 새벽에 형산강의 맑은 물 위로 소리 없이 흐르는 달빛의 속삭임 같기도 했다.

바로 그때, 붉은 산호비녀로 검은 머리를 곱게 쪽지고 잠자리 날개처럼 하늘거리는 연분홍 한복차림의 조선 여인이 다소곳이 들어왔다. 명주실처럼 보드라운 새하얀 천을 한 손에 길게 늘어뜨린 그녀는 대금의 우아한 가락에 맞춰 몸을 천천히 움직이기 시작했다. 발끝에서 끌어올린 기운으로 허리를 서서히 움직이자, 그와 동시에 여인의 가냘픈 어깨가 살며시 들썩거렸고, 곧이어 손목이 마치 풍선처럼 허공으로 솟아오르며 새하얀 손가락이 율동을 타기 시작했다. 갑자기 무릎이 활처럼 휘어지며 연분홍 치마 아래로 날렵하게 생긴 외씨버선이 수줍은 모습을 살짝 드러냈고, 하늘을 훨훨 나는 학의 날개처럼 두팔을 허공으로 산드러지게 휘두르자 섬섬옥수에 놓여 있던 길다란 천이 힘차게 위로 비상하다가 한 마리 나비가 되어 너울거렸다.

청아한 대금가락에 마음껏 취해서 살풀이춤을 추는 그 여인은, 바로 그 순간에 바람이 되고, 구름이 되고, 아드리아 해를 날아오르는 한 마

534

리 새가 되고 있었다.

그곳엔 이미 혼탁한 인간세계가 사라지고 없었다. 대금은 천상에서 들려오는 신의 음악이었고, 살풀이를 추는 그 여인은 구름 사이로 나타난 선녀였다. 붉은 낙조가 곱게 물드는 바리성의 안뜰에 모인 이탈리아의 귀족들은 조선의 음악과 춤이 펼치는 환상의 세계를 두 눈 똑똑히 바라보고 있었다. 그것은 대단한 경이며 매혹이었다.

살풀이춤과 대금 연주가 끝나자, 곧이어 '가야금 연주'와 '입춤'이 시작되었다. 먼저 연초록색 한복을 입은 조선 여인이 살며시 들어와 자리에 앉았다. 그리고 오동나무로 만든 5척 길이의 가야금을 한쪽 무릎 위에 얹고는, 길고 가느다란 손가락으로 명주실을 정성껏 꼬아 만든 열두 줄을 재빠르게 튕겼다. 그러자 흥겹고 신나는 가야금 가락이 사춘기 소녀의 통통거리는 발걸음처럼 율동적으로 퍼져 나왔다. 곧이어 연분홍 한복을 곱게 차려입은 세 명의 여인들이 잰 걸음으로 쪼르르르 달려 나오더니, 아프리카 홍학처럼 가벼운 스텝과 흥겨운 어깻짓으로 아름다운 입춤을 추기 시작했다.

대금소리는 사람의 영혼을 깊은 명상의 세계로 인도하는 달의 숨결과 같았고, 가야금 소리는 무거운 것을 훌훌 벗어 버리고 밝은 태양 아래에서 생의 환희를 마음껏 즐기는 여름의 축가 같았다. 그 여름의 축가에 맞추어 세 명의 조선 여인들이 자유로운 몸짓으로 입춤을 추는 모습은 참으로 아름답고 신비롭기까지 했다.

잠시 후 큰 북을 든 다섯 명의 장정들이 뜰 한가운데로 힘차게 뛰어나왔다. 커다란 북을 허리에 차고 기다란 북채를 손에 쥔 그들은 역동적인 가락을 정열적으로 만들어 내기 시작했다.

처음에는 거대한 바위산처럼 장중한 가락이 흘러나왔다. 그 소리는 점점 빨라져, 마치 천군만마가 광활한 벌판을 질풍처럼 달리는 듯한 착각에 빠지게 만들었다. 그들은 바리성의 안뜰을 마치 드넓은 만주 벌판의 야생마들처럼 달리고, 뛰어 오르고, 회전 하면서, 힘찬 자진모리 가락을 두드렸다. 커다란 북을 조그만 북채 두 개로 어르고 달래면서 흥겨운 '북춤'을 역동적으로 추자, 구경하던 사람들도 신이 난듯 모두들 어깨를 들썩이기 시작했다.

어느덧 태양은 아펜니노 산맥의 높은 봉우리 너머로 모습을 감추었고, 어둠이 깃든 아드리아 해 위에는 초롱초롱한 별빛이 아롱거리고 있었다. 축하 공연의 마지막 순서는 '강강수월래'였다.

안뜰 한가운데에 붉은 화톳불을 크게 피워 놓고, 30여 명의 조선 여인들이 손에 손을 잡고는 '강강수월래'를 목청껏 부르며 빙글빙글 돌기 시작했다. 긴 옷고름과 새하얀 치맛자락을 해풍에 휘날리며 작은 나선과 커다란 원을 번갈아 만들어 나가는 이 춤은, 달의 차고 이지러짐을 표현한 '달춤'이었다. 조선의 아름다운 남쪽바다 다도해에서 둥그렇게 떠오르는 보름달을 바라보며 철썩거리는 파도 소리에 맞춰 부르던 정감어린 그 노래가, 지금 달이 훤하게 떠 있는 아드리아 해의 바리 항에서 불리고 있는 것이다.

달 떠온다, 달 떠온다.
강강수월래~
샛별 같은 저 각시야, 앵두 같은 저 색시야.
달이 떴다. 달이 떴다.

질 때까지 놀다가세. 질 때까지 놀다가세.

강강수월래~ 강강수월래~

아드리아 해의 수평선 너머로 두둥실 떠오른 보름달이 그 온화하고 은은한 달빛을 안뜰 가득히 쏟아 붓고 있었다.

생명을 잉태하는 성숙한 여인을 상징하는 만월이 그들을 향해 환한 미소를 지어 보였다. 그러자 자리에 앉아 있던 이탈리아 사람들도 모두 일어나 서로 손을 잡고는 다 함께 춤을 추기 시작했다. 춤을 추는 동안에 그들은 모두 하나가 되고 있었다. 베네치아인도, 피렌체인도, 로마인도, 타란토인도, 바리 인도, 조선인도 모두 한마음이 되어 흥겨운 춤 속에 흠뻑 빠져 들었다. 강강수월래를 부르는 노랫소리는 더욱 높아졌고, 커다란 원은 보름달처럼 커지며 더욱 빠르게 회전했다.

모든 축제가 끝난 다음날 아침.

현민은 스페인 총독의 부름을 받게 되었다. 붉은 카펫이 두껍게 깔려 있는 총독의 접견실에는 총독 부부뿐 아니라, 까를레티 공작과 프로이스 신부도 환한 표정으로 앉아 있었다. 안쪽으로 걸어 들어간 현민은 의자에 앉아 있는 총독 부부와 10여 보 떨어진 곳에 한쪽 무릎을 꿇고는 경의를 표했다.

스페인 총독이 천천히 입을 열었다.

"이번에 참으로 수고가 많았네! 정말 큰 공을 세웠어!"

"저희들은 그저 최선을 다했을 뿐입니다."

현민은 조선의 선비답게 겸손한 태도를 보였다.

"여기 계신 까를레티 공작과 프로이스 신부님과 더불어 많은 의논을 했다네. 그래서 자네에게 큰 상을 내리기로 결정했네. 이번에 공을 세운 조선인들에게 한곳에 모여 살 수 있는 땅과 집을 실라(Sila) 산 기슭에 있는 알비(Albi) 마을에 마련해 주고, 그들을 노예가 아닌 자유인의 신분으로 풀어주기로 했다네."

현민은 너무나 기뻤다.

'우리 동족들을 모두 자유인으로 만들어 준다고? 게다가 집과 땅까지.'

총독은 놀라움을 금치 못하는 현민에게 더욱 놀라운 소식을 일러 주었다.

"그리고, 이 일은 내 아내가 적극 주장한 것인데…… 자네를 펠리페 2세 국왕 폐하의 이름으로 이탈리아의 기사로 임명하기로 결정했네."

그 말을 듣는 순간, 현민은 더욱 놀라지 않을 수 없었다.

'기사? 내가 기사가 된다고?'

이때 프로이스 신부가 걸걸한 목소리로 한마디 거들었다.

"현민군, 축하하네! 요즘은 기사도가 많이 퇴색되어 예전처럼 약자를 보호하고 정의를 수호하는 진정한 기사들을 찾아보기 힘들지만, 그래도 자네와 같은 훌륭한 조선의 선비가 이탈리아의 기사가 된다면 정말 기쁜 일이지."

그날 저녁, 현민은 프로이스 신부와 함께 산 니콜라 사원으로 향했다. 기사가 되기 위한 첫 번째 의식인 철야기도를 하기 위해서였다.

십자가와 성모상이 걸려 있고 수십 개의 촛불이 벽을 밝히고 있는 아담한 방 안으로 들어간 현민은 무릎을 꿇고 천천히 앉았다. 그리고 두 손을 무릎 위에 살며시 올려놓은 그는 두 눈을 살며시 감았다. 지난 일들이 현민의 머릿속을 주마등처럼 스쳐 지나갔다.

'아, 이제 하룻밤만 자고 나면, 나도 자유로운 이탈리아인이 되는 것인가? 그렇다면, 내 고향 조선으로는 영원히 돌아갈 수 없단 말인가? 나의 운명과 동족의 운명을 이렇게 바꾸어 버린 일본에 대한 깊은 원한은 결국 풀지 못한 채, 이대로 잊어 버려야 한단 말인가? 천주님! 이것이 주님의 뜻이란 말입니까? 이것이……'

과거를 회상하며 뜨거운 회환의 눈물을 흘리던 현민은, 결국 두 손을 가슴 앞에 모으고는 정성어린 기도를 올렸다.

'주님, 이제 모든 것을 용서하겠습니다. 이제 모든 것을 잊어버리겠습니다. 그리고 모든 것을 다시 새롭게 시작하겠습니다. 이제 두 번 다시는 갈수 없는 내 고향 조선이지만, 부디 형제 같은 이웃나라인 일본과 사이좋게 평화롭게 살아가기를 두 손 모아 기도하겠습니다. 그리고 조선 사람들이 제발 진저리나는 당파싸움을 그만두고 하나로 똘똘 뭉쳐 부강하고 문화와 예술을 즐기는 멋진 나라로 발전하기를 간절히 기원 드리겠습니다.'

기도를 끝낸 그는 가부좌를 틀고는 그 자리에 반듯하게 앉았다. 전신의 힘을 빼고 자신의 의식을 새벽이슬처럼 맑고 투명하게 만든 그는, 서서히 풍류호흡을 하기 시작했다. 그러자 단전 속에 메추리알 정도의 조그만 빛 덩어리가 꿈틀거리기 시작하더니 단전이 점점 뜨거워졌다. 현민은 입안에 가득찬 물 기운을 임맥을 따라 밀어 내리고, 단전의 불기운을 독맥을 통해 위로 끌어 올렸다. 그러자 뜨거운 불덩이가 임맥과 독맥을 따라 빠른 속도로 순환하기 시작했다. 그 순간 현민은 가벼운 현기증을 느꼈고, 등에서는 굵은 땀방울이 비 오듯 쏟아져 내렸다.

현민은 더욱 마음을 가다듬어 조심스럽게 풍류호흡을 계속해 나갔다. 그러자 단전 속에 자리 잡은 빛덩이가 타조 알 크기로 더욱 커지더니, 전신에 퍼져 있는 12경락을 따라 뜨거운 불기운이 서서히 퍼지기 시작했다. 그러자 가부좌를 틀고 앉은 현민의 몸이 심하게 움직이며 정신이 아찔해졌다.

그 상태로 시간이 꽤 흘렀다.

어느새 자정이 훨씬 넘었고, 캄캄한 밤하늘엔 오리온좌가 높이 떠 적막한 항구를 포근히 비춰주고 있었다. 미동도 않고 수 시간째 앉아 있던 현민의 단전 속으로 거대한 빛의 소용돌이가 모여들더니, 서서히 태극모양으로 변하기 시작했다.

현민의 입 속에는 달콤한 옥수가 가득 고이고, 맑고 향기로운 바람이 온몸을 감싸 주었다. 잠시 후 거대한 태극 모양을 한 빛의 덩어리가 마치 풍차처럼 세차게 회전하더니, 눈부신 황금빛이 부챗살처럼 전신으로 펼쳐졌다. 그와 동시에 현민의 몸도 그 빛 속으로 녹아들면서 가벼운 새털이 되어 허공으로 날아오르기 시작했다. 풍류호흡의 최상 단계인, '풍류주천'이 이루어지고 있는 것이다.

현민은 새털처럼 가볍고 황금처럼 눈부신 빛의 입자가 되어 허공으로 떠오르면서, 자신을 향해 환하게 미소짓는 성모마리아를 보았다.

다음날 아침, 현민은 프로이스 신부의 집전으로 미사와 성체배령을 끝냈다. 그리고 오른손을 성경 위에 얹고는, 기사로서의 성스러운 의무를 성실히 이행할 것을 하나님과 성모 마리아 앞에 서약했다. 그것은 '그리스도를 섬기며, 약자를 보호하고 정의를 위해 싸우겠다!'는 굳은

540

맹세였다.

곧이어 기사 서임식의 대부로 참석한 까를레티 공작이 검을 옆으로 뉘어 현민의 어깨를 가볍게 치며 "그대를 기사로 임명한다!"고 외쳤다. 그러자 우레와 같은 박수가 터져 나왔고, 현민은 자신의 고유한 문장이 새겨진 방패와 검을 수여받았다. 만면에 웃음을 지으며 앞으로 다가온 프로이스 신부는 현민에게 새로운 이름을 지어 주었다.

"현민군, 고대 로마의 유명한 장수였던 안토니우스처럼 용감한 자네에게 '안토니오'란 이름을 수여하겠네. 그리고 자네의 조국을 영원히 잊지 말라는 의미에서 성은 조선을 의미하는 '꼬레아'를 사용하도록 하게. 이제부터 자네를 '안토니오 꼬레아'라고 부르겠네!"

이렇게 해서 16세기 말인 정유재란 때에 일본군의 전쟁포로로 끌려갔다가 머나먼 이탈리아까지 노예로 팔려온 조선의 선비 현민은 17세기가 새롭게 시작되는 1599년 가을에 이탈리아의 기사 '안토니오 꼬레아'로 다시 태어나게 되었다.

그리고 그는 그곳에서 새로운 손님을 한 사람 만나게 되었다. 까를레티 공작이 소개한 그 사람은 6척이 넘는 큰 키에 황금색 긴 머리카락과 수염이 아주 인상적인 귀족이었다.

"자, 안토니오 꼬레아! 오늘 귀한 분을 당신에게 소개하고자 합니다. 이분은 얼마 전에 이탈리아로 오신 유럽의 명성 높은 궁중화가인 피터 폴 루벤스입니다."

"이렇게 만나게 되어서 대단히 반갑습니다."

"네, 저도 존경하는 까를레티 공작님 덕택에 이탈리아 최초의 조선인 기사가 되신 안토니오 꼬레아 씨를 만나게 되어 참으로 기쁩니다."

그 당시 루벤스는 만토바 공작인 빈첸초 곤차가의 후원으로 이탈리아 여러 도시를 여행하면서 그림을 그리고 있었다. 그런데 까를레티 공작의 초대로 안토니오 꼬레아와 아주 특별한 만남을 갖게 된 것이다. 그것은 바로 안토니오 꼬레아의 초상화를 그리는 것이었다.

그 무렵 루벤스는 〈성프란치스코 하비에르의 기적〉이라는 그림을 그리기 위해 많은 자료를 모으고 있었다. 왜냐하면 그 그림 속에는 남미인과 아시아인을 비롯한 다양한 국적의 인물들이 등장하는데, 한 번도 만난 적이 없는 외국인들을 그리는 것이 어려웠기 때문이다. 이러한 사연을 들은 까를레티 공작은 루벤스를 초청하여 안토니오 꼬레아의 모습을 데생할 수 있도록 돕기로 한 것이다.

안토니오 꼬레아는 잠시 후 조선 무인들이 입던 전통 복장인 철릭으로 갈아입고, 또 조선의 전통 모자인 속이 훤히 들여다보이는 말총으로 만든 망건을 쓰고는 루벤스 앞에 다시 나타났다.

"와우! 정말 멋있군요. 당신의 친절에 정말 감사드립니다."

"하하! 우리의 전통의복인 한복을 입은 모습을 그려주신다니 오히려 제가 더 고맙습니다."

이렇게 해서 안토니오 꼬레아가 우아한 한복을 입고 바다를 배경으로 의젓하게 서 있는 모습이 루벤스에 의해 데생으로 남게 되었다. 루벤스는 안토니오 꼬레아의 뒤편에 여러 폭의 돛을 달고 있는 범선을 희미하게 그려 넣어 그가 저 바다 멀리에서 이탈리아로 건너온 외국인임을 표현하였다.

스페인 총독이 노예에서 풀려난 조선인들에게 하사한 토지는 이탈리아 반도 남쪽에 있는 두메였다. 그곳은 카탄자로 시에서 산악지방으로

34km 정도 오르면 은회색 올리브 숲이 무성하게 우거진 실라(Sila) 산이 나타난다. 그리고 그 산의 중턱에 있는 알비(Albi) 마을이 바로 조선인들에게 삶의 보금자리로 마련된 장소였다.

백여 명의 조선인들이 알비 마을로 입주하던 날. 안토니오 꼬레아는 헬레나를 만나기 위해 타란토 만의 해변을 힘차게 달리고 있었고, 그 뒤로 백학 한 마리가 커다란 날개를 유유히 펄럭이며 날아가고 있었다.

총독 부인이 특별히 선물한 만토바산 백마를 타고 고귀한 백학의 힘찬 날갯짓을 보면서 해변길을 달리는 현민의 마음은 금방이라도 하늘 높이 날아오를 것만 같았다.

'오, 헬레나! 이 세상에서 가장 고독하고, 가장 힘들었을 때, 병들고 지쳐 쓰러져 버린 내 슬픈 영혼을 따뜻한 가슴으로 감싸 주었던 나의 비너스! 비탄에 빠져 절망과 고뇌만이 가득했을 때 끝까지 나를 지켜 주고, 나의 행복을 빌어주었던 나의 연인! 당신을 나의 영원한 신부로 맞이하기 위해, 벅찬 가슴을 안고 이렇게 뛰어가고 있소. 이제, 조금만 기다려 주시오, 조금만 더!'

타란토 만의 남쪽 해변길 위에는 뽀얀 먼지를 자욱하게 일으키며 바람처럼 달려가는 안토니오 꼬레아의 모습과 함께, 애타는 그의 음성이 우렁차게 울려 퍼지고 있었다.

헬레나!

헬레나!

헬레나!

작가 후기

1990년 3월. 나는 여성 잡지인『라벨르』의 창간호에서 너무도 충격적인 기사를 읽게 되었다. 지금부터 390여 년 전에 발생한 정유재란(A.D. 1597년) 때 10만 명이 넘는 조선인들이 전쟁포로가 되어 일본으로 끌려갔다는 것이다. 또한 그 중에서 수만 명이 일본의 나가사키 항을 통해 유럽의 각 나라로 팔려가는 비참한 노예 신세가 되었다는 것이다.

그들은 이미 흔적도 없이 다 사라져 버렸고, 유일하게 이탈리아로 팔려간 단 한 사람의 조선 청년만이 그 행적을 남겼단다. 그 사람의 이름은 '안토니오 꼬레아'이고, 지금 그 사람의 후손들이 이탈리아 최남단인 '알비 마을'에 집단으로 살고 있다고 했다.

더욱 감동적인 것은 그들은 조상의 나라인 한국을 기리기 위해, 스스로 자금을 모아 산골마을 어귀에 '꼬레아 광장'을 조성하고, 그 중앙에 태극 문양과 양국 여인들이 서로 손잡은 모습이 조각된 '평화의 만남'이란 대리석 기념비를 세웠다는 것이다.

안토니오 꼬레아는 유럽에 건너간 최초의 한국인이었다. 그러나, 그는 자유의 몸이 아니었다. 먼저 일본 병사의 전쟁포로가 되었고, 그 다음에는 노예가 되어야 했다. 그것은 전혀 자의가 아니었다. 그는 타의에 의해 머나먼 이국으로 오랜 항해를 하면서 팔려가야 했다. 또 그곳에서의 생활은 얼마나 비참했을까? 그 당시의 노예란, '움직이는 짐승'에 불과한 존재였다. 더구나 그는 말조차 통하지 않았을 것이다. 그런데 놀라운 일이 일어났다. 그것은 그가 노예의 신분에서 해방되었다는 것이다.

비참한 노예가 되어 머나먼 이국땅으로 팔려갔던 조선 청년이, 어떻게 해서 노예의 질곡에서 벗어나 이탈리아 처녀와 결혼할 수 있었을까? 그에 대한 직접적인 기록은, 그 당시 '안토니오 꼬레아'를 나가사키의 노예시장에서 돈을 주고 산 이탈리아 메디치 가문의 '까를레티'가 쓴 책에 남아 있었다.

1606년에 발행된 그 책(라조나멘티: 동서인도 여행기)에 의하면, 세계 여행 중이던 '프란체스코 까를레티'가 '안토니오 꼬레아'를 피렌체까지 데려 갔다고 짤막하게 적혀 있다. 나중에는 로마에 내려가 살고 있다는 그의 모습은 놀랍게도 그림으로 남아 있었다. 17세기 바로코 회화의 거장인 '피터 폴 루벤스'가 그린 〈한복 입은 남자〉의 주인공이 바로 안토니오 꼬레아인데, 이 그림은 1987년에 뉴욕의 크리스티 경매장에서 거금 4억 원이 넘는 최고가에 팔렸다. 그리고 그 그림은 현재 미국 LA의 폴 게티 박물관에 〈코리언 맨 - 안토니오 꼬레아〉란 제목으로 소장되어 있다.

그렇다면 로마에서 살던 그가 어떻게 해서 남부 이탈리아의 산골마을인 알비 마을에서 뿌리를 내리게 됐을까? 결국 나는 일본 병사에 의해 이역만리로 팔려가는 비참한 노예가 되었지만, 온갖 고초를 다 이겨내고 불사신처럼 다시 일어서 머나먼 이국땅에 굳건히 뿌리를 박은 자랑스런 조상의 모습을 생생하게 떠올렸다. 그리고 그분이 겪었을 불꽃처럼 뜨거운 삶을, 멋있는 소설로 써서 온 세상에 알려야겠다는 굳은 결심을 했다.

나는 그 당시의 조선, 일본, 이탈리아에 관계된 수백 권의 자료와 사진들을 갖고서 충청도 어느 산골로 들어갔다. 조그만 방을 하나 빌려서 쓰고, 고치고, 또 쓰기를 4년. 결국 그 보람이 있어 1994년에 세 권의 책으로 완성을 보게 되었다.

나는 안토니오 꼬레아의 일대기를 소설로 쓰면서 한일간의 고대사에 대한 자료들을 많이 공부하게 되었다. 그 자료들을 통해, 일본의 고대국가 형성에 우리의 선조들이 얼마나 지대한 기여를 했는지를 여실히 인식할 수 있었다. 특히 A.D. 2세기에서 7세기 사이의 고대국가 형성기에 가야, 백제, 고구려, 신라에 살던 조선인들이 일본에 전해준 문화, 예술, 의학, 종교, 학문, 기술 등은 그 양과 질에 있어서 너무나 어마어마해서 눈이 부실 지경이었다.

그런데도 불구하고 1592년부터 1598년까지 계속된 '임진·정유재란'은 은혜를 원수로 갚은 미증유의 침략전쟁이었다. 그들은 그 전쟁을 통해 바로 이웃에 있는 '고요한 아침의 나라'를 '폭풍우 몰아치는 밤의 나라'로 만들어 버렸다. 그리고 그 당시 일본의 지배자들은 아무런 저항할 힘도 없는 여자와 어린 아이들을 말도 통하지 않고 문화도 다른 머나먼 유럽 각국의 노예상인들에게 집단적으로 팔았다.

아마 프란체스코 까를레티의 기록이 없었다면 일본인들의 그러한 행적을 도무지 알 수 없었을 것이다. 그러나 『동서인도 여행기』의 기록과 피터 폴 루벤스가 그린 초상화 〈한복 입은 남자〉는 우리의 조상들이 일본인에 의해 유럽으로 팔려갔던 참상을 생생히 전해주고 있다.

나는 이 소설을 통해 사무라이와 게이샤로 대표되는 일본인의 이해하기 힘든 잔혹성과 음란성을 이야기하고 싶었다. 또 이탈리아의 여덟 개 도시를 방랑하는 주인공을 통해, 로마 문명과 르네상스 문명의 중심 국가였던 이탈리아의 화려한 문화와 격조 높은 예술을 독자들에게 소개하려고 노력했다. 또한 문장 묘사를 할 때에 한국 고유의 토속어를 많이 사용하여 1443년에 세종대왕이 창제한 한글의 아름다움을 널리 알리고 싶었다. 그리고 주인공인 현민을 문무예를 모두 겸비한 선비로 묘사하여, 한국의 신비로운 전통무예인 택견과 신비로운 학춤를 올바로 전해주고 싶었다.

무엇보다 가장 중점을 둔 것은 안토니오 꼬레아가 전쟁포로, 노예, 해적의 침입, 폭풍우로 인한 노예선의 파선, 검투장의 검투사 등의 온갖 역경을 겪으면서도 언제나 희망을 잃지 않았던 '투혼의 한국인'이었다는 점이다. 그처럼 엄청난 문화적 충격과 신분상의 역경을 모두 이겨내고, 머나먼 이국땅에 불사신처럼 우뚝 설 수 있었던 근본 원동력은 과연 무엇일까? 나는 이 소설을 쓰는 내내, 어린 나이에 이탈리아로 팔려가 그곳에서 한 평생을 보낸 안토니오 꼬레아로 변신하여 그 해답을 풀려고 최선을 다했다.

불의에 굴하지 않고 용감하게 맞서 싸운 뜨거운 열정. 수없이 반복되는 처절한 절망 속에서도 가슴속에 뜨겁게 간직했던 삶에 대한 진지한 애정. 솟구쳐 오르는 분노와 고통스런 좌절 속에서 과감히 탈출하여 뜨거운 사랑과 고귀한 용서로 승화시킨 드넓은 포용력. 그것은 21세기를 살고 있는 우리들에게도 필요한 덕목이 아닐까?

나는 이 위대한 조상의 이야기가 한국 – 이탈리아 수교 130주년이 되는 2014년에 완성되도록 최선을 다했다. 그래서 4백여 년 전에 이탈리아로 팔려가 그곳에서

▲ 이탈리아 알비 마을 전경.

생을 마감한 안토니오 꼬레아의 외로운 영혼 앞에 이 책을 바치고 싶었다. 그리고 아득한 고대부터 서로 피를 나누고 문화를 함께 즐기며 형제처럼 가깝게 지냈던 한국과 일본 두 나라가, 앞으로는 서로를 더욱 잘 이해하고 평화롭게 지내게 되기를 간절히 바란다.

이 책을 처음 쓰는데 4년.

그 책을 다시 고쳐 새로 쓰는데 20년.

도합 24년이란 긴 세월이 흘러 결국 역사소설 『안토니오 꼬레아』가 출간하게 되었다.

자칫 잘못했으면 영원히 역사의 뒤안길로 사라져 그 존재 여부조차

▲ 알비 마을의 〈꼬레아 광장〉에 모인 한국인 후손들.
▶ 한국과 이탈리아 여성이 서로 손을 맞잡고 있는 〈평화의 만남〉 기념비.

불분명했을 안토니오 꼬레아에 대한 기록을 여행기로 남겼고, 또 그가 노예의 신분에서 해방되도록 도와주고 잘 보살펴준 피렌체의 '프란체스코 까를레티 가문'에게 진심으로 감사의 뜻을 전한다.

마지막으로, 아무 주변머리도 없이 지난 20년 동안 헛헛하게 매만지고 있던 한낱 종이뭉치에 불과한 낡고 빛바랜 원고를 이처럼 멋진 책으로 출간하게 해준 후원회 여러분과, 대단히 어려운 환경 속에서도 출간을 위해 많은 땀을 흘려준 청동거울 출판사 조태봉 편집주간과 김은선 책임편집인, 그리고 이 소설을 새로운 한류를 일으킬 뮤지컬로 만들기 위해 많은 정성과 노력을 기울이고 계신 표재순 경주 세계문화엑스포 총감독님에게도 뜨거운 감사의 마음을 지면을 통해 드린다.

2014년 3월 1일
〈안토니오 꼬레아 408〉 행사를 준비하는 서울 청계천 광장에서
정준(JUNO JUNG)